Hans-Ulrich Horster

Ein Student ging vorbei

Roman

Wilhelm Goldmann Verlag

1. Auflage November 1978 · 1.–12. Tsd.
2. Auflage Januar 1979 · 13.–27. Tsd.

Made in Germany 1979
Lizenzausgabe mit Genehmigung des Lingen Verlags, Köln

Umschlagentwurf: Creativ Shop, A. + A. Bachmann, München
Umschlagfoto: Richard Canntown, Stuttgart
Druck: Mohndruck Reinhard Mohn GmbH, Gütersloh
Verlagsnummer: 3735 · Vosseler/Hofmann
ISBN 3-442-03735-2

1

»Minna!«

Die alte Frau hockt in der Speisekammer auf einem umgestülpten Eimer, über dem eine mehrfach gefaltete ausrangierte Bügeldecke liegt. Sie hat sich in den Winkel zwischen kalten Kachelwänden und Regalbrettern verkrochen. Ihr Gesicht ruht in den Händen, welken, verarbeiteten Händen, die rauh sind wie gegerbtes Leder.

»Minna!«

Abwehrend schüttelt sie den Kopf. Das sorgfältig gescheitelte Haar ist so weiß wie die altmodisch gerüschte Trägerschürze über dem hochgeschlossenen schwarzblauen Lüsterkleid.

Die kleine heimliche Pause, die sie sich hier manchmal gönnen muß, ist schon wieder vorüber. Sie ist jetzt so oft müde. Müde von einem Leben voller Arbeit. Erschöpft von einem Dasein ohne Höhepunkte, verbraucht vom Dienst für eine Familie, die nicht ihre eigene ist und die sie deshalb doch nicht minder liebt.

Wie sollte es denn weitergehen ohne sie! Ohne ihre Sorge, ihre Arbeit, ihre Hilfe. Die Welt würde zusammenbrechen! Ihre Welt: das alte Apothekerhaus in der Bursagasse in Tübingen. Hier lebt sie seit annähernd fünfzig Jahren. Dienstmagd, Wirtschafterin, Pflegemutter und guter Geist in einer Person. Immer straff aufgerichtet, immer ängstlich darauf bedacht, nicht bei einer Schwäche ertappt zu werden.

Nur hier, in dem dämmerigen Winkel der Speisekammer, nur hier kann sie sich dann und wann ein wenig gehenlassen. Hier sieht es niemand. Hier träumt sie hin und wieder hinter den kleinen Wünschen her, von denen ihr das Leben keinen einzigen erfüllt hat.

Minna! Tausendmal ist sie aufgesprungen und diesem Ruf gefolgt. Von ihrem fünfzehnten Lebensjahr an, als noch ein schwarzer Zopf auf ihrem Rücken baumelte. Inzwischen ist sie alt und grau geworden, müde. Aber niemand denkt daran. Der Ruf ist immer derselbe geblieben.

»Minna!«

Minna hebt seufzend den Kopf wie eine bleischwere Last. Mühsam stemmt sie sich von ihrem Sitz.

Der Apotheker. Was kann er schon wollen? Jetzt am Vormittag? Die welken Hände fahren glättend über die Schürze.

Sie eilt durch die Küche. Sie kann nicht ahnen, daß mit diesem Ruf das Verhängnis über die ehrbare Apothekerfamilie Brandt hereinbricht wie eine Flutwelle, die alle Bollwerke menschlicher Ordnung einreißt. Wie ein Herbststurm, der Menschenschicksale wie welke Blätter durcheinanderwirbelt . . .

Die Wohnung der Eckertschen Apotheke liegt im ersten Stock. Eine enge Innentreppe verbindet sie mit den Geschäftsräumen.

Dr. Brandt erwartet Minna mit sichtlicher Ungeduld am Treppenfuß.

»Ich hatte noch zu tun!« beantwortet sie seinen unausgesprochenen Vorwurf und bückt sich nach einem achtlos weggeworfenen Streichholz. So etwas entgeht ihren Augen auch heute noch nicht.

Wolfgang! denkt sie dabei. Ein anderer würde sich das im Hause Minnas nie erlauben!

»Einen Augenblick, Minna!« sagt Dr. Brandt und geht ihr voran in seinen Arbeitsraum.

»Bitte«, sagt Minna gelassen, über die nebelhafte Unruhe in ihrem Innern hinweg.

Sie streift mit flinkem Blick den ganzen Raum ab – ob alles in Ordnung ist. Dann baut sie sich mit gekreuzten Armen vor dem Apotheker auf und sieht ihn fragend an.

»Minna«, beginnt Justus Brandt und fährt sich nervös durch das volle, noch kaum melierte Haar. Ein paar Silbersträhnen an den Schläfen geben dem schmalen gebräunten Gesicht besonderen Reiz. »Ich möchte, daß alle heute beim Mittagessen da sind.«

Minna zögert mit der Antwort. Was soll das? denkt sie. Dann sagt sie gedehnt:

»'s ist gut! Gibt's was Besonderes, Herr Apotheker?«

Nun zögert Dr. Brandt. Minna ist im Lauf der Jahrzehnte längst fast so etwas wie die Hausfrau geworden; sie darf sich eine solche Frage erlauben. Aber er möchte sich jetzt auf nichts einlassen. Er kennt ihre Gründlichkeit.

»Ja«, sagt er kurz. »Sorgen Sie bitte dafür, daß alle da sind!«

Alle, das sind Brandts Kinder. Albert, Wolfgang und das Dorle. Sie sind nun schon erwachsen. Die Söhne studieren, Dorle ist vor wenigen Tagen aus dem Internat in England zurückgekommen. Und wenn der Doktor ›alle‹ sagt, dann ist auch Minna gemeint. Das weiß sie. Sie gehört zur Familie. Und nicht erst, seitdem die Frau Apotheker vor zwei Jahrzehnten von ihnen gegangen ist. Sie lebt sogar länger in diesem Hause als der Apotheker. Seine Schwiegermutter, die in ganz Tübingen bekannte und verehrte alte Frau Geheimrat Eckert, hat das Mädchen Minna eingestellt, als es vierzehn Jahre alt war. Langsam ist Minna zur Seele des Hauses geworden.

Dr. Brandt zieht die Lesebrille aus der Brusttasche seines weißen Kittels und reibt die Gläser am Ärmel. Minna kennt diese Bewegung genau. Sie weiß, daß er nun die Unterredung als erledigt betrachtet.

»Gut«, sagt sie nochmals, »ich werde sehen, daß es sich einrichten läßt. Sie wissen, die Jungen sind immer unterwegs. Sonst noch etwas?«

»Nein, sonst gibt es nichts.«

›Etwas Besonderes!‹ murmelt Minna vor sich hin, als sie die Treppe wieder hinaufsteigt. Sie hat das Besondere nicht gern; es ist nur zu oft etwas Unangenehmes. Und ihr ist nun wirklich so, als ob etwas Unangenehmes in der Luft läge.

Im zweiten Stock klopft sie vergeblich an Alberts Tür. Albert ist nicht da. Auch aus Dorles Jungmädchenzimmer kommt keine Antwort. Doch wegen Albert und Dorle braucht sie keine Sorgen zu haben; die sind immer pünktlich. Nur Wolfgang ist ein Gegner jeder Zeiteinteilung.

Aus seinem Zimmer ertönt ein brummiges »Ja?«

Minna öffnet die Tür. Wolfgang sitzt keineswegs über medizinischen Büchern, wie man das wohl von einem Studenten im ersten Semester erwarten sollte. Er hat sich den durchgesessenen Ohrenbackenstuhl des seligen Geheimrats an das Fenster gezogen, die Beine aufs Fensterbrett gelegt und döst in das herrliche Stadtbild hinein. Dabei raucht er.

»Hallo, Minna, geliebter Drache«, ruft er strahlend – er ist immer strahlender Laune –, »was verschafft mir die Ehre?«

Minna schließt die Tür hinter sich. »Wölfi! Nimm die Beine herunter! Die Fenster sind erst im Frühjahr gestrichen worden!«

Wolfgang gehorcht und springt auf. »Mußt du mich denn immer tyrannisieren?« klagt er und versucht, sie an sich zu ziehen. »Noch sind wir nicht verheiratet!«

Als kleiner Junge hat er schon behauptet: »Wenn ich groß bin, werde ich Apotheker, und dann heirate ich Minna.‹ Das behauptet er heute noch.

Minna macht sich energisch frei.

»Laß das, Junge!« sagt sie in ärgerlichem Ton. »Du zerknitterst mir die Schürze!«

Doch das ist gespielt. Heimlich liebt sie nichts so sehr wie Wolfgangs jungenhaft derbe Herzlichkeit. Und zu allem Unglück weiß der Bengel das ganz genau.

»Hör gefälligst zu!« sagt sie streng. »Der Herr Apotheker wünscht, daß ihr heute alle pünktlich zum Mittagessen erscheint!«

In solchen Situationen spricht Minna von Dr. Brandt nie anders als vom Herrn Apotheker.

Wolfgang pfeift durch die Zähne. »Sooo? Was will der Herr Apotheker denn?«

Minna hat einen Zigarettenstummel auf dem Teppich entdeckt. Sie hebt ihn mit spitzen Fingern auf und legt ihn mit deutlich erkennbarer Mißbilligung in den Aschenbecher. »Der Herr Apotheker hat allen etwas Besonderes mitzuteilen!« erklärt sie förmlich. »Weiter hat er mir nichts gesagt.«

Wolfgang kraust mißtrauisch die Nase. Ob der Vater etwas von der Geschichte mit den ausgehängten Fensterläden erfahren hat? Ganz Tübingen sucht seit drei Tagen nach den Übeltätern. Oder etwa von der Sache mit Bärbel? Leider hat Wolfgang immer ein schlechtes Gewissen.

»Er hat uns was mitzuteilen! Wenn ich das schon höre!« ruft er unbeherrscht. Er pafft hastig dicke Wolken aus dem Fenster. »Wahrscheinlich bin mal wieder ich gemeint! Das könnte er auch unter vier Augen abmachen!«

»Red nicht so dumm!« sagt Minna streng. »Dein Vater weiß schon, was er will. Außerdem glaub' ich nicht, daß es wegen der Fensterläden ist!« Minna ist über Wölfis Heldentaten immer unheimlich schnell unterrichtet, und sie kann in ihm lesen wie in einem aufgeschlagenen Buch.

Wolfgang blitzt sie an: »Ach nein – hast du das auch schon wieder spitzgekriegt?«

»Denkst du etwa, ich hätte nicht gehört, wie du heimgekommen bist? Um zehn vor fünf. Du darfst das nächste Mal die Schuhe ruhig anbehalten! Und das Schild vom Uhland-Gymnasium, das drüben im Schrank steckt« – Minnas Zeigefinger weist anklagend in die Zimmerecke –, »das wirst du noch heute abend zurücktragen und anbringen! Und heute mittag bist du pünktlich!«

Nachdrücklich schließt sie die Zimmertür hinter sich und hastet die Treppe hinab. Es ist ihr eingefallen, daß unten die Suppe auf dem Feuer steht . . .

Ein wenig unruhig betritt Wolfgang mittags den kleinen Salon, in dem sich die Familie vor den gemeinsamen Mahlzeiten versammelt. Dorle und Albert sind schon da.

»Weißt du, was los ist?« fragt Dorle neugierig. Wolfgang zuckt die Achseln. »Der Herr Apotheker hat uns etwas Besonderes mitzuteilen, mehr weiß ich auch nicht.« Er drückt seine Zigarette in einen der auf dem Fensterbrett stehenden Blumentöpfe. »Vielleicht weiß Albert diesmal was?«

Albert klappt das kleine Notizbuch zu. Er trägt es ständig bei sich und macht darin bei allen erdenklichen Gelegenheiten mit winziger Schrift Eintragungen, die allein ihm verständlich sind.

»Was soll ich wissen?« fragt er aufschreckend.

Albert kommt immer von weither in die Gegenwart zurück. Er studiert Archäologie.

Wolfgang winkt gutmütig lächelnd ab. »Bemüh dich nicht, mein Lieber. Es handelt sich um Gegenwart. Ist ja doch kein Gebiet für dich!« fügt er hinzu, und es sind Worte, an die sie alle noch oft zurückdenken sollen.

»Das Geheimnisvolle in Herrn Brandt!« kichert Dorle. »Kinder, wie aufregend!«

Dorle ist einen guten Kopf kleiner als ihre Brüder. Sie ist achtzehneinhalb und gibt sich gern als ›fast zwanzig‹ aus. Doch hat sie manche Teenager-Allüren noch nicht abgelegt und ahnt nicht, daß gerade das sie so reizend macht. Sie hat eine grazile Figur. Helle, windverwehte Haare rahmen ein frisches Gesicht ein, aus dem die blauen Augen lachen. Wer sie von weitem sieht, blickt ihr gespannt entgegen. Aber in der Nähe enttäuscht das sanfte Antlitz mit den fein geschwungenen Lippen: Eine eigenartige, etwas zu scharf modellierte Nase stört den Eindruck von mädchenhaftem Liebreiz.

Dorle weiß das, und es liegt wie ein Schatten über ihr. Es nimmt ihr die Sicherheit und zerstört ihre Unbefangenheit, besonders in Gegenwart von Fremden.

Fast scheint es, als sei dieser in der Kinderzeit kaum beachtete Schönheitsfehler in den letzten Jahren immer stärker hervorgetreten. Als Kind haben die großen Brüder sie wegen ihrer Nase oft gehänselt, doch jetzt herrscht stillschweigendes Einvernehmen, daß darüber nie gesprochen wird.

Endlich tritt Apotheker Brandt im hellgrauen Straßenanzug ein und nickt seinen Kindern zerstreut zu.

Minna, die in der Küche nur auf sein Kommen gewartet hat, öffnet vom Eßzimmer her die Schiebetür und ruft: »Bitte, zu Tisch!«

Brandts essen, wenn sie unter sich sind, in dem kleinen Speiseraum. Eine Schiebtür trennt ihn von dem feierlichen Eßzimmer mit der großen Tafel, das nur bei festlichen Anlässen benutzt wird.

Minna wartet, bis sich alle gesetzt haben. Dann erst nimmt sie Platz, wie immer in kerzengrader Haltung.

Apotheker Brandt spricht ein kurzes Tischgebet. Dann senken sich die Löffel in die Suppenteller. Alle essen schweigend. Alle warten. Aber nichts geschieht.

So bleibt es auch, nachdem Minna das Hauptgericht aufgetragen hat. Man reicht einander die Schüsseln zu, murmelt ›Bitte!‹, ›Danke!‹ Aber ein Gespräch will nicht aufkommen.

Jeder am Tisch merkt, daß Dr. Brandt nervös ist. Mehrfach sieht es aus, als wolle er zu sprechen beginnen und besänne sich jedesmal anders.

Minna tauscht einen bedeutsamen Blick mit Wolfgang. In schweigender Verständigung sind die beiden gut aufeinander eingespielt.

Endlich, bei der Süßspeise, wird es Wolfgang zuviel. Diese blödsinnige Spannung! Er ist so gar nicht für Warten und lange Vorbereitungen. Wenn es eine Standpauke geben soll, dann heraus damit!

»Na, Papa, was ist denn nun?« fragt er. »Wir platzen bald. Erst wird großer Bahnhof befohlen, und dann kommt keiner an!«

Justus Brandt blickt auf und räuspert sich. Er legt den Dessertlöffel sorgfältig auf den Kristallteller, zieht die Brille aus der Brusttasche des hechtgrauen Jacketts und reibt sie, wie es seine Gewohnheit ist, über den Ärmel. Dann lehnt er sich zurück.

»Ich möchte heute abend eine kleine Feier . . .«, beginnt er und bricht ab. Alle, Wolfgang, Dorle, Albert, Minna, starren ihn groß an. Es ist so ungewohnt, den Vater mit einer Verlegenheit kämpfen zu sehen. Sie kennen ihn doch nur sicher und bestimmt. Unbewußt senken alle den Kopf. Nur Minna nicht. Sie betrachtet den Hausherrn mit undeutbarem Ausdruck.

Nach Sekunden verlegener Stille nimmt Dr. Brandt sich zusammen. Er wiederholt: »Ich möchte heute abend eine kleine Feier im engsten Familienkreis veranstalten. Minna, richten Sie bitte ein festliches Mahl! Mit Blumen und so. Nicht zu üppig, aber, wie gesagt, recht festlich. Vielleicht eine schöne Forelle, Brathähnchen . . .«

Er sieht Mißbilligung auf Minnas Gesicht und erinnert sich: Brathähnchen muß sie immer vorher bestellen –

»Sie machen das schon, Minna!« sagt er hastig. »Ich überlasse die Auswahl ganz Ihnen.«

»Welche Getränke?« fragt Minna sachlich mit hochgezogenen Augenbrauen.

»Stellen Sie Gläser für Mosel, Burgunder und Sekt bereit. Die Weine hole ich selber aus dem Keller.«

»Wie viele Gedecke?« Minna ahnt nicht, daß das die entscheidende Frage ist.

Justus denkt nach, als müsse er eine komplizierte Aufgabe lösen. Er räuspert sich. »Sechs Gedecke!«

»Haben Sie an Herrn Bösinger gedacht?« fragt Minna. – Bösinger ist der Provisor und wird gewöhnlich zu größeren Essen hinzugezogen.

»Nein«, antwortet Brandt sichtlich nervös. »Bösinger hat heute keinen Dienst. Er ist nach Stuttgart gefahren.«

»Also nur wir und Tante Zäzz!« ruft Dorle enttäuscht.

»Nein! Sieben. Sieben Gedecke«, verbessert sich Brandt. »An Tante Cäcilie hatte ich nicht gedacht.« Er zögert einen Augenblick. »Ja – ja – hm – die muß wohl auch dabeisein.«

Wolfgang ist sehr zufrieden, daß die Sache diesmal nichts mit ihm zu tun hat. Nun will er aber auch Klarheit. »Und Nummer sieben?«

Justus Brandts Blicke schweifen zum Fenster, schweifen zurück. Er richtet sich auf und blickt seine Kinder der Reihe nach an. Ein versonnener Glanz legt sich auf sein Gesicht. Ein verstecktes Lächeln, wie bei all den vielen Gelegenheiten, bei denen er ihnen eine unerwartete Freude bereitet hat. Etwa wie damals, als er Wolfgang den heißersehnten Motorroller schenkte.

»Das ist ja gerade meine Überraschung! Ich werde euch heute abend – hm – mit meiner zukünftigen Frau bekannt machen, meine Lieben!« Er lächelt mit schräggehaltenem Kopf. Doch es ist ein seltsames, ganz ungewohntes Lächeln. Ein Lächeln, das gleichzeitig um Verstehen wirbt.

Es ist nun totenstill. Alle Gesichter sind befremdet, verstört. Ja, es ist, als hielten alle den Atem an.

Jeder blickt vor sich hin.

Keiner wagt, den Vater anzusehen. Aber was sie denken, ist auch von diesen verschlossenen Gesichtern abzulesen.

Seine zukünftige Frau!

Wie kann er in seinem Alter noch heiraten wollen! Es ist eine unerhörte Zumutung! Sollen sie ihr Heim nun mit einer Fremden teilen? Ist es denn nicht ihr Zuhause? Haben sie nicht das Recht, vorher gefragt zu werden? Sie sind doch selber erwachsen!

Achtzehn Jahre sind sie ohne Mutter aufgewachsen. Kurz nach Dorles Geburt ist sie für immer von ihnen gegangen, und Minna ist an ihrer Stelle die Vertraute der Kinder geworden.

Und nun soll eine neue Mutter ins Haus? Das ist doch Wahnsinn! Unvorstellbar!

Justus Brandt gibt sich einen Ruck.

»Ich verstehe, daß ihr überrascht seid. Vor allem, weil ich euch nie von meinem Plan und von ihr, meiner zukünftigen Frau, erzählt habe. Ihre Familie stammt aus Rendsburg ...

Eine erstklassige Familie. Ihr Vater war mit mir auf der Schule, er war später Generalleutnant. Gabriele habe ich damals natürlich nicht gekannt. Sie ist« – er zögert: nein, den Unterschied der Jahre sollte er ihnen jetzt nicht zumuten – »bedeutend jünger als ich«, fährt er fort. »Ich habe sie durch einen Zufall hier in der Apotheke kennengelernt und dann wiedergetroffen, als ich im Frühjahr in Kissingen zur Kur war ... Sie ist als Modezeichnerin für ein großes Frankfurter Haus tätig ... ein sehr feiner, reifer Mensch.« Ein weiches Lächeln legt sich um seinen Mund. »Ich bin überzeugt, sie wird euch gefallen ... sie wird auch hier ins Haus passen ...«

Immer holpriger ist seine Rede geworden, immer stockender. Jetzt schweigt er und tut mechanisch einen tiefen Zug aus seinem Glas.

Die Kinder blicken ihn nicht an. Sie sitzen da mit zusammengepreßten Lippen und starren vor sich hin.

Endlich hebt einer nach dem anderen den Blick, richtet ihn aber nicht auf den Vater, sondern auf Minna. Wie immer, wenn Sorgen und Kummer für einen allein zu drückend werden, suchen sie Hilfe bei Minna.

Minnas Gesicht ist vereist, ihr schmaler Mund zu einem harten Strich zusammengepreßt. Ihre Hände liegen übereinander.

Das seltsame Lächeln Brandts erstirbt und wird fast zur Grimasse.

Draußen hört man einen Pferdewagen durch die Bursagasse rattern. Man hört Vögel singen. Man hört ganz in der Ferne eine Lokomotive pfeifen. Alles wie sonst. Aber hier wird es nie mehr sein wie sonst!

»Nun?« fragt Justus Brandt enttäuscht und schon leicht gereizt. Seine Augen verengen sich.

Niemand antwortet. Niemand sieht ihn an. Alle starren auf ihre Glasteller.

»Nun?« fragt er noch einmal und zwingt sich zu einem Scherz. »Mehr habt ihr dazu nicht zu sagen?«

Wolfgang hebt mit einem Ruck den Kopf und blickt den Vater offen an.

»Doch, Vater, dazu haben wir sehr viel zu sagen. Und ich glaube, ich spreche jetzt für alle. Wir sind« – er sucht vergeblich nach Worten, die nicht verletzen –, »wir sind alle maßlos enttäuscht, daß du uns so etwas antust, Vater. Wir kennen die Frau nicht, die du uns ins Haus bringen willst. Ich will ihr auch nicht zu nahe treten. Aber unsere Mutter wird sie nie werden, das wissen wir heute schon, nicht wahr, Albert? Nicht wahr, Dorle?«

Albert nickt.

Dorle aber stürzen plötzlich die Tränen aus den Augen. »Und ich habe gedacht, daß ich nun immer hier zu Hause sein kann«, stößt sie schluchzend hervor. »Ich hatte mich so gefreut nach der langen Zeit in England! Wenn jetzt eine Stiefmutter ins Haus kommt ...«

Stiefmutter! Das böse Wort ist gefallen, und keiner wird es mehr zurückholen.

Dorle schlägt die Hände vors Gesicht.

Das ist der Augenblick, da Minna endlich eingreift. Soviel sie an den Kindern auch sonst auszusetzen hat – wenn sie Schutz brauchen, dann ist sie da. – Wer hat gemeint, daß sie alt ist? – Jetzt springt sie mit feuerrotem Gesicht auf. »Laß nur, Kindchen«, ruft sie begütigend zu Dorle hinüber und wendet sich dann an Dr. Brandt:

»Herr Apotheker, bei allem gebührlichen Respekt – aber wenn eine neue Frau hier einzieht – dann – dann verlasse ich das Haus.« Ihre Stimme zittert vor Erregung. Und als wolle sie ihren Entschluß bekräftigen, wiederholt sie:

»Verlasse ich das Haus!«

Sie stellt die Kristallteller zusammen, daß sie nur so klirren, setzt sie aufs Tablett und will zur Tür –

»Augenblick!« ruft Justus Brandt scharf. Er ist blaß, seine Augen liegen in tiefen Schatten.

»Daß ihr mir nicht vor Freude um den Hals fallen würdet, hatte ich erwartet. Ja, ich kann es verstehen. Aber eine so ablehnende Haltung, ein solches Vorurteil gegen einen Menschen, den ihr überhaupt noch nicht kennt, und ... soviel Verständnislosigkeit für mich und meine Lage – nein, das ist einfach empörend!« Er funkelt Minna an: »Gerade von Ihnen hätte ich das nicht gedacht, Minna! Wo Sie doch wissen, was keines der Kinder weiß ...«

Er bricht mit einer heftigen Handbewegung ab und holt tief Atem. Man sieht, wie es in ihm arbeitet, welche Mühe er hat, seinen Zorn zu zügeln. »Ich will jetzt zu euren Äußerungen keine Stellung nehmen. Ich will hoffen, ja, ich möchte euch alle bitten, euch eure Haltung noch einmal gründlich zu überlegen. Daß sie an meinem Entschluß nichts ändern wird, wißt ihr! Ihr kennt mich!«

Ja, sie kennen ihn. Jeder in diesem Hause kennt die zuweilen despotische Strenge und Härte, mit der der Vater durchsetzt, was er für richtig hält.

»Im übrigen bleibt es bei meinen Anordnungen für heute abend, Minna«, fährt er nach kurzer Pause etwas ruhiger und verbindlicher fort. »Meine zukünftige Frau stammt aus allerersten Kreisen! Aus einer Familie, die ich seit langem kenne! Ich darf deshalb wohl erwarten, daß man meinem Gast entgegentritt, wie das in diesem Haus seit Generationen Brauch ist.«

Er steht auf, geht hinaus und zieht die Tür fest hinter sich ins Schloß.

Es ist halb acht geworden. Im Salon, der über dem Labor der Apotheke liegt, sitzen die Brandtkinder mit Tante Cäcilie.

Die beiden Fenster zum Neckar sind halb geöffnet. Mit der warmen Abendluft kommen frohe Stimmen herein. Boote gleiten vorbei. Man hört das Plätschern der Ruder im Wasser. Manchmal schallt ein Mädchenlachen herauf oder ein Lied aus jungen Kehlen.

Die Kinder nennen Tante Cäcilie heimlich ›die Giftspritze‹, und das nicht zu Unrecht, denn ganz Tübingen fürchtet ihre spitze Zunge. Dabei ist Cäcilie Eckert durchaus eine Persönlichkeit. Bei Verlobungen und Heiraten in den besseren Bürgerkreisen der ehrwürdigen Universitätsstadt wird ihr Urteil schon aus Vorsicht immer eingeholt.

Für den heutigen Abend hat sich Fräulein Eckert dezent in Schwarz gekleidet. Die hochhackigen durchbrochenen Schuhe verraten, daß ihre Trägerin Anspruch darauf erhebt, als mondäne Frau zu gelten.

Sie sitzt sehr aufrecht im Sessel und betrachtet die Kinder der Reihe nach. Wolfgang räkelt sich mal wieder allzu zwanglos. Doch ihm sagt sie nichts. Er ist ihr Lieblingsneffe; sie hat eine Schwäche für ihn, die sie nicht verbergen kann und die sie veranlaßt, die meisten seiner Ungezogenheiten nicht zu beachten. An Albert gibt es ja nie etwas auszusetzen. Ihr Verhältnis zu ihm ist kühl; in Wirklichkeit fürchtet sie ihn ein wenig wegen seiner unbestechlichen Wahrheitsliebe und seines klaren, sezierenden Verstandes. Drum mustert sie Dorle so lange und so eingehend, bis das junge Mädchen unruhig wird.

»Wenn ich doch nur wüßte, an wen du mich erinnerst . . . mit deiner aparten Nase!« sagt sie. Es klingt wie eine Rüge.

Dorle wird rot und sucht hilfeflehend Wolfgangs Augen.

»Besser eine scharfe Nase als eine scharfe Zunge!« sagt Wolfgang, ohne seine bequeme Stellung zu verändern.

Tante Zäzz tut, als habe sie nichts gehört. Sie übersieht auch den dankbaren Blick, den Dorle dem Bruder zuwirft. »Bei den Eckerts gibt es jedenfalls eine solche Nase nicht!« sagt sie spitz. »Und auch auf den Brandtschen Familienbildern habe ich sie nicht entdeckt ...«

Sie steht auf und geht zur Schiebetür, hinter deren Milchglasscheiben man Minnas Schatten eifrig hantieren sieht.

»Was ist eigentlich heut abend los?« fragt Tante Zäzz. »Das kam ja recht plötzlich! Fast ein Alarm! Ich bin sonst gewohnt, Einladungen wenigstens ein paar Tage vorher zu bekommen.«

Da niemand antwortet, schiebt sie die Tür einen Spalt auseinander.

»Nanu, nanu!« ruft sie erstaunt. »Das hat doch was zu bedeuten!«

Minna hat die Tafel wunderschön gedeckt. Das alte Familiengeschirr mit dem Hauswappen der Familie Eckert leuchtet mit den dunkelgrünen Römern um die Wette. Das schwere Tafelsilber trägt die Initialen des Begründers der Apothekerdynastie Caspar Albert Eckert: C A E. Vor jedem Gedeck steht ein Blumensträußchen in einer zarten Silbervase. Und Minna in schwarzer Seide poliert soeben die Sektkelche nach. – Daß Minna als völlig zur Familie gehörig betrachtet wird und an allen Festlichkeiten teilnimmt, darüber wird die vornehme Tante Cäcilie in ihrem ganzen Leben nicht hinwegkommen.

So ein Aufwand! Und sie, eine geborene Eckert, weiß als einzige nicht, um was es geht! Aufgeregt wendet sie sich in den Salon zurück.

»Wollt ihr mir nicht endlich verraten, was es ist? Das sieht ja so aus wie ...«, sie lacht etwas gezwungen, »... ja, wie eine Verlobung!«

Wolfgang grinst und wippt mit den übereinandergeschlagenen Beinen.

»Dorle, du?« fragt Cäcilie Eckert streng.

Dorle muß trotz allen Kummers ein Lachen verbeißen. Sie schüttelt stumm den Kopf.

Cäcilies blaugraue Augen fassen den Lieblingsneffen. »Wolfgang! Du hast dich doch wohl nicht mit dieser gräßlichen Änne Butzbach verlobt? – Mag ihr Vater zehnmal Millionär sein – diese Schrotthändlerstochter paßt nicht in eine Apothekerfamilie!«
Wolfgang wippt seelenruhig weiter. »Aus Schrott macht man den besten Stahl! Und daß dieses Mädchen Geld mitbringt, liebes Tantchen, damit wird man sich zur Not abfinden. Heute ist das anders!

Heute fragt es sich, ob der Schrotthändler den Apothekerssohn akzeptiert. Nur – soweit sind wir längst noch nicht. Aber eine Verlobung könnte trotzdem stimmen. Zweimal darfst du noch raten!«

»Also Albert!« ruft Tante Zäzz aufatmend. »Na, von dir hätte ich das allerdings zuletzt erwartet. Wer ist denn die Ärmste? Und warum erfahre ich das erst heute?«

Albert schweigt und verzieht keine Miene.

Vom Eßzimmer her schiebt sich Minna durch die Tür. Ihre immer wachen Ohren sind der Unterhaltung gefolgt.

»Nein«, sagt sie unvermutet in Tante Cäciliens Rücken. »Unser Albert denkt auch nicht daran, sich zu verloben, Fräulein Cäcilie. Aber warum sollen Sie es nicht wissen? Der Herr Apotheker will heute abend der Familie seine zukünftige Gemahlin vorstellen!«

Cäcilie Eckert sieht Minna an, als zweifle sie an ihrem Verstand. »Der Herr Apotheker? Zukünftige Gemahlin? Vorstellen? – Minna! Was für unpassende Scherze erlauben Sie sich?«

»Wieso denn Minna?« sagt Wolfgang.

Cäcilie lehnt sich erschöpft in ihren Sessel zurück. »Das ist doch nicht wahr!« murmelt sie. »Ein Mann von bald sechzig!«

»Vater ist gerade vierundfünfzig geworden!« wagt Dorle zu berichtigen.

Tante Zäzz wischt das beiseite.

Tief im Innern hat sie sich selber immer noch Hoffnungen auf ihren angeheirateten Vetter gemacht. Die Zeit dafür sollte erst reif werden. Wenn die Kinder einmal aus dem Hause sind! Zum Glück ahnt niemand etwas davon. Höchstens Minna!

»Jedenfalls ist es einfach lächerlich, wenn ein so alter Mann mit drei heiratsfähigen Kindern daran denkt, irgendeine Fremde zu heiraten!« ruft Tante Cäcilie. Sie ist ehrlich empört. »Ja, um Himmels willen, wer ist es denn überhaupt?«

»Das weiß niemand«, antwortet Minna ablehnend. »Ich weiß nur, daß ich dieses Haus verlasse, sobald eine Fremde hier erscheint. Mich hier von einer Neuen herumkommandieren lassen, nein, Fräulein Eckert, da kündige ich lieber gleich!« Sie verschwindet wieder im Speisesaal.

Tante Cäcilie blickt sich anklagend im Raum um. Da hängen an den Wänden vergilbte Scherenschnitte, Kupferstiche und Aquarelle. Da ist ein aus vielerlei Blüten von ihrer Urgroßmutter liebevoll gebundener Strauß, der fein präpariert unter gewölbtem Glas mehr als ein Jahrhundert überdauert hat. Da ist das Myrtenzweiglein unter dem Brautbild von Albert und Mathilde Eckert, den Großeltern der vor ihr sitzenden Kinder, die für sie, Cäcilie, Onkel und Tante waren. Und deren einzige Tochter Bettina diesen aus dem Norden stammenden Dr. Brandt geheiratet hatte. Schon damit ist, genau betrachtet, die Apotheke den Eckerts verlorengegangen.

Aber noch ist Cäcilie Eckert da. Zu allem entschlossen, richtet sie sich auf.

»Und ihr? Was sagt ihr dazu?« Sie blickt die Geschwister der Reihe nach an. Endlich einmal ist sie mit ihnen einer Meinung.

Die drei antworten nicht; aber ihr Schweigen sagt genug.

In der Diele werden Schritte laut.

Dr. Brandts sonore Stimme: »Willst du bitte hier ablegen, Gabriele? Komm, ich helf' dir aus dem Mantel. Dies ist unsere sogenannte Diele.«

»Ach, was für ein herrliches altes Bild!« sagt eine fremde Stimme. Eine dunkle, vibrierende Stimme. Es ist das erste, was die Familie von der schon verhaßten fremden Frau kennenlernt.

»Ja, das ist der Zwingel, vom Neckar aus gesehen. Da ist unser Haus!« erläutert Justus Brandt.

Jedes Wort ist zu verstehen.

Die vier Menschen im Salon sind ebenso voll geheimer Spannung wie voller Abwehr und Mißtrauen. Fast sitzen sie da wie Schöffen am Richtertisch, die auf den Angeklagten warten.

In die lähmende Stille lacht Tante Cäcilie mit geschlossenem Mund. Dann zischt sie leise zwischen den Zähnen hervor: »Vielleicht bekommt sie heute schon die Schlüsselgewalt!«

Dann tut sich die Tür auf. Dr. Brandt läßt seine zukünftige Frau zuerst eintreten. Sie bleibt einen Augenblick auf der Schwelle stehen. Bis Brandt wie schützend seinen Arm um ihre Schulter legt und sie in den Raum geleitet.

Die jungen Männer haben sich mechanisch erhoben und stehen steif neben ihren Sesseln. Tante Cäcilie mustert die Fremde lächelnd. Aber das Lächeln ist wie Eis.

Welche widerstrebenden Empfindungen gehen in diesem Augenblick durch die Köpfe der Familie! Überraschung. Abwehr. Staunen. Reserve. Offene Feindschaft.

Wolfgang hat den Kopf ein wenig auf die Seite geneigt und betrachtet die Braut seines Vaters mit unverhohlenem Interesse. Donnerwetter! Eine tolle Frau! Wenn man nicht gerade in diesem Salon versammelt wäre und zu diesem Zweck, er würde durch die Zähne pfeifen und ihr mit den Augen zuzwinkern.

Gabriele Holthuys ist schlank und hochgewachsen; ihr dunkles Haar zeigt kupferfarbene Reflexe. Sie trägt ein Teekleid von geradezu raffinierter Schlichtheit, dazu schwarze Pumps mit sehr hohen

Absätzen und nicht den geringsten Schmuck. Nein, an der äußeren Erscheinung ist nichts auszusetzen.

Und doch geht von diesem Mädchen etwas aus, was besonders Tante Cäcilies Haltung noch steifer werden läßt. Liegt es an dem makellosen Make-up ihres wohlgeformten Gesichtes? An dem leidenschaftlichen Schwung der Lippen? An dem sonderbaren Glanz der etwas schräggestellten grünen Augen, die diese Frau wie eine Katze halb geschlossen hält? Oder ist es ihr Gang, das weiche Spiel der Hüften, eine fast tänzerische Grazie, betont durch die überhohen Absätze?

»Darf ich dich mit meiner Familie bekannt machen, Gabriele?« sagt Brandt in die lastende Stille. Sie sind vor Tante Cäcilies Sessel stehengeblieben. Die Tante hebt langsam die Hand. Sehr langsam. Es ist die Art, wie Königinnen ihre Untertanen begrüßen.

»Guten Abend, Fräulein!« sagt sie überdeutlich, noch bevor Dr. Brandt dazu kommt, Namen zu nennen.

Eine flüchtige Röte färbt Justus Brandts Wangen. Seine Brauen runzeln sich. Aber er hält an sich. Er will jetzt keinen Streit.

»Fräulein Holthuys!« sagt er ergänzend. »Damit, liebe Gabriele, gibt sich unsere Tante Cäcilie, von der ich dir erzählt habe, wie sie leibt und lebt! Es ist nun einmal ihr Ehrgeiz, nicht nur das letzte Wort zu haben, sondern auch das erste. Vielleicht eine Eckertsche Familieneigentümlichkeit. Trotzdem hoffe ich, ihr werdet euch mit der Zeit verstehen!«

Er ist froh, daß Minna in der starren schwarzen Seide ohne Schürze gerade hereinrauscht und ihm erlaubt, Gabriele aus Cäciliens Nähe zu entfernen.

»Und hier hast du den guten Geist des Hauses, unsere liebe ... unser liebes Fräulein Minna!« sagt er gemacht munter. Dabei spürt er aber schon, daß Cäciliens Begrüßung noch warmherzig genannt werden muß gegen die Eiseskälte, die in diesem Augenblick von Minna ausstrahlt.

Minna deutet durch ein flüchtiges Senken der Augenlider etwas an, was man zur Not als Nicken auffassen kann. Brandt wendet sich schnell den Kindern zu. Verflixte alte Schachteln! denkt er erbost.

»Das ist mein Sohn Wolfgang!« Er versucht weltgewandt, durch einen leichteren Ton der beklemmenden Situation die Spannung zu nehmen. »Redet drauflos, wie ihm der Schnabel gewachsen ist. Erstes Semester. Jazz-Experte und Motorroller-Fan!«

Wolfgang geht auf den heiteren Ton nicht ein. Er macht eine weltmännisch knappe Verbeugung, doch sein Gesicht bleibt verschlossen. Er muß sich zwingen, jetzt einmal nicht zu reden, wie ihm der Schnabel gewachsen ist. Sonst würde er gesagt haben: ›Na, alter Herr! Wo hast du denn dieses tolle Weib aufgegabelt? Große Klasse! – Aber heiraten . . . ?‹

Auch Dorle ist nach einigem Zögern aufgestanden. Sie hat ihres Vaters Zukünftige mit den Blicken verschlungen. Und vom ersten entscheidenden Augenblick an ist etwas wie Eifersucht in ihr aufgestiegen. Diese Frau ist schön! Schöner als Dorle, und unvergleichlich sicherer! Diese Frau versteht aufzutreten. Diese Frau weiß sich zu kleiden. Die hat das unbestimmbare Etwas, das nicht zu erlernen ist.

Beispielsweise diese Geste jetzt, die leichte, fast unmerkliche Bewegung, mit der sie sich etwas zurücklehnt, als betone sie ihren Anspruch auf den Vater, der nun ihr gehört.

»Das ist Dorle, unser Küken. Erst seit zwei Wochen aus England zurück und vielleicht noch ein bißchen fremd im alten Tübingen.«

»Guten Abend«, sagt die Fremde. Diese dunkle, bebende, fast geflüsterte Stimme! Eine Stimme, die lange nachklingt.

Dorle nimmt die schmale, schlanke Hand, die ihr entgegengestreckt wird. Sie fühlt sich leblos an, wie eine Puppenhand, und das erfüllt Dorle gleich mit heftiger Abneigung.

»Und das endlich wäre Albert. Der Große!« sagt der Apotheker. Er atmet erlöst auf. Mit Albert kommt man immer am schnellsten zurecht. Ganz gleich in welcher Situation! Albert geht nie aus seiner Reserve heraus. Doch als Brandt nun den Sohn ansieht, bleibt ihm das Wort im Munde stecken.

Albert steht gegen das Fenster gelehnt, die Hände auf dem Rükken. Er ist totenblaß, sein Gesicht eine einzige Ablehnung. Und mehr: Verachtung!

Niemand hat gesehen, wie Albert die Augen aufriß, als Gabriele Holthuys ins Zimmer trat. Niemand hat den ungläubigen Zweifel in seinen Zügen bemerkt. Niemand hat darauf geachtet, wie er zusammenzuckte und zurückwich, bis er das Fenster im Rücken spürte.

So steht er noch. Und er ändert seine Haltung auch nicht. Seine Augen brennen.

Brandt mustert ihn scharf. Er kennt seinen Sohn. Seinen ersten Sohn! So stand er schon als Kind an der Wand, wenn er trotzig war, wenn ihn, wie es hieß, der Bock hatte.

Minna erschrickt. Ja, genauso war das vor vielen Jahren! Sie kennt den schwierigen Jungen vielleicht noch besser als der Vater. Sie hat ihn großgezogen. Was ist nur in ihn gefahren?

Nie vorher ist ihr Alberts Ähnlichkeit mit seinem Vater deutlicher geworden als in diesem Augenblick. Es sind zwei Dickschädel. Minna merkt, daß der Apotheker einen letzten Versuch macht, die Situation zu meistern, während die Wut schon in ihm kocht. Er legt dem Sohn die Hand auf die Schulter.

Albert bleibt unverändert stehen. Ebenso wie Minna weiß Brandt genau, daß der Junge jetzt um nichts auf der Welt die Hand ausstrecken wird.

»Albert, möchtest du Fräulein Holthuys nicht in der gehörigen Form begrüßen?« fragt er leise, doch der Unterton von Drohung in seiner Stimme ist nicht zu überhören.

»Nein!«

Das Wort wird laut herausgestoßen. Es fällt in die Stille wie ein Stein auf eine Glasscheibe.

Alle starren zu den dreien hinüber. Fassungslos. Gelähmt. Ein Blitz, der die lastende Dunkelheit zerreißt, könnte nicht erschrekkender wirken als dieses Wort in diesem Augenblick.

Brandt hat die Hände erhoben. Sie ballen sich zu Fäusten. Er versucht ihr Zittern zu verbergen. Es sieht aus, als wolle er in der nächsten Sekunde auf seinen Sohn einschlagen.

»Darf ich dich einen Augenblick allein sprechen, Vater?« sagt Albert schwer atmend.

»Ausgeschlossen!« ruft Brandt. Er blickt Gabriele an.

»Bitte, geh ruhig!« sagt Gabriele Holthuys mit einer höflichen Geste.

Brandt überlegt einen Augenblick. »Dann entschuldige!« sagt er gewaltsam beherrscht und weist auf den geradlehnigen Samtsessel. »Nimm inzwischen Platz!« Und zu Albert: »Komm!«

Er senkt den Blick, hilflos vor Scham. Seine Bewegungen sind zerfahren. Er muß sich mit einer gewaltigen Kraftanstrengung zusammenreißen, um die Schiebetür zum Speisezimmer ruhig zu öffnen. Mit einem Blick weist er den Sohn hinein. Hinter ihnen rollt die Tür zu, daß es klirrt.

Nebenan, im Speisesaal, auf der festlich gedeckten Tafel, leuchten die Blumen, spiegelt sich das gelbe Licht der Kerzen vielfältig in Silber und blitzendem Kristall.

Dr. Brandt kann sich nicht länger beherrschen. Jetzt bricht der Zorn ungehemmt aus ihm hervor. Wütend wirft er sich zu seinem Sohn herum. »Ich verlange eine Erklärung für dein unerhörtes Verhalten!« Er schreit fast. »Sofort! Antworte!«

Albert ist an einer Ecke der Tafel stehengeblieben. Seine Hand umklammert das Holz eines der hochlehnigen Speisezimmerstühle.

Die geschnitzten Knäufe dringen fast schmerzhaft in sein Handinneres. Er merkt es nicht. Er, der Weltfremde, den das ›Halt dich gerade, Junge!‹ vom ersten Tage seiner Kinderzeit an begleitet hat, jetzt hält er sich gerade. Es ist die Stunde, in der aus Knaben Männer werden. Er durchlebt sie, ohne es zu wissen.

In das wutverzerrte Gesicht seines Vaters hinein sagt er kalt: »Diese Frau wirst du nicht heiraten, Papa!«

Brandt fährt zurück.

»So! Willst du mich daran hindern?« Jetzt flüstert Brandt. Aber sein Flüstern ist furchtbarer als sein Schreien.

Zwei, drei, vier Sekunden Stille. Eine Ewigkeit.

Dann sagt Albert langsam, doch fest: »Du wirst nicht ein Mädchen heiraten wollen, das seine Haustür für viele Männer offenhält!«

Der Vater fährt zurück. Er läßt die Hände fallen, die er eben noch drohend erhoben hatte. Seine Augen suchen das starre Gesicht seines Sohnes zu durchdringen. Er holt tief Luft, ruft dann in neu entbranntem Zorn:

»Du bist nicht ganz bei Trost!«

Albert rührt sich nicht. Jetzt hält sein Blick den Blick des Vaters fest gepackt. Nie haben diese beiden Männer einander so in die Augen gesehen.

»Ich könnte dir ein Dutzend Männer bringen, von der diese – diese –«

»Noch ein Wort, und ich vergesse mich!«

»Vergiß dich! Schlag mir ins Gesicht! Das wäre die kleinste Schande!«

»Du bist ein Narr!«

Albert zittert. Seine Hände pressen das Holz des Tisches wie Schraubzwingen. Aus seinen Lippen ist das letzte Rot gewichen.

»Bring mir einen dieser Männer, oder ich prügele dich wie einen räudigen Köter aus dem Hause!«

Brandt ist blau angelaufen. Seine Stimme dringt durchs ganze Haus. Nebenan sitzen alle wie erstarrt. Auch Gabriele folgt der Auseinandersetzung zwischen Vater und Sohn mit wachsendem Entsetzen.

Albert reckt sich. Über seinen durchgeistigten Zügen liegt jetzt ein Ausdruck äußerster Entschlossenheit.

Und dann sagt er das Wort, das wie ein Faustschlag trifft: »Einer von ihnen steht vor dir!«

Brandt steht einen Augenblick geduckt.

Was hat der Junge da gesagt?

Mit einem Ruck richtet er sich auf, dann holt er aus und schlägt Albert mit aller Kraft ins Gesicht.

»So – das ist meine Antwort, du Lump! – Und nun 'raus! 'raus! 'raus!«

Albert steht wie erstarrt.

Auf seinem blassen Gesicht zeichnen sich langsam die Spuren des Schlages ab.

In der gleichen Sekunde wird die Schiebetür aufgestoßen. Gabriele Holthuys steht im Rahmen. Sie ist weiß wie das schimmernde Porzellan auf der festlich gedeckten Tafel. Wie alle im Salon ist auch sie Ohrenzeuge der Auseinandersetzung geworden. Dieses Schreien, dieser Schlag waren nicht zu überhören.

»Justus!«

Brandt sieht sie nicht. Er hört nicht ihren beschwörenden Ruf. Er ist in einem Wutrausch. Seine Stirnadern sind zum Platzen geschwollen. Er holt zu einem neuen Schlage aus.

Durch die nur angelehnte Tür vom Flur zum Speisesaal ist im selben Augenblick Minna hereingestürzt. Ihre Schürzenbänder flattern. Sie wirft sich dem Apotheker furchtlos entgegen und bleibt mit abwehrend erhobenen Armen vor ihm stehen. »Schlagen Sie den Jungen nicht, Herr Apotheker! Unser Albert lügt nicht! Er hat noch nie gelogen!« Ihre Stimme ist fest, aber ihre dünnen Lippen beben.

Fast sieht es aus, als wolle Brandt in seiner sinnlosen Wut jetzt auf Minna einschlagen.

Doch nun steht auch die Fremde neben ihm. Sie umklammert mit beiden Händen seinen Arm. Das endlich bringt ihn zu sich, die gefährliche Wut weicht aus seinen Augen, offenbar weiß er wieder, was um ihn herum geschieht.

»Gabriele . . .?«

»Justus!« Sie sagt es ganz leise. Ihre überlegene Ruhe, ihre aufrechte Haltung sind wie ein Bollwerk in dieser Flut der Leidenschaften.

Nebenan im Salon herrscht Totenstille. Tante Cäcilie, Wolf und Dorle sitzen regungslos in ihren Sesseln.

»Hör zu, Justus!« sagt Gabriele fest. »Fräulein Minna hat recht: Dein Sohn lügt nicht. – Wenn einer aus diesem Hause zu gehen hat, dann ich!«

Sie streicht an seinem Arm herunter, als wolle sie seine Hand suchen. »Es tut mir entsetzlich leid, Justus! Ich hätte dir alles längst erzählen sollen. Aber ich – ich war einfach zu feige dazu. – Ich fürchtete, dich dann zu verlieren.«

Gabriele Holthuys legt ihre Hand mit einer langsamen Bewegung wie abschiednehmend auf seine Schulter. Dann dreht sie sich abrupt um und geht durch die offenstehende Flurtür in die Diele hinaus. Man hört, wie sie mit ruhiger Stimme dem Mädchen dankt, das ihr offenbar in den Mantel hilft. Man hört die hohen Absätze auf der Stiege klappern. Die Haustür fällt ins Schloß.

Die Kerzen flackern in den Silberleuchtern. Ein feiner Duft von Wachs und Blumen liegt über dem langgestreckten Raum.

Minna atmet tief auf. Sie krampft die Hände ineinander. Ja, so duftete es früher, wenn Glanz und Festesfreude in diesem Hause herrschten. An den Geburtstagen der Kinder ... zu Weihnachten.

Wie schön es immer war!

Und nun ist das für immer vorbei.

Nur wenig sind die Kerzen heruntergebrannt. Und doch ist es, als sei in dieser Zeit ein ganzes Gebäude in Schutt und Asche zerfallen.

Die Harmonie ist zerrissen. Wie Feinde stehen Vater und Sohn nun blaß und stumm einander gegenüber.

Der Vater hat den erwachsenen Sohn ins Gesicht geschlagen!

Daß dies nicht wiedergutzumachen ist, ahnen alle.

Albert fährt sich langsam über das Gesicht und blickt in die offene Handfläche, als erwarte er, blutige Spuren des Schlages zu finden. Dann dreht er sich wortlos um und geht.

Nun kommt Leben in Minna.

»Ach Gott, ach Gott! Er wird sich doch nichts antun!« jammert sie und schickt sich an, ihm nachzueilen ...

Im Rahmen der Schiebetür erscheint Tante Cäcilie. Ihre Augen glitzern. Sie streift Brandt nur mit einem kurzen Blick. Nein, sie wird ihn jetzt nicht ansprechen. Er ist jähzornig – das weiß sie aus Erfahrung – und sieht immer noch gefährlich aus. Später wird sie ihn schon gelegentlich darauf hinweisen, daß sich so etwas im Hause Eckert noch nie ereignet hat. Und daß ein alternder Mann bei der Wahl einer Frau doppelt vorsichtig zu sein hat!

Aber in dieser Minute ist Tante Zäzz wie immer die Diskretion in Person. »Minna!« ruft sie halblaut, indem sie herrisch mit dem Kopf zu den offenstehenden Fenstern deutet.

Jetzt, da es zu spät ist!

Hat nicht die ganze Bursagasse das Geschrei gehört? Hat der Wind es nicht durch alle Straßen der ehrwürdigen Stadt geweht?

Minna nickt vor sich hin. ›Ist das Wort dem Mund entflohen, kehrt zurück es nimmermehr, und führ' die Reu' im gleichen Atem selbst mit vier Pferden hinterher!‹ denkt sie. Minna denkt gern in

Versen. In ihrem Giebelstübchen unter dem Dach liegt neben der Bibel ein Sprichwörterbuch mit zerfledderten Seiten. Es stammt noch von Bettina, der Mutter der Kinder, und manches Verslein hat deren Großmutter, die alte Frau Geheimrat, selber dazugeschrieben. Minna hat es vor Feuer und Abfallgrube bewahrt. Sie blättert oft darin und kennt die Lebensweisheiten aus längst vergangener Zeit fast alle auswendig.

Als das letzte Fenster endlich geschlossen ist, wird vom Salon her unterdrücktes Schluchzen hörbar.

Dorle!

Minna will hinübereilen, Tante Zäzz kommt ihr zuvor. Während der Auseinandersetzung zwischen Vater und Sohn hat sie vor lauter Spannung keinen Gedanken daran verwenden können, wie furchtbar die Szene auf das junge Mädchen wirken mußte.

»Geh sofort auf dein Zimmer!« zischt sie das unglückliche Kind an.

Dorle steht auf und geht schleppend zur Tür. Im Flur bleibt sie noch einmal unschlüssig stehen. Dann, auf der Treppe, beginnt sie plötzlich zu laufen, als seien Verfolger hinter ihr her. Oben im Dachgeschoß wirft sie ihre Tür ins Schloß und riegelt sich ein.

Das ist zuviel für Minna. Erst dieser Streit, dann Albert aus dem Haus gerannt! Das Festessen verdorben, und nun auch noch Dorle . . .

»Das arme Kind!« ruft Minna und hastet hinter ihr her. In der Tür bleibt sie noch einmal stehen und dreht sich zu Tante Zäzz um. »Warum fahren Sie das arme Kind nur immer so an, Fräulein Eckert! Schon vorhin war sie ganz verstört, als Sie wieder von der Nase anfingen! Was kann Dorle denn dafür!«

Damit eilt sie hinaus. »Welch ein Unglück, welch ein Unglück!« murmelt sie, während sie mit zitternden Knien die Treppe hinaufhastet.

»Kind, mach auf!« ruft sie beschwörend vor Dorles Tür und rüttelt an der Klinke. Sie möchte trösten, möchte helfen. Wenn ihr auch selber die Tränen in den Augen brennen.

Dorle rührt sich nicht. Sie muß mit diesem Schmerz allein fertig werden. Zum erstenmal ist sie mit den Niedrigkeiten des Lebens in Berührung gekommen. In ihr ist eine Welt zusammengebrochen. Der angebetete Vater! Und wie er den großen Bruder behandelt hat!

»Laß mich nur, Minna!« ruft Dorle endlich schluchzend durch die Tür. »Ich komme vielleicht nachher noch mal zu dir.«

»Sonst komme ich 'rauf!« ruft Minna. Sie ahnt, was Dorle jetzt durchzumachen hat. Das Kind ist so schrecklich feinfühlig.

Langsam geht Minna wieder hinunter.

Aus der Küche schlägt ihr Bratendunst entgegen.

Die Hühnchen!

Sie eilt ins Speisezimmer. Brandt ist noch da. Er hat sich geistesabwesend auf einen der hochlehnigen Stühle niedergelassen und sitzt einsam vor der festlich gedeckten Tafel. Wie ein ungebebetener Gast. Starr und unnahbar!

Tante Cäcilie hat sämtliche Gardinen an der Straßenfront vorgezogen. Für sie sieht die Geschichte inzwischen schon anders aus. Es ist wirklich Zeit, daß hier eine Frau ins Haus kommt! Aber eine erfahrene, gereifte Frau. Hoffentlich werden Brandt die Augen aufgehen, bevor es zu spät ist!

Minna bleibt neben Brandt sehen und wartet eine Weile. »Herr Apotheker«, sagt sie schließlich resolut, als er von ihrer Gegenwart keine Notiz nimmt, »es ist ja alles so furchtbar. Der Albert ist aus dem Haus, und Dorle hat sich eingeschlossen. Was soll denn jetzt mit dem Essen werden? Ich habe mir solche Mühe gegeben! Soll ich auftragen?«

Brandt blickt hoch, blickt sie groß an, fast feindselig. »Sie glauben doch nicht im Ernst, daß ich jetzt was essen kann?«

Er steht langsam auf und schaut auf die Uhr. »Acht? Erst acht?«

Seit dem widerlichen Auftritt ist noch nicht einmal eine halbe Stunde verstrichen. Ihm ist es wie eine Ewigkeit gewesen. Gabriele ist gegangen! Und jetzt verrinnen die kostbaren Minuten.

Er muß sie einholen! Muß sofort mit ihr sprechen. Das alles kann doch nur ein schrecklicher Irrtum sein!

Brandt stürzt an Minna vorbei. Die Tür fliegt hinter ihm zu, daß der Mörtel herunterrieselt.

». . . da waren's nur noch drei!« stöhnt Wolf vor sich hin. »Das ist ja wie bei den zehn kleinen Negerlein! Ich muß schon sagen, 'ne verdammt kurze Verlobungsfeier!«

Er sitzt noch immer im Salon. Er ist kein einziges Mal aufgestanden. Er hat alles wie im Theater an sich vorbeiziehen lassen und sich nicht bemüßigt gefühlt einzugreifen. Die Erscheinung der Fremden hatte ihn eigentümlich berührt. Ihre schlichte Eleganz. Ihre selbstverständliche Sicherheit. Ihr Scharm. Der undeutbare Zauber ihrer Augen. – Und wie sie sich aus der Affäre gezogen hat – tadellos!

Wolf erhebt sich und steuert die Eckvitrine an. Dort stehen Whisky, Sherry, Kognak und Gin für die Gäste.

Wolf füllt ein nicht zu kleines Glas.

»Na, Tante Zäzz, auch einen Schnaps auf diesen Schreck in der Abendstunde?«

Tante Cäcilie erwacht auf das Stichwort Schnaps zu neuem Leben. Wenn sie auch immer noch mit geheimnisumwitterter Stimme im Flüsterton spricht.

»Wolfgang, du bist unmöglich!«

»Likör oder Kognak?« fragt Wolf ungerührt. Er kennt seine Tante.

»Ich glaube...«, Tante Cäcilies Widerstand ist nur noch schwach, »... es hat mich so furchtbar angegriffen. Vielleicht sollte ich wirklich...«

»Also Kognak, Tantchen!« bestimmt Wolf seelenruhig und reicht ihr das Glas. »Hast du Kummer mit die Deinen, trink dich einen! Prost!« Er leert sein Glas genießerisch in kleinen Schlucken und füllt es wieder. »Na? Auch noch einen?« fragt er zwinkernd. Aber Tante Zäzz hat anstandshalber ihr Glas erst zur Hälfte geleert.

»Dann entschuldige mich bitte! Ich muß mich mal um die Küche kümmern«, sagt Wolf im Hinausgehen. »Die armen Hühnchen können schließlich nichts dafür!«

Im Flur stößt er mit Minna zusammen. Ihr ist inzwischen eine neue Sorge durch den Kopf geschossen: die Aushilfe!

Sie hat sich nämlich eine Küchenhilfe kommen lassen. Zubereiten, Auftragen, Bedienen und dann noch fein im Sonntagsstaat mit am Tisch sitzen – nein, das ist unmöglich.

Brandt hat ihr oft angeboten, ein Mädchen für die gröberen Arbeiten einzustellen. Das hat Minna hartnäckig abgelehnt. ›Ein zweites Mädchen! Wozu? Dann kann ich ja gleich kündigen, Herr Apotheker!‹ hat sie spitz geantwortet und sich jedesmal so nachhaltig gekränkt gezeigt, daß der Plan immer wieder unter den Tisch fiel.

Nur bei besonderen Anlässen nimmt Minna eine Aushilfe.

Jetzt eilt sie in die Küche. Richtig! Da sitzt das junge Ding stur hinterm Küchentisch.

»Was hockst du hier noch herum?« fährt Minna das etwas begriffsstutzige Mädchen an. »Du siehst doch, daß es hier nichts mehr zu tun gibt!«

Das Mädchen springt mit rotem Kopf auf. Minna ist gefürchtet. Sie kennt die ganze Nachbarschaft, und ihre Meinung hat Gewicht. Es gilt als Ehre, bei ihr aushelfen zu dürfen. Bei Fräulein Minna lernt man nicht nur die ›gute Küche‹, sondern auch ›feines Benehmen‹, das weiß jeder.

»Daß du dich nicht unterstehst, irgend etwas von dem zu erzählen, was du hier im Hause gehört hast!« sagt Minna streng.

»Ich hab' nichts gehört, Fräulein Minna!« erwidert das Mädchen viel zu schnell. »Ich war doch die ganze Zeit in der Küche!«

»Na«, sagt Wolfgang in der Küchentür, so daß es die Kleine im Hinausgehen gerade noch hören kann. »Du mußt doch nicht alle Mädchen gleich so einschüchtern, Minna. Besonders, wenn sie so nett aussehen.«

»Ach, du hast mir gerade noch gefehlt mit deinen Sprüchen!« ruft Minna unwillig. »Wo alle aus dem Haus sind und ich jetzt mit dem ganzen schönen Essen dasitze!«

»Vielleicht kann ich dir ein bißchen helfen?« sagt Wolf mit dem ernstesten Gesicht der Welt. Er lüftet ein paar Topfdeckel und schnuppert genießerisch. »Duftet nicht schlecht. Man könnte direkt Hunger kriegen . . . wenn man noch keinen hätte . . .«

»Einen Augenblick, Büble!« Minna macht einen Platz auf dem Tisch frei, holt Decke und Geschirr, sucht das schönste Hühnchen auf der großen Platte aus, wärmt die Soße noch einmal kurz auf und sieht dann zufrieden nickend zu, wie Wolfgang mit dem gesunden Appetit seiner Jahre 'reinhaut. Ihn hat die Tragödie, die sich gerade abspielte, offenbar wenig berührt. Wenigstens einer, der der Köchin die Ehre antut! Ein kleiner Trost in all dem Elend.

»Sag mal, Minna«, fragt Wolfgang ganz harmlos, als sein erster Hunger gestillt ist, »was war das eigentlich für ein Geheimnis, von dem Papa heute mittag sprach?«

»Geheimnis? Geheimnis?« wiederholt Minna nervös. »Ich weiß von keinem Geheimnis!«

Sie wendet sich ab und klappert eifrig mit den Töpfen.

»Er hat doch gesagt, daß du etwas weißt, was wir Kinder noch nicht wissen!«

»Dann mußt du ihn selber danach fragen!« antwortet Minna sehr kurz. »Ich weiß nicht, was er damit gemeint hat!«

Wolfgang betrachtet sie mit abschätzendem Blick. Er kennt Minna genau genug, um herauszuhören, daß sie jetzt etwas verheimlicht.

»Wenn Dorle doch auch etwas essen wollte«, klagt Minna, um das Thema zu wechseln.

»Warum bringst du ihr denn nichts 'rauf?«

»Aber wenn sie doch nicht aufschließt!«

Wolf leckt den Kompottlöffel ab und lehnt sich zurück. »Dann mach mal 'nen Teller fertig; mir wird sie schon aufmachen.«

Wolf hat recht. Zehn Minuten später sitzen die Geschwister einträchtig in Dorles Zimmer an ihrem niedrigen Kacheltisch. Auch Dorle hat schrecklichen Hunger – sie hätte es sich selber nur nicht eingestanden –, und Wolf ißt zur Gesellschaft noch ein Stück Hühnerbrust mit. Wenn er will, kann er sehr lieb sein. Dorle wird es wieder richtig warm ums Herz.

»Du bist doch der Beste!« Sie versucht zu lächeln, aber ihre Stimme klingt noch nach Tränen. »Es ist so schrecklich mit Vater! Weißt du, ich glaube, ich kann ihm nie wieder in die Augen sehen!«

Beide hören dann, wie Tante Zäzz das Haus verläßt. Sie hören auch, wie Minna, die Unermüdliche, die Treppen wieder heraufkommt. Die Sorge um Dorle läßt ihr keine Ruhe. Diesmal findet sie die Tür offen.

Später – nachdem Wolf sich als Kavalier erwiesen und das Geschirr hinuntergetragen hat – sitzen Minna und Dorle noch beisammen. Es ist, als fürchte sich jede vor dem Alleinsein. Ihre Gedanken bewegen sich auf denselben Wegen.

»Für uns Kinder ist alles doppelt schlimm, weil wir keine Mutter haben«, sagt Dorle schwermütig. »Weil wir nie eine Mutter gekannt haben.«

Minna fühlt sich ein bißchen übergangen. »Das ist schlimm, gewiß. Aber noch schlimmer ist es, mit einer Stiefmutter leben zu müssen!« sagt sie. »Und schließlich – du hast dein ganzes Leben lang deine alte Minna gehabt, und die hat es, glaub' ich, auch nicht an Liebe und Sorgfalt fehlen lassen.«

Dorle springt auf und umarmt die alte Frau herzlich. »Gewiß nicht, Minna. Das vergesse ich auch nie. Ohne dich hätte ich es vielleicht nicht ausgehalten. Aber eine richtige Mutter, siehst du« – sie sucht nach einem Vergleich und schließt, da sie keinen findet, mit kindlicher Logik: » . . . das ist eben eine Mutter!« Sie reibt ihre Nase an Minnas faltiger Wange. »Ach, Minna, du hast unsere Mutter doch so gut gekannt!« Du hast sie ja selber aufgezogen. Erzähl mir doch etwas von ihr!«

Minna greift nervös an das gestärkte Spitzenbörtchen ihres schwarzen Kleides. Das Thema ist ihr nicht ganz angenehm. »Gott, Kind, was ist da groß zu sagen? Ich hab' dir das alles schon tausendmal erzählt. Deine Mutter war ein sehr liebes Kind. Immer gut aufgelegt, immer fröhlich! Ein Temperament! Nein, das hat keins von euch Kindern geerbt. Das ging immer wieder mit ihr durch. Im Guten wie im Schlechten. Das war vielleicht ihr einziger Fehler und schließlich ja auch der Grund, weshalb . . .«

Sie bricht jäh ab. Ihre Mienen verraten deutlich, daß sie beinahe zuviel gesagt hätte.

Dorle stellt sich breit vor sie hin und faßt ihre Schultern.

»Siehst du! Jetzt hörst du wieder auf! Das ist immer so, wenn du von Mutter erzählst. Dann kommt irgendeine mysteriöse Andeutung, und hinterher ist Schluß!«

Minna hebt die Hände, als müsse sie sich gegen solche Vorwürfe verteidigen; doch Dorle läßt sie nicht zu Wort kommen. »Laß mich ausreden, Minna. Früher mag das richtig gewesen sein; da war ich noch klein, und Kinder brauchen nicht alles zu wissen. Aber jetzt bin ich erwachsen. Jetzt habe ich ein Recht, zu erfahren, warum und auf welche entsetzliche Weise ich meine Mutter verloren habe ...«

Minna richtet sich auf. Alarmiert. »Wieso ›entsetzliche Weise‹? Wie kommst du darauf?«

Das junge Mädchen nickt langsam vor sich hin. »Wenn du es mir auch verheimlichen wolltest, Minna, ich weiß doch schon längst, daß unsere Mutter sich aus Verzweiflung von der Schloßmauer heruntergestürzt hat!«

Einen Augenblick ist es ganz still im Zimmer. Im Hause. Auf der Welt. Es ist, als hielte selbst die alte Uhr im Ticken inne, weil ein paar junge Lippen so schreckliche Dinge aussprechen.

Minna hat die Hand über den Mund gelegt. Sie atmet schwer. Ihre Augen weichen Dorles Blick aus, wandern ruhelos durch das helle Jungmädchenzimmer, in dem sie ihr Dorle vor allen Härten, allen Niedrigkeiten des Daseins geborgen glaubte.

Aber es ist schon so: Die Wahrheit läßt sich durch stählerne Türen nicht aufhalten. Geschweige denn durch rosarote Tüllgardinen.

»Wer hat dir das gesagt?« fragt Minna.

Dorle zuckt die Achseln. »Das ist ja egal! Ein paar Mädels aus der Nachbarschaft wußten es jedenfalls. Nur warum sie es getan hat, das konnten sie mir nicht sagen. Aber du weißt es. Und von dir will ich es jetzt wissen!«

Minna senkt die Stirn in beide Hände. Sie kann jetzt dem fordernden Blick, dem Ernst dieses klaren, mit einemmal so unkindlichen Gesichtes nicht standhalten. Gewiß hat ein erwachsenes Kind das Recht, so etwas zu erfahren. Aber darf man denn schildern, wie es wirklich gewesen ist? Darf man die Schuld der Mutter preisgeben, den großen Anteil Schuld zugeben, den der Vater an jener Katastrophe trug? Gerade heute, da Dorle einen seiner furchtbaren Zornesausbrüche miterlebt hat?

Anderseits – ist nicht gerade das heutige Erlebnis eine passende Gelegenheit?

»Dein Vater und deine Mutter hatten eine Auseinandersetzung«, beginnt Minna. Sie nimmt sich sehr zusammen, um beim Erzählen nicht dem Ansturm der Erinnerung an das traurigste Ereignis ihres Lebens zu erliegen. So gewaltig drängt das heran, was in jener unseligen Nacht geschah! Jedes Wort weiß sie wie heute, jede Bewegung sieht sie vor Augen, jedes Geräusch hört sie. Die fürchterlichen Beschuldigungen von Justus Brandts Lippen, die Schläge . . . Bettinas Wimmern. – Wie sie dann die Treppe hinaufhetzte, das Kind aus dem Bettchen riß, wieder hinunterhetzte . . .! Wie Minna ihr entgegentrat, ihr in einem verzweifelten Ringen das Kind entwand, dieses unschuldige kleine Mädchen . . . und wie Bettinas gehetzte Schritte auf der leicht beschneiten Bursagasse verklangen . . .

Die fürchterlichste Nacht in Minnas Leben!

Nein, sie ist einfach nicht fähig, das alles diesem erwachsenen Kind zu erzählen.

Aber etwas muß sie ja sagen!

»Um was es ging, weiß ich nicht!« beginnt Minna und gibt sich die größte Mühe, es wie lautere Wahrheit klingen zu lassen. »Dein Vater bekam einen seiner Wutanfälle . . . genau wie eben. Er ist nun mal so jähzornig, er kann selber nichts dafür. Und deine Mutter . . . ich hab' dir ja gerade gesagt, daß sie immer gleich auf Touren war. Sie nahm alles zu schwer, zu persönlich. Die Überlegung hinkte bei ihr immer hinterher. Insofern war sie deinem Vater fast zu ähnlich. Menschen, die so viel Ähnlichkeiten haben, passen eigentlich schlecht zusammen . . .«

Nun öffnet sie das Halsbörtchen, so heiß ist ihr geworden. Sie feuchtet die Lippen an und spricht etwas ruhiger weiter: »Sie glaubte, deinen Vater nicht mehr lieben, das Leben mit ihm nicht länger ertragen zu können. Sie vergaß ihre alte Mutter, die damals schon seit vielen Monaten leidend war. Sie lief ins Kinderzimmer – die Jungen waren gerade in Tuttlingen bei meiner Schwester, nur du lagst in deinem Bettchen, kaum ein Vierteljahr alt. Sie riß dich an sich, und sie hätte dich bestimmt mitgenommen auf ihrem schweren Weg, wenn . . .«

Dorle ist ganz blaß geworden. Ihre Finger krampfen sich ineinander. »Weiter!« sagt sie tonlos. »Weiter, Minna! Du hast mich also gerettet, meine liebe Minna!«

Minna wehrt ab. »Es war kein Verdienst, Kind. Ich handelte ganz unwillkürlich. Ich wollte auch Bettina – also deine Mutter zurückhalten. Aber ich konnte nicht. Sie lief aus dem Haus! Dein Vater hatte sich, glaub' ich, in seinem Arbeitszimmer eingeschlossen und hörte nichts. Die ganze Nacht hab' ich gewartet. Als dein Vater begriff, was vorgegangen war, hat er die Polizei angerufen. Am nächsten Morgen, in aller Hergottsfrühe, haben sie deine Mutter gefunden. Im Schloßgraben. Schrecklich zugerichtet. Wochenlang lag sie im Krankenhaus. Sie wollte niemanden sehen, ihren Mann nicht, ihre Kinder nicht. Nur ich ließ mich nicht abweisen. Ich war ein paarmal bei ihr. Das Schlimme war: Sie hatte sich in den Stunden, wo sie besinnungslos im Schloßgraben lag, eine Lungenentzündung geholt. Es war eine kalte Nacht, und es schneite. Ein Wunder, daß sie überhaupt am Leben blieb!«

»Sie blieb am Leben?« wiederholt Dorle aufgeschreckt. »Wieso denn? Ich denke ...«

»Du mußt mich ausreden lassen. In der Nacht am Leben blieb, meine ich. Dein Vater tat alles, was menschenmöglich war. Es war ein Lungendefekt zurückgeblieben. Nachdem man hier ihre Wunden geheilt hatte, ließ man sie nach Davos bringen. Aber ...« Minna pausiert, und Dorle hat wieder das eigenartige Gefühl, daß ihr jetzt etwas vorenthalten wird.

»Ein Jahr fast war deine liebe Mutter in Davos«, fährt Minna entschiedener fort. »Aber es war alles umsonst! Dein Vater hat sie nie wiedergesehen. Keiner hat sie wiedergesehen.«

Dorle ist das noch zu verschwommen. »Dann ist sie also in Davos gestorben?« fragt sie leise.

Minna nickt. Ihre Augen blicken ins Weite. »Ja, Kind, dann ist deine liebe Mutter von uns gegangen. Für immer!«

»Sie liegt also in Davos begraben? Warum hat Vater sie denn nicht in das Eckertsche Erbbegräbnis überführen lassen?«

Minna zuckt die Achseln. »Da mußt du schon deinen Vater selber fragen. Aber Vorsicht! Darüber spricht er nicht gern!«

Dorle sieht im Geiste einen verschneiten Grabhügel in einem fremdländischen Gottesacker, einsam am Fuße majestätischer, unerbittlicher Berge. – »Hat denn nie jemand ihr Grab besucht?« fragt sie, den Tränen nahe.

Minna tupft sich die Tränen aus den Augen. »Das weiß ich nicht«, sagt sie mit abgewandtem Gesicht. Dann erhebt sie sich rasch. »Ach, das greift mich viel zu sehr an!« stöhnt sie. »Jetzt kann ich wieder die ganze Nacht nicht schlafen!« Sie schlurft hinaus.

Die alten Treppenstufen ächzen unter ihrem Tritt, als klagten sie mit ihr über das traurige Ende der einzigen Eckerttochter, die aus dem Hause gelaufen war, um niemals wiederzukehren.

2

Als Justus Brandt hastig aus dem Hause tritt, wölbt sich ein sanftgetönter Abendhimmel über der Stadt. Feierabendlich gestimmte Menschen schlendern durch die Straßen, lachend und plaudernd – alles ist vertraut wie immer. Und doch kommt es ihm vor, als sei das alte Tübingen eine fremde Stadt.

Justus Brandt eilt die Gasse hinauf. Er trägt immer noch den dunklen Abendanzug, die schmale Schleife zum Smokinghemd. Aber sein Jackett steht offen, die Schleife ist verrutscht, die Frisur nicht ganz korrekt; den Hut hat er vergessen.

Er wird oft gegrüßt; zahllose Menschen in der Stadt kennen ihn. Er erwidert die Grüße mechanisch, oft übersieht er sie. Mancher blickt erstaunt hinter ihm her.

Endlich erreicht er den großen Torbogen des Hotels ›Goldener Widder‹. Er stürzt die drei Stufen zur Rezeption hinauf und hat auch für den freundlichen Gruß des Empfangschefs kaum ein Nicken. »Ich möchte Fräulein Holthuys sprechen!« sagt er hastig.

Der Empfangschef, ein gemütlicher Fünfziger, rückt an seiner goldenen Brille. »Fräulein Holthuys? Das ist aber schad'! Das gnädige Fräulein ist vor zehn Minuten abgereist. Nach Stuttgart. Sie hat gleich, als sie hereinkam, die Rechnung verlangt.«

»Nach Stuttgart!« Brandt tritt einen Schritt zur Seite und starrt blicklos auf einen Tisch mit bunten Reiseprospekten. Dann dreht er sich abrupt um und stolpert aus dem Hotel.

Brandts Wagen steht in einer Werkstatt in der Nähe der Bursagasse. Es ist schon dunkel; er muß im Anfahren die Scheinwerfer einschalten. Dann fährt er los wie im Traum. Das Lustnauer Tor – die Wilhelmstraße – Die Bebenhäuser Straße. Auf der freien Chaussee dreht er auf. Dichter Wald umfängt ihn. Die Lichtkegel der Scheinwerfer tasten weiß über die Baumstämme.

Einmal stöhnt der Mann ganz unbewußt auf: »Gaby!«

Er sieht sie vor sich, wie er sie vor Stunden an der Apothekentür begrüßte.

Als sie sich leicht an ihn lehnte, spürte er die Wärme ihres Körpers.

Er spürt sie jetzt noch, hier im Wagen. Diese Frau ist ihm nahe, genau wie zuvor. Als sei nichts geschehen. Wird er sie jemals vergessen können?

Gabriele Holthuys.

Er sieht ihr Elternhaus vor sich, ein strenges, klassizistisches Gebäude in dem sonst so gemütlichen Rendsburg. Als Kind, als

Schüler ist er immer mit besonderer Hochachtung an dem Haus vorbeigegangen. ›Da wohnen die Holthuys!‹ Jeder Rendsburger wußte es. Jeder Rendsburger war stolz darauf.

Er kennt ihren Großvater, den Landrat Friedrich-Ferdinand Holthuys. Er kennt ihren Vater, den schlanken, drahtigen Mann mit dem hageren Raubvogelkopf, der sechs Jahre älter war als er und dasselbe Gymnasium besuchte. Dieser Friedrich-Anton Holthuys ist Soldat geworden und war gegen Ende des letzten Krieges Generalleutnant. Brandt kennt auch seine Frau, Gabys Mutter, Tochter des Generals der Kavallerie Freiherr von Wankhausen. Wie jeder Rendsburger, hat er zu diesen Familien immer aufgesehen. Nie im Leben wäre er auf den Gedanken gekommen, er könnte einmal eine ihrer Töchter heiraten.

Und nun soll eine Gabriele Holthuys ein gewissenloses Mädchen sein?

»Nein!«

Justus Brandt schreit es in den Motorenlärm des eigenen Wagens hinein, in das Zischen der Reifen, die über die Asphaltdecke fliegen.

Albert lügt! Alle lügen. Sie wollen ihm sein Glück nicht gönnen. Sie haben sich so daran gewöhnt, daß ihr Vater nur für sie da ist, daß er ihnen zuliebe auf alles verzichtet – schließlich ist es zur Selbstverständlichkeit geworden!

Alles ist ihnen zur Selbstverständlichkeit geworden! Das behütete Leben im Vaterhause. Das reichlich bemessene Taschengeld. Die unablässige Vorsorge, das Verständnis des Vaters.

Ja, und wo bleibt das Verständnis der Kinder? Justus Brandt beißt sich auf die Lippen.

Vielleicht sind Kinder gar nicht fähig, ihre Väter zu verstehen? Besonders Kinder, die mutterlos aufgewachsen sind. Gedanken an diese Frau, ihre Mutter, an Bettina Eckert, an die Vergangenheit steigen in ihm auf.

Grelle Lichter schießen aus dem Dunkel auf ihn zu, packen ihn, blenden ihn. Plötzlich merkt er, daß er die ganze Zeit viel zu weit links gefahren ist. Ein Wagen zischt scharf an ihm vorbei. Er wirft das Steuer herum.

Gabriele!

Was hat sie gesagt? ›Dein Sohn lügt nicht.‹ Waren das nicht ihre letzten Worte?

Heller Wahnsinn! Ein Mädchen aus diesem Elternhaus! Aufgewachsen in einer Atmosphäre strenger Geistigkeit und höchster Lebenskultur!

Brandt tritt die Bremse und lenkt den Wagen auf das Bankett.

Seine Hände zittern, als er zum Handschuhfach tastet. Da sind die Zigaretten. Als er sie herausnimmt, zieht er einen schmalen maroquinledernen Damenhandschuh mit aus dem Fach.

Gabrieles Handschuh!

Er hebt ihn an sein Gesicht, berührt ihn mit den Lippen, schließt die Augen. Der Duft ihres herben Parfüms läßt ihn schneller atmen.

Jetzt, da er diese Frau verlieren soll, erkennt er erst, wie leidenschaftlich er sie liebt. Sie ist in sein Leben getreten, als es karg und freudlos zu werden drohte. Als die Einsamkeit des Alters wie ein Grauen vor ihm aufstand.

Sie hat Glanz in seinen Alltag gebracht, hat ihm die Jugend wiedergeschenkt. Es wurde die glühende, verzehrende Liebe des alternden Mannes zur Jugend, die Gabriele für ihn verkörperte.

Unvorstellbar, daß er sie verlieren soll! Und doch – hat sie nicht alles zugegeben? Er stöhnt auf. Es kann nicht wahr sein, es darf nicht wahr sein!

Hat sie sich bei diesem kritischen Auftritt etwa benommen wie ein liederliches Mädchen? Nein, im Gegenteil! Sie hat mehr Haltung gezeigt als wir alle, denkt er.

Brandt drückt die gerade angerauchte Zigarette wieder aus.

Er muß sofort mit ihr sprechen! Er fährt wieder an.

Während er mechanisch die Fahrbahn beachtet, wandern seine Gedanken zurück zu ihrer ersten Begegnung.

Ein Frühlingsabend im alten Haus in der Bursagasse. Er sitzt hinter seinem Schreibtisch unten in der Homöopathie. Eine der Apothekengehilfinnen kommt mit einem Rezept herein. Sie ist verlegen. Sie kann etwas nicht entziffern. Und dann liest er auf dem Rezept: ›Für Fräulein Holthuys‹. Er stutzt. Diesen Namen gibt es doch nicht so oft! Ob sie vielleicht mit den Rendsburger Holthuysens verwandt ist? Er geht mit dem Rezept hinaus.

In der Offizin steht eine junge Frau, schlank, hochgewachsen, von herber, eigenartiger Schönheit.

Brandt stellt sich vor und fragt, ob sie die Holthuysens in Rendsburg kenne? Und er erfährt von ihr, daß sie die einzige Tochter des Generalleutnants sei, der immer noch in Rendsburg in dem alten Haus lebe.

War nicht – das fällt ihm jetzt ein –, als sie davon sprach, Unsicherheit, Befangenheit in ihrer Stimme? An jenem Abend hat er es nicht beachtet. Er ist viel zu fasziniert von ihr gewesen. Der Hauch der großen Welt, der Klang ihres Namens, das alles bezaubert ihn ebenso wie der Reiz erregender Weiblichkeit, den er so lange vermißt hat.

Als er sie in den Salon hinaufbitten will, wehrt sie hastig ab. Nein, nein, vielen Dank. Sie sei mit Freunden hier, nur auf der Durchreise. Eigentlich wolle sie nach Kissingen und dort einige Wochen bleiben. Doch gibt sie ihm nach kurzem Zögern ihre Stuttgarter Adresse.

Jetzt erinnert er sich ganz genau an ihr Zaudern, ihre Nervosität. Mit Freunden! Was das wohl für Freunde waren? Er hat sie nie danach gefragt, aber auch niemanden gesehen, als er eine Woche später selber nach Kissingen fuhr, um sie dort zu treffen.

Traumhafte Erinnerung! Selige Tage unter strahlend blauem Himmel! Unvergeßlicher Augenblick, wenn Gabriele ihn morgens am offenen Fenster ihres Zimmers erwartete. Stärker und stärker wurde in Brandt der heimliche Wunsch, daß es immer so bleiben möge.

Hat sie vielleicht von Anfang an gelogen? Ist sie etwa mit den Rendsburger Holthuysens überhaupt nicht verwandt? Oder führt sie den Namen gar zu Unrecht?

Sie hat sich ja auch nicht an die Familie Brandt erinnern können, die zwar dreißig Kilometer weiter zur Ostsee hin beheimatet, doch durch viele Fäden mit Rendsburg verbunden gewesen war.

Gabriele hat ihn nie aufgefordert, sie in Stuttgart zu besuchen. Er hat das ganz in Ordnung gefunden. Eine Holthuys empfängt selbst in unserer großzügig denkenden Zeit keine Herrenbesuche, wenn sie allein ist.

Bei diesem Gedanken steigt ihm jetzt das Blut ins Gesicht.

Nein! Nicht darüber nachdenken! Alles wird zu Zweifel. Er muß endlich klarsehen! Jetzt, sofort!

Der Wagen nähert sich der Stadt.

Waldenbuch – Steinenbronn – Echterdingen.

Der Verkehr wird reger. Brandt muß häufig abblenden. Er fährt jetzt ganz konzentriert und sicher.

Lichter. Straßenbahnen. Menschen. Die Stadt.

Die Wohnung ist bald gefunden. Ein Neubau an einer der steilen Hangstraßen, langgestreckt. Stufen führen hinauf. Ein Treppenhaus, kühl, sachlich. Im zweiten Stock ein schmales Aluminiumschild: Holthuys.

Er klingelt. Die Glocke surrt gedämpft. Er wartet.

Drinnen geht eine Tür. Schritte kommen über den Korridor, leichte Schritte wie von zierlichen Hauspantöffelchen. Langsam wird der Schlüssel herumgedreht. Die Sicherheitskette fällt rasselnd, die Tür geht auf.

Gabriele Holthuys steht in der matt erhellten Diele. Sie trägt einen flaschengrünen Hausmantel, dazu einen gelben Seidenschal.

Ihr Gesicht ist blaß, undurchdringlich. Sie tritt stumm beiseite und gibt ihm den Eingang frei.

Die Diele ist geräumig. Er sieht eine schlichte Garderobe, helle Tapeten mit modernen Ornamenten, eine Lampe aus Bastgeflecht.

»Bitte!« sagt Gabriele und stößt eine Zimmertür auf.

Ein mittelgroßer Raum mit hellen modernen Möbeln. Eine Wand, völlig von hängenden Bücherregalen ausgefüllt. Ein dicker ziegelroter Schafwollteppich, eine mattleuchtende Stehlampe, eine kleine Musiktruhe.

Brandt schämt sich seiner Gedanken, aber er kommt nicht an der brennenden Frage vorbei: Woher das alles?

Er bleibt stehen und wendet sich zu ihr um.

»Gabriele!« stößt er hervor.

Sie sieht ihn nicht an, sondern deutet auf einen Sessel. »Bitte, nimm Platz.«

Er setzt sich und sieht stumm zu, wie sie Zigaretten holt, zwei Gläser, eine Flasche Kirschwasser. Ihre Bewegungen sind graziös. Die dünne Seide spannt sich über ihrem Körper. Brandt muß sich abwenden. Sie ist so nah, er ist mit ihr allein . . . Jetzt aufspringen können, sie in die Arme schließen –

›Wenn es doch nur nicht wahr wäre!‹ – er betet es fast – ›Wenn sie doch nur eine Erklärung für alles hätte!‹

Sie füllt die Gläser, stellt die Zigaretten hin, nimmt ihm gegenüber Platz.

»Nun?« fragt sie ruhig.

»Ich . . . ich möchte . . .«, beginnt Brandt stockend. Dann entschieden: »Ich will Klarheit.«

»So?« Sie zündet sich eine Zigarette an. »Ich wüßte nicht, was da noch unklar wäre. Ich habe doch bestätigt, was dein Sohn gesagt hat!«

»Gewiß«, sagt Brandt krampfhaft, »gewiß!« Er trinkt das kleine Glas aus und stellt es klirrend auf die Mosaikplatte zurück. »Trotzdem verstehe ich das alles nicht. Ich bin wie vor den Kopf geschlagen! Gabriele, ich kenne dich doch!«

»Nein«, sagt sie gelassen, »das stimmt nicht. Du kennst mich nicht! Ich habe dir oft von meinem Leben erzählen wollen, aber du wolltest nicht zuhören. ›Was geht mich das an!‹ hast du gesagt. ›Ich will nichts davon wissen!‹ Aber es wäre besser gewesen, wenn du mich angehört hättest. Dann wäre uns beiden diese . . . diese widerliche Szene in deinem Hause erspart geblieben.«

Sie hat den Kopf in den Nacken geworfen und die Hände hinter dem Hals verschränkt. Ihre schrägsitzenden grünen Augen halten seinem forschenden Blick mutig stand.

»Gabriele«, sagt er beschwörend. »Ich kenne dich! Ich kenne deine Eltern, ich kenne deine Familie, ich kenne den Geist des Hauses, in dem du aufgewachsen bist . . .«

Da ist es mit ihrer Beherrschung vorbei. Sie springt auf, wütend, gereizt. »Ah, der Geist meines Elternhauses! Darauf habe ich gewartet! Den Geist meines Elternhauses – den habe ich kennengelernt! Jetzt nenne ihn nur noch einen guten Geist! Diesen starren, dummen, engstirnigen Geist! Diesen gnadenlosen Geist, unversöhnlich, ohne Herz, ohne Mitgefühl, ohne eine Spur von Verständnis und menschlicher Wärme!« »Gabriele!«

Ihre Lider ziehen sich zu schmalen Schlitzen zusammen. Etwas vom Ausdruck einer angegriffenen Wildkatze ist jetzt in ihrem Gesicht. »Was weißt denn du, wie es im Leben wirklich zugeht? Du sitzt behaglich in deinem braven Universitätsstädtchen. Du hast in aller Ruhe vom Geld deiner Eltern studiert und dann in eine gutgehende Apotheke hineingeheiratet! Du bist nie im Leben ohne Dach über dem Kopf gewesen! Du hast nie im Leben Hunger gelitten. Du hast niemals die letzte Not, die Vereinsamung, die Verzweiflung kennengelernt, in der ein Mensch zu leben hat, der aus der bürgerlichen Gesellschaft ausgestoßen ist!«

Gabriele beherrscht sich gewaltsam nach diesem leidenschaftlichen Ausbruch. Sie krampft die Hände ineinander. Ihr Atem geht rasch und stoßweise. Ihre Lippen sind fest geschlossen.

»Ausgestoßen?« wiederholt er hilflos. Er hört es: Sie klagt an, statt sich zu entschuldigen. Sie weint nicht. Sie versucht nicht, sich in sein Vertrauen einzuschmeicheln. Sie bittet weder um Verstehen noch um Verzeihung!

Und sie ist schön! Wie sie jetzt ungeduldig eine Haarsträhne zurückwirft, die ihr ins Gesicht gefallen ist. Wie sie dasteht, wild, furchtlos – ach, er liebt sie. Mehr denn je!

»Ja, ausgestoßen! Von dem Geist des Hauses Holthuys! Soll ich dir erzählen, was es damit auf sich hat?«

Sie ist dicht an ihn herangetreten, ihre Augen flammen. Nun dämpft sie die Stimme.

»Ich bin als ›höhere Tochter‹ erzogen worden, verstehst du. In dem Geist: ›Das tut man nicht! Das gehört sich nicht! Darüber spricht man nicht!‹

Mein Vater war nichts als streng. Ich habe ihn nur als unnachsichtigen Richter kennengelernt, der das Gesetz zu hüten hat. So, genauso! Er baute eine Lesebuchwelt vor mir auf. Vom wirklichen

Leben hat man mir nichts erzählt. Weder mein Vater noch meine Mutter. Das war tabu. Das Geschwätz der Dienstboten wollte ich nicht hören. Ich durfte nicht, darum wollte ich nicht. Ich war ja eine Holthuys!

Ob du es glaubst oder nicht: dank dem Geist unseres Hauses war ich unwissend wie ein Kind, als ich mein Abitur machte.

Dann kam, was kommen mußte. Auf der Musikhochschule verfiel ich dem ersten Mann, der zu mir von Liebe sprach.

Er hatte leichtes Spiel. Ich glaubte ihm jedes Wort.

›Liebe!‹ Was weißt du wohl, wie leicht ein ahnungsloses Mädchen zu betören ist!« Sie unterbricht sich. »Glaube nicht, daß ich mich heute von jeder Schuld freispreche. Natürlich hätte ich Widerstand leisten müssen. Aber vielleicht empörte sich schon damals alles in mir gegen den ›Geist unseres Hauses‹.«

Sie greift nach der Flasche, füllt hastig die Gläser und trinkt. Dann fährt sie fort, wieder ganz kühl und sachlich und vielleicht gerade deshalb so erschütternd. »Es hört sich kitschig an, unzeitgemäß und albern – ich weiß. Dennoch stimmt es: Ich bekam ein Kind, einen Jungen. Da hättest du sehen sollen, wie sich der gute Geist unseres Hauses gebärdete!«

Sie kann nicht weitersprechen. Sie springt auf, eilt ans Fenster und preßt die Stirn gegen die Scheibe. Justus Brandt sitzt da in dumpfem Schweigen. Ein furchtbarer Verdacht steigt in ihm auf: Die verführte Unschuld und der gestrenge Herr Papa! – Ist das nicht die alte primitive Geschichte, die man in tausend Variationen kennt? Hört es sich nicht so an, als hätte sie dieses Märchen schon so oft erzählt, daß sie es selber glaubt?

Ist sie überhaupt die Tochter des Generals Holthuys?

»Hast du ein Bild deines Vaters?« fragt er mißtrauisch.

Gabriele wendet sich blitzschnell um. »Ach so! Du wünschst Beweise? Die kannst du haben!«

Sie ist mit zwei Schritten an der Regalwand. Reißt ein Fach auf. Packt einen Karton und stülpt ihn auf den Tisch.

Fotos! Zahllose Fotos gleiten über die glatte Fläche. Einzelne wirbeln wie Blätter zu Boden.

»Hier!« Sie greift ein Bild und hält es ihm dicht vors Gesicht. »Mein Herr Onkel, Landgerichtsdirektor Dr. Holthuys in Schleswig. Hier: der Bruder der Frau Mama, Dr. med. Paul von Wankhausen, ordentlicher Professor in Kiel! Hier . . . ja, hier hast du ihn endlich, dein Idol: Der Herr Papa, Generalleutnant Holthuys, die Personifizierung des guten Geistes! Gleich zusammen mit der gütigen Frau Mutter! Glaubst du mir nun?«

Er schweigt beklommen. Er hebt die Hand, als wolle er sie streicheln, aber sie wirft sich zurück:

»Rühr mich nicht an bitte! Ich erzähle das nicht, um dein Mitleid zu erwecken.«

Sie zerrt schon aus den Tiefen des Faches einen Stapel gebündelte Briefe. »Weil wir einmal dabei sind, darfst du auch das hier zur Kenntnis nehmen!« Sie löst das Band, wirft eine Handvoll Briefe über die Fotos auf den Tisch. Nur Umschläge, wie Brandt erkennt, frankiert, abgestempelt, aber . . . ungeöffnet.

»Das sind die Briefe, die ich in meiner tiefsten Verzweiflung an meine Eltern geschrieben habe! Ich habe darin um Verzeihung gefleht, um Hilfe, um ein gutes Wort. Da, lies: ›Annahme verweigert! Annahme verweigert!‹

Alle sind zurückgekommen! Alle! –

Ein junger Mensch, ein Kind fast, ratlos, hilflos, ohne Geld, betrogen und verlassen von dem Menschen, der ihr von unvergänglicher Liebe gesprochen, ein junger Mensch fleht seine Eltern um Verzeihung und Hilfe an! Und die Antwort? Annahme verweigert!«

Resigniert hebt sie die Hände. Ihr Gesicht ist bei der Erinnerung an die dunkelste Stunde ihres Daseins von Schmerz zerquält. Da ist nichts mehr von der mondänen, selbstsicheren Frau. Da steht ein armes, an der Welt verzweifelndes Menschenkind!

»Willst du noch mehr wissen?« Sie lacht bitter auf. »Oh, dann ging alles sehr rasch. Bergab natürlich. Eine junge hübsche Frau braucht nicht allein zu sein, wenn sie es nicht will. Sie braucht nicht zu hungern! Selbst nicht in Hungerjahren. Sie braucht nicht in Lumpen zu laufen! Erst recht nicht, wenn sie sich zu benehmen weiß, drei Sprachen spricht und in keinem Luxushotel aus dem Rahmen fällt. Ja, es stimmt, was dein Sohn dir sagte.«

Brandt stützt den Kopf in beide Hände und rührt sich nicht. Er sieht aus wie versteinert; nur die Gedanken brennen in seinem Hirn.

Gabriele steht schweigend und regungslos neben ihm. Ihre Augen sind kühl und klar auf ihn gerichtet. Nur einmal scheint eine Spur von Mitleid in ihnen aufzuleuchten. Aber dieser warmherzige Schimmer erlischt sofort wieder.

»Und das Kind?« fragt Brandt endlich. Er hebt den Kopf aus den Händen wie eine schwere Last. Auf seinen Wangen haben sich rot die Spuren seiner Finger abgezeichnet. »Was ist aus dem Kind geworden?«

Gabriele weicht seinem Blick nicht aus. Sie zuckt traurig mit den Schultern. »Ich kann es nicht bei mir haben. Und was gibt es für eine Mutter Schlimmeres, als von ihrem Kind getrennt zu sein! Ich möchte nicht, daß es in dieser Atmosphäre von Unglück und Verhängnis aufwächst. Ich habe es in ein Heim im Allgäu gegeben; da kann es mit anderen Kindern froh und unbeschwert aufwachsen.«

Ihre Hände streichen leicht über die Schläfen. Auf einmal ist das herbe Gesicht weich und gelöst.

»Sein Großvater wäre bestimmt sehr stolz auf ihn, wenn der Kleine nicht solche Schande über das Haus Holthuys gebracht hätte. Der Herr Generalleutnant ist ein sehr kluger Mann; nur auf den einen Gedanken ist er bisher noch nicht gekommen: Was denn der arme Junge dafür kann!« Sie bricht das Gespräch mit einer entschlossenen Handbewegung ab. »Na ja, das ist ja auch alles nicht so wichtig.«

»O doch«, flüstert Brandt. »Das ist sogar sehr wichtig!« Er gibt sich keine Mühe, seine Ergriffenheit zu verbergen. Er erhebt sich schwer, tritt an Gabriele heran und will ihr tröstend die Hand auf die Schulter legen.

Aber sie weicht vor ihm zurück. Ihre Augen werden zu schmalen Schlitzen. Sie hebt ihre Hände. Alles an ihr ist Abwehr.

»Faß mich nicht an!« zischt sie. »Ich brauche dein Mitleid nicht! Ich pfeife auf dein Mitleid!«

»Gabriele!« flüstert er bittend. Seine Hände sind ihr noch immer entgegengestreckt.

»Gabriele! Gabriele!« wiederholt sie in bitterem Hohn. »Hast du dich durchgerungen, mir zu verzeihen? Ich brauche deine Vergebung nicht! Deine Liebe wollte ich! Aber wahre Liebe stellt keine Fragen!« Sie steht starr aufgerichtet vor ihm.

Auf einmal zerbricht der letzte Rest gewaltsamer Selbstbeherrschung. Sie stürzt aus dem Zimmer. Die Tür schlägt hinter ihr zu.

Im Aschenbecher glimmt eine Zigarette. Der Rauch steigt in Spiralen zur Tischlampe empor. Brandt steht da wie benommen. Soll er gehen? Sie diesem Schmerz hilflos überlassen? Hieße das nicht, sie zum zweitenmal verstoßen? Wäre das nicht einem Schuldurteil gleich?

Er dehnt die Schultern. Atmet tief auf. Nein! Er ist ein Mensch. Er wird ihr sagen, daß er ihr glaubt, daß er sie nicht verurteilen könne. Er muß es ihr sagen.

Zögernd geht er ihr nach. In der Diele sieht er, daß unter einer Tür ein schwacher Lichtschein heraussickert. Er drückt vorsichtig die Klinke herunter, öffnet . . .

Orangenfarbenes Dämmerlicht umfängt ihn. Gabriele liegt auf einer Couch. Sie hat ihr Gesicht in die Kissen gepreßt. Ihr Körper wird von Schluchzen geschüttelt.

Brandt tritt zu ihr.

»Gabriele!« flüstert er. Er legt ihr die Hand auf die Schulter.

Sie antwortet nicht. Aber sie stößt die Hand auch nicht zurück.

Er kniet sich neben die Couch hin. Seine Hand wandert zaghaft über ihre Haare, über den Nacken, die Schultern. Unter seinem Streicheln wird sie ruhiger. Er fühlt es.

Behutsam hebt er ihren Kopf. Ihr Gesicht ist tränenüberströmt.

»Und dann kamst du!« flüstert sie mit geschlossenen Augen. »Ein Mann in den besten Jahren, so reif, so gefestigt. Ein Mann, der trotz aller Erfolge im Leben auch ein großes Leid erfahren hatte und der mir vertraute. Das war es ja gerade. Es wäre meine Pflicht gewesen, dir die Augen zu öffnen. Einige Male habe ich es versucht, aber du wolltest nie zuhören. Mit dir kam die Sehnsucht nach Ruhe und Geborgenheit!«

»Habe ich dir so weh getan?« fragt der Mann mit rauher Stimme.

Sie schüttelt kaum wahrnehmbar den Kopf.

»Es war auch für mich schrecklich«, flüstert er. »Aber ich liebe dich doch! Hörst du, Gabriele! Ich liebe dich! Immer! Und trotz allem!«

Sie schlägt die Augen auf. Die Pupillen sind weit und dunkel. Unergründliche Tiefen spiegeln sich darin.

»Ich habe dich vom ersten Augenblick an geliebt. Deshalb hatte ich soviel Angst, dich zu verlieren. Aber jetzt bist du bei mir . . .«

Er zieht sie fester an sich, überschüttet ihr Gesicht mit Küssen. Lange hält er sie eng umschlungen. »Ich liebe dich!« raunt er ihr wieder und wieder ins Ohr.

Beide atmen erregt. Stumm, aufgewühlt. Nie waren sie einander so nahe. Langsam, als müsse sie viele Widerstände überwinden, schlingt sie die Arme fest um seinen Hals und preßt sich an ihn.

3

Als Albert aus der Haustür in die abendlich stille Bursagasse hinausstürzt, brennt noch der Schlag auf seiner Wange. Nie wird er darüber hinwegkommen. Muß ihm nicht jeder die Schmach vom Gesicht ablesen?

Ihm ist, als habe sich die ganze Welt von einem Augenblick zum anderen verändert. Ist das denn noch das gleiche Tübingen, die Heimatstadt, die ihm von frühester Kindheit an Zuflucht und Sicherheit bot?

Albert eilt davon, bemüht, im Schatten der Häuser zu bleiben.

Nur jetzt keinem Bekannten begegnen! Hier kennt er jeden Stein. Hier hat er mit den Nachbarskindern Kreisel gespielt. Hier sind sie als Trapper und Indianer umhergeschlichen. Hier, in den verschwiegenen Gäßchen der Altstadt an der Ammer, haben sie heimlich zu viert ihre erste Zigarette geraucht.

Vorbei, vorbei.

Er wird nie nach Hause zurückkehren, nie! Wie ein unmündiges Kind ist er geschlagen worden. Vor Zeugen. Minna hat es gesehen, die anderen haben es gehört. Auch diese . . . Die Wut vernebelt für Sekunden seinen Blick, verebbt, weicht, macht einer tiefen Trauer Platz. Er hat sein Elternhaus verloren, das Recht, irgendwo noch Kind zu sein. Sein geliebtes Zimmer . . .

Und nun – wohin?

Er hat nichts bei sich. Kein Schlafzeug, kein Waschzeug, weder Mantel noch Hut. Nicht einmal genügend Geld, um irgendwo übernachten zu können.

Morgen wird er sich seine Sachen holen lassen. Wölfi muß das erledigen! Er wird ihn anrufen! Aber heute?

Erich! – fällt ihm ein. Natürlich!

Erich ist sein Studienfreund, im selben Semester wie er. Schon oft hat er auf dem altmodischen Diwan in seinem Mansardenzimmer übernachtet, wenn sie zu lange gearbeitet oder diskutiert hatten.

Albert durchquert die Urbangasse, die Salzstadelgasse; immer im Schatten, immer dich an den Häusern entlang, geht er zur Herrenberger Straße hinaus. Er hat zwar jetzt ein Ziel, doch seine Gedanken kommen trotzdem nicht zur Ruhe.

Warum das alles?

Weil er seinen Vater davor bewahren wollte, ein Mädchen zu heiraten, das nichts taugt!

Nein, er wird nie begreifen, daß der geliebte Vater so unbeherrscht sein konnte! So ungerecht!

Albert atmet auf, als er Erichs Haus erreicht hat. Er klingelt zweimal – das vertraute Signal! Noch einmal. Endlich kommt jemand über den Flur geschlurft und öffnet – Erichs Wirtin.

»Ei, der Herr Brandt!« ruft sie freundlich. »Aber Sie haben Pech. Der Herr Erich ist im ›Goldenen Widder‹. Wissen Sie, es sind einige alte Herren von der ›Obotritia‹ auf der Durchreise in Tübingen. Die haben die jungen Herren zum Abendessen eingeladen.«

Die Enttäuschung macht Albert einen Augenblick entschlußlos. Am liebsten möchte er die Wirtin bitten, ihn trotz Erichs Abwesenheit ins Zimmer zu lassen. Aber er hat nicht den Mut dazu. »Vielen Dank«, murmelt er und geht.

Draußen ist es ganz dunkel geworden. Jetzt braucht er keine Angst mehr zu haben, daß man ihn erkennt.

Also zum ›Goldenen Widder‹. Er muß Erich finden! Wo soll er sonst unterkommen?

Der Marktbrunnen vor dem Hotel plätschert seine uralte Weise. Albert hat heute kein Ohr für den heimatlichen Klang.

Im ›Goldenen Widder‹ ist wie immer um diese Zeit lebhafter Betrieb. Albert bleibt zögernd im Eingang stehen, um die Augen an das helle Licht zu gewöhnen. Aus den Gasträumen kommt gedämpftes Stimmengemurmel, Klappern von Bestecken, Klirren von Gläsern – ein fröhliches Geräusch, zu dem Alberts Stimmung so gar nicht passen will. Wie ein Kellner ihm mitteilt, tagen die Obotriten hinten im kleinen Saal. Eine ausgelassene, fröhliche Runde. Man hört sie schon von weitem.

Albert bleibt in der Glastür nochmals stehen. Er möchte am liebsten umkehren. Doch da hat Erich ihn schon erspäht und springt sofort auf. Mit großem Hallo zieht er den Freund an seinen Tisch.

»Darf ich meinen Kommilitonen Albert Brandt vorstellen?« ruft er strahlend. Er hält große Stücke auf Albert.

Albert verbeugt sich, schüttelt viele Hände, Namen schwirren – bald sitzt er neben Erich.

»Zunächst eine Frage«, sagt er leise zu ihm, »kannst du mich heute nacht bei dir aufnehmen?«

Erich fragt nicht lange warum. »Klar, Mensch; bloß nicht gleich. Da warten nämlich noch einige Flaschen sehnsüchtig auf uns!«

Schon steht ein frisches Glas auf dem Tisch. Einer von den alten Herren füllt es mit einem funkelnden Burgunder, der fast dieselbe Farbe hat wie sein fröhliches Zechergesicht.

»Albert ist das Genie unseres Seminars«, erläutert Erich enthusiastisch der ganzen Runde, »dazu – obwohl er kein Obotrite ist – ein anständiger Kerl!«

Von allen Seiten wird Albert zugetrunken. Er sieht nur wohlwollende, schmunzelnde Gesichter – man hat ihn in den Kreis aufgenommen.

Albert atmet tief auf.

Da er nicht zu denen gehört, die oft trinken, geht ihm der schwere Wein schnell ins Blut. Eben noch fühlte er sich aus aller Welt ausgestoßen. Jetzt weicht plötzlich der Druck, die Erstarrung macht einem Gefühl seltsamer Leichtigkeit Platz. Wie viele Menschen, die verschlossen und in sich gekehrt leben, neigt Albert dazu, völlig aus sich herauszugehen, wenn der Alkohol seine Hemmungen löst.

Was war denn gewesen?

Man hat ihn beleidigt! Er ist aus dem Haus gelaufen! Das war seine Antwort! Gut so! Er hat es ihnen gezeigt!

Mein Gott, das ist ja alles nicht so wichtig!

Unversehens von dem schrecklichen Druck befreit, blickt Albert um sich. Wie neugeboren. Gottlob, niemand hat etwas von der erlittenen Schmach, von seinem Kummer bemerkt. Ein Glück, daß man den Menschen die Gedanken nicht von der Stirn ablesen kann! Daß man nicht ahnt, was sich zuweilen hinter höflichen, fröhlichen Mienen verbirgt!

Unwillkürlich streifen Alberts Blicke über die benachbarten Tische.

Drüben am Fenster sitz ein älteres Ehepaar. Sie sprechen kein Wort miteinander. Der Mann studiert eine Autokarte, die Frau löst Kreuzworträtsel. Zerrüttete Ehe oder nur langweilige Philister!

In der Ecke tagt eine andere fröhliche Runde. Die Herren stecken die heißen, glänzenden Köpfe über dem Tisch zusammen, um dann mit einem Male aufwiehernd zurückzufahren! Da werden wohl kräftige Witze erzählt.

An einem anderen Tisch sitzt ein Herr vor einem leeren Bierglas und blättert in bunten Firmenkatalogen.

Auch Prinz Kuckuck ist da! Natürlich! Wie könnte er an so einem lustigen Abend im ›Goldenen Widder‹ fehlen! Er sitzt am Tisch eines offensichtlich wohlhabenden ausländischen Ehepaars und trinkt französischen Champagner. Sein Monokel am breiten Seidenband blitzt unternehmungslustig. Er ist wie meistens bester Stimmung und erzählt seinen Tischgenossen Tübinger Anekdoten in schauerlichem Englisch. Er trägt einen Anzug in Pepita mit schwarzen Paspeln am Kragenrand und an den Revers. Nur Eingeweihte wissen, daß diese extravaganten Litzen die ausgefaserten Stoffränder verbergen müssen.

Als Albert ihm zunickt, wendet ihm Prinz Kuckuck den verlebten Geierkopf zu und vollführt eine weitausholende Bühnenpose mit dem Champagnerkelch. Er kennt jeden in der Stadt, und jeder kennt ihn, diesen Hans Dampf in allen Gassen, diesen leichtfertigen Nichtstuer in seiner fadenscheinigen Eleganz.

Aber da ist noch ein Tisch, gar nicht weit von den Obotriten entfernt, ein kleiner runder Tisch. An ihm sitzt eine Dame ganz allein. Eine sehr elegante und sehr gepflegte Frau. Sie ist auch keine Einheimische, sonst wäre sie Albert bestimmt schon einmal aufgefallen. Irgendwie ist sie umweht von dem Zauber der weiten Welt.

Albert erschrickt förmlich, als er bemerkt, wie seine abwägenden Blicke von ihr ruhig erwidert werden.

Ja: sie blickt ihm ganz fest in die Augen.

Eine seltsame Frau! Bestimmt nicht aus Tübingen! Und doch ist ihm plötzlich, als hätte er sie schon einmal irgendwo gesehen.

»Vivat Fidelitas!« ruft ihm Erich zu. Albert hebt sein Glas. »Vivat!« Die Gläser werden geleert, neue Flaschen kommen . . .

Alberts Augen glänzen. Er ist jetzt in Hochform. Weg mit der Grübelei! Er möchte irgend etwas Unerhörtes anstellen, um sich selber und der ganzen Welt zu beweisen, daß er ein Kerl ist! Ein Kerl! Kein dummer Junge, den man schlagen darf. Er trinkt die hartnäkkige Erinnerung endgültig hinunter. Zum Teufel mit allem Spintisieren! Er mischt sich in die Unterhaltung, erntet mit einigen Professoren-Anekdoten lebhaften Beifall. Sein selten so schlagfertiger Witz vermag selbst in dieser animierten Runde die Fröhlichkeit noch zu steigern.

»Was hast du nur?« fragt Erich neben ihm erstaunt. »So kenne ich dich ja gar nicht!«

Albert lacht und sieht über ihn weg. »Kennst du mich? – Kennst du dich? – Wer kennt wen?«

Und wieder begegnet er dem Blick der fremden Dame. Merkwürdig! Sie scheint ihn unausgesetzt zu beobachten. Er möchte schwören, daß sie jede seiner Gesten, jedes seiner Worte verfolgt. Etwas Zwingendes geht von ihr aus. Ihr Gesicht ist glatt und gepflegt. Ihre schönen großen Augen zeigen ein tiefes Meerblau. Was mag hinter dieser klaren Stirn vorgehen? Lächelt sie ihm vielleicht zu?

Albert greift überlegungslos nach seinem Glas und trinkt, ohne die Augen von ihr zu lassen.

Erich ist seinen Blicken gefolgt. Er stößt Albert lachend in die Rippen.

»Mach keinen Unsinn! Das ist eine Dame!«

»Wenn schon!« antwortet Albert heftig. »Es gibt oft . . .« Er verschluckt den Rest des Satzes. Jäh ist ihm eingefallen, daß er erst heute einer ›Dame‹ begegnet ist. Daheim! Sein Vater hat sie mitgebracht! Und sie sollte sogar als seine zweite Mutter in das Elternhaus einziehen!

Nicht mehr daran denken!

Seine Blicke schweifen unruhig durch den Raum. Über die weißgedeckten Tische, über die Garderobenständer mit den bunten Mützen. Über die reichverzierte Saaldecke. Aber unweigerlich, wie unter dem Zwang einer geheimnisvollen Magie, landen sie immer wieder bei der Fremdem.

»Man könnte denken, du wolltest sie gleich fragen, was für'n

Datum wir haben!« sagt Erich, der auch schon ganz schön in Fahrt ist. »Ich wette meine Armbanduhr gegen deinen ältesten Hut, daß du's nicht wagst, sie anzusprechen! Und wenn – daß du dir eine saftige Abfuhr holst!«

Albert zögert nur eine Sekunde.

»Die Wette gilt!« sagt er heiser. Er reckt sich und steht auf. Etwas Verwegenes ist in ihm. Gedanken überstürzen sich. Nun, zum Teufel, endgültig Schluß mit dem unfruchtbaren Grübeln! Wer nichts riskiert, wird nie anerkannt!

»Mach keinen Unsinn!« ruft Erich erschrocken hinter ihm her. Aber Albert geht schon mit festen Schritten direkt auf die alleinsitzende Dame zu, bleibt vor ihr stehen und verbeugt sich.

Erich verfolgt ihn mit besorgten Blicken. Verflixt! Das gibt einen Skandal! Und wenn einer von den alten Herren das unmögliche Verhalten des jungen Dachses beobachtet – gute Nacht! Er macht sich schon bereit, einzugreifen.

Da . . .

Erich traut seinen Augen kaum.

Die Dame blickt freundlich zu Albert auf und macht eine einladende Handbewegung.

»Entschuldigen Sie, gnädige Frau!« sagt Albert überraschend weltmännisch gewandt. »Aber ich habe das Gefühl, als sei ich Ihnen schon einmal vorgestellt worden!«

Die Dame lächelt und weist mit der Hand, an der ein kostbarer Brillant funkelt, nochmals auf einen Stuhl. »Sie sind mir niemals vorgestellt worden, und doch kenne ich Sie, Herr Brandt! – Herr Albert Brandt! – Nehmen Sie doch Platz!«

Albert läßt sich wie im Traum nieder. Er wundert sich kaum darüber, daß die Dame ihn mit seinem Namen angesprochen hat. Den könnte sie vom Tisch drüben gehört haben. Aber nein, sie kennt ihn ja, wie sie sagt. Wenn er nur wüßte, woher?

Oder . . . sollte sie doch auf Abenteuer ausgehen?

Unmöglich!

Ein paar Sekunden schwirrt alles in Alberts Kopf durcheinander. Ist er denn betrunken? – Ach, woher! Nur beschwingt, heiter, gelöst. Er hört sich reden, Konversation machen und wundert sich kaum über die Leichtigkeit, mit der ihm das gelingt.

»Bitte, entschuldigen Sie tausendmal, wenn ich mich Ihnen mit einer Notlüge aufgedrängt habe. Aber es galt eine Wette. Mein Freund drüben meinte, ich würde den Mut nicht aufbringen, Sie anzusprechen!«

»Und Sie haben Mut, nicht wahr?« fragt sie. Ihre Stimme vibriert leicht; so als ob sie selber eine Erregung unterdrücken müßte. »Sie haben immer Mut gehabt, nicht wahr? Schon als Kind!«

Albert stutzt. »Wie meinen Sie das?«

Sie lächelt. »Ich finde, Sie sehen so aus. Sie haben dieses seltene Dreieck im Gesicht, diese drei Muttermale!«

Es stimmt. Albert hat eine Hautverfärbung über der Nasenwurzel und je eine auf den Wangenknochen.

»In meiner Heimat sagt man, Menschen mit diesem Zornesdreieck seien mutig und stolz.«

Albert weiß um das ›Zornesdreieck‹. Das hat er vom Vater geerbt, und bei dem zumindest trifft die Deutung zu: sein Jähzorn ist gefürchtet. Heute erst hat die ganze Familie es wieder einmal zu spüren bekommen.

»Wieso in Ihrer Heimat, gnädige Frau?« fragt Albert schnell. »Sind Sie keine Deutsche?«

»Ich komme aus Mexiko!«

»Aber Sie sprechen doch ein völlig akzentfreies Deutsch!«

»Ja!« antwortet die Fremde ohne weitere Erklärung.

Es klingt abschließend. Er versteht: Wenn er nicht ungezogen erscheinen will, darf er nicht weiter fragen, sondern muß gehen. Er macht Anstalten, sich zu erheben.

»Nein, nein! Bleiben Sie!« sagt sie sofort. Sie legt ihre kühle, gepflegte Hand auf die seine. Es ist eine flüchtige Berührung, und doch verwirrt sie Albert tief. Als er seine Hand fortziehen will, streicht sie leicht darüber hin. Er fühlt den Blick ihrer Augen auf sich gerichtet und merkt, wie er wider Willen rot wird. Albert sieht auf und begegnet ihren Augen.

Er meint, etwas wie Bewunderung aus diesem Blick zu lesen, eine Anteilnahme, die weit über das hinausgeht, was man einem Fremden entgegenbringt.

Ihr sorgfältig dunkelrot geschminkter Mund verrät Beherrschung, aber auch Leidenschaft. Wenn sie beim Lachen zwei Reihen ebenmäßig schöner schneeweißer Zähne entblößt, hat sie etwas Unwiderstehliches.

Der Blick der fremden Frau fällt zu dem Tisch hinüber, an dem Prinz Kuckuck mit den Ausländern sitzt.

»Würde es Ihnen etwas ausmachen, wenn wir die Plätze tauschen, Herr Brandt?« fragt sie rasch. »Der Herr da drüben fixiert mich die ganze Zeit.«

Albert sieht rasch und unverhohlen hinüber. »Prinz Kuckuck?« fragt er. »Daraus dürfen Sie sich nichts machen! Der sieht alle Frauen so an. Der kann gar nicht anders.« Er erhebt sich bereitwillig, rückt der Dame seinen Stuhl zurecht und setzt sich auf ihren Platz.

»Wieso Prinz Kuckuck?« fragt die fremde Frau. Jetzt dreht sie dem Mann in dem Pepita-Anzug den Rücken zu. »Was für ein sonderbarer Name?«

»Eigentlich heißt er Graf Hohenperch, aber die ganze Stadt nennt ihn Prinz Kuckuck.«

»So?« Die fremde Frau beugt sich überrascht vor. Jetzt wirft sie doch einen abschätzenden Blick zu dem anderen Tisch hinüber. Der Graf fängt ihn sogleich auf und erwidert ihn mit dunkel glimmenden Augen.

»Das kann doch nicht stimmen!« sagt sie unsicher. Sie hat sich hastig wieder Albert zugewandt.

»Wieso?« fragt Albert überrascht. »Kennen Sie den Herrn?«

»Nein, nein«, wirft die Dame rasch dazwischen. »Natürlich nicht! Woher sollte ich ihn kennen?«

»Eigentlich ist Prinz Kuckuck auch kein richtiger Graf«, berichtet Albert. »Eigentlich heißt er Gudde. Aber vor ein paar Jahren hat eine alte Gräfin ihn adoptiert. Sie ist dann bald gestorben und hat ihm ein hübsches Haus nahe beim Schloß hinterlassen, dazu noch ihr Vermögen. Das Geld hat der alte Windhund im Nu durchgebracht und das Haus gegen Leibrente verkauft. Er bewohnt nur noch ein Mansardenzimmer darin. Aber trotzdem ist er jeden Abend in irgeneinem Hotel, und er fehlt bei keinem gesellschaftlichen Ereignis. Kein Mensch weiß genau, wie er das finanziell durchhält, denn sein Anstandsunterricht kann ihm nicht so viel einbringen.«

»Ach, der Herr ist Tanzlehrer?«

»Nein, mit Tanzstunden gibt er sich nicht ab. Er bringt der Jugend bei, wie ein Handkuß aussehen soll, wie man die Tochter eines regierenden Herzogs anredet, wie man Austern ißt und all so was. Das kann Prinz Kuckuck ausgezeichnet.«

»Und wie ist er zu diesem Namen gekommen?«

Albert dreht verlegen die Schultern. »Ich weiß nicht, wie ich das sagen soll«, erzählt er stockend. »Prinz Kuckuck führt wohl einen ähnlich leichtfertigen Lebenswandel wie der Titelheld in dem Roman von Otto Julius Bierbaum.«

»Ach so ...« Die fremde Dame bricht rasch das Thema ab.

»Erzählen Sie mir noch etwas von sich!« sagt sie ablenkend. »Sie studieren hier? Darf ich raten, welches Fach? Ich behaupte: Mathematik oder Physik!«

Albert schüttelt den Kopf. »Nein – Archäologie!«

Er bemüht sich, im gewöhnlichen Tonfall zu sprechen; dabei schlägt sein Herz plötzlich unmäßig schnell.

Was für eine Frau!

Wie sie auf ihn eingeht!

Sie versteht es, ihn durch kleine kluge Fragen vollends aus sich herauszulocken, und er ist sicher, noch nie eine so aufmerksame, verständnisvolle Zuhörerin gehabt zu haben. Eine bezaubernde Frau!

Welches Wissen sie hat!

Ob Sie wirklich mehr für ihn empfindet als bloße Sympathie? Er wagt es nicht, darüber nachzudenken.

Flüchtig schießt es ihm durch den Sinn, wie traumhaft seine Situation ist! Vor kaum zwei Stunden irrte er noch verzweifelt und verlassen durch die Stadt – und jetzt sitzt er am Tisch einer schönen, eleganten Fremden, die mit ihm spricht, als kenne sie ihn von Jugend auf.

»Und Sie leben hier in Ihrem Vaterhaus?« fragt sie in einer Gesprächspause.

Ein Schatten fliegt über Alberts Gesicht. »Ja!« sagt er einsilbig. »Bisher ...«

Sie senkt schnell die Lider, wie um das interessierte Aufblitzen ihrer Augen zu verbergen.

»Wieso bisher?« fragt sie. »Wollen Sie weg?«

Albert schweigt.

Sie liest in seinem Gesicht, daß er nicht weitersprechen will, und doch fragt sie: »Stimmt etwas nicht? Haben Sie zu Hause Ärger?«

Albert blickt mit einemmal wieder düster vor sich hin. Er möchte ja sprechen, einem Menschen sein Herz ausschütten. Aber tut man das vor einer Fremden?

Warum eigentlich nicht? Sie kommt aus Mexiko. Morgen reist sie vielleicht wieder weiter, wer weiß wohin.

Er lacht auf. Es soll überlegen klingen, klingt aber nur bitter. »Ärger – das paßt nicht ganz. Mein Vater will heiraten – das ist alles!«

Die Dame senkt wieder den Blick.

Einige Sekunden vergehen.

Sie entnimmt ihrer Krokodilledertasche ein Nichts von winzigem Spitzentuch und tupft sich damit übers Gesicht. Es sieht etwas gemacht aus. Als wolle sie ihr Schweigen motivieren. Der Duft eines herben Parfüms steigt auf. »Und damit sind die Kinder natürlich nicht einverstanden«, sagt sie leichthin, ohne aufzusehen.

Albert antwortet nicht. Jetzt blickt sie auf, und er ist überrascht, wie ernst ihr Gesicht plötzlich geworden ist.

Sie weicht seinem Blick aus.

»Wenn man jung ist, versteht man wenig von den Problemen der älteren Generation«, sagt sie. »Man ist viel zu kompromißlos. Glauben Sie, ich habe das ebenfalls erlebt. Erst wenn man älter geworden ist...«

Albert unterbricht sie spontan: »Sie? Sie sind doch selber noch so jung!«

»Ein reizendes Kompliment, Herr Brandt!« sagt sie und sieht voll zu ihm auf. »Vielen Dank! Aber . . . ich könnte Ihre Mutter sein!«

»Das glaube ich nie und nimmer!« ruft er hitzig.

Sie lächelt.

Albert muß diesem Blick ausweichen. Er schweigt verwirrt.

Überdeutlich hören beide jetzt, daß am Tisch der Obotriten die Stühle gerückt werden. Es ist schon spät. Schritte nähern sich. »Bitte vielmals um Entschuldigung, gnädige Frau! – Albert, ich gehe jetzt. Wenn du mitwillst . . .«

Ach ja, Erich! Der Diwan in seiner Mansarde! Der Auftritt zu Hause! Vater hat ihn geschlagen . . .

Albert erhebt sich rasch.

»Nun habe ich Sie mit meinem Geschwätz lange genug aufgehalten, gnädige Frau! Ich muß gehen. Ich übernachte nämlich heute bei meinem Freund. Vielen Dank für Ihre große Liebenswürdigkeit!«

Die Fremde reicht ihm die Hand.

»Ich habe zu danken, für Ihre reizende Unterhaltung«, antwortet sie und duldet lächelnd, daß er ihre Hand an die Lippen führt. »Sie glauben gar nicht, wie sehr ich mich darüber gefreut habe!«

Albert will sich umdrehen, da hört er sie leise hinzufügen, so daß nur er ihre Worte verstehen kann:

»Ich bleibe noch ein paar Tage hier. Vielleicht können wir die Unterhaltung fortsetzen. Ich habe einen Wagen hier. Im Klosterstübl in Bebenhausen soll es vorzüglichen Wein geben!«

Sie zögert sekundenlang. »Oder wir fahren abends in eine Bar nach Stuttgart. Vielleicht ist Ihnen das angenehmer, als hier in Tübingen mit mir auszugehen. – Bitte, rufen Sie mich doch an!«

Albert verläßt den ›Widder‹ an Erichs Seite mit hochrotem Kopf. Aber es ist nicht der Wein, der ihm das Blut in die Wangen getrieben hat . . .

Erichs Freunde sind schon in den Straßen und Gäßchen verschwunden. Die beiden jungen Männer gehen mutterseelenallein über den Marktplatz, der sich im Mondlicht vor ihnen ausbreitet wie vor hundert und zweihundert Jahren, wenn hochgestimmte junge Zecher das alte Lokal verließen.

Albert schwebt in höheren Regionen. Die Fügung, die ihn aus der schrecklichen Familienszene so unverhofft mit dieser Frau zusammengeführt, die Sympathie, die sie ihm so unverhüllt entgegengebracht hat – nein, Albert hat einen solchen Umschwung der Gefühle noch niemals erlebt.

Erich ist von Mondscheinstimmungen unabhängig. »Mensch, jetzt hast du mir doch wahrhaftig meine schöne Armbanduhr ausgespannt!« ruft er, und als Albert ihn nicht gleich versteht, ergänzt er: »Du hast doch die Wette gewonnen – mit deiner unglaublichen Eroberung!«

»Eroberung? Wie meinst du das?« fragt Albert etwas ernüchtert.

Erich klopft ihm auf die Schulter. »Stell dich nur nicht so an; die hat dich ja mit den Augen aufgefressen! Dabei hatte ich erwartet, sie würde dich nach den ersten drei Worten zum Teufel jagen! Übrigens eine fabelhafte Frau!«

Albert lächelt noch in der Erinnerung vor sich hin. »Das ist längst nicht alles, mein Lieber! Sie hat mich zu morgen eingeladen. Wir wollen irgendwohin. Zum Wein! Nach Bebenhausen oder ...«

Er bricht ab. Beinahe hätte er gesagt ›nach Stuttgart‹, aber irgend etwas warnt ihn, dem hartgesottenen Freund auch das noch anzuvertrauen. »... wohin ich will«, schließt er unverbindlich.

Sie haben den Marktplatz hinter sich gelassen und wandern nun durch stille, wenig erhellte Gassen. Die Luft ist lau, und das liebe alte Tübingen liegt schon im tiefsten Schlaf.

Albert sieht das Gesicht der Fremden vor sich, fühlt ihren Blick, der ihn nicht losläßt, auch jetzt noch. Ja, wirklich, sie hat ihn schon in ganz besonderer Art angesehen.

Aber was Erich da faselt? – Nein!

Albert hat, abgesehen von ein paar leichten Jugendschwärmereien, noch kein wirkliches Herzenserlebnis hinter sich. Im Gegensatz zu Wolfgang gibt er sich wenig mit Mädchen ab. ›Ich habe dafür keine Zeit‹, pflegt er zu sagen, wenn er zu Partys oder Tanzveranstaltungen eingeladen wird. Sein Studium geht ihm über alles.

»Du hast recht! Eine fabelhafte Frau«, wiederholt er. »Schön! Klug! Und offenbar reich. Du wirst selten eine Frau finden, von der man das alles sagen könnte. Du, sie versteht sogar was von Archäologie! Sie hat mir von Ausgrabungen in ihrer Heimat Mexiko erzählt ... beinahe wie einer vom Fach. Die müßte ich mir einmal ansehen, hat sie gesagt!«

Erich lacht. Aber es klingt ein falscher Ton darin.

»Natürlich! Die kann dich leicht mit ’rübernehmen und dir alles in natura vorführen.«

Albert bleibt stehen und packt den Freund am Arm. »Wie meinst du das?« fragt er naiv.

Erich lacht wieder auf: »Genauso, wie ich es sage. Warum soll sich deine Mexikanerin nicht auch mal einen jungen Archäologen leisten?«

Hier ist der Neid über die ›Eroberung‹ des Freundes ganz deutlich.

Albert fährt ihn empört an.

»Herrgott! Müßt ihr denn gleich alles in den Dreck ziehen? Zum Kotzen! Diese Frau ist eine Dame. Wenn wir Freunde bleiben wollen, Erich, dann spare dir solche Anzüglichkeiten!«

Erich will etwas Ironisches antworten, aber als er im Lichtschein der Straßenbeleuchtung das vor Erregung blasse Gesicht seines Freundes sieht, verschluckt er die Worte.

»So ist das also«, murmelt er. »Na ja, wir haben beide ganz schwer getankt. Ich glaube, es ist das beste, wir hauen uns so wortlos wie möglich in die Falle. Ich muß morgen schon früh 'raus!«

Den Rest des Weges legen sie schweigend zurück. Aber über Alberts Hochstimmung ist ein grauer Aschenregen gefallen.

Wenn Erich nun recht hätte? Wenn sie wirklich nur ein Abenteuer suchte und ihn deshalb eingeladen hätte?

Albert ist plötzlich wieder sehr bedrückt.

4

Um diese Stunde liegt die alte Apotheke in der Bursagasse längst in tiefem Schlaf. Das ehrwürdige Giebelhaus ruht still und verträumt im Mondlicht vor dem dunklen Fluß, ein Abbild des Friedens, der Sicherheit, der Geborgenheit, und der Neckar plätschert ganz leise sein Nachtlied, begleitet vom Rauschen der riesigen alten Platanen drüben auf der Insel.

In ihrem Stübchen unter dem Dach wacht eine alte Frau. Sie findet keinen Schlaf. Albert ist aus dem Hause gelaufen. Und der Apotheker ist auch noch weg.

Die Sorgen martern sie. Sorgen um die Familie, um die Kinder, um die Zukunft. Was soll werden, wenn diese Familie auseinanderbricht? An sich selber denkt sie nicht. Gott, sie hat ganz schöne Ersparnisse. Bei ihrer Schwester in Tuttlingen kann sie immer unterkommen. Aber die Kinder, die Kinder!

Dorle und Wolfgang schlafen längst. Die Jugend läßt sich von den Drohungen der Zukunft nicht einschüchtern. Aber ein altes Herz krampft sich zusammen, wenn sich die Gefahr wie ein Nachtmahr aus dem Dunkel erhebt.

Minna richtet sich auf. War da nicht ein Geräusch unten im Hause? – Nein. Nur der asthmatische Schlag der alten Standuhr. Er mißt seit hundertfünfzig Jahren die Zeit.

Dreimal schlägt die Uhr.

Auch damals schlug sie dreimal, als die alte Geheimrätin für ewig aus dem Hause getragen wurde – kurz nachdem die schreckliche Sache mit Bettina passiert war. Auch damals sah es so aus, als ob die Familie auseinanderbrechen würde: Die mutterlosen kleinen Kinder, nun auch von der gütigen Großmutter verlassen, und dann der Plan des Apothekers, sie in ein Heim zu geben.

Sie hat es ihm ausgeredet. Sie hat den Kindern die Mutter ersetzt, so gut sie konnte. Und die ganze selbstlose Arbeit soll sie getan haben, nur damit jetzt doch alles auseinanderfällt?

Nein! – Nie. Nicht, solange ihr Herz noch schlägt.

Minna legt sich seufzend wieder hin. Weil sie gestern vor dem festlichen Abendessen schnell beim Frisör gewesen war, trägt sie jetzt eine Haube zum Schutz der Wasserwelle. Eine ziemlich lästige Haube. Die Welle hält sowieso nie lange.

Bald fährt Minna wieder unruhig auf. Hat sie nicht vorhin nach ihrer Gewohnheit die Sicherheitskette vor die Haustür gehängt? Dann könnte ja keiner ins Haus. Mein Gott! Gestern ist zuviel auf sie eingestürmt. Eine Weile quält sie sich noch mit der Vorstellung herum, Vater und Sohn hätten vor der verschlossenen Haustür gestanden, dann schlüpft sie seufzend aus dem Bett und wirft den langen Morgenrock über. Er ist ein Weihnachtsgeschenk des Herrn Apothekers vom letzten Jahr. Ach ja, alle hatten jubelnd und lachend um sie herum gestanden und hatten ihr keine Ruhe gelassen, bis sie ihn überzog.

Minna geht langsam die steilen Treppen hinunter. Jede Stufe knarrt unter ihrem Schritt, aber sonst ist es im Haus unheimlich still.

Natürlich ist die Sicherheitskette nicht eingehängt. Minna atmet auf. Sie öffnet die Eichentür einen Spalt und horcht in die Bursagasse hinaus. Der kühle Nachtwind weht sie an. Von irgendwoher nähern sich Schritte, aber Minna weiß sofort, daß es fremde Schritte sind, und schließt hastig die Tür.

Fröstelnd und heftig atmend steigt sie die Treppe zum ersten Stock wieder empor. Magisch angezogen gleiten ihre Blicke zur Tür des kleinen Salons. Eine von den andern kaum beachtete Einzelheit aus dem Ablauf des Abends ist ihr eingefallen.

Daß Tante Zäzz ausgerechnet Dorles Nase erwähnen mußte!

Behutsam öffnet Minna die Salontür und schließt sie hinter sich, dann erst macht sie Licht.

Sie steuert unverzüglich die Eckvitrine an. Im oberen Fach steht der geschnitzte Kasten mit den Familienfotos.

Minna nimmt ihn heraus, setzt sich an den Tisch und klappt ihn auf. Sie braucht nicht lange zu suchen.

»Dieser Zäzz werd' ich die Spioniererei austreiben!« murmelt sie. »Und vor allem dieses ewige Gestichele gegen Dorle!«

Da ist das Bild, das sie sucht: ein Amateurfoto, ein Schnappschuß von zwei jungen Leuten auf einem Faschingsball, wie sie einander mit verliebten Blicken zutrinken. Während des Mädchens dunkle Schönheit dem spanischen Kostüm völlig entspricht, bekommt der junge Mann im Kostüm eines Hofnarren durch seine zweifellos echte, etwas zu scharf profilierte Hakennase einen leicht satanischen Zug.

Minna schaut das Bild kaum an. Sie weiß noch so genau, als sei es erst gestern gewesen, wie Bettina dieses spanische Kostüm anprobiert hat. Wie selig sie damals war! Wer hätte ahnen können, was sich daraus alles entwickeln sollte!

Mit dem Bild geht Minna schnell in die Küche. Dort versteckt sie es in einem Fach der Anrichte. Morgen wird sie es verbrennen.

Das Bewußtsein, etwas Unaufschiebbares erledigt zu haben, gibt immer eine gewisse Beruhigung.

Aber Ruhe findet sie trotzdem nicht.

Vielleicht liegt auch Wölfi noch wach! Dann könnte er doch seinen Bruder suchen. Er weiß bestimmt, wo Albert steckt.

Wenn nur nicht etwas geschehen ist! Wie damals bei Bettina!

Nein, das kann der liebe Gott nicht zulassen.

Minna steigt ins zweite Stockwerk hinauf und bleibt vor Wolfs Tür unsicher stehen. Sie preßt lauschend das Ohr gegen das Holz. Regelmäßige tiefe Atemzüge. Wolf schläft unbekümmert wie ein Murmeltier. Sie bringt es nicht übers Herz, ihn zu wecken.

Ein paar Sekunden später steht sie vor Alberts Zimmer und lauscht, als sei der Junge gegen ihr besseres Wissen heimlich nach Hause gekommen.

Kein Laut. Vorsichtig drückt Minna die Türklinke nieder.

Der Raum ist leer. Das einfallende Mondlicht wirft seinen Schein über das unbenutzte Bett. Minna knipst Licht an.

Das Zimmer atmet mustergültige Ordnung. Die Bücherreihen stehen pedantisch genau ausgerichtet; auf dem Schreibtisch liegen Papiere, Bücher, Broschüren sauber aufgeschichtet, jeder Stapel mit einem Stein aus Alberts Sammlung beschwert, damit ja nichts durch einen vorwitzigen Windstoß verstreut werden kann.

Der Anblick hat etwas Beruhigendes. Solange Alberts Studierkram hier ist, wird er auch zurückkehren. Daran hängt sein Herz. Die Bücher hat er nötig wie die Luft zum Atmen. Minna weiß das instinktiv, auch wenn sie gar nichts davon versteht. Sie hat eine tiefe Hochachtung vor dem großen Jungen, seinem Fleiß, seiner Sauberkeit.

Fröstelnd knipst sie das Licht wieder aus. Nein, sie kann jetzt nichts tun. Nur warten.

Ausgestreckt liegt sie wieder in ihrem Bett, wie stets auf dem Rücken. Die alte Frau Geheimrat hat immer gesagt: Alte Leute sollen nur auf dem Rücken liegen. Mit offenen Augen starrt Minna ins Dunkel. Sie denkt nicht daran, die Nachttischlampe einzuschalten. Strom verbrauchen, nur weil der Schlaf nicht kommt? Und doch wäre ein Lichtschein in dieser Dunkelheit jetzt ein Trost.

Sie nickt ein, schreckt aber bei jedem Geräusch auf, das durch das offene Fenster hereindringt. Jeder Wagen, der in die Bursagasse einbiegt, erfüllt sie mit neuer Hoffnung. Ob es der Apotheker ist?

Doch alle Wagen gleiten vorüber ...

Vier Uhr! Das Konzert der Hähne beginnt. Einer nach dem anderen kräht seinen Gruß in den anbrechenden Tag.

Halb fünf. Irgendwo wird ein Wagen angelassen. Minna weiß, das ist der Gemüsehändler, drei Häuser weiter; jeden Morgen fährt er um die gleiche Zeit zur nächsten Markthalle. Noch eine Viertelstunde, dann beginnt es zu dämmern. Es ist wie eine Erlösung nach dem Alptraum dieser Nacht. Jetzt kann man etwas unternehmen, um alles wieder ins Lot zu bringen.

Eine zweite solche Nacht würde ich nicht überstehen, denkt Minna. Sie vergißt, wie oft sie das schon in ähnlichen Situationen gedacht hat.

Müde und zerschlagen steht sie auf. Ihr Tageslauf beginnt mit der Sonne, und sie weiß, Arbeit ist die beste Medizin. In der Küche brüht sie sich erst einmal einen ordentlichen Kaffee auf. Dann setzt sie sich zum einsamen Frühstück an den Küchentisch. Das ist eines ihrer heimlichen Labsale, diese frühe Viertelstunde, bei der niemand sie stört und stören darf.

Nun beginnt die gründliche Säuberung im ersten Stock. Doch schon nach kurzer Zeit läßt Minna alles stehen und liegen und geht entschlossen in Wolfs Zimmer hinauf.

Wolf liegt in den Kissen und rührt sich nicht.

Minna tritt ans Bett und rüttelt ihn an der Schulter. Erst zart, dann heftiger. »Wölfi! Steh auf! – Wölfi! Albert ist nicht nach Hause gekommen. Du mußt ihn sofort holen!«

Wolf blinzelt sie unwillig an. »Herrgott, Minna!« brummt er. »Manchmal erinnerst du mich verflixt an einen alten Drachen. Wie spät ist es denn eigentlich?«

»Schon sieben durch!«

»Grundgütiger Vater! Mitten in der Nacht weckt sie einen! Was soll denn schon mit Albert sein? Der hat sicher gestern seine Wut 'runtergespült und ist bei irgendeinem Kumpel geblieben. Deshalb brauchst du einen doch nicht im ersten Schlaf aus dem Bett zu trommeln!« Er gähnt von Herzen, zieht sich die Decke zurecht und wirft sich auf die andere Seite.

Minna läßt sich erschöpft auf den Bettrand sinken. »Ach, Wölfi!« Auf einmal hat ihre Stimme nichts Energisches mehr, sondern klingt matt und hilfsbedürftig. »Ich habe die ganze Nacht kein Auge zugetan. Wer weiß, was unser Albert angestellt hat! Du kennst ihn doch, den Dickkopf. Wenn er nun einfach weggefahren ist, irgendwohin. In die Fremdenlegion! Was anderes will ich mir gar nicht ausmalen. Ihr seid alle so stolz und so unberechenbar. Das habt ihr von eurer Mutter. Und der Herr Apotheker ist auch noch nicht zurück ...«

Es ist so viel echte Not in ihrer Stimme – Wolf wird unwillkürlich weich. Er kann niemanden leiden sehen. Am allerwenigsten seine gute alte Minna.

»Gegen dich ist wirklich kein Kraut gewachsen!« sagt er seufzend und reibt sich die Augen. Dann fährt er mit einem Ruck auf. »Ich hol' dir deinen Albert schon 'ran. Und jetzt 'raus mit dir! Erst wenn wir verheiratet sind, mein Liebling, darfst du drinbleiben!«

Wolfgang hat natürlich richtig getippt.

Kurz vor acht steht er vor der Studentenbude in der Herrenberger Straße. Ein verschlafenes ›Herein‹ antwortet seinem Klopfen. Wolfgang blickt sich in der Stube um. Ein ungemachtes Bett, dazu die Spuren hastigen Aufbruchs. Erich hat das Haus offenbar schon früh verlassen. Auf der altmodischen Liege sein Bruder, der ihn anblinzelt und keineswegs sehr munter wirkt.

Wolfgang grinst. »Na, Bertel, wo hast du dir denn diesen Affenrausch angeschafft?«

Albert ist nicht nach Scherzen zumute. Sein Schädel brummt; so viel Alkohol ist er eben nicht gewöhnt. Er erzählt etwas gezwungen von der Einladung bei den Obotriten. Darüber springt er aus dem Bett und steckt den Kopf tief in die Schüssel mit Wasser, die die erfahrene Studentenwirtin bereitgestellt hat.

Als er dann hört, was den Bruder herführt, hebt er das triefende

Gesicht gleich wieder hoch; Wolfs Anblick hat alles in ihm wachgerufen, was er abends vergessen wollte. Ist er es sich nicht schuldig, jetzt unnachgiebig zu sein?

»Wenn das der einzige Grund deines Erscheinens ist, kannst du gleich wieder abhauen«, sagt er. »Kein Mensch wird mich bewegen, jemals in die Bursagasse zurückzukehren. Das darfst du Minna bestellen und dem alten Herrn ebenfalls!«

»Der Herr Apotheker hat engegenkommenderweise gleichfalls das Weite gesucht«, sagt Wolf unerschüttert. »Aber nun mal was anderes! Du Scheinheiliger!« Er stößt den Bruder in die Seite. »Mensch, du hast mir gestern vielleicht imponiert! Bei mir tust du immer so etepetete, und dann bist du auf einmal Stammgast bei so einer Person!«

Albert verzieht unwillig das Gesicht. »Stammgast? Wer behauptet das denn?«

Wolf droht ihm grinsend mit dem Finger. »Na! Es hörte sich genauso an.« Er sieht, wie sein Bruder einen roten Kopf bekommt, und muß lachen. »Stille Wasser sind tief!«

»Stopp!« sagt Albert finster. »Was red'st du da für einen Quatsch! Natürlich bin ich mal bei ihr gewesen; wir waren eine große Corona!«

»Unvorstellbar! Du kennst sie also!«

»Was heißt kennen! – Weißt du, das war nach einem Archäologen-Kongreß in Stuttgart. Wir hatten tüchtig gefeiert. Ja, und nachher war Polizeistunde, und da kam dann einer von den reiferen Semestern auf den Gedanken, zur schönen Gaby zu gehen.«

»Und?« fragt Wolf neugierig.

»Erspar mir Einzelheiten.«

»Wieso? Auf die kommt's doch gerade an.«

»Ach, ich mag nicht.«

»Habt ihr getanzt?«

»Die anderen schon. Ich habe nur in einem Sessel gesessen und zugeschaut.«

»Muß ja toll sein – so was!«

»Andere wie Gockelhähne verliebt zu sehn finde ich peinlich.«

»Ach, du Zimperliese! – Und wer ist dann schließlich bei ihr geblieben?«

»Weiß ich nicht. Ich habe mich gegen Morgen verdrückt. Aber eines weiß ich genau: Dieses Frauenzimmer kann Papa unmöglich heiraten! – Und ich denke gar nicht daran, jetzt zu Kreuz zu kriechen und in die Bursagasse mitzukommen!«

Wolf kennt seinen Bruder gut genug. Wenn Albert so einen felsenfesten Entschluß äußert, gibt es keinen einzigen Menschen, der ihn davon abbringen könnte.

Keinen – außer Minna!

Als Wolfgang von seiner ergebnislosen Mission zurückkehrt, macht sich Minna schimpfend auf den Weg, den verlorenen Sohn persönlich zurückzuholen.

Schon eine Viertelstunde später steht sie vor Albert, der gerade mit seiner Morgentoilette, aber noch nicht mit all seinen Zweifeln und Selbstvorwürfen fertiggeworden ist.

»So!« Minna überfliegt mit einem Blick die unordentliche Studentenbude. »Hier also hast du die Nacht zugebracht! Schön! Das ist deine Sache. Aber jetzt kommst du nach Hause, und zwar sofort! Dieser Unsinn muß ein Ende haben!«

Sie achtet nicht im geringsten auf seinen flammenden Widerspruch, sondern angelt mit entschiedenem Griff Alberts Brieftasche vom Tisch. »Jetzt wirst du dich wohl bequemen. Wir können es uns nicht leisten, daß die Leute nun auch noch erzählen, du wärst wegen so einer Person aus dem Haus gelaufen. Wo denkst du hin! Du hast wohl überhaupt keinen Stolz im Leibe!«

Albert starrt sie verblüfft an. Was sagt sie? Keinen Stolz im Leibe? Er! Hat er nicht dauernd gedacht, sein Ehrgefühl verbiete ihm, die Schwelle des väterlichen Hauses jemals wieder zu überschreiten? Minna macht das mit einem einzigen Wort zunichte. So herum hat er die Geschichte überhaupt noch nicht gesehen.

Wenn sie nun recht hat?

»Meinst du wirklich?« fragt er zweifelnd und etwas kleinlaut. Er zieht die Stirn in grüblerische Falten und beißt sich auf die Unterlippe, wie immer, wenn er scharf nachdenkt.

Minna hört die beginnende Nachgiebigkeit in seiner Stimme. Albert war vernünftiger Zurede immer zugänglich.

»Du warst ganz im Recht, Junge«, sagt sie versöhnlich und diplomatisch zugleich. »Du hast wie ein Mann gehandelt! Für uns alle hast du gehandelt. Es wäre ja furchtbar geworden, wenn du nicht gesprochen hättest. Vor der größten Schande hast du uns bewahrt. Dafür müssen wir dir alle dankbar sein. Auch der Herr Apotheker. Ich bin sicher, er wird das richtige Wort finden, wenn du erst daheim bist ...«

Sie öffnet, als sei es die selbstverständlichste Sache der Welt, die Tür. Albert bleibt nichts übrig, als ihr zu folgen.

Während sie die alten Steintreppen vom Gemäuer der Stiftskirche her zur Bursagasse hinuntergehen, stockt Albert plötzlich: Vor der Apotheke parkt Doktor Brandts Wagen.

»Ja, ja, Junge«, sagt Minna und zieht ihn am Ärmel weiter. »Der Herr Apotheker ist also auch zurück. Da ist es ein Aufwaschen. Einmal muß es ja doch sein. Also komm!«

Dr. Brandt ist gerade eingetroffen. Er hat den Apothekeneingang gewählt und ist nach kurzem Gruß sofort in der Homöopathie verschwunden. Dort findet Minna ihn über den Schreibtisch gebeugt.

Minna kennt jetzt keine Ausflüchte und Umwege. Sie hat nie Angst vor heißen Eisen. Sie hat Albert im Flur warten lassen und ist schnurstracks ins Allerheiligste eingedrungen. Mit den Folgen dieser geplatzten Verlobung muß endgültig aufgeräumt werden.

»Herr Apotheker«, sagt Minna und zwingt ihn, sie anzusehen. »Ich habe Albert eben zurückgebracht. Nun sind alle Kinder wieder im Hause. Dorle wird auch schon aufgestanden sein. Da könnten wir doch gleich zusammen frühstücken!«

Brandt sieht übernächtig aus. Seine Lider sind rotgerändert, die Linien um seine Mundwinkel haben sich verschärft. Er mustert Minna mit gerunzelten Brauen und antwortet nicht.

»Herr Apotheker«, fährt Minna unbeirrt fort, »so hören Sie doch: der Albert steht draußen. Wenn Sie ihm ein paar vernünftige Worte sagen wollen . . . Es war schwer genug, ihn zurückzubringen, aber nun muß doch endlich wieder alles in die Reihe kommen! Ich schicke ihn jetzt 'rein!«

Sie geht hinaus, ohne seine Antwort abzuwarten.

Albert steht noch an derselben Stelle, wo sie ihn verlassen hat.

»Geh hinein!« sagt sie kurz. »Dein Vater will dich sprechen!« Und als Albert immer noch zögert, schiebt sie ihn einfach durch die Tür. »Du bist der Jüngere«, zischt sie, »du mußt den Anfang machen! Gerade weil du im Recht bist!«

Brandt erhebt sich, als Albert eintritt.

In den vergangenen Stunden hat jeder von beiden oft genug an den anderen gedacht. Der eine, der Junge, aufsässig, voll Trotz und Gekränktheit, der andere voller Selbstvorwürfe und Zweifel. Sie haben in Gedanken miteinander gerungen, und der Wille zur Versöhnung ist bei beiden von Stunde zu Stunde gewachsen. Wenn nur der andere den ersten Schritt tun würde . . .

Brandt kommt um den Schreibtisch herum und streckt Albert die Hand entgegen. Er ist sehr bewegt.

»Albert«, sagt er, »ich habe dir gestern unrecht getan. Ich muß dich um Entschuldigung bitten, wenn ich so . . . aus der Fassung geraten bin. Dieser schreckliche Jähzorn . . .«

Er will weitersprechen, doch die Stimme versagt ihm. Es ist

schwer, sich als gereifter Mann vor dem Sohn zu entschuldigen. Besonders, wenn man immer noch das Kind in ihm gesehen hat.

Albert ergreift die gereichte Hand schnell. Auch ihm ist kein Wort möglich. In diesem Augenblick ist auch keins mehr nötig.

»Danke, Papa«, stammelt er, überwältigt von dem Glück, mit ihm, den er von Herzen liebt, wieder einig zu sein.

Eine Weile schweigen sie und suchen ihrer Bewegung Herr zu werden. Brandts Augen haben einen seltsamen Schimmer, als er endlich stockend weiterspricht.

»Ja, Junge, ich habe dir unrecht getan.« Er legt den Arm um Alberts Schultern. »Du hast es nicht besser gewußt und hast alles nicht anders beurteilen können. Du bist noch jung, und das, was du meiner Braut angetan hast, ist durch meine Unbeherrschtheit mehr als abgegolten.«

Brandt fühlt, wie Alberts Rücken sich unter seiner Hand spannt, wie der ganze Mensch erstarrt.

»Deine Braut?« fragt Albert, als hätte er nicht recht gehört.

»Ja; Gabriele Holthuys ist meine Braut, und ich werde sie heiraten.«

Er hat seinen Arm von der Schulter des Jungen genommen und ist einen Schritt zurückgetreten.

Albert ist blaß geworden. Er sieht es dem Vater an, daß es hier nichts zu diskutieren gibt. Daß dieser Mann entschlossen ist, seinen Willen gegen jeden Widerstand durchzusetzen. Sekundenlang schließt Albert wie betäubt die Augen.

»Vater!« Das ist wie ein Aufschrei. »Ich glaube . . . also, es kommt mir so vor, als wüßtest du gar nicht, was du tust?«

»Das habe ich selten so genau gewußt«, sagt Brandt. »Und ich bin mir erst nach langer Überlegung darüber klargeworden.«

Albert klopft das Herz bis in den Hals. »Aber ist dir auch klargeworden, daß du uns alle unglücklich machst? Dorle und Wolf und mich und unsere gute Minna? Nicht zuletzt auch dich selber?« Seine Stimme schwankt, seine Blicke bekommen etwas Beschwörendes.

Brandt zuckt die Achseln. »Glück oder Unglück? Das kann kein Mensch im voraus sagen. Der Übergang wird vielleicht einige Schwierigkeiten bereiten.« Er lauscht einen Augenblick den eigenen Worten nach und spricht dann weiter. Nein, er ist gar nicht der kalt Überlegene, der rücksichtlos Entschlossene. Er ringt um das Verstehen seines Jungen. Er will Albert gewinnen. Er kann nicht einsehen, daß andere die Frau, die er so verzehrend liebt, mit anderen Augen sehen als er selber. Er kann es am wenigsten von seinen eigenen Kindern verstehen, mit denen ihn so vieles verbindet.

»Es ist jetzt nicht der Augenblick, mein Junge, über die Vorwürfe zu sprechen, die du gegen meine Braut erhoben hast. Viele Dinge sind oft anders, als sie scheinen, und um sie zu verstehen ...«

Er will noch mehr sagen, doch vor Alberts aufflammenden Blikken bleibt ihm das Wort im Munde stecken.

»Ich will sie nicht verstehen!« ruft Albert heftig. »Da gibt es auch keine Erklärungen. Wir haben uns gerade versöhnt ... trotzdem muß ich dir sagen, Vater: Wenn diese Frau hier ins Haus einzieht, werden wir Kinder es verlassen!«

Er wendet sich brüsk um und verläßt den Raum.

5

Es ist Abend geworden. Die Dämmerung erfüllt die heimeligen Gassen der Stadt und macht sie noch heimeliger. Auf den höchsten Ziegeldächern liegt noch ein letzter rosiger Schimmer der hinter den Wolken verglimmenden Sonne.

Die Eckertsche Apotheke hat heute Nachtdienst.

Herr Bösinger, der Provisor, ein früh ergrauter Mann Mitte Vierzig, ist in der Offizin damit beschäftigt, ein eiliges Rezept anzufertigen.

Die kleinen, vorsichtig modernisierten Schaufenster der Apotheke sind noch hell erleuchtet und lassen weithin erkennen, daß man hier bereit ist, zu helfen.

Ein winziger Motor betreibt summend eine Werbefigurine: Ein Mann aus Sperrholz hebt alle paar Sekunden den Arm und klopft auf eine grüne Schachtel mit einer Nervenmedizin; es ist ein altbewährtes Spezialerzeugnis des Hauses mit dem Werbe-Slogan: ›Bei nervösem Herzensklopfen helfen Eckerts grüne Tropfen.‹

Jedesmal, wenn der Mann den Arm hebt, geistert ein Schatten über die Decke der Offizin.

Für gewöhnlich gibt es beim Nachtdienst nicht viel zu tun. Einige verspätete Kunden wollen ein Mittel gegen Zahnweh, Kopfschmerzen oder Schlaflosigkeit. Meist Dinge, die sie gut ständig im Hause haben könnten. Nach elf Uhr wird es gewöhnlich recht ruhig.

Gegen neun Uhr an diesem Abend schlägt die Nachtglocke an. Bösinger geht gemessen zur Tür und schließt auf. Die Eckertsche Apotheke hat nach alter Tradition kein Klappfenster zur Bedienung der Nachtkunden.

Vor ihm, vom Licht der seitlichen Eingangsfenster angestrahlt, steht eine elegante Dame. Eine Fremde auf der Durchreise, denkt Bösinger; er kennt die Tübinger Kunden ebensogut wie der Apotheker. Zehn Jahre ist er schon im Hause.

»Sie wünschen?« Es entgeht ihm nicht, wie der Blick der Fremden an ihm vorbei lebhaft interessiert durch den ganzen Raum wandert. Fremde können sich meist nicht genug tun, die Offizin in ihrer jahrhundertealten Geschlossenheit zu bewundern. Im Gesicht der Dame aber steht mehr als Bewunderung. Fast könnte man von Rührung sprechen.

»Entschuldigen Sie die Störung!« sagt sie mit einer tiefen, schwingenden Stimme halblaut. »Ich möchte nichts kaufen. Ich möchte Fräulein Minna sprechen – wenn das möglich ist.« Bösinger ist sonderbar berührt. Daß diese Fremde den Wunsch äußert, ausgerechnet das alte Mädchen zu sprechen, ist beinahe grotesk.

»Warum sollte das nicht möglich sein?« sagt er lächelnd. »Sie haben sich nur im Eingang geirrt, gnädige Frau.« Er zeigt nach draußen. »Wenn Sie hier am Schaufenster vorbeigehen wollen – da ist der Privateingang von Herrn Dr. Brandt.«

Die Fremde rührt sich nicht.

»Vielen Dank«, sagt sie. »Aber es ist schon ganz richtig so. Ich will nicht in die Privatwohnung – ich möchte Fräulein Minna gern hier in der Offizin sprechen!«

Bösingers Verwunderung wächst. Daß ein Kunde von ›Offizin‹ spricht, ist äußerst selten. Die meisten sagen Laden oder Apotheke.

»Ach so!« sagt er und tritt zurück. »Bitte, kommen Sie herein! Ich will sie gern rufen.« Er schließt die Ladentür und bemerkt, daß sich die Dame im Raum umblickt, als betrete sie altbekannte Bezirke.

»Oh, es ist ja alles unverändert!« ruft sie halblaut.

Sie schließt für einen Augenblick die Augen und atmet tief das eigenartige Duftgemisch, das es nur in Apotheken gibt. »Wenigstens ziemlich unverändert!« ergänzt sie. »Nur die Einrichtung hier vorn ist neu und wirklich sehr geschickt mit dem alten verbunden.«

Bösinger ist zum Haustelefon gegangen. Während er nach oben klingelt, läßt er die Fremde nicht aus den Augen.

So eine faszinierende Erscheinung bekommt man in Tübingen selten zu sehen. Das ist eine Dame der großen Welt!

»Fräulein Minna wird gewünscht!« sagt er ins Telefon. »Ja, von einer Dame. Sie möchte mal herunterkommen.« Er hängt ein. »Sie kommt sofort«, sagt er und weist auf die neuen Kunststoffsessel. »Nehmen Sie bitte so lange Platz! – Sie kennen unsere Apotheke von früher her?« fragt er höflich.

Die Frau scheint von weither zurückzukommen. »O ja«, sagt sie, »hier kenne ich alles!« Sie wiederholt es noch einmal: »Ja! Hier kenne ich alles! Aber das liegt schon lange zurück – eine halbe Ewigkeit.«

Bösinger wagt nicht recht, weiterzufragen. Er geht zum grünbeschirmten Stehpult hinüber, an dem er Eintragungen vorzunehmen hat, doch er ist abgelenkt. Die Dame interessiert ihn mehr als die Arbeit, und wenn er es sich auch nicht eingesteht, er ist neugierig darauf, was sie von dem alten Faktotum des Hauses will.

Die Blicke der Fremden haben sich an einem schönen schmiedeeisernen Leuchter verfangen, der in einer Durchbruchnische steht.

Sie berührt ihn leise mit den Fingerspitzen. Wie ein Streicheln sieht es aus. Als erwecke er in ihr wehmütige Erinnerungen. Fast meint Bösinger, Tränen in ihren Augen zu sehen. Schnell blickt er weg.

Minnas rasche Schritte werden nun auf der Innentreppe deutlich hörbar.

Die Glastür öffnet sich – Minna steht auf der Schwelle und späht hinein. »Was ist denn los, Herr, Herr Bösinger?« fragt sie halb ärgerlich. »Wir sitzen gerade beim Essen.«

Sie bricht ab. Sie hat die Dame bemerkt, die sich ihr langsam nähert. Minnas Gesicht verändert sich, wandelt sich vom Ausdruck des Befremdens zu dem einer ungläubigen Betroffenheit, zu äußerstem Erschrecken, ja Entsetzen . . .

Sie greift sich zum Herzen, sie öffnet den welken Mund, bringt jedoch keinen Laut über die Lippen. Sie steht wie erstarrt. Ihre Augen weiten sich, ihre Hände beginnen zu zittern. Sie muß sich am Geländer festhalten.

Dann ein heiserer Laut.

»Mein Gott! Das ist doch nicht möglich . . . die Frau Apotheker! Bettina!«

Stille – sekundenlange Stille.

Der Schatten der Leuchtreklame geistert durch die Offizin. Bösinger hat den Kopf über das Rezepturenbuch gesenkt und blickt nicht auf.

Von der Tür her ein unterdrücktes Schluchzen, ein Aufstöhnen wie aus abgrundtiefer Qual.

Minna ist mit zwei schwankenden Schritten auf die Fremde zugegangen. Die Dame legt ihre Arme um die hagere Gestalt der alten Frau und zieht sie an sich.

»Jaja«, sagt sie begütigend, so wie man zu einem Kinde spricht, »ich bin es wirklich, Minchen. Du siehst keine Gespenster!«

Einen Augenblick halten die Frauen einander stumm umfangen, dann löst sich Minna langsam aus der Umarmung. Sie sieht mit einem Blick voller Fragen in das Antlitz der Fremden. Ihre Hände zittern. Das welke Gesicht ist zerrissen, die Runen des Alters zeichnen überdeutlich ihre Spuren.

»Betti, du! Immer habe ich gehofft, dich noch einmal wiederzusehen, bevor ich sterbe. Ich hatte heute schon den ganzen Tag so ein Gefühl, daß sich noch etwas Besonderes ereignen würde.«

Minna hat erst laut gesprochen. Dann senkt sie die Stimme zu einem undeutlichen Flüstern. Sie wirft einen erschrockenen Blick zum Provisor hinüber, der wie unbeteiligt seiner Arbeit nachgeht. Sie blickt die Besucherin an, legt den Zeigefinger auf die Lippen und weist mit bedeutsamen Kopfnicken darauf hin, daß man nicht allein im Raum ist.

»Du mußt weg«, flüstert sie aufgeregt. »Du mußt sofort weg, Bettina! Der Herr Apotheker kann jeden Augenblick 'runterkommen. Sie sind oben gleich mit dem Essen fertig, und er geht doch immer noch einmal in die Homöopathie!«

Ein Schatten von Bitternis verdunkelt das Lächeln der mattrot geschminkten Lippen auf dem Gesicht vor ihr.

»Aber Minna, da komme ich nach all den Jahren zurück, und dein erstes Wort ist: Geh!«

Minna ist viel zu erregt, um genau hinzuhören. Sie hat jetzt Angst. Sie blickt wieder zum Provisor; sie horcht, ob oben im Hause eine Tür geht; ihre Hände fliegen. »Jaja, Kindchen«, raunt sie, »das ist alles richtig, aber jetzt haben wir wirklich keine Zeit!« Dabei versucht sie, die Dame am Ärmel zum Ausgang hin zu zerren.

Der Mechanismus der Leuchtreklame taucht den Raum in Licht und Schatten: hell – dunkel – hell – dunkel.

Die Fremde macht sich mit einem energischen Ruck von Minnas Hand frei.

»Nein«, sagt sie laut, »so geht das nicht! Ich bin drei Tage lang in Tübingen herumgelaufen und habe immer gehofft, dir auf der Straße zu begegnen. Jetzt will ich nicht länger warten. Entweder . . .«

»Still doch bitte, Betti – gnädige Frau!« Minna zupft verzweifelt an ihren Schürzenbändern.

Herr Bösinger räuspert sich laut. Er dreht sich ostentativ vom Pult weg und geht in das angrenzende Labor. Die gefederte Flügeltür schwingt hinter ihm zu.

»Gott sei Dank«, sagt Minna halblaut. »Ich weiß gar nicht, was ich in meiner ersten Aufregung gesagt habe. Wenn er etwas mitbekommen hat! Bitte, Betti, du mußt jetzt gehen! Sei vernünftig!«

»Gut«, sagt die Fremde in einem plötzlichen Entschluß. »Dann komm mit. Wir können uns draußen unterhalten!«

»Wie du dir das vorstellst!« klagt Minna. »Immer noch Hals über Kopf. – Ach, mein liebes, liebes Kind, daß du noch einmal wiedergekommen bist, ich kann es gar nicht fassen! – Nein, ich kann jetzt nicht mit nach draußen gehen. Was sollen sie denken?«

»Wer ist denn da?« fragt die Fremde. »Sind die Kinder beisammen?« Etwas Sehnsüchtiges klingt in dieser Frage mit.

»Ja, die Kinder sind da«, sagt Minna abwesend. »Und abwaschen muß ich auch noch.« Sie sieht zur Uhr hinüber, die in einem eigengeschnitzten Gehäuse die Regalwand mit den Salbentöpfen krönt.

Die Fremde ist ihren Blicken gefolgt. Sie lächelt dabei. »Die gute alte Uhr. Ich weiß noch, wie Großpapa mir hier so ganz langsam beigebracht hat, die Zeit abzulesen!«

Sie wischt den Gedanken weg und fährt mit nüchterner Stimme fort: »Es ist erst fünf nach neun. Wenn du jetzt noch nicht fort kannst, dann hole ich dich um zehn hier ab. Wir können zu mir ins Hotel gehen. Ich wohne im ›Widder‹. Da sind wir ungestört!«

»Um Gottes willen!« stöhnt Minna. »Auf keinen Fall im Hotel!«

»Wo dann?« fragt die Fremde mit einem Unterton von Ungeduld. Man hört, diese Stimme kann auch befehlen.

Minna strengt sich verzweifelt an, einen geeigneten Treffpunkt zu finden.

»Drüben am Uhland-Denkmal!« sagt sie schließlich.

Die Jüngere drückt einen Augenblick die welke Hand der alten Frau.

»Also gut«, sagt sie zustimmend. »Wie du willst. Von mir aus auch am Uhland-Denkmal. Um zehn! Aber sei pünktlich!«

Minna hängt schon die Sicherheitskette der Tür aus. »Bis nachher!« sagt die Fremde. Sie nimmt mit einem Rundblick Abschied von der Apotheke, dann tritt sie hinaus in die menschenleere Bursagasse.

Minna schließt hinter ihr ab. Sie bleibt inmitten der Offizin stehen und preßt beide Hände gegen die Schläfen. ›Nur Ruhe‹, denkt sie, ›nur einen Augenblick Ruhe!‹ – Aber sie darf keine Minute verlieren, wenn sie um zehn fertig sein will.

Rasch entschlossen stößt sie die Tür zum Labor auf. »Die Dame ist gegangen, Herr Bösinger«, erklärt sie dem Provisor, der in einer Ecke die Abendzeitung liest.

Bösinger läßt das Blatt sinken und sieht die alte Frau ruhig an. Minna zögert: »Es war«, sie muß sich räuspern, »es war eine alte Bekannte von mir, Herr Bösinger, verstehen Sie?«

»Ich verstehe«, antwortet der Provisor trocken. Es klingt so, als sei es das Natürlichste der Welt, daß Apothekers Minna jeden Abend um neun den Besuch hocheleganter Damen erhält.

Minna sieht noch einmal unsicher zu ihm hinüber; aber sie hat jetzt keine Zeit, längere Erklärungen abzugeben. Vielleicht ist es auch besser so.

Mit unsicheren Schritten hastet sie in die Wohnung hinauf. Auf dem Treppenabsatz muß sie haltmachen. Das Herz will nicht mit. Es hämmert viel zu schnell. Ihre Augen sind noch feucht.

Minna trocknet sie eifrig mit dem Schürzenzipfel. Oben vor der Eßzimmertür bleibt sie noch einmal stehen, glättet die Schürze und holt tief Luft. Dann drückt sie die Klinke herunter.

Die Kinder sitzen allein am Tisch. Dr. Brandt hat eine Tasse Tee getrunken und ist dann sofort auf sein Zimmer gegangen.

»Na?« fragt Wolfgang. »Lieber Besuch in der Abendstunde? Wer war es denn?«

»Ach, nur eine Bekannte«, antwortet Minna obenhin.

Aber Wolf hat nun mal ein Gefühl für Zwischentöne. Er kennt seine Minna zu gut, als daß er die Notlüge nicht heraushörte.

»Eine Bekannte?« fragt er gedehnt und zieht die Augenbrauen hoch. »Von dir? Wer denn?«

»Das geht dich nichts an!«

Das kommt verdächtig kurz und grob heraus und läßt nun auch Albert und Dorle aufmerksam werden.

Wolf droht der alten Vertrauten gemacht streng mit dem Finger. »Minna, Minna! War es etwa keine Bekannte, sondern ein Bekannter?«

Er springt auf, wirft seine Serviette auf den Tisch und eilt auf Minna zu, die sich mit abgewandtem Gesicht an der Kredenz zu schaffen macht. »Schätzele! Du willst mir doch nicht etwa untreu werden? Du weißt, ich bin rasend eifersüchtig!«

Er faßte die Schultern der alten Frau und will sie zum Licht umdrehen. Aber Minna wehrt sich mit seltener Heftigkeit. »Laß den Unsinn, Wolfgang! Es war eine alte Freundin!«

Sie greift nach dem Tablett und setzt es hart auf den Tisch.

»Nanu«, ruft Dorle, »willst du schon abräumen? Sei doch nicht so ungemütlich!«

Minna weiß, wie konsequent die Kinder an dem gemeinsamen Plauderstündchen nach dem Abendbrot festhalten. Das sind die wenigen Minuten am Tage, an denen die ganze Familie Zeit füreinander hat. Nachher läuft jeder wieder seinen eigenen Interessen nach.

Heute kann sie darauf keine Rücksicht nehmen. Sie stapelt eifrig die Teller aufeinander, sammelt die Bestecke auf einer leeren Platte.

»Es tut mir leid, Kinder, aber ich habe keine Zeit. Ich muß nachher noch mal weg.«

Die drei sehen einander an und schütteln die Köpfe.

»Jetzt? Mitten in der Nacht?« fragt Wolf. Seine Verblüffung ist ungeheuchelt. »Noch mal weg? Das ist doch nicht dein Ernst?«

Daß Minna nach dem Abendbrot noch einmal aus dem Hause geht, hat es seit Jahr und Tag nicht gegeben.

»Jawohl! Ich gehe aus!« antwortet Minna nun streitlustig. »Ich gehe ins Kino, wenn ihr nichts dagegen habt!«

Jetzt starren alle drei Minna verblüfft an.

Wolfgang flötet mit gespitzten Lippen vor sich hin. »Soso! Sie geht ins Kino! Und was wird Interessantes gespielt, wenn man fragen darf?«

Minna überlegt nicht lange. »Kaiserwalzer«, antwortet sie auf Geratewohl. Den Titel hat sie vor ein paar Tagen im Tagblatt gelesen.

»Sieh mal an!« schmunzelt Wolf. »Kaiserwalzer! Am Mittwoch als Sonder-Nachtvorstellung. Obwohl er gestern schon vom Spielplan abgesetzt wurde!«

Minna versteift sich keineswegs auf die Notlüge. »Was ich tue und was nicht, ist meine Sache!« fährt sie Wolf gereizt an. »Ich werde ja wohl mal am Abend ein Stündchen ausgehen dürfen!«

Dorle ergreift nun – wie meist – Minnas Partei. »Minna hat recht«, sagt sie. »Wölfi – hier –, hilf lieber das Geschirr 'raustragen! Und ich wasch' ab. Albert, du kannst abtrocknen. Dann sind wir schnell fertig. Wenn Minna doch fort will ...«

Die Geschwister greifen zum Geschirr und tragen es in die Küche. Minna ist heilfroh, der lästigen Fragerei entronnen zu sein.

»Wir können den Abwasch auch sehr gut allein machen!« erweitert Dorle hilfsbereit ihr Angebot. »Dann kannst du sofort gehen, Minna!«

Minna blickt unwillkürlich seufzend zur Küchenuhr, während das Wasser ins Spülbecken strömt. »Nein, nein! So eilig ist es nicht. Spülen kann ich noch selber, das ist sowieso nichts für deine Hände.«

Ihre wachsende Nervosität ist nicht zu übersehen. Selbst Albert, der heute abend noch schweigsamer ist als sonst, mustert sie befremdet. Doch nur für ein paar Sekunden. Dann hat er Minna wieder vergessen. Er schwingt sich auf den Küchentisch, läßt die Beine baumeln und starrt finster vor sich hin.

Während sonst bei Minna jeder Handgriff genau sitzt, hantiert sie heute fahrig und unüberlegt. Sie stellt die Teller vom Tablett auf den Tisch, wieder aufs Tablett und dann erst ins Spülbecken. Die gebrauchten Messer will sie ungespült in die Besteckkästen legen, aber sie merkt es noch rechtzeitig und schüttelt den Kopf.

Endlich geht es. Die gewohnte Arbeit läuft ja von selbst. Dorle trocknet ab und stellt das Geschirr zum Einräumen vor Wolf.

Wolf aber hat etwas gegen den nüchternen Ablauf der Arbeit. Er ergreift einen Teller, läßt ihn auf der Kuppe des Zeigefingers kunstvoll rotieren und beginnt dabei zu steppen. Er ist ein großartiger Stepptänzer. Seine Augen leuchten. »Kinder«, schreit er, »wenn ich das noch mit der linken Hand 'rauskriege, trete ich im Fernsehen auf!«

Dorle schaut ihm voll Bewunderung zu. Sie stößt Minna an: »Sieh doch, sieh doch!«

Minna dreht sich unwillig um.

»Laß das sofort, Wolfgang!« sagt sie energisch. »Der Teller ist von dem guten Geschirr. Wenn er hinfällt . . .«

Sie will ihm den Teller entreißen, vergißt darüber, daß sie selber einen anderen nassen in der Hand hat – er rutscht ihr aus den Fingern und zerbricht auf dem Fliesenboden der Küche.

»Oh, der schöne Teller!« jammert sie. »Daran bist nur du schuld mit deinem ewigen Blödsinn!«

Ihre Verzweiflung wirkt so komisch, daß sich Dorle und Wolf vor Lachen kaum zu halten wissen. Nur Albert verzieht keine Miene.

»Reg dich ab, Minchen!« ruft Dorle. »Von denen hatten wir sowieso nur noch fünf. Um so früher kriegen wir ein neues Service. Wir müßten schon längst was Moderneres haben.«

Wolfgang holt steppend den Handfeger und kehrt auf. Was mag nur mit Minna los sein? denkt er.

»Du bist mir heute viel zu aufgeregt, allein auszugehen!« sagt er zu ihr. »Wir werden dich begleiten; wir müssen schließlich auch mal an die frische Luft.«

Aber Minnas Geduld ist jetzt erschöpft. »Auf keinen Fall!« ruft sie wütend. »Ich verbitte mir diese . . . diese Bevormundung. Ich gehe allein – und damit basta!«

Dann preßt sie die Lippen zusammen und sagt kein Wort mehr.

Die Kinder kennen das. Wenn Minna dieses Gesicht aufsetzt, ist nichts mehr mit ihr anzufangen.

Jetzt aber, als Wolf mit seinen Kunststückchen nicht aufhören will, ist es Albert, der explodiert. Er springt mit einem Satz vom Tisch. »Laß doch endlich den verdammten Quatsch!« fährt er Wolf an.

Wolf und Dorle starren verblüfft in sein zorniges Gesicht. Sogar Minna hält einen Augenblick in ihrer Arbeit inne.

»Was ist denn mit dir los?« ruft Dorle. »Mußt du ausgerechnet den großen Bruder 'rauskehren, wenn wir mal vergnügt sind?«

». . . und allen Grund dazu haben!« ergänzt Wolf. »Die Gewitterwolken haben sich ein paar Kilometer weiter entladen, der Donner ist verrollt, und die böse Stiefmutter ist erfolgreich abgeschlagen.«

Albert blickt alle der Reihe nach finster an. »Denkt ihr! Das ist eben nicht der Fall. Vater wird sie trotzdem heiraten!«

»Das ist doch nicht wahr!« ruft Dorle entsetzt.

Wolfgang bohrt die Fäuste in die Hosentaschen. »Woher willst denn du das wissen?«

»Von Papa selber! Er hat es mir heute morgen eröffnet. Es sei sein unumstößlicher Entschluß!«

Minna steht wie erstarrt. Das kann doch nicht sein! Das ist doch nicht möglich! Das kann der Herr Apotheker ihnen allen doch nicht antun! Nach dem Furchtbaren, das Albert ihm enthüllt hat . . .

Ihr Blick fällt auf die Uhr.

Zwölf vor zehn!

Minna reißt sich zusammen. Du lieber Himmel! Ein Unglück kommt eben selten allein! Aber jetzt kann sie sich nicht damit befassen. Sie muß fort. Sie hastet wortlos aus der Küche, hinauf in ihre Kammer, schlüpft in ihren schwarzen Mantel mit dem schmalen Samtkragen und eilt die Stufen wieder hinunter ohne auch nur einen Blick in den Spiegel zu werfen . . .

Im ersten Stock prallt sie fast gegen Dr. Brandt, der gerade aus seinem Zimmer tritt.

»Minna!« ruft er überrascht. »Wo wollen Sie denn noch hin?«

Minna sieht erst wie ein Schulkind aus, das beim Schwänzen ertappt wird. Aber dann wirft sie den Kopf in den Nacken. »Wo ich hin will, Herr Apotheker?« wiederholt sie gereizt. »Spazieren!«

»Jetzt noch – mitten in der Nacht?«

»Man kann sich hier wohl nie ein freies Stündchen gönnen! Da ist man von morgens bis nachts auf den Beinen, und wenn man einmal an die frische Luft will, dann steht das ganze Haus gleich kopf!«

Dr. Brandt mustert seine aufgeregte Haushälterin mit wachsendem Erstaunen.

»Von mir aus hätten Sie jede Woche Ihren freien Nachmittag haben können, Minna. Und kein Mensch hätte was gesagt, wenn Sie außerdem jeden Abend ein Stündchen spazierengegangen wären. Aber Sie haben ja nie gewollt!«

»Gewollt?« wiederholt Minna streitlustig. »Als ob's danach gegangen wäre! Ich hätte nicht erleben mögen, wie nachher das Haus ausgesehen hätte.«

Damit dreht sie sich um und eilt die Treppe hinunter, so schnell sie kann. Unten wirft sie noch einmal einen vorsichtigen Blick zurück, ob der Herr Apotheker noch dasteht. Und ob keins der Kinder ihr folgt.

Aber die Luft ist rein.

Minna wählt den rückwärtigen Ausgang des Hauses. Hier liegt ein kleiner Küchengarten, der zum Uferweg hin durch einen Drahtzaun abgegrenzt ist.

›Um zehn Uhr am Uhland-Denkmal!‹

An der alten Ufermauer lehnen Studenten, schwatzen und lachen und sehen auf den Fluß hinunter, auf dem illuminierte Boote langsam dahintreiben. Die Nacht ist lau. Der Mond verzaubert das Wasser, die Häuser und das Ufer. Sein silberner Schimmer liegt über dem dunklen Blätterdach der hochstämmigen Ulmen und Platanen der Neckarinsel.

Minna hat keinen Blick für die romantische Schönheit dieser Sommernacht. Sie hastet am Seminar vorbei zur Neckarhalde. Sie denkt nicht daran, den kürzeren Weg über die Eberhardsbrücke zu nehmen. Da ist ihr alles zu hell und zu belebt. Man könnte sie erkennen! Apothekers Minna abends um zehn allein in der Inselgegend! Unvorstellbar! Nein, sie macht noch den weiten Umweg über die Alleenbrücke, über die Uhlandstraße, am Kepplergymnasium vorbei.

»Welch ein Unglück, ach, welch ein Unglück!« murmelt sie vor sich hin, während sie mit kurzen Schritten vorwärtshastet. Von der Stiftskirche her beginnt die Stundenglocke zehn Uhr zu schlagen. Andere Turmuhren fallen ein.

»Acht – neun – zehn!« Minna zählt unwillkürlich laut mit. Ihr Herz klopft, nicht allein vom schnellen Lauf. Es ist ein Unrecht, ihr solche Aufregungen zuzumuten! Sie verlangsamt den Schritt und bleibt einen Augenblick bestürzt stehen.

Taghell leuchtet es ihr entgegen: Das Rondell um das Uhland-Denkmal mit dem Brückchen zur Insel wird von modernen Leuchtröhren in gleißende Helligkeit getaucht.

Minna ist um diese Stunde noch nie hiergewesen. Hier erkennt man ja jeden auf zwanzig Schritt!

Und – natürlich, direkt vor dem Denkmal – Bettina!

Minna schießt auf sie zu. »Aber Betti! Wo es hier so hell ist!« Sie zieht sie energisch fort zur Inselbrücke, fort aus der Helligkeit des Platzes. »Du kannst dich doch nicht so zeigen!«

Bettina geht bereitwillig mit, aber sie lacht. In ihrer Stimme ist etwas liebevoll Spöttisches.

»Minna, seit Tagen laufe ich völlig unverschleiert durch Tübingen, meist sogar ohne Hut. Und es ist noch keiner über mich gestolpert. Weshalb soll ich mich denn hier nicht zeigen!«

Sie haben das Brückchen überschritten. Links und rechts dehnt sich die breite Allee der einzigartig hohen und malerischen Platanen. Überall gibt es noch Menschen. Promenierende! Träumende! Auch Liebespaare. Von den Bänken wehen Gesprächsfetzen herüber, helles Mädchenlachen. – Das Leben ist ja so schön ...

Minna hat keinen Sinn dafür. Sie hastet auf dem dunkelsten Teil des Weges voran, Richtung Wildermuth-Denkmal. Dort ist es schon weniger belebt. Und die, die sich da aufhalten, haben kein Interesse an anderen.

Erst hinter der Alleebrücke, im abgelegenen Teil der Flußinsel, hält Minna an. Hier, wo es auf dunklen, verschlungenen Pfaden nur wenige Bänke gibt, glaubt sie sich vor jeder Entdeckung sicher.

»Wie du dich hier auskennst, Minna!« sagt Bettina mit einem Lächeln.

Minna geht auf den leichten Ton nicht ein. Ihr Herz ist schwer. Sie sieht immer noch nichts vom Zauber der Sommernacht; sie sieht nur Sorgen um sich, Sorgen und keinen Ausweg. Sie bleibt stehen und zieht Bettina einen Augenblick an sich.

»Ach Betti!« flüstert sie. Ihre Stimme zittert. »Mein liebes Kind! Wenn du wüßtest ...«

Dann löst sie sich mit einem Ruck. »Verzeihung! Ich muß jetzt wohl ›gnädige Frau‹ sagen ...«

»Aber Minna! Das ist doch nicht dein Ernst. Du hast mich großgezogen, du hast mich drüben in der Bursagasse auf den Knien geschaukelt. Du hast mich geduzt, als ich Brandt geheiratet hatte, und jetzt willst du plötzlich ›gnädige Frau‹ zu mir sagen!«

»Man weiß immer nicht«, sagt Minna undeutlich, »wie es den Herrschaften recht ist. Die Zeiten ändern sich, und auch die Menschen. Du bist lange fortgewesen. Fast zwanzig Jahre! Genau achtzehn Jahre und fünf Monate! Das habe ich aufnotiert. Ich weiß es noch wie heute, Kindchen, wie du mitten in der Nacht aus dem Haus gestürzt bist.«

»Auch ich habe diese Nacht niemals vergessen«, sagt Bettina leise.

In der Nische von dichtem Buschwerk steht eine leere Bank. Sie setzen sich. Ein silbern glänzendes Stück Rasenfläche zieht sich vor ihnen zum Seitenarm des Neckars hinunter. Dort gleitet gerade lautlos ein langes flaches Boot heran. Junges Volk sitzt darin, Burschen, Mädchen. Über ihren Köpfen schaukeln farbige Lampions und spiegeln sich im nachtschwarzen Wasser.

»Die alten Stocherboote!« ruft Bettina. »Immer noch die Studenten und ihre Mädels. Ganz wie damals! Als ich noch dabei war. Nur . . . wir haben immer gesungen.

Wie auf Kommando setzt drüben Gesang ein. Erst eine einzelne Stimme; dann folgen andere. Ein klarer Tenor, sekundiert von frohen Mädchen- und Burschenstimmen. ›Als wir jüngst in Regensburg waren . . .‹ Das alte Lied verschmilzt mit der Landschaft und der sommerlich warmen Mondnacht zu einer einzigen Harmonie.

Bettina drückt die Hand der alten Frau. Sie sagt nichts, und doch versteht Minna, was die stumme Geste bedeutet. ›Sei jetzt einen Augenblick still!‹ heißt das. ›Dies ist zu schön! Stör es nicht!‹

Ja, Minna begreift das. Wenn sie auch nicht zu denen gehört, die Gefühlen und Stimmungen leicht erliegen.

Erst als das Boot langsam aus ihrem Gesichtskreis gleitet und das Lied in der Dunkelheit verklingt, bricht Minna das Schweigen.

»Warum bist du nur zurückgekommen?«

»Ich hatte Sehnsucht nach meinen Kindern«, sagt Bettina. »Ich habe immer Sehnsucht nach ihnen gehabt. Jetzt sind sie groß, fast erwachsen. Aber deshalb können sie doch meine Hilfe brauchen.«

Minna horcht auf. Man könnte vermuten, Bettina wüßte schon etwas von dem, was im Hause Brandt vorgeht. Aber nein! Woher sollte sie das erfahren haben?

Andere Gedanken drängen Minnas Verdacht schnell zurück.

»Du mußt so schnell wie möglich wieder abreisen, Betti!« sagt sie. »So leid es mir tut.«

Bettina überlegt keine Sekunde. »Aber Minna! Ich denke nicht dran!«

»Betti, ich zittere vor Angst, daß dich jemand erkennt.«

»Minna, mich darf jeder erkennen! Mich soll jeder erkennen! Ich bin nach Tübingen gekommen, um für immer hierzubleiben.«

Minna stockt einen Augenblick der Atem. »Um Gottes willen,

das geht nicht!« stößt sie dann hervor. »Das ist ganz ausgeschlossen! Du weißt ja überhaupt nicht, was passiert ist!«

»Mag passiert sein, was will!«

In Bettina Stimme ist soviel Entschlossenheit, daß Minna es aufgibt. Sie nimmt noch ein paarmal einen Anlauf zu sprechen, doch die Worte wollen nicht über die Lippen.

»Ach, Betti«, sagt sie schließlich kläglich. »Als ich dich vorhin wiedersah, wollte mir vor Freude fast das Herz stehenbleiben. Du siehst so gut aus! Du bist so schön geworden. So schön, wie du noch nie gewesen bist. Und du siehst so glücklich aus. – Laß es doch dabei bewenden!«

Bettina schließt die Augen. Sie lehnt den Kopf weit zurück und läßt die Worte in sich nachhallen. Eine ganze Weile bleibt sie so. »Glücklich, Minna?« sagt sie. »Weißt du, was das ist? – Ich habe viele gute Menschen kennengelernt. An einen habe ich mich besonders angeschlossen. Warum soll ich dir das verheimlichen? Ich besitze in Mexiko eine große Ranch, ich bin reich und unabhängig. Ich habe die halbe Welt gesehen und kann mir jeden Wunsch erfüllen. – Aber glücklich? Nein, glücklich, so von Herzen glücklich bin ich nicht. Vielleicht kann ich es nur dort werden, wo meine Kinder sind.«

Ein leichter Wind bewegt die Blätter der Büsche. Bettina erschauert.

»Glaub nicht, daß es mir die ganze Zeit so gut gegangen ist! Ich habe in New York und San Franzisko schwer arbeiten müssen. Aber das war nicht das schlimmste. Das schlimmste war die Erkenntnis, daß alles, was ich getan hatte, falsch und sinnlos war.«

Bettina preßt die Lippen aufeinander. Tränen mag sie nicht. Drüben in der Neuen Welt hat man keine Zeit zu weinen.

Minna sitzt stumm und bedrückt da. Damals, vor vielen Jahren, als sie den Dienst in der Eckertschen Apotheke antrat, da war diese Frau noch ein Kind. Das späte und einzige Kind des letzten Apothekers Eckert und seiner feingeistigen und hochmusikalischen Frau. Dieses Kind wuchs auf – wohlbehütet wie eine kostbare Treibhauspflanze. Ihre Betti! Alles Glück schien ihr gewiß, bis ihr Vater dahinterkam, daß sie drauf und dran war, sich an den ›ewigen Studenten‹ Tübingens, an Egon Gudde, zu verlieren. Apotheker Eckert beendete dieses Verhältnis radikal. Er verheiratet seine achtzehnjährige Tochter Hals über Kopf mit seinem Provisor Dr. Brandt, der sich schon lange um sie beworben hatte.

»Falsch und sinnlos!« wiederholt Bettina laut und richtet sich auf. »Ich habe Egon Gudde nie geliebt; ich habe es mir nur eingebildet. Eine Jugendschwärmerei, nicht mehr. Er war haltlos, lebensuntüchtig und« – sie legt die Hand über die Augen und zögert, weiterzusprechen, als sei der Ansturm der Erinnerungen zu mächtig – »und verantwortungslos! Vater war durchaus im Recht, als er uns trennte. Aber als Brandt dann später diese törichten alten Liebesbriefe fand, war doch alles längst vorbei. – Wäre ich nur nicht zu stolz gewesen, ihm das zu erklären!«

›Brandt‹ nennt sie ihren ersten Mann. Etwas wie Abneigung, wie Feindseligkeit klingt dabei in ihrer Stimme.

Wieder gleitet auf dem Wasser ein Kahn mit jungen Menschen heran. Sie haben nach altem Brauch einen guten Tropfen mit an Bord genommen; das Klirren und Klingen der Gläser ist in der Stille weithin hörbar.

»Jaja, Kindchen«, murmelt Minna, von all dem, was so mächtig aus der Vergangenheit aufsteigt, ganz durcheinandergebracht. »Das ist nun einmal geschehen, und was vorbei ist, ist vorbei.«

»Gottlob!« ruft Bettina aus. »Und ich bin mir über meine eigene Schuld auch ganz im klaren. – Trotzdem kann ich nicht vergessen, daß Brandt es war, der mich aus dem Hause trieb. Mitten ins Gesicht hat er mich geschlagen.« Sie schweigt einen Augenblick. »Und Dorle war noch keine drei Monate alt!«

Minna seufzt vor sich hin.

Nein, auch sie wird diese schreckliche, schicksalhafte Stunde niemals vergessen. Sie steht ihr jetzt wieder vor Augen, als sei alles gestern erst geschehen.

»Heute haben sich meine Ansichten etwas geändert«, fährt Bettina ruhiger fort. »Aber damals sah ich keine andere Möglichkeit, als für immer wegzugehen. Ich wollte um nichts in der Welt zu Brandt zurück. Ich wollte aber auch die Kinder nicht mit in eine ungewisse Zukunft nehmen. Und am allerwenigsten wollt ich sie zwischen Vater und Mutter stellen.«

Sie lacht bitter vor sich hin.

»Daß die Menschen, zumal die Tübinger, mir allein die Schuld geben würden, wußte ich genau. Sie würden mich verdammen, und Brandt würde nichts tun, ihnen eine andere Meinung beizubringen. Das habe ich in Kauf genommen. Aber was es mich gekostet hat, mich von meinen Kindern zu trennen, das kann keiner ermessen. Wie hab' ich mich nach ihnen gesehnt, Minna! Jeden Tag! Achtzehn Jahre lang. Bis es mir endlich möglich war, zurückzukommen. Jetzt sind sie erwachsen, jetzt will ich sie sehen und mit ihnen zusammen leben!«

Sie lehnt sich zurück und holt eine Zigarette aus ihrem Handtäschchen. Die Flamme des Feuerzeuges beleuchtet für einen Augenblick ihr Gesicht. Minna sieht einen stillen Glanz in ihren Augen. Aber was Bettina da sagt, das kann nicht sein – das darf nicht sein. Er würde nur neue Gefahren für das Haus in der Bursagasse heraufbeschwören!

Minna tastet wieder nach Bettinas Hand. »Betti!« stöhnt sie auf. »Ich bitte dich – reise ab!«

»Ich verstehe dich überhaupt nicht«, antwortet Bettina unwillig. »Man könnte meinen, du wärest es, die mich nicht hier haben will!«

Minna ringt nach Worten: »Du ahnst ja gar nicht, was man sich in Tübingen erzählt hat, als du so plötzlich aus Davos verschwunden warst!«

»Ich kann es mir denken. Das sagte ich ja schon. Ich kenne auch meine liebe Kusine Zäzz! Man wird erzählt haben, ich sei mit einem Mann ausgerückt!«

»Ja, das auch«, stottert Minna verwirrt, »das heißt, es ist noch ganz anders!«

Bettina sucht im Halbdunkel die Augen der alten Frau. »Du willst wohl sagen, daß ich für Tübingen tot bin. Gestorben, verdorben!«

Minna stöhnt auf: »Ja ...« Schließlich kann sie nicht länger an sich halten. Wenn es auch wehtun wird! Aber hier geht es um das Wohl der Kinder.

»Nicht nur für Tübingen, Betti! Auch für die Kinder bist du damals gestorben. Dorle glaubt heute noch, daß du tot bist.«

Schweigen.

Doch die Nacht schweigt nicht. Die Wipfel der Bäume rauschen leise. Vom Fluß her tönen junge Stimmen, Rufe, Lachen.

Diese Nacht gehört der Jugend, dem Frohsinn, der sorglosen Heiterkeit. Verliebte Paare flüstern in den Büschen.

»So ist das also!« sagt Bettina ruhig. Ihre Stimme wird härter. »Das wird an meinem Entschluß nichts ändern, Minna. Die Buben scheinen demnach zu wissen, daß ich lebe. Es wird Zeit, daß auch Dorle es erfährt. Er wird sie nicht umwerfen! Ein Mädchen in ihrem Alter braucht die Mutter am nötigsten. Du hast ja keine Ahnung, wie ich den Kindern mit meinen Verbindungen weiterhelfen kann! Zum Beispiel Albert. Ich habe gestern mit ihm zusammengesessen!«

»Mit Albert zusammengesessen?« Minna fährt fassungslos herum. »Das kann doch nicht sein! Er hat kein Wort davon erzählt!«

Bettina lacht. »Wie sollte er? Er weiß doch nicht, daß ich seine Mutter bin! Er betet mich an. Ach, Minna, du glaubst ja gar nicht, wie glücklich ich gestern war, als ich ihn getroffen hatte! Er hat im Hotel bei mir am Tisch gesessen. Ich habe die halbe Nacht vor lauter Glück kein Auge zugetan. Vor Glück und Sorge, wie denn nun alles werden soll. Und das soll ich aufgeben? Weil in Tübingen ein paar Klatschtanten wie Fräulein Eckert leben? Ich denke gar nicht daran! Sollen sie lästern, soviel sie wollen!«

Sie schweigt erschöpft.

Minna antwortet nicht. Das Herz ist ihr schwer. Soll sie noch mehr sagen? Soll sie auch das letzte Geheimnis preisgeben? Sie setzt ein paarmal an zu sprechen, aber die Worte wollen nicht über ihre Lippen.

Bettina zündet sich eine neue Zigarette an. Die wehmütigen Gefühle, die das romantische heimatliche Landschaftbild zuerst in ihr geweckt hat, sind vergessen. Sie ist schließlich nicht von Mexiko nach Tübingen gereist, um sentimentale Erinnerungen aufzuwärmen.

»Im übrigen«, sagt sie sachlich, »ist es höchste Zeit, daß ich mich um die Kinder kümmere. Brandt will doch wieder heiraten!«

»Das weißt du schon?« fragt Minna bestürzt. »Hat Albert dir davon erzählt?«

»Ja, auch! Aber in erster Linie mein Rechtsanwalt. Brandt hat sich an ihn gewandt, damit bei der Scheidung die Besitzverhältnisse endlich geklärt werden. – Ich will ihm keine Steine in den Weg legen, aber die Apotheke gehört mir. Und ich gebe sie nur zugunsten der Kinder auf. Wölfi soll sie doch später übernehmen, nicht wahr?«

»Ja«, antwortet Minna tonlos.

»Was macht er eigentlich? Erzähl mir doch etwas von ihm! Er war so ein liebes Kerlchen. Von den dreien war er mir damals beinahe der liebste. – So sprich doch endlich!«

Sie stößt Minna von der Seite an.

»Wölfi studiert auch«, sagt Minna unbeholfen. »Er ist ganz anders als Albert. Immer guter Dinge. Er wird seinen Weg machen!«

»Und Dorle? Mein kleines Nesthäkchen? Hat sie helles Haar bekommen? Es war damals noch so unbestimmt. Was macht sie? Ist sie größer als ich?«

Minna schweigt. Sie richtet sich auf, so mühsam, als drücke eine Zentnerlast auf ihre Schultern. Ganz hölzern sitzt sie da auf der Bank und blickt starr geradeaus.

»Es hilft alles nichts, Bettina. Du mußt abreisen! Besser heute als morgen!«

Aus ihrer alten brüchigen Stimme klingt echte Verzweiflung. Bettina hört es wohl, aber sie hält es für altjüngferliche Verschrobenheit.

»Schlag dir das aus dem Kopf!« sagt sie ärgerlich. »Ich bleibe! Und daran wird keiner etwas ändern!«

Da stemmt sich die alte Frau von der Bank hoch und tritt auf den Weg.

Bettina drückt ihre Zigarette aus und folgt ihr befremdet. »Was hast du denn?«

Minna dreht sich halb um. »Ich werde dir morgen ein Bild von Dorle bringen, Bettina«, sagt sie mit spröder Stimme.

»Ein Bild? Warum? Du bist wohl nicht bei Trost, Minna! Was soll ich mit einem Bild? Ich will mein Kind selber in den Arm nehmen!« In jäh aufsteigender Angst fügt Bettina hinzu: »Ist etwas mit Dorle? Ich meine, stimmt da irgend etwas nicht?«

Minnas Gesicht bleibt ausdruckslos. »Nein! Es ist alles in Ordnung. Und doch muß ich dich bitten, nichts zu unternehmen, bevor ich dir Dorles Bild gezeigt habe. Danach erst kannst du wirklich entscheiden, ob du noch länger in Tübingen bleiben willst.«

6

Zögernd betritt Gabriele Holthuys das Frühstückszimmer im ›Goldenen Widder‹.

Alle Tische sind besetzt. Heute ist Markttag; durch die Hotelfenster sieht man die Stände, die Kisten und Körbe der Marktleute. Ich hätte diesmal vielleicht ein anderes Hotel wählen sollen, denkt Gabriele. Der Platz mit den vielen Menschen bedrückt sie. Seit dem furchtbaren Abend spürt sie in dieser Stadt ein bohrendes Gefühl der Angst. Die Steine, die Straßen, die Häuser, alles scheint ihr entgegenzuschreien: Nein! Nein! Nein! Das grausame ›Nein!‹ dieses trockenen, blutleeren Stubenhockers aus dem Haus in der Bursagasse.

Es ist zehn vor zehn. Für zehn hat sich Justus Brandt angesagt. Zu einem gemeinsamen Frühstück und – so hatte er gestern zärtlich das Telefongespräch beendet – ›einer besonderen Überraschung für meine bezaubernde Braut‹.

Der Oberkellner ist unhörbar neben Gabriele getreten. Er steht wie ein Feldherr im Raum und flüstert diskret. Drüben am Fenster sitzt ein einzelner Herr, links an der getäfelten Wand unter dem Bilde der Feste Lichtenstein ein einzelne Dame. Gabriele entscheidet sich für den Tisch an der Wand. »Die Dame wohnt ebenfalls hier im Hause – Amerikanerin«, raunt ihr der Ober zu.

Langsam durchquert Gabriele den Saal. Die Dame hat offenbar ihr Frühstück beendet. Sie blättert in einer Zeitschrift. Ein Strauß schmückt den Tisch, drei rote Rosen in einer blauen Keramikvase. Anerkennend betrachtet Gabriele das Sportkostüm der lesenden Dame. Auch sie scheint von irgenwoher aus der großen Welt in das kleine schwäbische Städtchen geweht zu sein. Wunderbar sind die schwarzen Haare arrangiert. An dem rechten Handgelenk blinken diskret zwei Reifen aus weißem und rotem Gold.

»Beg your pardon«, redet Gabriele die Amerikanerin an. Sie stockt, als der Blick der Fremden sie trifft, ein Blick aus leuchtenden, dunklen, von gebändigter Leidenschaft erfüllten Augen.

»Bitte« – die Dame weist mit einer leichten Handbewegung auf die freien Stühle –, »Sie haben die Auswahl.« Dann scheint sie sich zu erinnern, daß Gabriele sie englisch angesprochen hat. Sie lächelt. Wie herrlich ihre Lippen gezeichnet sind! denkt Gabriele.

»Sie können deutsch mit mir sprechen.« Die fremde Dame sagt es mit einer Glockenstimme und ohne Akzent. »Ich bin hier zu Hause.« Sie betrachtet das raffiniert schlichte graue Tageskleid Gabrieles und fügt noch einmal wie für sich selber hinzu: »Ich bin hier in Tübingen· wirklich zu Hause!«

Dann rückt sie ihren Stuhl ein wenig vom Tisch ab in das dünne Licht der Wandlampe. Gabriele blickt zur Tür. Der Schwall des großen Marktes bricht mit jedem Besucher in die Gaststube. Eine Gruppe junger Menschen drängt sich lachend und schwatzend herein. Sie tragen Pakete unter den Armen und in den Händen. Sie bleiben neben dem Eingang stehen und sehen sich suchend nach einem größeren Tisch um.

Es ist eine halbe Minute vor zehn. Die Tür schwingt noch einmal auf. Mit seinem schnellen Schritt ist Brandt an der Gruppe der diskutierenden Marktbesucher vorbei. Er dreht den leicht zurückgelegten Kopf und sucht den Raum systematisch ab, von der Fensterseite zur getäfelten Wand – nun hat er Gabriele entdeckt. Fast übermütig hebt er seinen kurzen schwarzen Schirm. Er achtet nicht auf die Leute zur Rechten und Linken. In seine kühlen Augen tritt ein Schimmer von Wärme und Herzlichkeit.

Mit beiden Händen nimmt er Gabrieles Rechte und haucht einen Kuß auf die Fingerspitzen. Während er sich niederläßt, grüßt er mit einem flüchtigen »Guten Morgen« höflich zu der lesenden Dame hinüber.

Er bemerkt nicht, wie sie erschrickt.

Sie hebt die Zeitschrift. Höher, dem Lampenlicht entgegen. Aber sie liest nicht mehr. Die Buchstaben tanzen ihr vor den Augen.

Sie hat seine Stimme gehört. Sie hat ihn sofort erkannt. Den Apotheker Justus Brandt aus der Bursagasse. Mein Gott, er ist älter geworden! Seine Schläfen sind grau. Um die Augen ziehen sich Falten. Aber er ist es!

Sie kann in Ruhe beobachten. Justus und Gabriele haben nur Augen füreinander. Aufgeräumt ruft er dem Ober zu: »Zwei Frühstück mit Ei – und« – seine Augen zwinkern – »mit Tee und Zitrone.«

Die Gedanken der Frau hinter der Zeitschrift überstürzen sich. Das also ist sie! Dieses Mädchen mit den schrägen, grünlich schimmernden Augen und dem sanftgeschwungenen Mund. Ihr zuliebe verzichtet er auf den geliebten Kaffee. Sie hat schmale, gepflegte Hände. Sie wird Mitte Zwanzig sein. Und er! Vielleicht vierundfünfzig. Ja, sie weiß es genau, er ist vierundfünfzig.

Justus Brandt lehnt sich zurück. Er zieht ein Päckchen aus seiner Rocktasche und schiebt es über den Tisch. Sein Gesicht ist entspannt. Er lächelt verschmitzt wie ein Junge. »Für dich«, sagt er, »es ist ein Stück Tradition.«

Eine feine Röte steigt in Gabrieles Gesicht, während sie das Seidenpapier auseinanderfaltet. Ein kleines braunes Kästchen kommt zum Vorschein. Sie drückt auf den Knopf. Der Deckel springt auf.

»Zu unserer Verlobung«, flüstert er zärtlich.

»Oh, Justus!« ruft Gabriele gedämpft. Sie hebt mit Daumen und Mittelfinger behutsam den Inhalt heraus. »Justus!« flüstert sie nochmals entzückt und hält einen kostbaren alten Brillantring gegen das Licht.

Brandt beugt sich zu ihr hinüber. Er will etwas sagen.

Plötzlich zuckt er zusammen.

»Mein Ring!« ruft halblaut eine Stimme neben ihm.

Er fährt herum –

– und starrt die fremde Dame an wie ein Gespenst.

»Bettina!«

Justus Brandt stammelt es tonlos, mit heiserer Stimme.

Die drei Menschen haben die Welt um sich herum und sich selber vergessen. Sie lauschen auf etwas, auf die Stimme des andern, auf den Nachhall eines fernen Posaunentons, der plötzlich durch das Wogen in diesem Hotelsaal zu ihnen dringt wie ein Zeichen des Schicksals. Sie scheuen sich voreinander und starren einander doch mit brennender Neugier an.

Gabriele hat sich als erste gefaßt. Sie hält noch immer den Brillantring behutsam zwischen zwei Fingern, aber sie weiß es nicht. Sie wollte ihn überstreifen, doch sie hat es vergessen. Sie weiß nur, sie sitzt an einem Tisch mit Justus Brandts erster Frau. Gabriele sieht die Schläfenadern des Mannes anschwellen. Vorsichtig legt sie die freie Hand auf seinen Arm und streichelt ihn beruhigend.

Brandt beachtet es nicht. Er fühlt das Blut schmerzhaft an seine Schläfen klopfen, spürt das gefährliche Sausen in seinem Gehirn. Mühsam hält er sich in der Gewalt. Er zerrt an seinem Kragen, als werde ihm die Luft zu knapp. Er fingert fahrig an seiner Brusttasche herum, um die Brille hervorzuholen.

Auch Bettina kennt seine Wutausbrüche. Sie hat vor ihnen gezittert. Aber das ist schon lange her und vorbei. Jetzt zittert sie nicht mehr.

»Wo kommst du denn her?« fragt Brandt schließlich hilflos. Dann wird ihm die Sinnlosigkeit seiner Frage bewußt. Er blickt sich verstört um, ob ein Fremder etwas von den Vorgängen am Tisch gemerkt hat. Aber die Gäste sind offenbar mit sich selber beschäftigt.

»Aus Mexiko«, beantwortet Bettina gleichmütig seine Frage in einem Ton, als sagte sie: Aus dem Kino. Oder: Vom Markt. »Ich wundere mich nur, daß dich mein Erscheinen so überrascht. Nach deinem Schritt bei den Anwälten mußtest du mit meinem Kommen rechnen.«

Sie bricht ab und blickt über Brandt hinweg mit einem schnellen deutlichen Wink ihrer Augen.

Der Kellner serviert das Frühstück. Schweigend sehen die drei Menschen den Ober hantieren. Er legt die Servietten auf, ordnet geschickt die Tassen, die beiden Kännchen mit Tee, die Eier im Glas, den Aufschnitt, die Butte, rückt die Schale mit Brötchen und Brot in Griffweite, stellt das Marmeladenglas diskret an die Seite und schiebt die Zuckerdose nach vorn, sagt »Guten Appetit!«, verbeugt sich und zieht sich dann unauffällig zurück.

Mechanisch schenkt Gabriele den Tee ein. Brandt schiebt seine Tasse beiseite. Seine Hände zittern. Bettina bemerkt es mit geheimer Genugtuung.

Justus Brandt beugt sich vor. Seine geballten Fäuste entspannen sich. Mit einem verkrampften Lächeln wendet er sich an Gabriele. »Entschuldige bitte, ich hätte beinahe wieder die Fassung verloren. Es wäre kein Wunder!«

Er blickt mit gerunzelten Augenbrauen Bettina an und sagt scharf:

»Es ist ein ziemlich schlechter Scherz von dir, nach zwanzig Jahren hier so unvermutet aufzutauchen. Ein Telegramm wäre doch wohl angebracht gewesen.«

»Wie man es nimmt«, erwidert Bettina gelassen. Sie wirft die zusammengerollte Zeitschrift mit elegantem Schwung auf den letzten freien Stuhl. »Diesen Ton kenne ich noch sehr gut. – Hättest du mich etwa vom Bahnhof abholen wollen?«

Sie nimmt ihre kleine Handtasche und erhebt sich. Ihre Goldreifen klirren leise. Sie lächelt Gabriele zu: »Es hat mich gefreut, deine reizende Verlobte kennenzulernen.«

Dann zögert sie ein paar Sekunden. Ihr Blick streift den alten Brillantring. Sie fügt ein wenig gedehnt hinzu: »Ach ja, der Ring. Ich hatte ihn schon vergessen. Im Augenblick gehört er doch wohl immer noch mir. Ich erinnere mich nicht, darauf verzichtet zu haben. Nun, das alles wird beim Scheidungstermin geklärt werden!«

Sie neigt gemessen den Kopf. Mit federnden Schritten geht sie zwischen den dichtbesetzten Tischen hindurch zur Tür und verschwindet.

Eine Weile herrscht Schweigen am Tisch.

Brandt zieht seine Tasse wieder heran und rührt in dem Tee herum. Gabriele betrachtet den Brillantring. Sie hält ihn gedankenlos vor sich hin und legt ihn dann still in das Etui zurück.

Langsam schiebt sie es wieder über den Tisch. Bettinas letzte Worte klingen in ihren Ohren nach. So ist das also. Noch ist der Herr Apotheker nicht einmal geschieden. Und eine sehr glückliche Figur hat er auch nicht gemacht. Er hat sich eher wie ein Schulbube mit einem schlechten Gewissen benommen. Der überkorrekte Justus Brandt hat die Fassung verloren! O ja, das hat er. Etwas wie Erleichterung überkommt Gabriele.

»Unter diesen Umständen, Justus, möchte ich den Ring vorläufig lieber nicht tragen.« Sie läßt das Wörtchen ›vorläufig‹ wie eine Frage schwingen.

Justus Brandt hat sie verstanden. Er trinkt seinen erkalteten Tee mit einem Zug aus. Beide haben die Brötchen nicht angerührt. Immer hat Gabriele ein Gefühl der Unterlegenheit gehabt; in dieser Minute ist das anders geworden. Sie will ihm keine Chance zum Ausweichen geben. Ihr schmales Gesicht ist weiß. Ihre Augen, diese großen schimmernden Augen, halten ihn fest.

Justus Brandt sieht sich noch einmal um. Seine Finger biegen den Frühstückslöffel. Seine Heiterkeit, seine Wut – beides ist verflogen. Er spricht mit müder, schleppender Stimme.

»Entschuldige bitte dieses Vorkommnis . . . Ja, ein reiner Tisch von vornherein . . .« Er hält betroffen ein. Mit einem leisen Klicken ist ihm der Löffel in den Händen zerbrochen. Er will die Stücke hinwerfen, aber dann besinnt er sich und legt sie achtsam in den Aschenbecher.

Nun überstürzen sich seine Worte.

»Du hast es gerade gehört – wir sind noch nicht geschieden. Aber ich habe ihr mitteilen lassen, daß ich die Scheidung wünsche. Endlich, nach achtzehn Jahren. Sie ist mir damals davongelaufen. Mit einer Lüge hatte sie seit dem Tag ihrer Hochzeit neben mir hingelebt. Mit einer einzigen Lüge.«

Brandts Atem geht hastiger.

»Ja. Auch ich habe Schuld. Aber nicht so, daß ich mich schämen müßte. Weder damals noch heute. Und ich weiß es seit vielen Jahren. Kurz und« – er verschluckt das nächste Wort – »wir hatten einen furchtbaren Streit. Bettina ist aus dem Hause gerannt. Sie hat versucht, sich das Leben zu nehmen. Es war ein entsetzlicher Tag. Zum Glück waren die Kinder noch klein. Bettina genas zwar, mußte aber für ein Jahr nach Davos. Nach ihrer Gesundung ist sie nicht wiedergekommen. Sie fuhr nach Amerika und ließ mich allein mit dem Haus und den Kindern. Ich hätte schon damals die Scheidung beantragt. Der Krieg kam dazwischen. Und dann habe ich ganz einfach Angst gehabt, die Geschichte von neuem aufzurühren. Du siehst«, fügt er mit einem Anflug von Lächeln hinzu, »was dabei herauskommt!«

Gabriele blickt ihn herzlich an. Sie streicht ihm mit einer scheuen Handbewegung über den Arm. »Du Armer«, sagt sie einfach. »Was mußt du gelitten haben! Ich möchte nur wissen, wie du sie nach so vielen Jahren wiedergefunden hast.«

Brandt denkt einen Augenblick nach.

»Es ist schon eine ganze Zeit her. Ich glaube, damals, als Dorle zur Schule kam. Ja. Wegen Dorle . . .« Er besinnt sich. »Ich wollte Gewißheit haben, und ich habe sie schneller erhalten, als ich dachte. Die Frau ihres Anwalts ist ihre Jugendfreundin. Sie kannte ihre Adresse.«

Brandt zündete sich eine Zigarette an.

»Ich wollte ihr schreiben. Aber dann habe ich lieber erst eine Auskunftei bemüht. Ich wollte ihr meine Hilfe anbieten. Doch es ging ihr schon damals merkwürdig gut. Ein reicher Mexikaner war irgendwie mit ihr liiert. Es war beruhigend, sie in so guten Verhältnissen zu wissen.«

»Und heute?« fragt Gabriele.

»Heute freue ich mich, daß sie offenbar reich ist. Das macht alles viel leichter, die Scheidung, die Auseinandersetzungen über unseren Besitz. Ich weiß es, Bettina macht uns keine weiteren Schwierigkeiten. Sie hat ein paar Wünsche; die Anwälte handeln das miteinander aus, in drei, vier Wochen ist das vorbei.«

»Und dann?« Gabrieles Stimme hat einen harten, fremden Ton.

»Dann«, sagt Brandt innig, »heiraten wir, du und ich, und reisen auf einige Wochen nach Italien. Dort wird es noch wunderbar sein, in Venedig, am Lago Maggiore, an der Riviera.«

Gabrieles schlanke Finger spielen mit den Brotkrümchen auf der Tischdecke, ordnen sie, schnipsen sie wieder auseinander. Sie blickt Justus Brandt nicht an. »Und dann?« fragt sie abermals.

»Dann kehren wir nach Tübingen zurück, und du bist meine kleine bezaubernde Frau Apotheker.«

»Mit allen Rechten?«

Das kommt wie ein Schuß.

Brandt betrachtet sie befremdet. »Natürlich! – Das ist doch ganz selbstverständlich«, setzt er schnell hinzu. Sie spürt seine Unsicherheit.

Wieder herrscht eine Zeitlang Schweigen. Um so deutlicher hört man die Geräusche des Lokals: Besteckklirren, Geschirrklappern. Die leergewordenen Tische werden schon für das Mittagessen hergerichtet.

»Wir wollen ganz aufrichtig miteinander sprechen«, beginnt Brandt wieder. »Mit den Kindern – nun, das wird die erste Zeit gewisse Schwierigkeiten geben. Aber denen kann man begegnen. Meinen Söhnen wird es förderlich sein, einmal eine andere Universität zu besuchen. Und Dorle« – ein Schatten fliegt über sein Gesicht – »Dorle hat sich in England so wohl gefühlt«, fährt er hastig fort. »Ich glaube, wir tun ihr nur einen Gefallen, wenn wir sie für zwei weitere Jahre hinüberschicken.«

Gabriele nickt vor sich hin. Das hört sich alles recht einfach an.

»Das sind deine Kinder«, sagt sie langsam. »Sie werden sich von mir aus dem Hause gedrängt fühlen, und das werden sie mir niemals verzeihen. Wir müssen uns damit abfinden.« Sie blickt ihn aus ihren irisierenden Augen an. »Aber was wird mit meinem Kind? Meinem Jungen?«

Brandt sieht sie verständnislos an. »Deinem Jungen?« wiederholt er stockend.

»Ja, du weißt doch: Jürgen«, sagt Gabriele mit harter Stimme. »Jürgen lebt in einem Kinderheim im Allgäu. Er ist jetzt fünf Jahre. Es war nicht einfach für mich ...« Sie bricht ab.

Brandt sucht Gabrieles Hand. Er räuspert sich.

»Jürgen? Natürlich! Entschuldige!« Er blickt ihr zärtlich in die Augen. Nie im Leben vergißt ihm Gabriele Holthuys seine schnelle, großzügige Entscheidung.

»Jürgen nehmen wir selbstverständlich zu uns«, sagt er fest.

7

Bettina hat schnell ihr Zimmer aufgesucht. Sie wandert minutenlang ruhelos auf und ab. Dann bleibt sie vor dem Schrankspiegel stehen.

Nein, die achtzehn Jahre sind nicht spurlos vorübergegangen. Der Spiegel verschweigt es nicht. Auch die besten Kosmetika der Welt können das Altern nicht aufhalten.

Sie hat es nicht so gemerkt. Natürlich nicht. Man lebt täglich das gleiche Leben. Man beachtet die kleinen Veränderungen nicht. Und man sieht auch nicht, daß sie größer und größer werden. Eigentlich merkt man es nur an dem andern.

Ja, der andere. Gewiß, er ist noch derselbe Justus Brandt. Dasselbe markante Gesicht. Doch wie verändert, verschärft, gealtert! Aus dem Mann von Mitte Dreißig ist einer von vierundfünfzig geworden, gezeichnet von einer unheilbaren kleinen Müdigkeit.

Bettina beginnt ganz unbewußt, ihr Gesicht nachzumalen. Sie bürstet das schwarze Haar. Sie dreht und wendet den Kopf, um zu sehen, ob ihre mattschimmernde Haut noch glatt und faltenlos ist.

Gewiß, es ist alles in Ordnung. Ihre Figur ist die einer Fünfundzwanzigjährigen. Über ihrem Haar liegt noch der alte Schimmer.

Und doch –

– dieses junge Mädchen! Seine Verlobte! Elegant, selbstsicher, kultiviert.

Natürlich, so etwas kann man lernen. Aber eines kann man nicht wieder erwerben: so jung zu sein, noch einmal so jung zu sein!

Sie wirft die Haarbürste mit einer ärgerlichen Bewegung auf den Tisch.

Mein Gott, ist sie etwa eifersüchtig? Was hat sie denn noch mit Herrn Brandt zu tun? Er hat bei der Wahl seiner Braut Geschmack bewiesen. Das ist seine Sache. Er kann schließlich heiraten, wen er will. Und sie ist ja auch mit dem Entschluß nach Deutschland gekommen, die Scheidung endlich durchzuführen. Das ist ihr Wunsch; es ist Brandt gegenüber nicht mehr als ein Gebot der Anständigkeit.

Bettina läßt sich mit ihrem Anwalt verbinden.

»Herr Doktor Bäcker«, sagt sie schnell, »ich habe soeben meinen Mann getroffen . . . Nein, es war keine Aussprache. Aber diese Begegnung hat für mich die Lage geklärt. Auf einen Sühnetermin, glaube ich, können wir gut verzichten. Wenn er meinen Bedingungen zustimmt, bitte, ich bin bereit, mich sofort scheiden zu lassen.

Ich erkläre mich einverstanden, daß seine junge Frau zu ihm in die Apotheke zieht – ich nehme die Kinder dann zu mir. Wie lange, denken Sie, wird es noch dauern?«

Eine Weile lauscht sie dem Anwalt. Sie wiederholt seine Worte. »Wie? Sechs bis acht Wochen? Prüfung des Sorgerechts? – Lieber Doktor, bitte, tun Sie, was in Ihrer Macht steht, und beschleunigen Sie das Verfahren!«

Sie läßt die Frau des Anwalts, ihre Jugendfreundin, grüßen und verabschiedet sich. Mit ihren Gedanken ist sie schon lange unten am Neckar, in der Bursagasse. Bei ihren Kindern. Albert hat sie wiedergetroffen. Es war wie ein Märchen. Und nun – wie wird sie die beiden anderen finden, Wolfgang und Dorle? Wie werden sie ihr gegenübertreten? Werden sie spüren, daß sie alle Jahre drüben in Mexiko nur an die Kinder gedacht hat? Daß sie aus jedem Brief ihrer Freundin die paar Worte über Albert, Wolfgang und Dorle ausgeschnitten und immer wieder gelesen hat? Daß es für sie nichts Kostbareres gab als ein Gruppenbild der Kinder, das aus Anlaß von Alberts Konfirmation gemacht worden war? – Frau Bäcker hatte es seinerzeit von einem Tübinger Fotografen besorgt und ihr zugeschickt. Auch heute trägt sie es immer bei sich.

Bettina nimmt eine leichte Jacke vom Stuhl und verläßt das Zimmer.

Ein Spaziergang wird ihr jetzt guttun. Sie hat eine schlechte Nacht hinter sich. Sie hat immer an Minnas Andeutungen denken müssen. Sie kennt den Hang der alten Frau zum Geheimnisvollen. Aber diesmal geht es um mehr. ›Ich werde dir ein Bild von Dorle bringen, und dann erst wirst du dich entscheiden können.‹ Das sind Minnas Worte gewesen.

Bettina überquert den Marktplatz. Sie achtet nicht auf das bunte Treiben vor den Ständen. Sie ärgert sich über die dunklen Worte und spürt doch so etwas wie ein Gefühl von beklemmender Angst, der Angst vor einer schlimmen Eröffnung.

Sie steht vor der Stiftskirche. Dort unten, ein paar Schritte weiter, liegt die Bursagasse. Dort steht das Haus, um das alle ihre Gedanken kreisen. Dort leben ihre Kinder. Und wissen nicht, daß sie mit einem Herzen voller Liebe auf sie wartet. Ach, was wird sie alles für ihre Kinder tun! Sie hat Geld, sie kann ihnen jeden Wunsch erfüllen. Sie wird ihnen den Weg in die Welt öffnen.

Sie wandert hinab zur Bursagasse. Da drüben steht die alte Eckertsche Apotheke. Weshalb soll sie nicht einfach hingehen? Zu ihren Kindern? Brandt frühstückt bestimmt noch mit seiner Verlobten im Hotel. Außerdem – wer überhaupt hat ein Recht, sie zu hindern, ihre Kinder wiederzusehen, ihr Haus zu betreten, in dem sie geboren ist?

Die Wohnungstür neben dem Eingang zur Eckertschen Apotheke ist verschlossen. Niemand meldet sich auf ihr Klingeln. Aber da ist noch der zweite Eingang vom Neckarufer her durch den schmalen Garten. Als Kind hat sie ihn immer benutzt.

Es sind nur wenige Schritte hinunter zum Uferweg. Bettina steht schon am Fuß der Treppe, die zur Wohnung hinaufführt. Die Treppe ist neu. Das fällt ihr sofort auf. Früher war es schöner, denkt sie. Sie lächelt nervös vor sich hin. Daß früher alles schöner war, versteht sich von selber.

Die Gartentür ist nicht verschlossen. Wie üblich. Bettina geht die Treppe zum ersten Stock hinauf. Schwer atmend bleibt sie in der Diele stehen. Das Herz klopft ihr bis zum Halse. Zu mächtig stürmt die Erinnerung auf sie ein. Zu Hause! Wieder zu Hause!

Wie ein Film rollt ihr Leben vor ihren Augen ab. Sie sieht sich in mancher Stunde des Elends, der Verzweiflung, Tausende Kilometer von hier, in Situationen, in denen das Bild dieser Mauern, der alten Möbel, des vertrauten Flusses trostreich vor ihr aufstieg.

Nun steht sie wirklich wieder hier im Vaterhaus. Sie hört ihren Schritt wie einst auf den Fliesen des Ganges.

Es ist manches moderner geworden. Türen und Fenster sind verlegt. Aber die holzgetäfelte Decke ist unverändert. Auch die helle Eichentreppe zum zweiten Stock. Sie sieht sich als Kind über das Geländer rutschen, hört die rügende Stimme ihrer Mutter, die so unwahrscheinliche Nuancen in ihr ›Aber, Bettina!‹ zu legen wußte, ihrer Mutter, die bei aller gerechten Strenge ihr einziges spätgeborenes Kind so maßlos verzog.

Doch etwas fällt ihr auf. Es ist alles viel kleiner, viel enger, als sie es im Gedächtnis hatte. In ihrer Phantasie waren die Bilder von daheim groß und strahlend.

Bettina drängt die Erinnerung zurück. Halblaut ruft sie:

»Minna!«

Und noch einmal:

»Minna!!«

Keine Antwort.

Gerade in der Stille spricht das Haus mit tausend Zungen zu ihr. Weißt du noch? Duftet es nicht noch genau wie damals nach Medikamenten, scharfen Gewürzen aus der Apotheke, gemischt mit dem feinen anheimelnden Duft der alten Holztäfelung ...

»Minna!!!«

Ist Minna jetzt auf dem Markt? Oder vielleicht im Hotel, um

ihr Dorles Bild zu bringen? Wieder spürt Bettina ein Gefühl der Angst.

Sie klopft entschlossen an die Tür zum alten Wohnzimmer ihrer Mutter. Sie klopft noch einmal. Dann öffnet sie. Betroffen bleibt sie stehen.

Nicht Mutters gemütliche Biedermeiermöbel, der mit Rosengirlanden durchzogene Smyrnateppich, die Volantgardinen zum Nekkar empfangen sie, sondern eine moderne Küche mit vielen spiegelnden Kunststoffplatten in zarten Farben, Minnas neues Reich. Wieviel schöner war doch die alte Küche im Souterrain!

Bettina geht über den Flur.

»Minna!« ruft sie noch einmal nach oben. Dann öffnet sie eine andere Tür.

Das frühere Wohnzimmer, jetzt ein Salon, grüßt sie mit den alten Möbeln. Über dem Sofa hängt das Bild ihrer Mutter. Atemlos starrt Bettina das vertraute Antlitz an.

Leichte Schritte kommen die Treppe vom zweiten Stockwerk herunter.

»Ist da jemand?« ruft eine Stimme. Eine helle, junge Mädchenstimme.

Bettina bleibt regungslos in der weitgeöffneten Salontür stehen, umflossen vom Sonnenlicht, das durch die Fenster hereinströmt.

Auf der letzten Treppenstufe verhält Dorle den Schritt. Überrascht blickt sie auf die fremde Dame. Dieses Sportkostüm mit dem ziegelroten Blendstreifen! Es kann nur aus Paris sein. Dieser herrlich getönte Teint, das schwarze Haar, Meisterwerk eines weltstädtischen Coiffeurs, das zarte Rot eines kostbaren Lippenstiftes.

»Sie wünschen, bitte?« fragt Dorle und fühlt erstaunt, daß sie Herzklopfen bekommt. Da die Fremde nicht antwortet, tritt sie näher. »Suchen Sie jemanden?« setzt sie hinzu.

Bettina reißt sich gewaltsam zusammen. Diese Begegnung überwältigt sie. Mein Gott, ist das Mädchen süß! Das zärtliche Gesichts-Oval unter dem Blondhaar, die reinen blauen Augen – ja, es sind ihre, Bettinas, eigene Augen, nur viel träumerischer und fern aller Leidenschaft. Eines freilich befremdet sie: über dem schmalen, kleinen Mund die Hakennase.

Bettina spürt einen Schmerz, einen Stich im Herzen. Ihre Hände krampfen sich plötzlich in den Türrahmen. In diesem Augenblick weiß sie, was ihr die alte Frau auf Dorles Fotografie zeigen will.

Ihre Augen verengen sich. Sie schwankt ein wenig. Sie möchte aufschreien, doch ihre Stimme versagt.

»Suchen Sie vielleicht meinen Vater?« fragt Dorle unruhig.

»Nein«, antwortet Bettina endlich. Sie hat ihre Stimme wieder in der Gewalt. Aber nicht ihre Gefühle. Sie tritt einen halben Schritt vor, hebt die Arme. Es sieht aus, als wolle sie das Mädchen an sich ziehen. Mit glücklicher Stimme sagt sie:

»Ich suche dich, Dorle! Du bist doch Dorle?«

Unwillkürlich weicht das Mädchen zurück. ›Dorle‹ sagt diese Frau und ›du‹?

Dorle nickt zögernd. »Ja, ich bin Doris Brandt. Aber ich kenne Sie nicht.«

Bettina läßt die Arme sinken. Sie hatte sich so fest vorgenommen, die Kinder nicht durch gefühlvolle Szenen zu erschrecken. Sie seufzt, aber dann kann sie schon wieder ein Lächeln auf ihre erblaßten Lippen zaubern. Sie tritt zurück und weist auf die Polstermöbel. »Wollen wir uns nicht setzen?«

Dorle setzt sich in einen Sessel. Bettina nimmt auf dem Sofa Platz. Unter dem Bild der alten Geheimrätin. Ihrer Mutter. Dorles Verwirrung steigert sich. Je länger sie die Frau ansieht, desto vertrauter wird sie ihr. Wo nur hat sie dieses Gesicht schon gesehen? Diese Augen, die sie zärtlich anlächeln?

Sie weicht ihnen aus, blickt nach oben zu Großmutters Bild und stutzt – mein Gott, ist das nicht das gleiche Gesicht? Jetzt starrt sie die Fremde mit halboffenem Munde ratlos an.

Bettina ahnt, was in dem blonden Kopf vor sich geht.

Sie beugt sich vor und nimmt Dorles Hand. »Mein Kind, mein liebes Kind«, sagt sie, »man hat es euch achtzehn Jahre lang verschwiegen.« Sie hält ein und fängt von neuem an. »Ich habe das gestern von Minna erfahren . . .«

»Ach«, stammelt Dorle, »Sie waren es, mit der sich Minna gestern so spät getroffen hat?«

Bettina weiß immer noch nicht, wie beginnen. Es fällt ihr plötzlich so schwer, das zu tun, was sie sich tausendmal ausgemalt hat. Vor ihre Kinder treten, ihre Hände fassen und . . .

Ja, was und? Weiter hat sie immer nur ein nebelhaftes Glücksgefühl empfunden. Sie war in die Arme der Kinder, die Kinder waren in ihre Arme gestürzt.

Und das ist nun die Wirklichkeit! Sie hat beinahe Angst vor ihrer Tochter. Bettinas Stimme klingt plötzlich heiser:

»Dorle! Man hat euch immer gesagt, daß eure Mutter gestorben sei.«

Bettina spürt, wie Dorle zurückzuckt.

»Man hat euch immer erzählt, eure Mutter läge seit achtzehn Jahren in Davos begraben.«

Aus Dorles Gesicht weicht alle Farbe. Unbewußt befreit sie ihre Hand.

»Man hat euch belogen!« So leise Bettina es ausspricht, so laut dröhnt es in ihren und Dorles Ohren.

Bettina lehnt sich zurück:

»Ich bin deine Mutter, Dorle!«

»Nein!« schreit das Mädchen und springt auf. »Nein!«

Bettina sitzt fassungslos.

Ihre Tochter! Ist sie denn überhaupt ihre Tochter? Hat sie in achtzehn Jahren nicht das Recht auf dieses blühende blonde Kind verloren? Ist sie nicht damals davongelaufen? Sie fühlt sich zu Tode erschöpft.

Eine lange Pause entsteht.

Man hört die Geräusche der Bursagasse, hört das Öffnen und Schließen der Apothekentür – es sind die gleichen Geräusche, die Bettinas Jugend begleitet haben.

Dorle weiß nicht, wohin sie blicken soll. Sie möchte am liebsten aus dem Zimmer laufen.

Vom Treppenhaus nähern sich Schritte, die Schritte eines Mannes. Brandt! denkt Bettina. Wolf! hofft Dorle.

Wolf! Wenn einer hier eingreifen kann, so ist es Wolfgang. Dorle springt zur Tür. »Wolf!« ruft sie, »Wolf, wir haben Besuch . . .«

Es ist Wolfgang. Er wollte gerade zur Treppe. Nun dreht er sich um und kommt heran.

Wolf steht auf der Türschwelle. Er trägt ein blau-rot gestreiftes, am Hals offenes Blusenhemd, Shorts, Söckchen und ist braun wie ein Südsee-Insulaner. Die dunklen Haare sträuben sich wirr in der Stirn. Bettina starrt ihn atemlos an, hingerissen. Ihr Sohn!

Auch Wolf mustert bewundernd die fremde Dame. Auf seinem Gesicht sind seine Gedanken deutlich abzulesen. Sie lauten etwa: Verflucht interessante Frau, Dame von Welt!

Mit einer gemessen tiefen Verbeugung grüßt er. Dorle beachtet es nicht. Sie hängt sich in seinen Arm.

»Wolf!« sprudelt sie los, und etwas Hilfesuchendes klingt in ihrer Stimme. »Diese Dame hier behauptet – also sie sagt . . . Wolf! Diese Dame ist unsere Mutter.«

Wolf zuckt nicht mit der Wimper. Hallo, sagt er sich, aufgepaßt! Erinnert verdammt an Kinoklamotte.

Bettina empfindet dasselbe. Aber sie kann nicht anders. Sie kann es nicht verhindern, daß sich ihre Augen mit Tränen füllen. Mühsam versucht sie zu lächeln. »Ja, Wolfgang, ich bin deine . . . eure Mutter.«

Sie kämpft verzweifelt darum, ihre Gefühle zu meistern. Ihr Junge sieht es. Gerade deshalb tritt er vorsichtig einen halben Schritt zurück.

»Verzeihung«, sagt er, »wir sind von Ihrem Besuch mächtig überrascht. Wir erwarten unseren Vater. Er kann – er ist wohl in erster Linie betroffen – er muß jeden Augenblick da sein.«

Er weiß nicht weiter.

In diesem Augenblick klappt die Haustür. Ein schneller nervöser Schritt . . . Minna!

Die alte Frau eilt schwer beladen die Treppen hinauf. Man hört ihr Keuchen. Da fällt ihr Blick auf die offene Tür, auf Wolf und Dorle. Ahnungsvoll tritt sie ins Zimmer, den Marktkorb am Arm.

»Betti!« Das ist ein Aufschrei voller Vorwurf und Empörung. »Ich hatte dir doch gesagt, du solltest . . .«

Hilflos setzt sie den Korb ab. Bettina sieht starr auf Tomaten, grüne Gurken, Rettiche und Salat.

Sie kann nicht mehr. Ihr Gehirn ist völlig leer. Neben der Enttäuschung über das Verhalten ihrer Kinder sitzt bohrend und quälend die Angst in ihrem Herzen. Die Angst vor dem, was Minna ihr sagen will und was sie längst selber erkannt hat.

Minna hat sich erschöpft in einem Sessel niedergelassen. »Ja«, sagt sie resigniert in die allgemeine Stille, »zu allem Unglück habe ich auf dem Markt Fräulein Eckert getroffen. Sie hat mir eine Szene gemacht. Ganz Tübingen wüßte, daß du im ›Goldenen Widder‹ wohnst, Betti, nur sie nicht. Sie sei ja immer das fünfte Rad am Wagen. Nun halte sie es für ihre Pflicht, die Kinder aufzuklären. Sie muß gleich hier sein.«

Wolfgang schiebt Dorles Arm beiseite. Er verbeugt sich. Er sagt: »Gnädige Frau, wir stören jetzt nur. Wir dürfen uns wohl empfehlen.«

Bettina weiß noch immer nichts zu erwidern. Sie starrt selbstvergessen auf ihren hübschen Jungen.

Da sprechen sie immer von der Stimme des Blutes. Hier hat sie nicht gesprochen.

Wolf verharrt einen Augenblick unschlüssig und blickt von der Höhe seiner zwanzig Jahre herunter auf die Frau, die seine Mutter ist.

Sie sieht großartig aus, sympathisch, elegant und wohlhabend. Ihr scheint es in den achtzehn Jahren Abenteuer nicht schlecht gegangen zu sein. Aber das ist es ja gerade, was diesen Abstand schafft. Wenn sie arm wäre, verhärmt . . . »Komm, Dorle!« sagt er hart.

Minnas einfaches Gemüt kann den untergründigen Spannungen

nicht folgen. Sie fühlt nur schmerzlich, wie weit die ihr liebsten Menschen voneinander entfernt sind.

»Ja, Kinder«, ruft sie empört, »wollt ihr eurer lieben Mutter nach all den Jahren nicht wenigstens einen Kuß geben?«

Wolf dreht sich von der Tür her abrupt um. »Ich glaube, so geht das nicht«, sagt er fest. »Wir haben als Kinder auf die Küsse unserer Mutter verzichten müssen – und heute . . . heute sind wir erwachsen.« Er verbeugt sich noch einmal und geht ab wie ein Sieger.

Dorle zögert noch. Sie sieht, wie die Frau auf dem Sofa erblaßt ist. Sie hat sie keinen Augenblick aus den Augen gelassen. Sie hat gespürt, wie jedes kalte Wort von Wolf sie traf. Dorles Herz wird hin und her gerissen. Ach, diese Frau sieht so herrlich aus! Könnte man sich eine schönere Mutter denken? Es ist doch ihre Mutter! Dorle ist mit zwei Sätzen bei Bettina, nimmt ihre Hand und preßt sie an ihr heißes Gesicht. Tränen schießen ihr in die Augen –

Bettina springt auf, fängt das zitternde Mädchen in ihrem Arm auf. Zieht es an sich. Zum erstenmal in ihrem Leben halten Mutter und Tochter einander eng umfangen. Beide bebend vor Erregung. Dann reißt sich Dorle los und stürzt hinaus.

Vor ihrer Zimmertür wartet Wolf. Er schüttelt den Kopf. »Blöde Ziege!« sagt er.

»Laß mich in Ruhe, Wolf!« schreit Dorle. »Du bist einfach gräßlich!«

Die beiden Frauen bleiben allein zurück. Bettina trocknet ihre Augen. Dann zieht sie langsam eine goldene Puderdose aus ihrer Handtasche.

Minna beugt sich stöhnend vor und beginnt, den Marktkorb auszuräumen. Sie legt Äpfel, Tomaten, Gurken, Rettiche und Bohnen säuberlich auf den Kacheltisch, bis sie zu dem Korbboden vorgedrungen ist. Da liegt etwas unter einem Stück Wachstuch. Minna holt es hervor.

Zwei Fotos. Amateurbilder.

Das eine Dorles Porträt, das andere ein Schnappschuß von einem Maskenball. Bettina erkennt es sofort. Sie schließt die Augen. Sie will gar nicht sehen, wie sie damals töricht verliebt dem Mann zugetrunken hat, Egon Gudde, dem Karnevalsteufel, der im Profil seine Hakennase zeigt.

Eine dumpfe Pause entsteht.

Draußen knackt die Stiege. Die beiden achten nicht auf die Geräusche im Treppenhaus.

Bettina klappt die Puderdose auf und tupft sich müde über Stirn und Wangen.

»Ahnt Brandt etwas? Weiß einer im Hause davon?« fragt sie schwer.

Minna begreift die Frage sofort und schüttelt den Kopf.

Bettina will die Puderdose zuklappen, da sieht sie im Spiegel ein Gesicht. Ihre Augen werden starr. Langsam wendet sie den Kopf.

Im Türrahmen steht mit glitzernden Augen Fräulein Eckert.

Cäcilie breitet weit die Arme aus. Ihr Gesicht ist strahlend freundlich, nur ihre Augen huschen argwöhnisch hin und her. Ihre Stimme bebt vor Herzlichkeit.

»Betti! Nein, welch eine Überraschung!«

Aber ihre Blicke registrieren nüchtern:

Da ist sie wieder, diese verhaßte Bettina, schön, elegant, wie aus einem Modejournal herausgeschnitten. Dieses extravagante Kostüm! Diese Goldreifen und der schwere Saphirring – er allein wird ein kleines Vermögen gekostet haben. Es hat sich offenbar nichts geändert. Alle Männer werden sich wieder nach ihr umdrehen, wie damals auf den Studentenbällen, als sie, Cäcilie, auf Tänzer warten mußte, während Kusine Betti lachend aus einem Arm in den anderen flog.

In der Diele tickt laut und eintönig die alte Standuhr. Jetzt beginnt sie zu rasseln und holt ächzend zum Schlagen aus: Es ist die elfte Stunde.

Für Cäcilie Eckert sind es elf Hammerschläge des Schicksals. Mit jedem Ton wächst ihr Triumphgefühl. Sie hat die beiden überrumpelt, sie spürt es; die erschrockenen Augen der alten Frau verraten es deutlich.

Minna horcht nicht auf die lang nachhallenden Töne. Für sie sind es gewohnte Geräusche des Hauses. Sie denkt nur flüchtig, es sei jetzt an der Zeit, das Gemüse zu putzen. Doch im Wirbel ihrer Befürchtungen verwehen die täglichen Sorgen.

Bettina schiebt die Puderdose langsam in ihre Tasche und erhebt sich. Einmal muß es zu dieser Begegnung kommen. Warum nicht heute?

»Tag, Zäzz«, sagt sie und greift burschikos die theatralisch zur Umarmung erhobene Rechte. Erstaunt sieht Minna, wie Fräulein Eckert zusammenzuckt. Die alte Frau hockt vorn auf der Kante des Sessels; sie hört wie aus weiter Ferne Bettinas freundliche Worte: »Nimm doch Platz, liebe Kusine«, und den beinahe herrischen Ton: »Bleib bitte sitzen, Minchen.« Sie entdeckt zwei feine Runzeln auf Bettinas glatter Stirn und das intensive Strahlen ihrer blauen Augen.

›Wölfi!‹ schießt es plötzlich durch Minnas Hirn. Genauso pflegt Wolfgang auszusehen, wenn er seine Wünsche durchsetzen will.

Ergeben sinkt Cäcilie Eckert in den Polstersessel. Sie ärgert sich, daß ihr Auftritt verpatzt ist. Auf ihren Wangen zeichnen sich zwei kreisrunde rote Flecke ab.

Aber ihr Lächeln vertieft sich. Ihre Stimme hat nichts an Herzlichkeit verloren.

»Wie gut du aussiehst! Einfach unwahrscheinlich!« wundert sie sich. »Man möchte dir deine erwachsenen Kinder nicht glauben. Die Leute erzählen, du seist schon seit vierzehn Tagen in Tübingen und wohntest im ›Goldenen Widder‹.«

»Seit knapp vier Tagen«, verbessert Bettina.

Cäcilie Eckert prüft aus den Augenwinkeln jede Einzelheit im Zimmer. Sie sieht die kleine Handtasche im Sofa-Eck, ein Feuerzeug aus Gold und eine Packung mit ausländischen Zigaretten auf dem Tisch. Daneben zwei Fotografien. Während ihr Blick darüber hingeht, spürt sie, daß ihr zwei Augenpaare argwöhnisch folgen. Diese beiden Fotos muß ich mir näher ansehen, denkt sie und betrachtet interessiert das Gemüse auf dem Kacheltisch. Dabei spricht sie unermüdlich weiter.

»Da sieht man wieder, wie die Leute übertreiben. Trotzdem meine ich, du hättest dich inzwischen mal bei deiner einzigen Kusine blicken lassen können. Schließlich sind wir beiden die letzten Eckerts!«

Die andern hören schweigend zu. Bettina greift nach den Zigaretten und bietet sie ihrer Kusine an.

»Nein, danke«, lehnt Cäcilie ab. »Altmodischerweise rauche ich nicht!«

Sie hat wieder Minnas mißtrauischen Blick gefühlt, als sie sich ein wenig aus dem Sessel aufstützte, um mit einem Seitenblick nach den Fotos zu sehen. Eine nervöse Spannung packt sie. Hier stimmt doch etwas nicht!

»Die Leute!« plaudert sie weiter. »Die Leute reden soviel, wie der Tag lang ist. – Das kleine Geschwätz dieser Stadt! Du lebst in der großen Welt, kannst tun, was du willst, und brauchst dich um keinen zu kümmern. Hier« – Cäcilie wendet sich mit bedeutsamem Blick zu Minna um – »haben die Wände Ohren. Ich würde die Türen schließen, Fräulein Minna!«

Minna fährt auf. Wie um ihr Platz zu machen, rückt Cäcilie ihren Sessel näher zum Tisch.

Als Minna sich umdreht und zur Tür eilt, beugt sich Cäcilie vor und studiert ungeniert die beiden Fotografien, ohne sie anzurühren.

»Das Dorle!« sagt sie. »Und du, Bettina, mit Egon Gudde, ach ja, auf dem Maskenball!«

Diese alten Bilder kennt sie genau. Doch jetzt bekommen sie eine ganz neue Bedeutung. Ein längst gehegter Verdacht verdichtet sich mehr und mehr zur Gewißheit.

»Das waren noch Zeiten, was Betti?« sagt sie stockend, während sie hastig die beiden Fotos miteinander vergleicht.

Plötzlich durchfährt es sie wie ein elektrischer Schlag – sie erkennt, was sie all die Jahre übersehen hat.

Minna wendet sich von der Tür zurück. Sie schlägt sich vor Schreck die Hand auf den Mund. Als sie ungeschickt versucht, die Fotos aufzunehmen, so als wolle sie nur Ordnung machen, läßt Cäcilie es ruhig geschehen. Eine ungeheure Erregung erfüllt sie: Bettinas Partner vom Maskenball, der verbummelte Lebemann Egon Gudde, den sie heute noch den ›Prinzen Kuckuck‹ nennen, und das Dorle, Justus Brandts Tochter Doris, haben die gleiche eigenartige Hakennase!

Cäcilie Eckerts dünne Lippen umspielt ein Lächeln der Befriedigung.

»Wie sich die Bilder gleichen!« flötet sie.

Aus Bettinas Gesicht weicht alles Blut. Sie sitzt steif auf dem Sofa, die Zigarette zwischen zwei Finger gepreßt. Es scheint, als wolle sie aufspringen; aber dann läßt sie sich gelöst zurückfallen und lacht. Sie lacht so laut und hemmungslos, daß Minnas Hände zu zittern beginnen.

»Ach, Zäzz«, ruft Bettina, »wenigstens du bist die alte geblieben! Immer umsichtig, immer besorgt um andere Leute. Was wäre das Haus in der Bursagasse ohne dich? Nicht mehr als eine Insel im Neckar . . .«

Sie bricht ihr Lachen plötzlich ab. »– eine stille, friedliche Insel«, fährt sie hart fort, »wenn du dich nicht immer so liebevoll um sie kümmern würdest!« Das sitzt.

»Du, liebe Betti«, erwidert Cäcilie Eckert schnell, »hast dich allerdings fast zwanzig Jahre lang nicht darum gekümmert.«

Sie schluckt ein wenig.

»Dreimal die Woche habe ich hier nach dem Rechten gesehen; Fräulein Minna wird es bestätigen. Ich sorge dafür, daß aus diesem Hause der Geist unserer Großeltern Eckert nicht völlig verschwindet. Ohne mich wäre es heute schon lange aus mit den Idealen unserer Familie.«

Ihre Stimme geht beinahe in Schluchzen über.

»Erst vor einigen Tagen habe ich deine Kinder – deine Kinder, liebe Bettina! – und das alte Haus vor dem Schlimmsten bewahrt. Wäre ich nicht gewesen, so säße jetzt dort, wo du deine Liebenswürdigkeiten losläßt, eine andere. Eine, eine ...« Vergeblich sucht sie nach Worten. »So eine, wie sie noch niemals das Eckertsche Haus betreten hat. Ich, ich habe ihr nicht mal die Hand gegeben. – Nicht wahr, Fräulein Minna?«

Die alte Frau starrt sie verstört an. Doch Cäcilie will gar keine Antwort. Ihre Stimme wird lauter.

»Weißt du denn überhaupt, was du sagst? Niemals zuvor hat dieses Haus so in Gefahr gestanden, zum Gespött der ganzen Stadt zu werden. Schon der Auftritt dieses ... dieses – Frauenzimmers! Behangen mit Schmuck. Wer weiß, wie sie den verdient hat! Die Lippen geschminkt ...«

»Aber gut geschminkt«, unterbricht Bettina sie, »in einem schlichten, eleganten Kleid, mit ausgesprochen guten Manieren. Du kannst dir deine Beschreibung sparen. Ich habe sie nämlich vor einer Stunde kennengelernt.«

»Ach ... du kennst sie?« Cäcilies Augen funkeln. »Na ja. Zwei bunte Vögel in unserem alten grauen Nest.«

Ihr Ton wird hämisch. Ihre Lippen ziehen sich ganz schmal zusammen. »Dazu ein Kuckucksei.«

Draußen irgendwo auf der Bursagasse kläfft ein Hund. Ein dumpfes Knurren folgt und darauf ein hohes, schrilles Jaulen. Und wieder Stille. Nur die alte Standuhr tickt eintönig weiter.

Dann Minnas zitternder Aufschrei: »Fräulein Eckert, Sie sollten sich nicht versündigen!«

Und Bettinas sanfte Stimme: »Schade, liebe Zäzz, um die vergebliche Liebesmüh. Um bei deinem Vergleich aus dem Tierreich zu bleiben: Der erste Vogel ist fortgeflogen; zu deinem Ärger ist nun ein zweiter aufgetaucht. Vielleicht gelingt es dir, ihn fortzuhacken. Aber ich glaube, du hüpfst trotzdem ohne jede Aussicht um Justus Brandt und das Nest in der Bursagasse herum.«

Ganz langsam fährt sie fort:

»Erinnerst du dich? An einem Silvesterabend hat er dich damals schon eine alte Krähe genannt!«

Mit einem Ruck steht Fräulein Eckert auf. Sie ist weiß vor Wut.

Bettina neigt jetzt ihren Kopf, mit jener unnachahmlichen Grazie, die ihr schon als Kind die Herzen gewann. Diese kleine Bewegung ... Cäcilie hat sie als Backfisch hundertmal vor dem Spiegel geübt. Sie hat den Tag nicht vergessen, an dem sie zum ersten- und letztenmal ihre Kunst erprobte. In dieser Sekunde denkt sie daran. Sie hört noch Großvaters tiefe, belustigte und ein wenig besorgte

Stimme: »Zäzz, mein Kind, was hast du? Hexenschuß?« – und das gutmütig-spöttische Gelächter der ganzen Familie.

Ist es nicht auch in diesem Zimmer passiert?

Damals hat sie sich mit rotem Kopf, tödlich verlegen, in die Ecke gedrückt. Heute rauscht sie stolz aufgerichtet zur Tür. Wenn sie auch innerlich vor Wut platzt.

»Wir sprechen uns noch«, zischt sie. Sie dreht sich um und geht.

Tief aufatmend bleibt Cäcilie vor der Haustür stehen und streift ihre hellen durchbrochenen Handschuhe über.

Mit abwesender Miene dankt sie dem Provisor Bösinger, der von der Apothekentür zu ihr herübergrüßt. Ihre Lippen bleiben fest aufeinandergepreßt. Ihre Finger halten krampfhaft die schmale braune Handtasche. Sie weiß nichts davon. Noch niemals in ihrem Leben hat ein solcher Sturm der Gefühle sie gepackt.

Ziellos geht Cäcilie durch die Bursagasse, eine dezent-elegante Dame mit totenbleichem Gesicht.

Ihre Gedanken kreisen immer nur um den einen Punkt. Wie ist das nur möglich gewesen? Dieser Auftritt! Früher haben sie hundertmal ihre Bosheiten gegeneinander abgeschossen, und stets war es ein Gefecht mit stumpfen Waffen gewesen. Sie verletzten einander dabei nicht. Diesmal jedoch – wieder steigt in ihr jäh die Wut auf –, diesmal hat die andere plump und ohne Rücksicht zugeschlagen. Diese Rumtreiberin, diese unverschämte Person!

Unbewußt hat Cäcilie den steilen Weg zum Schloß genommen. Ihr Atem geht keuchend. Noch keiner hat es gewagt, sie so zu beleidigen. Bettina hat ihre geheimsten Wünsche erraten. Ihr, Cäcilie, geht es ja um Justus Brandt. Um die Eckertsche Apotheke!

Langsamer steigt sie weiter den Schloßberg hinauf. Achtlos vorüber an dem Grünen und Blühen, an den Schönheiten des ehrwürdigen Gemäuers. Auf die liebliche Landschaft im Tal verschwendet sie keinen Blick.

Cäcilies Puls hämmert gegen ihre Schläfen. Es muß wohl Föhnwetter sein, denkt sie, während sie den Schloßhof überquert. – Sie möchte sich Justus Brandt vorstellen, so wie sie ihn oft im Traum gesehen hat: männlich, ernst, überlegen und gelegentlich von einer unberechenbaren Härte, die sie seltsam erregt. Aber das Bild verschwimmt, ein anderes schiebt sich immer wieder davor: die lässig im Sofa lehnende Betti, wie sie schamlos-heiter ihren letzten Giftpfeil abschießt.

Daß sie selber mit jenem bösen Wort vom Kuckucksei die andere herausgefordert hat, vergißt Cäcilie.

Eine unerhörte Entdeckung!

Daß sie darauf nicht früher gekommen ist! Sie hat einst selber ein wenig für den Prinzen Kuckuck geschwärmt, wie hundert andere Mädchen der Stadt. Aber niemals so wie Bettina.

Bettina! Bettina! Bettina! Sie will den Namen nicht sehen, nicht hören, nicht denken. Cäcilie preßt die Hände gegen die schmerzende Stirn.

Plötzlich läßt sie die Arme sinken und blickt sich wie erwachend um. Ihr Gesicht ist trotz des langen Aufstiegs kaum gerötet; nur auf den Wangen zeigen sich wieder kreisrunde Flecke.

Erst jetzt merkt sie, wo sie sich befindet. Daß sie gerade in diese Richtung gelaufen ist, nimmt sie als einen Wink des Schicksals. Ein paar Schritte weiter wohnt er, Dorles natürlicher Vater, Tübingens Prinz Kuckuck!

Eine wilde Freude erfaßt sie. Sie wird Egon Gudde besuchen – oder besser gesagt: den Mann, in den sich Egon Gudde inzwischen verwandelt hat: den Grafen Egon von Hohenperch.

Cäcilie kennt das alte Haus in der Schloßbergstraße. Es steht in einem üppig wuchernden Garten und paßt in das Durcheinander von Pflanzen und Sträuchern. Das spitzbogenförmige Portal ähnelt dem Eingang gotischer Kirchen. Um das Dach zieht sich ein gemauerter Zinnenkranz. Vier schiefergedeckte Ecktürme recken ihre Spitzen in den Himmel. Die Mansardenfenster tragen putzige Dachreiter. Auf jeder Seite der Auffahrt steht ein verkleinertes Wachttürmchen wie auf einer Raubritterburg. Das rostige Gittertor ist geschlossen. Eine Eisenpforte an der Seite hängt schief in den Angeln. An einem der Türmchen ist eine Tafel aus Bronze angebracht mit der Inschrift:

Institut für gesellschaftliche Kultur
Direktion:
EGON GRAF HOHENPERCH
Sprechstunde nach Vereinbarung

Unter der Tafel klebt ein handgeschriebener Zettel:

Bitte laut an die Seitentür klopfen!

Ironisch verzieht sich Cäcilie Eckerts Mund. Prinz Kuckuck wird ein feiner Galan für Bettina sein! Auch nach seiner Adoption durch die verschrobene Gräfin ist Egon Gudde für Tübingen der Prinz Kuckuck geblieben. Der Tröster unverstandener Frauen. Und die Spatzen pfeifen es von den Dächern, daß er weder als schlichter Herr Gudde noch etwa als Graf auch nur einen Monat lang von seiner Hände Arbeit gelebt hat. In Hörsälen hat man ihn kaum gesehen, um so häufiger bei der Erforschung edler Weinsorten und beim Flirt mit den hübschen Töchtern der Stadt.

»Wenn Bettina so reich ist wie arrogant und so dumm, wie sie schön ist«, murmelt Cäcilie Eckert vor sich hin, »dann wird er ihr Vermögen so schnell ruinieren wie ihren Ruf.«

Cäcilie klopft laut an die Seitentür.

Eine Zeitlang ereignet sich nichts. Cäcilie hat Muße, Garten und Haus zu betrachten. Ein wenig anders sah es hier aus, als die alte Gräfin noch lebte. Nach ihrem Tode war diese Villa monatelang verlassen. Denn der trauernde Adoptivsohn und lachende Erbe verschwand mit dem Bargeld nach Paris und von dort nach Nizza und Monte Carlo, wo er in einem Jahr verpraßte, was Generationen einer kleinen Adelsfamilie zusammengetragen hatten.

Nur die Villa ist ihm geblieben, und sie ernährt ihn noch jetzt; er hat sie gegen Bargeld und eine Leibrente verkauft.

Cäcilie hebt die Hand, um noch einmal gegen die Tür zu klopfen. Hier zwischen den hohen Büschen und unter den dichten Bäumen ist es nicht so drückend heiß wie in der Stadt. Cäcilie besinnt sich und zögert. Sie läßt die Hand wieder sinken und schüttelt den Kopf.

Zum Umkehren ist es jedoch zu spät.

Ein Knarren und Ächzen wird hörbar. Ein Schlüssel dreht sich quietschend im Schloß. Die Seitentür wird weit geöffnet.

Ein Mann in schwarzer Hose, Lackschuhen, cremegelben Gamaschen, in einer Hausjacke aus rot-schwarzem und eidottergelbem Schottenstoff und mit einem weißen Seidentuch um den Hals steht im Eingang. Er führt das Monokel zum Auge und läßt es sofort wieder fallen. Es baumelt am Seidenband über der Brust.

Der Herr in der Tür schwenkt zur Begrüßung die Rechte und verneigt sich.

»Welch wundervolle Überraschung, mein verehrtes Fräulein!«

Cäcilie tippt erst vorsichtig mit der Schuhspitze gegen die brüchige Steinschwelle, bevor sie eintritt. Das Entree ähnelt der Halle eines verwunschenen Schlosses. Seitlich erhebt sich eine bombastische Innentreppe mit einem stark abgenutzten elfenbeinfarbenen Geländer und schweren, vom Rost angefressenen, golden glänzenden Kugeln.

»Darf ich vorangehen?« hat Graf Egon gesagt. Jetzt schreitet er neben ihr über die ächzenden Treppenstufen. Er sieht im Profil wie ein Adler aus. Die Hakennase verleiht dem schmalen Gesicht den verwegenen Zug.

»Ich hoffe«, sagt er bedauernd, »Sie haben nicht allzulange gewartet. Wir haben den Klopfer abnehmen müssen. Das prachtvolle alte Stück ... der Zahn der Zeit hat ihn leider zernagt.«

Sie stehen im ersten Stockwerk. Geradeaus geht es zu einer mächtigen Tür mit abgeblättertem Schnitzwerk. Doch Graf Egon öffnet eine kleinere Seitentür.

»Männerwirtschaft!« erklärt er. »Sehen Sie gütig darüber hinweg.«

Wie zur Entschuldigung für die Unordnung setzt er hinzu: »Das Schicksal hat mich leider einsam werden lassen.«

Cäcilie sieht sich mit einem schnellen Rundblick um. Der Raum ist mit alten Möbeln vollgestellt, einem kräftigen Eichentisch, der sicher einmal im Eßzimmer eines großen Gutshauses gestanden hat, hochlehnigen Armstühlen und einigen Schränken mit verglasten Türen. Sie hätte zu gern gesehen, wie es dahinter aussieht; aber die Scheiben sind mit verblichenen Seidengardinen verhangen. Jeder freie Platz ringsum ist mit studentischen Erinnerungen und Bildern ausgefüllt; hauptsächlich Familienbildern der Hohenperchs, aber auch einigen nachgedunkelten Stilleben und Landschaften. Das Glanzstück ist ein Ölgemälde des Prinzen Kuckuck offenbar neueren Datums in einem uralten Barockrahmen, über dem ein Lorbeerkranz hängt. Darunter ein verblichener Stammbaum der gräflichen Familie.

In dem Winkel zwischen Sofa und Fenster häuft sich ein unordentlicher Stapel Broschüren. Cäcilie kann das Titelblatt erkennen. ›Anleitung zum gesellschaftlichen Umgang in ersten Kreisen‹. Grafenkrone und Verfassernamen sind dicker als der Titel gedruckt. Graf Hohenperch pflegt diese siebenundfünfzig Seiten starke, auf billigem Papier gedruckte Broschüre seinen Kursusteilnehmern für zwölf Mark fünfzig – weit unter Selbstkostenpreis, wie er betont – zu verkaufen.

Cäcilie läßt sich langsam in einen Sessel sinken. Ihr Zorn ist verflogen; am liebsten ginge sie wieder.

Aber Graf Hohenperch hat schon zwei Gläser und eine verstaubte Portweinflasche geholt. Auf dem Etikett steht die Jahreszahl 1904. Er sucht ihren Blick; bedächtig schenkt er die Gläser voll. In ihrem Sessel, spürt Cäcilie Eckert, ist links eine Feder gesprungen. Sie rückt auf die rechte Seite und rutscht noch ein Stück mehr in die Tiefe.

»Auf das, was wir lieben!« Der Graf hebt sein Glas.

Cäcilie merkt sofort, daß sie keinen fünfzigjährigen Portwein im Glas hat. Sie kennt diese Marke. Jeder Kolonialwarenhändler führt sie. Der Wein ist bestenfalls zwei Jahre alt.

Natürlich weiß sie, daß Prinz Kuckuck kein Geld hat, daß er seine Gasrechnung erst bezahlt, wenn der Mann kommt, der die Leitung abdrehen will. Daß sein Kneipenwirt ihm längst den Kredit gesperrt hat, daß der Graf, wenn er nicht gerade zum Abendessen eingeladen wird, sich selber seine Bratkartoffeln auf einem Spirituskocher bereitet. Und daß seine Leibrente schon auf drei Monate im voraus gepfändet ist.

Cäcilie beobachtet ihn aus halbgeschlossenen Augen. Sie wird nicht klug aus diesem Gemisch von Theatralik, gelegentlich aufblitzendem Witz und entwaffnendem Scharm.

»Bettina ist wieder im Lande«, beginnt sie etwas unbestimmt. Sie wartet vergebens auf ein Zeichen der Überraschung. Prinz Kukkuck klemmt sein Monokel ins Auge und läßt es gleich wieder hinunterfallen. Dann hellt sich sein Gesicht auf.

»Bettina?« Er kostet die Silben aus. »So, so, die Bettina. Wie geht es ihr denn?«

Cäcilie rückt sich in ihrem Sessel zurecht. Sie sieht es dem Grafen an, wie er sich müht, den Namen Bettina irgendwo einzuordnen. Aber sie hilft ihm nicht.

»Gut geht es ihr«, erwidert sie trocken. »Bis auf die . . . Sache von damals.« Sie beißt sich auf die Lippen. »Aber ich habe wohl schon zuviel gesagt.«

Sie zieht sich aus dem Sessel hoch. Graf Egon springt auf. »Gnädiges Fräulein!« Er legt zwei Finger auf seinen Mund. »Diese Lippen«, beteuert er, »sind versiegelt!«

Sie stehen nebeneinander. Cäcilie blickt sinnend zu ihm empor.

»Sie fühlen sich einsam, Graf?«

Erst jetzt merkt sie, wie muffig es im ganzen Raum riecht.

»Allein und einsam?« Ihre Stimme ist nun so leise, daß man den kurzen Atem des Grafen hört. »Einmal, Herr Graf, geht jeder Frühling zu Ende. Manchmal merkt man es gar nicht, daß man den Sommer überspringt und plötzlich im Herbst steht.«

Der Graf hört ihr mit wachsendem Erstaunen zu. Er möchte das Gefühl der Rührung, das ihn befällt, mit einem Achselzucken abtun. Aber die überschwenglichen Worte nehmen ihn gefangen. Er tastet nach Cäcilies Händen, führt sie einzeln an die Lippen und hält sie fest.

»Teuerste Freundin! Wunderschön gesagt! Doch es erfüllt mein Herz mit Wehmut.«

»Sie haben es nicht nötig, allein zu sein.« Cäcilies Stimme klingt wieder sachlich.

Cäcilie ahnt nicht, daß ihre Worte eine längst zersprungen geglaubte Saite in seinem Herzen zum Klingen bringen. Sein Blick verliert sich in einer fast vergessenen Vergangenheit. Er sieht sich als sechzehnjährigen Gymnasiasten. Er spürt noch einmal die

Sehnsucht von damals. Die Liebe zu einem Mädchen von vierzehn. Ihr hat er mit zitternden Fingern den einzigen echten Liebesbrief seines Lebens geschrieben, mit all seinem Herzblut und seiner scheuen Verehrung. ›In Deiner Hand‹, so hieß es zum Schluß, ›ruht mein Herz, meine Zukunft, mein Leben.‹ Als er in banger Hoffnung vor dem Lyzeum wartete, hatte er sie auf dem Schulhof mitten in einem Kreise kichernder Schülerinnen gesehen, denen sie laut seinen Brief vorlas. Tagelang hatte er sich förmlich in seine Schulbank verkrochen und war auf Seitenwegen nach Hause geflüchtet. Jetzt noch meint er das laute Gelächter der Mädchen zu hören. Alle, alle sollten es büßen, hatte er sich damals geschworen.

Es kam noch manches andere dazu. Aber ist dieser Schwur nicht das Motto seines Lebens geblieben? Ist es nicht endlich genug? – Frieden, Ruhe, ein bürgerliches Heim, ein kleines behagliches Dasein . . .

Cäcilies Stimme zerreißt seine Träumereien.

»Sie brauchen die Hand nur auszustrecken, Graf! Ein Herz voll Liebe –« Sie unterbricht sich. › . . . wartet auf Sie‹, will sie sagen, aber sie schließt ganz langsam mit den Worten: » . . . ge-gehört Ihnen.«

Als er sich mit einem verschwimmenden Blick seiner großen Augen zu ihr niederbeugt, entzieht sie ihm schnell ihre Hände und tritt zurück. »Das Herz Ihrer achtzehnjährigen Tochter, Graf!«

Graf Egon rührt sich nicht. Er bleibt in seiner leicht vorgeneigten Haltung.

Was heißt das? Was will sie damit sagen?

Langsam verwandelt er sich wieder in den Prinzen Kuckuck. Er nimmt das Monokel auf, hält es empor, spielt damit und läßt es wieder baumeln. So ist das also – eine Tochter! Hat er nicht viele Töchter und Söhne in dieser Stadt? Er weiß es nicht. Eine leise Furcht beschleicht ihn. Was soll das jetzt, und was soll er hier mit einer Tochter?

Cäcilie nimmt ihre Tasche auf.

»Doris Brandt ist Ihre Tochter.« Sie läßt ihn nicht aus den Augen. »Erinnern Sie sich jetzt an Bettina? Es ist vor achtzehn Jahren gewesen. – Die Brandtsche Ehe wird in ein paar Wochen geschieden.«

Die süße Bettina Eckert? O ja. Der Graf erinnert sich nun plötzlich ganz genau.

»Sie ist eine reiche Frau«, sagt Cäcilie laut. »Sie wohnt zur Zeit im ›Goldenen Widder‹.«

»Ach«, erwidert der Graf betroffen. »Also doch.«

Er gibt keine weitere Erklärung. Stumm geleitet er Cäcilie die

Treppe hinab. Mit ein paar Dankesworten für ihren lieben Besuch verabschiedet er sie vor der knarrenden Tür.

Als er zurück durch die Diele geht, fällt ihm eine kleine Melodie aus seiner Jugend ein. Leise pfeift er die ersten Takte: ›Der Student geht vorbei‹.

Vorbei? Er lächelt. Warum denn vorbei?

Sorgfältig zieht er sich um, steckt eine künstliche Blume ins Knopfloch und legt sie doch wieder beiseite. Das Dorle Brandt? Bettina? Eine vermögende Frau?

Soso – sie wohnt im ›Goldenen Widder‹.

Also ist sie es doch gewesen!

Als er den Schloßberg hinuntergeht, schwenkt er verwegen seine Handschuhe.

8

So leise auch Dorle die Tür ihres Zimmers öffnet, Minna hört es. Sie stellt sich im ersten Stock am Treppenfuß auf und erwartet sie. »Nun ist sie weg!« sagt Minna leise. »Sie war über den Empfang durch ihre Kinder sehr enttäuscht. Sie konnte kaum noch etwas sagen.«

Dorle hat lange gebraucht, bis sie mit der märchenhaften Rückkehr der Totgeglaubten fertig geworden ist. Einer Mutter, die sich ein halbes Leben lang nicht gerührt hat und nun plötzlich die Liebe ihrer Kinder beansprucht.

»Auch ich bin enttäuscht!« sagt Dorle fest. »Über dich, Minna! Ich hatte dich vorige Woche gebeten, mir die Wahrheit zu sagen, und du hast mir doch wieder ein Kindermärchen erzählt. Du hast ganz genau gewußt, daß sie lebt und zurückkommt.«

Minna ist froh, daß sie sich diesmal mit Recht verteidigen kann. »Ich durfte dir nur das erzählen, was ich mit deinem Vater seit Jahren vereinbart hatte. Daß sie hier auftauchen würde, ahnte ich nicht, das ahnte keiner. Ich schwör' es dir ...«

Sie hat die Stimme erhoben. Prompt öffnet Wolf die Tür seines Zimmers. »Schwarze Verschwörerseele!« ruft er und kommt die Treppe herunter. »Dir glaub' ich im ganzen Leben kein Wort mehr. Und ob ich dich jetzt noch heirate, muß ich mir auch noch überlegen.«

Trotz der munteren Worte ist sein Gesicht ungewohnt ernst. »Komm, Dorle, gehst du mit?«

Minnas Gesicht klärt sich plötzlich auf. »Wollt ihr zu ihr? Sie wohnt im ›Goldenen Widder‹! Ja, Kinder, besucht sie! Sie würde sich darüber freuen.«

Wolf schüttelt entschieden den Kopf.

»Hast du dir so gedacht! Wenn's nach dir ginge, liefe die ganze Bursagasse mit fliegenden Fahnen zu ihr über. Und an unseren Vater denkst du überhaupt nicht! Erst müssen wir die Sache mal mit ihm ventilieren. – Komm, Hühnle, wir gehen zu Änne.«

Hühnle war Dorles Kosename als Kind. Im allgemeinen hört sie ihn nicht mehr gern. Nur von Wolf läßt sie es sich hin und wieder gefallen.

»Erst wird gegessen!« sagt Minna. »Euer Vater ist nicht da, und Albert ist mit dem Seminar weg, ich glaube, nach Stuttgart. Ich will nicht wieder mit dem ganzen Zeug hockenbleiben.«

Nach einem schweigsamen Mahl verlassen Dorle und Wolfgang hastig das Haus. Sie gehen am Lustnauer Tor und am Botanischen Garten vorbei. Sie drängen sich durch den Mittagsverkehr in der Wilhelmstraße und steigen über die Fußgängertreppe zur Waldhäuserstraße hinauf.

Ganz da oben, unterhalb der Eberhardshöhe, wo es schon ländlich wird und der Blick weit in die obstbaumbestandene Ebene geht, hat sich Herr Wilhelm Butzbach, Direktor der Metallverwertungs-KG, ein Haus gebaut. Eine ›Villa im englischen Böngallohstil‹, wie sich Frau Butzbach auszudrücken pflegt.

Frau Butzbach ist sehr vornehm geworden, seit sie die schwarzgeteerte Wohnbaracke am Rand des Schrottlagers verlassen hat, wo Wilhelm nach dem Krieg mit Nullkommanichts sein Geschäft als Altmaterialaufkäufer begann. Sie hat das ›unwürdige Barackendasein‹ aus ihrem Gedächtnis gestrichen und erwartet von ihren Bekannten, daß auch sie es vergessen.

Leute, die es nicht vergessen, werden bei Butzbachs nicht mehr ›empfangen‹, wie Frau Butzbach vornehm sagt.

Das herrschaftlich in kariert Rosa gekleidete Mädchen mit weißer Schürze und Spitzenhäubchen öffnet die mächtige messingbeschlagene Teakholztür.

Beim Anblick der Geschwister malt sich etwas wie Verlegenheit auf ihrem jungen Gesicht.

»Die gnädige Frau ruht«, sagt sie gut gedrillt, »und ich weiß nicht, ob Fräulein Butzbach jetzt empfängt . . .«

Wolf schiebt sie sanft beiseite und zieht Dorle in die mit echten Teppichen und bombastischen Gemälden überladene Diele. »Hauptsache, daß ich es weiß, mein Engel. Fräulein Änne ist im Garten?«

Er ist mit der Örtlichkeit vertraut und öffnet eine kleine seitliche Glastür, die in den parkartigen Garten führt. »Los, Dorle!«

Dem Hausmädchen bleibt nichts übrig, als Wolfs dreistes Vorgehen nachträglich süßsäuerlich zu genehmigen. »Ja – sie ist am Schwimming-Pohl!« Nach dem Vorbild der Gnädigen bemüht auch sie sich um eine gewählte Ausdrucksweise.

»Was der dummen Gans einfällt!« sagt Wolf erstaunt zu Dorle. »Die tut ja, als käm' ich heute zum erstenmal ins Haus. Die Alte mit ihrem Feine-Leute-Fimmel macht langsam auch das Personal verrückt.«

Schon von weitem sehen sie Änne Butzbach in einem schicken Luftanzug auf einem Liegestuhl am Rand des ziemlich großen opalgrünen Schwimmbeckens malerisch hingestreckt.

Dorle meint, auch über Ännes Gesicht flöge es jetzt wie ein Schatten, als sie ihnen entgegenblickt. Aber gleich darauf begrüßt Änne sie beide in ihrer herzlichen, burschikosen Art.

Änne ist blond, schlank, sportlich.

Wolf sagt, wenn sie nicht so ein Faultier wäre, könnte sie einen wahren Medaillenregen nach Tübingen bringen.

Änne ist fast zwei Jahre älter als Dorle. Schon als Kind ist sie mit Wolf eng befreundet gewesen. Aber seitdem Dorle aus England zurück ist, haben auch die beiden jungen Mädchen Freundschaft miteinander geschlossen und sind oft zusammen.

»Wir fühlen uns ungemein eschoffiert«, sagt Wolf geziert. »Nicht nur der Weg hier herauf hat unsere Schweißdrüsen in Tätigkeit gesetzt, sondern gewissermaßen außerdem transpirieren wir mehr seelisch! Wir haben nämlich heute morgen, ob du es glaubst oder nicht, o Anna Isadora Lydia Butzbach, nach achtzehn beziehungsweise zwanzig Jahren zum erstenmal unsere leibliche Mutter kennengelernt!«

Sie haben sich im Schatten eines großen Sonnensegels niedergelassen. Wolf beobachtet neugierig die Wirkung seiner Worte. Aber komisch, Änne nickt nur. »Man meint, du hättest schon was vom Besuch der alten Dame gehört?« fragt Wolf.

Änne blitzt ihn an. »Wir wohnen zwar auf dem Olymp« – womit sie auf die Höhe des Grundstücks über der Stadt anspielt –, »aber nicht hinter dem Mond.«

»Du weißt also, daß unsere Mutter als Dollarfürstin zurückgekommen ist?« ruft Wolf.

Änne nickt. »Als Tochter eines krassen Materialisten weiß ich sogar, daß sie als Mexiko-Dollarfürstin zurückgekommen ist. Man erzählt, sie hätte ihre Haustiere, Alligator und Bergpuma, in der

Gepäck-Aufbewahrung auf dem Stuttgarter Hauptbahnhof abgegeben.«

Jetzt mischt sich Dorle ein. »Änne, ich find' es schon ekelhaft genug, daß Wolf in einem solchen Ton von unserer Mutter spricht, und nun fängst du auch so an! – Sie sieht bezaubernd aus! Ich meine jetzt nicht allein das Äußere, also daß sie so toll angezogen ist. Nein, auch als Mensch. So liebevoll und ein bißchen traurig. Ich bin überzeugt, sie hat sich all die Jahre schrecklich nach uns gesehnt und war über den kalten Empfang von Wolf und mir natürlich entsetzlich enttäuscht!« Ihre Stimme gerät ins Schlingern.

»Gott, nun heul wieder los!« ruft Wolf ärgerlich. Er ist, was selten vorkommt, in gereizter Stimmung. Die Rückkehr dieser schönen und, zugegeben, ungemein sympathischen Mutter hat ihn in einen schwer erträglichen Zwiespalt versetzt. Er weiß einfach nicht, wie er sich dieser fremden und doch beinahe vertrauten Frau gegenüber verhalten soll.

Deshalb wollte er ja zu Änne und sich von ihrer nüchternen unsentimentalen Art wieder ins Lot bringen lassen.

»Glaub das ja nicht!« sagt er zu Änne. »Sie sieht nicht so aus, als ob die Erinnerung an ihre Kinder da irgendwo in dem winzigen Tübingen sie bewogen hätte, auch nur auf ein einziges Vergnügen der großen Welt zu verzichten.«

»Ph!« Änne lacht ironisch. »Warum sollte sie auch? Deshalb hätte sich an eurem Verhältnis zu ihr doch nichts geändert. Und an ihrem Ruf erst recht nichts.«

Dorle ist nun wirklich verletzt. »Du willst doch wohl nicht behaupten, unsere Mutter stünde in einem schlechten Ruf?« fragt sie.

Änne steckt sich eine Zigarette an. »Es gibt in der Stadt genug Leute, die das behaupten; da kommt es auf mich schon gar nicht mehr an. Als man sie seinerzeit aus dem Schloßgraben holte, hat sie nicht viel mehr als einen Bademantel angehabt. Wenigstens hat meine Mutter das so erzählt. Du kannst ja auch eure Minna mal danach fragen. Jetzt kommt die Frau Apotheker zurück mit dicken Brillanten, Straßenkreuzern und Viehfarmen – also untüchtig ist sie da drüben jedenfalls nicht gewesen!«

»Änne!« ruft Wolf ablehnend. Das geht sogar ihm gegen den Strich. »Eine solche Entwicklung mit der bekannten Masche aus jedem billigen Sittenfilm erklären zu wollen, ist doch wohl ein bißchen zu kleinbürgerlich.«

Dorle ist aufgesprungen. »Das ist gemein von euch! Ihr wißt gar nichts von meiner Mutter und habt deshalb auch nicht das geringste Recht, sie zu beleidigen!«

Sie dreht sich auf dem Absatz um und geht. Zum erstenmal hat sie, ungewollt und unüberlegt, ›meine Mutter‹ gesagt. Als sie sich daran erinnert, wird ihr ganz heiß.

Änne Butzbach sieht kurz hinter ihr her. Dann blickt sie spöttisch zu Wolf auf. »Nun? Und du bleibst?«

Wolf tritt einen Schritt näher auf sie zu. »Ich bleibe! Ich habe ja, offen gestanden, nur darauf gewartet, daß man uns allein läßt, gnädiges Fräulein!«

Seine Augen funkeln.

Mit einem überraschenden Ruck beugt er sich über sie und küßt sie leidenschaftlich auf den Mund.

Änne Butzbach will ihn erst zurückstoßen, aber . . .

Ganze vier Tage lang hat sie ihn nicht gesehen. Und jetzt kann sie nicht an gegen das beglückende Gefühl seiner Nähe. – Änne Butzbach gilt bei den jungen Männern der Tübinger guten Gesellschaft als eiskalt. Niemand ahnt, daß sie sich gerade wegen des lächerlich feinen Getues ihrer Mutter so reserviert verhält. Man sagt, sie sei wie das Schloß von einem tiefen Graben umgeben und uneinnehmbar. Wolf Brandt ist der einzige, der es verstanden hat, bis an ihr Herz vorzudringen. Sie liebt ihn mit einer – wie sie selber sagt – geradezu blamabel altmodischen Treue. Dabei weiß sie genau, daß Wolf in dieser Beziehung nicht zu den Verläßlichen zählt.

Sie schlingt die Arme um seinen Hals, zieht ihn an sich und erwidert seine Küsse.

Plötzlich reißt sie sich los und schlüpft unter ihm weg.

»Bist du verrückt, Wolf? Hier, wo man uns vom Hause aus sehen kann! Meine Mutter ist sowieso . . .« Sie bricht ab. »Komm wenigstens in die Laube. Ich muß mit dir reden!«

Jenseits des Schwimmbeckens, vor der alten Mauer, die den Garten von einer riesigen Obstbaumwiese trennt, steht eine von dichtem Geißblatt überwucherte Laube.

Änne läuft hinüber. Wolf folgt ihr. Er zieht sie in seine Arme. Sekundenlang stehen sie, weltvergessen, eng aneinandergeschmiegt. »Wenn du nur nicht so unverschämt hübsch wärst!« flüstert Wolf. »Du beschäftigst mich viel mehr, als zulässig ist. Und reden willst du auch noch mit mir?«

Er löst ihre Hände von seinem Nacken, hält sie aber fest. »Was haben das gnädige Fräulein soeben zu verschlucken geruht? Daß die gnädige Frau Mutter sowieso . . .« – er hält Änne einen halben Meter von sich entfernt und blickt sie prüfend an – » . . . nicht damit einverstanden ist, daß sich ihre geistig, körperlich und materiell reich begüterte Tochter mit einem armen Apothekeranwärter einläßt? Alte Jacke!«

»Änne!« ruft in einiger Entfernung eine schrille Stimme, als sei es die Antwort auf Wolfs Frage. »Änne! Wo steckscht denn bloß wieder?«

Drüben am Schwimmbecken erscheint die junonische Gestalt der Frau Butzbach. Ihr Gesicht unter der Fülle der dicht an dicht gelegten wasserstoffblonden Löckchen ist hochgerötet. Sie steckt in einer fliederfarbenen Seidenbluse, trägt Boutons und eine dreifach geschlungene Perlenkette. Die Finger sind voller Ringe, und an den Handgelenken glitzern vier kostbare Armbänder. Ihre Neigung, sich zu jeder Tageszeit mit Schmuck zu überladen, hat ihr in ganz Tübingen den Spitznamen ›Zirkuspferd‹ eingetragen. Der weiße Leinenrock umspannt hauteng ihre auseinanderquellende Figur. Wolf pflegt zu sagen, es sei riskant, ihr einen Sitzplatz anzubieten. Er hat es sogar schon in ihrer Gegenwart geäußert – sehr zu ihrem Mißvergnügen.

»Änne!«

Änne Butzbach schiebt sich mit gelangweiltem Gesicht aus der Geißblattlaube heraus. »Gott, Mami, was schreist du denn, daß man dich bis zur Eberhardshöhe hört? Hältst du das für ladylike?«

Frau Butzbach bedenkt den harmlos hinter Änne hervortretenden, höflich grüßenden jungen Mann mit finsteren Blicken. »Heidenei! Versteckt ihr euch da in der Laube?« sagt sie ungehalten. »Mädle, wenn ich dich anschau'! Hast schier nichts am Leibe! Und dann mit dem Kerle! Was isch dem scho' heilig! 's braucht's bloß einer aus der Nachbarschaft zu sehen, und wir können uns in Tübingen net mehr blicken lassen.«

»Aber gnädige Frau!« ruft Wolf mit todernstem Gesicht. »Ihre werte Phantasie entgleist mal wieder. Eine so anrüchige Kombinationsgabe paßt mitnichten zu der Herrin dieses stilreinen Palastes.«

Er zieht sie zu gern auf; er weiß, daß sie dadurch immer unsicher wird.

Aber heute ist Frau Butzbach im Vollbewußtsein ihrer moralischen Überlegenheit alles andere als unsicher. Mehr und mehr gerät sie ins Schwäbeln. »Sie habet's grad nötig, Herr Brandt! Stielrein. Was Ihre Familie für einen reinen Stiel hat – net zum Anfasse! des pfeifet ja die Spatzen scho' vom Dach!«

»Aber nicht doch, meine Gnädigste! Es waren die Tauben vom Marktplatz!« berichtigt Wolf mit todernstem Gesicht.

Frau Butzbach platzt bald wirklich. Sie stemmt die Hände in die Hüften und steht nun breitbeinig vor ihm, wie früher am väterlichen

Fleischstand, wenn es galt, auf allzu deftige Zurufe der Marktkolleginnen herauszugeben.

»Hano! Ganz Tübinge schwätzt davo', daß Ihre Mutter es wagt, nach der Affäre von Anna dazumal, un traut sich wieder her! Und überhaupt – ein schönes Amerika ist mir das, wo sie war! Mein Gemahl hat's selber mit angehört, daß sie in Stuttgart auf halber Höh' . . . eine Wohnung gehabt hat. Und ein gewisser Herr Doktor von der Fichtenstraß', der soll mit ihr . . . na ja, Sie wisset scho'! Man schenniert sich, so was die leibhaftige Tochter hören zu lassen.«

Sie holt tief Atem. »Auf alle Fälle: Ihnen Ihre Zeit hier ischt abgelaufe. Dafür geb i mei Tochter net her. Mein Gemahl hat's auch gesagt. Wir müsset auf unsere Deputatschion achten, der steigt jetzt um in Zement, des sind ganz andere Kreise, und wer Schmutz anfäßt . . . Na ja, adjöh! – Und du, Änne, kommscht gleich mit 'nei un' ziehscht dir was an! Wir sind zum Kaffee ei'g'lade beim Herrn Generaldirekter Zipple!«

»Es heißt zwar Anno dazumal und Reputation, Mama!« kann Änne sich nicht enthalten richtigzustellen. »Aber . . .«

»Was willscht? Grad des han i doch g'sagt!« ruft Frau Butzbach schnell. »Halt dei' Gosch, mit deiner ewige Besserwisserei!«

»Aber . . .«, fährt Änne zu Wolf gewandt fort, »du solltest auch aufhören, unsere Mutter immer zu reizen. Du kennst sie doch. Und jetzt gehst du besser. Ich rufe dich an.«

Wolf hat ein flammend rotes Gesicht bekommen. Ihm ist sofort klargeworden, daß Frau Butzbach, das heißt natürlich nicht nur sie, sondern wahrscheinlich halb Tübingen, die zwei Ereignisse miteinander vermengt und aus den zwei fremden Besucherinnen der letzten turbulenten Tage eine einzige gemacht hat. Er will gerade ansetzen, dieses Durcheinander zu entwirren, da fällt ihm rechtzeitig ein: Alles, was er zur Klärung vorbringen könnte, würde den Skandal nur noch vergrößern.

Nein, hier ist kein Wort mehr zu verlieren.

Er streichelt Änne mit einem zärtlichen Blick, empfängt dafür ihr unbeirrbar inniges Lächeln, verbeugt sich vor ihrer Mutter und geht.

Aber er ist – wenn er sich das auch noch nicht eingesteht – schwer angeschlagen. Eine dumpfe Ahnung sagt ihm, daß das erst der Anfang ist. Er schiebt sie zwar beiseite, aber er weiß, was er zu tun hat.

Er muß mit dem Vater sprechen.

9

Es ist Abend geworden, Bettina tritt aus dem Hotel und geht zu ihrem Wagen, der neben dem Marktbrunnen parkt. Die Karosserie des schwarzen Sportkabrioletts ist eine Sonderanfertigung. Der Wagen ist mit allen erdenklichen technischen Raffinessen ausgestattet.

Wie immer lungern ein paar Kinder um den Brunnen herum und beobachten in ehrfurchtsvollem Schweigen, wie Bettina sich ans Steuer setzt und den Motor anläßt, während sich das weiße Nylonverdeck des Wagens wie von Geisterhand öffnet und versenkt.

Männer drehen sich um und sehen ihr nach, während sie vorsichtig durch die engen Gassen zum Lustnauer Tor kurvt. Dort muß sie einige Zeit warten. Als der Posten ihre Bahn freigibt, grüßt er höflich. In einer Woche ist der vornehm-rassige Wagen mit seiner eleganten Fahrerin schon stadtbekannt geworden.

Seit dem Besuch in der Bursagasse ist Bettina der ganze Aufenthalt in Tübingen verleidet. Sie hat am Mittag schon mit dem Gedanken gespielt, sofort abzureisen. Was soll sie noch hier, nachdem die Kinder ihr so deutlich die kalte Schulter gezeigt haben? Sie macht sich nichts vor. Wolfs Haltung hieß: Du bist für uns eine Fremde, und du bleibst für uns eine Fremde!

Und die Geschichte mit Dorle!

Soll sie jetzt in Tübingen Spießruten laufen? Die Zäzz wird bestimmt nicht den Mund halten. Man wird hinter ihrem Rücken tuscheln und mit Fingern nach ihr zeigen. Gewiß, sie ist über so etwas erhaben. Aber wie kann man in einer vergifteten Atmosphäre leben?

Und da hat sie von einer Heimkehr in das Vaterhaus geträumt, von einem harmonischen Leben mit den Kindern! Durch endlose Jahre haben die Bilder vom Marktplatz, dem alten Rathaus, dem grünen Neckar, von dem gemütlichen Haus in der Bursagasse in ihren Träumen gelebt und immer prächtigere Farben angenommen.

Aber sie will den bitteren Kelch bis zur Neige leeren. Gestern abend hat Albert im Hotel angerufen und sich stotternd erkundigt, ob die ›gnädige Frau‹ morgen zu dem versprochenen Bummel Lust hätte. Sie hat glücklich zugestimmt. Jetzt fährt sie zu diesem ›Rendezvous‹ nach Stuttgart. Doch ihr Herz ist schwer. Ob Albert überhaupt noch kommen wird? Sicherlich hat er inzwischen alles erfahren!

Als sie die Eingangstür des Weinlokals öffnet, in dem sie sich verabredet haben, sieht sie Albert auf den ersten Blick.

Er sitzt an einem Einzeltisch und beobachtet nervös den Eingang.

Bettina bleibt neben der Tür stehen. Sie erwidert Alberts Gruß mit einem Kopfneigen, sie sieht, wie er aufspringt und auf sie zueilt. Bettina wendet sich rasch an den Geschäftsführer. »Haben Sie nicht einen Tisch, an dem man sich ungestört unterhalten kann, ohne von allen Seiten beobachtet zu werden?«

»Gewiß, gnädige Frau!«

Jetzt erst dreht sich Bettina zu Albert um. Ihr Gesicht verrät nicht, wieviel Angst sie vor dieser Begegnung hat. Sie streckt langsam, zögernd ihre Hand aus. Albert ergreift die schmalen Finger und beugt sich zu einem Handkuß darüber. Dann blickt er sie glückstrahlend an. »Guten Abend, gnädige Frau. Ich kann gar nicht sagen, wie ich mich freue, daß Sie wirklich gekommen sind!«

Bettina seufzt unwillkürlich auf. Der Junge weiß noch nichts! Während sie langsam zum Klubzimmer hinüberschlendern, klärt sich dieses Rätsel schnell. Albert ist seit dem Morgen mit dem Seminar auf einer Exkursion gewesen. Er kann also noch gar nichts von den Vorgängen in der Bursagasse erfahren haben.

Bettina läßt sich von Albert aus der leichten Ozelotjacke helfen. Sie trägt ein locker fallendes gelbes Kleid mit sehr breitem goldbraunem Wildledergürtel und, wie am letzten Abend, nur wenig, aber erlesenen Schmuck, eine einreihige Perlenkette und zwei schmale Ringe, deren Edelsteine ganz in das Gold eingelassen sind.

»Na, dann haben Sie bestimmt einen ordentlichen Hunger mitgebracht!« meint sie, als sie in dem bequemen Armsessel Platz genommen hat.

Albert strahlt unentwegt. Seit der ersten Begegnung hat ihr Bild ihn nicht verlassen. Erichs freche Bemerkungen haben ihn nicht erschüttert. Aber sie haben ein neues Feuer in ihm angefacht. Warum soll er diese wunderbare Frau denn nicht lieben? – Weil sie älter ist als er? – Lächerlich!

Der rötliche Bastschirm der Tischlampe und eine gedämpfte Seitenbeleuchtung tauchen den ganzen Raum in ein angenehmes Halbdunkel. Sie sind hier die einzigen Gäste. Die behagliche Atmosphäre von Vertraulichkeit und Verschwiegenheit nimmt die beiden sofort gefangen.

Bettina schließt die Augen vor dem schwärmerischen Blick, mit dem Albert sie ansieht. Wenigstens eine kurze Weile will sie es noch genießen, von ihrem Ältesten angebetet zu werden, bevor sie ihm die Wahrheit enthüllt.

»Herr Brandt«, sagt sie, als der Kellner die in rotes Leder gebundene Speisenkarte vorgelegt hat, »bitte übernehmen Sie die Bestellung, aber vergessen Sie nicht, daß ich Sie eingeladen habe!«

Sie hat schon ihre schmale Geldtasche in der Hand und will sie ihm diskret unter dem Tisch zureichen, doch Albert nimmt sie nicht an. »Nein«, sagt er energisch, »das gibt es unter keinen Umständen. Vielleicht ist so etwas in Mexiko üblich, aber in Deutschland nicht!«

Er wehrt sich mit einer solchen Entschiedenheit, daß Bettina jeden weiteren Versuch, ihn zu überreden, aufgibt. Sie kann nicht wissen, daß Erichs Worte Albert gerade in diesem Punkt überempfindlich gemacht haben. Er hat sich für diesen Abend reichlich mit Geld versorgt. Er stellt auch ein Menü zusammen, das sich sehen lassen kann. Es gibt Forelle mit Honauer Kartoffeln und Remstaler Wein dazu; zum Fasan mit Ananaskraut läßt Albert einen leichten Burgunder reichen. Er ist bei seinem Vater in eine gute Schule gegangen.

Albert hat diesmal vorher keinen Tropfen getrunken, und doch überkommt ihn die gleiche Verzauberung wie bei der ersten Begegnung.

Er starrt selbstvergessen in ihr Gesicht, das ihm so vertraut vorkommt, als kenne er sie seit Jahren.

Als das Geschirr abgeräumt ist, als der Mokka in den Täßchen dampft, lehnt sie sich weit in den Halbschatten zurück und nimmt den ersten tiefen Zug aus ihrer Zigarette.

Ein Ausdruck fester Entschlossenheit legt sich um ihren Mund. Sie kneift die Augen halb zusammen und sieht ihn nicht an, als sie zu sprechen beginnt.

»Herr Brandt«, sagt sie stockend. »Ich muß Sie um Entschuldigung bitten. Ich habe mich unter falschen Voraussetzungen in Ihr Vertrauen geschlichen!«

Albert fährt auf. Er versteht nicht, was sie sagen will. Doch er hört sofort den Ernst und die Qual, die ihre Stimme durchzittern.

»Aber nein«, ruft er spontan, »das ist nicht wahr! Ich habe mich Ihnen doch regelrecht aufgedrängt!«

Der ernste Ton ihrer Stimme hat eine Saite in ihm angeschlagen, die jetzt zu klingen beginnt. Er hat von Anfang an gedacht, er müsse ihr irgendwie erklären, wie aufrichtig er sie verehre. Dann schien es ihm unmöglich, das in die richtigen Worte zu kleiden. Doch jetzt kommt alles ganz von selbst über seine Lippen:

»Für mich war es wie ein Schicksalszwang!« sagt er. »Seit dem Abend habe ich immer an Sie denken müssen. Ihr Gesicht . . . es ist mir nachgegangen!« schließt er und wird blutrot dabei.

Bettina erkennt zu ihrer Bestürzung, was Albert bewegt. Seine Augen haben einen ganz anderen Ausdruck bekommen. Er spielt nervös mit dem Weinglas und wagt nicht, aufzusehen.

Mit dem sicheren Instinkt der Frau fühlt sie, daß er ihr im nächsten Augenblick seine Liebe gestehen wird.

»Nein!« schreit sie unwillkürlich auf. »Sprich nicht weiter!«

Er blickt betroffen auf.

Bettina beugt sich ganz weit über den Tisch vor. Unter dem Make-up werden blutleere weiße Flecke auf ihren Wangen sichtbar. »Albert«, sagt sie hart, »ich bin deine Mutter!«

Sie hält seine Augen fest, bis er sich vor diesem furchtlosen und schmerzerfüllten Blick abwenden muß. Dann erst legt sie die Hand müde über die Augen und stützt sich mit den Ellenbogen auf, daß die Haare wie Schleier über die Stirn fallen.

Albert wird blaß. Er springt auf und umklammert krampfhaft die Stuhlkante.

Keiner rührt sich. Die Sekunden dehnen sich zu einer Ewigkeit.

Da ist der Tisch, da stehen die halbgefüllten Kelche, da liegt das aufgeschlagene goldene Zigarettenetui. Albert sieht das alles und sieht es doch nicht. Das ist Vergangenheit geworden. Ein Traum, der nie Erfüllung finden kann, ist vergangen.

Da schimmert das dunkle Haar im Lichtschein der Lampe auf, fließt wie in Wellen über den gebeugten Kopf.

Seine Mutter!

Er will schreien: Es ist nicht wahr! – Aber er weiß schon, daß es die Wahrheit ist.

Seine Mutter? – Das ist ein Begriff voller Sehnsucht gewesen. Das war ein Bild aus längst vergangenen Kindertagen von einem hellen Kleid, einer klingenden Stimme, von Anmut und Zärtlichkeit! Von Liebe! Liebe, die er nie wieder so erfahren hat.

Albert ist das verschlossenste der drei Brandt-Kinder geworden. Er hat sich den Zärtlichkeiten Minnas immer widersetzt. Vielleicht deshalb, weil das Traumbild seiner wirklichen Mutter doch tiefer wurzelnd in seinem Herzen lebte.

Bettina hebt langsam den Kopf. Sie streicht sich mit einer müden Bewegung die Haare zurück.

»Ich bin heute in der Bursagasse gewesen«, sagt sie langsam. »Ich habe mein Vaterhaus besucht, ich wollte meine Kinder sehen. Ich war so töricht, zu glauben, sie würden mir um den Hals fallen. Aber Dorle und Wolfgang haben mir wie Fremde gegenübergestanden. Sie haben mich spüren lassen, daß ich vor achtzehn Jahren davongelaufen bin. Sie haben es nicht vergessen. – Und das kann man wohl auch nicht vergessen.«

Sie schweigt eine Weile und sucht in seinem Gesicht nach einer Antwort auf ihre unausgesprochene Frage.

Aber so heftig auch Albert von der inneren Bewegung hin- und hergerissen wird, sein Gesicht ist starr und ausdruckslos. Er ist ein Sohn seiner Mutter.

Bettina nickt mit dem Kopf, als spreche sie mit sich selber: »Jaja, ich verstehe schon. Du brauchst nichts zu sagen. Auch du kannst nicht vergeben und vergessen. Ich wäre die Letzte, die dir deshalb einen Vorwurf machen dürfte.«

Albert steht immer noch hinter seinem Stuhl. Er ist wie gelähmt. Er sieht, wie Bettina langsam das goldene Zigarettenetui zuklappt, in ihrem Handtäschchen verbirgt, wie sie sich zum Aufbruch fertigmacht. Ihr Gesicht sagt nichts mehr, und er fühlt, daß sie auch nicht weitersprechen wird, daß sie zu stolz ist, zu bitten.

»Ja, dann wollen wir jetzt wohl gehen!« sagt sie ruhig.

»Wenn du mir erklären könntest, wie alles gekommen ist . . .«, sagt Albert stockend, als hätte er ihren letzten Satz nicht gehört.

Bettina hält in der Bewegung inne. »Da gibt es nichts zu erklären, mein Junge«, sagt sie gequält. »Ich möchte dir nicht vorlügen, daß ich schuldlos gewesen sei, oder irgend etwas Ähnliches.«

Sie wirft den Kopf zurück. Ihr Gesicht sieht herrisch und entschlossen aus. »Nein!« sagt sie hart. »Ich will dir nichts vormachen! Als ich fortlief, war ich nicht viel älter als du heute. Ich glaubte, nicht länger leben zu können. Ich habe mein Leben wegwerfen wollen. Als es mißglückte, bin ich geflohen. Ich habe euch Kinder im Stich gelassen, weil ich mit deinem Vater nicht einen Tag länger zusammen leben konnte!«

Das Leben hat diese Frau zwar hart gemacht, aber der Ansturm der Erinnerungen überwältigt sie jetzt doch. »Ich will nicht daran denken!« ruft sie aus. »Ich bin nicht nach Deutschland zurückgekommen, um das alles noch einmal zu durchleben, was ich endlich, endlich vergessen hatte!«

Albert ist um seinen Stuhl herumgekommen und hat sich wieder hingesetzt. Er sucht verzweifelt Klarheit in sein Denken zu bringen. Aber wenn das Gefühl, wenn das Herz mitspricht, dann gibt es keine Logik. Ist er nicht in dem Bewußtsein aufgewachsen, seine Mutter sei tot? Hat er sie nicht fast verachtet, als er erfuhr, was wirklich geschehen war? – Aber verachtet er diese Frau, die vor ihm sitzt? Fühlt er nicht mehr und mehr das brennende Verlangen, sie in Schutz zu nehmen, sie zu trösten, weil sie so einsam ist?

»Kinder wollen in ihren Eltern immer Götter sehen«, fährt Bettina mit leiser Bitterkeit fort. »Sobald sie erkennen, daß auch die Eltern nur Menschen mit vielen Schwächen sind, dann ist die Enttäuschung groß. Dann wandelt sich die Liebe leicht in Abneigung und Verachtung. Aber du hast ja zum Glück noch deinen Vater!«

Bis zu diesem Augenblick hat Albert stumm an sich gehalten. Jetzt aber bricht es aus ihm heraus.

»Mein Vater?« sagt er mit heiserer Stimme. Dann verkrampft er die Hände ineinander. »Mein Vater hat mich tiefer enttäuscht als jeder andere!« ruft er leidenschaftlich aus. »Denn was er tun will, ist nicht nur gemein gegen uns Kinder, es ist auch ein Zeichen von Schwäche! Und ich habe Papa immer geachtet, weil er nie schwach war.«

Bettina horcht auf. »Aber daß er jetzt wieder heiraten will, ist doch so natürlich!«

»Ja, das ist naturlich!« sagt Albert bitter. »Ich habe Tag und Nacht darüber nachgedacht. Ich habe ihm verziehen, daß er mich ins Gesicht geschlagen hat!«

»Ins Gesicht geschlagen?« Bettina greift über den Tisch nach Alberts Hand. »Das ist doch nicht wahr!«

Albert blickt sie starr an. Er preßt die Lippen aufeinander. Sein Mund ist zu einem schmalen weißen Strich geworden.

»Doch – leider.« Er spricht ganz langsam, ohne Betonung. »Es war an dem Abend, an dem ich dich zum erstenmal getroffen habe!«

Bettina verschränkt die Arme und zieht sich in ihren Sessel zurück.

»Er hat auch mich geschlagen, damals, bevor ich fortgelaufen bin«, sagt sie fröstelnd.

Albert fährt auf, doch sie winkt ihn mit einer Handbewegung zurück. »Ich will nicht darüber sprechen, ich will nicht mehr daran denken! Ich will aber wissen, warum er dich geschlagen hat!« Ihre Pupillen haben sich verengt. In ihrer Stimme zittert die Erregung.

»Ich habe ihm gesagt, daß er die Frau nicht heiraten darf, die er uns ins Haus gebracht hat, weil sie eine« – Albert sucht vergeblich nach Worten – »weil sie in Stuttgart stadtbekannt ist. Ich meine, mit Männern! Ich bin selber einmal in ihrer Wohnung gewesen!«

»Albert, das muß ein Irrtum sein!« sagt Bettina und denkt an das feine, gebildete Mädchen, mit dem sie im Hotel geplaudert hat.

»Auch das ist so wahr, wie ich hier sitze! Vater macht sich völlig unmöglich, wenn er sie heiratet. Einer meiner Bekannten gehört zu den Männern, die sie aushalten. Mehrere meiner Kommilitonen kennen sie, und du kannst dir ja denken, wie sie über sie sprechen!«

Albert krampft die Hände vor Erregung zusammen. Seine Augen brennen.

»Jedenfalls ist eines sicher, und das habe ich Vater auch gesagt:

Wenn diese Frau ins Haus kommt, ziehe ich aus. Und Dorle und Wolfgang gehen auch. Dann haben wir eben unser Elternhaus verloren! Aber wahrscheinlich wird er uns unter irgendeinem Vorwand sowieso vorher schon wegschicken – wenn ich nicht fortjagen sagen soll.«

Bettina sieht ihren Sohn an; für einen Augenblick liegen beider Augen fest ineinander. Da sind sie wie von selber in das ›Du‹ gefallen. Da sprechen sie plötzlich miteinander wie zwei Menschen, die Not und Leid miteinander teilen. Wie Mutter und Sohn.

Es wird beiden in diesem Augenblick bewußt.

»Das ändert allerdings die Lage für mich völlig!« sagt Bettina langsam. »Ich bin nach Tübingen gekommen, weil sich dein Vater scheiden lassen wollte. Ich habe zugestimmt. Aber wenn sich aus dieser Scheidung ergeben soll, daß meine Kinder ihr Zuhause verlieren . . . Nein!«

Sie holt tief Atem. »Nein!« wiederholt sie bekräftigend. »Ich denke nicht daran! Um diesen Preis nicht, Herr Brandt! Es gibt zum Glück noch Mittel und Wege, das zu verhindern.«

10

Wolfgang macht zu Hause gar nicht erst den Versuch, sich mit Dorle auszusöhnen. Er schließt sich in sein Zimmer ein. Was Frau Butzbach ihm an den Kopf geworfen hat, läßt ihm keine Ruhe. Spricht denn schon ganz Tübingen über sein Elternhaus? Oder ist das alles nur eine böswillige Erfindung dieser Klatschtante?

Ob er mit Minna darüber spricht? Ach was, sie wird ihn doch wieder mit ihren halben Antworten dumm machen wollen.

Er wirft sich auf sein Bett und stiert die Decke an. Aber das hilft auch nicht. Dann springt er auf, hockt sich vor dem Schallplattenspieler auf den Teppich, legt ein paar heiße Platten auf und steckt sich eine Zigarette nach der anderen an. Bei alledem kommt er immer wieder zu demselben Schluß: Hier kann nur der Vater Klarheit schaffen. Also hin!

Mit ein paar Sätzen ist er im ersten Stockwerk.

»Wo ist Papa?« ruft er in die Küche hinein.

Minna trocknet sich umständlich die Hände an der Schürze ab. »Der Herr Apotheker ist wieder den ganzen Tag außer Haus gewesen«, beginnt sie ärgerlich, »und Albert hat einen Zettel hingelegt, daß er nicht zum Abendessen . . .«

Wolfgang tritt ungeduldig gegen die Fußleiste der Diele. »Ist Papa nun zurück oder nicht?«

»Mein Gott!« ruft Minna empört. »Was ist das für ein Ton? Natürlich ist der Herr Apotheker zurück. Er wird wohl in der Offizin sein oder in der Homöopathie; wie kann ich denn das wissen?«

Wolf hetzt die Innentreppe zur Apotheke hinab, immer zwei Stufen auf einmal.

Unten tritt Provisor Bösinger aus der Offizin. Wolf grüßt flüchtig und steuert entschlossen den Arbeitsraum seines Vaters an.

»Störe ich, Papa?« fragt er.

Brandt blickt überrascht auf. Sein breiter Schreibtisch ist mit Büchern, Fachzeitschriften, mit Prospekten und Präparaten, mit Kräutern und Pflanzenproben bedeckt. »Aber nein, mein Junge!« sagt er herzlich. »Was gibt es denn?«

Wolf tritt näher. Er ist wieder unsicher; er weiß nicht, wie er die Sache vorbringen soll.

»Ja, das möchte ich dich eigentlich fragen, Papa«, sagt er stokkend. »Versteh mich bitte nicht falsch, aber heute mittag hatten wir doch diesen überraschenden Besuch ...«

»Ja – und?« fragt Brandt, als Wolf nicht weiterspricht.

»Unsere Mutter war da.«

Brandt wischt nervös seine Brillengläser am Rockärmel ab.

»Setz dich, Wolfgang!« Er räuspert sich. »Dieser Besuch«, beginnt er gedehnt, »also ich bedaure, daß es dazu gekommen ist. Aber ich kann Bettina nicht hindern, hierherzukommen. Das Haus gehört ihr – und sie ist eure Mutter.«

Bisher hat Brandt mit großer Beherrschung gesprochen. Jetzt aber packt ihn der Jähzorn. Er wirft das Stahllineal, das er spielerisch in seinen Händen gebogen hatte, klatschend auf die Tischplatte. »Jawohl, ihr Haus! Und wenn ich es auch über tausend Schwierigkeiten hinweg durch meiner Hände Arbeit erhalten habe!«

Er sieht sich verstört in seinem Arbeitsraum um.

Da hängen an der gegenüberliegenden Wand die altersdunklen Ölgemälde aller früheren Besitzer der Apotheke. Auf jedem Rahmen kündet ein zierliches Messingtäfelchen Namen und Lebensdaten. Da zieht sich seitlich die nußbaumgetäfelte Regalwand, deren Schubfächer mit Ebenholzleisten und elfenbeinernen Beschlägen abgesetzt sind. Diesen Raum hat der Geheime Hofrat Professor Johann Friedrich Eckert gestaltet, und Brandt hat ihn unverändert gelassen. Jede Einzelheit verrät Besitzerstolz und Gefühl für Tradition.

Hier fühlt sich Dr. Brandt ›zu Hause‹. Er hat gedacht, dieses kleine Reich eines Tages Wolfgang unverändert zu übergeben. Und jetzt dringt Bettina in die friedliche Ordnung ein ...

»Ich verstehe«, sagt Wolf nach einer langen Pause. »Ich würde nur gern wissen, wie es weitergehen soll.«

Brandt preßt mit beiden Händen die Armlehnen seines Schreibtischsessels, daß die Knöchel weiß hervortreten.

»Wie meinst du das?«

»Sieh mal, Papa, es hat doch keinen Sinn, wenn wir um den Kern der Sache herumgehen wie die Katze um den heißen Brei. Vor ein paar Tagen dieser Knall mit Albert; heute mittag kommt plötzlich unsere Mutter hereingeschneit, nachdem sie sich jahrelang nicht um uns gekümmert hat. Und heute nachmittag ...«

»Was war heute nachmittag?« Dr. Brandt sitzt jetzt aufgerichtet im Schreibtischsessel.

Wolf springt auf. Er kann sich nicht mehr beherrschen. Aber wie soll er es sagen? Er läuft mit kurzen Schritten im Raum auf und ab. Dann bleibt er vor dem Vater stehen und sieht ihn fest an. Die Hände sind trotzig in den Hosentaschen geballt.

»Heute nachmittag war ich bei Butzbachs. Weißt du, was da passiert ist? Man hat mich schlicht vor die Tür gesetzt!«

Brandt weicht dem Blick seines Sohnes nicht aus.

»Jawohl, Papa!« fährt Wolfgang leidenschaftlich fort. »Die alte Butzbach hat mir mit dürren Worten erklärt, die Brandt-Kinder seien kein Umgang mehr für ihre Änne! Für ihre ganze Familie nicht. Weshalb – kannst du dir wohl denken?«

Justus Brandt ist blaß geworden. Er hält den Blick seines Sohnes fest und schüttelt langsam den Kopf.

Wolfgang wendet sich ab. Er kann den Anblick seines Vaters in diesem Augenblick nicht ertragen.

»Weil unsere Mutter sich genauso wie unsere zukünftige Stiefmutter mit Männern herumgetrieben hätte!« stößt er heraus. »Die Butzbach hat es zwar mit anderen Worten ausgedrückt, aber unmißverständlich!«

Brandt beugt sich vor. Plötzlich schlägt er mit der Faust auf den Tisch.

»Dieses Schandmaul!« stößt er heiser hervor. »Die werde ich noch heute zur Rede stellen! – Was hat sie zu dir gesagt? – Bitte wörtlich!«

»Das ist doch gleichgültig, Papa!« antwortet Wolf. »Auf ein Wort mehr oder weniger kommt es doch nicht an! Du mußt dir nur darüber klarsein, daß wahrscheinlich ganz Tübingen die

Geschichte genauso sehen wird wie dieses Zirkuspferd. Deshalb ...« – er wendet sich wieder dem Vater zu – »... deshalb bin ich zu dir gekommen. Und weil ...«

Brandt fährt sich mit der Hand über Stirn und Augen, als könne er mit dieser matten Bewegung einen Alpdruck verscheuchen. »Weil?« fragt er, ohne aufzusehen.

Wolfgang wirft sich wieder in den Sessel. Er schlägt die Beine übereinander und betrachtet seine Fingernägel.

»Weil es uns Kinder auch etwas angeht, Papa!« sagt er. »Uns alle! Die ganze Familie! Du kannst doch nicht zulassen, daß unser guter Name in ... in Verruf kommt!«

Brandt steht langsam und schwerfällig auf. Ein müder Mann. Er durchquert den Raum. Wieder und immer wieder. Sieben Schritte auf, sieben Schritte ab.

Ganz leise dringt der helle Ton der Apothekerglocke durch die abgedämpfte Tür. In einem der alten Schränke knackt es.

Justus Brandt bleibt vor den Ölgemälden der Apotheker-Dynastie stehen.

»Wolfgang«, sagt er langsam, »diese Männer hier waren alle ehrenwerte und würdige Vertreter ihres Standes. Als der letzte männliche Eckert gestorben war, habe ich die Aufgabe übernommen, diese Reihe fortzusetzen. In dir, mein Junge, hat sich das Blut jener Männer mit meinem Blut gemischt. Und keiner von jenen dort brauchte sich zu schämen, wenn eines Tages mein Bild und dein Bild neben ihm hängen.«

Er tritt zu seinem Sohn und legt ihm die Hand auf die Schulter. »Kein Mensch hat das Recht, über deine Mutter herzuziehen, mein Junge! Weder über sie noch über die Frau, die ich heiraten will! – Verstehst du?«

Wolfgang nickt. Aber Brandt spürt, daß er nicht genug gesagt hat. Er kann sich vorstellen, wie tief das Auftauchen Bettinas die Kinder aufgewühlt hat. Wie sehr sie wünschen, mit ihm darüber zu sprechen. Aber ...

... das Vertrauen seines Ältesten hat er seit jenem unglückseligen Zwischenfall verloren.

Dorle ist ein Mädchen und außerdem –

– bei dem Gedanken an Dorle zuckt es um Brandts Mundwinkel.

Nein, es bleibt wirklich nur Wolfgang! Sein zweiter Sohn und sein Erbe! Wenn er ihn nicht zu halten versteht, dann wird alles sinnlos.

»Papa!« sagt Wolfgang und blickt zu ihm auf. Ein ganz neuer Ton liegt in seiner Stimme. Da ist nichts mehr von der schnodderigen Überlegenheit, sondern nur Sorge und offen eingestandene Hilflosigkeit.

»Albert sagt, daß Fräulein Holthuys nichts taugt. Ich kann das nicht beurteilen, Papa. Wenn du sagst, daß alles anders ist . . . nun, du mußt es ja wissen! Und ich will dir auch glauben! Aber mit unserer Mutter – mit Mama . . .«

Wolfgang bricht ab und räuspert sich. Er schämt sich, daß seine Stimme so deutlich seine Gemütsverfassung offenbart. Hastig greift er nach seinen Zigaretten, reißt ein Streichholz an und saugt gierig den Tabakrauch ein. Dann springt er auf, läuft durch das Zimmer und bleibt vor den Wandregalen stehen, als wolle er die Inschriften auswendig lernen.

Seine Stimme bebt.

»Ich habe meine Mutter heute zum erstenmal gesehen. Sie ist eine schöne und elegante Frau. Ich weiß von ihrem Leben so gut wie nichts. Nur das eine, daß sie sich das Leben nehmen wollte, als ich zwei Jahre alt war. Das habe ich einmal in einer alten Zeitung gelesen. Da stand ›wegen seelischer Depressionen‹. Aber weshalb? Weshalb?« Wolfgang schreit es fast.

Brandt rührt sich nicht. Verzweifelt sucht er nach einer Antwort. Nach der richtigen Antwort!

»Sieh mich an, Wolfgang!« bittet er endlich. »Was ich weiß, will ich dir sagen. Wahrscheinlich kenne ich nicht einmal alle Zusammenhänge. Ich glaube, einen großen Teil deiner Fragen wird nur deine Mutter beantworten können.«

Brandt blickt seinem Sohn starr in die Augen. Beide sind bleich.

»Ich habe im Jähzorn deine Mutter ins Gesicht geschlagen! – Es war an dem Abend, bevor das Unglück geschah!«

Der Apotheker hebt die Hand, als Wolf entsetzt zurückweicht.

»Hör mich zu Ende an!« ruft er. »Ich habe deine Mutter geliebt! Wahrhaft geliebt! Vom ersten Augenblick an, als ich ihr begegnete. Erst später erfuhr ich, daß man sie mit mir verheiratet hat, um sie mit Gewalt von einem anderen zu trennen.«

Brandt atmet schwer. Er krampft die Hände ineinander.

»Eine solche Erkenntnis ist für jeden Mann bitter, mein Junge!« sagt er leise. »Es gehört sehr viel Kraft dazu, wenn man damit fertig werden will. Und« – er blickt seinen Sohn voll an – »und sehr viel Liebe zu der Frau, an die man sich gebunden hat.«

Wolf öffnet den Mund, als wolle er eine Frage stellen. Aber er bringt keinen Ton heraus, so erschüttert ihn der Anblick seines Vaters. Brandts Gesicht ist zu einer Maske geworden. Um die Augen liegen Schatten der Enttäuschung und des Schmerzes.

»Ich muß es dir sagen, Wolfgang!« Brandts Stimme kommt wie aus weiter Ferne. Er tritt auf seinen Sohn zu und faßt seine Schultern mit beiden Händen. »Es ist eine furchtbare Eröffnung. Aber ich komme nicht daran vorbei.« Er holt tief Atem. »Wolfgang ...«, sagt er stockend, »deine Mutter hat mich betrogen!«

Der Junge steht unbeweglich. Er ist wie betäubt. Er sieht deutlich das Zittern in dem Gesicht des Vaters; er hört seinen mühsam beherrschten Atem. Erst nach langer Zeit ist er fähig, leise und behutsam eine Frage zu stellen.

»Ist das denn wahr?« flüstert er.

Brandt öffnet die Lippen. Sie sind trocken und wie geborsten. Er schüttelt hilflos den Kopf und fährt sich mit einer verzweifelten Gebärde über die Stirn.

Dann bricht es plötzlich aus ihm heraus.

»Wahr!« schreit er. »Und ob es wahr ist. Seit achtzehn Jahren habe ich den Beweis! Seit achtzehn Jahren habe ich mit keinem Menschen darüber gesprochen! Ich habe es still für mich behalten, weil das arme Kind ja nichts dafür kann und weil ich nicht will, daß es darunter leiden muß! Seit achtzehn Jahren bekenne ich mich als Dorles Vater ... aber ich bin es nicht!«

11

Im ›Goldenen Widder‹ ist heute Musik.

Alle Tische im Speisesaal sind besetzt. Im fröhlichen Kreise ehemaliger Studenten, die sich nach zehn Jahren zu einer ›Fahrt in die Jugend‹ noch einmal zusammengefunden haben, erzählt Egon Graf Hohenperch in animierter Stimmung pikante Geschichten. Das kann er wie kein zweiter, und der Quell, aus dem ihm diese Einfälle fließen, scheint unerschöpflich zu sein. Wer in Tübingen studiert und es im Leben zu etwas gebracht hat oder wer durch den Glanz eines ererbten Namens interessant erscheint, von dem weiß Graf Egon auch sein augenzwinkerndes Histörchen zu erzählen.

»Sagen Sie mal, lieber Graf, hat hier nicht seinerzeit der Sohn von diesem Dingsda, diesem amerikanischen Fleischkonserven-Milliardär studiert und einen Skandal mit der Primadonna vom Stuttgarter Opernhaus ...«

»Aber klar! Der Norman. Oh, das war ein toller Boy!« Und schon sprudelt eine neue Geschichte in die Welt hinaus. Erfunden im

Augenblick des Erzählens, aber durch hundert kleine belanglose Einzelheiten zur völligen Glaubwürdigkeit verdichtet.

In solchen Stunden kommen Graf Egons Freunde auf ihre Rechnung ... Er selber aber überspielt an diesem Abend nur mühsam seine Nervosität.

Ab und zu wandern seine Augen zu der Eingangstür.

Dreimal hat er sich schon beim Empfang nach Bettina erkundigt.

Jetzt geht es auf elf.

Seit Cäcilie Eckerts Besuch drehen sich seine Gedanken immer wieder um Bettina. ›Bettina ist eine reiche Frau‹, hat sie gesagt. Und alles, was er inzwischen über ihr Auftreten in Tübingen erfahren konnte, spricht dafür.

Graf Egon richtet sich auf und blickt nachdenklich über die Tischrunde. Vor ein paar Jahren hat er sich von einem Tag zum anderen in einen Grafen Hohenperch verwandelt. Sollte es ihm da nicht noch leichter gelingen, eine alte Jugendliebe neu zu beleben und über Nacht zum Millionär zu werden?

Ja, es ist so: Damals hat ihn Bettina Eckert geliebt. Und auch für ihn ist sie wohl ein wenig mehr gewesen als die meisten anderen.

Er blickt hinüber zur Kapelle. Ihr Stehgeiger ist ganz vertieft in sein Spiel; hoffentlich übersieht er dabei nicht das verabredete Zeichen!

Was Graf Egon vorhat, ist nicht ganz einfach; aber er hat sich Mut angetrunken, und die Begeisterung der Tafelrunde über seine Geschichten beweist ihm, daß er heute glänzend in Form ist.

Endlich kommt der Page vom Empfang. Graf Egon erhebt sich, klemmt das goldgefaßte Monokel ins Auge, murmelt eine Entschuldigung und gibt dem Kapellmeister das verabredete Zeichen. Die Musik bricht ab. Graf Egon folgt dem Pagen in die Halle.

Dann beginnt das Orchester mit einem neuen Stück. Kaum einer der Gäste merkt, daß hier etwas Ungewöhnliches geschieht.

Bettina steht am Empfang. Sie blickt überrascht auf.

›Der Student geht vorbei‹.

Mit den ersten Takten dieses Intermezzos hat Egon Gudde sie immer begrüßt, wenn sie einander trafen. Es war ihr ›Pfiff‹, wenn er an der Ufermauer des Neckars lehnte und sie ans Fenster lockte. Diese wenigen Töne sind die Begleitmusik ihrer ersten Liebesgeschichte gewesen.

Bettina streicht sich über die Stirn. Nein, nicht daran denken! Das ist aus und vorbei! Und dazu war das Ende viel zu bitter!

Bettina läßt sich ihren Zimmerschlüssel geben. Da kommt von der offenen Flügeltür des kleinen Saales ein Herr auf sie zu. Selbstsicher, elegant, bestimmt.

Egon Gudde!

Er verneigt sich und schält sein Monokel aus dem Auge.

»Verehrte gnädige Frau!« flüstert er und beugt sich über ihre Hand. Als er sich wieder aufrichtet, fassen seine Augen ihr Gesicht wie streichelnde Hände. »Bettina!« sagt er leise. »Welch ein Wiedersehen!«

Bettina erstarrt. Sie möchte sich einfach umdrehen und ihn stehenlassen; aber sie weiß zugleich, daß sie es nicht kann. Hat das, was sie einmal verzaubern konnte, immer noch Gewalt über sie? Trotz allem?

Vor einer Stunde noch hat sie mit Albert zusammengesessen. Seine Worte haben alte Wunden wieder bloßgelegt. Und hier steht nun der Mann vor ihr, der die Ursache ihres ganzen Unglücks war.

Sie beißt sich nervös auf die Lippen. Dann steht der Trotz in ihr auf. Weshalb soll sie vor diesem Mann die Flucht ergreifen? Sie hat sich in einer fremden Welt vor allen Härten des Lebens behauptet –, was ist dieser Mann dagegen? Nein, hier braucht sie offene Worte nicht zu scheuen!

Graf Egon steht vor ihr und lächelt sie an, als sei das furchtbare Verhängnis zwischen ihnen niemals gewesen. Er zeigt auf den Saal. »Ich hoffe, verehrte Bettina, Sie haben ein paar Minuten für Ihren treuesten Verehrer übrig!«

Bettina legt den Zimmerschlüssel nicht aus der Hand. Ihr Gesicht ist glatt. Es zeigt nicht die Enttäuschung, die diese hohlen Worte in ihr auslösen.

»Na schön!« sagt sie und dreht sich langsam um. »Haben Sie mit der Musik zugleich auch einen Tisch bestellt?«

Prinz Kuckuck spürt nicht die Ironie. Er sieht in der Bemerkung eine Anerkennung für sein sprichwörtliches Organisationstalent. Er öffnet die Saaltür. Noch immer spielt die Kapelle das kleine Stück von dem Studenten, der vorübergeht.

Ein Tisch für zwei Personen. Kerzenlicht spiegelt sich in schimmernden Kelchen.

»Meine Anerkennung!« sagt Bettina. »Hervorragende Regie!«

Prinz Kuckuck rückt ihr mit großer Geste den Stuhl zurecht. Erst als er sich überzeugt hat, daß sie bequem sitzt, begibt er sich auf seinen Platz. Er führt das Monokel ans Auge. Ein schwärmerisches Lächeln huscht über sein Gesicht.

»O Betti!« raunt er mit seiner angenehmen Stimme. »In diesem Augenblick erst ist mir klar geworden, wie unzerreißbar das Band gemeinsamer Erinnerungen zwei Menschen aneinanderfesseln kann!« Er blickt nachdenklich in die Kerzenflammen.

Bettina mustert ihn stumm. ›Er ist ein großartiger Charmeur‹, muß sie denken. Dann fällt ihr Blick auf sein graues Jackett, dessen Aufschläge schwarz gepaspelt sind. Die bordeauxrote Krawatte. Die feinkarierte grüne Weste. Das goldgefaßte Monokel am schwarzen Band – alles das gibt seiner Erscheinung den Anstrich weltmännischer Eleganz.

Was steckt hinter dieser Fassade? Ist alles nur Tünche? Sein Jakkett ist an den Ärmelbeugen abgeschabt; die schwarze Paspelierung verbirgt wohl durchgestoßene Ränder. Der Hemdkragen aber ist blütenrein.

Und er weiß zauberhaft seine Sätze zu bilden, seine Träume zu formen: Erinnerung, selige Jugend, Harmonie, unvergänglicher Gleichklang. Das sind seine Lieblingsworte.

Was für ein Mann ist das? Wie oft hat sie sich diese Frage gestellt! Wie oft hat sie versucht, hinter dem fadenscheinigen Bild nach dem Kern dieses Menschen zu suchen. Sie ärgert sich, daß sie sich schon wieder dabei ertappt.

Nein, an diesem Mann ist gar nichts echt! Je länger Bettina ihn betrachtet, desto klarer wird ihr: Trotz des gräflichen Anstrichs schimmert überall der alte Egon Gudde durch.

Bettina unterbricht ihn hart. »Ich habe auch andere Erinnerungen, Egon Gudde!« sagt sie kühl.

Der Kellner stellt den Sektkübel neben den kleinen runden Tisch, schenkt ein und entfernt sich wieder.

»Erinnerungen, die ziemlich bitter auf der Zunge schmecken«, fährt Bettina fort, als der Kellner außer Hörweite ist, »und die man auch mit Sekt nicht herunterspülen kann.«

Graf Egon läßt das Monokel aus dem Auge fallen und hebt beschwörend beide Hände. »Aber bitte! Wenn man einander nach so langen Jahren endlich einmal wiedersieht, sollten dann nicht nur harmonische Klänge die Herzen bewegen?«

»Harmonische Klänge!« wiederholt Bettina bitter.

›Sie ist ein bißchen schwierig geworden!‹ denkt Graf Egon. Sein Lächeln ist wie weggewischt. »Ja!« sagt er betont. »Harmonische Klänge! Verehrte, liebe Bettina! Mir sind nur die schönen Stunden im Gedächtnis geblieben! Und sie werden mir bis zu meiner letzten Stunde im Gedächtnis bleiben! Heute weiß ich, daß ich nie schönere erleben werde!«

»Vielen Dank!« sagt Bettina. »Für Sie war es zweifellos bequemer, sich nur die schönen Stunden zu merken; die bitteren Augenblicke blieben mir vorbehalten!« Sie hat jetzt ihre volle Überlegenheit zurückgewonnen. Nein, mit diesen kläglichen Redewendungen kann man vielleicht ein junges, dummes Ding verwirren. Sie ist entschlossen, die Szene schnell zu beenden.

»Die Natur verteilt nun einmal die Lasten der Liebe ungerecht, verehrte Bettina!«

»Jaja«, sagt Bettina nervös. »Das kenne ich alles! Wenn ich mich an Ihren Tisch gesetzt habe, Egon Gudde, dann bestimmt nicht nur, um mir Ihre . . . Lebensweisheiten anzuhören. Ich hatte geglaubt, Sie hätten mir etwas anderes zu sagen.«

Ihre Augen mustern ihn kühl.

Graf Egon beginnt zu ahnen, daß diese Unterhaltung anders enden wird, als er gehofft hat. Er rückt unruhig in seinem Sessel, dann hebt er den Sektkelch. »Auf Ihr Wohl, Bettina!«

Bettina übersieht diese Geste.

»Als wir das letztemal zusammen waren, suchte ich Zuflucht und Schutz bei Ihnen«, fährt sie fort. »Muß ich Sie daran erinnern, was damals geschehen ist?«

Graf Egon hat das Glas in einem Zuge geleert und schenkt sich nervös ein zweites ein.

»Eine verzweifelte junge Frau kam damals spätabends zu Ihnen, dem Mann, der ihr geschworen hatte, sie sei seine einzige große Liebe, und er würde alles für sie tun!

Und was haben Sie für mich getan?

Sie haben eine Situation schamlos mißbraucht – Prinz Kuckuck!«

Bettina nimmt ihre Handtasche und schickt sich an, aufzustehen.

»Wahrscheinlich hat man Ihnen hinterbracht, daß diese Stunde für mich und meine Ehe zu einer neuen Quelle des Unglücks geworden ist. Vielleicht glauben Sie, daraus jetzt Nutzen ziehen zu können!«

Sie macht eine Pause. Graf Egon weicht ihrem Blick nicht aus. Er erträgt ihre Vorwürfe mit Haltung.

»Hübsch arrangiert, diese sentimentale Reise in die Vergangenheit, Egon Gudde: Musik, Sekt und wehmütige Erinnerungen als Kulisse. Aber Sie haben sich geirrt!«

Graf Egon ist blaß. Seine Unterlippe zittert. Aber er schweigt. Diese Vorwürfe kann er nicht widerlegen.

Damit steht Bettina auf und verläßt den Saal. Der Kellner löst sich von der Säule, an der er lehnt, und grüßt.

»Setzen Sie den Sekt auf meine Rechnung!« sagt sie im Vorübergehen.

In ihrem Zimmer läßt sich Bettina einen Augenblick in den Sessel am Fenster sinken. Draußen ist es dunkel. Laue Luft weht herein. Der Marktbrunnen rauscht sein altes Lied.

Was soll sie tun?

Morgen früh sollen bei Dr. Bäcker die Verträge vorbereitet werden. Ihr erster Gedanke ist, ihn anzurufen, um ihm zu sagen, daß sich nach ihrem Gespräch mit Albert die ganze Situation verändert hat. Aber dann fällt ihr ein, daß es schon auf Mitternacht geht. Sie gibt deshalb dem Empfang den Auftrag, gleich morgen früh eine Verbindung mit der Kanzlei herzustellen.

Dann legt sie auf.

12

Morgens um neun klingelt das Telefon.

»Herr Doktor Bäcker ist leider nicht erreichbar, gnädige Frau«, meldet der Mann am Empfang. »Möchten Sie mit seiner Kanzlei verbunden werden?«

»Bitte!« sagt Bettina.

»Herr Doktor Bäcker ist leider schon auf dem Gericht«, sagt eine freundliche Frauenstimme. »Aber wenn Sie vielleicht den Herrn Bürovorsteher sprechen möchten ...«

»Danke, nein.«

Bettina legt enttäuscht den Hörer auf. Dann läßt es sich also nicht ändern. Ihr bleibt nichts anderes übrig, als zum verabredeten Zeitpunkt in die Kanzlei zu gehen. Sie muß dann eben versuchen, ihren Anwalt einen Augenblick unter vier Augen zu sprechen.

Als Bettina im Büro eintrifft, steht die Tür von der Kanzlei zu Dr. Bäckers Arbeitszimmer offen. Der Bürovorsteher geleitet sie sofort in den großen, mit Eichenholz getäfelten Raum. Drei Herren in dunklen Anzügen erheben sich höflich aus den Sesseln: Dr. Bäcker, der Apotheker Dr. Justus Brandt und sein Anwalt.

»Herr Doktor Bäcker«, sagt Bettina, »bevor wir mit dem Sühnetermin beginnen, habe ich Ihnen noch eine wichtige Tatsache mitzuteilen.«

»Ich darf verbessern, gnädige Frau«, erklärt Dr. Bäcker mit verbindlichem Lächeln, »es handelt sich hier nicht um einen Sühnetermin! Es ist lediglich üblich, daß die beiden Parteien bei komplizierten Vermögensverhältnissen zwischen den Eheleuten einen Auseinandersetzungsvertrag vorbereiten, der im Falle der Scheidung in Kraft tritt. Dann erspart man sich nachträgliche Schwierigkeiten.«

Er deutet eine höfliche kleine Verneigung dem gegnerischen

Anwalt gegenüber an. »Mein verehrter Kollege und ich haben einen solchen Vertrag vorbereitet.«

Bettina spielt nervös mit ihrem Handschuh. »Vielleicht ist es doch richtig, daß ich Sie vorher informiere«, sagt sie. »Ich fürchte, der Vertragsentwurf, so wie wir ihn abgesprochen haben, ist überholt.«

»Aber gnädige Frau«, mischt sich der gegnerische Anwalt ein, »würden Sie es nicht auch für richtig halten, wenn wir zunächst einmal die einzelnen Punkte des Vertragsentwurfs durchgehen? Beide Parteien können sich danach zu einer kurzen Besprechung zurückziehen.«

Er nimmt Bettinas Schweigen als Zustimmung und beginnt den Text zu verlesen. Seine Stimme ist monoton und geschäftsmäßig.

». . . schließen die Parteien für den Fall der rechtskräftigen Scheidung folgenden Vergleich: Frau Bettina Brandt, geborene Eckert, alleinige Eigentümerin der Eckertschen Apotheke in der Bursagasse zu Tübingen, überläßt dem Apotheker Doktor Justus Brandt die volle Nutzung der vorgenannten Apotheke für die Dauer seiner Lebenszeit samt Gebäude und Inventar laut anliegender Aufstellung. Im einzelnen vereinbaren die Parteien hierzu folgendes: Erstens . . .«

Bettina kann ihre Nervosität nicht länger bezähmen. »Es tut mir leid, Herr Rechtsanwalt, daß ich Sie unterbrechen muß! Ich bin einfach nicht in der Lage, Ihrem Vortrag zu folgen, bevor ich nicht über einen entscheidenden wichtigen Punkt mit meinem Anwalt gesprochen habe!«

Justus Brandt runzelt die Stirn und lehnt sich zurück. Er zieht die Brille heraus und beginnt, sie ungeduldig an seinem Ärmel zu polieren.

Dr. Bäcker erhebt sich. Solche Zwischenfälle sind in seiner Anwaltspraxis alltäglich. »Entschuldigen Sie mich bitte einen Augenblick, meine Herren!« sagt er und öffnet eine kleine Tür zum Nebenraum. »Wenn ich bitten darf, gnädige Frau.«

Bettina wartet, bis sich die Tür hinter ihnen geschlossen hat. Sie übersieht die Geste des Anwalts zu einem der Sessel hin. »Verzeihen Sie bitte!« stößt sie erregt aus. »Es ist mir unangenehm, daß ich unterbrechen mußte. Aber ich habe inzwischen Dinge erfahren, von denen ich vorher keine Ahnung hatte. Dinge, die meine Einstellung grundsätzlich ändern!«

Sie macht eine kurze Pause und streicht mit den Fingern nachdenklich über die Augenbrauen. »Ich hatte mich damit abgefunden, daß eine andere Frau in mein Elternhaus in der Bursagasse einzieht;

das ist mir schwer genug gefallen. Aber inzwischen habe ich von mehreren zuverlässigen Stellen erfahren, daß der Ruf dieser Frau« – sie sucht nervös nach Worten – »also, damit Sie mich richtig verstehen, jeder soll tun und lassen, was er will; aber in diesem Fall sind meine Kinder betroffen. Sie weigern sich, mit dieser Frau unter einem Dach zu leben!«

Aus Dr. Bäckers Miene ist nicht zu ersehen, ob ihm Einzelheiten über den Ruf der künftigen Frau Apotheker Brandt bekannt sind.

»Gnädige Frau«, sagt er, »bitte lassen Sie uns die Scheidung und die Auseinandersetzung über das Haus mit der Apotheke scharf voneinander trennen. Nach dem geltenden Recht wird die Ehe auf alle Fälle geschieden. Zu Punkt zwei: Das Wohnrecht in dem Haus in der Bursagasse und die Nutzung der Apotheke hatten Sie Dr. Brandt auch nach der Scheidung einräumen wollen. Wenn ich Sie recht verstehe, ziehen Sie Ihre mündliche Zusage hiermit zurück.« Er blickt sie nachdenklich an. »Es wird nun wohl meine Aufgabe sein, Herrn Doktor Brandt von der veränderten Sachlage zu unterrichten . . . und«, fügt er nach einer Pause hinzu, »sie zu begründen.«

Bettina fällt ihm impulsiv ins Wort. »Die Begründung«, ruft sie, »übernehme ich selber.«

Sie dreht sich auf dem Absatz um und eilt, bevor Dr. Bäcker sie zurückhalten kann, in das Anwaltsbüro zurück. Dort wendet sie sich direkt an den überraschten Apotheker.

»Du hast die Scheidung gewünscht; ich habe mich damit einverstanden erklärt, weil ich die Farce dieser Ehe nicht länger aufrechterhalten wollte«, sagt sie erregt. »Du hast mir mitteilen lassen, daß du wieder heiraten willst! Gut! Ich habe nichts dagegen! Aber das Haus bekommst du nicht, denn ich halte mich nicht für berechtigt, einen Scheidungsvertrag zu unterzeichnen, durch den meine Kinder ihr Zuhause verlieren!«

Brandts Hände krampfen sich um die Sessellehne. »Davon kann doch überhaupt nicht die Rede sein«, antwortet er heiser.

Brandts Anwalt versucht, Bettina zu beschwichtigen. »Aber der Vertrag stellt doch noch keine endgültige Form dar, gnädige Frau! Wir sind ja gerade zusammengekommen, um die beiderseitigen Wünsche aufeinander abzustimmen.«

Bettina überhört ihn. Sie wendet sich Brandt zu. Die Erregung reißt sie mit.

»So? Auch dann nicht, wenn dir die Kinder erklärt haben, daß sie keinen Tag länger im Hause bleiben, sobald deine zukünftige Frau einzieht? . . . Muß ich noch deutlicher werden?«

Dr. Bäcker hebt beschwörend die Hände. »Ich bitte Sie, gnädige Frau. Bitte, Herr Doktor Brandt! Es ist doch sinnlos, die Dinge in diesem Stadium so zu erörtern.«

Brandt läßt sich zurückfallen. Bettina setzt sich langsam. Ihre Lippen zittern. Sie hört gar nicht hin, was ihr Anwalt sagt.

Dr. Bäcker bemüht sich, die Wogen der Erregung zu glätten. Er spricht gedämpft, beschwichtigend.

»Grundsätzlich bestehen über die Frage der Scheidung keinerlei Mißverständnisse.« Er blickt von Brandt zu Bettina. »Die Ehe ist seit achtzehn Jahren zerrüttet. Herr Doktor Brandt hat sich auf Grund einiger Vorfälle, die wir nicht näher erörtern wollen, bereit erklärt, einen Teil der Schuld am Zerfall dieser Ehe auf sich zu nehmen. Die Voraussetzungen für eine Klärung der vermögensrechtlichen Ansprüche haben sich für meine Mandantin jedoch geändert. Gewichtige Gründe zwingen sie, die Frage des Wohnrechts und der Nutzung von Haus und Apotheke noch einmal zu überprüfen.«

»Gründe, Gründe?« ruft Brandt dazwischen. »Welche Gründe bitte?«

Bevor Dr. Bäcker antworten kann, sagt Bettina scharf:

»Du kannst in das Haus in der Bursagasse bringen, wen du willst, aber nie – ein Mädchen aus der Gosse!«

Brandt springt wutbebend auf. Aber auch Bettina hat sich erhoben.

Sie wirft ihren leichten Mantel über, geht drei Schritte zur Tür, dreht sich noch einmal um und mißt ihren Mann mit einem abschätzenden Blick vom Kopf bis zu den Füßen.

»Das Haus in der Bursagasse gehört mir. Da diese Scheidung unausweichlich ist –

– kündige ich Ihnen die Apotheke, Herr Doktor Brandt!«

Brandt ist blaß geworden. Die Adern an seinen Schläfen sind geschwollen, seine Augen verraten ohnmächtige Wut.

Durch die Stille hört man sein Atmen. Bettina blickt an ihm vorbei auf den schweren Barockschrank. Ein Gefühl der Genugtuung kommt in ihr auf; sie spürt, daß sie ihn hart getroffen hat.

Aber wohin soll dieser Auftritt führen? Sie zieht ihren Mantel langsam enger zusammen und will sich umdrehen.

Da reißt Brandts Stimme sie zurück:

»Ausgerechnet du als Hüterin der Moral!«

Er sagt es mit einer gefährlichen Ruhe.

Plötzlich kann er sich nicht mehr beherrschen. Seine Stimme überschlägt sich fast. »Daß ich nicht lache!«

In fliegender Hast greift er in seine Brusttasche. Er reißt ein

Schreiben heraus; der Bogen zittert in seinen Händen. Er drückt ihn seinem Anwalt in die Hand. »Lesen Sie! Bitte!«

Der Anwalt faltet das Schreiben auseinander, liest es und schüttelt kaum sichtbar den Kopf. Brandt beugt sich zu ihm und flüstert ihm einige Worte zu.

Bettina sieht fragend auf Dr. Bäcker, aber ihr Rechtsanwalt zuckt nur bedauernd mit den Achseln.

»Mein Mandant«, sagt der Anwalt des Apothekers endlich, »erklärt, daß er nicht der Vater Ihrer im Jahre 1936 geborenen Tochter Doris ist.«

Eine Sekunde herrscht Stille. Dann schiebt Dr. Bäcker polternd seinen Sessel zurück. Er springt auf und stützt sich erregt auf die Schreibtischplatte.

»Aber ich bitte Sie, Herr Kollege. Was hat denn das mit dieser Sache zu tun! Hier geht es ...«

Er kommt nicht dazu, auszureden. Brandt zerrt an seinem Kragen. Er zieht noch ein Schreiben aus der Tasche.

»Hier ist das erbbiologische Gutachten. Hier«, er schlägt mit der flachen Hand klatschend auf den Bogen. »Ich habe es vor zwölf Jahren anfertigen lassen. Schon die Blutgruppenbestimmung hat genügt. Doris hat Blutgruppe 0 und ich habe AB! Das schließt meine Vaterschaft von vornherein aus.«

Er zerknittert das Schreiben in seinen Händen und wendet sich plötzlich direkt an Bettina:

»Du wirst ja wissen, wer Dorles Vater ist, und ich weiß es auch!«

In Bettinas Gesicht zuckt es. Sie läßt die Hand, mit der sie den Mantel zusammengehalten hat, müde fallen. Dann geht sie langsam zurück an ihren Platz vor dem Schreibtisch.

Das eintönige Geräusch einer klappernden Schreibmaschine dringt gedämpft aus der Kanzlei herüber.

»Ich wäre den Herren dankbar«, sagt Bettina, »wenn Sie mich jetzt mit Herrn Dr. Bäcker allein lassen würden.«

Die beiden Juristen verständigen sich mit einem Blick.

Während Brandt mit fahrigen Händen seine Papiere ordnet und einsteckt, gibt sein Anwalt noch eine kurze Erklärung ab.

»Wir bedauern diese plötzliche Wendung. Sollte tatsächlich eine Kündigung der Apotheke erfolgen, so muß sich Herr Dr. Brandt alle weiteren Schritte vorbehalten; sowohl bei der Apothekerkammer als auch bei den Zivilgerichten. Dank seiner mehr als zwanzigjährigen Tätigkeit hat mein Mandant in der Eckertschen Apotheke wohlerworbene Rechte. Schon aus diesem Grunde wäre eine Kündigung von einem Tage zum anderen kaum wirksam.«

Er hüstelt, macht eine Pause und schließt mit erhobener Stimme:

»Die Scheidung wird auf Antrag meines Mandanten ohne Rücksicht auf die vermögensrechtlichen Auseinandersetzungen durchgeführt.«

Bettina scheint gar nicht hinzuhören. Ihr Gesicht ist wie eine Maske. Ihre Hände ruhen regungslos an der Schreibtischkante.

Sie blickt nicht hin und sieht doch alles, was um sie herum geschieht. Das verbindliche Kopfnicken ihres Anwalts, das rhythmische Auf- und Zuschwingen der Tür, die schwerfällig steife Verbeugung des Apothekers.

Ihr kommt etwas ganz Abwegiges in den Sinn. Merkwürdig, denkt sie, er sieht eigentlich mit vierundfünfzig besser aus als mit dreißig...

Dr. Bäcker hat Brandt und seinen Anwalt zur Tür geleitet. Jetzt läßt er sich wieder schwer in seinen Schreibtischsessel sinken.

Von Bettinas Gesicht fällt die Maske ab. Eine scharfe Falte gräbt sich in ihre weiße Stirn.

»Darf ich Sie bitten, Herr Doktor Bäcker«, sagt sie hart, »die kürzeste Kündigungsfrist zu erwirken.«

Ehe der Rechtsanwalt antworten kann, fügt sie hinzu: »Ich weiß, daß es Schwierigkeiten geben wird. Ich habe es gehört. Aber grundsätzlich bin ich doch dazu berechtigt – oder nicht?«

Bettina erhebt sich. Dr. Bäcker ist ebenfalls aufgestanden.

»Gewiß, gnädige Frau. Soweit sich das jetzt übersehen läßt . . .« Er macht sich ein paar Notizen. »Ich werde mich sofort genau informieren und hoffe, daß das Kündigungsschreiben noch in dieser Woche hinausgehen kann.«

Bettina verabschiedet sich herzlich: »Bitte, grüßen Sie Ihre Frau.« Dann verläßt sie das Haus durch die Kanzlei.

Draußen atmet sie auf.

Aber den Anblick der vielen Menschen in den Straßen kann sie jetzt nicht ertragen. Sie geht hinunter zum Neckar.

Die Sonne steht hoch über der Stadt. Noch ist es Sommer, aber schon färben sich die Blätter der Laubbäume. Und rote Beeren leuchten wie gelackt durch die mattgrünen Zweige.

Eine wehmütige Ahnung von Vergänglichkeit ist in der Luft.

Und Stille. Beruhigende Stille. Es tut gut, den Kies unter den Schuhen knirschen zu hören und zu den Bäumen und dem Himmel hinaufzuschauen.

Ein heißes Gefühl der Scham überkommt Bettina. Wäre dieser peinliche Auftritt nicht zu vermeiden gewesen? Wieder hat ihr Temperament sie hingerissen.

Sie preßt die Hände gegeneinander.

Sie hatte gehofft, eine längst erloschene Ehe in Frieden lösen zu können; statt dessen muß sie kämpfen. Was geht sie eigentlich noch das Haus in der Bursagasse an? Es ist ein Museum für sie, in dem die Erinnerungsstücke aus ihrer Jugend ruhen. Sie hat die Heimat wiedersehen und dann ihre Kinder aus dem versponnenen Altväterhausrat in die große freie Welt hinausführen wollen. Und nun hängt sie sich die Apotheke wie einen Mühlstein an. Was will sie damit? Soll sie etwa selber noch einmal Frau Apotheker spielen?

Lächerlich!

Während Bettina durch die Stadt zurückgeht, hat sie wenigstens äußerlich ihre Gelassenheit wiedergefunden.

Die Kühle der Hotelhalle empfängt sie beruhigend und ernüchternd wie der Schauer einer kalten Brause nach einem heißen Bad. Mit federnden weiten Schritten geht sie über die dicken Läufer, auf dem Gesicht ein verbindliches und unnahbares Lächeln.

Der Portier hat schon ihren Schlüssel bereitgelegt. »Sie werden erwartet, gnädige Frau.«

Bettina wendet sich um. Ihre Augen müssen sich erst an die Dunkelheit gewöhnen. In einer Nische erhebt sich ein junges Mädchen und kommt zögernd, unsicher auf sie zu.

In diesem Augenblick ist es Bettina, als ob alle feindlichen Mauern um sie einstürzen.

Sie möchte die Schlüssel, die Tasche und ihre Handschuhe fallen lassen. Sie möchte mit weit offenen Händen dem Mädchen entgegenlaufen. Sie möchte weinen und lachen.

Aber immer noch hält sie Schlüssel, Tasche und Handschuhe.

Als das Mädchen ganz nahe ist, geht sie ihm einen Schritt entgegen.

»Dorle!«

»Mama!«

Dorle drückt ihr heißes Köpfchen fest in Bettinas Hände.

Menschen bewegen sich im Entree des Hotels. Der Portier spricht irgendwo ein paar Worte. Die beiden hören es nicht.

Bettina fühlt nur das eine: Zum erstenmal hat ihre Tochter sie ›Mama‹ genannt.

Sie streicht über Dorles Haar und spürt eine Seligkeit wie nie zuvor.

»Komm, Dorle.«

Bettina löst sich aus der Verzauberung.

Sie umfaßt ihr Kind und führt es aus der Halle über die halbe Treppe zu ihrem Zimmer hinauf. Sie weiß nicht, was sie vor Freude tun soll. Sie ist so außer sich vor Glück, daß sie nicht sieht, wie verstört Dorle ist. Sie rückt zwei Sessel und ein kleines Tischchen ans Fenster, dann klingelt sie nach dem Zimmermädchen und bestellt Fruchtsaft und Keks, und immer denkt sie dabei: Dorle, mein Kind, hat zu mir gefunden!

»Wie schön, daß du da bist«, sagt sie.

Auf einmal erschrickt Bettina. Dorle weint!

»Kind, was ist denn?« Sie setzt sich auf die Lehne des Sessels und zieht ihre Tochter zärtlich an sich, aber Dorle erwidert ihre Zärtlichkeit nicht. Sie sitzt ganz vorn in ihrem Sessel wie verloren und krampft die Hände in die Lehne.

Bettina nimmt ihr Gesicht auf und tupft ihr die Tränen ab, aber Dorle ist nicht zu beruhigen.

»Mama«, stammelt sie, »bitte, ich muß mit dir sprechen.« Sie wirft ihren Kopf in den Schoß ihrer Mutter und schluchzt: »Ich war eben bei Tante Zäzz!«

Bettinas Hände werden schlaff. Sie hat das Empfinden, als ob ein Aschenregen die Glut in ihrem Innern ersticke.

Sie löst sich von Dorle und tritt an das Fenster.

»Die Schatten der Vergangenheit«, murmelt sie. Draußen, unten auf der Straße gehen Männer und Frauen. Wie viele Menschen es doch in der kleinen Stadt gibt, und jeder trägt seine Sorgen mit sich herum, und jeder geht und geht und kommt doch nicht an sein Ziel. Man glaubt, da ist alles vorüber und tot und vergessen. Aber selbst wenn man fliegen würde, die angeblich tote Vergangenheit ist noch schneller am Ziel.

Ein Sessel wird im Zimmer gerückt.

Bettina fährt herum.

Dorle ist aufgestanden. Sie hat ihre Tränen getrocknet. Unschlüssig sieht sie zu Boden, dann hebt sie die Augen und blickt ihre Mutter gerade an.

»Sie hat mir alles gesagt.« Nur der schmerzliche Zug um die Lippen verrät die Erregung des Mädchens. Dorles Stimme ist klar, fast hart.

»Vor einer Stunde hat Tante Zäzz mich angerufen. Die Apotheke werde sie niemals wieder betreten, hat sie gesagt. Und es sei eilig. Ich war gerade dabei, mein neues Zimmer im zweiten Stock aufzuräumen. Du weißt, ich war lange in England, und jetzt möchte ich alles ein bißchen anders haben . . .«

»Wollen wir uns nicht setzten?« Bettina führt Dorle zu ihrem Sessel zurück und nimmt ihr gegenüber Platz. Sie will das verstörte Mädchen beruhigen. »Gleich muß der Fruchtsaft kommen.«

Dorle hört nicht hin.

»Ja, Tante Zäzz bat mich, sofort zu ihr zu kommen. Auf eine Tasse Schokolade! Sie müßte mir etwas mitteilen, was man mir bisher verschwiegen hätte. Noch heute müßte ich es erfahren.«

Dorle schluckt. Sie will nicht zeigen, wie mühsam sie sich beherrscht.

Es klopft. Das Zimmermädchen bringt zwei Gläser, eine Karaffe mit Fruchtsaft und eine Schale mit Keks. Dann knickst das Mädchen und verschwindet. Bettina wartet, bis sich die Tür geschlossen hat, aber Dorle kommt ihr zuvor. Aus ihrer Stimme klingt Verzweiflung:

»Tante Zäzz hat mir gesagt, daß ich nicht Papas Kind bin!«

»Sprich nicht weiter, Dorle!« sagt Bettina traurig. »Das ist jetzt meine Sache! Ich will dir erzählen, was gewesen ist, und wie alles gekommen ist!«

Dorle schüttelt den Kopf.

»Das ist zu spät!« Ihre Stimme zittert. »Jedes Kind weiß, wer mein Vater ist! Nur mir hat man es nicht gesagt.«

Bettina zieht ihre Tochter aus dem Sessel zu sich empor und drückt sie fest an sich. »Bitte, Dorle, sprich nicht so!«

»Ich bin hierhergekommen, Mama«, sagt Dorle ruhig, »weil ich von dir selber wissen will, ob es stimmt oder nicht!«

»Ja, es ist wahr!«

Bettina hört den gehetzten Atem ihres Kindes.

Auf einmal laufen Dorle die Tränen übers Gesicht. »Dieser Schwätzer und Nichtstuer! Dieser Talmikavalier! Und ich bin seine Tochter!«

Ihre Lippen zucken.

»Jeder in der Stadt sieht es mir an!« stöhnt sie.

Bettina zieht sie fester an sich, legt ihr den Arm um die Schultern und küßt sie mit zuckenden Lippen auf die Stirn, die Augen, die nassen Wangen.

»Bitte, hör mich an!« sagt sie.

Aber jetzt ist es mit Dorles Fassung vorbei. Sie wird von einem heftigen Weinkrampf gepackt.

Bettina schließt die Augen. Sie ahnt, was in Dorle vorgeht.

Sie hebt Dorles Gesicht empor und wischt ihr die Tränen ab. »Vergiß das alles für eine halbe Stunde und sprich erst wieder, wenn du mich angehört hast. Komm, wir fahren zum Schloßberg. Dort habe ich meine dunkelste Stunde erlebt, und dort will ich dir alles erzählen. Vielleicht wirst du mich dann verstehen.«

Als sie auf den Markt hinaustreten, schmiegt sich Dorle dicht an die Mutter. Sie hat die Augen gesenkt und die Schultern hochgezogen. Bettina fühlt die Qualen, die ihr Kind zu durchstehen hat, wie einen körperlichen Schmerz.

Sie drängt Dorle schnell in den Wagen. Der Glanz des Reichtums und des Glückes scheint über ihnen zu liegen, wie sie weich in den Polstern lehnen und langsam über den Marktplatz zum Schloßberg fahren.

Am breiten Ende der Burgsteige halten sie an und gehen zu Fuß weiter. Bettina führt Dorle durch das kleine Gärtchen vor dem Tor zu einem Mauervorsprung schroff über der Altstadt.

Ihre Augen glänzen wie im Fieber. Ihre Hände beginnen zu zittern, so stark überwältigt sie die Erinnerung.

Sie stehen vor einem kleinen Stück Eisengitter.

»Sieh da hinunter«, sagt Bettina.

Als Dorle sich zaghaft vorbeugt, reißt Bettina sie heftig zurück und zieht sie fort auf eine Bank.

»Von dieser Mauer«, sagt sie rauh, »bin ich einmal hinuntergesprungen.«

Ganz still hockt Dorle neben ihr.

»Weißt du«, beginnt Bettina, »was es heißt, wenn eine junge Frau entschlossen ist, ihren Mann und ihre drei kleinen Kinder zu verlassen und das Leben wegzuwerfen, an dem sie mit allen Fasern hängt? Weißt du, was ein Mensch alles erdulden muß, bis er soweit ist?

Ich habe das Leben blind und töricht geliebt. Ich war zu jung, um zu wissen, was richtig und falsch ist. Als ich noch Schülerin war, traf ich auf einem Ball zum erstenmal Egon Gudde. Er hatte schon lange studiert. Schon viel zu lange; aber das wußte ich nicht. Für mich war er ein Mann der großen Welt. Keiner tanzte wie er, und keiner wußte so viel zu erzählen. Was fragt ein Mädchen, welchen Charakter ein Mann hat, wenn er ihr so wie Egon Gudde mit klingender Stimme seine Liebe gesteht? Natürlich haben mich meine Eltern und meine Freundinnen vor ihm gewarnt. Aber es kam wie stets: Unsere Freundschaft wurde nur enger.«

»Mein Vater«, flüstert Dorle in bitterem Ton. Aber Bettina spricht weiter. Sie will es jetzt loswerden, was sie achtzehn Jahre gequält hat.

»Schließlich schickten mich meine Eltern in ein Pensionat. Aber das nützte nichts. Wir schrieben einander täglich Briefe. Ich hatte ihn nicht vergessen, als ich wieder zurückkam. Es war eine furchtbare Zeit. Meine Eltern liebten mich sehr und wollten mich glücklich sehen. Egon Gudde war nicht der Mann, von dem sie viel Glück für mich erwarteten. Außerdem sollte ich die Apotheke erben. Es gab entsetzliche Szenen. Natürlich habe ich eingesehen, daß Egon

Gudde sich mehr auf den Tanzböden blicken ließ als im Kolleg. Ich war dann so müde vom vielen Streit, daß ich ›ja‹ sagte, als meine Eltern mir einen Bräutigam präsentierten. Sie brauchten nicht weit zu suchen. Unser junger Provisor, Doktor Justus Brandt, warb um mich. Meinen Eltern zuliebe willigte ich endlich ein.«

Bettina sieht die weitaufgerissenen Augen ihres Kindes.

»Du hast Vati – deinen Mann, nicht geliebt?« fragt Dorle.

»Ich habe ihn damals nicht geliebt. Ich fühlte mich bei ihm geborgen und wollte ihm eine gute und treue Frau sein, wie ich es meinen Eltern versprochen hatte. Unsere Ehe war glücklich. Nach Alberts und Wolfgangs Geburt wurde sie sogar sehr glücklich. Und dann kam die Katastrophe ...«

Dorle ist dicht herangerückt. Sie spürt, daß ihre Mutter bis ins Innerste aufgewühlt ist.

»Ja«, wiederholt Bettina, »dann kam die Katastrophe! Der Anlaß war völlig unbedeutend. Mein Mann fand einen Stapel alter Liebesbriefe, die Egon Gudde mir, liederlich wie er war, zum größten Teil ohne Datum, ins Pensionat geschickt hatte. Überschwengliche rauschhafte Briefe, von denen ich mich trotz allem nicht trennen konnte. Mein Mann hat die Briefe gelesen und mich zur Rede gestellt. Und weil ich nicht wußte, was Eifersucht war und wohin sie führte, hat mich die Schnüffelei, wie ich es nannte, empört. Ich war auch zu stolz, um mich zu verteidigen. Ich nannte es Bosheit, ich nannte ihn lächerlich. Ich war verletzt, und ich wollte ihn verletzen. Ich warf ihm vor, ihm wäre es doch wohl nur um die Apotheke gegangen, und nicht um mich! – Da stürzte er auf mich zu und schlug mich. Ich lief aus dem Haus ...«

Bettinas Atem geht schneller. Ihre Hände fliegen.

»An wen sollte ich mich wenden? Mein Mann hatte mich geschlagen! Mein Vater war tot. Meine Mutter lag im Sanatorium. Ich hatte Freundinnen, aber keine stand mir so nahe. Es gab für mich nur einen Menschen, bei dem ich Zuflucht suchen konnte, den Mann, der die verhängnisvollen Briefe geschrieben hatte! Ich lief zu ihm.

Heute ... nein, schon damals, schon ein paar Stunden später, habe ich nicht mehr begriffen, wie alles geschehen konnte. Ich war ohne Willen. Ich war so hilflos, als wäre ich hypnotisiert.«

Ihre Stimme wird kalt und feindlich.

»Und Egon Gudde hatte Erfahrung. Er hat die Gelegenheit ausgenutzt. In dieser Nacht ist für mich meine Jugendliebe gestorben. Ich wankte nach Hause wie eine Sterbende. Justus Brandt saß unten in der Homöopathie. Nur die Schreibtischlampe brannte. Er hielt den Kopf in beide Hände gestützt und hörte mich nicht. Als ich ihn berührte, fuhr er auf und riß mich an sich. Ich weiß nicht mehr, was er alles sagte – es war eine einzige Bitte, ihm zu verzeihen. Ich begriff zum erstenmal, wie sehr dieser Mann mich liebte. Von da an wurde unsere Ehe so harmonisch und zärtlich, wie man es sich nur denken kann. – Ich war glücklich.«

Bettina schweigt erschöpft. Sie zieht Dorles Kopf an ihre Schulter. »Und dann wurdest du geboren, Dorle! Ich wäre nie auf den Gedanken gekommen, daß du nicht die Tochter meines Mannes bist. Der kurze Besuch bei Egon Gudde war ausgelöscht aus meinem Gedächtnis. Und ich war ganz sicher – er mochte hundert Fehler haben –, aber darüber würde er niemals sprechen. Ich weiß auch heute nicht, wer mich gesehen hat, seine Zimmerwirtin oder Nachbarn; jedenfalls wußte es bald darauf die ganze Stadt. Jeder sprach mit jedem darüber –, nur die, die es anging, erfuhren nichts!«

Der Wind bewegt die Efeublätter an der Schloßmauer. Schwalben schießen vom Turm in die Tiefe. Nachdenklich blickt Bettina auf die roten Dächer der Altstadt.

»Eines Tages erfuhr auch Justus Brandt, wo ich in jener Nacht gewesen war. Er erfuhr es wahrscheinlich auf wenig schöne Weise. Aus Andeutungen bei Stammtischgesprächen.

Eines Nachts kam er heim. Ich hörte ihn auf der Treppe poltern. Er warf die Türen hinter sich zu und kam dann in das Schlafzimmer. Du lagst in deinem Körbchen. Ich sehe dich heute noch vor mir, wie du aufwachtest und erschrocken anfingst zu weinen. Brandt trat an mein Bett und schüttelte mich. ›Steh auf!‹ sagte er hart. Ich wußte überhaupt nicht, was los war. ›Ist das wahr?‹ fragte er. Ich begriff erst nicht. Aber als er mich nach den Ereignissen jener Nacht fragte, gab ich zu, wohin ich mich damals geflüchtet hatte. Da schlug er mich! Mit der flachen Hand ins Gesicht, links, rechts, links, rechts, immer wieder. Er prügelte mich, bis ich neben dem Bett zusammenbrach. Er schrie dazu wie ein Irrer. Das ganze Haus wurde wach. Minna kam entsetzt in unser Zimmer gestürzt. Brandt brüllte sie an und wollte sie fortjagen, aber sie riß dich aus meinen Armen und ließ dich nicht wieder los!«

Dorle streicht über Bettinas Hand. Sie zittert. »Daß Papa so gemein zu dir sein konnte!« stammelt sie mit bebenden Lippen. »Eine Frau zu prügeln, das ist niedrig. Schon neulich, als er Albert schlug, das war furchtbar! Aber dich . . . nein, ich will ihn nie wieder sehen, ich kann ihn nicht ansehen, nachdem du mir das erzählt hast!«

Bettina zieht Dorles kalte Hände in ihren Schoß. Sie umschließt sie schützend und wärmend.

»Kind«, sagt sie langsam und sieht zu der Mauerbrüstung hinüber, an deren Fuß blaugrüne Blätter ranken. »Ich will nicht, daß du mich falsch verstehst. Gerade in dieser Stunde nicht. Brandt kann für diesen unseligen Jähzorn nichts. Es ist wie eine Besessenheit, wenn ihn diese wahnsinnige Wut überfällt. Ich habe es schon vorher einmal erlebt. Damals schlug er auf offener Straße einen angetrunkenen Mann zusammen, weil der seinem Hund einen Fußtritt versetzte. Ich stand ein paar Schritte daneben und zitterte vor Angst. Brandt trat furchtlos vor den Kerl und herrschte ihn an. Als der ihn beschimpfte, wurde Brandt weiß bis unter die Haut. Sein Gesicht veränderte sich plötzlich. Die Schläfenadern traten heraus, seine Augen wurden starr, als sähe er nichts mehr.

Ich versuchte ihn anzusprechen; aber ebensogut hätte ich zu einem Stein reden können. Er hatte jedes Empfinden für die Umwelt verloren. Dann schlug er zu, wieder und wieder. Mit jedem neuen Schlag wuchs nur noch seine Besessenheit. Ich habe wirklich gefürchtet, er könnte den Kerl totschlagen. Ein paar Männer haben die beiden schließlich voneinander getrennt.

Später habe ich mit ihm darüber gesprochen. Brandt war über diesen Ausbruch tief beschämt. Er hat mir gestanden, daß er in solchen Augenblicken jede Beherrschung über sich verliert. Daß er nichts mehr weiß, nichts hört, nichts sieht, daß seine Fäuste von einer Macht geführt werden, deren er nicht mehr Herr ist. Er kennt die Gefahren dieses unseligen Erbes selber. Ich habe später im Laufe der Jahre mehrfach erlebt, daß er plötzlich weiß wie die Wand hinauslief, um sich in seinem Zimmer einzuriegeln, weil ihn jemand bis aufs Blut gereizt hatte. – Ich muß dir das sagen, weil du nicht denken sollst, ich wolle alle Schuld auf Brandt abwälzen!«

Dorle nickt. Ihr stehen die Tränen in den Augen.

»Nur als ich selber das Opfer seines Jähzorns wurde«, fährt Bettina fort, »da wollte ich nicht länger leben. Ich war so verzweifelt, daß ich dich mitnehmen wollte, fort aus dem Haus und aus dem Leben. Minna hat dich gerettet. Du hättest den Sturz von dieser Mauer nicht überlebt! – Ich aber überlebte ihn.

Was dann kam? Man schaffte mich fort. Ich lag ein Jahr auf Leben und Tod. Nach Tübingen wollte ich nicht zurück, man hätte mit Fingern auf mich gezeigt, und nicht nur auf mich, sondern auch auf meine Mutter und meinen Mann. In Davos hatte ich mich mit einer Dame angefreundet. Sie war in San Franzisko zu Hause und bot mir an, mich mitzunehmen. So fuhr ich über den Ozean. Auf ein paar Jahre, glaubte ich. Bis alles vergessen sein würde. Dann kam der Krieg. – Was ich drüben erlebt habe, erzähle ich dir vielleicht später einmal. Es hat mit dir nichts mehr zu tun. Du warst für mich verloren. Wie Albert und Wolfgang. Aber kein Tag ist vergangen, an dem ich nicht an euch gedacht habe!«

Bettina steht auf. Es ist ihr, als wäre eine Last von ihr abgefallen. »Ich bin so glücklich.« Sie reicht Dorle beide Hände. »Ich habe dich wieder.«

Als sie zum Wagen gehen, ist Dorle immer noch bedrückt. Der leichte Sommerwind spielt in ihren blonden Haaren.

»Sei nicht so traurig. Alles wird gut«, sagt Bettina.

Dorle blickt nicht auf. »Jeder hat es gewußt«, flüstert sie. »Jeder – nur ich nicht! Der Vater! Minna! Die Straße! Die Schule! Die ganze Stadt! Nur mir hat kein Mensch ein Wort gesagt. Wie soll ich denn jetzt in dieser Stadt weiterleben?«

Sie wirft beide Hände vor das Gesicht und schluchzt in abgrundtiefer Verzweiflung auf.

»Bisher habe ich nur gewußt, daß ich häßlich bin. Wie oft habe ich schon mein Gesicht, meine Nase verwünscht, wenn ich vor dem Spiegel stand. Jetzt aber ist das alles doch noch viel schlimmer geworden. Jetzt muß ich bei jedem, dem ich begegne, denken: Er sieht es mir an, woher ich stamme!«

»Kind, das ist unsinnig«, versucht Bettina Dorle zu beruhigen. »Kein Mensch denkt daran . . .«

Sie bricht ab. Nein, es ist gar nicht so unsinnig, was Dorle sagt. Kann das Kind denn überhaupt allein mit dem Schock fertig werden, den es heute bekommen hat? Was muß sie fühlen, wenn sie jetzt in die Bursagasse zurückkehrt, am Tisch Brandt gegenübersitzt und weiß, daß er nicht ihr Vater ist?

Bettina wiegt die Wagenschlüssel nachdenklich in der Hand. »Ich muß nach Paris«, sagt sie langsam. »Ich nehme dich mit. Ich kenne dort einen Chirurgen; er ist berühmt für seine Nasenoperationen. Viele Filmleute gehen zu ihm. Ich werde dich zu ihm bringen.«

Dorle erschrickt bei dem Wort ›Operation‹, doch Bettina lächelt ihr zu.

»Ich wollte eigentlich erst morgen fahren. Aber warum? Wir fahren jetzt. Wir können unterwegs übernachten. Dann bist du fort aus Tübingen, und ich habe dich endlich einmal für mich allein.«

Dorle weiß nicht, was sie sagen soll. Zuviel ist auf sie in diesen letzten zwei Stunden eingestürmt. »Ich müßte erst meinen Koffer packen.« Ihre Stimme klingt hilflos.

»Natürlich.« Sie gehen schweigend zusammen zum Wagen.

»Ich bringe dich erst zur Bursagasse und fahre dann zum Hotel, um meine Koffer packen zu lassen. Wie lange brauchst du? In zehn Minuten hole ich dich nach.«

Der Wagen rollt lautlos über das holprige Pflaster der Gassen, windet sich durch enge Kehren am Stift vorbei zur Bursagasse.

Sie halten vor der Apotheke.

Bettina drückt Dorles Hand: »Beeil dich!« Dorle nickt und läuft ins Haus.

Niemand begegnet ihr. Ihr Herz ist übervoll. Das Blut hämmert in ihren Schläfen.

Sie stürzt die Treppe hinauf in ihr Zimmer und wirft die Tür hinter sich zu.

Das kleine Köfferchen ist schnell gepackt. Ein Reise-Necessaire, Wäsche, ein Fotoapparat, ein Tagebuch, ein Bändchen mit Gedichten.

Dorle schließt das Schloß mit fliegenden Fingern. Sie wirft noch rasch einen Blick in den Spiegel und geht leise die Treppe hinunter.

Aber Minna hat sie gehört. Ihr Kopf erscheint in der Küchentür.

»Dorle!« ruft die alte Frau erstaunt. »Wo willst du hin, Kind? Mit Koffer und Mantel!« Sie wischt sich die Hände an ihrer Schürze ab und kommt langsam über den Flur.

Dorle steht am Treppenpodest. Wenn sie jetzt davonläuft, kann die alte Frau sie unmöglich einholen. Und unten wartet vielleicht schon das Auto.

Aber Dorle bleibt trotzig stehen.

»Ich will fort!« sagt sie. »Wir fahren nach Paris!«

Jetzt ist Minna herangekommen. Sie betrachtet mißtrauisch das erregte Mädchen. »Red nicht solchen Blödsinn!« sagt sie streng. »Wo willst du hin?«

Dorle stampft ungeduldig mit dem Fuß auf. »Sei nicht böse, Minna, ich habe keine Zeit mehr. Draußen wartet Mama! Jaja, es geht nach Paris!«

Minna ist fassungslos. Immer noch wischt sie ihre Hände in der Schürze ab, obgleich sie längst trocken sind.

»Kind, das – das ist doch unmöglich!«

Sie wirft einen Blick in das Treppenhaus; dann faßt sie Dorle hastig am Ellenbogen und zieht sie in die Küche. Dorle sträubt sich, aber Minna beruhigt sie. »Ich will dich nicht festhalten!« raunt sie. »Ich will nur nicht, daß die Leute unten alles hören!«

In der Küche schließt Minna die Tür. »Mich geht es ja nichts an!« sagt sie. »Ich bin ja nur Mädchen für alles in diesem Haus. Aber du solltest dir doch einmal Gedanken darüber machen, Dorle, was du deinem Vater damit antust! – Wie lange soll die Reise denn dauern?«

Dorle zuckt die Achseln. »Das weiß ich nicht. Das hängt von Mama ab. Vielleicht ein paar Wochen!«

»So lange willst du fortbleiben und deinem Vater nicht einmal auf Wiedersehen sagen?« fragt Minna.

Dorle stehen schon wieder die Tränen in den Augen. Das alles ist zuviel für sie. »Ich will niemanden sehen, hörst du, Minna! Keinen Menschen! Keinen aus diesem Hause, in dem man mich all die Jahre hindurch nur belogen hat und betrogen.«

»Wieso?« Aus erschrockenen Augen blickt Minna das Mädchen an.

»Ich gehöre ja gar nicht in dieses Haus!« Dorle preßt einen Augenblick die Hände auf den Mund. »Hoffentlich verstehst du nun, weshalb ich fort will!«

»Nein, Dorle, nun erst recht nicht!«

Minna schüttelt den Kopf.

»Der Herr Apotheker ...«, ärgerlich unterbricht sie sich, »... ach was – dein Vater hat doch wohl mehr für dich getan als mancher richtige Vater! Hat er dich auch nur einmal fühlen lassen, daß du nicht seine leibliche Tochter bist? Oder hat er Albert und Wolf etwa besser behandelt als dich?«

Plötzlich hupt es draußen – nervös, ungeduldig, mahnend!

Dorle wirft den Kopf zurück. »Ich kann nicht, Minna!« flüstert sie. »Laß mich!«

Sie nimmt den Koffer auf und stürzt aus der Küche zur Treppe.

»Dorle!« ruft Minna und versucht, sie festzuhalten.

Zu spät!

Dorle jagt hinaus auf die Straße.

Mit zitternden Knien hastet die alte Frau die Treppe hinunter und stürmt in die Homöopathie.

Justus Brandt blickt unwillig von seiner Arbeit auf.

»Was ist denn los?!«

Minnas Atem fliegt. »Herr Apotheker!« keucht sie, »sie ist fort!«

»Wer?«

»Dorle! Da! Draußen! Nach Paris! Mit dem Auto der gnädigen Frau!«

Brandt starrt sie eine Sekunde verständnislos an. Dann fährt er hoch und rennt an der alten Frau vorbei zur Haustür und reißt sie auf.

Er sieht Bettinas Wagen gerade noch in der Biegung der Bursagasse verschwinden.

13

Ein Dreirad-Lieferwagen rollt in die Bursagasse. Leitern, Farbtöpfe, Bottiche, Pinsel und Latten schwanken und klappern auf der Pritsche.

Der Wagen hält. Vom Beifahrersitz klettert ein biederer Malermeister. Er geht bedächtig auf den Privateingang der Apotheke zu und drückt anhaltend auf den Klingelknopf.

Minna öffnet.

»Wo brennt's denn?« fragt sie unwillig.

Der Meister tippt freundlich lachend an seine farbverschmierte Mütze. »Nun kann's losgehe!« sagt er.

Minna bleibt regungslos stehen.

»Was kann losgehen? Von uns sind keine Maler bestellt!«

Der Meister läßt sich nicht beirren. »Von Ihne net, Fräulein Minna, aber vom Herrn Apotheker. Es ist schon alles abgesproche. Mir solle das Schlafzimmer von der Gnädigen im erschte Stock renoviere und dann noch das kleine Wohnzimmer.«

Minna schnappt nach Luft. »Ausgeschlossen!« sagt sie aufgeregt. »Ich weiß von nichts! – Moment mal!«

Der Malermeister hat schon den Hausflur betreten. »Doch, doch! Frage Sie nur den Herrn Apotheker!«

Minna sieht die Fußtapfen der Handwerker auf der frischgeputzten Diele.

»Halt!« schreit sie hinter dem Meister her. »Keinen Schritt weiter! Erst muß ich mit dem Herrn Apotheker sprechen!«

Es ist Vormittag. Dr. Brandt steht neben Bösinger hinter dem Rezepturentisch.

»Herr Apotheker!« japst Minna – und als er nicht gleich hört, wiederholt sie noch schärfer: »Herr Apotheker!«

Brandt wendet sich nervös um. »Was gibt es denn?«

»Die Handwerker sind drüben!« bricht Minna anklagend los. »Die Maler!«

Brandt rückt an seiner Brille.

»Herrgott, ja, das hatte ich vergessen! Herr Bösinger, machen Sie bitte dies Rezept fertig. Kommen Sie, Minna!«

Er steigt schweigend die Treppe zum ersten Stock empor und stößt die Tür zum Eckzimmer auf, das früher Bettinas Reich gewesen ist.

Minna folgt ihm auf dem Fuß.

»Bei dem Trubel habe ich völlig vergessen, es Ihnen zu sagen«, beginnt Brandt, sichtbar nervös und ohne Minna anzusehen. »Ich habe Auftrag gegeben, das Zimmer und den kleinen Salon zu renovieren und zu modernisieren. Wir haben das Zimmer ja zwanzig Jahre lang unverändert gelassen. Hier«, er weist auf die Decke, »dieser Gipskitsch muß verschwinden. Das mag heut keiner mehr.«

Er nimmt die Brille ab und streicht sich mit beiden Händen über Stirn und Haare. »Die Wände werden silbergrau gestrichen und der Boden mit hellblauem Velours bespannt . . .«

Dr. Brandt verliert sich in Einzelheiten. Seine Augen beginnen zu leuchten. Er wirft keinen Blick auf Minna, die steif neben der Tür stehengeblieben ist. »Die Betten müssen natürlich ganz niedrig gehalten werden. In Kirsche oder Ahorn! Aber das möchte ich noch mit meiner Braut besprechen. Sie kommt heute nachmittag . . .«

Minna räuspert sich. Brandt hält betroffen inne und wirft ihr einen verlegenen Blick zu.

Da bricht sich ihre Empörung Bahn: »So? Die Decke, die der Herr Geheimrat seinerzeit vom Stukkateurmeister extra hat entwerfen lassen, die wollen Sie jetzt abschlagen lassen? Das ist ja die reine Barbarei!« Sie blitzt ihn drohend an. »Und blauer Velours! Pah!« Sie stößt das Wort voller Mißachtung aus. »Wo man jeden Wassertropfen drauf sieht! – Und ich werde wohl überhaupt nicht mehr gefragt?«

Mit jedem Wort steigert sich ihre Wut. »Da kommen einfach die Handwerker ins Haus, und . . .«

Sie schöpft Atem, weil sie zu schnell gesprochen hat. Ihr Herz jagt wieder einmal in unruhigen, schnellen Schlägen. Sie greift an den Stäbchenkragen des Kleides und richtet sich noch gerader auf. »Aber jetzt habe ich genug, Herr Apotheker. Ich kündige hiermit zum nächsten Ersten! Endgültig! Ich gehe!«

Bei dem letzten Wort dreht sie sich auf dem Absatz um und knallt die Tür hinter sich zu.

Als sie draußen ist, steigen ihr die Tränen in die Augen. Sie zerrt an den Schürzenbändern und hastet halbblind auf die Treppe zu, um in ihr Dachstübchen zu gehen.

Auf der Treppe kommt ihr Wolfgang entgegen. Er hat das Türenknallen und die Unruhe des Hauses wieder einmal gerochen. Mit ausgebreiteten Armen versperrt er ihr den Weg.

»Laß mich!«

»Minnaschatz!« ruft Wolf betroffen. »Was ist denn los?«

»Laß mich in Ruhe! Ich habe gekündigt! Frag den Herrn Apotheker! In diesem Haus halten mich keine zehn Pferde mehr!«

Sie kann nicht weitersprechen. Wut und Schmerz verengen ihr die Kehle. Sie drückt die Schürze an die Augen und hält sich mit der anderen Hand schwankend am Geländer fest.

Wolf fühlt sofort: Das ist mehr als eine ihrer üblichen Kündigungen. Er schließt die alte Frau ganz zart in seine Arme. »Aber Minna! So schlimm wird es doch nicht sein! Was hat's denn überhaupt gegeben?«

Es dauert ein paar Minuten, ehe die alte Frau sich etwas beruhigt. Wolf wartet geduldig. Erst nach und nach begreift er, um was es sich handelt.

»Und unten im Flur stehen die Handwerker!« schließt Minna immer noch schluchzend. »Die wunderbare Stuckrosette will er abschlagen lassen! Und heute nachmittag soll auch diese Person wiederkommen! Nein! nein – ich mache das nicht mehr mit!«

Eine Flurtür geht. Brandt kommt aus dem Schlafzimmer. Er sieht seinen Sohn und Minna an der Treppe.

»Sie werden sich das überlegen, Minna!« sagt er. »Natürlich hätte ich Sie vorher unterrichten sollen, aber ich habe es wirklich vergessen.«

Minna rührt sich nicht. Wolf schüttelt den Kopf und legt warnend den Finger auf die Lippen. Doch Brandt achtet nicht darauf.

»So – und nun lassen Sie die Handwerker anfangen!«

»Da hast du es gehört«, sagt Minna, als Brandt weg ist. »Ich gehe noch diese Woche; mir steht ja auch noch mein Urlaub zu. Der Herr Apotheker hat den Verstand verloren. Alte Scheunen brennen eben am hellsten! Soll er mit dieser Person selig werden. Aber ich werde nicht mit ansehen, wie die hier das Haus auf den Kopf stellt.«

Zu allem Überfluß stapfen jetzt die Handwerker laut die Treppe empor.

Wolf sucht verzweifelt nach einem Rettungsanker. Plötzlich schnuppert er. »Das riecht hier so komisch!« sagt er. »Ist vielleicht was angebrannt?«

Minna fährt mit einem Ruck herum.

»Die Milch!« schreit sie entsetzt.

Sie ist schon in der Küche. Wolfgang folgt ihr langsam. Ein leichtes Lächeln liegt auf seinem Gesicht.

Minna stößt die Fensterflügel auf.

Wolf tritt hinter sie und faßt sie bei den Schultern. »Nicht wahr, Minnaschatz, du bleibst doch! Wie sollen wir denn ohne dich fertig werden? Und bevor ich mit meinem Studium fertig bin, kann ich dich doch nicht heiraten!«

Minna macht sich mit einer ungeduldigen Bewegung aus seinen muskulösen Armen frei. »Was gesagt ist, ist gesagt. Am Ersten ist Schluß!«

14

Wolfgang steht vor dem hohen Spiegel in der Diele und macht sich zum Ausgehen fertig. Bei der ›Ascania‹ steigt der übliche Mittwoch-Kommers. Wolfgang ist seit seiner Immatrikulation in der Verbindung.

Er hängt das dreifarbige Ripsband um und zieht den dunklen Zweireiher über. Aus der Uhrtasche der Hose baumeln ein paar Bierzipfel.

Wolfgang pfeift. Er ist zum Ausgang fertig und betrachtet wohlgefällig sein Spiegelbild. Wolf ist Bursche mit Leib und Seele; im Gegensatz zu Albert, der die studentischen Verbindungen rundweg ablehnt.

›Student sein, wenn die Veilchen blühen‹, pfeift er, während er aus dem Haus tritt.

Nur die kühn zurückgezogene Mütze erinnert noch an den saloppen Wolfgang Brandt, der sich mit Vorliebe in Shorts und Buschhemd herumtreibt.

Es ist ein warmer Sommerabend. Viele Menschen sind unterwegs, Fremde und Studenten; denn es ist Reisezeit. Liebespaare schlendern durch die Gassen, aus den Weinstuben und Bierwirtschaften dringt Gesang.

Die Mittwochkneipe ist trotz der Semesterferien gut besucht. Einige Alte Herren von auswärts haben in Tübingen Station gemacht und sitzen fröhlich und voll Erwartung an der Tafel. Lärm und Lachen empfängt den jungen Burschen, als er den Saal im ersten Stock des Hauses betritt.

»Hallo, Pharmax!« ruft ihn Franz Butzbach an. »Wie viele Pillen hast du heute gedreht?«

›Pharmax‹ ist Wolfs Biername in der Korporation.

»Dreiunddreißig!« antwortet Wolf schlagfertig. »Dreißig für Kranke und drei Sonderanfertigungen gegen Fettleibigkeit und vorzeitigen Haarausfall. Stück zwölf Mark fünfzig. Bei Bedarf beim Fax abzuholen!«

Er hat die Lacher auf seiner Seite. Alle sehen Franz Butzbach an, ›Butzi‹ heißt er am Biertisch. Trotz seiner 22 Jahre hat er schon reichlich Fett angesetzt und eine Stirnglatze wie ein ›uraltes Semester‹.

Butzi beißt sich verärgert auf die Lippen. Doch bevor er etwas entgegnen kann, wird es still.

Der Präside am Kopf der T-förmigen Tafel erhebt sich und schlägt mit einer hölzernen Flasche, dem Zeichen seiner Amtswürde, dreimal auf die Tafel.

Der bejahrte Hausdiener – Fax nennen sie ihn – hat die Biere gebracht und eilt auf Zehenspitzen hinaus.

»Ad exercitium salamandris«, ruft der Präside über die Runde. Stühle werden gerückt. Die jungen Burschen, die Alten Herren und die Füchse erheben sich. Der Präside läßt sein Glas auf der Tischfläche kreisen. Er gibt ein lateinisches Kommando. 31 Biergläser werden auf der Tischplatte gerieben, angehoben, auf Kommando feierlich vor die Brust gehalten, dann zur Schulter geführt und exakt wieder heruntergelassen, bis das erlösende Wort vom Präsidentisch her hell in den Saal geschmettert wird: »Bibite! Rest weg! Gäste nach Belieben.«

Die Biergläser werden im Stehen geleert. Dann setzt sich alles wieder. Der Präside eröffnet mit ein paar Worten den offiziellen Teil.

Die Gäste werden begrüßt, dann folgen ein paar Bekanntmachungen. Ein Alter Herr hat hundert Mark gestiftet. In vierzehn Tagen soll ein Sommernachtsball stattfinden, das Stiftungsfest steht bevor.

Wolf hört nur mit halbem Ohr hin. Ihm gegenüber sitzt sein Leibbursch, daneben Butzi. Franz Butzbach gehört zu den Menschen, die aggressiv werden, wenn ihnen der Alkohol zu Kopf steigt. Er fixiert Wolf mit bösem Blick. Wolfgang weicht mit den Augen aus. Er sieht über den Präsidentisch hinweg.

An der Wand hängen die Bilder der Gründer dieser Verbindung. Das linke der drei Ölgemälde zeigt Wolfs Urgroßvater, den Geheimen Hofrat Professor Eckert, der die ›Ascania‹ mit aus der Taufe gehoben hat.

Der Fechtwart gibt den Stand der Partien bekannt. Die ›Ascania‹ ist in ihrer Paukgemeinschaft führend.

Mit dem Bericht des Fechtwarts endet der offizielle Teil.

»Gestatte mir, den inoffiziellen Teil zu eröffnen!« schmettert schneidig der Präside. »Es steigt der Cantus: ›Nun frisch auf den Tisch den vollen Pokal!‹«

Die Alten Herren haben leuchtende Augen bekommen. Bei den Füchsen werden Kommersbücher aufgeschlagen, die Burschen lehnen sich zurück und singen aus voller Kehle.

»Cantus ex!« stellt der Präside fest. »Es kann weitergetrunken werden.«

Glas auf Glas kommt auf den Tisch. Ein Alter Herr bedankt sich für die Begrüßungsworte des Präsiden mit einer Runde. Ein anderer stiftet ein kleines Fäßchen. Die Stimmung wird ausgelassen. Wolfgang will den Ärger der letzten Tage ertränken.

»Gestatte mir einen geziemenden Streifen, Butzi!« ruft er Ännes Bruder zu. – »Erlaube mir, mich zu löffeln«, kommt prompt die sonore Antwort. Die jungen Burschen heben die Gläser und trinken in langen Zügen.

Aber Franz Butzbach bleibt deutlich reserviert. Als er das Glas abgesetzt hat, beachtet er Wolf nicht weiter und wendet sich seinem Nachbarn zu.

Wolfgang ärgert sich.

Der Fax kommt kaum mit dem Bierauftragen nach.

Die ›filia hospitalis‹ wird angestimmt, der Lobpreis auf alle schönen Haustöchter und Studentenliebchen.

Am Präsidentisch werden die Plätze gewechselt. Der zweite x übernimmt den Vorsitz über die Fidelitas[a]. Der zweite x ist ein lustiges Haus. Kaum hat er mit dem Ruf: »Es kann weitergesoffen werden!« die Herrschaft angetreten, als er »Silentium!« brüllt und einen artistischen Trick des Verbindungsbruders Brandt ankündigt.

Wolf erhebt sich bierselig. Er balanciert ein Glas auf seinem Zeigefinger, versetzt es dann in rotierende Bewegung und beginnt zu steppen.

Franz Butzbach ist draußen gewesen. Er kommt gerade wieder, als Wolf sich steppend mit dem rotierenden Bierglas dreht. Ein paar der Runde pfeifen den Takt dazu. Einen Augenblick stockt Franz in der Tür. Dann schlendert er dicht an Wolf vorbei und stößt ihn leicht in den Rücken.

Wolf stolpert, das Glas zerspringt auf dem Boden.

»Butzi in den B.V.[b]!« donnert der Präside. Füße scharren, Stühle werden gerückt. Alles nimmt wieder Platz.

Franz Butzbach setzt sich rittlings auf den Stuhl.

Wolfgang greift zu einem vollen Bierglas: »Ich bitte ums Wort!«

»Silentium für Pharmax!« brüllt der Präside.

»Möchte darum bitten, den Delinquenten 'rauszupauken!«

Vor Franz Butzbach und Wolfgang wird je ein halber Liter aufgebaut. Beide fassen die Gläser an. Die Bierhumpen werden abgezirkelt gehoben, vor die Brust gehalten, auf Kommando an die Lippen geführt und auf »Ex!« durch die Kehlen gejagt. Von Franz Butzbachs Kinn perlen ein paar Biertropfen den Anzug hinunter.

»Franz Butzbach wieder bierehrlich!« erklärt der Präside.

Der Gesang wird nun mehr laut als schön. Aber das stört die fröhliche Runde nicht.

[a] x = 1. Vorsitzender, hier Präside, xx = 2., xxx = 3. Vorsitzender. Gesprochen: Erster, zweiter, dritter x. Fidelitas = heiterer Teil des Abends.

[b] B.V. = Bier-Verschiß, vornehmer auch »Bier-Verruf« genannt, Kommers-Ausdruck.

»Mit wem kommst du diesmal zum Ball?« ruft Wolfs Leibbursch über den Tisch.

»Na, wie immer!« antwortet Wolf ausgelassen. »Mit Änne!«

»Diesmal nicht!« schreit Franz Butzbach und sieht Wolf mit hochrotem Kopf entschlossen an.

Franz ist schwer angetrunken. So wie sie alle. Er fühlt in diesem Augenblick einen fanatischen Haß auf diesen Apothekerssohn, der ihm in allem den Rang abläuft, bei den Mädchen, am Biertisch und auf dem Tanzboden. Er denkt überhaupt nicht an Konsequenzen, als er ausbricht:

»Zweifelhafte Damen, wie sie neuerdings bei Brandts verkehren, sind kein Umgang für meine Schwester!«

Er hat es geschrien. Plötzlich wird es still im ganzen Saal.

Wolfgang ist aufgesprungen. Er umklammert krampfhaft sein Glas und will es Butzbach an den Kopf werfen. Irgend jemand hält eisern seinen Arm fest. Wolfgangs Leibbursche eilt um den Tisch herum und drängt Wolf von der Tafel weg. Ein Alter Herr beugt sich von hinten über Franz Butzbach und fordert ihn auf zu folgen. Alle vier verschwinden im Nebenraum.

»Das gibt einen Ehrenrat«, wispert ein Fuchs. »Einer von beiden fliegt aus der Verbindung!«

Schon eine halbe Stunde später löscht der Fax die letzten Lichter.

Draußen in der Dunkelheit stützt sich Wolfgang schwer auf den Arm seines Leibburschen. Die frische Nachtluft verstärkt seinen Rausch. Seine Glieder wollen nicht gehorchen, aber sein Kopf ist klar.

Alle Vorgänge sind ihm gegenwärtig. »Nicht nach Hause!« lallt er.

Sein Leibbursch beachtet es nicht. Er ist verantwortlich, er hat für Wolf zu sorgen und wird ihn dorthin bringen, wohin er gehört.

Der Weg ist nicht weit. Ein leichter Wind bewegt die Zweige der Linden in der Wilhelmstraße. Die alte Stadt schläft noch nicht. Die Wärme der Sommernacht hat viele junge Menschen heraus auf die Gassen gelockt.

In der Apotheke brennt noch die Schaufensterbeleuchtung. Der Leibbursch greift in Wolfs Hosentasche und sucht sein Schlüsselbund. Er kennt das Haus. Er wird Wolf leise auf sein Zimmer bringen.

Der ärgerliche Vorfall mit Butzi macht ihm Sorgen. Wolf ist ihm auch viel zu still. Sonst enden seine Zechereien gewöhnlich mit den tollsten Kapriolen. Er denkt an eine Keil-Kneipe, bei der Wolf genauso viel getrunken hatte und anschließend singend eine Schar der jungen Füchse bei einem Bad im eiskalten Neckar anführte. Oder der Wolf, der nach einem anderen Kommers nachts durch ein Fenster in der Uni stieg und die Gipsbüste des Grafen Eberhard in der Eingangshalle mit einem Kranz grüner Algen verschönte.

Jetzt lehnt Wolf bewegungslos an der Hausmauer, schweigend, starr, in einer düsteren, unheimlichen Ruhe.

Der Leibbursch stößt die Haustür auf. Er wirft einen kurzen Blick auf Wolf. Der Junge wird jetzt keinen Unsinn mehr machen. Man kann ihn wohl einen Augenblick allein lassen.

Kurz entschlossen jagt der Leibbursch die Treppe hinauf. Die Stiege knarrt unter seinen Füßen. Dort ist Wolfs Zimmer; gegenüber haust sein Bruder. Klopfen? – Nein, das ist zu laut. Er drückt die Klinke und tritt ein.

Albert fährt beim ersten Geräusch auf.

»Albert!« wispert der nächtliche Besucher. »Wolf steht unten!«

Albert springt aus dem Bett. Er kennt das schon. Es ist nicht das erstemal, daß er seinem Bruder ›Erste Hilfe‹ leistet.

Die beiden Studenten huschen die Treppe hinunter. Wolfgang steht unverändert an die Hausmauer gelehnt. Er hat die Augen geschlossen, es sieht aus, als ob er im Stehen schliefe.

»Komm, Pharmax«, raunt der Leibbursch und stößt ihn an. »Zu Bett, zu Bett, es ist Zeit!«

Wolfgang öffnet die Augen. »Geht weg!« lallt er. »Ich will keinen sehn!«

Ganz überraschend stößt er mit einem wütenden Ruck seine Helfer zur Seite und fährt wie der Blitz ins Haus. Albert hinterher. Er winkt noch Wolfs Leibbursch zu. Dann verschließt er die Tür.

Wolf ist mit erstaunlicher Geschwindigkeit die Treppe hinaufgekommen. Mit der Zielsicherheit des Betrunkenen hat er sein Zimmer angesteuert. Albert findet ihn lang ausgestreckt auf dem Bett, das Gesicht in den Kissen vergraben.

Nur erst die Schuhe ausziehen, denkt Albert und macht sich ans Werk. Er hat kein Verständnis für diese Kneipereien. Albert lehnt das Verbindungsleben rigoros ab. Es hat deshalb anfänglich Auseinandersetzungen zwischen den Brüdern gegeben. Dann ist jeder seiner Wege gegangen.

Als Albert die Schuhbänder löst, merkt er, daß Wolfs Schultern zucken. ›Er wird einen Schluckauf haben‹, denkt er ärgerlich. ›Ich stell' ihm am besten eine Waschschüssel ans Bett!‹

Aber das seltsame Zucken hält an. Dann wird ein unterdrückter Laut wie ein Schluchzen aus den Kissen hörbar.

Albert horcht. Das ist doch unmöglich!

»Wolf!« er stößt ihn an. »Wölfi!«

Keine Antwort; aber die Schultern beben. Da reißt Albert seinen Bruder gewaltsam hoch.

Einen Augenblick ist Albert fassungslos. Wolf heult.

»Geh weg!« stößt Wolf plötzlich hervor. »Ich will dich nicht sehen! Ich will keinen sehen!«

Er versucht wütend, Albert mit den Füßen wegzustoßen. Dabei schüttelt ihn der Heulkrampf. Wieder und wieder, er kann sich nicht fassen.

Albert hält seinen Bruder eisern fest. Ihm ist die Sache unheimlich. Das kann nicht nur Trunkenheit sein. So hat er Wolf noch nie erlebt.

»Was ist los?« zischt er ihn an.

Wolf versucht, sich Alberts Händen zu entwinden.

»Ich geh' in die Offizin! Ich hol' mir Gift! Ich mag nicht mehr!« keucht Wolf. »Laß mich los!«

Er ist wie besessen. Albert muß alle Kraft aufwenden, um mit dem Tobenden fertig zu werden. Als alles nichts hilft, schlägt er ihm plötzlich mit der geballten Faust ins Gesicht.

Wolf sinkt zurück. Der Bann ist gebrochen. Er schluckt noch dreimal trocken auf. Dann stützt er sich rücklings auf die Ellenbogen.

»Du mußt nicht denken, daß ich so betrunken bin«, sagt er langsam. »Ich bin betrunken, aber ich weiß alles!«

Sein Blick wandert mit einem verlorenen Ausdruck durch das Zimmer. Da hängen die Wappenschilde verschiedener Korporationen, dort der farbige Zirkel der ›Ascania‹ unter gekreuzten Schlägern. Darüber Mütze und Band.

»Sie werden mich ausstoßen«, sagt Wolf langsam. »Weil Papa diese Holthuys heiratet. Butzi hat mich auf der Kneipe beleidigt. Sie werden ein Ehrengericht einberufen.«

Dann bricht die Verzweiflung völlig über ihm zusammen. Er läßt sich wieder aufs Bett fallen und schließt die Augen. »Ich mag nicht mehr – ich mag nicht mehr«, schreit er unbeherrscht.

Albert steht langsam auf. Noch eben hat ihn die Szene angewidert. Jetzt kennt er nur einen Gedanken: er muß seinem Bruder helfen. Er ist der älteste. Er hat immer Wolfs Streiche gedeckt. Sie sind grundverschieden. Aber Albert liebt deshalb seinen Bruder so selbstlos, wie das nur ein junger Mensch kann. Er weiß, wie Wolf an seiner Verbindung hängt und an all ›diesem unzeitgemäßen Unsinn‹, wie Albert es offen bezeichnet.

»Du wirst jetzt nichts tun«, sagt er und beugt sich über Wolf. »Du wirst dich ausschlafen. Ich nehme die Sache in die Hand. Ich fahre zu diesem Weib, und ich weiß schon, was ich ihr sagen werde! Der soll die Lust vergehen, Frau Apotheker zu werden!«

Von der Tür aus wirft er noch einen Blick auf seinen Bruder. Wolfs Gesicht hat sich entspannt. Der Atem geht schwer. ›Sobald es hell wird, fahre ich‹, denkt Albert. Unbewußt haben sich seine Hände zu Fäusten geballt. Er malt sich aus, wie er Gabriele Holthuys entgegentreten wird.

Der Morgen kommt mit Sonnenschein und Schäfchenwolken.

Albert zieht Wolfs Motorroller aus dem Schuppen. Halb aus Trotz hat er Sporthemd und Popeline-Hosen angezogen. Er wird sich für diesen Besuch nicht fein machen.

Seit dieses Mädchen den Lebenskreis der Familie Brandt berührt hat, droht alles zusammenzubrechen.

Albert fährt ruhig dahin. Die Chaussee ist schon belebt. Die Maschine gibt nicht viel her. Wolf hat sie in zwei Jahren gründlich ausgefahren.

Die lange Fahrt gibt Albert Zeit, sich seinen Plan zu überlegen. Warum soll er eine peinliche Szene heraufbeschwören? Warum mit der Tür ins Haus fallen? Diese Frau ist zweifellos kühl und nüchtern. Wenn er ihr die Sache in Ruhe auseinandersetzt – mit aller Härte natürlich –, wird sie es einsehen. Man müßte ihr Geld bieten können, denkt er zynisch.

Albert fühlt sich in dieser Stunde verantwortlich für die ganze Familie.

Straßenbahnen, dichter Vorortverkehr – er hat die Einfallstraße von Stuttgart erreicht. Albert weiß die Hausnummer von Gabys Wohnung nicht mehr. Aber als er durch die Straße am Hang mit den langgestreckten flachen Bauten fährt, stoppt er unwillkürlich vor dem richtigen Haus. Neben der Einfahrt wuchert ein Fliederstrauch. Damals bei seinem Besuch blühte er, und beim Weggehen schlug ihm der Duft ins Gesicht. Er weiß noch, was er damals gedacht hatte: Wieviel reiner ist doch die Natur als die Atmosphäre oben in der rauchgeschwängerten Wohnung.

Albert stellt den Roller am Bordstein ab und geht die Treppe hinauf. Es ist halb zehn.

Die Tür wird sofort geöffnet. Gabriele muß im Flur gewesen sein. Sie trägt ein ärmelloses, mattseidenes, weißes Kleid mit einem rosa Wildledergürtel. Das Kleid ist tief ausgeschnitten. Albert irrt mit den Augen ab.

»Oh, Herr Brandt!« sagt Gabriele im Ton freudiger Überraschung. »Nett, daß Sie mich besuchen! Kommen Sie doch bitte herein!«

Sie geht ein paar Schritte voran, wendet sich dann plötzlich zu ihm um und fragt beunruhigt: »Es ist doch nichts geschehen? – Ich wollte nämlich gerade nach Tübingen fahren.«

Sie hat die Wohnzimmertür geöffnet und mustert Albert. »Natürlich ist nichts passiert. Nicht wahr?«

Als sie seine Verlegenheit erkennt, lacht sie leicht belustigt auf. »Mein Gott, ich bin dumm und sage immer noch ›Sie‹. Du bist gekommen, um reinen Tisch zu machen!«

Albert ist irritiert. Über das ›Du‹ und über den Anblick des Zimmers, das in der Vormittagsstunde völlig verändert wirkt. So hat er es gar nicht mehr in Erinnerung. So kultiviert. Im Licht der Sonne schimmern die Bücherreihen. Farben, Möbel, Teppich, alles stimmt überein.

Doch Albert will es nicht sehen. Er kneift die Augen halb zusammen.

Gabriele fordert ihn auf, sich zu setzen, aber er bleibt dicht bei der Tür stehen.

Es fällt ihm schwer, dieser Frau die Wahrheit zu sagen. Sie sieht bezaubernd aus. Er darf sie gar nicht ansehen. Sein Blick fällt auf eine Reisetasche am Boden, einen gepackten Koffer. Sie will nach Tübingen fahren! Zu seinem Vater!

Es darf nicht sein! Nie wieder!

Albert befeuchtet die vom Fahren spröde gewordenen Lippen.

»Ja, ich will reinen Tisch machen«, sagt er dumpf. »Ein für allemal, Fräulein Holthuys: Sie werden meinen Vater nicht heiraten!«

Gabriele stutzt einen Augenblick. Das freundliche Lächeln vergeht. Sie zieht eine Dahlie aus dem dicken Strauß, der auf dem Klubtisch steht.

»Sei doch nicht töricht!« sagt sie mit leiser, klingender Stimme. »Dein Vater braucht mich, Albert! Er liebt mich – und ich liebe ihn. Was soll da dieser sinnlose Widerstand von euch Kindern?«

Sie zögert einen kleinen Augenblick und fährt dann fort: »Du bist deinem Vater sehr ähnlich, weißt du das überhaupt? Immer so – geradeaus. Du mußt das alles doch auch einmal von der anderen Seite her sehen!«

Albert schließt sekundenlang die Augen. Die Gedanken wirbeln durch seinen Kopf.

»Da gibt es nichts anders zu sehen«, sagt er hölzern. »Unsere Familie geht zugrunde, wenn es zu dieser Unglücks-Heirat kommt.

Glauben Sie denn, daß Sie in Tübingen auch nur eine Woche Frau Apotheker spielen können?«

Gabriele schließt die Augen. Ihre Finger zerpflücken die Blume, die sie in den Händen hält. Es ist das einzige Zeichen ihrer Erregung.

»Aber das ist doch alles Unsinn, Albert. In welcher Zeit leben wir denn? Natürlich werden ein paar Spießer hinter meinem Rücken tuscheln. Aber das wird vergehen...« Sie schlägt die grünen Augen voll zu ihm auf, so daß er das Sonnenlicht wie glitzernde Sterne in ihnen funkeln sieht.

»... wenn wir alle zusammenhalten; du Albert, Wolfgang, Dorle – einfach alle!«

Albert hört das Werben aus ihrer Stimme, aber er will sie nicht verstehen.

Daß sie es überhaupt wagt, ihn zu duzen! Unbewußt ballt er die Hände zu Fäusten. In Tübingen steht das Glück seiner Familie auf dem Spiel.

»Sie werden meinen Vater nicht heiraten!« sagt er hart.

Gabriele verändert ihre Haltung nicht. »Willst du mich daran hindern?«

»Ja!« schreit er. »Ja, ja, ja! Ich werde es jedem in der Stadt erzählen, wer in diesem Zimmer mit Ihnen gefeiert hat! Von wem das hier alles bezahlt worden ist!« Seine Hände verkrampfen sich in dem Stoff seiner Hose.

In unbeherrschter Wut versetzt er dem leichten, mattrosa Korbstuhl einen Tritt, daß er umfällt.

Die grünen Augen werden kalt. Ein gefährliches Glitzern erfüllt den Blick, dann schließt Gabriele die Augen. Als die dunkelgetönten Wimpern ihren Blick wieder freigeben, liegt wieder das Lächeln über ihren Zügen.

Sie zerpflückt die letzten inneren Blätter der Dahlienblüte und läßt sie zu Boden fallen. Dann hebt sie die Hand und streicht ihm mit einer leichten zärtlichen Bewegung über die Wange, so als wollte sie ihn begütigen.

»Das wirst du nicht tun! Dein Vater und ich werden heiraten!«

In diesem Augenblick weiß Albert, wie ein Mensch zum Mörder werden kann. Das Blut steigt ihm ins Gesicht. Aber zugleich packt ihn ein Gefühl der Verwegenheit, wie er es nie gekannt hat. Er tritt einen Schritt zurück und mustert Gabriele von oben herab.

»Fräulein Holthuys!« Seine Stimme klingt heiser. »Sie werden sich doch verrechnen! Sie glauben, Sie setzen sich in ein gemachtes Nest. Sie denken, Haus und Apotheke sind Eigentum meines Vaters. Aber Sie irren sich! Alles gehört meiner Mutter!«

Albert ist über seine eigenen Worte erschrocken. Flüchtig sieht er das Gesicht seines Vaters vor sich. Warnend und drohend. Aber er will sich nicht aufhalten lassen.

»Sie werden nichts erheiraten! Nichts als Spott und Verachtung für sich selber und – den Ruin meines Vaters! Wenn Sie ihn lieben, fahren Sie nie wieder nach Tübingen, Fräulein Holthuys!«

Albert dreht sich um. Ihm ist, als schwankten die Wände. Seine Fassung ist dahin. Er rennt aus dem Zimmer und reißt die Flurtür auf. Sie schwingt zurück und prallt ihm fast ins Gesicht. Mit lautem Knall fällt sie ins Schloß.

Ein heißes Gefühl, gemischt aus Scham und Triumph, erfüllt ihn. ›Die kommt nicht wieder‹, denkt er. Dann jagt er die Treppe hinunter ...

15

Vor der niedrigen Eingangspforte zur Butzbachschen Villa hält ein Wagen. Zwei Studenten klettern heraus, ein bejahrtes Semester und Butzis Leibbursch.

Frau Butzbach hat sie von ihrem geliebten Platz an der Ecke der glasüberdachten Veranda erspäht. Sie erhebt sich sofort und eilt ins ›Entree‹.

Das Entree ist eine etwas absonderliche Eingangshalle; weiträumig und pompös. Frau Butzbach hat darauf bestanden, daß ein Kamin eingebaut wurde. Sie hat so etwas auf der Abbildung eines französischen Schlosses gesehen. Über dem Kamin prangt ein lebensgroßes Ölgemälde: Franz Butzbach in vollem Wichs. In mächtigem Goldrahmen.

Der kühne Gedanke zu dieser Raumverschönerung ist Frau Butzbach gekommen, als sie Graf Hohenperch in seiner Villa aufsuchte, um Änne zu einem Kursus für gesellschaftliche Kultur anzumelden. Sie hat dann nicht geruht, bis derselbe Maler auch ihren Franz auf die Leinwand warf. Dabei hat er Butzi angesichts des großzügig bemessenen Honorars großzügig idealisiert. Auf dem Gemälde zeigt er einen markanten Kopf. Band, Mütze und Schläger, die schwarzen, lackledernen Stulpenstiefel, die weiße Hose, die weißen Handschuhe geben ihm ein martialisches Aussehen. Der Verbindungszirkel in der linken oberen Ecke des Gemäldes wirkt wie das Wappen eines regierenden Fürstenhauses.

Franz hat bei seinen Kommilitonen wegen dieses ›Riesenschinkens‹ allerlei einstecken müssen. Aber er hat es trotzdem nicht fertig bekommen, ihn in Mutters Schlafzimmer zu verbannen. Frau Butzbach hält das Bild für den Gipfel an Vornehmheit, und wenn niemand zu Hause ist, geht sie oft ins Entree, um ihren Franz dort heimlich zu bewundern.

Mit überquellender Liebenswürdigkeit empfängt sie jetzt die Kommilitonen ihres Sohnes.

»Wollen die Herren einen kleinen Lönsch zu sich nehmen?« fragt sie nach den Begrüßungsworten, »es wird sofort serviert! Oder einen Chérie-Cocktail, nach der staubigen Fahrt!«

Die Herren wollen nicht. Sie sind sehr ernst. Franz Butzbach erscheint. Als er die beiden Studenten erblickt, sieht er wie das personifizierte schlechte Gewissen drein.

»Entschuldige, Mama, wir haben eine Besprechung. – Korporations-Angelegenheit.«

Er geht den Besuchern in sein Zimmer voran und schließt energisch die Tür.

Frau Butzbach ist aufs äußerste gespannt. »Was hent di no so dischkret z'schwätze?« fragt sie das Mädchen. »Die Herren hent so wichtig ausg'sehe. Am End wollet sie unseren Franz zum erschte Präsidente mache!«

Sie läuft durch den teppichbelegten Flur bis vor die Zimmertür ihres Sohnes und horcht. Aber vergeblich. Die Butzbachsche Villa ist solide gebaut.

Frau Butzbach kann ihre Neugierde jetzt nur noch durch Tätigkeit bezwingen. Hastig stellt sie in der Küche ein Frühstück zusammen: Kaviar, Lachsbrötchen, Spargelköpfe in Mayonnaise, delikate Salate, Fleischhäppchen und Käse auf kleinen Spießen. Solche Leckereien sind Frau Butzbachs Spezialität. Darauf versteht sie sich; sie hat nicht umsonst in der väterlichen Fleischerei angefangen.

Neben der mit rosafarbigen Spiegeln belegten Hausbar, die sich wie eine Truhe einladend öffnen läßt, um Europas alkoholische Spezialitäten zu zeigen, wird dieser festliche Imbiß auf einem breiten Kacheltisch geschmackvoll arrangiert.

Dann wartet Frau Butzbach weiter. Nach einer halben Stunde öffnet sich endlich Franzens Zimmertür. Frau Butzbach eilt sofort herbei. Die Studenten zeigen die gleiche förmliche Miene.

Auch diesmal helfen alle Überredungskünste nichts. Sie murmeln etwas von dringenden Verpflichtungen. Dann Verbeugungen, Handkuß, die Absätze werden zusammengeschlagen – und Franz und seine Mutter stehen allein.

Frau Butzbach zieht ihren Sohn aus dem Entree in die Veranda. »Franz, was hent die Herre von dir wolle?«

Butzi schüttelt verbissen den Kopf. »Eine Angelegenheit, über die ich nicht sprechen darf, Mama!«

Frau Butzbach faßt ihren Sohn bei den Schultern. »Franz, des muscht du mir sage! Sie wollet dich zum Präsidente mache, gell?«

Schon öffnet sie die Arme, um ihren Sohn in einer überschwenglichen Gefühlsaufwallung an ihren Busen zu ziehen, aber Franz macht sich verärgert frei: »Unsinn, Mama. Im Gegenteil!«

Frau Butzbach stutzt: »Was soll denn des bedeute? – Franz, jetzet sagscht die Wahrheit!«

»Es ist eine Angelegenheit«, wiederholt Butzi, »über die nicht gesprochen werden darf!«

»Heidenei. Jetzetle – so schwätz doch! Deiner Mutter kannst doch alles sage, des muscht sogar!«

Franz hält den Kopf gesenkt; wie er so dasteht, ähnelt er dem vierzehnjährigen Fränzchen, das an Vaters Zigarrenkiste ertappt worden ist.

»Sag mal, Mama«, beginnt er, »diese Sache mit Brandts, die du neulich abends erzählt hast – die stimmt doch?«

Dieselbe Frage haben ihm die beiden Verbindungsbrüder gestellt. Und sie haben ihn aufgefordert, Zeugen zu benennen. Wenn er das nicht könne, müsse er die Konsequenzen ziehen. Und die heißen: sich in aller Form bei Wolfgang Brandt entschuldigen oder Band und Mütze ablegen.

Butzi will beides nicht.

Frau Butzbach fährt zurück. »I versteh net – was hat denn des mit dem Besuch z'schaffet?«

Franz dreht und windet sich, doch unter den bohrenden Fragen der Mutter kommt die Wahrheit schließlich ans Tageslicht.

»Ich weiß doch auch net, wer mir des erzählt hat«, jammert sie los. »Aber des stimmt! Ganz Tübinge schwätzet davo!«

»Mama«, sagt Butzi dumpf, »wenn das alles nur so ein dummes Geschwätz ist, dann fliege ich mit Schimpf und Schande aus der Verbindung!«

Frau Butzbach wird bleich. »Das ist unmöglich!« schreit sie auf. »Wenn i no wüßt, wer mir des ...«

Sie merkt nicht, daß ihre Tochter eingetreten ist.

»Mama! Nicht so laut!« sagt Änne. »Man hört dich ja im ganzen Haus! Was ist denn nur los?«

Aber sie bekommt keine Antwort.

Das Mädchen erscheint und meldet: »Der Herr Graf, gnädige Frau!«

Graf Hohenperch erscheint zum Unterricht über das gesellschaftliche Auftreten in höchsten Kreisen – für fünfzehn Mark die Stunde.

»Gnädigste!« flötet er und neigt sich über Frau Butzbachs fleischige Hand. »Ich komme doch nicht ungelegen?«

Dabei haben seine scharfen Augen schon das delikate Mahl neben der Hausbar erspäht.

»Lieber Herr Graf! Aber um keines willen. Ich bin nur im Augenblick etwas deschoffiert. Pardon! Stelle Sie sich vor, der Franz hat beim letzschte Kommersch ...«

»Still, Mama! Wir dürfen darüber nicht sprechen!« flüstert ihr Franz zu. Aber da kommt er bei seiner Mutter schlecht an.

»Du redest, wenn du gefragt wirst!« fährt sie wütend herum. »Jetzt rede ich!«

Das tut sie dann. Mit einem einzigen Wortschwall wird Prinz Kuckuck die Geschichte des unseligen Bierabends aufgetischt.

Prinz Kuckuck klemmt sein Monokel wiederholt ins Auge und läßt es bei besonders heftigen Stellen mit hochgezogenen Augenbrauen wieder fallen. Dabei schiebt er sich unmerklich näher an den gedeckten Tisch heran.

»Aber ich bitte Sie, Gnädigste! Nur keine Aufregung! Vor allem Ruhe!«

Mit sanfter Verführung versteht er es, Frau Butzbach in einen der Sessel am Kacheltisch zu placieren.

»Herr Butzbach, würden Sie Ihrer Frau Mutter vielleicht einen Kognak einschenken?«

»Ach ja!« seufzt die gequälte Frau. »Hano, wenn ich doch bloß wüßt, wer des gewese isch ...«

Prinz Kuckuck trinkt bei dieser Gelegenheit ein erstes Glas Kognak mit. »Greifet Se zu, Herr Graf«, sagt Frau Butzbach matt.

»Ja«, murmelt er, »eine peinliche Angelegenheit. Für Verbindungsstudenten, also Angehörige erster Kreise, ist es höchst ehrenrührig, Klatschereien weiterzutragen. – Aber es wird alles nicht so heiß gegessen, wie es gekocht wird!«

Nach dieser weisen Sentenz widmet sich Prinz Kuckuck einem Kaviarbrötchen.

»Hano, daß mir des net ei'falle will ...«, grübelt Frau Butzbach kopfschüttelnd weiter.

Der Graf wählt inzwischen ein Schinkenröllchen mit Spargel. Während er gedankenvoll kaut, legt er sich ein neues vor. »Allerdings – wenn es um die Ehre geht . . . In meiner aktiven Zeit wurde ein Bursche in einer ähnlichen Angelegenheit auf Pistolen gefordert und . . .«

Er macht eine vielsagende Pause und endet dann: » . . . aber das möchte ich vor Damen nicht weiter erörtern!«

Frau Butzbach erschauert.

Auch Änne blickt plötzlich beunruhigt auf ihren Lehrmeister.

»Glauben Sie im Ernst«, fragt sie sachlich, »daß es wegen dieser blöden Geschichte zu einem Duell kommen kann?«

Graf Hohenperch wiegt seinen Geierkopf. »Säbel oder Pistole!« sagt er. »Beides ist drin. In einer solchen Sache kann man nichts prophezeien.«

Betretenes Schweigen.

»Natürlich muß es nicht dazu kommen. Ein Ehrenhandel kann auch anders beigelegt werden. Besonders heutzutage. Sie wissen ja, Gnädigste, daß ich sehr gute Beziehungen zu den Verbindungen habe.«

Frau Butzbach hört ihm schon längst nicht mehr zu. Ihre Augen sind starr geworden. Sie fährt halb aus ihrem Sessel hoch.

»Jetzet ... jetzet han i's, wer mir des erzählt hat«, japst sie und richtet ihren Zeigefinger auf den Prinzen Kuckuck. »Sie!«

Dem Grafen fällt das Monokel aus dem Auge.

Frau Butzbach ist aufgesprungen. »Sie haben mir die Geschichte mit dene Brandts erzählt!«

Aber Änne unterbricht ihre Mutter.

»Für einen Angehörigen erster Kreise natürlich höchst ehrenrührig!« wiederholt sie ironisch die Worte des Grafen. »Sie mit Ihrem Anstandsunterricht!«

Ännes Stimme bebt vor Erregung. »Sie haben uns mit Ihrem Geschwätz in eine unmögliche Lage gebracht, und nicht nur uns, – auch die Brandts! – Nein, laß mich, Mama!« Sie schiebt die Hand ihrer Mutter zurück. »Ich weiß, was ich jetzt zu tun habe!«

Änne dreht sich auf dem Absatz um. Die Tür fällt hinter ihr ins Schloß. Ein paar Sekunden später heult der Motor ihres Sportzweisitzers auf, und der Wagen schießt davon.

Sie hält gegenüber der Apotheke und gibt ihr Hupensignal: Zweimal kurz, einmal lang. Aber nichts rührt sich im Haus. Erst als sie zum drittenmal ansetzt, erscheint Wolf am Fenster im zweiten Stock. Zerzaust, als ob er eben aus dem Bett komme. »Ich bin schon unten!« ruft er und verschwindet wieder. Doch dann vergehen noch Minuten, bis sich die Haustür endlich öffnet.

»Mädchen, du hast Nerven!« sagt er und wirft sich aufatmend

neben Änne in den Sitz. »Ich denke, die gnädige Frau Mama haben Ihro Hochwohlgeboren den Umgang mit dem mißratenen Sohn der Brandts verboten!«

»Bitte, laß meine Mutter aus dem Spiel!« fährt Änne ihn wütend an. »Deine ewigen Spöttereien gehen mir langsam auf die Nerven. Denkst du, Mama merkt nicht, daß du sie aufziehst?« Sie lenkt den Wagen über die Eberhardsbrücke flußaufwärts zu den Neckarwiesen. »Was kann sie dafür, daß sie aus einfachen Verhältnissen kommt?«

Wolf sieht Änne betroffen von der Seite an. »Aber das ist doch alles bloß Scherz«, murmelte er. »Gleich 'ne Standpauke zur Begrüßung. Wäre ich bloß zu Hause geblieben! Ich habe sowieso eine schwere Nacht hinter mir.«

»Ich weiß!« sagt Änne trocken.

Wolf stutzt. Änne hält und steigt aus.

Sie gehen über einen gewundenen Wiesenweg zu einer Baumgruppe hinüber, die dicht am Ufer in der warmen Mittagssonne träumt. Der Herbst hat die Blätter des Ahorns rot gefärbt; sie strömen noch einmal den Glanz des vergehenden Sommers aus. Späte Schmetterlinge taumeln in der Luft.

Wolf packt Änne bei den Schultern und dreht sie zu sich herum. »Nun sag mal endlich, was du hast.«

Er will sie an sich ziehen, aber Änne stemmt beide Hände gegen seine Brust. »Laß mich, Wolf!« sagt sie. »Es ist sehr ernst, das weißt du selber am besten!«

Wolf sucht in ihren Augen. Sein Gesicht verändert sich. »Hat Butzi geplaudert?«

»Wolf, du wirst dich nicht mit ihm duellieren!«

Wolf umspannt Ännes Oberarme und schüttelt sie leicht: »Änne, hat Butzi gequatscht oder nicht? Das muß ich wissen!«

Da steigen ihr plötzlich Tränen in die Augen. »Laß mich los!« faucht sie. »Du tust mir weh!«

Wolf gibt sie verwirrt frei. Da bricht sie los. »Ihr mit euren blödsinnigen Ehrenhändeln! Ihr seid wie die kleinen Kinder! Dabei hängt das alles ganz anders zusammen. Ich habe es eben herausgekriegt.«

Sie stockt und tastet nach seiner Hand. »Wolf, du mußt mir versprechen, daß du nichts Unsinniges tun wirst! Ich habe ganz einfach Angst!« Wolf rührt sich nicht.

Änne atmet heftig. »Wolf, dies häßliche Gerücht, das in Tübingen über deine Familie verbreitet wird, hat – Prinz Kuckuck in die Welt gesetzt!«

Wolf ist zurückgefahren und beißt die Zähne aufeinander, daß die Wangenknochen scharf aus seinem Gesicht heraustreten. Von dem lachenden Spötter, von dem heiteren Burschen ist nichts übriggeblieben.

»Wolf«, Änne hängt sich in seinen Arm, »du wirst nichts tun – du hast es versprochen!«

»Ich hab' dir gar nichts versprochen. Stimmt das, was du eben gesagt hast?«

Änne nickt. »Prinz Kuckuck war bei uns. Mutter hat es ihm auf den Kopf zugesagt! Er ist es gewesen!«

Ihre Stimme wird beschwörend. »Wolf bitte, durch diese Klatscherei ist schon genug Unheil entstanden. Misch dich nicht weiter ein! Laß die Sache ruhen. Darüber muß erst Gras wachsen. Es geht doch schließlich nur um uns!«

Wolf scheint nicht zuzuhören, Änne fährt ihm mit beiden Händen in die Haare und zaust ihn: »So hör mir doch zu! Es geht um uns beide, Wolf! Du mußt dich mit Butzi aussöhnen. Sonst läßt Mama uns nie mehr zusammenkommen.«

Wolf scheint langsam wieder aufzuwachen. Er sieht sich um.

Da wuchert ein Moosfleck unter den Bäumen, daneben wiegen sich Schilfhalme am Ufer. Die rotlackierten Ahornblätter tändeln in der Luft. Wolf zieht Änne auf das Moospolster.

»Das wäre furchtbar«, murmelt er und legt seinen Arm um sie. »Das könnte ich nicht einen Tag ertragen.« Er will sie küssen, doch Änne weicht aus.

»Erst versprich es mir, Wolf!« sagt sie leise.

»Ich verspreche dir«, flüstert er ihr ins Ohr, »daß ich dich liebe!«

Bevor sie etwas antworten kann, hat er ihren Mund mit Küssen verschlossen.

Vom Wasser her klingt helles Gelächter. Ein Boot treibt nahe vorbei. »Weitermachen!« ruft ein junger Bursche vom Kahn her.

»Anfänger«, will Wolfgang zurückgeben, aber er schüttelt nur resigniert den Kopf. Immer noch hält er Änne im Arm. »Wir müßten mal wegfahren, Änne. Irgendwohin, wo keiner uns kennt. Nach München. Nach Paris. Oder wenigstens zum Bodensee!«

Änne löst sich aus seinem Arm und springt auf. »Schön wär's«, sagt sie sachlich, »aber erst, wenn wir verheiratet sind. Jetzt muß ich zurück. Ich bin ziemlich plötzlich aufgebrochen!«

Sie läuft zum Wagen.

Auf der Rückfahrt sprechen sie nicht. »Du brauchst nicht vorzufahren«, sagt Wolf, als sie die Neckarbrücke passieren. »Setz mich an der Ecke ab.«

»Und du versprichst mir . . .«, sagt Änne, während der Wagen ausrollt.

». . . was du willst!« flüstert Wolf zärtlich und wirft den Schlag hinter sich zu.

Kaum ist der Wagen außer Sicht, dreht er sich um und rennt zur Apotheke.

Er hat jetzt nur noch einen Gedanken: Diesem Talmigrafen muß der Mund endgültig gestopft werden. Aber wie? Prinz Kuckuck weiß, daß Butzi über den Vorfall auf dem Kommers gesprochen hat. Wenn er ihn jetzt aufsucht, kann das ans Tageslicht kommen. Dann ist Butzis Stellung in der Verbindung unhaltbar. Das würde das Zirkuspferd niemals verzeihen.

Aber der Vater! Ihn geht es in erster Linie an.

Wolfgang betritt nachdenklich die Offizin. Brandt ist nicht da. Er sei vor fünf Minuten weggefahren, berichtet Bösinger.

»Rufen Sie bitte herauf, sobald er zurückkommt«, sagt Wolf, »ich bin in der Wohnung.«

Er nimmt die Treppe langsamer als sonst. Jetzt steigen die Bilder der vergangenen Nacht wieder auf, der Kommers, Butzi, die nächtliche Heimkehr und . . . Albert!

Da wird alles nebelhaft. Hat Albert nicht gesagt, daß er diese Frau aufsuchen wollte?

Wolf öffnet seine Zimmertür.

Im Großvaterstuhl am Fenster sitzt sein Bruder.

Wolf stockt in der Tür. »Du, Bertel?«

Albert nickt gleichmütig. »Ich warte schon eine Viertelstunde. Ich komme aus Stuttgart!«

Wolf läßt sich auf den Bettrand fallen und starrt den Bruder ungläubig an. »Also doch! Mensch, ich dachte heute morgen erst, ich hätte das geträumt! – Los, erzähle!«

Albert schlägt nachlässig die Beine übereinander. »Was gibt es da groß zu erzählen. Ich habe reinen Tisch gemacht. Das ist alles.«

»Junge, Junge«, sagt Wolf langsam, »wenn das der alte Herr wüßte!« Er sieht den Bruder voll Hochachtung an.

Albert rückt unruhig auf dem Stuhl hin und her. Der Gedanke an den Vater stört ihn.

Wolfgang geht in die Knie, kriecht unter das Bett und kommt dann mit hochrotem Kopf wieder zum Vorschein, in der Hand zwei Bierflaschen.

»Die eiserne Reserve«, sagt er unwillkürlich leiser. »Ich hab' die Flaschen zwischen die Sprungfedern geklemmt. Bisher hat Minna sie nicht entdeckt. Ich habe einen gräßlichen Durst!«

Er hält Albert einladend eine Flasche hin. »Du auch?«
Albert winkt ab. »Danke. Du weißt, ich trinke tagsüber nicht!«
»Na, denn prost!« sagt Wolfgang und gießt eine halbe Flasche hinunter. Tief aufatmend setzt er sie ab: »Das tut gut nach so'nem Abend. Ich fürchte, ich hab' das heulende Elend gekriegt.«
Er sieht Albert mit leichter Verlegenheit an. »Du bist ein Mordskerl! Wirklich! Aber nun sag, wie es war!«
Albert lehnt sich zurück. »Ich habe ihr klargemacht, daß es für diesen Liebestraum kein Happy-End geben kann. Daß sie kein gutgepolstertes Nest vorfindet und daß sie Papa mit dieser Heirat ruiniert. – Ich glaube, sie hat mich begriffen!«
»Mensch?! Du meinst, die kommt nicht wieder?«
Albert streicht sich über die Haare.
»Nein, die kommt nicht wieder!« sagt er fest.
Wolfgang ist schweigend ans Fenster getreten und sieht abwesend auf die Bursagasse. Wenn das stimmt, was Albert da sagt, wenn dieses Mädchen wirklich auf den ehrgeizigen Plan verzichtet, Frau Apotheker Brandt zu werden? Dann könnte man ja aufatmen! Dann wäre der furchtbare Druck endlich von der ganzen Familie genommen.
Plötzlich verändert sich Wolfgangs Gesicht.
Er stutzt, tritt einen Schritt zurück, blickt zu Albert, starrt wieder auf die Straße – »Komm und staune!« sagt er sarkastisch.
Verwundert späht Albert durch die Gardine.
Vor dem Hauseingang hält Brandts Wagen. Der Apotheker ist gerade ausgestiegen und hilft Gabriele. Das sieht nicht nach einem Zerwürfnis aus.
»Teufel!« stößt Albert hervor. »Das gibt jetzt einen Tanz.«
Seine Augen irren durch den Raum. »Ich hab' keine Lust, mit Papa zusammenzustoßen.«
Er will jetzt nicht mehr als Held erscheinen. Hastig öffnet er die Tür und horcht auf den Flur hinaus. Draußen ist noch alles still.
»Ich verdrücke mich, Wölfi! Wenn nach mir gefragt wird – ich bin im Seminar!«

Brandt hat die Haustür für Gabriele geöffnet und wartet, bis sie eintritt. Im dämmerigen kleinen Vorflur zieht er sie an sich.
»Ich weiß, Liebling, woran du jetzt denkst«, raunt er leise. »Bitte, vergiß den schrecklichen ersten Tag in diesem Hause!«
Er streicht ihr mit einer zärtlichen Bewegung über das Haar und über die Schultern. »Wir wollen einen neuen Anfang machen.«
Gabriele nickt stumm.

Sie steigen die Treppe empor. Brandt hat Gabrieles Hand gefaßt und läßt sie nicht los. Sie benehmen sich wie ein verliebtes junges Paar. Das Treppenhaus ist eng, und sie behindern einander beim Gehen. Aber jede Berührung läßt eine Welle Zärtlichkeit aufsteigen.

Gabriele fällt es unerwartet leicht, den ersten Besuch zu vergessen. Für sie hat die Atmosphäre hier etwas Überwältigendes. Endlich einmal ein Zuhause!

Sie trägt noch dasselbe tiefausgeschnittene Kleid, in dem Albert sie am Morgen gesehen hat.

Ihr Reiz verzaubert den Mann an ihrer Seite. Soeben plagte er sich noch nervös und abgehetzt mit Sorgen – jetzt ist alles einfach geworden. Er legt den Arm um ihre Schultern und führt sie zu dem Eckzimmer, das einmal Bettina gehörte und nun Gabrieles Zimmer werden soll.

Der Maler steht auf einer Leiter und reißt die Tapeten von der Wand. Er pfeift dabei. Erst nach einer Weile läßt er den Spachtel sinken und macht die Andeutung einer Begrüßung. »Des isch a Sauarbeit!« sagt er aufseufzend und deutet auf das häßliche Loch in der Mitte der Decke, wo früher einmal die Stuckrosette prangte.

Brandt zeigt alle Räume des ersten Stockwerks. Auch die Küche.

»Fräulein Minna kennst du ja schon«, sagt der Apotheker.

Gabriele grüßt mit höflichem Kopfnicken zu der alten Frau am Abwaschtisch: »Eine schöne, moderne Küche haben Sie, Fräulein Minna! Und einen herrlichen Ausblick!«

Minna antwortet nicht. Sie trocknet ihre Hände ab.

Gabriele tritt an das Fenster und sieht auf das Panorama vom Neckar über die nahen dunklen Baumkronen der Insel bis zu den Konturen der Schwäbischen Alb. »Sag einmal, Justus, können wir nicht unser zukünftiges Schlafzimmer gegen diesen Raum austauschen? Es wäre dann viel bequemer. Beide Zimmer haben Wasseranschluß und – ausgerechnet die Küche liegt nach Süden.«

Sie dreht sich zu Minna um, aber die alte Frau hat inzwischen den Raum lautlos verlassen.

Gabriele zieht Brandt zum Fenster und schmiegt sich in seinen Arm. »Wenn wir hier die Wand zum Bad durchbrechen würden«, sagt sie eifrig, »dann brauchen wir morgens nicht über den Flur zu gehen!«

Auch Brandt sieht auf das herrliche Bild vor dem Küchenfenster. »Du hast recht, Gabriele. Nur . . . bitte erschrick nicht. Ich habe vor ein paar Tagen meine Kündigung bekommen!«

Gabriele fährt zusammen.

Brandt nimmt ihren Kopf in beide Hände und streicht über ihr

Haar. »Mißversteh mich bitte nicht! Bettina hat mir die Apotheke gekündigt. Mein Anwalt hat schon Klage beim Gericht eingereicht. Nur ...«, er zögert, »Umbauten darf ich in diesem Stadium nicht mehr vornehmen.«

Der Glanz in Gabrieles Augen ist erloschen. »Sie hat dir die Apotheke gekündigt?« fragt sie. »Und ich bin der Anlaß. Das ist ja schrecklich!«

Brandt schüttelt energisch den Kopf. »Kommt Zeit, kommt Rat! Die Apotheke und das Haus gehören Bettina. Wir lebten in Gütertrennung; das hat damals noch der alte Herr veranlaßt. Solange wir verheiratet waren, spielte das keine Rolle – aber bei einer Scheidung ...«

»Bei einer Scheidung?« drängt Gabriele, als Brandt nicht weiterspricht.

Brandt weicht aus.

»Liebling«, sagt er, »sei bitte nicht traurig. Das alles sind nur juristische Spitzfindigkeiten. Ich habe wohlerworbene Rechte. So ohne weiteres kann man mich hier nicht hinaussetzen. Weder aus der Apotheke noch aus dem Haus. Das Haus ist ein Altbau und steht unter Mieterschutz. Die Apotheke führe ich schon seit zwanzig Jahren. Glaub mir, im Augenblick will Bettina mich bloß schikanieren. Das geht vorüber. Ich bin ganz sicher, sie macht sich nichts aus dem alten Haus. Natürlich können wir die Zimmer tauschen. Wenn du lieber diesen Raum haben möchtest ... Ich meinte nur, wir müssen Wände und Türen zunächst lassen, wie sie sind. Sonst hätte Bettina Grund zur Räumungsklage.«

Gabrieles Stimme klingt ernst und ein wenig traurig: »Sag einmal Justus, ist es nicht überhaupt besser, wenn wir wegziehen? Warum willst du dich jahrelang mit dieser Geschichte herumärgern? Außerdem möchte ich nicht gern von der Gnade deiner ersten Frau abhängen. Und ich glaube, auch du verträgst das nicht.«

Brandt ist betroffen. Auch er hat schon mit diesem Gedanken gespielt. Aber er hängt an seiner Homöopathie, in der er seit vielen Jahren an einem Herzmittel experimentiert. Er denkt an die einzigartige Kräutersammlung, die seine Vorgänger angelegt haben und die er selber liebevoll ergänzt hat. Er denkt an die Stadt, in der ihn jeder zweite kennt und voll Achtung grüßt, an die Stammtischabende ...

»Nein«, sagt er. »Ich werde nicht zu Kreuze kriechen. Die Sache wird ausgefochten, und ich setze mich durch!«

Eine steile Falte steht jetzt zwischen seinen Augenbrauen. Gabriele streicht vorsichtig mit dem Finger darüber.

»Jetzt hast du meinetwegen auch noch diesen Ärger!«

»Das macht nichts!« murmelt Brandt. Dann gehen sie untergehakt in den kleinen Salon hinüber.

»Nimm schon Platz, Gaby!« sagt der Apotheker. »Ich will uns nur schnell eine Tasse Tee kochen lassen!«

Er geht hinaus und ruft: »Minna!«

Keine Antwort. – Aus dem Schlafzimmer tönt das Kratzen des Spachtels.

Brandt ruft noch einmal. Nichts.

Beim drittenmal schreit er mit voller Lautstärke.

Darauf erscheint Wolfgang auf der halben Treppe vom oberen Stockwerk und beugt sich weit über das Geländer: »Was ist denn, Papa? Minna ist wohl ausgegangen!«

»Sie war eben noch hier!« stößt Brandt wütend hervor. »Sie kann sich doch an ihren zehn Fingern abzählen, daß wir Tee trinken wollen!«

Wolfgang schwingt sich die Treppe hinunter. »Papa«, sagt er, »kann ich dich einen Augenblick sprechen?«

»Jetzt nicht, Wolfgang. Ich habe Besuch!«

»Aber es ist wichtig!« drängt Wolfgang.

Die Tür vom Salon öffnet sich. Auf der Schwelle steht Gabriele Holthuys.

»Oh«, ruft sie überrascht.

Wolfgang verbeugt sich. Er spielt Kavalier und ist dabei neugierig wie ein junger Jagdhund.

»Ist Albert da?« fragt Dr. Brandt.

›Nun kommt es‹, denkt Wolf. Sie hat ihm von Alberts Besuch erzählt. Aber Wolfs Miene verändert sich nicht. Auch nicht seine Stimme. »Nein, Albert ist heute nachmittag im Seminar«, antwortet er beiläufig und blickt Gabriele gespannt an.

»Albert geht ganz in seinem Studium auf!« erläutert der Apotheker. »Seine Professoren halten große Stücke auf ihn. Wir sehen ihn manchmal nur noch beim Abendessen. Auch Dorle triffst du leider nicht an. Sie ist in Paris!« Mit verkrampftem Lächeln setzt er hinzu: »Und Minna scheint einzukaufen.«

In diesem Augenblick schrillt das Haustelefon auf der Diele. Wolfgang nimmt ab und meldet sich. »Für dich, Papa!« sagt er. »Herr Bösinger.«

Brandt greift zum elfenbeinfarbenen Hörer. Dann verzieht sich ärgerlich sein Gesicht. »Ausgerechnet jetzt! Ja, ich komme!«

Er knallt den Hörer auf die Gabel.

»Entschuldige mich bitte, Gabriele! Ich muß in die Apotheke.

Es dauert nicht lange. Wolf wird dir inzwischen Gesellschaft leisten.«

»Bitte«, sagt Gabriele.

Sie geht auf die Küchentür zu.

»Wir machen inzwischen Tee. Und wenn Sie mir helfen –«, dann verbessert sie sich, »wenn du mir hilfst, wird es schon gehen.«

Als Wolf verwirrt in der Küchentür stehenbleibt, blinzelt Gabriele ihm zu. »Ich meine, wir sollten die dumme Siezerei aufgeben!« sagt sie.

»Jawohl!« antwortet Wolf. Er stürzt sich auf den Küchenschrank, räumt in Windeseile Kanne und Teebüchse hervor, steckt das Gas an und setzt den Kessel auf.

Gabriele versucht, ein zwangloses Gespräch einzuleiten. »Dorle ist in Paris? Wie nett!«

Wolfgang räuspert sich. »Meine ... meine Mutter hat sie mitgenommen!«

»Ach so!« – Das kommt sehr gedehnt.

Der Kessel beginnt zu summen.

»Albert ist wohl sehr fleißig?« beginnt Gabriele wieder.

Wolfgangs Stimme schwankt. »Albert ist eine richtige Arbeitsbiene.«

»Dein Bruder gefällt mir«, sagt Gabriele. »Ich bin überzeugt, er macht seinen Weg!«

Wolfgang beschäftigt sich mit einem Topflappen. Mein Gott, wie die sich verstellen kann! Er sieht flüchtig zur Seite.

»Albert hat mir erzählt«, sagt er, »daß er heute in Stuttgart war!«

Gabriele nimmt ihm den Topflappen aus der Hand. Ihre Augen sehen ihn traurig an. Ihr Gesicht scheint noch schmaler zu werden. »Ich will doch kein Unglück in dieses Haus tragen. Begreift denn das keiner von euch?«

Das Wasser beginnt zu kochen. Dicke Dampfschwaden steigen aus dem Kessel.

Wolf hört seinen Vater die Treppe heraufkommen. »Verzeihung«, sagt er schnell und läuft hinaus. Er ist froh, nicht antworten zu müssen. Was hätte er auch sagen sollen?

Er fängt seinen Vater auf der Diele ab.

»Bitte, Papa, ich muß dich einen Augenblick sprechen!«

Brandt will zuerst an ihm vorbei. Aber dann dreht er sich um und geht voran in sein Zimmer.

»Was ist?« fragt er. »Es ist wegen dieser scheußlichen Klatscherei«, beginnt Wolfgang nervös.

Brandt tippt ungeduldig mit der Fußspitze auf den Boden.

»Ich hatte gestern auf dem Kommers eine Auseinandersetzung. Heute weiß ich, von wem diese Gerüchte über Gabr . . . Fräulein Holthuys stammen.«

Brandt bohrt beide Hände tief in die Taschen und ballt sie zu Fäusten. »Und?«

»Ich würde dich mit dieser Geschichte nicht behelligen, Papa«, fährt Wolfgang gequält fort.

»Mach nicht soviel Umwege!« Brandt zieht die Hände aus den Taschen und schlägt mit einer Faust in die offene Fläche der anderen Hand. »Heraus mit der Sprache! Wie heißt der Kerl!«

»Prinz . . . Graf Hohenperch!«

Mit Brandt geht eine unheimliche Veränderung vor. Erst sieht es so aus, als hätte er überhaupt nicht verstanden. Sein Mund öffnet sich, seine Augen sehen fassungslos über Wolf weg.

»Dieser . . . Graf? Dieses Schwein?«

Dann schließt er die Augen, sein Gesicht wird wächsern.

Wolfgang sieht mit Schrecken, wie von den Händen und Armen her ein Zittern über den ganzen Körper seines Vaters geht, wie er sich umblickt, als kenne er seine Umgebung nicht mehr.

»Du gehst jetzt zu Gabriele«, sagt Brandt heiser. »Du unterhältst sie. Ich bin gleich wieder da!«

Wolfgang wagt es nicht, seinen Vater zurückzuhalten. Brandt geht mit steifen langen Schritten aus dem Haus. Er besteigt seinen Wagen. Seine Hände umkrampfen das weiße Steuerrad. Mit nachtwandlerischer Sicherheit findet er den Weg durch die engen Gassen zur Schloßbergstraße. Zur Villa des Prinzen Kuckuck. Er stößt mit dem Fuß die eiserne Vorgartentür auf. Seine Schritte knirschen im Kies. Mit beiden Fäusten hämmert er gegen die Eichentür.

Irgendwo ächzt und quietscht eine Treppe. Dann Stille, danach das Klirren einer Sicherheitskette.

Graf Egon öffnet und weicht zurück.

Er kann die Tür nicht mehr zuwerfen. Brandt hat schon die Schwelle überschritten.

»Was . . . was wünschen Sie?« stammelt der Graf.

Brandts Gesicht ist schneeweiß. Nur seine Adern sind drohend geschwollen. Seine Finger ballen sich zu Fäusten.

Langsam geht er auf den Grafen zu.

Graf Hohenperch weicht zurück. Ein Blick in das Gesicht des Apothekers genügt ihm: Dieser Mann will abrechnen!

Seit dem Besuch bei Butzbachs hat den Grafen die Vorahnung eines Unheils nicht mehr verlassen. Aber er hat nicht damit gerechnet, daß Brandt ihn aufsuchen würde.

Er wiederholt: »Was wünschen Sie, bitte?«

Dabei ist er schon bis an die Wand der Halle zurückgewichen. Nein, hier hilft kein konventionelles Geschwätz. Vor diesem Mann werden ihn auch die höflichen Redensarten nicht retten.

Brandt macht eine Bewegung, als hole er zum Schlag aus. Der Graf hebt unwillkürlich eine Hand vor das Gesicht. Mit der anderen tastet er hilflos nach rückwärts. Dabei spürt er plötzlich kühles Metall: die Klinke zur Tür der Maklerfirma im Erdgeschoß. Er drückt sie nieder.

Die Tür springt auf. Der Raum ist leer.

»Nehmen Sie doch Vernunft an«, stammelt Graf Egon und tritt ein. »Ich habe Besuch. Warten Sie bitte hier auf mich. Ich stehe sofort zu Ihrer Verfügung!«

Brandt ist ihm auf dem Fuße gefolgt. Doch kaum ist er im Zimmer, da stürzt der Graf hinaus.

Brandt steht allein. Er sieht sich um. Eine Holzbank, eine Sesselgruppe, ein runder Tisch, auf dem abgegriffene Zeitschriften liegen, ein überfüllter Aschenbecher, Reklamebilder an den Wänden, ein Kalender ... Er sieht alles wie durch Nebel, und doch prägt sich ihm jede Einzelheit unvergeßlich ein.

Was soll er hier?

In dem totenstillen Haus ächzt die Holztreppe. Irgendwo im oberen Stockwerk knarren Dielen.

Brandt stößt die Tür wütend wieder auf und tritt in die Halle. Eine schwache Glühbirne in einem antiken Kandelaber verbreitet gelbes Licht.

Der Apotheker kennt das Haus nicht. Aber der Instinkt führt ihn so sicher wie ein Kompaß.

Er läuft die Treppe hinauf. Auf der letzten Stufe bleibt er stehen. Hinter einer angelehnten Tür hört er Stimmen.

Brandt reißt die Tür auf.

Der Graf stürzt auf ihn zu. »Erlauben Sie«, fährt er den Apotheker an, aber Brandt schiebt ihn wortlos in das Zimmer zurück und schließt die Tür.

Doch Hohenperch versperrt ihm den Weg. »Ich habe Besuch«, sagt er entschlossen.

»Besuch?« Brandt wischt sich wie erwachend über die Stirn und blickt sich um.

Gegenüber dem Eingang bauscht sich eine altmodische Portiere. Sie reicht nicht ganz bis zum Boden. Darunter lugen zwei Füße hervor. Zwei Füße in zierlichen Damenschuhen aus grünem Rauhleder.

Hohenperch ist den Blicken des Apothekers gefolgt. Zunächst

weiß er selber nicht, was er sagen soll. Dann hebt er beschwörend die Arme. »Herr Doktor Brandt! Da Sie nun einmal hier eingedrungen sind, darf ich Sie wenigstens bitten, einen Augenblick ans Fenster zu treten!« Mit einem Seitenblick auf die Portiere halblaut: »Aus Gründen der Diskretion!«

Brandt durchquert wortlos den Raum und starrt widerwillig durch die Tüllgardine hinaus.

Er hört hinter sich den Grafen zischen: »Beeil dich bitte!« Ein leises Schluchzen antwortet. Dann ein Rascheln. Metallringe klirren; offenbar wird die Portiere zurückgezogen. Und wieder der Graf, jetzt laut und betont: »Ich sehe Sie dann morgen zur gewohnten Zeit, gnädiges Fräulein! Bitte um eine Empfehlung an die verehrte Frau Mutter!«

Die Tür wird geöffnet und wieder geschlossen. Schritte entfernen sich auf der Treppe. Dann Stille.

Brandt wendet sich um. Er verschränkt die Arme über der Brust, um das Zittern seiner Hände zu verbergen.

So geht das hier also! Mit eitlem Geschwätz und billiger Romantik! In solch ein Netz ist auch Bettina damals geraten.

Als Graf Egon zurückkommt, hat er sich das Monokel ins Auge geklemmt. Ein verkrampftes Lächeln liegt um seinen Mund.

»So!« sagt er in schnarrendem Ton. »Ich stehe zu Ihrer Verfügung! – Was wünschen Sie bitte?«

Brandt tritt ihm langsam entgegen und starrt ihm in die Augen. Sein Unterkiefer schiebt sich vor, die Adern an seinen Schläfen klopfen, daß er das Rauschen des Blutes hört.

»Das!« schreit er und schlägt den Grafen mit der flachen Hand ins Gesicht.

Wie vom Blitz getroffen bricht der Graf zusammen. Sein Kopf stößt gegen die Kante des Barockschrankes.

Brandt beachtet es nicht. Ein grenzenloses Gefühl der Genugtuung kommt plötzlich über ihn. Langsam zieht er sein Taschentuch heraus und wischt sich die Hand ab, als ob sie durch die Berührung dieses Menschen beschmutzt sei. Dann dreht er sich um und geht.

Aber als er die Tür hinter sich zuziehen will, stockt er: Der Graf liegt mit ausgebreiteten Armen wie leblos am Boden. Aus dem sonst leicht geröteten Gesicht ist jeder Blutstropfen gewichen, die Augen starren glasig zur Decke.

Was ist das?

Brandt tritt wieder ins Zimmer und beugt sich über ihn. Hohenperch atmet mühsam, sein Gesicht läuft bläulich an.

Ein Herzanfall!

Brandt kennt die Symptome. Er reißt dem Bewußtlosen mit einem sicheren Griff die Krawatte los, knüpft ihm Jacke, Weste und Hemd auf und hebt Kopf und Oberkörper an. Aber das Röcheln bleibt.

Brandt sieht sich fahrig um. Da liegen zwei Kissen auf einem Sessel. Er zerrt sie heran und stopft sie dem Grafen in den Rücken.

Dann reißt er die Portiere zurück und sucht einen Wasseranschluß.

Aber der abgeteilte Raum birgt nur ein notdürftig glattgezogenes Bett.

Brandt kennt die Herzspezialisten der Stadt. Auf dem Fenstertisch steht das Telefon. Zum Glück ist der Arzt gleich selber am Apparat. »Ich komme sofort«, verspricht er.

Dann dehnen sich die Minuten.

Brandt denkt plötzlich an Gabriele. Er spürt und weiß: Sie wartet jetzt auf ihn. Dieser Tag hatte ein kleines Fest für sie werden sollen ...

Brandt preßt die Hände ineinander. Dieser verfluchte Jähzorn! Er muß ihn überwinden. Sonst wird er sich noch einmal unglücklich machen.

Draußen fährt ein Wagen vor. Endlich!

Als Brandt mit dem Arzt die Treppe hinaufsteigt, gibt er nüchtern Auskunft. »Ein schwere Herzattacke! Der Graf fiel um und schlug gegen einen Schrank. Er ist noch bewußtlos.«

Der Arzt sieht mit einem einzigen Blick, daß alles, was möglich war, getan ist. Er öffnet seinen Koffer und bereitet eine Spritze vor.

Der Graf bewegt sich. Er schlägt die Augen auf, erkennt den Arzt und nickt. Er bekommt nicht zum erstenmal eine solche Injektion.

Der Arzt lächelt ihm zu. »Na, fühlen Sie sich jetzt besser? Was ist denn diesmal geschehen, Graf?«

Hohenperch starrt Brandt an. In seinem Blick mischen sich Furcht und Haß. »Ich muß wohl gestolpert sein!« sagt er langsam und tastet über sein Gesicht.

Brandt wendet sich ab. Der Arzt räumt die Instrumente bedächtig in seine Tasche.

Beide haben deutlich die glühend rote Spur auf der Wange des Grafen gesehen.

16

In einer Woge von Tüll fährt Dorle ihrem ersten Pariser Ball entgegen.

Den Auftakt gab eine elfenbeinfarbene Karte:

Der Gesandte der Republik Mexiko
gibt sich die Ehre,
Sie zu dem Herbstfest
in Schloß Clignancourt
einzuladen

Die Fahrt aus der lichterfunkelnden Stadt hinaus ins herbstliche Land ist von Erwartung durchzittert. Sie sitzen in einer behaglich durchwärmten Limousine, die Bettina für die Zeit des Pariser Aufenthaltes samt Schofför gemietet hat! Der Wagen reiht sich in eine Schlange chromblitzender Luxuskarosserien ein und gleitet durch ein Spalier neugieriger Dorfbewohner dahin zu einem mittelalterlichen Tor mit riesigen, schmiedeeisernen Flügeln, wo Hellebardiere in alten malerischen Kostümen die Einladungskarten prüfen.

Dann sind sie in Clignancourt, in dem Park mit seinen von Blumen eingefaßten riesigen Rasenflächen, umgeben von dichtem Gebüsch, aus dem im Glanz versteckter Laternen bronzene Nymphen winken.

Sie halten an der riesigen Freitreppe, vor der ein majestätischer Butler in roter Livree die Gäste erwartet und würdevoll grüßt.

Sie schreiten über die azurblauen Veloursläufer langsam nach oben, neben ihnen alles, was in der internationalen Gesellschaft von Paris Rang und Namen hat.

Man sieht Herren in schwarzen und nachtblauen Fräcken, Damen in den neuesten Schöpfungen berühmter Modehäuser, man sieht einen Märchenschatz an Juwelen, getragen von den schönsten Frauen.

Dorles Hand liegt zaghaft auf dem Arm der Mutter. Bettina in rötlich schimmerndem Goldbrokat kann sich mit allen im Saale messen. Aber Dorle, in ihrem duftigen, bläulich schimmernden Tüll, muß sich anfangs noch aus jedem Spiegel die Bestätigung holen, daß die Angst früherer Zeiten unnötig geworden ist. Erst langsam beginnt sie zu glauben, was die anderen Gäste sofort erkennen: daß auch sie keinen Vergleich zu scheuen braucht. Bettina ist darüber nicht eine Sekunde im Zweifel.

Dorle betritt den Saal und ist verzaubert. Riesige Lüster hängen herab und tauchen alles in ein Meer von Licht. Der Ball hat schon begonnen. Dorle blickt überwältigt in das Gewühl auf der Tanzfläche. Mit zitterndem Herzen. Da verneigt sich vor ihr schon ein Kavalier.

Sie schwebt dahin – es ist wie ein Rausch. Und immer wieder hört sie die verführerischen Worte:

»Mademoiselle! Vous-êtes la plus belle de cette soirée! – Sie sind die Schönste dieses Abends!«

Ganz, ganz langsam beginnt Dorle, an den Ernst dieser Komplimente zu glauben.

Während einer Ruhepause in einem der kleinen goldstrotzenden Salons blickt Dorle in einen silbergerahmten venezianischen Spiegel und sieht sich selber mit glückstrahlendem Gesicht neben der Mutter. Sie schließt die Augen; es ist ihr, als stiege aus der Erinnerung jenes Tübinger Dorle auf, das sich, insgeheim ewig gehemmt, auf Festlichkeiten am liebsten in eine Ecke verkrochen hätte. Jenes Mädchen, das vor ein paar Wochen am Arm der Mutter zitternd das moderne weiße Klinikgebäude betrat und sich eigensinnig sträubte, an die Prophezeiungen des eleganten weißhaarigen Professors zu glauben.

»Verabschieden Sie sich von Ihrem Gesicht«, hatte der erfahrene Schönheitschirurg vor der Operation gesagt, »nicht nur von Ihrer Nase. Sie werden sich an einen ganz neuen Menschen gewöhnen müssen . . .«

Wie viele Wochen darüber hingegangen sind, wie viele Stunden voll immer wieder ausbrechender Angst und Mutlosigkeit, wieviel Aufwand an mütterlicher Geduld, an gütigem Zureden – Dorle weiß es nicht. Sie hat alles – alle Schmerzen und Ängste, alle Sorgen, Enttäuschungen, Hoffnungen –, alles vergessen, als ihr zum Abschluß der weltmännische Professor den großen Schildpattspiegel vorhielt. »Machen Sie die Bekanntschaft des bezauberndsten Mädchens, das jemals meine Klinik verließ! Und erlauben Sie mir, daß ich mich hiermit aus Ihrem Arzt in den ersten Ihrer Anbeter verwandele!«

Das ist vielleicht oberflächlich dahingeredet. Aber bezaubernd. Unvergeßlich. Das ist Paris!

Und hier auf dem Ball ist es unmöglich, zu zählen, wie oft ihr solche schmeichelhaften Worte gesagt werden.

Vor dem venezianischen Spiegel kann Dorle nicht anders: Sie umarmt die Mutter, schmiegt sich an sie, drückt ihre Hand an die Lippen. »Ach, Mama! Mir ist, als wäre ich zum zweitenmal geboren! Und das verdanke ich nur dir, Mama!«

»Nicht, nicht, mein liebes Kind!« flüstert Bettina, und es schimmert feucht in ihren Augen. »Ich bin eine so schlechte Mutter gewesen. Ich habe es gar nicht verdient, daß meine Kinder mich lieben.«

Dorle blickt die Mutter voll überschwenglicher Zärtlichkeit an und ... sieht, wie sich ihr Gesicht unversehens umwölkt, wie die feingeschwungenen Brauen sich erstaunt, ja betroffen zusammenziehen. Fast meint Dorle, einen jähen Anflug von Blässe auf dem Gesicht der Mutter zu entdecken.

Vor den weinroten Portieren, die den kleinen Salon von dem funkelnden Festsaal trennen, steht ein Mann. Im ersten Augenblick lähmt Dorle das Gefühl, es ginge etwas Unheilvolles von ihm aus. Dann ist sie jedoch von der strahlenden Liebenswürdigkeit gefangen, mit der dieser Fremde Bettina begrüßt.

Er ist schlank, schmal, hochgewachsen. Über seinem südländisch leidenschaftlichen Gesicht liegt der erste Reif des Alterns. Die Züge, vielleicht schon geschärft, haben etwas von einem Raubvogel. Der schmale Schädel unter dem blauschwarz schimmernden Haarhelm hat ebensoviel Aristokratisches wie Degeneriertes. Aber das alles kann Dorle nicht beurteilen. Dorle sieht nur den Weltmann, der gerade einem Film entstiegen sein könnte. Seine Augen über den scharfen Wangenfalten sind schwarz, es sind die schwärzesten Augen, die Dorle je erblickt hat, aber auch die faszinierendsten.

Beide Arme weit ausgestreckt – so kommt der Mann auf sie zu.

»Bettina!« ruft er mit einer dunklen, leicht heiseren Stimme. Dann folgen einige Worte in Spanisch. Er verneigt sich tief und küßt Bettinas Hände mit einer südländischen Leidenschaft, die Dorle das Blut ins Gesicht treibt.

Bettina findet offenbar nichts dabei; wenn auch der Schatten auf ihrem Gesicht noch nicht ganz verschwunden ist. Sie spricht rasch einige spanische Sätze, die in ihrem mollgetönten Stimmfall wundervoll melodisch klingen. Dann sagt sie: »Felipe! Hier sitzt meine Tochter Doris. Sie möchte sicher gern verstehen, was wir uns zu sagen haben. Vielleicht einigen wir uns auf Englisch.«

Sie wendet sich zu Dorle. »Hier, liebes Kind, einer meiner ältesten Freunde aus meiner zweiten Heimat Mexiko: Don Felipe Gonzales.«

Don Felipe blickt mit ungeheucheltem Erstaunen auf Doris. »Deine Tochter? Das ist nun eine kaum glaubliche Überraschung!« Er beugt sich über Dorles beide Hände und küßt sie diskret.

»Ich freue mich, wenn ich englisch sprechen darf. Mein Deutsch ist zu schlecht.« Er wendet sich um und winkt einen jungen Mann herbei.

Jetzt erst sieht Dorle seinen Begleiter. Das ist der Moment, in dem Don Felipe für sie zu einer Randfigur wird.

Der junge Mann ist Don Felipes Ebenbild – nur um dreißig Jahre jünger. Verfeinert, entschärft durch den Glanz der Jugend, durch den warmen Schmelz der Augen. Da ist nur Feuer in seinem Blick, nichts Stechendes. Der Schwung der Lippen hat bei aller Männlichkeit noch eine fast knabenhafte Weichheit. In seinem Lächeln ist ebensoviel von der rührenden Zärtlichkeit eines jungen Tieres wie von dem verführerischen Scharm eines antiken Götterknaben.

»Und hier«, sagt Felipe, »mein Sohn Pedro! Er wird glücklich sein, Sie kennenzulernen. Schon den ganzen Abend schwärmt er mir von Ihnen vor.«

Dann fühlt Dorle Don Pedros Lippen auf ihren Händen.

Pedro begrüßt auch Bettina temperamentvoll. Dorle aber will es scheinen, als sei der Schatten immer noch nicht von Bettinas Gesicht gewichen.

»Ich bin es, der Papa unbewußt zu dir gebracht hat, Tante Bettina«, sagt Pedro unbefangen. »Ich wollt nämlich mit ihm als Ehrenschutz deine bezaubernde Schwester kennenlernen!«

»Ja, die Welt ist klein!« sagt Bettina lächelnd. »Aber es läßt sich nicht leugnen: Dorle ist meine Tochter.«

Sie wendet sich zu Dorle. »Hier meldet sich der andere Teil meines Lebens. Aber heute darfst du nicht danach fragen; ich erzähle es dir ein andermal.«

»Tochter oder Schwester«, sagt Pedro stürmisch. »Sie ist genauso wundervoll wie du, Tante Bettina. Darf ich mit ihr tanzen?«

Er wartet Bettinas Antwort gar nicht ab, sondern wendet sich schon Dorle zu.

Bettina muß lächeln. Ihre Spannung weicht. »Nun schön, tanzt miteinander«, sagt sie. Ihr Blick umfaßt die beiden jungen Menschen, den von Leidenschaft vibrierenden, drahtigen Pedro mit der Fülle seiner blauschwarzen Locken und ihre zarte blonde Tochter.

»Wir bleiben hier!« ruft sie hinter den beiden her. Sie ist sicher, daß Don Felipe sie für den Rest des Abends nicht mehr freigeben wird.

»Ich wußte gar nicht, daß du nach Europa wolltest?« sagt sie. Sie steuert eine Nische an und setzt sich in einen der tiefen vergoldeten Fauteuils an einem Louis-Quinze-Tisch.

»Gestatte!« sagt Don Felipe. Er winkt einem Kellner und läßt die Sektkelche füllen.

»Bettina! Dieses Glas auf dich! Du bist noch viel schöner geworden!« sagt er und leert seinen Kelch in einem Zuge.

Sein Ton bekommt etwas Vorwurfvolles. »Woher solltest du etwas von meiner Europareise wissen? Du hast dich nicht von mir verabschiedet, als du so plötzlich nach Deutschland abgereist bist. Und für so lange Zeit. Hätte ich nicht von Ramón gehört, wo du dich aufhältst . . .«

»Ramón!« unterbricht ihn Bettina mit freudiger Stimme. »Hast du ihn gesehen? Wie geht es ihm?«

Don Felipe winkt lächelnd ab.

»Ob mein Auftauchen dich gefreut hat, habe ich nicht bemerkt. Aber ich brauche nur Ramón zu nennen, und schon strahlst du.«

Er sieht, wie sie die Stirn runzelt, und fährt beschwichtigend fort. »Er ist der einzige, hinter dem ich gern zurücktrete. Er liebt dich ja, als wärst du wirklich seine Mutter! Er hat mir übrigens einen Brief für dich mitgegeben.«

»Wo hast du ihn?« fragt Bettina schnell.

Felipe zuckt bedauernd die Schultern. »Im Hotel. Du bekommst ihn morgen. Ich bin nämlich gestern erst aus Wien zurückgekommen. Ich hatte in Tübingen angerufen, weil ich dich besuchen wollte. Und da hörte ich, du wärst in Paris. Hast du dich denn nicht gewundert, eine Einladung unseres Gesandten zu erhalten?«

Bettina blickt auf. »Natürlich. Ich konnte es mir gar nicht erklären.«

Felipe verbeugt sich leicht. »Ich habe es veranlaßt. So durfte ich hoffen, dich gleich am ersten Abend zu treffen.«

Er beugt sich vor. Seine Augen sind in größter Spannung auf Bettina gerichtet. »Doch zunächst das Wichtigste: Ist deine Scheidung ausgesprochen?« Bettina nickt.

Der Mann lehnt sich aufatmend zurück. »Gott sei Dank. Nun bist du frei. Nun können wir heiraten!« Er greift nach ihrer Hand. »Jetzt wirst du keinen Grund mehr haben zu zögern.«

Bettina läßt ihm ihre Hand nur einen Augenblick; dann streicht sie sich über die Stirn. »Felipe, du weißt, ich lasse mich nicht gern drängen. Gib mir noch Zeit. Ich habe in Deutschland so viel zu erledigen.«

Zwischen Felipes Brauen tritt eine steile Falte. »Zeit? Über anderthalb Jahrzehnte warte ich nun schon auf dich? Weißt du, was ich am meisten in meinem Leben bereut habe? Daß ich damals nicht darauf bestand, dich sofort zu heiraten! Damals, als ich dich von New York nach Mexiko brachte!«

Bettina blickt vor sich hin. »Du warst doch nicht frei!«

»Für dich hätte ich alle Fesseln gelöst«, sagt Felipe leidenschaftlich.

Bettina antwortet nicht. Wie wenig Felipe sie kennt! Damals war sein Bruder Enrique Gonzales in ihr Leben getreten. Sie hatte ihn lieben gelernt. Enrique, den feinsten und gütigsten Menschen. Ihn, dem sie alles verdankt. Der noch nach dem Tode für sie gesorgt hat, indem er ihr sein ganzes unermeßliches Vermögen hinterließ.

»Reden wir nicht von früher!« sagt Bettina ungeduldig. »Dann muß ich an Enrique denken, und das macht mich so traurig, daß ich gleich gehen möchte. Es ist ja erst ein Jahr her ...«

Sie blickt mit Augen, die ganz dunkel geworden sind, zum Saal hinüber. Dadurch entgeht ihr, daß für Sekunden etwas Böses in Don Felipes Gesicht aufleuchtet.

»Du hast recht«, sagt Felipe zärtlich. »Der Abend ist zu schön. Lassen wir das Vergangene ruhen! Reden wir von deiner Tochter! Ich habe selten ein so entzückendes Kind gesehen.«

Nur mit Anstrengung gelingt es Bettina, wieder in die Gegenwart zurückzufinden.

»Du bist schnell begeistert, Felipe«, sagt sie kühl. »Aber ich gebe zu, sie sieht ...« – sie verschluckt rechtzeitig das Wörtchen ›jetzt‹ – »reizend aus. Ich werde froh sein, wenn ich sie aus Paris wegbringe, ohne daß sie sich verliebt hat!«

Don Felipe blickt in das Gewühl der vorbeitanzenden Paare. Er lächelt. »Wenn mich nicht alles täuscht, wird dir das nicht mehr gelingen.«

Er deutet mit dem Kinn leicht zur Tanzfläche. Bettina folgt mit den Blicken ...

Doris und Pedro schweben in einem langsamen Walzer vorüber.

Pedro hat eine Hand zart um Dorles Hüfte gelegt, leicht umspannt seine Linke Dorles Hand – er führt sie nur mit den Augen. Mit dem glühend verliebten Blick seiner Augen, die wie schwarze Diamanten funkeln.

Bettina preßt die Lippen zusammen. Sie scheint nicht erfreut zu sein. Nervös entnimmt sie ihrer Brokattasche eine Packung Zigaretten. – Felipe gibt ihr Feuer. – Sie raucht.

Die Geigen schluchzen. Wer hätte so etwas voraussehen können! – denkt Bettina.

Dorle blickt gedankenverloren hinter dem Rauch ihrer Zigarette her.

Sie sitzt mit Pedro in einem Winkel der Galerie über dem gewaltigen, von zahllosen Bronzeleuchtern erhellten Saal. Pedro hat diesen Platz entdeckt. Das Licht hier oben ist diskret und wird von dem zärtlichen Altrot, dem matten Gold der Möbel gedämpft.

»Ja, was soll ich Ihnen von Paris erzählen?« sagt sie. »Sie, Pedro, kennen es doch viel besser als ich. Ich bin mit Mama in der Opéra gewesen. Ich war ... wie betrunken. So etwas von Stimmen und Farben, so etwas Berauschendes auf einer Bühne hatte ich mir bisher nie vorstellen können!«

»Wenn Sie so sprechen, sehe ich alles mit Ihren Augen!« sagt Pedro schwärmerisch. »Erzählen Sie weiter, Dorette! Ich könnte Ihnen ewig zuhören.«

Und Dorle erzählt. »Ich bin mit Mama über die Champs-Elysées gegangen. Es war Abend. Ein Himmel, so zwischen zartrot und graublau, dazu diese Autos mit ihren Lichtern, völlig unwirklich in der halben Helligkeit, dahinter der Triumphbogen, nur als blauschwarze Silhouette –, unvergeßlich! Dann sind wir in den Modehäusern gewesen. Bei den tollsten Leuten. Ich kam mir ganz klein vor, als ich sah, mit welcher Selbstverständlichkeit Mama den ganzen Apparat in Bewegung setzte. Das lief ab wie eine Vorstellung.«

Pedro nickt. »Ihre Mutter ist die großartigste Frau, die ich kenne.«

»Das ist sie«, sagt Dorle. Dann schüttelt sie unwillkürlich den Kopf. »Ich begreife mich selber nicht. Daß ich Ihnen das alles erzähle! Sie werden bestimmt über mich lachen.«

»Aber nein! Niemals!« ruft Pedro. »Ich möchte alles von Ihnen wissen!«

Dorle blickt selbstvergessen in sein strahlendes Gesicht. »Sehen Sie, ich komme aus Tübingen. Das ist eine liebe kleine Stadt mit viel Geschmack und Kultur, reizend und malerisch, aber es ist halt eine Kleinstadt, bürgerlich, vielleicht sogar ein bißchen spießerhaft. Mein Vater ...«, sie stockt bei dem Wort, fährt aber entschlossen fort: »... hat eine Apotheke. Es fehlte uns an nichts, aber ... jetzt, bei meiner Mutter hier in Paris, konnte ich sagen: dieses Kleid möchte ich, diesen Mantel möchte ich und diesen Hut. Und Mama nickte, und der Maître nickte, und ich bekam alles. Wie in einem Traum.«

Pedro hängt an ihren Lippen. »Ich träume mit Ihnen. Sprechen Sie weiter.«

»Selbstredend waren wir im Bois de Boulogne und in den Tuilerien, und ich dachte an das, was sich hier abgespielt hat. Ein ganzes Stück Weltgeschichte. Tragödien und natürlich auch Komödien. Sonst wäre es nicht Paris.«

Sie sieht ihn voll an. »Ja, und das alles war herrlich, war für mich umwerfend neu und schön. Aber wie schön Paris wirklich ist, das weiß ich erst seit heute abend!«

Sie holt tief Atem, sie zaudert, sie nimmt aus seiner Hand das frisch gefüllte Sektglas, trinkt einen kleinen Schluck und wiederholt: »Wie schön Paris ist, das weiß ich erst seit heute abend.«

Ohne daß sie es will und ohne daß sie es ahnt, stehen die nicht ausgesprochenen Worte in ihren Augen: Seitdem ich dich getroffen habe!

»Ich kenne Paris seit einem Jahr«, ruft Pedro lebhaft. »Aber mir geht es genauso wie Ihnen. Das Schönste von Paris ist mir erst heute abend begegnet!«

Dorle versucht noch einmal, aus dem Bann der flammenden Augen herauszukommen. »Woher kennen Sie eigentlich meine Mutter?« fragt sie.

Pedro wirft enthusiastisch beide Arme in die Luft. »Tante Bettina? Das wissen Sie nicht? Jaja!« Er nickt gedankenvoll. »Bettina ist immer voller Geheimnisse. Sie war die Frau meines Onkels Enrique, und jetzt ... jetzt wird sie wohl meinen Vater heiraten.«

Dorle faßt seine Hände.

»Das ist doch nicht möglich!« ruft sie erstickt. Sie sieht das Befremden in Pedros Gesicht. »O Pedro«, sagt sie erschüttert. »Entschuldigen Sie. Bei uns sind die Verhältnisse so unklar. In unserer Familie ist alles so schwierig. Ich habe meine Mutter erst vor ein paar Wochen kennengelernt. Ich ahnte ja gar nichts von ihrem Leben in Mexiko.«

Pedros Blick versenkt sich tief in ihre Augen. »Bettina weiß immer, was sie tut und was sie will. Bleiben wir bei uns!« Er lacht sie mit seinen schneeweißen Zähnen an und sagt unvermittelt: »Dorette, ich liebe Sie!«

Mutter und Tochter sind nach einer schweigsamen Fahrt durch die Nacht in ihr Hotel zurückgekehrt.

Bettina bemerkt den schwärmerischen Glanz in Dorles Augen und kann ihn auch deuten. Sie ahnt, welche schwere Aufgabe ihr bevorsteht. Aber sie sagt nichts; denn sie weiß, wie selten die Augenblicke reinen Glücks im menschlichen Leben sind.

Dorle kommt vor dem Schlafengehen noch einmal ins Zimmer der Mutter und umarmt sie.

»Ich danke dir, Mama, für alles«, flüstert sie. »Es war der schönste Tag in meinem Leben!«

Sie trägt ein weites, schwarz-rotes Hauskleid mit Stilkragen und sieht in ihrer weichen Gelöstheit entzückend aus – Bettina kann Pedros Begeisterung wohl verstehen.

»Auch ich kann noch nicht schlafen, Kind«, sagt sie. »Komm, setz dich zu mir. Es ist vielleicht ganz gut, wenn ich dir jetzt erzähle, was es mit Felipe und Pedro auf sich hat.«

Während Dorle sich auf das Bett setzt, blickt Bettina nachdenklich ins Weite. Sie weiß nicht, wie und wo sie beginnen soll.

»Ich erzählte dir schon von der Amerikanerin, die mich von Davos nach New York mitgenommen hat. Sie führte einen eleganten Modesalon, und es fiel mir nicht schwer, mich bei ihr einzuarbeiten. Durch sie lernte ich Don Felipe kennen. Er kam oft geschäftlich zu uns. Als die Amerikanerin starb, überredete er mich, nach Mexiko zu ziehen. Erst dort merkte ich, was er wollte, aber ich liebte ihn nicht. Außerdem war er verheiratet. Dann lernte ich seinen Bruder Enrique kennen.«

Sie holt tief Atem und deckt eine Hand über die Augen. »Enrique war die wahre Liebe meines Lebens.«

Dorles Augen sind groß auf die Mutter gerichtet. Sie fühlt Bettinas leichtes Beben, und sie fröstelt bei der Vorstellung von der Gewalt der Liebe im Leben eines Menschen. Zärtlich streichelt sie Bettinas Hand.

»Ich sagte nie ein Wort von dem, was ich für Enrique empfand, denn er war nicht frei«, fährt Bettina fort. »Und auch Enrique schwieg, obwohl er meine Neigung erwiderte. Das wußte ich.

Jahrelang ging das so. Dann starb Enriques Frau bei der Geburt seines einzigen Sohnes. Ich zog zu ihm. Heiraten konnten wir nicht. Ich war ja noch nicht geschieden. Nur vor den Nachbarn galt ich als seine Frau. Er war unheilbar krank, und meine Gegenwart war das größte Glück seiner letzten Jahre.«

Sie wischt sich mit dem Finger eine Träne aus dem Auge und richtet sich auf.

»Verzeih, Dorle, daß ich den herrlichen Abend mit einer so traurigen Geschichte abschließe. Ich war sie dir schon längst schuldig. Ich bin vielleicht in meinem Leben immer zu leidenschaftlich gewesen. Immer wollte ich alles oder nichts. Aber wer kann gegen seine Natur?«

Auch in Dorles Augen stehen Tränen.

»Ach, Mama! Jetzt habe ich dich noch viel lieber!«

Bettina zieht sie an sich und küßt sie. »Gute Nacht! Vergiß alles Traurige und schlaf!«

Als Dorle in ihr Zimmer zurückkommt, findet sie auf dem Spiegeltisch in der Fensternische einen Strauß roter Rosen. Mitten in der Nacht hingezaubert! Ein Hotelangestellter muß sie ins Zimmer gebracht haben, während sie bei ihrer Mutter war. Ein Brief liegt dabei. Wenige Worte in einer charaktervollen etwas steilen Männerhandschrift: »Je vous aime! Pedro.«

Dorle liest sie wieder und wieder: »Ich liebe Sie! Pedro.«

Sie beugt das heiße Gesicht über das Spiegelglas und weint vor Glück. Der Duft der Rosen hüllt sie zärtlich ein.

»Und ich liebe dich auch, Pedro!« flüstert sie.

Durch die weit geöffneten Fenster strahlt die Morgensonne von Paris. Dorle sieht gedankenverloren hinaus. Da kommt ein Page mit einem großen Bouquet langstieligen weißen Flieders.

Flieder im Oktober! Dorle birgt ihren Kopf in den weißen Blüten.

Sie löst das Briefkärtchen vorsichtig aus dem Strauß. »Ich habe in dieser Nacht keine Stunde schlafen können, weil ich immer an Sie denken mußte! Ihr Pedro.«

Dorle liest es wieder und wieder.

Noch einmal tauchen die Bilder dieser Nacht vor ihr auf. Pedro lacht sie zärtlich an; sie glaubt, seine Hände zu fühlen. – Er ist ihr so nah, als stünde er vor ihr.

Drüben auf dem Tisch stehen die Rosen, die er ihr nach dem Ball geschickt hat.

Dorle geht zum Wandspiegel. Ihre Augen glänzen, ihre Wangen brennen. – Nein, man sieht ihr nicht an, daß sie eine Nacht durchgetanzt hat.

Das macht Paris, die Luft; man ist beschwingt, verliebt . . .

Ob er sie wirklich so bezaubernd findet, wie er gesagt hat?

Sie nimmt den kleinen Handspiegel und dreht und wendet sich, bis sie ihr Profil sieht.

Ja, die Meisterhand des Chirurgen hat ein Wunder vollbracht.

Die Tür zum Bad öffnet sich lautlos. Dorle wirft den Handspiegel mit einem Schwung auf das Bett und stürzt in Bettinas Arme.

»Mama! Ich bin ja so glücklich!«

Sie preßt ihren Kopf an die Schulter Bettinas, drückt einen Kuß auf ihre Wangen und stammelt: »Ich weiß gar nicht, wie ich dir danken soll!«

Bettina streichelt Kopf und Schultern ihrer großen Tochter.

»Das ist auch nicht nötig, Kind! Ich hab' ja bisher so wenig für dich tun können!«

Sie gibt sich nur wenige Augenblicke ihrem Gefühl hin; dann schiebt sie Dorle sanft von sich und zerrt ungeduldig zwei engbeschriebene Briefbogen auseinander.

»Ich habe eben Post aus Tübingen bekommen! Von Albert und Minna. Unerhört, was da vor sich geht!«

Bettina streicht mechanisch ihr Haar zurecht. Dann beginnt sie, unruhig im Zimmer auf und ab zu gehen.

»Minna schreibt, daß die Hochzeit schon in wenigen Tagen stattfinden soll. Brandt hat das Aufgebot unmittelbar nach der Scheidung bestellt. Offenbar kann er es nicht mehr abwarten!«

Sie lacht spöttisch auf und fährt verärgert fort: »Er hat Handwerker kommen lassen und räumt im ersten Stock alles um. Meine Möbel sind auf den Speicher gewandert. Mein Eckzimmer soll Küche werden, weil die neue Frau Apotheker ihr Schlafzimmer zum Neckar hin haben möchte. Was Minna von diesen Veränderungen hält, kannst du dir denken!«

Bettina bleibt vor dem Spiegeltisch stehen und zupft nervös an den Dolden des Fliederstraußes.

»Bitte nicht, Mama!« sagt Dorle und nimmt ihrer Mutter den Strauß aus der Hand.

Bettina achtet nicht darauf.

»Minna hat gekündigt. Sie wird am Ersten zu ihrer Schwester ziehen. Albert bittet um Geld, damit er sich ein Zimmer suchen kann. Er möchte am liebsten das Wintersemester an einer anderen Universität verbingen, aber durch seine Doktorarbeit sei er an Tübingen gebunden.«

Bettina wirft den Briefbogen auf den Tisch.

»Wir müssen sofort zurück!«

Dorle fährt zusammen. »Mama!« ruft sie erschrocken.

Bettina blickt düster vor sich hin. »Ja, glaubst du, ich würde tatenlos zusehen, wie Brandt unsere Apotheke ruiniert? Wenn Albert schon schreibt, daß in der Bursagasse alles drunter und drüber geht, dann muß es schlimm sein. Pack bitte gleich deine Sachen!«

»Mama!« klagt Dorle enttäuscht. »Wir können doch nicht so Hals über Kopf ...«

Bettina hat es plötzlich sehr eilig. »Warum nicht? Das Mädchen kann dir helfen. Ich habe schon Auftrag gegeben, den Wagen aufzutanken. Wir starten gleich nach dem Frühstück!«

Dorle sucht verzweifelt nach einem Einwand. »Der Professor hat mich doch zur Nachuntersuchung bestellt«, bringt sie stockend hervor. »Außerdem bin ich zu halb zwölf beim Frisör angemeldet. Bitte, Mama, können wir nicht noch etwas bleiben, wenigstens noch einen Tag?

Sie dringt stürmisch auf ihre Mutter ein.

Sonst kann Bettina solchen seltenen Ausbrüchen ungestümer Zärtlichkeit nicht wiederstehen. Heute verschließt sie sich.

»Nein«, sagt sie ungeduldig. »Du mußt vernünftig sein! Die

Nachuntersuchung kann jeder Chirurg übernehmen. Und daß ich wegen deines Frisörs mit der Reise warten soll, ist doch wohl nicht dein Ernst! Ich muß jetzt dringend mit Doktor Bäcker sprechen.«

»Geht das nicht telefonisch?«

»Aber Doris!« sagt Bettina und schüttelt den Kopf. »Es bleibt dabei: In zwei Stunden fahren wir!«

Sie nimmt die Briefe auf und geht schnell durch das gemeinsame Bad in ihr Zimmer hinüber.

Dorle hält immer noch den Fliederstrauß in den Händen. Sie wartet einen Augenblick verwirrt und unschlüssig; dann stürzt sie hinter der Mutter her.

Auf dem breiten französischen Bett liegen schon die offenen Koffer. Bettina dreht sich überrascht um.

»Ja, Kind? Was gibt's noch?«

Dorle nimmt allen Mut zusammen. »Kann ich nicht einen Tag länger bleiben und mit der Bahn nachkommen?« fragt sie leise, während ihr Gesicht rot anläuft.

Bettina sieht ihre Tochter prüfend an. Dorle wendet sich verlegen ab. Sie steht vor Bettinas Nachttisch und nimmt ein Foto auf, das in einem ledernen Rahmen neben dem Lämpchen steht.

»Warum willst du denn unbedingt länger bleiben?« sagt Bettina.

Lange Zeit keine Antwort. Dorle studiert scheinbar das Foto.

»Willst du nicht antworten?«

»Ich habe eine Verabredung«, murmelt Dorle undeutlich.

Bettina tritt langsam zu ihrer Tochter. Sie blickt auf das Bild, das Dorle in Händen hält. Es zeigt einen Jungen in einer Schulbank vor einem aufgeschlagenen Buch. Er hat die Hände aufgestützt und blickt den Betrachter trotzig an. Das kindliche Gesicht zeigt Willen und Nüchternheit.. Der Mund scheint sagen zu wollen: ›Na, was guckst du so? Du siehst doch: Ich lerne!‹

»Gefällt er dir?« fragt Bettina mit veränderter Stimme. »Das ist mein mexikanischer Junge Ramón! Er ist jetzt auf einem Internat in den Staaten! Ich hoffe, daß du ihm eine große Schwester sein wirst, wenn wir später zusammenleben!«

Dorle sieht scheu über das Bild hinweg in das Gesicht der Mutter. Behutsam stellt sie das Foto zurück. Bettinas mexikanischer Junge? Dorles Gedanken verwirren sich. Hat sie einen Stiefbruder irgendwo drüben in Amerika?

Aber was geht sie jetzt der Junge an! Sie fühlt den Fliederstrauß in ihrer Hand und denkt nur an Pedro.

Bettina hat die sanfte Bewegung bemerkt, mit der Dorle die weißen Blüten an ihre Wange gepreßt hat. Sie weiß jetzt plötzlich, was ihre Tochter in Paris festhält. Ihre Augen verschleiern sich.

»Die roten Rosen drüben und dieser weiße Flieder – sind sie von ihm, von Pedro?« fragt sie.

»Ich will dir nicht hineinreden«, fährt sie fort. »Aber ich möchte diesen Pedro nicht gern in meinem Hause sehen. Ich kenne ihn. Er hat das leichte wilde Blut seines Vaters.«

Ihre Miene verhärtet sich.

»Nein, Doris, es tut mir leid, aber es geht nicht! Ich kann dich nicht allein in Paris lassen. Dafür gibt es tausendundeinen Grund; schlag dir das bitte aus dem Kopf!«

Dorle beißt sich auf die Lippen. Sie ist enttäuscht. Aber sie zeigt es nicht. Die Mutter braucht nicht zu wissen, was in ihrem Herzen vorgeht, wie weh die plötzliche Trennung von Pedro tut. »Was soll nun werden?« fragt sie sachlich.

»Wir reisen!« Bettina gibt sich keine Mühe mehr, ihre Ungeduld zu bemänteln. »Wir starten gegen elf und übernachten heute unterwegs, vielleicht in Straßburg oder Heidelberg. Dann ist die Fahrt nicht so strapaziös. Morgen stehen wir etwas zeitiger auf und sind am frühen Mittag in Tübingen.«

Dorle schüttelt den Kopf. »Nein, das meine ich nicht. Soll ich in Tübingen bei dir bleiben oder . . . muß ich zurück in die Apotheke?«

Bettina zieht die Augenbrauen zusammen, als überlege sie. In Wirklichkeit hat sie diese Frage längst entschieden. Sie wird Dorle in das Haus in der Bursagasse zurückschicken. Wenigstens bis zu dem Tage der Hochzeit. Inzwischen wird sie mit ihrem Anwalt alle anderen Fragen klären. »Ich halte es für das beste, wenn du zunächst zu deinen Geschwistern gehst«, sagt sie vorsichtig. »In Tübingen würde nur unnötiges Gerede entstehen, wenn du zu mir ins Hotel ziehst. Im Augenblick ist das die beste Lösung. Und nun mach, daß du fertig wirst!«

Sie schiebt Dorle, die immer noch zögert, an den Schultern zur Tür.

»Sollten wir nicht nach Tübingen telegrafieren, Mama?« fragt Dorle im Hinausgehen. »Ich möchte nicht so plötzlich ins Haus schneien. Gerade jetzt, verstehst du?«

»Ja, sicher! Minna muß unbedingt vorher informiert werden!« sagt Bettina zerstreut. »Gib das Telegramm telefonisch durch. – Nein«, unterbricht sie sich, »schreib es mit Druckbuchstaben auf. Sonst verstümmeln sie den Text bis zur Unkenntlichkeit!«

»Und Papa?« fragt Dorle beharrlich. »Gerade vor dem Wiedersehen mit ihm habe ich richtige Angst! Er hat auf meinen Brief überhaupt nicht geantwortet.«

»Dann schick zwei Telegramme!« ruft Bettina unbeherrscht. »Eins an Minna und eins an Brandt. Sei doch nicht so umständlich!«

Als Dorle in ihrem Zimmer ist, da ist es mit ihrer Selbstbeherrschung endgültig vorbei. Sie sieht auf den Fliederstrauß in ihren Händen; sie blickt zu den Rosen hinüber, die auf dem Spiegeltischchen stehen. Die ersten Blätter haben sich leicht gelöst, die Blüten sind gerade dabei, sich zu öffnen. Dorle senkt den Kopf. Ihr ist, als sei sie jäh aus einem schönen Traum erwacht und stehe einem Tag voller Sorgen gegenüber.

Zurück nach Tübingen! Zurück in die Stadt, die ihr verleidet ist, seitdem sie die Geschichte ihrer Herkunft erfahren hat.

Mechanisch verstaut sie Kleider, Wäsche und Toilettegegenstände im Koffer. So viele kostbare neue Dinge! Jetzt hat sie keine Freude mehr daran.

An der Seitenwand des Schranks hängt die Abendrobe. Die schwere Seide des stahlblauen Duchesse-Rockes unter dem duftigen Tüll glänzt im Tageslicht. Tränen des Zorns steigen Dorle in die Augen. Was soll sie mit einem solchen Kleid in Tübingen?

Im Winkel der Nachttischschublade liegt das Abendtäschchen, das sie gestern getragen hat. Da steckt auch neben dem Spitzentaschentuch Pedros Karte, die er an den Rosenstrauß geheftet hatte. Bisher hat sie nur die vier geschriebenen Worte gelesen. Jetzt entdeckt sie auf der Rückseite Adresse und Telefonnummer.

Sie blickt schnell zur geschlossenen Tür hinüber. Dann nimmt sie den Hörer auf.

»Ich danke Ihnen für die herrlichen Blumen, Pedro«, sagt sie ein paar Augenblicke später leise, während ihr Herz stürmisch klopft. »Sie haben mir damit eine unbeschreibliche Freude gemacht! Aber mit dem Wiedersehen wird es leider nichts. Wir reisen in zwei Stunden ab . . . Nein«, antwortet sie auf seine Frage. Und noch einmal: »Nein! Es geht nicht!«

Sie schließt die Augen, während er spricht und seiner Enttäuschung Luft macht.

»Vielleicht«, sagt sie schließlich, »aber dann müßten Sie sehr schnell hier sein. Ich bin in einer Viertelstunde unten in der Halle beim Portier; ich muß noch zwei Telegramme aufgeben.«

Als sie den Hörer zurücklegt, strahlen ihre Augen. Sie läuft mit beschwingten Schritten auf und ab, um rasch die letzten Kleinigkeiten zu verpacken.

Pedro wartet schon, als sie in die Halle kommt. Er grüßt sie mit einer vollendeten Verbeugung.

Ihr steigt das Blut in den Kopf. Sie spürt seine Blicke wie eine körperliche Berührung, als sie ihren Auftrag beim Empfang erledigt. Dann wendet sie sich um, und er steht vor ihr. Seine dunklen Augen lachen; dieser Blick ist eine einzige zärtliche Liebkosung.

Wie gut er aussieht! Das schmale, aristokratische Gesicht mit der brünetten Haut wirkt heute kühn und männlich. Als er die Hand ausstreckt, blitzt ein goldenes Armband auf; sie hat es schon gestern bemerkt. Er hält ihre Finger einige Sekunden zu lange, und sein glühender Blick versenkt sich in ihre Augen.

Wenn er mich weiter so ansieht, denkt Dorle verwirrt ... Sie entzieht ihm ihre Hand.

»Sie wollten mich sprechen?« fragt sie spröde.

»Ja«, sagt er langsam, als erwache er aus einem Traum. »Aber nicht hier!«

Dorle sieht sich unruhig um. »Ich muß gleich mit Mama frühstücken. Ich kann nicht weg!«

»Ich will Sie nicht weit entführen«, lacht Pedro, »nur ein paar Schritte. Kommen Sie!«

Er bahnt ihr den Weg durch die Sesselgruppen hindurch zu einer halben Treppe am Ende der Empfangshalle. ›Salons de Lecture – Lesezimmer‹ verkündet eine Tafel in Goldbuchstaben.

Pedro stößt die erste Tür auf. Der Raum ist leer. Er läßt Dorle eintreten und zieht die Tür hinter ihr zu. Sie sieht sich fragend nach ihm um, da fühlt sie seine Hände auf ihren Schultern, über ihrem Haar und schließt die Augen. Er hebt ihr Kinn an, und sie fühlt seine Lippen auf ihrem Mund.

Immer wieder verschließt er ihren Mund mit brennenden Küssen. Bis sie schließlich ihre Hände in seinem Nacken verschränkt.

»Du«, stammelt er wieder und wieder, zieht sie fester und fester an sich, und jetzt gibt sich Dorle ganz seinen Küssen hin.

Völlig verwirrt macht sie sich plötzlich aus seinen Armen frei: »Pedro, bitte nicht, ich muß doch gehen!«

»Du mußt bleiben«, murmelt er und sucht ihre Lippen. »Du mußt immer bei mir bleiben, ma petite!«

»Es geht nicht, Pedro«, seufzt Dorle und streicht ihm mit beiden Händen über Stirn und Schläfen. »Sei doch vernünftig!«

»Wie kann ich denn vernünftig sein«, sagt er zärtlich, »wenn ich dich in meinen Armen halte!«

Dorle ist es, als ob sie allen eigenen Willen verloren habe.

»Pedro«, seufzt sie, »so laß mich doch, Mama wird mich bestimmt schon suchen!« Sie macht einen halben Versuch, sich aus seinen starken Armen zu lösen.

»Erst mußt du mir sagen, wann wir uns wiedersehen!«

»Ich weiß es doch nicht.« Ihr steigen die Tränen in die Augen. »Wir fahren nach Tübingen! – wie soll ich je wieder nach Paris kommen!«

»Nicht traurig sein, ma petite«, raunt er mit zärtlicher Stimme. »Wenn du nicht nach Paris kommen kannst, dann werde ich nach Tübingen kommen. Ich kann auch in Deutschland studieren.«

Die Tür wird aufgeklinkt. »Un moment, Madame«, sagt Pedro über Dorles Schulter hinweg kaltblütig zu einer älteren Dame.

Aber der Schreck ist Dorle in die Glieder gefahren. Sie strebt gehetzt fort. »Ja, ich schreibe dir, gleich wenn ich angekommen bin«, sagt sie, während sie zur Halle zurückgehen. »Wirst du wirklich nach Deutschland kommen?«

Er hält sie einen Augenblick fest.

»Bestimmt! Ich liebe dich, Dorle! Ich weiß es, seitdem du gestern in den Ballsaal getreten bist. Wirst du mich nicht vergessen?«

Dorle schüttelt stumm den Kopf. Sie kann nicht sprechen.

Schmerz und Seligkeit erfüllen sie so stark, daß die Umwelt schemenhaft wird.

Da strömen Menschen durch die Halle; ankommende Gäste folgen kofferbeladenen Pagen. Ein dicker Herr verlangt laut seinen Zimmerschlüssel. Zwei Geschäftsleute gestikulieren mit temperamentvollen Gebärden vor dem Mittelgang. Der Portier hält den Telefonhörer in der Hand und winkt einem Mädchen, das unruhig vor der Portiersloge auf und ab läuft. Die Fahrstuhltür neben dem Empfang öffnet sich. Ein Hoteldiener schleppt Gepäck aus dem Aufzug und stapelt die Koffer in den Winkel neben der Garderobe.

Ihre Koffer!

Dorle wendet sich zu Pedro um.

»Nein!« sagt sie mit fremder Stimme. »Ich werde dich nicht vergessen. Ganz gleich, was geschieht!«

Sie will weitersprechen, aber die aufsteigenden Tränen ersticken ihre Stimme. Sie streicht noch einmal kurz über seine Hand, dann hastet sie wie blind davon.

17

Als Bettina und Dorle auf der Rückfahrt Fontainebleau passieren, treffen die Telegramm in der Bursagasse ein. Der Bote gibt sie in der Apotheke ab. Bösinger schickt das Lehrmädchen mit der Brandtschen Privatpost und dem Telegramm für Minna in die Wohnung hinauf.

Minna ist ausgegangen. Wolfgang nimmt bei geöffneter Küchentür gerade ein improvisiertes zweites Frühstück ein.

»Irgendwelche Liebesbriefe für mich dabei?« ruft er.

Das Mädchen kichert. »Ich hab' nicht nachgesehen. Erwarten Sie denn welche?«

»Immer! Meine dreiundzwanzig Bräute schreiben täglich!«

»Heute nicht!« lacht die Kleine. »Es sind nur fünf Briefe da und ein Telegramm für Fräulein Minna!«

Sie packt die Post auf das Tischchen und verschwindet. Vom oberen Stockwerk kommt Albert herunter.

Wolfgang tritt neugierig zu seinem Bruder, der schon die Briefe durchblättert. »Ein Telegramm für Minna!« sagt er kauend. »Wo kommt es denn her?«

»Paris!« antwortet Albert lakonisch. »Aber sieh dir dies bitte an!«

Er hält Wolfgang das Druckmuster einer Einladungskarte vor die Augen. Wolfgang liest:

Dr. Justus Brandt
und
Frau Gabriele Brandt, geb. Holthuys,
geben sich die Ehre,
aus Anlaß ihrer Hochzeit
zu einem Empfang um 11 Uhr
einzuladen.

»Und?« fragt er. »Irgend etwas auszusetzen? Den Text hab' ich mit entworfen!«

Albert fährt herum: »Das ist doch nicht wahr!«

»Klar!« sagt Wolfgang lakonisch. »Ich muß es ja schließlich wissen!«

Albert blickt seinen Bruder immer noch zweifelnd an. Er schwingt die Karte erregt durch die Luft.

»Das hier beendet jedenfalls meinen Aufenthalt in diesem Hause. An diesem Ereignis werde ich nicht mehr teilnehmen! Und du doch wohl auch nicht, Wolf?«

Wolfgangs Miene verschließt sich. Er antwortet nicht.

»Mensch, so nimm doch Vernunft an!« drängt der Ältere heftig. »Das ist der Augenblick, in dem wir Kinder zusammenhalten müssen! Ich habe Papa gesagt, daß wir aus dem Hause gehen werden, wenn es zu dieser Hochzeit kommt!«

»Du vielleicht, Bertel«, sagt Wolfgang ruhig. »Ich nicht!«

Albert fährt zurück. »Soll das heißen, daß du bleiben willst, auch wenn Papa unsern guten Namen in den Dreck zieht?«

»Mach bloß nicht solche Wellen!« sagt Wolfgang störrisch. »Du führst hier ein Drama auf, das verdammt nach Jahrhundertwende riecht. Ich hab' Fräulein Holthuys kennengelernt, und ich finde sie sehr nett. Du brauchst sie doch nicht zu heiraten! Es ist Papas Entscheidung, und er muß wissen, was er tut!«

»Er weiß es eben nicht!« schreit Albert aufgebracht. »Er hat völlig den Verstand verloren! Hast du vergessen, was du auf der Kneipe erlebt hast?«

Wolfgang bleibt ganz ruhig. Aber es ist eine gefährliche Ruhe. »Ich habe nichts vergessen. Gar nichts. Ich weiß sogar noch ein bißchen mehr als du. Vor ein paar Wochen kam ein gewisser Albert Brandt auf mein Zimmer und brüstete sich groß mit seiner Heldentat in Stuttgart. Bist du dir eigentlich klar, daß du dich bei Fräulein Holthuys entschuldigen müßtest?«

»Entschuldigen? Ich? Bei so einer?«

»Sie wird in vier Tagen die Frau deines Vaters sein!«

Die Stimmen sind lauter und lauter geworden. Die Brüder stehen einander mit geballten Fäusten gegenüber.

»Sprich leiser!« sagt Wolf und angelt in der Hosentasche nach einer Zigarette. »Oder soll die ganze Apotheke mithören?«

Er wirft die Haare aus der Stirn und steckt sich umständlich seine Zigarette an. In großen blauen Wolken stößt er den Rauch aus und sieht seinen Bruder durch den Schleier mit zusammengekniffenen Augen verbissen an.

»Nimm bitte zur Kenntnis«, sagt er kalt, »daß ich auch weiter in diesem Hause bleibe. Wenn du gehen willst, so ist das deine Sache. Ich halte es aber Papa gegenüber für eine Gemeinheit, ihn in dieser Lage derartig bloßzustellen!«

Es sieht für einen Augenblick so aus, als wolle Albert mit den Fäusten auf seinen Bruder losgehen. Dann läßt er langsam die Arme sinken.

Nach dem heftigen Wortwechsel wird die Stille doppelt spürbar. Die alte Pendeluhr tickt unbeirrt. Sie hat mehr als ein Jahrhundert den Wandel der Zeiten überdauert. Es ist, als wolle ihre Stimme zum Frieden im Hause mahnen.

Unten wird die Haustür aufgeschlossen: Mit schleppendem Schritt kommt Minna über den Flur.

Wolfgang sieht seinen Bruder an.

»Entschuldige, Bertel«, sagt er, »aber das mußte ausgesprochen werden!«

»Ich hoffe, du wirst es dir noch überlegen!« antwortet Albert stockend.

Wolf schüttelt stumm den Kopf.

Minna taucht in der Diele auf, schwer beladen mit den morgendlichen Markteinkäufen.

»Was steht ihr hier?« fragt sie, und die schnellen Augen huschen von einem zum andern.

Wolfgang angelt geschickt das Telegramm vom Tisch, um Minna abzulenken.

»Ein Telegramm aus Paris. Für dich, Minchen!«

Minna setzt Korb und Netz auf dem Fußboden ab. »Lies es mir bitte vor, Wölfi! Es wird doch nichts Schlimmes sein, am Ende etwas mit Dorle?«

Wolfgang hat das Telegramm schon aufgebrochen: »Es ist von Dorle«, sagt er und liest laut den Text:

»›Ankomme morgen gegen Mittag! Dorle.‹«

Als am nächsten Tag die Glocke der Stiftskirche zwölfmal geschlagen hat, hält Bettinas Wagen vor der Eckertschen Apotheke.

Dorle springt aus dem Wagen. Sie greift nach den Koffern auf dem Rücksitz. Bettina hilft ihr und streicht ihr noch einmal beruhigend über die Wange. »Besuche mich bald«, sagt sie und fügt schnell hinzu: »Laß dir nicht bange machen!«

Vor der Haustür dreht sich Dorle um und winkt. Bettina hatte den Motor erst gar nicht abgestellt. Sie nickt und lächelt, während das Auto anfährt.

Dorle hat Angst vor der Heimkehr und tastet seufzend nach der Klingel.

Da wird schon die Haustür aufgerissen.

Minna!

Sie will erst nach den Koffern greifen, stutzt dann, öffnet den

Mund zu einem halben Aufschrei, befremdet, ungläubig: »Dorle, du?« Dann zieht sie das Mädchen in ihre Arme. »Kind, was haben sie nur mit dir gemacht? Du bist so verändert!« Ihre Stimme schwankt vor Rührung. »Und ich weiß nicht, ob ich mich daran gewöhnen kann!«

Dorle windet sich aus Minnas Armen. »Nicht hier draußen, bitte!«

Im Hausflur wartet Wolfgang. »Mensch, was 'ne Wolke! Du bist ja 'ne Schönheit geworden!« platzt er heraus. Als er Dorles Verlegenheit erkennt, hilft er ihr geschickt darüber hinweg. »O lala, Mademoiselle, Sie sein scharmant. Hühnle, daß du wieder zu Hause bist! Das gibt endlich ein bißchen Pariser Luft in dieser muffigen Bude!«

Er nimmt ihr die Koffer ab und singt laut auf der Treppe: »In Paris, in Paris sind die Mädels so süß!«

Oben in der Diele knallt Wolf das Gepäck in die Ecke und umarmt seine Schwester stürmisch.

»Das Wunder von Paris!« ruft er aus. »Sieh doch bloß, Minna! Sie kann jetzt jede Schönheitskonkurrenz mitmachen! Mensch, und dazu noch das Kostüm! . . . Die Tübinger Mädle werden schlaflose Nächte haben, wenn sie das sehen!«

»Nun laß bloß andere auch mal zu Wort kommen!« sagt Albert von der Treppe her. Er küßt seine Schwester auf beide Wangen, und das ist sonst bei der Familie Brandt höchstens zu Weihnachten oder an Geburtstagen üblich.

Dorle wird richtig warm ums Herz.

Wolf schiebt alle in den kleinen Salon. »Nein, du mußt mit«, sagt er zu Minna, die in die Küche enteilen will. »Die Suppe kocht von allein; erst müssen wir Dorle genügend bewundern.«

Er zieht seine Schwester an beiden Händen zum breiten Fenster und dreht sie hin und her.

»Gnädiges Fräulein«, sagt er todernst, »darf ich ergebenst um Ihren Paß bitten? Ich zweifle stark, daß Sie mit besagter Doris Brandt identisch sind, die vor sechs Wochen in diesem Hause wohnte!«

Eine feine Röte überläuft Dorles Gesicht. Wolfgang begreift instinktiv, daß sie einen Doppelsinn aus seinen Worten herausgehört hat.

»Mademoiselle!« Wolf nähert sich Dorle mit Tanzschritten, »Tango oder Englischer Walzer? Warte, ich hole 'ne echte Pariser Platte!«

Er gleitet steppend zur Tür und reißt sie auf.

»Entschuldige!« sagt er und fährt zurück.

Auf der Schwelle steht Dr. Justus Brandt. Sofort legt sich eine eisige Stille in den Raum.

Dorle sieht dem Apotheker mit aufgerissenen Augen entgegen. Sie wird rot und blaß; sie kann sich plötzlich nicht mehr von der Stelle rühren.

Brandt räuspert sich.

»Mein Gott«, sagt er unwillkürlich, »du bist ja gar nicht wiederzuerkennen! Also so etwas . . .« Er bricht ab und sucht nervös nach seiner Brille. »Ich hätte es nicht für möglich gehalten, daß eine Nase ein Gesicht derartig verändern kann!«

Dorle ist flammend rot geworden. Brandt beachtet es nicht. Er hat endlich seine Brille gefunden und setzt sie auf.

»Mein liebes Kind, ich danke dir für den Brief, den du mir aus Paris geschrieben hast. Er klang mir reichlich formell, und eine Entschuldigung für deine doch etwas überstürzte Abreise war er wohl auch nicht. Immerhin freue ich mich, daß du zu uns zurückgefunden hast. Ich nehme es auch als ein Zeichen dafür, daß du weißt, wohin du gehörst!«

Jetzt erst streckt er seine Hand aus.

Aber Dorle sieht sie nicht. Ihre Spannung löst sich plötzlich in einem Tränenstrom. Sie preßt die Hand vor die Augen.

»Also, wenn das eine Begrüßung sein soll!« fährt Albert empört den Vater an und legt den Arm schützend um seine Schwester. »Komm, Dorle!«

Bevor Brandt etwas erwidern kann, haben die beiden das Zimmer verlassen.

»Mach dir nichts draus, Schwesterchen!« sagt Albert begütigend auf der Treppe. »Papa hat uns gegenüber in letzter Zeit einen seltsamen Umgangston. Hat dir Mama erzählt, daß in drei Tagen Hochzeit ist?«

Dorle nickt.

»Ich verstehe nicht, warum sie dich überhaupt hierher zurückgeschickt hat. Minna und ich gehen übermorgen aus dem Haus. Und du mußt auch weg!«

»Ich weiß nicht, Bertel«, sagt Dorle und wischt die letzten Tränen aus den Augen. »Wenn Mama mich nicht zu sich nimmt, wo sollte ich dann hin?«

»Na, hier kannst du auf keinen Fall bleiben!« stößt Albert hervor. »Das muß sofort geklärt werden. Am besten gehen wir gleich nach dem Essen zu Mama!«

Die Sonne hat sich an diesem späten Oktobertag noch einmal hervorgewagt, als sich Dorle und Albert auf den Weg machen. Sie überstrahlt das bunte Laub der Bäume und läßt die Dächer am Hang in sattem Rot aufstrahlen. Die Luft ist kühl; nur in den sonnigen Winkeln sammelt sich noch Wärme. Hunde liegen träge vor den Portalen der alten Bürgerhäuser und Katzen auf der Treppe zur Stiftskirche.

Dorle hat sich in Alberts Arm gehängt. Sie trägt einen weiten bauschigen Mohairrock, einen sportlichen Pulli mit Rollkragen und dazu lange dunkelblaue Wollstrümpfe. Das ist der letzte Modeschrei, der von New York auf den alten Kontinent geweht ist. Das Tübingen des Jahres 1954 hat von dieser Mode noch nichts gehört.

Alle drehen sich nach der jungen Dame um, die an Alberts Arm hängt. Die Mädchen schauen ihr ebenso neugierig nach wie die Studenten und älteren Herren.

Viele grüßen höflich und zuvorkommend. Dorle stößt ihren Bruder mit dem Ellenbogen in die Seite.

»Merkst du, Bertel, sie erkennen mich nicht!«

Es sind nur ein paar Schritte bis zum ›Goldenen Widder‹.

Bettina sieht ihre Kinder kommen. Ihre Zimmertür steht offen.

Die Sonnenblenden sind heruntergelassen. Der große Raum ist halbdunkel. Dieses Fürstenzimmer des ›Goldenen Widder‹ atmet noch die Pracht vergangener Zeiten. Ein breiter Schreibtisch und eine klobige Sesselgarnitur vermitteln den Eindruck intimer Eleganz.

Bettina wirkt noch etwas müde von der Fahrt. Als Albert sich ihr zögernd nähert, streicht sie ihm lächelnd über die Hand.

»Albert, mein Junge, ich freue mich so, dich wiederzusehen!«

Albert beugt sich unsicher zu ihr hinab, aber sie nimmt seinen Kopf in beide Hände und gibt ihm einen herzhaften Kuß.

»Du siehst abgespannt aus!«

Albert zuckt nervös die Schultern.

»Du weißt doch, was bei uns los ist, Mama! Hast du meinen Brief nicht bekommen?«

»Doch.« Bettina zieht Dorle und Albert neben sich auf die Couch. Sie blickt zur Tür. »Ist denn Wolfgang nicht mitgekommen?«

Albert schüttelt den Kopf. »Nein.«

»Ist etwas los mit Wolf? Vielleicht mit dem Ehrenhandel?« fragt Bettina besorgt.

»Der ist lange beigelegt. Franz Butzbach hat sich in aller Form entschuldigt«, erwidert Albert und fügt mit rauher Stimme hinzu: »Ich hatte mit Wolf eine heftige Auseinandersetzung. Er will auch nach der Hochzeit in der Bursagasse bleiben. Er meint vielleicht, weil er später einmal die Apotheke übernehmen soll. Aber er wird sich irren! Alles wird diese Frau an sich raffen!«

Bettina steht auf und tritt ans Fenster.

»Still! Sei einen Augenblick still, Albert!« sagt sie mit geschlossenen Augen.

Die Kinder werden alles verlieren, hämmert es in ihren Schläfen. Dabei will sie ihre Kinder jetzt selber zwingen, das Haus in der Bursagasse kampflos zu räumen.

Wozu?

Nur um eines billigen Triumphes willen? Nur, weil sie sich ausgemalt hatte, wie die Kinder und Minna am Hochzeitstage die Apotheke demonstrativ verlassen würden?

Ist das vernünftig? Ist es nicht von Anfang an ihr einziges Ziel gewesen, den Kindern ihr Zuhause zu erhalten?

Gut, daß Wolfgang nüchtern geblieben ist!

Sie dreht sich um und blickt Albert und Dorle an.

»Ich habe mich geirrt!« sagt sie langsam. »Und Wolfgang hat recht! Man gibt sein Erbe nicht auf. Ihr müßt in der Bursagasse bleiben – und Minna auch!«

18

An diesem Morgen steht Justus Brandt früh auf.

Die Unruhe, die dem Beginn eines neuen Lebensabschnitts immer vorangeht, hat ihn nur wenige Stunden schlafen lassen. Er ist von Nervosität durchzittert. ›Wie ein Rennpferd vor dem Start‹, denkt er sarkastisch.

Heute ist der Tag seiner zweiten Heirat.

Brandt tritt ans weit offenstehende Fenster seines Schlafzimmers und blickt lange hinaus. Ein feiner Regenschleier liegt über der Stadt. Dicht über dem Wasser hängt der Nebel.

Justus Brandt ist sonst vom Wetter unabhängig. Jetzt gesteht er sich, daß er sich heute über ein paar Sonnenstrahlen wie ein Kind freuen würde – ein paar Sonnenstrahlen als günstiges Vorzeichen für den neuen Abschnitt seines Lebens.

Unwillkürlich atmet er tief auf.

Es ist nicht so leicht, als Mann von fast Mitte Fünfzig eine so junge Frau zu heiraten. Es wäre Unsinn, das vor sich selber zu leugnen. Ganz abgesehen von den Begleitumständen.

Die vergangenen Wochen sind voller Ärger und Schwierigkeiten gewesen. Die Scheidung von Bettina war dabei noch verhältnismäßig einfach.

Aber die Verhandlungen mit den Anwälten und der Apothekerkammer wegen Bettinas Kündigung haben Nerven gekostet. Leider ist die Rechtslage völlig klar; aber sein Anwalt hofft, Bettina doch noch bewegen zu können, die Kündigung zurückzunehmen.

Zermürbend war auch das Zusammenleben mit den Söhnen, obwohl es zu einer endgültigen Aussprache nicht mehr gekommen ist.

Dazu die Hochzeitsvorbereitungen!

Brandt hat eine kirchliche Trauung in der Stiftskirche, dem Heiligtum der Tübinger, gewünscht, als sichtbaren Beweis, daß er mit der Wahl dieser Frau das Licht der Öffentlichkeit nicht zu scheuen braucht.

Doch der Pfarrer hat sich auf ungeschriebene kirchliche Gesetze berufen, die eine Trauung nach gerade erfolgter Scheidung ausschließen, und mit ein paar höflichen Worten abgelehnt.

Brandt ist zu stolz, zu bitten. So bleibt es zu Gabrieles Erleichterung nur bei der standesamtlichen Trauung. Nun gut; um so großartiger soll dafür der Empfang werden, den das neuvermählte Paar in der Bursagasse geben wird. Fast hundert Einladungen sind verschickt.

Brandt hat sich nach reiflicher Überlegung für diese zwanglose Form der Feierlichkeit entschieden. Die Gerüchte in Tübingen sind noch nicht verstummt. Viele seiner Bekannten werden Gabriele ein gewisses Mißtrauen entgegenbringen. Und das würde ihnen Grund genug sein, die Einladung zu einem Hochzeitsmahl abzulehnen.

Aber ein Empfang, wo man zwanglos kommen und gehen kann, wo man nur ein wenig herumsteht und plaudert, mit wem man will! Wo es sich ganz natürlich ergibt, daß man mit der jungen Frau Brandt ein paar unverbindliche Worte wechselt ...

Und wenn es soweit ist – daran zweifelt Brandt nicht im geringsten –, werden sich vor Gabrieles damenhafter Haltung, vor ihrer feinen, geistreichen Art die Vorurteile in nichts auflösen. Sie wird alle Herzen im Sturm gewinnen. Genauso wie seines!

Punkt zehn Uhr erscheint der Herr Apotheker Justus Brandt im schwarzen Sakko mit gestreifter Hose im ›Goldenen Widder‹. Gabriele empfängt ihn diesmal in ihrem Zimmer im zweiten Stock. Sie trägt ein schlichtes anthrazitfarbenes französisches Kostüm mit einer weißen Spitzenweste, dazu einen winzigen weißen Organzahut und Pumps in der Farbe des Kleides. Am Revers der Jacke steckt ein Maiglöckchenstrauß.

Aber ihr Gesicht ist blaß; ihre grünen Augen leuchten in einem nervösen Glanz, und ihre Hand ist kalt.

»Lampenfieber?« fragt Brandt zärtlich und zieht sie an sich.

Gabriele nickt. »Vielleicht. O Justus, die wundervollen Rosen!«

Sie nimmt ihm den Strauß roter Rosen aus der Hand und atmet flüchtig ihren Duft.

»Du verwöhnst mich viel zu sehr!« Sie legt die Blumen hin und schmiegt sich fest an ihn. »Ja, Justus, ich habe schreckliche Angst!«

Brandt hält sie fest. »Wovor?« Er lacht. »Vor der Bursagasse? Vor den Kindern? Oder vor Minna? Das ist jetzt alles ausgebügelt.«

Gabriele schüttelt den Kopf. »Nicht vor deiner Familie habe ich Angst, Justus. Auch nicht vor dem Drum und Dran. Nur vor der Möglichkeit, daß ich dich enttäuschen könnte! – Noch nie ist ein Mensch so gut zu mir gewesen wie du. So verständnisvoll. Es wäre mir furchtbar, wenn ...«

»Sprich nicht weiter!« unterbricht Brandt sie schnell. Die Angst, die ihn selber durchzittert, will er nicht merken. Er küßt seine Braut zart auf die Stirn. »Das ist ganz ausgeschlossen, Gabriele.« Er schlägt einen fröhlichen Ton an. »Es wird Zeit. Die Trauzeugen laufen uns sonst davon!«

Als die beiden herunterkommen, erheben sich in der Halle zwei Herren in Schwarz aus ihren Sesseln.

Der eine, ein breiter, dunkelbraun gebrannter und trotz des weißen Haarschopfes jugendlich wirkender Mann, ist Dr. Joachim Merklin, Professor der Archäologie, Brandts Studienfreund. Merklin ist gerade nach vier Monaten Ägypten zurückgekommen und hat sich sofort als Trauzeuge zur Verfügung gestellt.

Der zweite Herr und Trauzeuge, Legationsrat a. D. von Liddingbrook, ist Gabrieles Onkel. Sein Haupt strahlt blank wie eine Billardkugel. Ein paar überlange schwarzgefärbte Haare sind mit Sorgfalt schräg nach vorn gezogen und festgeklebt. Zwei messerscharfe Wangenfalten und ein leicht speckig glänzender Cut erzählen von mageren Zeiten. Er spricht den typischen preußischen Offiziersjargon und versteht es, sich das an dünner Goldkette hängende Monokel mindestens ebenso virtuos ins Auge zu werfen wie der Graf Hohenperch.

Gabriele hat nicht gezögert, die Nachricht ihrer bevorstehenden Heirat nach Rendsburg zu schicken. Natürlich nicht an ihren Vater, den Generalleutnant a. D. Holthuys, der jahrelang ihre Briefe ungeöffnet zurückgesandt hatte, sondern an Tante Leonore, die ihm seit dem Tode der Mutter den Haushalt führt. Tante Leonore gratulierte ›im Namen der ganzen Familie zu dem bevorstehenden Schritt, der sich hoffentlich auf Dein bisher so unruhiges Leben segensreich auswirken wird‹. Sie kündigte auch an, ihr Bruder Ferdinand würde zu der Feier erscheinen.

Liddingbrook küßt Gabriele zeremoniell die Hand. Dann betrachtet er sie mit und ohne Monokel aus immer größer werdenden Augen. »Is doch nich menschenmöglich! Das soll die kleine Ella sein? Süperb! Janz süperb! Einfach pyramidale Entwicklung!« Er wendet sich an Brandt. »Und das is' wohl der Auserkorene? Bin sehr erfreut, Sie als Abgesandter der Familie Holthuys begrüßen zu dürfen. Muß sagen, Verehrtester: Haben außerordentlich sicheren Jeschmack bewiesen. – Liebste Ella! Wir sind alle jlücklich, daß du endlich einen heimischen Herd jefunden hast! Als dein alter Onkel wird mir wohl ein Familienkuß jestattet sein!« Er versetzt Gabriele mit gespitzten Lippen einen schallenden Kuß auf die Wange.

»Tu mir einen Gefallen, Onkel Ferdi, und nenne mich nicht Ella!« sagt Gabriele halblaut zu ihm. »Alle nennen mich Gabriele!« Seine Gegenwart erfüllt sie zwar mit Genugtuung, weil damit endlich wieder eine Verbindung zu ihrer Familie hergestellt ist. Wenn er nur nicht so lustspielhaft auftreten wollte!

Onkel Ferdinand gehört zu den Menschen, die nicht gern belehrt werden. »Jaja, ich erinnere mich. Ella war dir früher schon immer zu vuljähr. Äh, mit jewissem Recht. Aber Gabrieh-le, nee, nee, das is zu lang. Ich werde mit deiner Erlaubnis Gaby sagen! Scharmanter Name! Paßt ausgezeichnet zu dir. Finden Sie nicht, lieber Brandt?«

Eine Blutwelle färbt Gabrieles blasses Gesicht. – Gaby! Plötzlich scheint es ihr, als gehöre dieser Name zu einer Epoche ihres Lebens, die nichts mehr mit ihr zu tun hat.

»Bin schon beinahe berufsmäßijer Trauzeuge!« schwadroniert der Onkel ungehemmt weiter. »Zu welchem Anlaß wird man sonst schon von der Klitsche losjeeist? Beerdijung! Oder Trauung!« Er zwinkert. »Letztere is natürlich 'ne Kleinigkeit anjenehmer.«

Justus Brandt ist Gabrieles jähe Verlegenheit nicht entgangen. Er kann sich den Anlaß dazu denken. Auf die gute Stimmung, zu der er sich endlich durchgerungen hat, fällt ein Schatten. Nein! Leicht wird es nicht sein! Für sie beide nicht ...

Sie fahren zum Standesamt. Wie im Traum sieht Gabriele den hellen Raum, einen schlichten, feierlichen Tisch, einen dunkelgekleideten Mann, der mit eindringlicher Stimme wichtig klingende Sätze formt.

Bis ein paar Worte sie in die Wirklichkeit zurückreißen.

». . . so habe ich in Gegenwart der beiden Zeugen einzeln und nacheinander an Sie die entscheidende Frage zu richten, ob Sie willens und bereit sind, die Ehe miteinander einzugehen?«

Gabriele fühlt ein Kribbeln bis in die Fingerspitzen. Ist es richtig, was sie hier tut?

»Ich frage zunächst Sie, Herr Doktor Brandt!« fährt die Stimme des Standesbeamten fort. »Sind Sie bereit, die Ehe mit dem hier anwesenden Fräulein Gabriele Holthuys einzugehen?Ist dies Ihr aufrichtiger Wille, so beantworten Sie meine Frage mit ›Ja!‹.«

»Ja!« antwortet Justus Brandt mit großer Festigkeit.

Wenige Sekunden später wendet sich der Beamte an Gabriele. Sie richtet sich auf, befeuchtet schnell die Lippen.

»Ja!« sagt sie genauso fest wie Brandt.

»Nachdem Sie meine Frage beide übereinstimmend bejaht haben, spreche ich kraft Gesetzes aus, daß Sie nunmehr rechtmäßig verbundene Eheleute sind!« schließt der Standesbeamte.

Brandts und Gabrieles Blicke treffen einander. Einige Sekunden stehen sie, von widerstreitenden Empfindungen erfüllt, Auge in Auge. Dann lächeln sie.

Der Beamte kennt das. Diese Scheu der frisch Getrauten voreinander. Er schiebt das Heiratsregister zurecht. »Darf ich um die Unterschriften bitten?«

Gabriele kann sich nicht gegen ein Gefühl des Triumphes wehren. Wie verhaßt ist ihr in den letzten Jahren der Name Holthuys geworden! Nun ist sie ihn los. Nun fängt unter dem neuen Namen ein neues Leben an . . .

Gewandt und doch bedachtsam unterschreibt sie: ›Gabriele Brandt, geborene Holthuys.‹

Wenige Minuten später treten Herr und Frau Brandt, gefolgt von den Trauzeugen, aus dem Rathaus. Der Marktplatz, die Häuser, die Menschen sehen genauso aus wie eine halbe Stunde vorher. Und doch ist es, als sei alles anders geworden.

Noch stehen sie unter den Säulen, da bricht die Sonne durch das regnerische Gewölk. Nur für Sekunden. Brandt belächelt sich innerlich; dennoch vermerkt er es mit Befriedigung und nimmt es als gutes Vorzeichen für den Weg, auf dem sie beide gerade die ersten Schritte tun.

Mit lachendem Gesicht hört er sich die Glückwünsche von ein paar Weiblein an, unentwegt Neugierigen, wie sie sich bei jeder Trauung aufstellen, um das Kleid der Braut zu bewundern und zu kritisieren. Eine reicht Gabriele sogar ein paar Blumen. »Viel Glück, Frau Apotheker!«

Frau Apotheker! Gabriele hätte nie geglaubt, wie stolz diese Anrede sie machen würde.

Sie besteigen den hochzeitlich geschmückten Mietwagen.

»Glücklich?« fragt Brandt leise. Und er liest die Antwort von ihrem Gesicht ab.

Dann fährt der Wagen vor dem alten Haus in der Bursagasse vor. Brandt öffnet den Schlag.

Die ganze Nachbarschaft liegt in den Fenstern. Brandt versagt es sich deshalb, Gabriele an sich zu ziehen, wie er es gern gewollt hätte. Er bietet ihr den Arm. »Herzlich willkommen, meine liebe kleine Frau Apotheker!« sagt er und führt sie zum Haus.

Die Gehilfinnen der Apotheke haben die Tür mit Girlanden aus farbigen Chrysanthemen und Herbstlaub geschmückt. Dazwischen hängt ein gedrucktes Schild mit den Worten ›Viel Glück den Neuvermählten!‹ Die Mädchen stehen festlich gekleidet mit Herrn Bösinger davor. Hände werden geschüttelt, Glückwünsche prasseln an Gabrieles Ohr – das Ganze hat etwas ungewollt Komisches. Mühsam verbeißt sie ein nervöses Lachen.

Von der Familie Brandt, von der Haushälterin keine Spur. Im ersten Stock ist zwar alles für den Empfang umgeräumt. Aber außer den beiden jungen Kellnern vom ›Goldenen Widder‹ ist auch da kein Mensch zu sehen.

»Bitte machen sie es sich schon mal bequem, meine Herren!« sagt Brandt zu den Trauzeugen.

»Ach . . . Na, Gott sei Dank!« entfährt es ihm dann. In der Salontür ist Cäcilie Eckert aufgetaucht, ganz in veilchenfarbene Seide gehüllt. Wenn auch die Freundlichkeit ihres Gesichtes Eiseskälte ausstrahlt – es ist wenigstens einer von der Familie! Brandt hätte sie am liebsten umarmt. Und das ist wohl noch nie vorgekommen.

»Nett, daß du da bist!« ruft er. »Hier ist meine Frau! Ihr kennt euch ja. Du bist wohl so lieb, Cäcilie, und kümmerst dich ein wenig um unsere Gäste, während Gabriele sich umzieht . . .«

So ergibt sich ganz von selbst ein recht undramatisches Wiedersehen zwischen den Damen. Cäcilie murmelt einen Glückwunsch, während Brandt die Herren schon ins Zimmer führt.

Cäcilie hatte lange mit sich gerungen, ob sie der Einladung zum ›Empfang‹ folgen sollte oder nicht. Sie war schon entschlossen, abzusagen, da rief Brandt selber bei ihr an. Er hatte natürlich erfahren, daß Bettinas Verhalten die Kusine aus dem Hause getrieben hatte.

»Liebe Cäcilie! Zwischen dir und mir steht jedenfalls nichts Trennendes. Und jetzt ist die beste Gelegenheit, alles ins alte Geleise zu bringen! Ich bin überzeugt, gerade du wirst Gabriele eine gute Freundin werden. Und sie wird dir ewig dankbar sein, wenn du ihr jetzt bei dem schwierigen Start ein wenig hilfst. Die Kinder sind auch da und warten auf dich. Ich darf doch mit dir rechnen?«

Seine Stimme, deren Klang sie jahrelang mit uneingestandener Sehnsucht erfüllte, diese Stimme machte Cäcilie wieder weich. »Ich komme, Justus!« hatte sie gesagt.

Es liegt ihr selber viel zu sehr daran, vor der Öffentlichkeit die Einigkeit im Hause Eckert-Brandt zu dokumentieren. Vielleicht auch ist es – trotz allem – gut, eine Front zu schaffen ... gegen Bettina.

Cäcilie überfliegt Gabrieles Erscheinung mit einem blitzschnellen Blick. Kaum zu glauben, daß eine ›solche‹ so aussehen soll!

Von oben kommt Wolf mit großen Sprüngen herunter. Er verbeugt sich vor Gabriele wie vor einer Fürstin. Ein bißchen frech wirkt es ja, aber Wolfs Gesicht ist dabei das treuherzigste der Welt. »Herzlichen Gückwunsch der neuen Frau Apotheker von ihrem sehr ergebenen Stiefsohn Wolfgang!« leiert er. »Albert kann zu seinem größten Bedauern nicht kommen. Er mußte mit seinem Seminar weg«, setzt er murmelnd hinzu. Er küßt den Papa auf die Wange und gibt sich darauf hemmungslos dem Genuß hin, Gabrieles Onkel zu bewundern.

Während sich Brandt und Gabriele zurückziehen, führt Cäcilie Eckert die Herren in den kleinen Salon und läßt mit der liebenswürdigen Gewandtheit der Hausfrau die ersten Cocktails servieren. Herr Bösinger und die Gehilfinnen stehen etwas linkisch herum. Wolf mischt ihnen einen köstlichen Flip und läßt sie unerbittlich ›ex‹ trinken.

Es ist kurz vor elf. Der Empfang ist auf elf anberaumt.

Zum erstenmal betritt Gabriele ihr neues Schlafzimmer. Wie verzaubert bleibt sie stehen. Wohl hat sie hie und da Möbel und Dekorationsstoffe mit ausgesucht, doch die Anordnung dann dem Architekten überlassen.

Das breite, niedrige Doppelbett trägt eine Decke aus hellem Chintz. Der Velours, mit dem das ganze Zimmer ausgelegt ist, zeigt ein zartes Bleu. Dazu kontrastieren aufs reizvollste die Fenstervorhänge in kräftigem Rosé, die flauschig gepolsterten dunkelblauen Sessel und das silbergraue Holz von Möbeln und Türen. Überall stehen Blumen. Gabriele ahnt nicht, daß Justus selber sie, kurz bevor er wegging, aus den vorderen Räumen herübergeholt hat.

»Nein«, ruft Gabriele, »es ist fast zu schön!« Ihre Stimme klingt erstickt. Sie blickt ihren Mann an. »Ich kann nicht sagen, wie ich mich freue, Justus! Wie dankbar ich dir bin ...«

Brandt legt ihr den Finger zart auf die Lippen. »Du brauchst nichts zu sagen, brauchst nicht zu danken. Wenn du hier nur glücklich wirst ...«

Sie finden einander in einem langen, innigen Kuß.

Endlich reißt sich Justus los. Er sieht auf die Uhr. »Teufel! Fünf vor elf! Es muß jeden Augenblick losgehen. Es wäre schön, wenn du bald mit dem Umziehen fertig wärst, Frau Apotheker, und herüberkämst ...«

Gabriele blickt etwas unsicher auf einige Koffer, die sie am frühen Vormittag schon vom Hotel hat herüberschicken lassen. »Ob Minna mir beim Auspacken helfen könnte?« meint sie zögernd.

Brandt beißt sich auf die Lippen. Die zahllosen Szenen mit Minna in diesen letzten Wochen stehen ihm allzu deutlich vor Augen.

»Ich will's versuchen!« sagt er und geht hastig hinaus.

In der Diele lauscht er zu den Festräumen hinüber. Zum Glück scheinen noch kaum Gäste da zu sein.

Minna ist nicht in der Küche. Sie hat sich zwar mit keinem Wort zu dem Empfang geäußert, doch war ihre Haltung unmißverständlich ablehnend.

Trotzdem klettert Brandt ins Giebelgeschoß hinauf.

Die Tür ist offen.

Minna steht auf der Schwelle. Sie trägt ihr gutes Kleid, dazu Hut und Schirm.

»Meine Schwester in Tuttlingen hat gestern angerufen«, sagt sie schnell und wie auswendig gelernt. »Ich muß noch heute zu ihr. Sie hat Gas ... Gast-ri-tus!« akzentuiert sie.

Da Brandt sie nur forschend betrachtet, steigt eine verräterische Röte in Minnas Gesicht. Sie räuspert sich. »Ich hab' extra auf Sie gewartet, Herr Apotheker, um Ihnen Bescheid zu sagen, daß ich nicht helfen kann. Wenn die zwei Kellner unten es nicht schaffen sollten – der ›Widder‹ hat ja noch mehr. Aber« – sie kneift ganz kurz die Lippen zusammen – »die schaffen's! Soviel Gäste werden ja nicht kommen.«

»Wieso?« fragt Brandt beunruhigt. In diesem Augenblick erst fällt ihm ein, daß bis gestern einige Absagen eingetroffen sind. Der übliche Prozentsatz von wirklich Verhinderten, den man bei allen Einladungen einkalkulieren muß ...

»Haben Sie denn die Post nicht gesehen?« fragt Minna. Etwas wie Genugtuung klingt in ihrer Stimme. Brandt hört es deutlich. Er schüttelt den Kopf.

Minna greift nach ihrer kleinen Handtasche. »Ich hab' alles ins Arbeitszimmer gelegt«, sagt sie. »Und die Herrschaften, die gestern abend und heute morgen telefonisch abgesagt haben, die hab' ich auf einen Zettel geschrieben ...«

Brandt hört schon nicht mehr zu. Er eilt die Treppe hinunter. Als er durch den zweiten Stock kommt, öffnet sich eine Tür.

Dorle fliegt ihm um den Hals. Das Entlein, aus dem ein strahlender Schwan geworden ist.

Er hält das Mädchen ein Stück von sich ab und betrachtet es.

»Es wird deinetwegen in Tübingen Liebestragödien geben!« sagt er.

Dorle hört das Gequälte in seiner Stimme genau.

»Entschuldige, wenn ich dich so überfalle! Unten, vor all den Menschen, kann ich dir doch nichts sagen. Ich weiß ja selber nicht mehr, was ich denken soll, was ich tun soll. Aber ich bin dir ewig dankbar, Papa. Für alles! Und wenn nur ein bißchen von dem Glück eintrifft, das ich dir so aus ganzem Herzen wünsche ...« Ihre Stimme gerät ins Schlingern und bricht ab.

Brandt ist bewegt. Auch etwas beunruhigt. Das klang wie ein Abschied. Seltsam.

»Nun sei lieb, Dorle, und komm 'runter und gib ihr die Hand!« sagt er fest. »Jetzt ist sie meine Frau, und wir müssen sehen, daß wir miteinander auskommen.«

Dorle nickt. »Ich bin gleich unten!« Sie darf gar nicht an die Worte der Mutter im Hotelzimmer denken. Dann kommt sie sich wie eine Intrigantin vor.

Auf seinem Platz im Arbeitszimmer findet Brandt eine ganze Menge Privatbriefe. Er reißt einen nach dem anderen auf.

›... zu meinem größten Bedauern mitteilen, daß ein heftiger rheumatischer Anfall meiner Frau es uns leider unmöglich macht ...‹

›... hat mich eine böse Zahnentzündung so entstellt, daß ich Ihre Gäste durch meinen Anblick nicht aus der Stimmung bringen möchte ...‹

›... im letzten Moment eine telegrafische Aufforderung, nach Köln zu kommen, wo mein Kompagnon ...‹

Absagen! Absagen!

Brandt zählt sie mechanisch. Sechzehn. Immerhin nur sechzehn. Ach so! Dazu die gestrigen! Und die telefonischen, die Minna aufnotiert hat ...

Noch mal Zwölf. Also achtundzwanzig!

Fast nur Tübinger Familien!

Brandt flucht wütend vor sich hin. Diese Spießer, diese selbstgerechten, engherzigen Moralisten! Sollen sie bleiben, wo sie wollen!

Selbst wenn dreißig ablehnen, bleiben immer noch ein paar Dutzend!

An der Haustür trifft er den Kollegen von der Pfalzhaldenstraße.

»Herzliche Glückwünsche, Sie Tollkühner!« sagt der mit etwas zuviel Jovialität. »Meine Frau läßt sich leider entschuldigen! Sie wissen ja: Migräne supraforte! Ich beneide Sie. Eine so welterfahrene junge Frau pflegt keine Migräne zu haben ...«

Brandt horcht unwillkürlich auf. Klang das Wort ›welterfahren‹ nicht ein bißchen doppelsinnig?

Blödsinn! Verrückt, sich jetzt mit Mißtrauen zu belasten!

Brandt führt den Kollegen hinauf in den Salon.

Gott sei Dank! Es sind schon Gäste da. Daß es lauter Herren sind, fällt Brandt erst einige Minuten später auf.

Nebenan, im großen Eckertschen Speisesaal, hat der Küchenchef vom ›Widder‹ ein herrliches kaltes Büfett hingezaubert. Herrn Apotheker konnte es diesmal nicht exquisit genug sein! Geflügel in Aspik! Rehrücken! Rosig schimmernde Braten! Hummermayonnaise! Zahllose Salate, einer raffinierter als der andere. Alles geschmackvoll arrangiert, mit Blumen und Weinlaub geschmückt, rechts und links von Flaschenbatterien flankiert. Überall stehen Kerzen in alten Silberleuchtern – eine Sinfonie festlichen Glanzes. Mögen noch so viele Gäste mit noch so großen Erwartungen erscheinen – jeder wird auf seine Kosten kommen!

Dorles Auftauchen unten im Salon bedeutet kaum eine Sensation. Keiner der Anwesenden hat sie nach der Rückkehr von Paris zu sehen bekommen, aber es sind ja komischerweise nur ältere Herren da. Sie bewundern wohl Dorles Schönheit, aber entweder entdecken sie Dorles neue Nase nicht, oder sie halten es für taktlos, so etwas überhaupt zu erwähnen.

Ein Gast, den Dorle nie gesehen hat, klemmt das Monokel ins Auge.

»Süperb!« ruft er. »Janz allerliebst. Das Haustöchterchen? Jestatten: Liddingbrook! Dein neuer Onkel.«

Cäcilie sieht Dorle nach Paris heute zum erstenmal. Sie springt auf, fassungslos ...

»Nein!« sagt sie. Mehr bringt sie zunächst nicht heraus. »Nein! Das ist doch nicht möglich! Du hast ja eine ganz andere ...«

Hier bremst sie noch rechtzeitig. »Du hast ja ein ganz anderes Gesicht bekommen!« berichtigt sie schnell. »Nein, Dorle, wie du jetzt aussiehst! Ich bin ja so ... so froh ... für dich!«

Sie umarmt Dorle mit theatralischer Zärtlichkeit. Dorle läßt es sich verlegen gefallen.

Darüber ist fast unbemerkt die neue Frau Brandt eingetreten. Sie hat das dunkle Straßenkleid mit einem sportlich geschnittenen Jakkenkleid aus grüngolden schimmerndem Brokatstoff vertauscht. Der winzige Kragen gibt ein sehr dezentes Dekolleté frei. Die Füße stecken in grüngoldenen Pumps mit sehr hohen Absätzen. So aufregend elegant sieht sie aus, daß sich plötzlich Schweigen im Raum verbreitet.

Wolf ist es, der die Situation rettet, indem er zum Entsetzen der gutgedrillten Kellner einen Sektkorken knallen läßt. Diesen oft erprobten Trick hat er minuziös genau vorbereitet. »Ein Prosit der schönen Stiefmutter!« ruft er schallend.

»Süperb! Süperb!« sekundiert der Legationsrat a. D. »Muß sagen, wie in den Folies-Bergères – eine Beauté jagt die andere!«

Die Kellner servieren die Sektkelche. Alles bricht in befreites Lachen aus; man stößt an, trinkt – es fügt sich ganz von selbst, daß Dorle ebenfalls mit Gabriele anstößt und einen scheuen Glückwunsch anbringt.

Der Bann ist gebrochen. Lachend und plaudernd begibt man sich zum Büfett.

Nur Brandts Mienen sind unkontrolliert finster. Er kann es einfach nicht lassen, zu zählen. Bisher sind erst siebzehn Gäste da! Lauter Herren. Ärzte, Beamte von den Gesundheitsbehören, Kollegen aus der Stadt und der näheren Umgebung! Ein paar Vertreter von auswärts.

Draußen hört man Wagen vorfahren.

Gleich darauf eilt eine kleine Dame mit riesigem Blumenarrangement herein.

Es ist die sehr geschwätzige Vertreterin einer großen Mannheimer Chemikalienfabrik, und Brandt atmet gewöhnlich immer auf, wenn er sie wieder los ist. Aber es ist eine Frau. Eine lebhafte, in unverfälschtem Mannheimerisch fröhlich babbelnde Dame.

Brandt begrüßt sie wie eine alte Vertraute. Von heute an wird sie die größten Aufträge bekommen.

Endlich erscheint auch die Frau des Professors Merklin. Eine elegante Weltdame aus reichem Kaufmannshause, Stütze der Tübinger Gesellschaft; ihr Vermögen erlaubt dem Professor die großen Auslandsreisen.

»Meine lieben Frischvermählten!« säuselt sie mit fröhlicher Ironie. Sie umarmt Gabriele flüchtig – »die Frau unseres Freundes ist unsre Freundin!« –, sie umarmt Brandt, gerät in Entzücken über Dorles neue Nase, findet Tante Cäcilie mal wieder ganz ›highlife‹ angezogen, wehrt die Vorwürfe ihres Mannes wegen des Zuspätkommens ab und hebt den Sektkelch nach allen Seiten – alles in einem Atem, ohne an Scharm einzubüßen.

Die Stimmung ist jetzt ausgezeichnet. Brandt muß es zugeben. Er hämmert es sich förmlich ein.

Wunschlos glücklich betrachtet er eine Weile seine Frau. Gabrieles Augen leuchten. Sie spricht in reizend ungezwungener Art mit den Gästen, stößt mit ihnen an, lacht über Komplimente. Zweifellos sind alle von ihr begeistert. Jeder scheint zu glauben, daß Brandt keine bessere Wahl hätte treffen können. Alles klappt. Er hätte sich gar keine Angst zu machen brauchen ...

Aber nach einiger Zeit kann Brandt es doch nicht unterlassen, heimlich die Gäste zu zählen.

Immer noch siebzehn!

Soviel waren es doch, bevor die Damen kamen?

Damen!

Wo ist denn die babbelnde Mannheimerin?

Draußen fährt ein Wagen ab. An einem anderen fällt der Schlag zu ...

Auch den Kollegen aus der Pfalzhaldenstraße sieht Brandt wie von ungefähr aus der Tür gehen. Er kriegt ihn gerade noch am Rockzipfel zu fassen.

»Nur kein Aufsehen!« flüstert der joviale Kollege und bemüht sich, nicht verlegen dreinzuschauen. »Muß mich leider schon empfehlen ... meine Schwiegermutter in Stuttgart abholen, Sie verstehen ...«

Brandt versteht.

Die meisten gehen nach höchstens zehn Minuten.

Brandt wirft einen ratlosen Blick über das riesige kalte Büfett. Wer soll das vertilgen? Er nimmt Bösinger und die Mädchen mit Bewußtsein erst jetzt wahr. Ein Gefühl wie Dankbarkeit, Verbundenheit wallt in ihm auf und erfüllt ihn gleich hinterher mit Scham.

»Trinkt!« ruft er fast wütend. Und dann sieht er wie durch Nebel den letzten der Gäste verschwinden.

Es ist das einzig Gute dieses Empfangs, daß die beiden Merklins Gabriele offenbar vorbehaltlos ins Herz geschlossen haben. Sie sitzen mit ihr und Cäcilie Eckert in heiterster Stimmung in einer Ecke beisammen.

Sie sprechen von Ägypten, von der geplanten Italienreise der Brandts.

Sie sprechen von Picasso und Maurice Ravel, von Albert Einstein und Madame Curie – Gabriele bleibt keine Antwort schuldig. Sie versteht sich glänzend mit der reichen, gebildeten Frau Merklin. Es ist Sympathie auf den ersten Blick.

Der Apotheker atmet auf. Frau Merklin ist die Schwägerin des Bürgermeisters. Wer sie gewonnen hat, bekommt in der Tübinger Gesellschaft Gewicht. Er ertappt sich wieder auf einem unziemlichen Gefühl devoter Dankbarkeit.

Die Kellner lassen die Sektkelche nicht leer werden. Sie haben ja sonst niemanden mehr zu bedienen. Wolf hat längst seinen Plattenspieler heruntergeholt. Der Beifall, das Lachen der jungen Leute täuscht immer noch großen Trubel vor. Doch Brandt merkt ganz genau, welche Mühe Wolf sich gibt. Wolf hat die Blamage seines Vaters erkannt und kämpft mit seinem ganzen Witz dagegen an.

Schließlich entdeckt die gutgelaunte Frau Merklin, daß außer dem jungen Volk keiner mehr da ist. Sie erhebt sich. »Um Gottes willen, Achim, wir sind die Letzten!« Ihr Blick streift das Büfett – lieber Himmel, das ist ja noch so gut wie unangetastet! Hat denn keiner etwas gegessen? Warum wird nicht getrunken? Hat Brandt zuwenig Gäste eingeladen? Vielleicht, denkt sie hellsichtig, waren wir zu lange in Ägypten geblieben? – Darüber sprudeln schon ihre Abschiedsworte:

»Meine liebe Frau Brandt! Ich bin entzückt, Sie kennengelernt zu haben. Wir werden einander bald näherkommen! Zumal unsere Männer schon so alte Freunde sind! Ich verspreche mir sehr viel von Ihrem Erscheinen in unserem kleinen Kreis. Übermorgen hole ich Sie im Wagen ab, und wir fahren zusammen nach Stuttgart. Shopping! Oder konditern, wie die Berliner sagen. – Mein liebes Fräulein Eckert, wenn Sie mitkommen wollen? – Nein? Schade! – Um halb drei, meine liebe Apothekerin, nicht wahr? Es war ganz reizend . . . Komm, Joachim!«

Das sind die Allerletzten. Nicht einmal eine Stunde hat der ganze Empfang gedauert.

Nach dem Weggang der Merklins fällt lähmende Stille über die festlichen Räume. Wie aus einem Traum erwachend blickt Gabriele auf, blickt umher. Sie findet die Augen von Fräulein Eckert in höhnischer Kälte auf sich gerichtet, sie sieht die aufmunternden Blicke Wolfgangs – die diskreten, doch insgeheim dreisten Blicke der Kellner und die großen Augen Dorles, die verloren an einem Tisch sitzt.

Alle starren sie an!

Gabriele erhebt sich schleppend. Als müsse sie die Blicke wie eine schwere Last zurückschieben. Sie tastet nach Brandts Arm.

»Bring mich hinaus!« flüstert sie. Sie ist weiß wie die Wand. Das Zimmer schwankt um sie . . . oder ist sie es, die schwankt? Als letzten Eindruck nimmt sie im Hinausgehen die saloppe Gestalt ihres Onkels mit. Er hat sich bis zu den Käseplatten vorgearbeitet.

»Süperb! Janz süperb!« ruft er hinter ihr her.

Der Regen rauscht über Tübingen. Es tropft aus Rinnen und Traufen. Der Neckar steht hoch, seine grünen Fluten sind gelb vom aufgewirbelten Lehm. Nebelschleier ziehen zerfetzt über ihn her.

Heute, einen Tag nach der Hochzeit, wirkt alles unendlich trostlos auf Gabriele. Und beim Frühstück, das sie mit Brandt allein einnimmt, zeigt auch er ein zerquältes Gesicht.

Plötzlich schlägt er mit der flachen Hand auf den Tisch. »Weißt du was? Du fährst doch morgen nachmittag mit Frau Merklin nach Stuttgart, nicht wahr? Dann werde ich euch gegen Abend treffen. Merklin kommt bestimmt gern mit. Ich kenne da ein nettes Weinlokal. Da halten wir vier dann eine urgemütliche Nachfeier. Was meinst du?«

Gabriele blickt freudig auf. Der Gedanke an die Verabredung mit Frau Merklin hat sie seit gestern nicht wieder losgelassen. Sie weiß inzwischen, was es in Tübingen bedeutet, von dieser Frau anerkannt zu werden.

»Eine großartige Idee, Justus!«

Nun ist alles um viele Grade heller und freundlicher. Gabriele ertappt sich sogar bei dem Versuch, leise vor sich hin zu pfeifen, als sie im ersten Stock aufräumt, was noch aufzuräumen ist.

»Ich habe alles, was vom kalten Büfett übriggeblieben ist, ins Waisenhaus geschickt«, sagt Gabriele zu Brandt, als er mittags zum Essen kommt. »Hoffentlich war es dir recht?«

Er lacht sie an. »Besseres hättest du nicht tun können!«

Sie sind noch beim Nachtisch, da bringt eine der Gehilfinnen ein Briefchen. »Das wurde unten gerade für die Frau Apotheker abgegeben«, sagt sie und verschwindet.

Brandt hat mit einem Blick das feingestochene V. M. auf dem Briefumschlag gesehen. V. M. – Vera Merklin.

Gabriele reißt den Bogen aus dem Umschlag, überfliegt die wenigen Zeilen und reicht den Brief ihrem Mann.

Brandt liest: ›Meine liebe Frau Brandt, leider ist meine Schwägerin in Bad Soden plötzlich erkrankt, und ich muß sofort für einige Wochen hin. Ich bin untröstlich, daß wir nun den geplanten Ausflug nach Stuttgart auf unbestimmte Zeit vertagen müssen. Sobald ich verfügbar bin, rufe ich an. Mit nochmaligem Dank für die bezaubernde Stunde in Ihrem Heim und tausend guten Wünschen, auch für Justus, Ihre ergebene Vera Merklin.‹

Gabriele ist allein in der Wohnung.

Brandt hat sich nach dem Brief der Frau Merklin mit müdem Lächeln entschuldigt. Sie hatte ihm angesehen, wie er sich danach sehnte, allein zu sein. Sie geht durch die Räume. Von ihrem Zimmer durch die Diele in den Salon und zurück. Drüben blickt sie auf den trübseligen Fluß, hier auf die trübe, nur wenig belebte Gasse.

Plötzlich hört sie einen Wagen vor dem Haus vorfahren. Und noch einen.

Sie späht hinunter.

Der erste Wagen ist das kleine Lieferauto vom Hotel ›Goldener Widder‹. Der Hausdiener steigt aus und zieht eine Schutzdecke vom Laderaum zurück ...

Koffer stehen da! Koffer!

Der zweite Wagen ist der Wagen der ersten Frau Brandt. Und – Gabriele vergißt fast zu atmen – Bettina springt heraus, gibt Anweisungen, zeigt auf das Haus. Das Haus, in dem Gabriele seit gestern wohnt.

Gabriele glaubt, ihren Augen nicht zu trauen. Auch Minna steigt aus dem Auto. Sie ist mit einer Tasche beladen.

Gabriele läuft zur Salontür, öffnet sie einen Spalt und lauscht zur Treppe. Sie hört Minnas Stimme:

»Das Gepäck in den zweiten Stock!« Und dann leiser:

»Ich habe alles für deinen Einzug in Ordnung gebracht, Betti!«

Gabriele spürt, wie sie am ganzen Leib zu zittern beginnt.

Hier – hier will sie einziehen: die geschiedene Frau ihres Mannes?

Das darf nicht sein! Nie!

Gabriele dreht sich um und hastet über die Innentreppe hinunter zu Brandt in die Apotheke.

»Du mußt sofort kommen, Justus!«

Brandt sitzt am Schreibtisch in seiner Homöopathie. Kräuter und Tüten liegen vor ihm ausgebreitet.

»Was ist?« fragt er verständnislos.

»Du mußt sofort kommen!« wiederholt Gabriele. »Bettina – zieht ein!«

Brandt läßt den Bleistift sinken.

»Wer zieht ein?« Plötzlich begreift er, springt auf und rast an Gabriele vorbei.

Auf dem Treppenpodest stößt er auf Minna.

»Halt!« schreit er und hält mit der Linken den Hoteldiener, der hinter Minna heraufstapft, zurück. »Wo wollen Sie hin?«

Minna läßt sich nicht beirren.

»Die gnädige Frau zieht wieder ein, Herr Apotheker«, sagt sie gleichmütig.

Da ist es mit Brandts Beherrschung aus. »Ihr seid wohl alle des Teufels!« brüllt er, daß die Wände zittern. »Was soll diese Komödie? Einziehen? Mit welchem Recht?«

Ohne ihren Schritt zu beschleunigen, kommt Bettina die Treppe herauf. Sie schiebt Minna an Brandt vorbei und bleibt dicht vor ihm stehen.

»Mit dem Recht der Hausbesitzerin«, sagt sie kalt.

Die Lippen des Apothekers zittern; er bringt keinen Ton hervor.

Gabriele berührt seine Schulter. Sie ist ihm gefolgt. »Justus«, flüstert sie angstvoll; aber er beachtet sie nicht.

In die Stille sagt Minna laut zu dem Hoteldiener: »Na, gehen Sie 'rauf!«

Der Mann nimmt das Gepäck auf. Vor ihm steht Gabriele. Er denkt an die reichlichen Trinkgelder, die sie ihm im ›Goldenen Widder‹ gegeben hat, und zögert.

Doch Minna gibt ihm einen kräftigen Stoß. »Moment mal«, sagt sie dabei und schiebt sich ebenfalls an Gabriele vorüber.

Brandt sieht nur Bettina an: ihr gepflegtes schwarzes Haar, ihre zartgetönten Lippen, ihre immer noch strahlenden Augen. Was kann er jetzt tun? Hier, wo ihm seit zwanzig Jahren keiner zu widersprechen wagte, schiebt ihn eine alte Frau beiseite, nur weil sie Bettina hinter sich weiß!

Bettina kramt ein Papier aus ihrer Tasche und reicht es ihm. »Bitte! Meine Einweisung vom Wohnungsamt!«

Minna kommt schon wieder herunter. Sie hat den Hausdiener in Schlepp genommen und laviert ihn mit einem gemurmelten »Augenblickchen mal!« an den feindlichen Parteien vorüber.

Brandt liest den Einweisungsbescheid. Sein Gesicht ist plötzlich grau. Er murmelt etwas, was keiner versteht. Dann hebt er den Kopf und sieht sich wie erwachend um –

Sein Blick streift von Bettina zu Gabriele.

Minna nestelt aus ihrer Rocktasche ein paar Geldstücke für den Hoteldiener.

Gabriele verschwindet wortlos in ihrem Zimmer.

Brandt wendet sich jäh an Bettina.

»Bitte!« sagt er rauh und gibt ihr den Zettel zurück. »Was du damit bezweckst, weiß ich nicht. Aber ich weiß, es ist eine Infamie!«

Bettina faltet das Schreiben langsam zusammen und steckt es ein. »Nimm es, wie du willst«, sagt sie und steigt hinauf in den zweiten Stock.

Brandt streicht sich erschöpft über die Stirn. Dann geht er in den kleinen Salon und ruft seinen Anwalt an.

»Sie können natürlich klagen«, sagt der Anwalt. »Aber ich würde abraten. Der Ausgang ist zu ungewiß.«

»Hören Sie!« ruft Brandt empört. »Ich habe seinerzeit das ganze Haus vom Wohnungsamt freigekriegt, obwohl einige Zimmer leerstanden. Und jetzt soll ich diese Einquartierung dulden?«

»Ich werde mit meinem Kollegen Doktor Bäcker sprechen«, erwidert der Anwalt. »Hauptsache: nicht die Nerven verlieren!« Er macht eine Pause. »Für den Augenblick bleibt uns nichts weiter übrig als zu verhandeln!«

Als Brandt den Hörer auflegt, steht Gabriele in der Tür. Sie hat geweint; er sieht es ihr an, trotz der feinen Puderschicht, mit der sie die Tränenspuren übertupft hat.

Ein Gefühl der Zärtlichkeit steigt in ihm auf. Er geht ihr mit schnellen Schritten entgegen und legt seine Hände auf ihre Schultern.

»Das läuft sich alles wieder zurecht, mein Kind!« sagt er liebevoll.

Gemeinsam gehen sie zum Fenster und blicken hinaus auf den Neckar und die kahlen Bäume der Insel.

»Es könnte so schön sein«, murmelt Gabriele. Dann faßt sie seine Hände und blickt zu ihm auf. »Sie haßt mich; – ja, ich glaube, sie haßt mich. Aber ich weiß noch nicht, was sie eigentlich mit alldem bezweckt.« Dann lächelt sie schmerzlich.

»Weißt du, was man beinahe glauben könnte?«

Brandt schüttelt den Kopf. »Wenn ich das wüßte!«

»Man könnte glauben, sie wollte mich aus dem Hause haben, um dich zurückzugewinnen!«

Brandt muß unwillkürlich auflachen; so absurd erscheint ihm dieser Gedanke. Er hebt sie auf wie ein Kind und trägt sie zu seinem Sessel.

»Vollkommener Unsinn!« sagt er. »Was du dir da zusammendenkst!«

Er schiebt einen zweiten Sessel neben sie und zieht die Hausbar heran.

Über ihnen beginnt ein Musikapparat zu spielen. Es wird wohl Wolfgangs Plattenspieler sein.

Brandt kümmert sich nicht darum. Er nimmt eine Flasche Kognak und zwei Gläser aus der Bar und schenkt bedachtsam ein. Dann reicht er Gabriele ein Glas und trinkt ihr zu.

Brandt fühlt sich in diesem Augenblick glücklich. Aber Gabriele sieht wie durch einen Schleier immer das kalt lächelnde Gesicht Bettinas.

»Das war eine Kriegserklärung«, sagt sie. »Wer konnte ahnen, daß sie so weit gehen würde?«

In Brandts Stirn gräbt sich eine steile Falte. Er schenkt die Gläser nochmals voll. Seine Stimme klingt lauter, als er es will.

»Ich habe über die Eigentums- und Rechtsverhältnisse niemals nachgedacht. Wenn man zwanzig Jahre von seinem Vertragspartner nichts mehr gehört hat, kümmert man sich einfach nicht mehr darum. Nicht ein einziges Mal in den beiden Jahrzehnten habe ich versucht, auch nur einen Vertragsparagraphen ändern zu lassen. Ich habe sie mir nicht einmal angesehen – und nun hänge ich in ihnen fest.«

Sein Gesicht zeigt plötzlich etwas Müdes, Verbittertes, das Gabriele noch nie an ihm gesehen hat. »Ich war damals noch ein junger Dachs, Anfang dreißig. Die Aussicht, die Apotheke allein führen zu dürfen, berauschte mich. Da habe ich alles unterschrieben. Daß der alte Geheimrat auf einigen Klauseln bestand, störte mich nicht. Wir haben sogar darüber gelacht, der alte Herr und ich. Er mochte mich gut leiden. Ich verstand mich beinahe besser mit ihm als seine Tochter. In Wirklichkeit aber galt seine ganze Sorge doch nur ihr. Deshalb machte er mich zu einer Art Pächter auf Lebenszeit mit der einen Einschränkung, daß der Vertrag bei etwaiger Ehescheidung mit Jahresfrist gekündigt werden kann.«

Brandt leert sein Glas und schenkt es wieder voll.

Über ihnen werden schwere Möbel hin und her geschoben. Sie wollen die Geräusche überhören; denn jeder Laut hämmert es ihnen ein, daß sie in diesem Hause nur noch geduldet sind.

»Ist es sehr schwer, irgendwo anders eine neue Apotheke zu bekommen?« fragt Gabriele nachdenklich.

Seine Augen sehen sie beinahe feindlich an. »Ich hänge an diesem Hause«, sagt er. Dann trinkt er sein Glas aus und lacht. »Aber ich werde mich wohl darum kümmern müssen. Dies hier würde wohl nur ein Schrecken ohne Ende werden.«

Gabriele nickt schweigend.

»Wenn es ein Seifenladen wäre«, murmelt er vor sich hin, »dann wäre das die einfachste Sache der Welt. Doch es gibt in jeder Stadt nur ein paar Apotheken-Konzessionen. Sonst könnte man vielleicht irgendwo in einer Vorstadt eine Apotheke eröffnen oder eine bestehende Apotheke pachten oder kaufen. Aber hier in Tübingen ist keine frei, und überall anders wäre ich der letzte Anwärter!«

Er erhebt sich und wandert auf und ab. Dann bleibt er plötzlich stehen.

»Am liebsten würde ich mit dir wegfahren. Irgendwohin. An

den Rhein oder in die Berge. Aber wenn wir das Haus jetzt verlassen ...«

Gabriele spielt mit ihrem goldenen Armreif. »Was dann?«

Brandt hat inzwischen wieder ein Glas geleert und stellt es hart auf die Platte der Hausbar. »Ja, was dann?« überlegt er. »Eigentlich dürfte es gar nicht so schwer sein, wie? Wir schließen unsere Räume im ersten Stock ab. Ein paar Tage könnte es in der Apotheke auch ohne mich gehen. Weshalb also nicht?« Dabei kommt ihm noch ein Gedanke. »Es ist gerade Weinlese gewesen. Also die richtige Zeit für eine Spritztour an die Mosel.«

»Ja«, sagt Gabriele zerstreut. »Wir sollten ein paar Tage wegfahren und Jürgen holen!«

Jürgen!

Brandt hat Gabrieles kleinen Jungen beinahe vergessen. Zuviel ist auf ihn eingestürmt. Aber natürlich, er hat ihr versprochen, den Jungen sofort nach Tübingen zu holen. Gabriele würde dann auch nicht so allein sein und manche Anfangsschwierigkeiten leichter tragen. »Ich werde mit Bösinger sprechen. Wenn es sich einrichten läßt, fahren wir morgen!«

Gabriele sieht auf die Uhr. »Mein Gott, vor lauter Aufregung vergessen wir noch das Mittagessen!«

Sie drückt herzlich seine Hände. Dann läuft sie mit federndem Schritt hinüber zur Küche.

Das Fenster ist halb geöffnet, und die rauhe Novemberluft weht in den Raum. Neben dem Spülstein hantiert Minna mit Handfeger und Schaufel. Als sie die neue Frau Apotheker kommen sieht, richtet sie sich steif auf und trägt ihre Geräte zum Besenschrank.

Gabriele hat »Mahlzeit« gesagt, aber Minna schweigt.

Drei kleine Kochtöpfe stehen übereinander auf dem Herd. Auf dem Küchentisch liegt ein Tablett mit zwei Tellern, zwei Obstschalen, zwei Paar Gabeln und Messern und zwei kleinen Löffeln. Alles sauber ausgerichtet.

Minna steht immer noch abgewandt. Sie spürt offenbar Gabrieles unausgesprochene Frage und sagt über die Schulter hinweg: »Das Essen steht warm in den Töpfen, unten das Fleisch mit der Soße, darüber der Blumenkohl und oben die Kartoffeln. Sie sind schon abgegossen.«

»Danke«, sagt Gabriele und lüftet den obersten Deckel. Der Dampf von warmen Salzkartoffeln schlägt ihr entgegen. »Die Kinder haben wohl schon gegessen?«

Minna geht an den Küchenschrank. »Um die Kinder brauchen Sie sich nicht zu kümmern. Die essen oben bei ihrer Mutter.« Sie öffnet die Schranktür. »Ich habe Ihnen zwei Fächer hier oben links ausgeräumt. Das neue Geschirr von Ihnen und das, was der Herr Apotheker vor zwei Jahren angeschafft hat, steht drüben im Eßzimmer im Büfett. Wir haben das Porzellan der alten Frau Geheimrat erst einmal hier im Küchenschrank untergestellt, bis wir oben eingerichtet sind.«

Sie geht zwei Schritte weiter an ein Spind.

»Mit Töpfen sind Sie ja schlecht dran. Die gnädige Frau hat gemeint, Sie möchten unsere Töpfe ruhig die nächsten Tage mitbenutzen, bis Sie sich selber welche angeschafft haben.«

Die alte Frau weicht Gabrieles Blicken aus. »Solange ich noch beim Herrn Apotheker bin, kann ich Ihnen ja alles zurechtstellen, was Sie brauchen.«

»Wollen Sie denn gehen?« fragt Gabriele ruhig.

»Ich gehe.« Minnas Stimme nimmt einen feindseligen Ton an. »Ich hab's dem Herrn Apotheker gesagt.«

Sie beginnt im Spind zu kramen, während Gabriele geduldig die bereitgestellten Schüsseln füllt und das Tablett aufhebt.

Minna beobachtet mit einem Seitenblick, wie Gabriele zur Tür geht und sich bemüht, mit ihrer Last die Klinke hinunterzudrücken. Als es ihr nicht gelingen will, öffnet Minna.

»Danke schön, Fräulein Minna«, sagt Gabriele.

Doch die alte Frau antwortet nicht.

Gabriele trägt das Tablett nicht in das große Eßzimmer, sondern in den kleinen Salon.

Brandt liest die Zeitung. Als Gabriele mit dem Tablett erscheint, blickt er überrascht auf.

»Nanu, spielst du Minna?«

Gabriele deckt den Tisch.

»Die Kinder und Minna haben schon oben gegessen; ich dachte, es ist hier gemütlicher«, bemerkt sie. Und nach einer Pause: »Minna will gehen? Sie sagt, du wärst im Bilde!«

»Nicht, daß ich wüßte!«

»Sie ist in der Küche«, sagt Gabriele, »vielleicht sprichst du noch mal mit ihr.«

Brandt starrt eine Weile auf die dampfenden Schüsseln. Dann steht er auf und geht in die Küche hinüber.

»Sie wollen uns verlassen, Minna?«

Minna nimmt gerade ihre Plastikschürze ab und hängt sie umständlich auf. Dann streicht sie sich übers Haar und zupft ihre Bluse zurecht.

»Na«, sagt Brandt und räuspert sich. »Sie sind achtzehn Jahre bei mir und den Kindern gewesen. – Ich hätte doch wohl erwarten dürfen, daß sie mich von einem solchen Entschluß rechtzeitig in Kenntnis setzen!«

Minna reckt sich auf und stemmt die Arme in die Seite. »Was? Rechtzeitig in Kenntnis setzen? Ich habe es Ihnen wohl deutlich genug gesagt, daß ich gehe, sobald die neue Frau Apotheker hier einzieht! – Oder nicht?«

Brandt fühlt sich plötzlich müde. Die Wut, die in ihm hochsteigen wollte, ist schon verflogen. Ja, das hat sie damals gesagt. Er hat es hingenommen wie eine ihrer hundert anderen Kündigungen. Minna gehört doch zu diesem Hause! Sie ist doch ein Teil seines eigenen Lebens geworden, wie dieser Küchenschrank dort, wie seine Kinder, wie der Neckar, der unten vorbeifließt.

»Gewiß«, sagt er rauh. »Ich bedaure das, aber ich will Sie nicht halten. Wann wollen Sie gehen?«

»Ich habe noch Urlaub zu kriegen«, preßt Minna zwischen halbgeschlossenen Lippen hervor. »Wenn es Ihnen recht ist, übermorgen.« Sie zögert etwas. »Ich will dann gleich meine neue Stelle antreten.«

Brandt ist langsam zur Tür gegangen. »Gut«, erwidert er. »Doch vielleicht überlegen Sie es sich noch einmal!«

Dann stutzt er. Erst jetzt erfaßt er den Sinn ihrer letzten Worte.

»Ach so, Sie haben schon eine neue Stelle?«

Er fragt nicht weiter. Doch Minna will ihre Neuigkeit loswerden: »Ja, bei der gnädigen Frau, bei Frau Bettina!«

Brandt mustert die alte Frau, die ihm bockig, zugleich triumphierend gegenübersteht, und schüttelt den Kopf. Dann preßt er die Lippen fest aufeinander, wendet sich brüsk ab und geht hinaus.

Als er Gabriele am Eßtisch gegenübersitzt, zuckt er die Achseln. »Ich hatte es vergessen. Kein Wunder in diesem Durcheinander. Minna geht zu Bettina. Naja. Da kommt diese Frau nach achtzehn Jahren zurück und zieht alles an sich wie ein Magnet.«

Er nickt Gabriele aufmunternd zu. »Aber das soll unsere geringste Sorge sein. Wir werden schon jemanden finden, der dir im Haushalt hilft!«

An diesem Nachmittag sind Minna und Dorle mit Bettina beim Einräumen. Wolf hat sich ein altes Kollegheft vorgenommen und überträgt seine Schmierschrift ins reine. Albert studiert ein Buch über Archäologie.

Einen Stock tiefer hat sich Gabriele mit einer Näharbeit an das Fenster gesetzt.

Brandt ist in die Homöopathie zu seinen Kräutern zurückgekehrt.

Aber seine Betriebsamkeit ist nur ein Vorwand, die Unruhe zu bemänteln, die ihn seit Bettinas Einzug nicht mehr losläßt.

Als er sich nach einiger Zeit dabei ertappt, wie er Kreuze und Kringel auf seinen Schreibblock malt, legt er den Bleistift verärgert beiseite und geht hinüber in die Offizin. Vielleicht braucht Bösinger seine Unterstützung?

Bösinger braucht sie nicht. Die Apotheke ist leer. Brandt hantiert eine Zeitlang an einem Glasschränkchen herum, nimmt ein paar Wundsalbentuben heraus und ordnet sie wieder ein. Mißmutig blättert er in Prospekten. Dann dreht er sich um und geht zurück.

Vor der Homöopathie zögert er. – Ihn graust auf einmal vor dem Geruch der vielen Kräuter. Bedächtig geht er die Treppe hinunter in den Keller.

Am Ende des langen, kühlen Ganges liegt sein Weinkeller. Nachdem er das Licht angeknipst hat, blickt er sich um. Hier lagern, sorgsam in Stroh gepackt, kostbare Weine aus Württemberg, Baden, vom Rhein und von der Mosel, Bocksbeutel und bauchige italienische Korbflaschen neben Portwein und Burgunder. Hier hat er sie in fast zwei Jahrzehnten gehortet: Proben von jedem Jahrgang, den er geliebt hat, Spätlesen, Auslesen, Trockenbeerenauslesen. Ein Vermögen ist so zusammengekommen, wenn es auch nicht gerade Tausende, sondern nur einige hundert Flaschen sind.

Während er die eine und die andere herausnimmt und liebevoll die bunten Etiketten studiert, fällt die Unruhe von ihm ab. Einen 37er Rheingauer Spitzenwein wägt er in seiner Hand. Doch er legt ihn zurück. Für diese einsame Stunde ist der Tropfen zu kostbar. Er wählt einen 47er, hält ihn gegen das Licht, köpft entschlossen das Stanniol und setzt den bronzenen Korkenzieher an, der immer neben dem vergitterten Fenster hängt.

Nein, ihm ist jetzt nicht leicht zumute; aber er spürt auch nicht das Schwere, Bedrückende, das ihn gequält hat. In einem kleinen Apothekerschränkchen liegen weiche Lederlappen. Eine Schale mit Pistazienkernen und ein paar Probiergläser, Schwenkgläser, Sherry-Gläser und Römer stehen daneben. Vorsichtig wischt er das äußere Zeichen der Altersreife, den grauen Belag, von der Flaschenöffnung. Sinnend betrachtet er Korken und Korkbrand, dann faßt er mit rundem Griff über den Flaschenhals und schenkt sich den Probeschluck ein. Ganz in der Ferne taucht vor ihm das Gesicht Gabrieles auf, verloren und traurig. Aber er schüttelt diese Vision ab. Er muß allein sein. Kein Mensch wird ihn jetzt hier vermuten.

Brandt schließt die Tür und setzt sich auf einen Hocker an den langen Probiertisch, an dem er in Kriegszeiten und in den ersten Jahren danach so manchen Kräuterlikör zusammengemixt hat.

Drüben an der anderen Seite stehen auch harte Getränke: Wacholder, Wodka, Whisky und Weinbrand. Sie fangen alle mit einem ›W‹ an. Er lacht: W gegen Weh! Brandt lehnt sich gegen die Mauer. Sein Blick geht spazieren über die Holzregale, die Flaschen, das Fenster, hinaus in die Welt, in seine Vergangenheit.

Woraus hat sein Leben bestanden? Aus Arbeit, Mühen. Sorgen für andere. Wer sorgt für ihn?

Brandt fühlt, wie die Flasche in seiner Hand zittert, als er das Glas wieder vollgießt. Er kann von den Erlebnissen dieser zwei Tage nicht loskommen. Diese schrecklichen Stunden nach der Hochzeit, die Rückkehr Bettinas, das Schweigen der Kinder! – Kein Wort, nicht Danke schön, nicht einmal Adieu haben sie ihm gesagt.

Brandt horcht auf Stimmen des Hauses. Sie dringen nicht bis hierher. Das einzige Geräusch ist ein feiner silberner Ton, der aufklingt, sobald er das Glas niedersetzt. Brandt träumt mit offenen Augen.

Als er sein Glas wieder füllen will, merkt er betroffen, daß die Flasche schon leer ist. Die Kellerluft macht ihn frösteln. Sein Blick fällt auf eine Flasche Doppelwacholder. ›Schnaps auf Wein‹, memoriert er, ›das laß sein.‹ Er hat das Empfinden, daß seine Knie schon ein wenig weich werden. Aber er schiebt alle Bedenken beiseite, stellt die Wacholderflasche auf den Tisch und schenkt sich ein Gläschen ein. Der starke Schnaps schüttelt ihn. Doch eine wohlige Wärme durchläuft darauf seinen Körper.

Brandt setzt den Korken wieder auf die Flasche, treibt ihn mit einem leichten Handschlag hinein und strafft sich. Sorgfältig sucht er nochmals unter den Weinen. Da liegt ein lieblicher 49er Mosel. Kurzentschlossen klemmt er sich eine Flasche davon unter den Arm, doch an der Tür kehrt er um und holt eine zweite.

In der Apotheke ist alles still. Erschrocken blickt Brandt auf die Uhr. Sie zeigt auf sieben. Abendbrotzeit! Mein Gott, er muß Stunden im Keller verträumt haben.

Auf der Treppe horcht er. Aus dem ersten Stock kommt kein Laut. Aber im zweiten geht es unruhig zu, Türen klappen, Menschen reden und rufen.

Brandt hat wieder dieses verdammte Zittern in den Fingerspitzen, als er die Tür zum kleinen Salon aufstößt und mit seinen Flaschen unter dem Arm auf der Schwelle stehen bleibt.

Er atmet auf. Der Tisch ist gedeckt. Sechs gelbe Kerzen und das schöne gelbe Damasttuch schmücken ihn. Auch Gabriele hat das Gefühl gehabt, man müsse diesen zweiten Tag ihrer Ehe trotz allem festlich begehen.

Auf der Treppe poltern Schritte vom zweiten Stock herab. Brandt weiß, es ist Wolfgang. Er wird jetzt vorbeistürmen zu seiner Korporation. Zum zweitenmal spürt Brandt heute den schmerzlichen Stich im Herzen, sobald er an seine Kinder denkt. Er hat an ihnen seine Schuldigkeit getan ... sie lassen ihn jetzt links liegen.

Ruhig und still brennen die Kerzen. Der Duft des Wachses liegt süß in der Luft. Die alte Standuhr auf der Diele tickt.

Ein kurzes Anklopfen. Die Tür wird aufgerissen. Strahlend tritt Wolfgang ein.

»Störe ich?«

Brandt muß seine Rührung unterdrücken.

»Unsinn! Komm 'rein und setz dich!« sagt er mit rauher Stimme.

Gabriele erhebt sich stumm. Sie hat Wolfs flüchtigen Blick auf den Abendbrottisch richtig gedeutet.

»Aber nein, das kann ich doch auch«, stottert Wolf, als sie ihm Besteck und Teller vorsetzt.

»Das Glas, mein Junge, holst du dir wohl besser selber«, meint Brandt. »Du weißt ja, wo du es findest.«

Wolf hat schon gegessen, aber nun schmeckt es ihm noch ein zweites Mal. Er bewundert die festlich gedeckte Tafel und die Wachskerzen und ist von dem Wein begeistert.

»Minna hat oben serviert«, bemerkt er, »wir dachten, ihr wolltet allein sein.« Als weder Gabriele noch Brandt darauf antworten, berichtet er vom Einzugstrubel im zweiten Stock. Er erzählt, daß Albert von allem nichts sehen und hören wollte und daß er sich in sein Zimmer verkrochen hat. Er selber hat eigentlich heute abend vorgehabt, ins Kino zu gehen. »Weißt du, es ist auch für uns ein bißchen viel«, sagt er zwischendurch.

»Schon gut, Wolf«, erwidert Brandt, »und das mit dem Anklopfen vorhin hat mich nicht gerade gefreut. Das läßt du in Zukunft. Hier ist euer Zuhause, deins und Alberts und Dorles, genauso wie früher. Ich kann jetzt nicht sagen, wie sich alles entwickeln wird, aber ... na, Schwamm drüber. Wir wollen dies Thema heute nicht mehr berühren.«

Gabriele dreht das Radio an. Die schmeichelnden Töne eines Wiener Walzers schweben durch den Raum.

Brandt erhebt sich und bittet seine Frau zum Tanz. Sie tanzen langsam auf dem weichen Teppich. Doch schon nach ein paar Takten geht die Musik in einen schnellen Foxtrott über. Brandt treten

Schweißperlen auf die Stirn. Die Musik will und will kein Ende nehmen. Sein Atem wird keuchend, sein Gesicht rötet sich.

Wolfgang hat gerade die Gläser wieder gefüllt. Nun trinkt er schnell einen Schluck Wein, erhebt sich und klatscht in die Hände.

Erlöst überläßt ihm Brandt seine Tänzerin.

Gabriele und Wolf fliegen leicht durch den Raum. Gabrieles Augen leuchten. Wolfs weiße Zähne blitzen.

Nachdenklich trinkt Brandt sein Glas aus und beobachtet die beiden.

Aus dem Radio kommt eine Ansage in fremder Sprache, dann irgendein unverständlicher Text.

Gabriele und Wolf stellen schnell das Geschirr zusammen. Wolf trägt es in die Küche.

Die Musik setzt wieder ein mit einer spanischen Serenade. Der Wein ist alle. Brandt holt aus dem Kühlschrank in der Küche eine Flasche Sekt und öffnet sie.

Wolf zieht die Hausbar heran und mixt einen Sekt-Flip mit einem kräftigen Schuß Gin. Er ist so beschäftigt, die Schalen sorgfältig zu füllen, daß er gar nicht bemerkt, wie die Serenade in einen schmelzenden Tango übergeht. Verblüfft sieht er auf seinen Vater und Gabriele.

Eng aneinandergeschmiegt gleiten sie durch das Zimmer. Sie haben den Jungen offenbar vergessen. Brandt drückt seine Lippen auf Gabrieles Haar.

Wolfgang räuspert sich – die beiden hören ihn nicht.

Wolf merkt, daß er noch immer die Ginflasche in der Hand hält. Er gießt in Gabrieles und Brandts Glas je einen kräftigen Spritzer.

Eine verführerische Stimme singt einen fremden Refrain. Ganz weich und erregend hüllt die Musik die ineinander Versunkenen ein.

»Ich bin dir noch unsere Hochzeitsreise schuldig«, flüstert Brandt.

»Schuldig bist du mir gar nichts«, antwortet Gabriele ebenso leise.

Die Geigen schluchzen. Noch einmal schwillt die Musik an und reißt das Paar mit, dann ist sie verhaucht.

Verwirrt lösen sich Gabriele und Brandt voneinander und sehen sich um. Sie sind allein.

Brandt verfärbt sich. Auf dem Tisch stehen die gefüllten Gläser. Langsam hebt er die Schale auf und stürzt den Inhalt in einem Zug hinunter. Dann stellt er das Radio ab.

Er ahnt, was Wolfgang vertrieben hat, und ein Gefühl der Scham erfüllt ihn. Diese zwei Tage haben ihm seine Sicherheit genommen.

Er schiebt Gabriele das Glas hin.

»Nein, Justus«, sagt sie und räumt die leeren Gläser beiseite. »Ich glaube, wir haben genug für heute.«

Brandt blickt ihr nach, wie sie mit ihrem federnden Schritt hinüber zum Schlafzimmer geht.

Eine Zeitlang ist es ganz still. Dann tönt von irgendwoher aus dem Hause Musik. Wolfs Platten!

Brandt öffnet die Tür zur Diele und horcht. Wolfgangs Stimme! Und Dorle! Er hört sie lachen; er hört Bettina und Minna und wieder Dorle. Um ihn herum im ersten Stockwerk herrscht dumpfes Schweigen.

Brandt zieht die Tür wieder zu.

Es ist zuviel! Er kann diese Luft nicht mehr ertragen!

Schwankend geht er ins Schlafzimmer. »Wir müssen 'raus!« ruft er. »Wenigstens für ein paar Tage; ich halte es hier nicht mehr aus! Am liebsten führe ich jetzt, sofort! Wir werden Jürgen nach Tübingen holen! Gleich morgen!«

Die Nachttischlampe verbreitet ein angenehmes Licht. Gabriele liegt mit einem Buch in den Kissen. Jetzt blickt sie auf.

»Ja, Justus«, sagt sie mit dem Lächeln eines beschenkten Kindes.

Aber kaum hat Brandt die Tür wieder hinter sich geschlossen, da fällt das Lächeln von ihrem Gesicht wie weggeweht. Ihr ist gar nicht zum Lächeln.

Das verwirrende Hin und Her dieser Tage haben ihr klargemacht, daß es ein tödlicher Zwiespalt ist, den sie in diesem Hause entfesselt hat. Hier gibt es kein Vertuschen mehr, gibt es keinen Kompromiß.

Hier gibt es nur Sieg oder Niederlage.

Und Gabriele, die den Weg in die Bursagasse so mutig angetreten hat, empfindet plötzlich die schreckliche Angst, sie könne ihn nicht weitergehen.

Eine tiefe Mutlosigkeit hat sie befallen. Die Sorge um Justus Brandt macht alles noch schlimmer.

Sie fühlt und sieht ja genau, wie uneinig er mit sich selber ist. Wie angestrengt er nicht nur um seine Position kämpfen muß, sondern auch um seine Haltung. Nicht er wird ihr Beschützer sein, nach dem sie sich so sehnt, sondern umgekehrt: Sie wird es sein, die für ihn Schutz und Hilfe bedeuten muß.

Unversehens ist ihr eine große Verantwortung aufgebürdet worden. Ob sie ihr gewachsen ist?

Die junge Frau birgt das Gesicht in den Kissen. Ihre Hände verkrampfen sich. Sie weint.

Im Salon ergreift Brandt die Ginflasche und geht leise hinab zur Homöopathie. Er zieht die Tür fest hinter sich zu und läßt sich in seinen Schreibtischstuhl fallen. Mit beiden Armen schiebt er die Kräuter beiseite. Allein mit der Flasche Gin sitzt er und starrt auf seinen Kalender. Er blättert ihn um, nimmt einen Rotstift, kreuzt den nächsten Tag durch und schreibt quer über das Blatt ›verreist‹.

Dann zerbricht er den Rotstift und schleudert die beiden Teile gegen die Wand mit den Eckertschen Bildern. Ein Klirren: Eine der Scheiben ist gesprungen. Nach einer ganzen Weile schließt Brandt seinen Schreibtisch auf. Er muß lange suchen, bis er unter einem Stapel von Akten und Aufzeichnungen eine Mappe mit Fotos findet. Er nimmt jedes Bild einzeln auf, Familienbilder mit Bettina und den beiden Jungen. War es nicht die glücklichste Zeit seines Lebens?

Plötzlich zuckt er zusammen.

Unwillig tastet er über den Tisch. Dieser verdammte Wecker! Und dieser Nebel! Aber dann merkt er, daß seine Finger nicht einen Wecker, sondern den Aschenbecher umspannen.

Da klingelt es wieder.

Er drückt sich vom Tisch ab. Er schwankt. Er versucht, sich aufzurichten. Alles ist still. War es doch eine Täuschung? Brandt läßt sich in den Sessel zurückfallen.

Nun klopft es.

»Herein!« ruft Brandt. Doch niemand tritt ins Zimmer.

Das Klopfen wird stärker.

Brandt schwankt zum Fenster. Ah, da will jemand herein!

Mit schwimmendem Blick sieht Brandt auf die Uhr. Es ist schon lange nach Mitternacht. Er schiebt sich zum Hausflur, zur Tür und öffnet sie.

Der Regen peitscht ihn zurück. Brandt hält sich an der Türklinke fest. Neben ihn tritt ein Mann mit hochgeschlagenem Mantelkragen und tropfendem Hut.

»Gott sei Dank!« sagt er. »Herr Apotheker, hier ist das Rezept. Für meinen Vater.«

Brandt öffnet den Mund. Er weiß genau, was er jetzt sagen will, aber er bringt nur ein Lallen hervor.

Auch dem späten Besucher fällt der Zustand des Apothekers auf.

»Ich weiß«, sagt er, »Sie haben heute keinen Nachtdienst. Aber Sie hatten Licht, und wir holen doch seit Jahren alles bei Ihnen, und es geht meinem Vater so schlecht.«

Brandt müht sich, seine Brillenbügel über die Ohren zu schieben. Er schließt die Augen. Er muß sich gewaltsam zusammennehmen. »Jaja, ich helfe schon!« bringt er hervor. Er wollte noch sagen:

»Herr Knaisele«, aber er kann den vertrauten Namen einfach nicht formen.

Er ballt die Fäuste, zerknittert dabei das Rezept und kann nicht vermeiden, daß er von einer Seite des Ganges zur anderen torkelt.

Trotzdem tut er jetzt alles mit nachtwandlerischer Sicherheit. Er liest das Rezept: ein Sadazynsäure-Präparat. Er prüft und vergleicht die Dosierung, notiert den Preis und stempelt das Rezept ab.

»Vater ist plötzlich zusammengebrochen«, erklärt der Mann. »Wir haben den Doktor geholt, den neuen Doktor gleich nebenan. Welch Glück, daß ich Sie noch erreicht habe! Sie entschuldigen doch, Herr Apotheker?«

Brandt versucht zu lächeln, als er den jungen Knaisele zur Tür geleitet.

Die Tür schlägt zu. Brandt findet mühsam zurück. Er knipst das Licht in der Offizin aus. Es ist Zeit, zu Bett zu gehen.

In der Homöopathie fegt er die Fotos mit beiden Händen in die Schublade.

Die Müdigkeit übermannt ihn plötzlich. Er legt den Kopf auf die Tischplatte und schläft ein.

Nach Stunden schreckt er auf. Die Lampe brennt grell. Sein Kopf schmerzt, aber der Alkoholnebel ist gewichen. Von der dunklen Platte hebt sich das weiße Rezeptformular ab.

Das Präparat für den alten Knaisele!

Sadazynsäure hat der neue Doktor verschrieben? Aber nein! Nein!

Das ist ja nicht möglich!

Seit zwanzig Jahren kennt er den alten Mann. Er ist herzkrank und leidet außerdem an einer Überempfindlichkeit, die den Gebrauch bestimmter Medikamente zu einem Risiko macht. Und der fremde Arzt hat ahnungslos gerade das verschrieben, was Knaisele unter gar keinen Umständen nehmen darf: Sadazynsäure!

Um Gottes willen!

Wenn der Alte in seinem geschwächten Zustand die Tropfen nimmt, ist er in Lebensgefahr.

Brandt blickt ratlos und hilfesuchend um sich.

Mühsam stemmt er sich von seinem Stuhl in die Höhe.

Er muß gleich etwas unternehmen – das ist ihm bewußt.

Aber er sinkt sofort zurück. Noch immer schwankt der Boden unter seinen Füßen. Wenn auch sein Verstand ziemlich klar und logisch arbeitet, die Füße gehorchen ihm noch nicht.

Wieder und wieder nimmt er das Rezept zur Hand. Dr. Kollar?

– Dr. Kollar? Da fällt ihm ein, daß der junge Mann von einem neuen Arzt gesprochen hat, der ganz in seiner Nähe wohnt.

Der kann von Knaiseles Überempfindlichkeit gegen Sadazynsäure natürlich nichts wissen!

»Aber ich!« stöhnt Brandt auf. »Seit fünfzehn Jahren holt der alte Knaisele seine Medikamente hier. Ich muß es wissen!«

Gewiß, kein Mensch dürfte ihm einen Vorwurf machen. Vor dem Gesetz ist er ohne Schuld.

Aber die menschliche Verantwortung nimmt ihm niemand ab. Er kennt die Allergie des alten Mannes. Hätte er sich nicht vor der Ausgabe des Medikaments mit dem behandelnden Arzt in Verbindung setzen müssen?

Wenn er ihn nun jetzt noch anriefe? Er sucht ihn mit fliegenden Fingern im Telefonbuch und im Ärzte-Verzeichnis. Umsonst. Der neue Arzt ist noch nirgends eingetragen.

Aber vielleicht hat Knaisele die Tropfen noch gar nicht genommen?

Jemand müßte sofort hin! Wolfgang!

Brandt erhebt sich schwankend und stapft in das zweite Stockwerk hinauf. Dort lauscht er an Wolfgangs Tür – aber er hört nur das unruhige Rauschen des Blutes in seinen Ohren. Schwerfällig tritt er ein und schaltet das Licht an.

Wolfgang liegt zusammengerollt in seinem Bett.

Brandt stolpert zu ihm und rüttelt ihn an der Schulter. »Wolf!«

Der Junge fährt auf. »Was ist denn los?« fragt er verschlafen. Doch das verstörte Aussehen des Vaters macht ihn sofort munter. »Papa? Was ist?« fragt er erschrocken.

»Wolfgang! Du mußt mir helfen!« stößt Brandt hervor.

Der Junge ist nun hellwach. Alkoholdunst schlägt ihm entgegen. Er sieht, wie der Vater schwankt, und hört auch die Not in seiner Stimme.

Mit einem Satz ist Wolf aus dem Bett.

»So sprich doch, Vater! Was soll ich?«

Brandt sinkt schwer auf die Bettkante und bleibt regungslos sitzen. Noch nie hat Wolf seinen Vater so gesehen.

Wolf läuft zum Waschbecken und bringt dem Vater ein nasses Handtuch.

Brandt preßt es an seine Stirn. »Danke«, sagt er, »es geht schon wieder. Zieh dich an! Bitte, Junge, so schnell wie möglich!«

Wolf hält sich nicht mehr mit Fragen auf, sondern greift in fliegender Eile nach den Kleidern.

Wie im Selbstgespräch, in einem verzweifelten Flüsterton, redet

Brandt weiter: »Ich habe einen Fehler begangen. Und dieser Fehler ... kann tödliche Folgen haben ... Tödliche, verstehst du ...«

Stockend schildert er den Vorgang.

»Du mußt hin«, sagt er. »Zu Knaiseles und zu dem Arzt. Der Mann darf die Tropfen nicht nehmen, sonst ...«

»Wie lange ist es her?«

Das ist das einzige, was Wolf fragt. Er hat begriffen. Er bindet schon seine Schuhe zu.

Brandt hebt gequält die Schultern.

»Ich weiß nicht genau. Mindestens zwei Stunden. – Wenn es nur nicht zu spät ist!«

Das hört Wolf schon nicht mehr. In federnden Sprüngen jagt er die Treppe hinunter und aus dem Haus.

Ein Glück, daß er gegen Minnas strenges Verbot gestern abend den Motorroller im Hausgang hat stehenlassen!

Sekunden nur – dann knattert Wolf in die Nacht. Der dünne Regen schlägt ihm ins Gesicht.

Die Straßen und Gassen sind menschenleer. Die Konturen der Hausdächer verschwimmen im Dunkel des Himmels. Kaum daß ein einzelnes Fenster noch Licht zeigt.

Wolf kennt hier jeden Durchgang, jede Kurve. Er kennt auch Knaiseles Drechslerwerkstatt in dem romantischen Winkel an der Ammer. Als Junge ist er oft genug hingegangen, um zuzusehen, wie unter den geschickten Händen des alten Mannes kleine Kunstwerke entstanden.

Sechs, acht Minuten später hat Wolf das altertümliche Haus erreicht.

Ein winziger Hof zweigt von der Gasse ab. Eingepfercht in ihr enges Bett, rauscht die Ammer, schwarz und geheimnisvoll, zwischen den Häusern dahin.

Im ersten Stock ist Licht. Ist das ein gutes oder ein schlechtes Zeichen? Als Wolf den Roller abstellt, schlägt ihm das Herz bis zum Halse.

Die Haustür ist unverschlossen.

Wolf schaltet die Treppenbeleuchtung ein und stolpert die schmale, steile Stiege hinauf.

Der Duft, der ihn empfängt, ist ihm seit Kindertagen vertraut. Es riecht nach Holz, ein wenig auch nach Tabak und nach abgestandenem Essen.

Oben sind Stimmen. Aufgeregte Stimmen.

Eine Tür tut sich auf. Lichtschein fällt heraus. Auf der Schwelle eine ältere Frau mit verstörtem Gesicht. »Was ist? Was wollen Sie?«

Wolf schiebt sie beiseite.

Er sieht wohl noch mehr Menschen im Zimmer, aber er sieht nur den Mann im Bett: Sein Gesicht ist zerfallen, sein Atem geht stoßweise. Auf den Jochbeinen stehen feuerrote Flecke ...

»Die Tropfen!« ruft Wolf atemlos. »Er darf sie nicht nehmen!«

Alle starren ihn an. Die alte Frau Knaisele. Der Sohn. Die junge Frau des Sohnes.

»Der junge Herr Brandt!« sagt die alte Frau betroffen.

Mißtrauisch fügt sie hinzu: »Wieso? Was heißt das ...? Sind es nicht die richtigen?«

Der junge Knaisele hat sich herangeschoben.

»Die Tropfen«, ruft er, »die ich vorhin besorgt habe? Die hat er gleich genommen. Warum? Stimmt da was nicht? Wir können uns gar nicht erklären, warum es dem Vater auf einmal so schlecht geht!«

Wolfgang ist die Kehle wie zugeschnürt. Ist er zu spät gekommen?

»Mein Gott! Mein Gott!« stöhnt die alte Frau. »So sagen Sie doch, was los ist!« Ihre Augen weiten sich vor Entsetzen. »Sie haben ihm wohl Gift gegeben?«

»Das hab' ich mir beinahe gedacht!« ruft Knaisele junior drohend. »Der Apotheker war ja so blau, daß er kaum stehen konnte, geschweige lesen.«

»Unsinn!« sagt Wolf böse. »Mein Vater hat genau das gegeben, was verordnet war. Aber hinterher ist ihm eingefallen« – er gerät ins Stammeln – »daß Ihr Vater gegen einen Bestandteil dieses Medikaments ... überempfindlich ist.«

»Also doch was Falsches!« schreit die alte Frau Knaisele außer sich.

Wolf legt ihr die Hand auf den Arm. »Nehmen Sie doch Vernunft an!« sagt er mühsam beherrscht. »Es ist ja noch gar nicht 'raus, daß ihm die Tropfen nicht bekommen. Mein Vater möchte nur vorbeugen. Ich hole sofort Ihren Arzt her!«

Ohne eine Antwort abzuwarten, eilt er zur Tür und poltert die Treppe hinunter.

Er rennt durch die Nacht zu dem dunklen Haus des Arztes und klingelt Sturm.

Endlich wird Licht gemacht. Dann ein Fenster geöffnet.

Ein paar Minuten später steht Dr. Kollar neben ihm. Wolf erzählt überstürzt, was geschehen ist. Der Arzt zögert keine Sekunde. Er läuft noch einmal in die Praxis hinauf und bestellt telefonisch gleich einen Krankenwagen.

Wolf wartet unten. Ihm scheint alles eine Ewigkeit zu dauern.

Die Umrisse der Dachgiebel heben sich kaum von dem düsteren Himmel ab, über den zerfetzte Wolken dahintreiben.

Wenn es nur nicht zu spät ist! Jede Sekunde ist kostbar. Ein heißes Mitgefühl für den Vater erstickt in Wolf jeden anderen Gedanken.

Da endlich kommt Dr. Kollar wieder. Schweigend hasten die beiden durch menschenleere, regennasse Straßen.

Wolf kann kaum atmen, als sie Knaiseles Stube betreten.

Der alte Mann liegt mit hochrotem Gesicht da, unruhig und röchelnd vor Atemnot. Sein Zustand hat sich offensichtlich verschlechtert. Die Frauen stehen verzweifelt neben ihm.

»Der stirbt uns ja unter den Händen weg!« jammert die Schwiegertochter. »Dem kann keiner mehr helfen!«

»Natürlich kann dem keiner helfen!« fällt die alte Frau düster ein. Sie sieht, wie es in Wolfs Gesicht zuckt, und wiederhholt bekräftigend: »Jawohl. Falsche Tropfen auszugeben, wenn man besoffen ist, das ist ja Mord!«

»Bitte, Frau Knaisele! Beruhigen Sie sich!« sagt der Arzt. »Die Tropfen sind normalerweise völlig unschädlich. Wenn Ihr Mann sie nicht verträgt, ist das ein ganz ungewöhnlicher Sonderfall. Sicherheitshalber bringen wir ihn deshalb ins Krankenhaus.«

Aber die Frau ist nicht zu beschwichtigen.

»So? Das sollen wir glauben? Warum kommt denn der Herr Apotheker nicht selber her?«

Wolf muß sich zwingen, sie nicht anzuschreien.

»Sie hören ja, daß mein Vater alles veranlaßt hat, was nötig war!« sagt er so ruhig wie möglich. Er sieht, wie lange Dr. Kollar den Puls des alten Mannes kontrolliert. Und er merkt ganz genau, daß der Arzt alles andere als beruhigt ist.

Endlich erscheinen zwei Krankenträger. Sie kennen die engen Stiegen dieses Stadtviertels und haben deshalb die Trage gleich im Hausgang stehen lassen.

Mit behutsamen Griffen heben sie den alten Mann aus dem Bett. Erst unten legen sie ihn auf die Trage und bringen ihn zum Wagen.

Wolf und Dr. Kollar folgen.

Der Arzt verhält sich plötzlich sehr reserviert. Seine verlegene Miene verrät, wie ihm zumute ist. »Ich fahre gleich mit in die Klinik«, sagt er.

»Dann begleite ich Sie!« ruft Wolf entschlossen. Er holt seinen Motorroller aus dem Gärtchen.

Die beiden Frauen und der junge Knaisele kommen aufgeregt die Stiege herunter.

Hier und da öffnen sich in den umliegenden Häusern die Fenster. Verschlafene Gesichter spähen erschrocken heraus.

»Ich werde mitfahren«, sagt Frau Knaisele verbissen. Sie trägt Mantel und Kopftuch. »Ich werde den Herren schon erzählen, was passiert ist!« Hinter dem Arzt steigt sie ein.

Die Sanitäter schwingen sich auf ihre Sitze. Der Wagen fährt an. Wolf folgt auf seinem Motorroller.

Wie ein Spuk stieben sie davon.

Von der Stiftskirche klingen lang nachhallend erst vier helle, dann drei dunkle Schläge in die Nacht.

Drei Uhr.

Der Apotheker Justus Brandt steht am Schreibtisch in der Homöopathie. Er hat eine starke Tasse Kaffee getrunken und zwei Flaschen Sprudel – er ist wieder einigermaßen nüchtern. Doch nun sieht er alles in noch dunkleren Farben. Brandt ist völlig gebrochen.

Schwerfällig beginnt er in dem kleinen Raum auf und ab zu gehen.

Die Ungewißheit! Diese quälende Ungewißheit!

Endlich wird Wolfs Motorroller auf der Straße hörbar.

Brandt macht Licht im Hausflur und erwartet seinen Sohn in der Homöopathie.

Wolf tritt hastig ein. Seine Lederjacke trieft von Nässe. Sein Gesicht ist zuversichtlich.

»Gute Nachrichten, Vater!« sagt er. »Ich habe zwar den Arzt holen müssen, und es war höchste Zeit. Der alte Knaisele liegt jetzt in der Klinik. Man hat mir gesagt, er wird durchkommen.«

Brandt starrt ihn an.

»Ist das wirklich wahr?« fragt er stockend.

»Ja«, sagt Wolf und lächelt seinem Vater müde zu.

»Dank dir, mein Junge«, antwortet Brandt. Er scheint noch etwas sagen zu wollen, aber er nicht nur. »Geh jetzt zu Bett, Wolf.«

Leise geht Wolfgang hinauf. Oben klappt eine Tür . . . Minna! Wolf weiß, daß die alte Frau an der Treppe gelauscht hat.

Aber den Jungen bewegen andere Dinge, von denen er seinem Vater nichts erzählt hat: Die schrillen Drohungen der alten Frau Knaisele und ihres Sohnes, dazu eine Warnung in seinem eigenen Innern, daß dieser Fall auch dann nicht erledigt ist, wenn der alte Mann über den Berg kommt.

Auch Brandt geht in sein Schlafzimmer.

Alles ist dunkel und still.

Trotzdem spürt er sofort, daß Gabriele nicht schläft. Er lauscht auf ihre ungleichmäßigen Atemzüge. Sie muß jede seiner Bewegungen hören. Warum sagt sie nichts?

Er tritt an ihr Bett und flüstert ihren Namen.

Gabrieles Hand tastet nach der Nachttischlampe.

Mattes Licht flammt auf.

»Justus!« fragt sie. »Ist etwas passiert?«

Brandt schüttelt nur den Kopf.

Gabriele setzt sich auf und faßt seine Hand.

»Justus – sprich dich doch aus!«

Nach einer Weile beginnt Brandt zu erzählen, stockend und leise.

»Ich glaube nicht, daß wir unter diesen Umständen fahren können!« schließt er.

»Aber Justus!« sagt Gabriele. »Ich begreife nicht, daß du dich so aufregst. Das ist doch nicht deine Schuld!«

Sie spricht schnell weiter:

»Vielleicht verstehe ich das nicht richtig. Aber wenn Wolf sagt, dem Mann ginge es gut, dann brauchst du dir doch schon gar keine Vorwürfe zu machen!«

Mit wachsender Bestimmtheit fährt sie fort:

»Das Ganze beweist, daß du unbedingt einmal ausspannen mußt! Wir sollten doch fahren. Ich sehe nicht ein, worauf wir noch warten!«

Brandt wendet sich zu ihr um.

»Darauf, daß der Mann aus jeder Gefahr heraus ist!« sagt er.

»Und wann ist das der Fall?«

Er braucht nicht zu überlegen.

»Am Morgen müßte die Wirkung der Tropfen eigentlich abgeklungen sein.«

In dieser Nacht findet Brandt keinen rechten Schlaf mehr.

Immer, wenn er gerade eingenickt ist, schreckt er wieder auf.

Um sieben Uhr früh geht er in die Homöopathie hinunter und ruft die Klinik an.

Er muß am Telefon einige Zeit warten, bis sich der diensttuende Arzt meldet.

»Der alte Knaisele? – Ja, ich glaube, da kann ich Sie beruhigen, Herr Brandt.«

Brandt stockt der Atem. »Geht es ihm besser?«

»Ja. Aber Sie wissen, er ist nicht mehr der Jüngste.«

Brandt murmelt etwas, das wie ein Dank klingt, und legt auf.

Die Tür öffnet sich. Auf der Schwelle steht Gabriele in ihrem Morgenkleid.

»Was sagt der Arzt?« fragt sie und kann ihre angstvolle Spannung nicht verbergen.

Brandt zieht sie zärtlich an sich. »Unverantwortlich von mir, dir so die Nachtruhe zu rauben!« sagt er. »Ja, der gute Alte dürfte das Schlimmste überstanden haben. Jedenfalls hindert uns jetzt nichts mehr, abzureisen. So bald wie möglich.«

Anderthalb Stunden später ist es soweit. Brandt holt das Auto aus der Garage.

Es regnet, regnet, regnet.

Als Brandts Wagen über die Neckarbrücke fährt, wird das Auto von einem so heftigen Schauer überschüttet, daß die Scheibenwischer die Wasserfluten kaum bändigen können.

Gabriele hüllt sich fröstelnd in ihren Schal. Die Ledersitze sind noch kalt. Brandt schaltet die Heizung ein.

Doch so ungemütlich es zunächst im Wageninneren ist – Brandt und Gabriele atmen erleichtert auf. Tübingen liegt hinter ihnen.

Brandt hält das Steuer mit verkrampften Händen. Er beugt sich bis an die Windschutzscheibe vor und drückt auf das Tempo, als müsse er einen Zug-Anschluß erreichen.

Gabriele sitzt stumm neben ihm. Erst als sie Reutlingens Straßen durchqueren, fragt sie leise: »Wohin fahren wir eigentlich?«

Der Weg steigt vor ihnen kurvenreich zu den Höhen der Schwäbischen Alb an. In den Baumwipfeln der Berghänge zu beiden Seiten hängen Nebelschleier.

»Ja, wohin fahren wir eigentlich?« wiederholt er ihre Worte und nimmt langsam den Fuß vom Gashebel zurück. »Ich glaube, wir brauchen jetzt dringend ein paar Ruhetage. Wenn wir Jürgen erst, sagen wir, übermorgen abholen würden ...«

Brandt läßt den Wagen am Straßenrand ausrollen. Als sie halten, wendet er sich zu Gabriele: »Ich möchte mit dir zum Bodensee fahren, nach Meersburg und von da hinüber zur Insel Mainau.« Er zieht einen Auto-Atlas aus dem Handschuhfach. »Natürlich, das Wetter und überhaupt diese Jahreszeit –«

Gabriele wirft keinen Blick auf die Karte. Sie streicht nur einmal zärtlich über seinen Handrücken und nimmt spielerisch seine Finger auf.

»Ich finde es schön, mit dir ins Blaue zu fahren!«

Ein neuer Regenschauer prasselt auf das Verdeck.

»Ins Blaue ist gut«, murmelt Brandt sarkastisch, »ins Graue wäre richtiger.«

Er stellt den Motor ab und zieht die Handbremse an. Sie breiten gemeinsam den Auto-Atlas aus. Seine Blicke gehen über die aufgeschlagene Karte hinweg zu Gabriele, zu ihrem feingeschnittenen Profil und ihren roten Lippen. Als sein Blick ihren strahlenden Augen begegnet, kommt wieder die Verzauberung über ihn. Sie ist seine Frau und gehört ihm, heute und immer.

Er stellt auch den quietschenden Scheibenwischer ab und zieht Gabriele an sich.

»Ach«, seufzt sie und legt ihren Kopf an seine Brust. »Du und ich ganz allein! So müßte es bleiben! Für immer!«

Der Novemberwind rüttelt an dem Verdeck und den Türen. Auf das Schiebedach trommelt der Regen. Die kahlen Äste biegen sich vor dem Sturm und pfeifen wie Peitschen.

Als sie weiterfahren, trödelt Brandt auf der Straße dahin und passiert im Schrittempo die schwäbischen Dörfer mit ihren Fachwerkhäusern, deren buntbemaltes Schnitzwerk sich dunkel von den weißgekalkten Wänden abhebt.

Die graue Welt macht ihnen nichts mehr aus; die beiden Menschen sind glücklich; sie können wieder lachen.

Nur einige Autos begegnen ihnen. Bergauf und bergab in langen Kurven führt die Straße dahin. Jetzt geht es steiler hinauf, noch einmal über einen Bergsattel. Häuser rechts und links, ländlich, still und in steigendem Nebel verborgen; eine breite Straße hinab; ein alter Torbogen; dann an einer niedrigen Mauer entlang – vor ihnen liegt, dampfend von Nebelschwaden, der Bodensee.

Brandt läßt den Wagen neben einem Brunnen in der Meersburger Unterstadt stehen und wandert mit Gabriele zum kleinen Hafenbecken. Sie blicken hinüber zum verlassenen Park, hinauf zu dem roten Häuschen der Annette von Droste-Hülshoff und steigen die Treppen zur Burg empor.

Ganz unmerklich haben sich die Wolken verzogen. Ein frischer Wind hat sich aufgetan, die Luft ist kühl, es regnet nicht mehr. Vor einem schmiedeeisernen Wirtshausschild bleibt Brandt stehen.

»Ich hab' einen Mordshunger!« ruft er und stößt die schwere Eichentür auf.

Nur ein paar Gäste sitzen in der Stube auf harten bäuerlichen Holzbänken. Am Fenster ist noch ein Tisch frei. Sie bestellen Bodenseefelchen nach Müllerin Art und einen Ruländer.

Die zumeist einheimischen Gäste blicken flüchtig auf und taxieren sie richtig: Hochzeitsreisende!

Brandt schiebt plötzlich unruhig die Weinkarte beiseite.

»Vielleicht rufe ich noch vor dem Essen mal schnell in Tübingen an, ob sich die Klinik wieder gemeldet hat«, sagt er.

Gabriele starrt auf die weiße Serviette. »Warum?« fragt sie leise.

Brandt wiegt den Kopf. »Ich weiß es nicht, aber mir geht diese scheußliche Sache mit dem Rezept noch immer nach.«

Der graue Nebel draußen über dem Bodensee ist verflogen. Ein unsichtbarer Schleier legt sich schwer und drückend über die beiden Menschen am Wirtshaustisch und erstickt ihre fröhliche Stimmung.

Brandt erhebt sich.

»Justus«, flüstert Gabriele, »nicht wahr, der Arzt hat doch gesagt, daß der alte Mann nicht mehr in Gefahr ist?«

Als Brandt stumm nickt, senkt Gabriele den Scheitel noch tiefer und sagt fast unhörbar:

»Du weißt nicht, was diese beiden letzten Tage für mich gewesen sind. Bitte, ruf nicht an, Justus! Laß uns Tübingen für ein paar Tage vergessen!«

Brandt zögert. In diesem Augenblick zerreißt die Sonne die letzten Nebelfetzen über der Stadt. Ein breiter Strahl fällt auf den gesenkten Kopf Gabrieles und läßt ihr Haar wie rotes Gold aufleuchten.

Hingerissen blickt Brandt auf seine junge Frau.

»Wenn du meinst!« murmelt er zärtlich und setzt sich wieder.

In der Bursagasse frühstückt Wolfgang an diesem Tage später als sonst. Er hat den verlorenen Nachtschlaf nachgeholt.

Bettina findet ihn allein im Eßzimmer vor dem kleinen runden Tisch am Fenster. Sie sucht ihre Handschuhe und will ausgehen.

»Guten Morgen, Mama«, sagt Wolfgang höflich und steht auf.

»Aber so bleib doch sitzen, Junge! Es ist nicht nötig, daß wir hier im Hause wie Fremde miteinander verkehren. Du warst heute nacht noch unterwegs?«

Bettina läßt sich ihm gegenüber nieder und mustert ihn forschend.

»Ja«, antwortet Wolfgang einsilbig. »Ich hatte noch etwas zu erledigen.«

Bettina sieht eine Weile zu, wie ihr Sohn frühstückt.

Da ist wieder diese Glaswand! Sie hat Alberts und Dorles Vertrauen gewonnen, aber das Kind, das sie insgeheim am meisten liebt, bleibt ihr gegenüber fremd und zurückhaltend.

»Was war eigentlich heute nacht los? Minna hat mir so sonderbare Geschichten erzählt.«

Wolfgang sieht auf und begegnet dem Blick seiner Mutter. Unsicherheit zeigt sich in seinen Zügen, Verlegenheit; dann verschließt sich sein Gesicht wieder.

»Entschuldige bitte, Mama, aber ich möchte nicht darüber sprechen. Es ist eine Sache, die nur Papa angeht.«

Draußen schlägt der Regen an die Scheiben. In den Dachrinnen plätschert das Wasser.

In dem kleinen Eßzimmer ist es angenehm warm. Sie haben den Eckraum zum Neckar hin mit den alten Nußbaummöbeln aus dem Eckertschen Familienbesitz eingerichtet.

Eigentlich müßte Bettina ihm jetzt böse sein, diesem großen dummen Jungen. Böse für die Hartnäckigkeit, mit der er allen ihren Versuchen, ihm näherzukommen, widerstrebt. Aber als sie ihn ansieht, sein gutgeschnittenes Gesicht und darüber die mühsam gebändigten blonden Haare, wird ihr Groll in einer Welle mütterlicher Zärtlichkeit erstickt. Sie klingt in ihrer Stimme mit, als sie weiterspricht.

»Wolfgang, ich finde es großartig, wie du zu deinem Vater hältst!«

Der Junge blickt überrascht und zweifelnd auf.

»Ja«, fährt Bettina schnell fort, »ich weiß, wie du denkst. Du hast es mir ja zu verstehen gegeben, als ich das Haus zum erstenmal wieder betreten habe. Du glaubst, ich will deinen Vater hinaustreiben, aber das ist nicht wahr! Ich bin nicht zurückgekehrt, um mich für erlittenes Unrecht zu rächen, sondern aus Sorge um euch!«

Wolfgang sieht sie unsicher an.

»Aber«, sagt er stockend, »Papa hat sein ganzes Leben lang für uns gesorgt, und er hätte es auch weiter getan, wenn du nicht gekommen wärst!«

Bettina schließt die Augen. Hat sie nicht oft dasselbe gedacht, drüben in Mexiko, als sie nicht wußte, was hier geschah? Es klingt so logisch, was Wolfgang sagt; aber es ist falsch. Sie braucht nur an das zu denken, was ihr Minna über den Hochzeitstag erzählt hat. Es ist noch schlimmer gekommen, als sie befürchtet hatte.

»Ja, ja, ja«, ruft Bettina. »Du hättest recht, wenn diese Frau nicht ins Haus gekommen wäre!« Sie lächelt Wolfgang zu. »Daß es der Sinn der Ehe ist, Kinder zu haben, bedenkt ihr wohl gar nicht! Diese Frau wird, wenn es soweit kommt, natürlich für die Rechte ihrer Kinder kämpfen. Das heißt: gegen euch.«

Bettina lehnt sich zurück. Ihre Wangenknochen treten scharf hervor. Ihre Stirn spannt sich.

»Aber es geht noch um etwas ganz anderes. Diese Frau zerstört, was Generationen aufgebaut haben. Das ist das Entscheidende, nicht meine persönliche Meinung. Als ich ihr zum erstenmal begegnete, habe ich sie sympathisch gefunden – ihre Schönheit, ihre gepflegte Erscheinung, ihre guten Manieren. Damals wußte ich nichts von ihrer Vergangenheit. Als ich merkte, daß jedermann darüber informiert war – da, mein Junge, habe ich Angst bekommen! Angst um euch und die Apotheke!«

Bettina hat unwillkürlich lauter gesprochen und das Klappen der Tür überhört. Betroffen sieht sie, daß sie nicht mehr mit Wolfgang allein ist. Minna steht vor ihr mit einer Handvoll Briefe und einer Einkaufstasche.

»Die Post«, sagt Minna und drückt den Stapel Briefe in Bettinas Hand. Mißbilligend blickt sie auf Wolfs Gedeck. »Ich muß auf den Markt.«

Wolfgang ist ihren Augen gefolgt und versucht, seinen alten Jungenton anzuschlagen. Aber es klingt ein wenig lahm, als er sagt:

»Brumm nicht, Minchen, ich werde den guten Teller persönlich spülen und abtrocknen.«

Statt zu antworten geht Minna zur Tür. Sie dreht sich noch einmal zu Bettina um:

»In einer Dreiviertelstunde bin ich zurück!« Ihre Schritte verklingen auf der Treppe.

Wolfgang hat den Kopf gesenkt.

Bettina atmet erregt und blättert in den Briefen. Einen betrachtet sie lange. Er ist an Dorle gerichtet. Auf dem Umschlag kleben große französiche Marken. Daneben steht ›Par exprès – Durch Eilboten‹. Sie dreht den Brief; sie weiß, er kommt aus Paris von Pedro. Ein Schatten gleitet über ihr Gesicht. Dann läßt sie das Schreiben fallen und wendet sich Wolfgang zu.

»Ja, ich habe Angst, um euch und auch um Brandt« – sie verbessert sich – »um euren Vater. Hoffentlich irre ich mich. Aber ich habe das Gefühl, als ob eine Lawine auf das alte Haus in der Bursagasse zurolle. Ob ich sie aufhalten werde, weiß ich nicht. Aber ich kann es ganz gewiß, wenn ihr – vor allem, wenn du mir hilfst, Wolfgang!«

Sie schweigt. Es ist ganz still geworden. Der Regenschauer ist abgezogen, und plötzlich blitzt ein Sonnenstrahl in das Zimmer. Alles leuchtet auf, die gelben Chrysanthemen in der Delfter Vase, der Rosenstrauß auf dem gedeckten Tisch. Auf der silbernen Kaffeekanne blenden Sonnenreflexe auf, huschen über das blütenweiße Porzellan.

Dann erlischt der Zauber schnell: eine neue Wolke taucht alles in einförmiges Grau.

Wolfgang fühlt sich von den Worten seiner Mutter seltsam bewegt. Am liebsten möchte er zu ihr hingehen und ihre Hände fassen oder sie umarmen. Aber er wagt nicht einmal, sie anzublicken, und sieht scheu auf das Tischtuch.

»Wolfgang«, fragt Bettina direkt, »was ist heute nacht geschehen?«

Wolfgang räuspert sich verwirrt.

»Es ist alles in Ordnung«, sagt er unsicher. »Du brauchst dir keine Gedanken zu machen.«

Bettina lehnt sich tief in ihren Stuhl zurück, zieht eine Zigarette hervor und entzündet sie, bevor Wolfgang ihr Feuer geben kann. Sie sieht dem Rauch nach, wie er sich schwebend im Raum verteilt.

»Nein«, sagt sie bitter. »Ich brauche mir keine Sorgen zu machen. Ich brauche mir keine Gedanken darüber zu machen, daß dein Vater heute nach Mitternacht irgendeinen eiligen Kunden abgefertigt hat. Daß er dich zwei Stunden später aus dem Bett geholt und mitten in der Nacht losgeschickt hat. Daß er erst nach vier Uhr früh ins Bett gegangen ist. Das ist alles natürlich und kommt hier tagtäglich vor. Und daß Minna morgens beim Aufräumen nicht weniger als sechs leere Sekt-, Wein- und Schnapsflaschen gefunden hat, ist auch ganz alltäglich.«

»Mama, wirklich«, bricht Wolfgang gequält aus, »du mußt nicht glauben, daß ich dir nicht vertraue. Es ist einfach ein bißchen schwer für mich, bei all diesen plötzlichen Veränderungen ...«

Er drückt mit dem Teelöffel Figuren in das helle Tischtuch. Bettina spürt, daß in den nüchternen Worten viel mehr liegt, als sie aussagen.

Plötzlich springt Wolfgang auf.

»Papa hat heute nacht ein Mittel auf Rezept ausgegeben, gegen das der Patient allergisch ist«, sagt er überstürzt mit abgewandtem Gesicht. »Aber jetzt ist alles in Ordnung, wirklich.«

Im ersten Stock auf der Diele schrillt das Telefon. Sie achten beide nicht darauf.

Bettina sieht ihren Sohn an und fühlt sich glücklich. In seiner Stimme lag mehr natürliche Wärme als je zuvor. Sie will nicht zuviel fordern. Man muß warten können, gerade bei ihm.

Nur einer Versuchung gibt sie nach: Sie tritt zu ihm und streicht einmal flüchtig über seine Schulter.

»Wenn du es sagst, ist es gut, mein Junge!«

Immer noch läutet der Apparat. Sie sind wohl beide augenblicklich allein im Haus.

»Lauf schon!« sagt Bettina lächelnd. »Du wolltest doch sowieso weg. Das scheint dringend zu sein. Vielleicht ist es deine Freundin?«

Wolf greift seinen Trench, der über dem Stuhl liegt, und eilt hinaus.

Bettina bleibt nachdenklich sitzen. Sie hört ihn die Treppe mit großen Sätzen hinunterjagen. Das Läuten bricht ab.

Es wird alles gut werden, denkt Bettina und nimmt ihre Tasche auf. Er wird zu mir finden, bestimmt!

Da wird die Tür aufgerissen. Wolfgang steht auf der Schwelle. Er sieht blaß aus, verändert, verstört.

»Was ist denn, Wolf? Ich dachte, du wolltest gehen?«

Wolfgang tritt langsam an ihren Stuhl. In seinen Augen steht Entsetzen.

»Mama«, sagt er heiser, »es ist etwas Furchtbares geschehen. Der alte Knaisele ist gestorben!«

Bettina setzt ihre Tasche ab. Sie spürt die Angst in Wolfgangs Stimme. ›Der alte Knaisele?‹ denkt sie. Auch sie hat ihn flüchtig gekannt, er muß an die siebzig gewesen sein, vielleicht auch darüber.

Bettina springt auf und faßt Wolf bei beiden Schultern.

»Junge, so sprich doch! Hat dein Vater heute nacht doch ein falsches Medikament ausgegeben?«

Wolfgang senkt den Kopf. Wie eine Vision stehen die Szenen vor seinen Augen: der Vater zusammengebrochen an seinem Bett, die Fahrt durch die regennasse nächtliche Stadt, das Krankenzimmer, das schrille Keifen der alten Frau Knaisele, die drohende Stimme des jungen Mannes ...

»Nein!« sagt er verstört, »Papa hat alles richtig gemacht!«

Bettina schüttelt ihn. »Wo ist er?«

»Papa ist vor einer Stunde mit ... mit seiner Frau für einige Tage weggefahren. Ich weiß nicht wohin!«

Bettina forscht in dem Gesicht ihres Sohnes; doch sie sieht nur Ratlosigkeit in seinem Blick und fühlt, daß er jetzt bei ihr Hilfe sucht.

»Sei so gut, mein Junge«, sagt sie fest, »Herrn Bösinger einen Augenblick zu mir zu bitten.« Sie streicht an seinem Arm herunter und fügt leise hinzu: »Es wird schon alles gut werden!«

Während er hinausstürzt, bleibt sie im Zimmer stehen und nagt unbewußt an ihrer Unterlippe. Was für Folgen kann dieser Vorfall haben? Das muß sie jetzt feststellen.

Als Bösinger eintritt, reicht sie ihm flüchtig die Hand und geht ohne Umschweife auf ihr Ziel los.

»Sie kennen mich?« fragt sie. »Sie waren der erste, der mich nach meiner Rückkehr in der Apotheke begrüßt hat.« Dann zögert sie etwas. »Sie wissen, um was es sich handelt?«

Bettina lädt ihn mit einer Handbewegung ein, Platz zu nehmen. Dabei mustert sie ihn kritisch. Er ist klein und etwas korpulent; seine Augen hinter der randlosen Brille liegen in unzählige kleine Fältchen gebettet. Bettina spürt hinter diesem gelassenen Blick eine unbeirrbare Sicherheit.

»Bitte glauben Sie nicht, Herr Bösinger«, sagt sie, als er etwas umständlich Platz genommen hat, »daß ich in die Belange der Apotheke eingreifen will. Ich weiß, daß mir das nicht zusteht. Aber Wolfgang ist derart verstört über den Tod des alten Knaisele, und Minna hat mir über die Vorgänge der letzten Nacht so viel erzählt, daß ich mir ernste Sorgen mache.«

Sie schweigt einen Augenblick. Es ist, als sammle sie Kraft für ihre nächste, entscheidende Frage: »Hat Doktor Brandt schuld am Tod des alten Mannes?«

Bösinger räuspert sich. Das tut er stets, bevor er spricht.

»Nein«, sagt er bedächtig, und Bettina fühlt, wie genau er jedes Wort wägt. »Herr Doktor Brandt hat mir vor seiner Abreise die Vorgänge genau geschildert und . . .« Er schlägt die Beine übereinander und lehnt sich zurück.

»Gnädige Frau«, beginnt er von neuem. »Ich muß etwas weiter ausholen. – Ich habe das Rezept studiert; es ist in der vorgeschriebenen Dosierung ausgegeben worden.«

Er reibt den Zeigefinger am Nasenflügel und überlegt laut: »Angenommen, ich selber hätte gestern Dienst gehabt – ich hätte das Medikament ohne Zögern verabfolgt.«

Bettina atmet auf: »Na, Gott sei Dank! Dann ist ja wenigstens das in Ordnung! Ich konnte mir auch nicht denken, daß Doktor Brandt einen solchen Fehler macht.«

Bösinger sieht sie ernst an. Er zupft an der Bügelfalte seiner Hose und räuspert sich wieder.

»Es tut mir sehr leid, gnädige Frau«, sagt er schließlich, »aber so einfach liegen die Dinge nun wieder nicht. Herr Doktor Brandt hat zwar alles Erdenkliche getan, um jeden Schaden für den Patienten zu verhindern. Aber die Tatsache, daß er in seinem Zustand überhaupt kein Rezept hätte ausgeben dürfen, bleibt bestehen.«

Die Haustür geht. Dorles leichte Schritte kommen die Treppe herauf. Sie trällert einen Schlager und wirft laut ihre Zimmertür zu.

Bettina greift nervös nach einer Zigarette. »Und welche Folgen kann das haben?« fragt sie. »Man wird ihm doch kaum einen Vorwurf daraus machen können!«

Bösinger zuckt die Schultern. »Sie vergessen, daß der Patient an den Folgen einer Allergie gestorben ist, die Herrn Doktor Brandt bekannt war.«

»Glauben Sie, daß er deshalb vor Gericht gezogen werden kann?« Bettina ist sichtlich beunruhigt.

Bösinger weicht der Frage aus. »Ich fürchte eigentlich nur die Öffentlichkeit«, antwortet er vorsichtig. »Vor einer halben Stunde hat Fräulein Eckert in der Apotheke angerufen. Sie wollte Herrn Doktor Brandt sprechen. Auf irgendeinem Wege muß ihr der Vorfall – völlig entstellt – hinterbracht worden sein. Gerüchte verbreiten sich in Tübingen sehr schnell. Wenn die Sache von den Zeitungen aufgegriffen wird, wäre das sehr ärgerlich!«

Bettina kneift die Augen zusammen. Sie raucht ein paar Züge und drückt die Zigarette wieder aus. »Dann ist es ja wenigstens gut, daß Doktor Brandt abgereist ist! Inzwischen wird Gras über die Sache wachsen.«

»Oder«, antwortet Bösinger lakonisch, »die Leute werden sagen, er sei geflüchtet!«

»Herrgott« – Bettina greift sich nervös an die Schläfe – »das ist ja wie ein Verhängnis! Läßt sich denn gar nichts tun, diese Geschichte aus der Welt zu schaffen? Hier steht doch auch der Ruf der Eckertschen Apotheke auf dem Spiel!«

Bösinger nickt. »Gewiß, gnädige Frau. Aber zunächst muß man wohl die Entwicklung abwarten.«

Da Bettina nicht antwortet, erhebt er sich langsam. »Ich darf mich verabschieden«, sagt er gemessen. »Ich möchte die Offizin jetzt ungern längere Zeit allein lassen.«

»Ja, natürlich.« Bettina zwingt sich zu einem Lächeln. »Entschuldigen Sie, daß ich Sie so lange aufgehalten habe!«

Bettina bleibt nachdenklich sitzen, als er gegangen ist. Da steht die Tasche neben dem Stuhl; in ihrem Kalender steckt ein langer Einkaufszettel; Dinge, die sie besorgen wollte, um das Heim in der Bursagasse zu verschönen und bequemer zu machen. Sie hat Handwerker bestellen wollen. Albert sollte einen neuen Schreibtisch haben, Wolf ein Magnetbandgerät und Dorle zwei Sessel, die besser in ihr Zimmer passen als die sperrigen Eckertschen Erbstücke. Doch jetzt ist Bettina alle Lust an diesen Besorgungen vergangen.

Sie greift nach der Post, die immer noch auf dem Tisch liegt. Obenauf ein Brief aus Mexiko. Der Verwalter fragt an, ob er die Viehzucht im bisherigen Umfang weiterführen solle; die Preise seien ins Wanken geraten. Bettina weiß, daß von dieser Frage der wirtschaftliche Erfolg abhängt. Aber wie soll sie das jetzt von hier aus entscheiden?

Sie schiebt das Schreiben in den Umschlag zurück. Der Brief für Dorle gerät ihr in die Finger. ›Frl. Dorette Brandt‹, sagt die Aufschrift in den kleinen flüchtigen Schriftzügen von Pedros Hand. ›Par exprès – Eilboten‹.

Bettina springt auf und geht ein paarmal schnell im Zimmer auf und ab. Daß ausgerechnet Dorle ihr jetzt auch noch Sorgen macht!

Sie nimmt den Brief und geht zu Dorle hinüber. »Post für dich, mein Kind!« sagt sie mit dem Umschlag in der Hand.

Dorle springt überrascht von ihrem Sessel auf. Das Blut schießt ihr in die Wangen.

»Ich habe dir schon in Paris gesagt, daß ich diesen Umgang mit Pedro nicht gern sehe«, fährt Bettina unwillkürlich härter fort, als sie sonst gesprochen hätte. »Anscheinend hast du das vergessen. Täglich Briefe, Päckchen und Blumen aus Paris! Das spricht nicht gerade dafür, daß du die Bekanntschaft mit dem jungen Mann einschlafen lassen willst. Ich bitte dich deshalb noch einmal – und zwar nachdrücklich –, dieser Sache ein Ende zu machen!«

Die Glutwelle in Dorles Gesicht ist jäh verebbt. Sie steht ganz starr und sieht ihre Mutter trotzig an. »Und weshalb, Mama?«

In einem anderen Augenblick hätte sich Bettina mehr Zeit für ihre Tochter genommen. Jetzt aber stehen dringendere Sorgen vor ihr.

Ihr ist eingefallen, daß sie die Klinik anrufen könnte, um Genaueres über den Tod des alten Mannes zu erfahren. Vielleicht wird man ihr dort offiziell bestätigen, daß Brandt kein Verschulden trifft.

»Ich bitte, daß du dich in diesem Punkt nach meinen Wünschen richtest«, sagt sie energisch, »auch wenn ich dir meine Gründe erst später nennen kann.«

Sie legt den Brief auf das niedrige Kacheltischchen und verläßt ohne ein weiteres Wort das Zimmer.

Sie geht in die Offizin und ruft den leitenden Arzt der Klinik an. Aber all ihre Weltgewandtheit, all ihre geschickten Anspielungen helfen nicht weiter; es ist, als spräche sie gegen eine Mauer.

»Ich bedaure es wirklich außerordentlich, Ihnen keinerlei Auskunft geben zu dürfen«, wiederholt der Professor reserviert.

Als Bettina wieder zum zweiten Stock emporsteigt, tröstet sie sich mit dem Gedanken, daß dieses Verhalten des Arztes im Grunde vielleicht doch ganz gut sei. So wird dieser Todesfall nicht, wie Herr Bösinger befürchtet, entstellt an die Öffentlichkeit gelangen.

Bettina ahnt nicht, daß gerade diese Geheimhaltung dem Gerücht neue Nahrung geben muß, bis es sich wie eine Springflut durch die

Straßen und Gäßchen Tübingens ergießt. Sie weiß nicht, daß Graf Hohenperch schon auf dem Weg ist, die Lawine ins Rollen zu bringen . . .

Der Graf kennt in diesem Augenblick zwar nur die Vorgänge, wie Knaiseles Nachbarn sie beim Kaufmann erzählt haben. Er steht gerade auf dem Tübinger Marktplatz und starrt mißmutig auf den Brunnen, vor dem nicht ein einziger Wagen parkt. Die Reisezeit ist vorbei.

Er ist unschlüssig, was er mit dem angebrochenen Vormittag beginnen soll.

In seiner Kasse herrscht wieder einmal Ebbe. Das Institut für gesellschaftliche Kultur wirft wenig ab. Er muß jetzt um jeden Schüler werben.

Der Wind weht kühl. Fröstelnd schlägt der Graf den Mantelkragen seines abgetragenen Trenchcoats hoch.

Jetzt wäre es gut, in der behaglichen Wärme der Butzbachschen Villa zu sitzen. Seit sechs Wochen ist er nicht mehr dort gewesen, seit dieser unangenehmen Sache. Und dabei stimmt doch alles, Wort für Wort. Er kennt diese Gabriele Holthuys aus Stuttgart doch selber allzugut. Wie oft hat er fröhliche Herrenpartien mit einem Besuch in der Wohnung der schönen Gaby abgeschlossen. Wie oft ist er dort mit guten Freunden und mit Verbindungsbrüdern zu Gast gewesen! Die frisch gebackene Frau des Apothekers Brandt. – Sobald er nur an den Namen denkt, wird ihm siedendheiß.

Brandt! Brandt! Sie haben noch eine Rechnung zu begleichen. Wie, wenn er die Sache mit Knaisele benutzt, um sich bei Butzbachs wieder beliebt zu machen und dem Zirkuspferd über den Herrn Apotheker, der so eine Person heiratet und dann besoffen falsche Medikamente ausgibt, die Augen zu öffnen?

Der Gedanke beflügelt ihn. Er schlägt entschlossen den Weg zur Butzbachschen Villa ein. Auf der Wilhelmstraße schlüpft er schnell in die leere Telefonzelle vor der Universität. Der Oberarzt der Klinik, in die man den alten Knaisele eingeliefert hat, ist morgens nicht zu erreichen gewesen. Bei ihm wollte Graf Egon vorsichtig nähere Auskünfte über den Vorfall einziehen. Er ist mit dem Arzt seit Jahren befreundet.

Graf Hohenperch steckt zwei Groschen in den Schlitz und wählt die Nummer der Klinik.

»Hallo, altes Haus!« begrüßt er seinen Freund. »Wollte nur wieder einmal deine Stimme hören. Ist so eine sentimentale Anwandlung von mir, denn vor ein paar Tagen hätten sie mich beinahe zu den Ahnen abgerufen! Der übliche Herzanfall, du weißt.«

Graf Hohenperch gibt eine bewegte Schilderung seiner Beschwerden, würzt sie mit einem netten Witz und fährt dann fort: »Na, für euch ist so was ja alltäglich. Ihr habt andere Fälle. Ganz Tübingen erzählt heute morgen, Apotheker Brandt hätte den alten Knaisele vergiftet.« Er bricht unvermittelt ab und wartet auf den Protest der Gegenseite.

»Von Vergiften kann überhaupt keine Rede sein«, kommt auch prompt die Antwort. »Der Mann ist an Kreislaufstörungen gestorben, die erst als Folge-Erscheinung der Allergie aufgetreten sind.«

Graf Hohenperch muß einen unwillkürlichen Ausruf unterdrükken. Gut, daß der andere ihn nicht sehen kann, wie er jetzt die Augen aufreißt, den Hörer fest an das Ohr preßt! ›Gestorben‹, denkt er fieberhaft, ›das ist ja eine Sensation!‹

»Aber der Apotheker hat dem Mann doch ein falsches Mittel gegeben?« fragt er lauernd.

»Lieber Freund«, sagt der Oberarzt jetzt sehr zurückhaltend, »das habe ich nicht gesagt! Erzähl um Gottes willen keine Geschichten! Wir haben schon genug zu tun, die arme Frau zu beruhigen!«

»Natürlich, natürlich«, murmelt Graf Hohenperch undeutlich und verabschiedet sich etwas zu hastig.

Hohenperch ist wie elektrisiert. Diese Nachricht ist unbezahlbar. Er lacht auf. ›An Kreislaufstörungen gestorben!‹

Natürlich haben sie in der Klinik alles für den Kranken getan; aber gestorben ist er doch! Und zwar an den Wirkungen des Mittels, das dieser Brandt in seinem Suff ausgegeben hat.

Hoffentlich hat sich die Sache noch nicht zu weit herumgesprochen! Graf Egon hastet an den Universitäts-Instituten vorüber und folgt der Straße, die in steilen Windungen den Berg hinauf zur Butzbachschen Villa führt.

Jetzt hat er keine Hemmungen mehr, Frau Butzbach gegenüberzutreten.

Das Mädchen will ihm im Entree Schwierigkeiten machen. Die gnädige Frau sei ›indischponiert‹. Aber Prinz Kuckuck zwinkert ihr nur mit einem Auge zu und nickt mit dem Kopf zur Wohnzimmertür. »Ist sie drin?«

Das verlegene Gesicht des Mädchens sagt ihm genug. Er tritt mit zwei Schritten auf sie zu und kneift sie in die Wange. »Du wirst immer hübscher, Rosele«, raunt er ihr zu. Dann schiebt er das Mädchen beiseite, klopft, klinkt die Tür resolut auf und tritt ein.

Das Mädchen hört noch die kräftige Stimme des Grafen: »Gnädigste, ich hätte Sie bestimmt nicht überfallen, wenn nicht ein unerhörtes Ereignis eingetreten wäre . . . Haben Sie schon gehört, was in der letzten Nacht . . .«

Dann wird die Tür fest ins Schloß gezogen. ›Schade‹, denkt das Mädchen, ›gerade als es interessant wurde.‹ Aber Frau Butzbach wird's ihr nachher bestimmt in der Küche erzählen.

Drinnen hat Graf Hohenperch alle Widerstände im Sturm überwunden.

»Aber des isch doch net z'glaube!« ruft Frau Butzbach im höchsten Diskant. »Des isch ja der reinste Mord! Und mit solche Leut lebt man in einer Stadt zusamme!«

»Mord ist es nicht, gnädige Frau«, sagt Graf Egon und saugt genußvoll an einer der erstklassigen Brasilzigarren des Hausherrn. »Ein bedauerliches Versehen, das in diesem Falle allerdings zum Tode eines Menschen geführt hat!«

»Nun schwätzet Sie net, Herr Graf!« fährt ihm Frau Butzbach in die Rede. »Wann des koi Mord isch, dann halt Giftmischerei! Und vor dene ihrem Wolfgang hat sich mei Franz entschuldige müsse!«

Sie hält inne und blinzelt den Grafen aus ihren kleinen Augen plötzlich mißtrauisch an. »Stimmt denn des auch? Auf Ehr' und Gewisse? Sie hen mir damals diese G'schicht erzählt . . .«

Graf Hohenperch richtet sich auf, legt seine Zigarre umständlich auf den Aschenbecher und erhebt sich zu voller Größe.

»Gnädige Frau«, sagt er feierlich, mit einem beleidigten Unterton, »ich bin schon einmal das Opfer einer üblen Kampagne geworden. Auch damals hat alles gestimmt. Ich habe geschwiegen, um Ihnen einen Skandal zu ersparen.«

Er legt die Hand theatralisch auf sein Herz. »Ich habe geschwiegen«, wiederholt er, »weil mir die Freundschaft dieses Hauses höher steht als mein eigenes Interesse. Und weil ich nicht wollte, daß sich Ihr Sohn mit einem Unwürdigen duelliert. Ich habe schweigend die Entfremdung hingenommen, die aus jenen Zeilen sprach, mit der Sie Ännes Teilnahme an meinem Unterricht kündigten!«

Er macht eine Pause, und er braucht eigentlich nicht weiterzusprechen; denn Frau Butzbachs hingebungsvolle Miene zeigt deutlich, wie gut seine Worte ankommen.

»Bitte, erkundigen Sie sich bei wem Sie wollen, gnädige Frau«, fährt Graf Egon fort. »Jeder wird Ihnen bestätigen, daß Wolfgang Brandt gestern nacht den alten Knaisele in die Klinik geschafft hat, weil der betrunkene Apotheker ihm ein falsches Mittel gegeben hat.

Der arme alte Mann ist heute gestorben!

In der Klinik verweigert man jede Aussage. Das sind die Tatsachen. Mich aber entschuldigen Sie, wenn ich jetzt gehe; denn ein Haus, in dem man meinen Worten keinen Glauben schenkt . . .«

Graf Hohenperch klemmt das Monokel ins Auge, funkelt Frau Butzbach beleidigt an und stelzt zur Tür.

Er kommt nicht sehr weit. Frau Butzbach springt auf und hält ihn am Ärmel zurück. »Aber, Herr Graf, wer wird denn jedes Wörtle so arg bös nehme! Des war doch net so g'meint. Nun platzet Sie sich wieder!«

Sie drängt den Grafen, der nur zum Schein widerstrebt, in seinen Sessel zurück. Gleichzeitig klingelt sie nach dem Mädchen. »Mache Sie eine Lönsch zurecht – Lachsbrötle, zwei Eier, Schinken, Wurst – und garniere Sie des nett, wie ich's Ihne gezeigt hab'! Aber schnell!«

Kaum hat sie die Tür geschlossen, da nimmt Frau Butzbach den Faden wieder auf.

»Natürlich solle Sie die Änne wieder unterrichten, Herr Graf. Das Mädchen wächst mir sowieso über den Kopf! Immer impertinöse Redensarten, wenn i was sag. Und des kommt alles von dene Brandt-Kinder!«

Sie streicht mit fahrigen Händen die Tischdecke glatt. »Aber des hört mir auf! Dies Poussiere mit dem Wolfgang. Des sag i mei'm Mann, der muß es ihr verbiete, ein für allemal! Mit dene Giftmischer wolle mir Butzbachs nix z'schaffe habe!«

Graf Hohenperch tut noch einmal, als versuche er, ihre Erregung zu dämpfen. »Ruhe, gnädige Frau, vor allem Ruhe! Der Apotheker hat es ja bestimmt nicht vorsätzlich, sondern nur fahrlässig getan!«

»Heidenei«, fährt ihm Frau Butzbach in die Rede. »Des isch gleich. Vor solche Leut muß man die Öffentlichkeit schütze! Weiß Gott, wie viele die mit ihre Mixture schon auf dem Gewisse hen! Einen Kranz werd' i stifte«, überlegt sie laut, »nein, zwei, drei große Kränze, wenn der Knaisele zu Grabe getragen wird. Im Zuge wer' ich mitgehe, und mein Willem muß au mit. Am beste auch Franz in voller Wichs!«

Das eintretende Mädchen unterbricht ihren Gedankenflug. Graf Egon bekommt einen Imbiß aus köstlichen Leckereien vorgesetzt und macht sich unverzüglich ans Werk. Frau Butzbach beobachtet ihn voller Zufriedenheit.

»Sie sollet auch was tun, Herr Graf! Ich mein zur Rehabilation von dere arme Familie! Gehe Sie zum Blättle! Sie kenne doch den Herr Redakteur.«

›Ausgeschlossen‹ will Graf Egon sagen. Aber dann werden seine

Augen schmal; er läßt sein Monokel am Seidenband tanzen und überlegt.

Gar kein schlechter Gedanke! Bei der Zeitung wird man ihm die Geschichte vielleicht dankbar abnehmen. Er braucht ja nur zu erzählen, was schon die halbe Stadt weiß. Die Überschrift werden sie in der Redaktion schon selber finden. Zum Beispiel: ›Tödliches Versehen!‹ Oder: ›War es das falsche Mittel?‹ Er sieht die gedruckten Zeilen schon vor seinen Augen.

19

Über dem Untersee steigt der Nebel. Dicke Klumpen reißen sich los und segeln wie Luftballons gegen Konstanz. Der Wind von der Schweizer Seite packt sie und trudelt sie spielerisch herum, bis sie kleiner und kleiner werden und sich plötzlich auflösen. Strahlend bricht die Sonne durch.

Hier, wo der Rhein durch den Nordzipfel des Bodensees fließt, haben Justus und Gabriele Brandt in einem ländlichen Hotel ein verschwiegenes Quartier gefunden.

Der Spätherbst dieses Jahres ist hochsommerlich warm. Es ist, als verströme die Natur noch einmal ihren Glanz, bevor Kälte und Frost sich lähmend über alles Leben legen.

Einige Male hat Brandt die Apotheke anrufen wollen. Aber wozu?

Die Wirklichkeit hat in dieser Traumwelt für Brandt und seine junge Frau ihre Gewalt verloren. Ein Rausch des Glücks läßt sie die Sorgen völlig vergessen.

›Das wird sich schon alles zurechtziehen‹, versichert einer dem anderen, ›wir werden es schon schaffen!‹

Als sie von den Wirtsleuten Abschied nehmen, stehen Gabriele die Tränen in den Augen. »Es ist die glücklichste Woche meines Lebens gewesen«, sagt sie zu Brandt.

Der Apotheker lacht übermütig. »Das war erst der Auftakt!«

Am frühen Vormittag treffen sie in dem Internat in Kempten ein, um Gabrieles Jungen abzuholen.

»Der Jürgen freut sich schon seit Tagen«, sagt die Heimleiterin. »Besonders auf die Autofahrt. Warten Sie, ich lasse ihn gleich kommen!«

Dann steht ein kleiner, schmaler Junge in der Tür, der forschend seine dunklen Augen auf sie richtet.

Gabriele schließt ihr Kind mit einem erstickten Aufschrei in die Arme. Wieder und wieder preßt sie den Jungen an sich. Sie kniet neben ihm nieder, küßt und streichelt ihn und glättet seine strubbeligen Haare.

Brandt steht am Fenster und beobachtet sie gerührt. So hat er Gabriele nie gesehen, ja, er hätte ihr soviel mütterliche Herzlichkeit gar nicht zugetraut. Ein leichtes Gefühl von Eifersucht beschleicht ihn – und vergeht ebenso schnell, wie es gekommen ist.

Sie werden nun zu dritt leben – immer. Er will diesem Jungen ein Vater werden. Gewiß: es ist keine leichte Aufgabe, ein fremdes Kind aufzuziehen. Aber seine eigenen sind schon groß und haben sich von ihm abgewandt. Die Liebe zu Gabriele wird es gelingen lassen.

»Wer ist der fremde Mann?« fragt die helle Jungenstimme plötzlich; dabei heften sich seine dunklen Augen furchtlos auf Brandts Gesicht.

Gabriele wendet sich scheu um. »Das ist dein neuer Vater!« sagt sie schnell. »Du darfst immer Papi zu ihm sagen.« Brandt nickt ihr ermunternd zu und tritt neben sie.

Er streckt seine Hand aus. Jürgen legt seine kleinen Finger artig hinein und macht einen Diener.

»Nicht doch, Junge«, sagt Brandt lächelnd. »Wir zwei wollen von jetzt ab gute Freunde sein! Den Diener kannst du dir ein für allemal abgewöhnen. Wenn du jemanden begrüßt, dann sieh ihm fest in die Augen!«

Ohne es zu wollen, ist Brandt nach seiner Gewohnheit in einen schulmeisterlichen Ton gefallen.

Jürgen antwortet nicht, sondern schmiegt sich enger an seine Mutter. Als sie seine Sachen zusammenpacken, erzählt er ihr lebhaft von seinen kleinen Abenteuern und Erlebnissen. Brandt kommt sich ausgeschlossen vor. Er treibt zur Eile an und geht auf dem Flur auf und ab. Da hört er den Jungen drinnen zu Gabriele sagen:

»Fährt der Mann mit uns, Mami?«

»Aber gewiß, Jürgen! Bitte sag nicht ›der Mann‹, sondern ›Papi‹! Er ist jetzt dein Vater, und wir wollen für immer zusammenbleiben!«

Wieder die Kinderstimme; aber diesmal mit einer Spur von Aufsässigkeit: »Ich möchte lieber mit dir allein sein! Schick den Mann doch weg!«

Brandt gibt sich auf der Rückfahrt jede erdenkliche Mühe, Kontakt mit Jürgen zu bekommen. Er erklärt ihm alle Hebel des Autos, läßt ihn auf die Hupe drücken und den Winker bedienen; doch Jürgen bleibt fremd und verschlossen.

Sie machen noch einen kleinen Umweg. Brandt kennt von früheren Wanderungen einen verschwiegenen Waldsee, an dem sie rasten. Er ist warm wie im Sommer.

Während Brandt und Gabriele Hand in Hand am Ufer sitzen, tollt Jürgen herum. Als sie abfahren wollen, muß Brandt ihn suchen. Er findet ihn bäuchlings auf einer winzigen Landzunge ausgestreckt. Er hat sich aufgestützt und starrt verträumt in das Wasser.

»Jürgen«, ruft Brandt scharf, »steh auf! Du machst dich doch völlig schmutzig! Wir wollen nach Hause fahren!«

Der Junge rührt sich nicht. »Ich möchte hierbleiben; hier ist es schön. – Nach Hause? Wo ist das?«

»Komm, Junge«, sagt Brandt unwillkürlich weich. »Zu Hause ist es noch schöner. Wir haben einen Garten, in dem du spielen darfst, und gleich hinter dem Haus fließt der Neckar. Du kannst ihn vom Fenster aus sehen!«

Auf der Rückfahrt nach Tübingen werden sie stiller und stiller. Jeder denkt daran, wie sie alles vorfinden werden; aber keiner spricht seine Gedanken aus.

Am frühen Nachmittag halten sie vor der Apotheke. Die Sonne strahlt vom wolkenlosen Himmel. Alles sieht sauber und frisch aus; die Fenster des alten Hauses spiegeln und blitzen.

Sie gehen die Treppe hinauf, Jürgen an Gabrieles Hand. Ihre Zimmer sind, wie sie sie verlassen haben. Ein Alpdruck fällt von ihnen ab.

»Siehst du«, sagt Brandt zu Gabriele, »du hast dir unnötige Sorgen gemacht!« Dabei merkt er nicht einmal, daß er seine eigenen dunklen Gedanken ausspricht.

»Ich werde dich mit Jürgen erst einmal allein lassen«, sagt Brandt munter. »Am besten quartierst du ihn zunächst in meinem Arbeitszimmer ein. Ich muß erst mal in der Apotheke nach dem Rechten sehen.«

Brandt pfeift, als er die Innentreppe zur Offizin hinuntergeht. Er fühlt, diese Woche ohne Pflichten hat einen anderen Menschen aus ihm gemacht.

Es ist kurz vor drei. Die Apotheke hat noch Mittagspause.

Brandt stößt die Tür der Offizin auf und ruft »Guten Tag!« in den Raum.

Gesichter fliegen herum; Bösinger, die Laborantin, die beiden Lehrlinge in ihren weißen Kitteln grüßen steif und starren ihn an, als sei er ein Geist.

Brandt fühlt, daß etwas Schreckliches auf ihn zukommt. Sein Unbehagen wächst unter dem atemlosen Schweigen. Er will es nicht wahrhaben. »Habt ihr denn alle die Sprache verloren!« fragt er laut.

Da löst sich Bösinger vom Stehpult und kommt gemessen auf ihn zu. »Guten Tag, Herr Doktor Brandt!« sagt er langsam. »Darf ich Sie einen Augenblick allein sprechen? Wenn es Ihnen recht ist, in der Homöopathie?«

Brandt stutzt. Er sieht prüfend in das Gesicht seines langjährigen Mitarbeiters. Aber Bösinger schreitet schon mit verschlossener Miene voran.

»Na, was ist denn los? Irgendeine neue Katastrophe?« fragt Brandt und zieht die Tür hinter sich ins Schloß.

»Ja, Herr Doktor!« antwortet der Provisor. Er schluckt heftig, bevor er weiterspricht. »Kurz nachdem Sie abgefahren sind, ist der alte Knaisele an den Folgen seiner Allergie gestorben!«

Er schweigt.

Brandt geht an Bösinger vorbei zu seinem Schreibtisch und läßt sich schwer in den Stuhl sinken. Er vergräbt das Gesicht in beide Hände. »Das ist doch nicht möglich«, sagt er nach einer langen Pause. »Es ging ihm doch schon besser. Der arme Mann!«

»Es sind Kreislaufstörungen dazugekommen«, sagt Bösinger schwerfällig.

Brandt wendet sich langsam um. Sein Gesicht ist zerrissen. »Wäre mir die Allergie nur gleich eingefallen!« stöhnt er auf. »Bösinger, das werde ich mir nie verzeihen!«

Der Provisor räuspert sich. »Es ist nicht Ihre Schuld, Herr Doktor«, sagt er. Er steht immer noch an der Tür. »Knaiseles haben in der Stadt das Gerücht verbreitet, Sie hätten in betrunkenem Zustand ein falsches Medikament ausgegeben. Bei der Beerdigung war die halbe Stadt auf den Beinen. Die Presse hat die Sache aufgegriffen. Die Berichte liegen dort rechts auf dem Schreibtisch. Das Ganze hätte überhaupt nicht schlimmer laufen können. Wir haben eine scheußliche Woche hinter uns. Der Umsatz ist in den ersten Tagen schlagartig zurückgegangen, aber er hebt sich jetzt wieder.«

Bösinger schweigt.

Brandt sieht vor sich auf die Tischplatte. Da liegt ein Stapel Briefe sorgfältig aufgeschichtet. Rechts ein Bündel Zeitungen.

Brandt starrt sie an, aber er berührt sie nicht.

»Das ist wohl zunächst alles, Herr Bösinger«, sagt er schleppend. »Vielen Dank! Lassen Sie mich jetzt bitte allein!«

Bösinger verhält noch einmal bei der Tür. Er räuspert sich. »Ich habe noch etwas vergessen, Herr Doktor. Frau Bettina Brandt hat mich zur Apothekerkammer nach Stuttgart geschickt. Sie wollte eine offizielle Stellungnahme der Kammer in der Presse erwirken, um den falschen Gerüchten den Boden zu entziehen. Ich habe die Sache vorgetragen, aber leider ist bisher noch nichts darauf erfolgt.«

Er wartet auf eine Antwort, aber sie bleibt aus. Leise geht Bösinger aus der Homöopathie.

Brandt bleibt eine Endlosigkeit bewegungslos an seinem Schreibtisch sitzen. Sein Blick wandert über die pedantisch geordnete kleine Welt. Da die Pflanzenproben, dort das Mikroskop, hier ein Stapel Manuskriptblätter – seine Lebensarbeit. Sie sollte ihm einen Namen in der Berufswelt machen.

Welchen Namen hat er jetzt?

Da ist der Kalender, quer über dem aufgeschlagenen Blatt steht mit Rotstift ›Verreist!‹

Wäre er doch verreist geblieben! Wäre er doch nicht zurückgekehrt!

Nach langer Zeit bleibt sein Blick auf dem obersten Briefumschlag haften. Ein grünes Kuvert ohne Marken, ein amtliches Schreiben. Brandt öffnet es langsam; es enthält eine Vorladung zu einer polizeilichen Vernehmung.

Er schiebt den ganzen Stapel Briefe weit von sich, lehnt sich tief in den Stuhl zurück und hämmert unbewußt mit zwei Fingern abgehackt die Rhythmen eines alten Marsches auf die Schreibtischplatte.

Dann nimmt er die Zeitungen auf und studiert die Berichte. Es ist ja alles wahr, was dort steht. Nur wie es geschrieben ist! Mit Fragezeichen, und immer der vernichtende Schluß: ›Am Unglücksmorgen verließ der Apotheker mit unbekanntem Ziel die Stadt.‹

Ein Verdammungsurteil!

Brandt schließt die Augen. Das ist das Ende einer Woche voller Seligkeit.

Er faltet die Blätter sorgsam zusammen und legt sie zurück.

Dann beginnt er eine unruhige Wanderung – sieben Schritte hin, sieben Schritte her.

›Der alte Mann ist gestorben!‹ hämmert es dumpf in seinem Unterbewußtsein und nimmt ihm den Mut zur Empörung.

Er hört die Türglocke der Offizin mehrfach anschlagen. Er hört, wie Jürgen oben auf und ab läuft und mit heller Stimme nach Gabriele ruft.

Langsam geht Brandt zur Offizin; er zögert und lauscht.

Herrgott, ist er denn feige geworden? Will er sich verkriechen?

Brandt stößt die Tür auf und tritt in den Verkaufsraum.

Drei Kunden stehen wartend vor dem Tisch: eine alte Frau sitzt auf der ledergepolsterten Bank. Brandt kennt sie alle. Er grüßt und sieht etwas wie Erschrecken über die Gesichter gehen.

Am Rezepturentisch arbeitet unbeholfen ein Lehrling. Brandt will zufassen. Aber im selben Augenblick überwältigt ihn die Erinnerung. Er sieht sich selber an diesem Tisch in jener stürmischen Nacht, um für den alten Mann die Tropfen zu mischen. Nicht einen hat er verschüttet, trotz seines Zustandes. Und er ist stolz darauf gewesen.

Nein! Nein! Nein! Er kann nicht mehr hinsehen! Er kann diese Luft nicht mehr atmen!

Erstaunt sehen die Kunden den Apotheker davonstürzen.

Brandt hat seinen Entschluß gefaßt. Er spricht laut vor sich hin, als er schnell auf sein Arbeitszimmer im ersten Stock zugeht. »Ja, das ist der richtige Weg!«

Eilig reißt er die Tür auf. Auf seinem breiten Schreibtisch hockt Jürgen. Er hat die Briefmappe aufgeblättert und benutzt sie als Rollbahn für ein Spielzeug-Auto, das er vom Sockel der Lampe auf die Platte fahren läßt. Bücher, Zeitschriften, Briefbeschwerer, Schriften, Schreibtischgarnitur hat er auf dem Fußboden übereinandergehäuft.

Brandt vergißt in diesem Augenblick, daß er Jürgen dieses Zimmer selber zugewiesen hat. »'raus! Augenblicklich 'raus; daß du dich nicht noch einmal unterstehst . . .«, brüllt er.

Der Junge fährt entsetzt herum. Zitternd sieht er das wütende Gesicht des Mannes. Dann springt er auf und läuft schreiend davon.

Brandt macht mit fliegenden Händen Ordnung. Es kann ihm nicht schnell genug gehen. Die Worte, die er schreiben will, haben sich ihm von selber geformt. Er füllt den Briefbogen, ohne nur einmal abzusetzen:

› . . . beantrage ich die Einberufung eines Berufsgerichts gegen mich. Außerdem bitte ich, mich bis zur Entscheidung von der Leitung der Eckertschen Apotheke zu suspendieren; sie wird in der Zwischenzeit von meinem Vertreter, Herrn Provisor Fritz Bösinger, geführt.‹

Brandt setzt seine Unterschrift unter den Bogen und atmet auf.

Er fühlt sich befreit. Nun kann er Gabriele alles erzählen. Er fühlt es, sie wird ihn verstehen.

Gabriele ist nicht in dem kleinen Salon. Sie wird im Schlafzimmer sein, sie muß ja noch auspacken.

Auf der Türschwelle bleibt Brandt bestürzt stehen.

Vor Gabrieles Sessel am Fenster kauert Jürgen, sein Kopf liegt in ihrem Schoß, seine Schultern zucken.

Gabriele hat ihre Hand auf Jürgens Haar gelegt. Über ihre zarten Wangen strömen Tränen. Sie sieht so unglücklich und verlassen aus, wie Brandt sie noch niemals erlebt hat.

20

Über die Neckarbrücke rollt ein schwerer ausländischer Wagen.

Am Lustnauer Tor fragt der Fahrer den Verkehrsschutzmann nach dem ›Goldenen Widder‹. Dann fährt er im Schrittempo bis zum Marktplatz und hält vor dem Brunnen.

Die Türen werden gleichzeitig geöffnet. Felipe und Pedro Gonzales steigen aus. Neugierig mustern die beiden Mexikaner das mittelalterliche Rathaus und die Giebel der ehrwürdigen Patrizierhäuser.

»Wir lassen vorläufig alles im Wagen liegen«, sagt Felipe auf spanisch. »Ich werde Bettina zunächst allein besuchen!«

Der Junge blickt seinem Vater nach, bis er im Torbogen des ›Widder‹ verschwunden ist. Dann schließt Pedro den Wagen ab und geht quer über den Marktplatz in eine Konditorei. Er zieht einen Brief aus der Tasche und tritt zögernd ein.

Vorn im Raum sitzt ein Pärchen. Zwei Tische weiter widmet sich eine ältere Dame einem mächtigen Stück Nußtorte.

Die junge Kellnerin hinter dem Büfett fragt den schwarzhaarigen Fremden nach seinen Wünschen. Er deutet auf das Telefon und zeigt ihr die im Brief angegebene Nummer. Die Kellnerin lächelt, stellt die Verbindung her und reicht ihm den Hörer.

»Fräulein Doris Brandt bitte!« sagt der junge Mann. Dann wartet er. Offenbar muß sie erst an den Apparat geholt werden.

»Hallo!« ruft der Fremde ein paarmal ungeduldig. Plötzlich strahlend: »Dorette!«

Mehr kann die Kellnerin nicht verstehen; denn er spricht nun englisch. Sie sieht nur, wie seine Augen leuchten und seine Zähne beim Lachen blitzen.

Das Gespräch ist kurz. Pedro legt den Hörer zurück und nickt der Kellnerin zu. »Kaffee bitte und . . . das!« – Er zeigt auf eine Cremeschnitte und setzt sich an den Tisch in der äußersten Ecke des Raumes.

Während das Wasser in der Kaffeemaschine summt, folgen die Augen des Mädchens verstohlen jeder Bewegung des jungen Mannes: wie er sich lässig zurücklehnt, die Beine übereinanderschlägt und eine Zigarette anzündet.

Der Kaffee ist längst in die Tasse gelaufen, als die Kellnerin aus ihrer Verzauberung aufschreckt. Eilig nimmt sie das kleine Tablett, um zu servieren.

Nachmittagssonne erhellt den Raum. Die Glasplatten der Tische werfen Reflexe gegen die Decke. Blumensträuße in herbstlich satten Farben schmücken die wenigen Tische. Alles wirkt verträumt und ein bißchen altmodisch. Ein Café für Einzelgänger und Liebespaare. Es paßt in das alte Giebelhaus, das es beherbergt.

Dann tritt Dorle ein.

Pedro springt auf, eilt ihr strahlend entgegen und zieht ihre Hand verliebt an seine Lippen. Während er ihr aus dem Mantel hilft und sie zu seinem Tisch führt, überschüttet er sie mit zärtlichen Worten:

»Dorette! Ich bin so glücklich, dich zu sehen! Du glaubst nicht, wie ich mich nach dir gesehnt habe!«

Sie setzen sich. Pedro läßt ihre Hand nicht los.

»Zauberhaft siehst du aus! Wir sind acht Tage in Italien gewesen, und immer stand mir dein Bild vor Augen. Und daß du sofort gekommen bist, ist wunderbar.«

»Pedro!« sagt Dorle leise. Sie sieht mit einem verstohlenen Blick durch den Raum. »Pedro! Sei vernünftig! Ich muß gleich zurück.«

Er sieht sie an, als hätte er kein Wort verstanden. »Du hast die schönsten Haare der Welt!« raunt er ihr zu. »Wenn ich sie nur einmal streicheln dürfte!«

Dorle lehnt sich unwillkürlich zurück. »Pedro, bitte!« flüstert sie. »Hier kennt mich doch jeder Mensch. Mama darf überhaupt nicht ahnen, daß wir uns hier treffen!«

Pedros Augen lassen sie nicht los. Seine dunkle Stimme ist voller Zärtlichkeit. »Dann fahren wir fort! Nur für eine halbe Stunde! Irgendwohin, wo wir beide allein sein können. Mein Vater hat seinen Wagen draußen stehenlassen!«

Wie gern würde Dorle jetzt nachgeben! Sie haben einander so viel zu sagen und . . . überhaupt . . . mit ihm allein! Welche Seligkeit!

Dorle muß die Augen schließen.

Aber dann nimmt sie sich zusammen. »Es geht nicht!« haucht sie. »Es geht wirklich nicht!«

Die Enttäuschung in seinen Augen ist so groß, daß sie ihre Hand wie um Vergebung bittend über den Tisch streckt. Pedro umfaßt ihre Finger und preßt sie zärtlich.

»Dann müssen wir uns nachher treffen!« sagt er drängend. »Sonst fahre ich nicht wieder weg!«

Seine Stimme klingt in Dorles Ohren wie Musik. Musik, die verzaubern muß, wenn man ihr weiter zuhört.

»Warum bist du nicht in die Bursagasse gekommen?« fragt Dorle ausweichend.

Pedro zuckt die Achseln. »Ich kenne doch deinen Vater nicht!«

»Aber meine Mutter!«

Pedro stutzt. »Bettina? – Ist sie denn bei euch? Ich denke, sie wohnt im Hotel?«

Dorle sieht ihn fassungslos an. »Ach so! Natürlich, das kannst du ja noch gar nicht wissen! Mama wohnt jetzt bei uns. Aber das kann ich dir nicht so schnell erklären!«

Sie blickt nervös auf ihre Armbanduhr.

»Es ist auch alles so verworren«, sagt sie. »Manchmal finde ich mich selber kaum zurecht.«

Jetzt erst fällt ihr das Wesentliche ein:

»Mein Gott! Es ist ein Glück, daß du nicht in die Bursagasse gekommen bist! Mama will nicht, daß wir uns wiedersehen! Sie wünscht auch nicht, daß wir uns schreiben!«

In Pedros Augen blitzt es auf. »Und du?« fragt er langsam. »Bist du vielleicht nur hierhergekommen, um mir das zu sagen?«

Dorle schüttelt hastig den Kopf. Ihre Stimme ist nur noch ein Hauch. »Pedro! Daß du so etwas denken kannst!«

Sie will ihre Hand zurückziehen, doch Pedro hält sie mit weichem Druck fest.

»Nicht böse sein, ma petite! Sag mir nur, wann wir uns wiedersehen! Dann werde ich geduldig warten!«

Unter seinem Blick läuft ein helles Rot über ihre Wangen. »Vielleicht in zwei Stunden?« stammelt sie verwirrt. »Wir könnten nach Bebenhausen hinausfahren, das ist nicht so weit ... Wenn es dir recht ist, treffen wir uns um halb sechs hier auf dem Markt beim Brunnen! Dann ist es schon dunkel. Und ich kann gleich zu dir in den Wagen steigen.«

Pedro blickt sie mit strahlendem Gesicht an.

Während er Dorle in den Mantel hilft, berührt er heimlich ihre Schultern. Selbst das neugierige Servierfräulein kann es nicht gemerkt haben. Doch Dorle zuckt zusammen. Noch auf der Stiege der Bursagasse spürt sie die Liebkosung.

Zu Hause schleicht sie wie ein Dieb die Treppe hinauf. Nur keinem begegnen! Vor allem der Mutter nicht...

Als sie an der Wohnzimmertür vorüberhuscht, hört sie Stimmen. ›Gott sei Dank!‹ denkt sie. ›Mama hat Besuch!‹

Im Zimmer sitzen Bettina und Felipe einander gegenüber. Sie rauchen. Vor ihnen stehen Kognakgläser. In einer geschliffenen Schale liegt Gebäck.

Felipe entschuldigt sich wieder und wieder, daß er sich nicht vorher angemeldet hat.

»Ich war in Mailand und Pisa. Bei meinen Verwandten. Auf der Rückfahrt sah ich auf der Karte, daß der Weg nach Paris fast an Tübingen vorbeiführt.«

Er lacht.

»Es gab noch einen kleinen Schreck, als ich im Hotel am Marktplatz hörte, du wohntest nicht mehr da.«

Er blickt sich in dem niedrigen Raum um, der mit den alten Eckertschen Möbeln ausgestattet ist.

»Behaglich ist es hier ja. Aber« – er betrachtet sie lächelnd – »ist dir das nicht viel zu eng? Zu dir gehören nun einmal riesige Räume, breite Marmortreppen . . .«

»Ich bin hier aufgewachsen!« unterbricht ihn Bettina.

Felipe wiegt den Kopf. »Wenn schon!« ruft er lebhaft. »Das hier kann deine Welt nicht sein! Nein! Ich sehe dich über die Pampa reiten und im Hubschrauber über die Viehweiden fliegen. Mexiko! Dahin gehörst du!«

Bettina lauscht. Es klingt wie das Rauschen der Wildbäche auf der Gonzales-Ranch. Ihrer zweiten Heimat.

»Du bist noch schöner geworden, Bettina«, hört sie Felipe sagen. Sind es nicht dieselben schmeichelnden Worte wie in Paris?

Bettina trägt ein schwarzrotes hochgeschlossenes Wollkleid. Sie weiß, daß es ihr etwas Fernes, Asketisches verleiht. Aber sie weiß nicht, daß gerade dieses Unerreichbare dem leicht entflammbaren Mann das Blut schneller durch die Adern treibt.

»Jedesmal dieselben Schmeicheleien!« sagt sie lächelnd. »Nach dem Ärger, nach den Sorgen, die sich mir hier jeden Tag aufbürden, müßte ich längst eine häßliche alte Frau sein.«

Plötzlich hebt sie den Kopf und blickt ihn fest an:

»Und was führt dich wirklich nach Tübingen, Felipe Gonzales?«

Das Lächeln auf dem Gesicht des Mexikaners erstarrt, kein Muskel bewegt sich in dem gebräunten Gesicht. Nur seine Fingerspitzen beginnen zu zittern.

Von der Diele her nahen sich schlurfende Schritte. Vor der Wohnzimmertür verhalten sie. Ein energisches Klopfen.

Bevor Bettina ›Herein‹ rufen kann, wird die Tür schon geöffnet, und Minna betritt das Zimmer. »Der Tee«, sagt sie und deckt das beste Eckertsche Geschirr auf.

Felipes Gesicht entspannt sich. Er holt ein seidenes Tuch hervor und tupft sich über die Stirn.

Bettina läßt ihm Zeit. Sie spricht halblaut ein paar Worte zu Minna und erkundigt sich nach den Kindern. »Dorle ist wiedergekommen, Albert arbeitet in seinem Zimmer, Wolfgang ist noch im Kolleg.«

Felipe hört nicht hin. Er durchlebt noch einmal die Hetze der letzten acht Tage. Die Hiobsbotschaft aus Mexiko, daß auch sein letzter Versuch, die Ranch mit Pedros mütterlichem Erbteil zu retten, gescheitert ist.

Er ist diesmal gewiß nicht nach Europa gekommen, um sich in Paris zu vergnügen. Er hat bei befreundeten Geldleuten angeklopft. Doch alle Mühe war umsonst; genauso wie jetzt die Fahrt zu den reichen Verwandten in Mailand. Seine letzte Hoffnung ist Bettina . . .

Aber sie ist auch die letzte, von der sich Felipe finanzielle Hilfe erbitten möchte.

»Sahne? – Zucker?« fragt Bettina liebenswürdig.

Er nickt.

Noch niemals hat er eine Frau so begehrt wie diese Deutsche, und niemals ist es ihm so schwer geworden, seine Gefühle auszudrücken. Niemals ist ihm ein Mensch so rätselhaft erschienen wie Bettina.

Kann sie überhaupt lieben, diese Frau mit den leidenschaftlichen Augen und dem kühlen Verstand? Sie hat Enrique geliebt und nach seinem Tode alle Zärtlichkeit auf dessen Sohn Ramón übertragen.

Aber wen liebt sie sonst?

Felipe rührt unentschlossen in seiner Tasse.

Bettina wiederholt ihre Frage: »Was führt dich wirklich zu mir, Felipe?«

Er schiebt die Tasse zurück. Die bürgerliche Atmosphäre des Raumes bedrückt ihn.

Bettina merkt, wie er mit sich kämpft. Sie glaubt, diesen Felipe zu kennen, seine guten und seine schlechten Seiten. Aber immer ist er ihr als ein Mann mit zwei Gesichtern erschienen.

»So sprich dich ruhig aus!« beginnt Bettina wieder. »Ich weiß, was du sagen willst!«

Das klingt schärfer, als es beabsichtigt war.

Felipe horcht überrascht auf.

»Du weißt?« fragt er gedehnt. Er beugt sich zu ihr vor: »Bettina, willst du meine Frau werden?«

»Ach so!« antwortet sie. Ihre Stimme ist heiser.

Bettina ist blaß geworden. Sie erhebt sich und geht einige Schritte durch das Zimmer. Sie hat eine andere Frage erwartet. Ihr mexikanischer Interessenvertreter hat ihr schon vor zehn Tagen geschrieben, daß Felipe Gonzales sich vermutlich in Europa um einen letzten Kredit bemüht.

Will Felipe diesen Kredit mit ihr erheiraten?

Sie tritt ans Fenster und blickt hinaus in den grauen herbstlichen Nachmittag.

Vor ihren Augen steigt wieder die Ranch auf. Leuchtende Farben unter einer heißen südlichen Sonne. Ihr glückliches Leben mit Enrique!

Kann es sich an Felipes Seite wiederholen? Sie braucht nicht hinzublicken, um zu wissen, wie gut er aussieht. Zahllose Frauen würden sie um Felipe beneiden. Die durch Testament geteilte Ranch der beiden Gonzales-Brüder würde wieder vereint, wenigstens bis zu Ramóns Großjährigkeit. Sie könnten rationeller wirtschaften, und Felipes Ranch würde saniert . . .

Es wäre eine Aufgabe. Ein arbeitsreiches, erfülltes Leben.

Auch ein glückliches?

In diesen Tübinger Tagen ist sich Bettina so recht darüber klargeworden, daß ihr Felipe nicht mehr bedeutet als ein guter Freund.

Und . . . Felipe ist der Vater Pedros!

Bettina preßt die Hände ineinander. Nein!

Sie dreht sich um.

»Ich liebe dich nicht, Felipe«, sagt sie fest. »Ich kann dich niemals lieben. Ich werde mich überhaupt nie mehr verlieben, nie wieder heiraten«, setzt sie abschwächend hinzu.

Felipes braunes Gesicht ist grau geworden. Aber kein Muskel regt sich. Er schweigt.

Beherrscht zieht Bettina einen Sessel heran und setzt sich.

»Laß uns offen miteinander sprechen, Felipe. Du brauchst die Weite der Ranch. Ich aber möchte gern mit meinen Kindern in Ruhe zusammen leben. Wenn es sein muß, auch in einer so kleinen Stadt.«

Sie zögert, spricht aber dann entschieden weiter:

»Du hast Verpflichtungen, die du nicht mehr erfüllen kannst, nicht wahr? Ich bin gern bereit, dir, soweit es geht, zu helfen.«

Da er in seinem Schweigen verharrt, fährt sie sachlich fort:

»Ich mache dir einen Vorschlag. Ich kaufe deinen Anteil zurück, und du übernimmst die Verwaltung der wiedervereinigten Gonzales-Ranch. Über deinen Gewinnanteil werden wir uns bestimmt einigen. Auf alle Fälle möchte ich . . . daß ihr gesichert seid: du und Pedro!«

Nach einer kleinen Pause setzt sie hinzu:

»Nur eine kleine Bedingung wäre damit verbunden.«

Steif sitzt Felipe an seinem Platz. Anscheinend teilnahmslos. Und doch klingen ihm Bettinas Worte wie Posaunenstöße in den Ohren, rasen die Gedanken hinter seiner Stirn. Was er in Paris und Mailand nicht erreicht hat, sollte ihm nun hier in den Schoß fallen...

Eine kleine Bedingung?

Bettinas Gesicht ist kalt und entschlossen. »Du nimmst Pedro mit dir nach Mexiko. Sofort und für immer!«

Endlich regt sich Felipe. Er springt auf.

Eine Tasse fällt zu Boden. Bettina sieht, wie er fassungslos die Augen aufreißt. Darauf war er wohl nicht vorbereitet.

»Ich verstehe dich nicht«, stammelt er. »Was hat das mit mir zu tun?«

»Was das mit dir zu tun hat?« wiederholt Bettina. »Ganz einfach: es ist meine Bedingung.«

Felipe weiß allzu genau, weshalb Bettina diese Bedingung stellt. Sie demütigt ihn mehr als die Bittgänge zu den Kreditanstalten und seinen Verwandten.

Das Blut ist ihm in den Kopf geschossen. Doch gleich darauf hat er sich wieder in der Gewalt. Er bückt sich und hebt die Scherben auf. »Verzeihung!« sagt er.

Sein Entschluß ist gefaßt. Was soll er da noch viel sagen? Seine Augen verengen sich.

»Du sollst deinen Willen haben!«

Bettina atmet auf.

Eine große Pause entsteht.

Dann erhebt sich Bettina. Sie fühlt, daß eine Ablenkung nötig ist. »Einen Augenblick!« sagt sie. »Ich werde Dorle hereinholen. Ich darf annehmen, daß du uns die Freude machst, zum Abendbrot zu kommen?«

Felipe verneigt sich stumm.

Als Dorle dann mit Bettina hereinkommt, zeigt Felipe sein schönstes Lächeln. Mit keiner Miene verrät er, was ihn diese letzte Stunde gekostet hat.

Vor Dorle verbeugt sich derselbe Mann, der ihr auf der Pariser Ballnacht zum erstenmal begegnet ist: umweht vom Glanz des Reichtums, vom Hauch interessanter Weltreisen, großer Abenteuer, vom Duft eines fernen Erdteils – Besitzer und Herr weiter Ländereien:

Felipe, der Vater Pedros!

Er zieht ein kleines Geschenk aus der Tasche. Nicht nur an Bettina hat er gedacht – sie hat einen kostbaren Mosaikreifen bekommen – nein, auch Dorle hat er etwas mitgebracht. Er überreicht es mit den Worten:

»Nur ein kleines wertloses Schmuckstück. Ein buntes Steinchen der großen Welt, die man Ihrer Schönheit zu Füßen legen sollte!« Nach einem Seitenblick auf Bettina fügt er mit Nachdruck hinzu: »Pedro konnte leider nicht mitfahren! – Das Studium . . .«

Dorle verbirgt nur mühsam ihr Erschrecken. Scheu blickt sie von einem zum andern.

»Und das ist besonders bedauerlich«, fügt Bettina in Dorles Richtung hinzu, »da er in wenigen Tagen nach Mexiko zurückkehrt.«

Dorle glaubt immer noch, sie hätte nicht richtig verstanden. ›Nein!‹ möchte sie in die beiden lächelnden Gesichter hinein schreien. ›Das stimmt ja gar nicht, was ihr da sagt! Ich habe ihn doch gerade gesehen!‹ Sie begreift das alles nicht. Weshalb verleugnet ihn sein eigener Vater?

Aber . . . ist nicht etwas Beschwörendes in dem Blick, den er ihr jetzt zuwirft?

»Komm bitte gegen sieben«, hört sie Bettina sagen. »Du wirst dann auch meine Söhne kennenlernen. Die Familie ist leider nur abends zusammen!«

»Es wird mir eine große Freude sein!« sagt Felipe höflich und verabschiedet sich.

Dorle reicht ihm kraftlos die Hand.

Dann klappt die Tür, die Schritte entfernen sich auf der Treppe. Der Spuk ist vorüber.

Dorle jagt in ihr Zimmer und wirft Felipes Geschenk achtlos auf das Sofa. Sie muß zu Pedro! Nur er wird ihr erklären können, was das bedeutet. Doch wie soll sie jetzt unauffällig aus dem Hause kommen?

Die Brüder! Wolfgang würde Rat wissen. Aber er ist noch nicht zurück. Und bis zur Verabredung mit Pedro hat sie nur noch knapp eine Stunde Zeit.

Vielleicht ist Albert da?

Dorle eilt in das Zimmer des älteren Bruders.

Ja, Albert ist da. Er sitzt seit Tagen in einer selbstgewollten Klausur und schreibt verbissen an seiner Doktorarbeit.

»Albert, du mußt mir helfen! Pedro ist hier. Du weißt doch . . .«

Albert nickt lächelnd.

»Ich war noch vor einer Stunde mit ihm zusammen und muß ihn unbedingt gleich noch einmal sprechen. Nun hat Mama seinen

Vater zum Essen eingeladen. Wie soll ich nur weg? Wir wollen nämlich nach Bebenhausen«, setzt sie etwas ruhiger hinzu. »Kannst du nicht mitkommen? Oder möchtest du« – sie stammelt – »könntest du wenigstens sagen, du gingst mit mir ins Kino? Oder sonst wohin?«

Albert legt seinen Bleistift sorgsam auf die Tischplatte.

»So gern ich dir helfe, Hühnle, aber das geht zu weit! Erstens habe ich zu tun, und zweitens sehe ich überhaupt nicht ein, warum ich lügen soll. Wozu diese Ausrede? Wenn du verabredet bist, geh zu Mama und sag es ihr!«

Dorle schießen die Tränen in die Augen. »Du bist ein Trottel!« ruft sie wütend und will aus seinem Zimmer stürmen.

Auf der Schwelle hält sie noch einmal an. »Bitte, verrate wenigstens nicht, daß Pedro in Tübingen ist! Versprich es mir!«

Albert hat sich schon wieder seiner Arbeit zugewandt. »Klar«, antwortet er, ohne den Kopf herumzudrehen. »Glaub nur nicht, daß deine Poussagen andere Leute so interessieren!«

Dorle knallt wütend die Tür zu.

Warum hat sie überhaupt diesen Bücherwurm ins Vertrauen gezogen?

Eine halbe Stunde sitzt sie ratlos in ihrem Zimmer. Sie ist schon halb entschlossen, einfach wegzulaufen, als sie plötzlich Wolfgang die Treppe heraufkommen hört. Er pfeift vollendet frech und übermütig – wie immer, wenn er guter Stimmung ist.

Dorle läuft ihm entgegen. Sie muß ihn sprechen, bevor Mama ihn abfängt.

»Still, Wolfgang!« Sie zieht ihn die Treppe hinunter und klinkt die Tür zum großen Eckertschen Eßsaal auf, der seit Brandts Hochzeit nicht mehr benutzt worden ist.

Überrascht bleibt sie auf der Schwelle stehen. Am Ende der Tafel in dem hohen gepolsterten Stuhl des Hausherrn sitzt ein kleiner Junge. Er hat Papier vor sich ausgebreitet und zeichnet.

»Was machst du denn hier?« fragt sie erstaunt.

»Ich bin hier zu Hause«, sagt der Junge zögernd. »Meine Mami ist drüben.« Seine Stimme schwankt. Die Tränen sitzen ihm noch locker. Alles ist so fremd in diesem Haus. Der Mann, der ihn vorhin angeschrien hat und den er Papi nennen soll . . .

Wolfgang ist hinter seine Schwester getreten. Er lacht den Kleinen freundlich an: »Wie heißt du denn?«

»Jürgen Holthuys!« antwortet der Junge gehorsam.

»Mensch, so schön möchte ich auch mal heißen!« sagt Wolfgang burschikos. »Ich heiße man bloß Wolf. Aber ich bin einer von den

Wölfen, die nicht beißen. Vor mir brauchst du keine Angst zu haben. Was malst du denn Schönes?« Er nimmt einen Farbstift in die Hand.

Dorle stößt ihren Bruder verzweifelt in die Seite. »Hör doch auf, Wolf! Ich muß mit dir sprechen! Es eilt . . .«

Wolfgang legt den Zeichenstift prompt wieder hin.

»Siehst du, Jürgen«, sagt er mit gespielter Gekränktheit, »uns lassen die Mädchen nie das tun, was wir wollen. Komm mal mit, Holzhäuschen, wir gehen zu Minna!«

Er führt den Kleinen über den Flur in die Küche.

»Hier, Minchen, bring' ich dir meinen neuen Freund«, sagt er. »Beschäftige ihn mal einen Augenblick. Am besten gibst du ihm was zu essen. Er hat bestimmt Hunger!«

Damit schiebt er Minna den Jungen zu und eilt gleich wieder zu Dorle hinüber.

»Schwesterherz, wo brennt's?«

»Wolfgang, du mußt mir helfen!« sagt Dorle in größter Aufregung und sprudelt die ganze Geschichte in ein paar Sätzen heraus. »Ich kann mir das überhaupt nicht zusammenreimen. Wenn Pedro wirklich nach Mexiko soll, hätte er mir doch etwas davon gesagt! Ich hab' mich um halb sechs mit ihm verabredet. Und jetzt kommt dies blöde Abendessen dazwischen.«

Wolfgang wippt auf den Fußspitzen. »Mädchen, was gibt's denn da noch zu überlegen? Ein Hühnerauge ist kein Problem, sagte der Professor und schnitt dem Patienten den Fuß weg. In unserem Falle: Wir hauen einfach ab! Paßt mir übrigens glänzend in den Kram. Ich möchte schon lange mal wieder mit Änne zum Scherbeln. Die hat auch so'n sonniges Familienleben. Das Zirkuspferd hat ihr wieder einmal den Umgang mit dem bösen Wolf untersagt. In Bebenhausen hat die Burschenschaft heute einen Spuz. Großartig!«

»Um Gottes willen!« ruft Dorle erschrocken dazwischen . . . »Wenn da ein Spuz ist . . .«

Sie kennt einen Spuz, einen Studentenbummel mit Damen! Sonst ist sie immer gern dabeigewesen . . .

»Was denn? Was denn?« macht Wolf seelenruhig. »Was Besseres könnt ihr euch doch gar nicht wünschen! Gäste sind stets willkommen. Jede Menge. Und bestimmt fallt ihr nirgendwo weniger auf!«

Er sieht auf die Armbanduhr. »Wenn du dich um halb sechs verabredet hast, sollten wir uns beeilen. Schließlich müssen wir uns umziehen. Und dann habe ich noch Änne aus der Löwengrube zu locken . . .«

Er drängt Dorle rücksichtslos aus dem Saal. »Los, los! Bloß keine

Fragen! Sondern ab durch die Mitte! Die Standpauke der Frau Mama komme auf mein Haupt, falls morgen früh das Verhör losgeht!«

Auf der Treppe trällert er: »Und zieh mir nicht das Grüne an, weil ich's nun mal nicht leiden kann!«

Dorle und Wolf haben das Haus schon seit einer Stunde verlassen, als Bettina ihr Fehlen bemerkt. Sie läuft beunruhigt zu Albert.

»Weißt du, wo Wolf und Dorle stecken? Sie sind plötzlich verschwunden. Ich habe nämlich Felipe zum Abendessen eingeladen!«

Albert murmelt etwas Unverständliches und springt auf. »Du, Mama, bist du sehr traurig, wenn ich nicht mitwirke?«

Bettina winkt ab. »Natürlich nicht! Ich verstehe nur Dorle nicht! Sie war dabei, als ich Felipe eingeladen habe. Seitdem sie in Paris diesen Pedro kennengelernt hat, ist überhaupt nichts mehr mit ihr anzufangen. Der Junge hat ihr völlig den Kopf verdreht!«

Bettina läßt sich erschöpft in den Sessel neben Alberts überhäuftem Schreibtisch sinken.

Albert weiß nicht recht, was er zu diesem Bekenntnis seiner Mutter sagen soll. Er spürt ihre Sorge, aber er nimmt sie nicht recht ernst.

»Ich würde der Sache nicht zuviel Gewicht beimessen«, meint er. »Im Grunde ist das Hühnle erstaunlich vernünftig. Jedenfalls im Vergleich zu anderen Mädchen ...«

Bettina lächelt ihren Sohn liebevoll an. »Albert, ich bin sicher, daß du von der Archäologie eine Menge verstehst. Aber was im Herzen eines jungen Mädchens vorgeht ...«

In Erinnerung an Dorles Worte vorhin bekommt Albert allmählich ein schlechtes Gewissen. »Dorle wird nie etwas Unrechtes tun!« sagt er lahm.

Bettina wird ernst. »Was heißt recht oder unrecht? Wenn man verliebt ist, glaubt man immer, im Recht zu sein. Dann nützen die besten Ratschläge nichts.«

Albert schweigt. Er hat seinen Stuhl herumgedreht und lehnt nun den Rücken gegen das wandhohe Bücherbord. Er kommt sich recht hilflos vor.

Verliebtsein – Liebe – verliebte Heimlichkeiten ...

Ziemlich fremde Begriffe für ihn! Er hat diesen Zweig des Gefühlslebens bisher weit von sich geschoben. Für ihn gab und gibt es nur Arbeit.

Natürlich plant er ganz nüchtern, daß er einmal heiraten wird.

Dann, wenn er nach der abgeschlossenen Ausbildung genug verdient, um eine Familie ernähren zu können.

Das tägliche Leben von verschwommenen Gefühlen beherrschen zu lassen? Nein, das erscheint ihm völlig absurd.

Bettina deckt die Hand über die Augen. Sie ist so dankbar für die Anteilnahme des Sohnes.

»Wo sie nur hingelaufen sein mag? Auch Minna hat keine Ahnung. Dabei hat Dorle ihr neues Cocktailkleid aus Paris angezogen ... Vielleicht bin ich töricht, aber die Sache macht mich nervös ...«

Albert blickt die Mutter nachdenklich an.

Er hat Dorle striktes Stillschweigen versprochen und sieht keinen Grund, sein Wort zu brechen. Aber morgen wird er dem Küken schon Bescheid sagen!

»Ich fürchte nur diesen Pedro!« sagt Bettina wie im Selbstgespräch. »Zum Glück hat Felipe ihn in Paris gelassen. Wenn ich wüßte, Pedro Gonzales wäre in Tübingen, hätte ich keine ruhige Minute mehr.«

Albert fährt unwillkürlich zusammen. »Das verstehe ich nicht. Warum denn, Mama?«

Bettina spielt nervös mit den Schlaufen des alten Ledersessels.

»Was ist da groß zu verstehen? Dieser Pedro ist ein Blender. Bildhübsch. Gewandt. Scharmant. Einer, auf den die Mädchen fliegen. Besonders die ohne Erfahrung. Ich will ja nicht sagen, daß er schlecht ist. Er ist Südländer! Die Gonzales haben italienisches und mexikanisches Blut. Eine gefährliche Mischung. Schnell entflammt, ebenso schnell wieder abgekühlt und ... sie haben oft ein erschrekkend schlechtes Gedächtnis.«

Bettina sieht prüfend auf ihren ältesten Sohn. Eine leichte Röte steigt Albert in die Stirn.

Man hört, wie Minna den Tisch zum Abendessen deckt ...

»Die Sache ist so«, beginnt Bettina wieder. »Dorle soll nicht das erleben, was so ein Pedro später mit einem Achselzucken abtut. Für ihn bestehen einfach keinerlei Verpflichtungen, wenn er ein Mädchen endlich dazu gebracht hat, sich besinnungslos in ihn zu verlieben. – Einen Augenblick noch! Ich muß dir etwas zeigen.«

Sie springt auf, geht in ihr Schlafzimmer und kommt gleich darauf mit einem Foto zurück. Sie legt es vor Albert in den hellen Schein der Tischlampe.

»Da! Sieh sie dir an! Das ist Maria. Tochter einer Deutschen und eines Engländers. Sie wurden Nachbarn von mir – Nachbarn auf fünfhundert Meilen, verstehst du –, reizende, feine Leute, und

Maria war Jahre hindurch fast mehr bei mir als zu Hause. Pedro hatte sich leidenschaftlich in sie verliebt. Beide waren noch halbe Kinder. Maria war gut erzogen und sehr zurückhaltend. Aber was nützte das? Er hat sie umworben, umschwärmt, Tag und Nacht. Hat sie mit Geschenken bombardiert, mit Drohungen, sich umzubringen ... Bis er sein Ziel erreicht hatte. Und es hat gar nicht lange gedauert, da war es eine andere, die ihn verrückt machte. Maria aber ging an dieser Liebe zugrunde.«

Bettina holt tief Atem.

»Weißt du, in Mexiko ist ein junges Mädchen durch so ein unverhohlenes Liebesverhältnis erledigt. Selbst, wenn von ›Folgen‹ nur gemunkelt wird. Sie ist ins Wasser gegangen, bevor man wußte, weshalb.«

Bettina nickt trübe vor sich hin. »Begreifst du nun, warum ich Dorle vor diesem bezaubernden, prächtigen und ... leichtsinnigen Menschen bewahren möchte?«

Albert blickt lange schweigend auf das Bild in seiner Hand. Es zeigt Bettina neben einem engelsgleichen, kindhaft rührenden Mädchen.

Er holt tief Atem. »Ich verstehe, Mutter. Und ich bin dir dankbar für dein Vertrauen.«

Seine Augen suchen im Halbschatten ihr Gesicht.

»Wenn Felipe dir gesagt hat, er sei allein hier, dann hat er gelogen. Dieser Pedro ist ebenfalls hier. Er war am Nachmittag schon mit Dorle zusammen. Und jetzt wollen sie sich in Bebenhausen wieder treffen. Dorle hat es mir selber erzählt. Es geht mir mächtig gegen den Strich, hier den Angeber zu spielen, aber wenn das so ist ...«

Bettina hat sich in den Sessel zurückgelehnt. Sie deckt die Hand über die Augen. Sie kann das, was Alberts Worte heraufbeschwören, gar nicht fassen. Sollen alle ihre Sorgen und Mühen umsonst gewesen sein?

Die Hausklingel tönt gedämpft von unten herauf. »Mein Gott!« ruft sie. »Das muß Felipe sein!« Sie erhebt sich und umarmt Albert flüchtig. »Ich danke dir, mein Junge!«

Mit erhobenem Kopf geht sie ins Wohnzimmer hinüber.

Unten hat Minna den Gast hereingelassen. Sie führt ihn die Treppe hinauf, hilft ihm ablegen, öffnet ihm die Zimmertür ...

Bettina steht mitten im Raum. Ihr Lächeln hat etwas Maskenhaftes.

Felipe entgeht es nicht. Seine Augenlider flattern. Er verneigt sich tief und zieht ihre Hand an die Lippen. Dann legt er ihr ein paar große Chrysanthemen in den Arm.

»Guten Abend, Felipe!« sagt Bettina. »Allein?«

Felipe stutzt. »Ja! Natürlich! Wieso?« fragt er befremdet.

Bettina schüttelt den Kopf, als wundere sie sich über sich selber. »Heute habe ich eine kleine Überraschung für dich. Meine Kinder sind alle weg, und es erschien mir zu traurig, mit dir allein hier zu sitzen. Deshalb erlaube ich mir, dich in ein reizendes gemütliches Lokal einzuladen! Ich hoffe, es wird ein Abend, den du nie vergißt!«

21

Die Lichter des Gasthofes in Bebenhausen strahlen in die Dunkelheit des Novemberabends.

Auch der große Saal ist erleuchtet. Durch ein angelehntes Fenster dringt Musik; dazu Stimmen und das rhythmische Geräusch von Tanzschritten. Eine Korporation beendet so ihren ›Wandertag mit Damen‹.

Schwäbische Gemütlichkeit hat die geschlossene Gesellschaft schon längst gesprengt. Wer mittanzen will, ist eingeladen. Bauernburschen mit ihren Mädchen und Fremde nutzen die Gelegenheit.

An einem Ecktisch sitzen Wolfgang, Änne, Dorle und Pedro. Sie sind mit Don Felipes Wagen nach Bebenhausen gekommen.

»Willkommen, Pedro!« ruft Wolf über den Tisch. »Ich bin dafür, wir fangen erst gar nicht mit der blöden Siezerei an. Ich heiße Wolf, und dies ist Änne!«

Pedro verneigt sich. »Auf unsere Freundschaft!« Er trinkt den beiden feierlich zu und wendet sich dann mit glänzenden Augen zu Dorle: »Und auf unsere Liebe!« sagt er leise.

Ein junger Student hält unter Gelächter, Beifall und Pfiffen eine heitere Rede zum Lob der Tübinger Damen mit vielen Anspielungen auf Mitglieder der Korporation und Tübinger Bürgerstöchter.

Nur Dorle und Pedro hören nicht hin.

»Pedro«, flüstert Dorle, »dein Vater hat mir gesagt, du wärst nicht in Tübingen. Und Mama behauptet, du fährst nach Mexiko zurück.«

Pedro antwortet mit einer verächtlichen Handbewegung. »Unsinn – ich weiß von nichts!«

»Aber Mama hat es ganz ernsthaft behauptet!« Aus Dorles Stimme klingen Verzweiflung und Sorge.

Pedro faßt ihre Hand. Er wagt nicht zu antworten, weil alles Geräusch im Saal verstummt ist. Um so deutlicher sprechen seine Augen; sie brennen vor Leidenschaft.

›Ich bin bei dir – du gehörst zu mir‹, sagen sie. Ein verzehrendes Feuer erfaßt Dorle, ein Rausch, dem sie sich nicht entziehen kann.

›Er liebt mich!‹ jubelt ihr Herz.

Als der Redner geendet hat, beugt sich Pedro zu Dorle hinüber und flüstert: »Glaubst du mir nicht, ma petite?«

Dorle muß vor dem Glanz seiner dunklen Augen die Lider senken. Der Klang seiner männlichen Stimme verzaubert sie.

»Doch! Pedro!«

Die Vier-Mann-Band auf dem Podium nimmt ihre Instrumente auf. Es sind Studenten, die so ihr Studium finanzieren. Der Mann am Schlagzeug beginnt, das Saxofon setzt näselnd ein, dann folgen Klavier und Gitarre – ein English Waltz.

Als Dorle und Pedro über die Tanzfläche gleiten, summt er verspielt und zärtlich die Melodie mit.

»Wolf«, ruft er begeistert, als sie aneinander vorbeitanzen, »im nächsten Semester studiere ich hier!«

»Prima! Wir holen dich mit Gesang und Ehrenjungfrauen vom Bahnhof ab; – und natürlich wirst du Ascane!«

Wolf zwinkert Änne zu. »Entschuldige einen Moment!« Er geht zur Kapelle hinüber und tuschelt eine Weile mit den Musikern. Gleich ist er zurück. »Auf geht's!« sagt er zu Dorle und Pedro. »Ein Solo für euch, der Modetanz unseres Jahres 1954: Mambo! Frisch importiert aus deiner heißen Heimat, Pedro!«

In Tübingen kennt man Mambo nur vom Hörensagen. Keiner im Saal kann ihn tanzen, und das Parkett bleibt leer, als die wirbelnden Rhythmen erklingen.

Nur Pedro springt auf. Jeder Muskel seines Körpers vibriert; er reißt Dorle förmlich mit.

Es wird still im Saal.

Die Band ist entfesselt. Tänzer und Musiker scheinen einander an Leidenschaft überbieten zu wollen. Dorle und Pedro haben schon auf dem Ball in Paris zusammen Mambo getanzt; sie gehorchen nur noch dem jagenden Rhythmus der neuen Musik. Pedro geht ganz aus sich heraus. Spielerisch anmutig und mit einer katzenhaften Geschmeidigkeit steuert er Dorle traumhaft sicher in jede der einzelnen Figuren hinein. Ein geheimnisvoller, exotischer Zauber liegt in diesem mittelamerikanischen Tanz.

Die Zuschauer sind längst still geworden. Sie starren atemlos zur Tanzfläche. Die Augen der Mädchen haben sich verschleiert.

Als das Schlagzeug den Tanz mit einem Trommelwirbel ausklingen läßt, erwachen beide wie aus einem Traum. Einen Augenblick herrscht Stille; dann zittern die Fenster vom Klatschen und Trampeln der Tübinger Studenten und Mädchen.

Es ist noch früh am Abend, aber dieser Tanz hat die Stimmung sprunghaft verändert.

Noch eben hat jeder nur an seinem Tisch gesessen oder getanzt, nun gehen sie in den Pausen herum und begrüßen ihre Bekannten. Änne und Wolf haben viele Freunde. Eine Gruppe Studenten winkt ihnen zu. »Ich muß mich auch mal woanders sehen lassen«, sagt Wolf und nimmt Pedro auf seinem Rundgang mit.

Während die Mädchen den beiden nachblicken, fragt Änne: »Wie lange kennst du ihn eigentlich?«

»Pedro? – Seit Paris.«

»Er sieht blendend aus.« Änne zögert und folgt mit den Augen dem Mexikaner. »Er weiß es aber auch!« setzt sie spöttisch hinzu.

Wolf ist viel unterwegs.

»Verpflichtungen«, entschuldigt er sich bei jedem dritten Tanz.

»Bist du nicht eifersüchtig?« fragt Pedro verwundert, als er mit Änne tanzt.

»Weshalb?« antwortet Änne, während ihre Augen Wolfgang suchen.

Beim nächsten Tango verlöschen die Seitenlampen. Violettes Licht hüllt die Tanzenden ein.

Dorle hat ihren Kopf an Pedros Schulter gelegt. Sie ist sehr glücklich. Nie war sie ihm so nahe wie jetzt. Vergessen sind alle Drohungen, die in der letzten Zeit auf sie einstürmten. In seinen Armen wartet das Glück auf sie.

Da wechselt das Licht. Plötzlich weiten sich ihre Augen. Sie bleibt wie gebannt stehen und starrt auf den Eingang.

»Was ist?« fragt Pedro. Er stolpert und dreht sich um.

In der Tür stehen Bettina und Felipe!

Die Musik spielt weiter.

Dorle zittert. Pedro spürt es. Er weiß nicht, weshalb Bettina und Felipe gekommen sind, aber der Zorn steigt in ihm auf. Mit funkelnden Augen sieht er zum Eingang.

Auch Wolfgang hat seine Mutter entdeckt. Er pfeift durch die Zähne: »Au Backe – Mama persönlich!«

»Wo?« fragt Änne.

»Da drüben, gleich bei der Tür!«

Wolfgang hat blitzschnell überlegt. Das ist ein Überfall, und er gilt Dorle. Hier hilft nur eins: 'ran an den Feind!

»Wird ja auch Zeit, daß die Familie sich kennenlernt«, sagt er zu Änne. »Ist jetzt die beste Gelegenheit.« Sie tanzen auf Bettina zu.

Bettina und Felipe stehen stumm nebeneinander. Auch der Mexikaner hat seinen Sohn entdeckt. Er weiß nun, weshalb Bettina ihn in dieses Lokal geführt hat. Er räuspert sich.

»Sagtest du etwas?« fragt Bettina kühl.

»Nein!« Felipe faßt sich. »Ich habe zwar von dieser Tanzerei nichts gewußt, aber . . .« Er zuckt die Achseln. »Ich wollte dich erst allein sprechen; du weißt, weshalb. Später schien es mir sinnlos, dich zu beunruhigen. Wir werden noch heute abreisen!«

Bevor Bettina etwas sagen kann, steht Wolfgang vor ihr. Er hat sein scharmantestes Lächeln aufgesetzt. »Mama« – er zieht Änne an seine Seite – »darf ich dir Fräulein Butzbach vorstellen?«

Bettina betrachtet ihn aus schmalen Augen. Sie kennt ihn schon so gut, daß sie sein Manöver durchschaut. Sie gibt Änne die Hand und macht beide mit Felipe bekannt.

Da geht der Tanz zu Ende.

»Wenn ihr wollt, Mama, bei uns ist noch Platz«, schlägt Wolfgang vor.

Sie kommen fast gleichzeitig mit Dorle und Pedro an den Tisch.

Dorle sieht ihre Mutter an. Tut sie nur so, oder spricht sie wirklich so eifrig mit Änne Butzbach, daß sie Dorle nicht bemerkt?

Pedro drückt heimlich Dorles Hand. »Guten Abend, Tante Bettina«, sagt er dann laut.

»Ah, Pedro!« Bettina reicht ihm flüchtig die Fingerspitzen und tut überrascht. »So kurz erst in Tübingen und schon so bewandert in unseren schönsten Lokalen?« Gedehnt setzt sie hinzu: »Deshalb hast du wohl auch keine Zeit gehabt, mich zu besuchen?«

Sie wendet sich schnell wieder zu Änne. »Wenn ich hier sitze«, sagt sie lebhaft, »dann ist mir, als sei die Zeit stehengeblieben. Wie oft haben wir hier getanzt! Charleston und Jimmy!«

Sie lacht auf. »Etwas anders sahen wir schon aus: Wir trugen dreiviertellang, und die Gürtellinie saß fast da, wo man sitzt.«

Dorle steht immer noch verloren neben ihrer Mutter. »Setz dich!« ruft Bettina ihr zu. »Wir brauchen uns hier doch nicht erst feierlich zu begrüßen!«

Man hört nur Bettinas Stimme; die andern schweigen. Da setzt die Musik wieder ein, und sofort springt Wolfgang auf. »Die Pflicht ruft«, sagt er und verschwindet mit Änne im Tanzgewühl. Dorle und Pedro folgen.

»Ich finde deine Mutter bewundernswert«, meint Änne während des Tanzes leise.

Und Pedro fragt Dorle zur selben Zeit: »Was hat Bettina gegen mich? Ich kann es überhaupt nicht verstehen. Noch in Paris hat sie mich herzlich begrüßt. Dieser Empfang eben . . .«

Nach dem Tanz winkt ihm Felipe. »Ich muß mit dir sprechen!«

Vater und Sohn schlendern in die Gaststube.

Hinter ihnen verebbt der Lärm. Der niedrige große Raum ist angenehm durchwärmt. An blankgescheuerten Tischen sitzen Forstbeamte in grünen Röcken und ein gutes Dutzend Bebenhausener Bauern. In einer Ecke wird Skat gespielt.

Neugierige Gesichter mustern flüchtig die beiden Fremden und wenden sich wieder ab. Eine dunkle Dogge kommt auf Pedro zu. Pedro lächelt und klopft dem gewaltigen Tier den rassigen Hals. Die Dogge drängt sich an ihn und reibt schweifwedelnd den schiefgelegten Kopf in seiner flachen Hand.

Felipe steht schon an der Theke. »Wein«, sagt er kurz.

Zwei Pokale werden eingeschenkt; schweigend trinken die beiden Mexikaner. Dann setzt Felipe sein leeres Glas hart auf den Schanktisch.

»Wie es um unsere Ranch steht, weißt du. Daß ich bankrott bin, habe ich dir bisher verschwiegen. Ich hoffte, dir diese Sorge ersparen zu können.« Er sieht seinen Sohn nicht an. »Ich habe auf dieser Europareise keinen Kredit auftreiben können. Jetzt hat mir Bettina angeboten, alle Schulden abzudecken, die Gonzales-Güter wieder zu vereinigen und unter meine Verwaltung zu stellen.«

Er streicht mit beiden Händen von den Schläfen her über das graumelierte Haar.

»Das ist die Rettung!« Felipe zögert, die dichten Augenbrauen sind zusammengezogen, ein harter Zug liegt um seinen Mund. »Aber Bettina hat eine Bedingung daran geknüpft: Du mußt mit nach Mexiko zurück!«

Pedro blickt mit flammenden Augen auf seinen Vater.

»Also doch!«

Dann folgt eine Sturzflut von Worten.

»Verkauf dich, aber nicht mich! Ich liebe Dorette. Sie ist das schönste Mädchen der Welt, und ich werde sie heiraten. Niemand wird das verhindern, du nicht und nicht Bettina. – Zurück nach Mexiko? Zurück auf die Ranch? Vielleicht als Cowboy der gnädigen Frau! Als Steigbügelhalter! – Nein, ich höre nicht auf das Kommando einer Frau! Ich bleibe in Europa. Wenn Dorette nicht nach Paris kommt, werde ich in Tübingen weiterstudieren. In Tübingen! – Sag ihr das!«

Felipe umklammert den Arm seines Sohnes. »Beherrsch dich,

mein Junge! Du weißt nicht, was du sprichst. Leiser! Man dreht sich schon nach uns um!«

Pedro versucht, sich aus dem Griff seines Vater zu lösen, und stößt dabei seinen Pokal um. Der Rest des Weines rinnt über den Nickelbeschlag in den Ausguß. Ein paar Bauern sehen befremdet zu den beiden herüber; der Wirt wischt gleichmütig die Theke ab.

»Nimm dich zusammen, Pedro!« herrscht ihn Felipe an. »Wenn wir nicht fahren, werden wir Bettler sein. Wir reisen noch heute ab!«

Pedro fährt auf: »Was hat sie gegen mich? Was kann sie mir vorwerfen? Sie hat doch auch geliebt, und mehr als einen! Nein«, schreit er, »so lasse ich mich nicht abspeisen. Wenn Bettina etwas gegen mich hat, dann soll sie es mir selber sagen!«

Er reißt sich heftig los und stürmt an der langen Theke vorbei zurück in den Ballsaal.

Dorle, Änne und Wolf sind auf der Tanzfläche. Bettina sitzt allein am Tisch. Pedro läuft durch die Stuhlreihen zu ihr und bittet sie zum Tanz.

Seine Lippen sind zusammengepreßt. Seine Augen glitzern.

Bettina hängt die Jacke ihres dunklen Kostüms über den Stuhl. Sie trägt eine weiße Bluse mit einer Nadel aus roten Rubinen. Bettina spürt, daß der Junge vor Erregung bebt.

Sie legt ihre Hand leicht in Pedros Arm und folgt ihm zur Tanzfläche.

Pedro sieht nicht nach rechts und links; er muß jetzt loswerden, was ihm auf der Seele brennt. Nur mühsam beherrscht er seine Stimme.

»Du willst uns trennen? Mein Vater hat es mir eben gesagt. Entschuldige, aber ich kann das noch nicht fassen. Was hast du gegen mich? Bin ich dir nicht mehr gut genug? Willst du Dorle einem Prinzen reservieren?«

Seine Stimme ist lauter geworden. Er umkrampft unwillkürlich hart ihren Arm.

Bettina schiebt ihn zurück.

Erst als er verwirrt seinen Griff gelockert hat, antwortet sie ruhig. »Ich könnte dir viele Gründe sagen; zum Beispiel, daß Dorle zu jung und deine Zukunft wirtschaftlich ungesichert ist, daß du erst einmal dein Studium abschließen mußt ...« Sie tanzen nahe an der Kapelle vorbei. Bettina bleibt plötzlich stehen.

»Führ mich bitte an den Tisch zurück, Pedro! Das ist kein Tanzgeplauder!«

Pedro gehorcht. Bettina greift schweigend zur Zigarettenpakkung. Schweigend gibt Pedro ihr Feuer. Sie tut ein paar tiefe Züge, bevor sie weiterspricht:

»In Wahrheit habe ich allerdings nur einen Grund – und er reicht: Ich glaube nicht an die Beständigkeit deiner Liebe! – Ich will nicht, daß Dorle dasselbe erlebt wie Maria!«

Bei dem Wort ›Maria‹ sinkt Pedro zusammen und starrt vor sich hin. Als er wieder zu sprechen beginnt, hat seine Stimme nichts mehr von dem rebellischen Ton.

»Aber wir waren doch Kinder«, sagt er. Und dann fügt er leise hinzu: »Was ist Maria gegen Dorette?«

Die Musik bricht ab. Die Paare stehen noch auf der Tanzfläche und klatschen. »Wenn du Dorle wirklich liebst, wird euch eine zeitweilige Trennung nichts schaden!« sagt Bettina.

Die andern kommen zurück, Änne und Dorle am Arm von Studenten. Wolf läuft quer über die Tanzfläche; Felipe schlendert langsam durch die Tischreihen heran.

Der Glanz in Pedros Augen ist erloschen. Er sitzt zwischen Änne und Wolf. Dorle – zwischen Felipe und Bettina – ist für ihn beinahe unerreichbar.

Wie hübsch alles arrangiert sei, bemerkt Felipe. Er lobt die Disziplin der Studenten und die Anmut der Tübingerinnen. Aber seine Worte verrinnen wie Tropfen im Meer. Wolf schildert ein paar Begebenheiten aus dem Verbindungsleben. Änne und Dorle kennen sie schon, und für die andern bleibt es eine ferne Welt.

Bettina lehnt sich zurück. Was sie auch anfaßt, es glückt und mißglückt zugleich. Wie tüchtig ist sie doch, Felipe weiß jetzt, daß man sie nicht hintergehen kann; und Dorle ist vor Pedro gerettet.

Gerettet? – Für wen? Ihr Blick streift Dorles blonden Scheitel – noch ein paar Jahre wird sie ihr Kind bei sich haben.

Sie beißt sich auf die Lippen. »Tanzt doch!« sagt sie unvermittelt. Als erster erhebt sich Felipe und fordert Bettina auf.

Pedro steuert Dorle aus dem Gewühl zur Tür und zieht sie hinaus ins Freie. Sie laufen über den Kies, auf dem im Sommer die Gartentische stehen, in den Schatten der mächtigen Bäume am Rande. Der Mond hängt hinter einem Wolkenschleier. Feuchtigkeit liegt in der Luft. Ein kühler Wind streicht über den Boden.

Dorle und Pedro spüren ihn nicht; sie halten einander in den Armen und haben den grauen Novemberabend vergessen. Ein Walzer klingt aus dem Saal.

Pedro überschüttet sie mit Küssen. Er zerwühlt ihre Haare und preßt sie verzweifelt an sich.

»Ach Pedro«, stöhnt Dorle auf und sucht sich ihm zu entwinden, »das geht doch nicht! Bitte!«

»Dorette!« flüstert Pedro. »Bitte, denk immer an mich!«

Dorle löst sich verwirrt aus seinen Armen. »Gehst du denn fort?«

Er nimmt ihren Kopf in beide Hände und sucht im ungewissen Licht ihre Augen.

»Mein Engel, du mußt tapfer sein! Deine Mutter hat sich etwas Teuflisches ausgedacht. Sie wird uns wirklich trennen. Ich muß zurück nach Mexiko!«

Pedro will sie wieder an sich ziehen, aber sie stemmt beide Fäuste gegen seine Brust. Langsam streicht er über ihre Arme bis zu ihren Händen und drückt sie fest an sein heißes Gesicht.

»Nur für ein paar Monate!«

Er sieht ihre Augen aus dem Dunkel groß auf sich gerichtet.

»Ich muß es«, stöhnt er, »sie zwingt mich dazu.«

›Sie‹? – klingt es in Dorle nach. ›Sie‹, das ist ihre Mutter, Bettina. Sie fühlt, wie ihr Kopf zu schmerzen beginnt und etwas in ihr zerspringt.

»Komm wieder, Pedro; ich warte auf dich«, sagt sie tonlos.

Im Dunkeln neben ihnen lacht ein Mädchen. Pedro zieht Dorle an sich. Erst jetzt merken sie, daß sich auch andere Paare aus dem Saale in den Garten gestohlen haben.

»Laß uns hineingehen!« bittet Dorle. Sie zittert plötzlich vor Kälte.

Als sie wieder im Saal sind, spielt die Musik. Unbemerkt mischen sie sich unter die Menge. Aber Dorle hat die Freude am Tanzen verloren.

Als sie zum Tisch zurückkehren, herrscht Aufbruchstimmung. Es ist kurz nach neun. Bettina hat vorgeschlagen, in den Gastraum umzusiedeln, um gemeinsam zu Abend zu essen. Felipe hat ebenso höflich wie bestimmt abgelehnt.

Jetzt steht er auf. »Pedro! Wir müssen uns leider empfehlen.« Er wendet sich an Bettina. »Ich habe in Stuttgart Zimmer bestellt und möchte dort nicht zu spät ankommen. Bitte, laß dich durch unseren Aufbruch nicht stören! Es war ein unvergeßlicher Abend!«

Er küßt ihr die Hand.

»Ich denke, es bleibt bei unserer Abmachung!« fügt er leiser hinzu. »Ich erwarte die Vorschläge deines Anwalts!«

Er hat sich wieder ganz in der Gewalt. Seine Stimme ist gelassen wie immer. Höflich wartet er, bis sich Pedro verabschiedet hat. Dann schreiten beide in stolzer Haltung nebeneinander zur Tür . . .

Dorle ist wie erstarrt.

Pedro geht!

Eben noch hat sie in seinen Armen gelegen, eben noch den zärtlichen Druck seiner Hände gefühlt. Sie hat nicht geahnt, daß dieser Abschied so grausam kurz sein werde.

Wann wird sie ihn wiedersehen?

Dorles verschwimmender Blick begegnet den Augen ihrer Mutter, die voll verstehender Liebe sind. Langsam verhärtet sich Dorles Gesicht. Sie zwingt die Tränen zurück und schaut durch Bettina hindurch, als sei sie aus Glas.

Kurz danach brechen sie auf. Auch Änne will rechtzeitig zu Hause sein. Sie sitzt auf der Rückfahrt neben Bettina, die den Wagen steuert. Hinter ihnen die Geschwister. Dorle hat sich ganz in die Ecke gepreßt und starrt in die Dunkelheit.

An der Universität steigt Änne aus. Schweigend legen sie das letzte Stück bis zur Apotheke zurück.

»Wir können gleich essen«, sagt Bettina, während sie den Wagen abschließt.

»Mich mußt du entschuldigen, Mama«, ruft Dorle von der Haustür. »Ich habe keinen Hunger mehr.«

In der Diele wartet Minna.

»Bitte nur für Wolf und mich decken, Minna!« sagt Bettina kurz und geht auf ihr Zimmer.

Wolf zögert vor seiner Tür, dreht sich um und geht zu Dorle hinüber. Er findet sie regungslos im Sessel; sie hat noch nicht einmal den Mantel abgelegt.

»Was hat es denn gegeben, Hühnle? Dieser plötzliche Aufbruch ...«

»Sie hat uns getrennt!« antwortet Dorle starr. »Sie hat Felipe gezwungen, Pedro mit nach Mexiko zu nehmen!«

Wolf wirft sich in den zweiten Sessel. »Mädchen, das kann doch kaum stimmen. Klingt verflucht nach Kabale und Liebe!«

Wolf legt die Beine auf den Kacheltisch.

»Ich finde, Mama überspannt den Bogen. Ich hab' zwar mal gehört, daß sie in Spanien die Mädchen bis zur Heirat einsperren, und vielleicht machen sie es in Mexiko genauso, aber hier sind solche tyrannischen Unsitten noch nicht gang und gäbe.«

Dorle beginnt stumm zu weinen. Die Tränen laufen ihr über die Wangen; sie läßt es geschehen, sie wischt sie nicht ab.

Ihr ganzes Unglück, ihre ganze Verzweiflung drängen mit einemmal aus ihr heraus.

Wolf springt auf und läuft durchs Zimmer. »Was zu weit geht, geht zu weit! Herrgott, warum läßt du dir so auf der Nase herumtanzen? Ein paar Monate ist sie erst hier, und schon hat sie alles durcheinandergebracht!«

»Du hast gut reden«, schluchzt Dorle. »Was soll ich denn tun?«

Wolf bleibt stehen. »Ich werde mit ihr sprechen«, sagt er wütend. »Daß sie mit uns nicht umspringen kann wie mit dem lieben Vieh auf ihrer Ranch. Und daß ich Pedro für einen prima Kerl halte.«

»Es ist doch alles zwecklos.« Dorle faßt sich mühsam. »Pedro ist schon abgereist. Laß mich allein, Wolf! Bitte. Ich bin todmüde.«

Noch einmal steigen vor Wolf die Bilder des heutigen Abends auf. Er sieht sie jetzt mit anderen Augen. Ein Ausdruck der Erbitterung liegt auf seinem offenen Jungengesicht. Allein mit Mama Abendbrot essen . . .? Nein. Er kann nicht, er will nicht!

Als er die Treppe hinunterläuft, schießt Minna aus der Küchentür. »Wo willst du hin? Ich habe gerade für deine Mutter und dich gedeckt!«

»Dann deckst du für mich eben wieder ab«, knurrt Wolf böse. »Ich bin eingeladen!«

»So plötzlich? Bei wem denn?« fragt Minna erstaunt.

»Beim Schah von Persien!« ruft Wolf zurück.

So sitzt Bettina einsam am runden Tisch zum späten Nachtessen. Das Haus ist still, auch aus den unteren Räumen dringt kein Laut herauf. Der jähe Wechsel vom Trubel des Tanzsaales zu dieser Einsamkeit ist beklemmend.

Herrliche Feste hat sie mit ihren Kindern feiern wollen. Sie hat geglaubt, aus der stillen Tübinger Apotheke ein ›großes Haus‹ machen zu können. Im Speisesaal sollte es wie in alten Zeiten sein. Sie wollte die Jugend heranziehen, Tanzabende geben . . . Und jetzt – ist sie allein.

Sie stochert lustlos im Essen herum und bringt nur ein paar Bissen hinunter. Sie steckt eine Zigarette an und läuft lange nervös im Wohnzimmer auf und ab.

Mein Gott, sie versteht Dorle nur zu gut. Sie fühlt mit ihr. Hat sie das alles denn nicht selber erlebt?

Damals aber war niemand, der ihr ruhig und liebevoll den Kopf zurechtsetzen konnte.

Sie muß mit Dorle sprechen, so schwer es sein wird. Sie muß versuchen, den Zugang zum Herzen ihrer Tochter wiederzufinden.

Entschlossen geht Bettina in Dorles Zimmer hinüber.

Sie klinkt die Tür auf und knipst das Licht an. Der Raum liegt still und verlassen. Alles ist musterhaft ordentlich. Das Bett ist unberührt; die Flaschen, Flakons und Tuben auf dem Frisiertisch stehen sorgfältig wie immer nebeneinander . . .

Bettina ruft in den Flur: »Dorle!«

Keine Antwort.

Vielleicht ist sie zu Brandts hinuntergegangen? Minna kommt die Treppe herauf. »Ist Dorle ausgegangen?« fragt Bettina hastig.

Minna schüttelt den Kopf. »Ich habe nur Wolfgang gesehen. Und Albert ist gleich nach acht zu seinem Freund Erich. Aber« – sie streicht fahrig an ihrer Schürze herunter – »vorhin ist noch jemand weggegangen. Ich dachte erst, es wäre die Neue . . .«

Es ist inzwischen zehn Uhr geworden. Daß Dorle etwa noch zu einer Spätvorstellung ins Kino gegangen ist, hält Bettina für ausgeschlossen.

Die Unruhe treibt sie zum Telefon in der Offizin. Sie denkt daran, Wolfgang in seiner Verbindung anzurufen und ihn nach Dorle zu fragen. Aber dann läßt sie es. Was kann er schon wissen . . .

Sie setzt sich erschöpft an Brandts Schreibtisch. Unwillkürlich muß sie an den Abend denken, an dem sie dieses Haus zum erstenmal wieder betreten hat. Kaum drei Monate ist es her. Damals war sie so voll Hoffnung . . . so voll Freude über das Wiedersehen mit dem alten Haus.

Und was ist daraus geworden?

Sie starrt in den Raum, der vom wechselnden Licht der Schaufensterreklame wie von einer Geisterhand in Hell und Dunkel getaucht wird.

Da schrillt das Telefon in die lastende Stille. Bettina reißt den Hörer hoch.

Sie vergißt, daß sie in einer Apotheke spricht. Sie denkt nur an ihr Kind. »Dorle, du?« fragt sie halberstickt.

Eine maliziöse Stimme antwortet: »Hier spricht Cäcilie Eckert!«

»Ist was mit Dorle, Zäzz? Ist sie bei dir?« ruft Bettina. »Hallo!« fügt sie hastig hinzu, als es im Apparat knackt. »Bist du noch da, Cäcilie?«

Cäcilie Eckert entgegnet gemessen: »Ja! – Auch Dorle ist hier.«

»Gott sei Dank!« Bettina atmet erlöst auf. »Ich war in einer schrecklichen Unruhe. Wann kommt sie nach Haus?«

Cäcilie räuspert sich. »Ich weiß nicht und kann sie leider auch nicht fragen. Ich habe sie nämlich zu Bett gebracht und ihr ein paar Schlaftabletten gegeben.«

»Tabletten?« Bettina hält den Atem an, »Sag endlich, was passiert ist, Zäzz!«

»Ich meine, das wäre nicht schwer zu erraten«, antwortet Cäcilie spitz. »Nach allem, was heute abend vorgefallen ist!«

Bettina fühlt eine unerklärliche Angst in sich aufsteigen. Sie will nicht weiterfragen. »Ich bin gleich bei dir, Zäzz«, sagt sie und legt den Hörer auf.

Auf dem Weg durch die dunklen Straßen wächst ihre Unruhe. Tausend Befürchtungen steigen vor ihr auf und bedrängen sie.

Cäcilies Haustür-Ampel brennt. Auch innen ist alles erleuchtet. Bettina tritt ein und bleibt heftig atmend stehen.

Bald zwanzig Jahre ist sie nicht in diesem Haus gewesen. Alles sieht nett und gepflegt aus; aber Bettina hat das Gefühl, als lauere irgendwo das Verhängnis. Das Herz klopft ihr bis zum Halse.

Eine Seitentür öffnet sich. Cäcilies Stimme: »Bitte, geh nur geradeaus in den Salon. Ich komme sofort.«

Offenbar war sie schon im Begriff, schlafen zu gehen.

Bettina betritt den Salon. Sie setzt sich ohne abzulegen auf das alte Rokoko-Sofa. Hier hat sich aber auch nichts in all den Jahren verändert. Immer noch stehen die Vasen voll Blumen. Mag sie sonst knauserig sein, für Blumen hat Cäcilie Eckert immer was übrig gehabt.

Cäcilie tritt ein. Kaum hörbar. »Sie ist eingeschlafen«, wispert sie.

Bettina explodiert: »Herrgott, Zäzz, mach bitte nicht ein solches Theater! Dorle ist doch kein Baby mehr! Was ist denn los?«

Cäcilie Eckert läßt sich steif ihr gegenüber nieder. Sie kneift die Augen zusammen und empört sich: »Theater? Du kannst leicht reden. Du hast nicht erlebt, wie Dorle hier angekommen ist. Verzweifelt, aufgelöst! Ein richtiger Nervenzusammenbruch. Und das ist ja schließlich auch kein Wunder!«

»Was ist kein Wunder?« fragt Bettina scharf.

Cäcilies Stimme wird ganz ruhig und gelassen. »Dorle hat mir alles erzählt. Wie du mit Menschen umspringst! Wie du dich in die erste harmlose Liebelei deiner Tochter eingemischt hast! Noch dazu bei einem Mann, der aus deiner mexikanischen Vergangenheit kommt! Wenn du dir das Zusammenleben mit deinen Kindern so vorgestellt hast ...«

Bettina ist blaß geworden.

»Dorle zum Beispiel lehnt es ab, weiter mit dir zusammen zu leben«, fährt Cäcilie lauter fort. »Sie will bei mir bleiben und ihr Dolmetscher-Examen machen.«

Bettina öffnet langsam ihre schwarze Handtasche, holt Zigaretten heraus und beginnt zu rauchen.

»Es tut mir leid, Betti.« Cäcilies Stimme zittert vor Hohn. »Aber das alles war vorauszusehen. Warum bist du überhaupt hierher zurückgekehrt? Du bist andere Verhältnisse gewohnt. Andere Menschen. Daß du in die Apotheke eingezogen bist, war ein regelrechter Skandal. Das sagt jeder, das sagt die ganze Stadt. Kein Wunder, daß Brandt am selben Abend dieses furchtbare Mißgeschick passiert ist. Im Grunde genommen bist nur du daran schuld.«

»Du bist nicht recht gescheit!« Bettina drückt wütend ihre Zigarette aus.

Cäcilie Eckert spricht unbeirrt weiter. »Ich habe mich lange gefragt, warum du wirklich zurückgekommen bist und diesen ganzen teuflischen Wirbel hier inszenierst. Inzwischen weiß ich es!«

»Da bin ich aber neugierig!« erwidert Bettina ironisch.

Cäcilies Augen glitzern. Sie betont jede einzelne Silbe: »Du kannst mir doch nichts vormachen, Betti! – Du willst ihn wiederhaben, den Apotheker Justus Brandt! Weil du ihn noch liebst!«

22

Graf Hohenperch hat Besuch. »Whisky zum Mittag ist zwar ein Laster«, erklärt er, »aber nicht im November und nicht, wenn er von dir mitgebracht wird. Prost, alter Schwede!«

Der Graf mustert sein Gegenüber, den Stuttgarter Kaufmann Willi Pohl . . . Pohl ist etwa fünfzig Jahre, sein Gesicht ist gedunsen, seine Figur neigt zur Fülle.

Als der Besucher sein Glas absetzt, betrachtet er Hohenperchs ›Institut‹, das Schlaf- und Ankleidezimmer, Wohn- und Besucherzimmer zugleich ist, mit sichtlichem Schmunzeln.

»Gar nicht schlecht! So eine stille Klause in 'ner kleinen Stadt hat auch ihre Reize!«

Er blättert in dem pompösen, kronengeschmückten Gästebuch und betrachtet die eingestreuten Fotos von jungen Mädchen mit wachsendem Wohlgefallen.

»Schülerinnen!« erläutert der Graf mit behaglichem Lächeln.

Pohl stößt ihn an und lacht. Sie kennen einander. Sie haben schon als Studenten dieselben Tanzböden aufgesucht, und später ist Hohenperch jahrelang in Stuttgart Stammgast bei Willis ›bunten Abenden‹ gewesen.

In den letzten Jahren ist es um Pohl stiller geworden. Gleich nach der Sache mit der Santox Kommanditgesellschaft. Pohl hat damals den Offenbarungseid leisten müssen. Irgendwas ist da faul gewesen. Aber man wird ja wohl mal diskret fragen dürfen.

Der Graf schenkt die Gläser nach. »Sag mal, Verehrter, was

macht die Arzneimittel-Fabrik? Prima Sache so was! Wenn den Männern die Haare ausfallen, sitzt das Geld bei ihnen seltsam locker.« Er lacht.

Pohl winkt ab. »Pleite! Irgend so ein paar Fachärzte haben dagegen geschrieben, und dann hat schließlich auch alle Reklame nichts mehr genützt.«

»War doch wohl so'n Vitamin?«

»Ja – aber es half leider nur bei Ratten. Bin mit Mühe noch ausgestiegen. Hat mich 'ne Menge Geld gekostet. Hätte gleich nach dem Währungsschnitt bei meinem Vetter einsteigen sollen. Der fabriziert Grippetabletten und Hustensaft und scheffelt das Geld nur so.«

Graf Egon trinkt und schweigt nachdenklich. Wie mancher Hundertmarkschein ist damals aus Willis flotten Händen über die Bartische der Nachtlokale gewandert! Ist eine tolle Zeit gewesen. Aber trotzdem amüsant. Man mußte nur da sitzen, wo das Geld saß ...

»Reden wir von was anderem!« sagt Willi Pohl seufzend. »War ja lange nicht mehr im Lande. Was ist aus Lola geworden, aus Ingrid und Inge?«

»O quae mutatio rerum, Freund!« seufzt Hohenperch. »Sie sind alle verbürgerlicht. Sogar die schöne Gaby – du entsinnst dich doch: Stuttgart ... Übrigens als letzte. Hat hier in Tübingen den Apotheker Brandt erheiratet. Bin ihr schon mehrfach in der Stadt begegnet. Höflicher Gruß – galant, galant – Frau Apotheker.« Er seufzt. »Wenn man so sieht, wie sich alle ihr Nest polstern, und unsereiner ...«

»Hm! Die fesche Gaby! Wie sollte ich mich nicht erinnern!«

Pohl zieht die Stirn kraus. Es ist nicht zu erkennen, ob er über die Tugenden oder das Schicksal der schönen Gaby sinniert. Er schwenkt ein paarmal sein Glas hin und her.

»Sag mal, heißt dieser Brandt mit Vornamen Justus?«

Er blickt nicht auf, als Hohenperch nickt; offenbar hat er keine Bestätigung nötig.

»Da hab' ich nämlich neulich etwas gelesen«, beginnt er wieder.

»Weiß schon«, winkt Graf Egon ab. »Die Sache mit dem falschen Mittel. Ja, das war der Brandt. Statt daß sie den Kerl einsperren, geht der friedlich in Tübingen spazieren. Am Ende werden sie ihm noch 'ne Ehrenurkunde dafür verleihen, daß er den alten Mann um die Ecke gebracht hat!«

Willi Pohl blinzelt seinen Freund erstaunt an. »Du scheinst ja einen schönen Rochus auf diesen Brandt zu haben!«

»Hab' ich!« Hohenperch schlägt auf den Tisch, daß die Gläser tanzen. »Wenn ich den mal zwischen die Finger kriege ...«

Pohl hält das Glas an die Lippen und atmet den Whisky ein, bevor er ihn langsam schlürft. Er ist offenbar von dem Zornesausbruch des Grafen nicht sehr erbaut. »Nein, Egon«, fängt er bedächtig wieder an, »von der Geschichte weiß ich nichts. – Schade, daß du mit Brandt so quer liegst. Hätte sonst vielleicht was für dich!«

Er lehnt sich zurück und legt pustend die Beine übereinander. »Freundschaften soll man nicht einschlafen lassen, besonders zu einer so scharmanten Person wie der Gaby. Hoffentlich hast du nicht auch eine Wut auf sie!«

Hohenperch lächelt gezwungen. Eher hätte Gabriele Anlaß zur Wut auf ihn, wenn sie wüßte, was er bei Butzbachs über sie ausgekramt hat.

Pohl holt eine dickgefüllte Zigarrentasche hervor und bedient sich umständlich. »Der Apotheker Justus Brandt war vor kurzem in einer Fachzeitschrift als Erfinder eines neuen Herzmittels erwähnt. Nicht uninteressant, mein Lieber! Läßt sich mit einem Fünftel der Kosten herstellen, die man für ähnliche Arzneien braucht. Verstehst du? – Wäre möglicherweise was für meinen Vetter. Der sucht schon lange nach einem neuen Schlager.«

Er zündet seine Zigarre an. »Weißt du zufällig, ob Brandt schon verkauft hat?«

Hohenperch hat ihn noch nicht begriffen. »Nein!« erwidert er schroff. »Verkehre nicht mit dem Herrn!«

Pohl betrachtet nachdenklich die Glut seiner Zigarre. »Schade«, sagt er trocken. »Dabei würde nämlich etwas abfallen. Vetter Pohl dürfte einiges für die Vermittlung springen lassen, wenn er das Mittel billig einkaufen kann! – Na, ja«, schließt er gemütlich, »das Geschäft werden andere machen. Wir bleiben wieder draußen.«

Graf Egon sieht ihn betroffen an; er greift mechanisch zur Whiskyflasche und füllt die Gläser. »Ich kann mir nicht vorstellen, daß der Brandt irgendwas Wichtiges erfunden hat«, sagt er langsam. »Er hat noch kürzlich seinen Wagen abgemeldet, haben sie mir an der Tankstelle erzählt. Und nächstes Jahr wird er sogar die Apotheke los.«

Pohl horcht auf. »Mensch!«

Er schiebt sich aus dem Sessel hoch und stapft durch den Raum. »Ran, solange der Gegner weich ist, hat Napoleon gesagt! Ran, bevor der Brandt merkt, daß er Gold in der Hand hat!«

Hohenperch öffnet den Mund und schließt ihn wieder. Er klemmt sein Monokel ins Auge und schüttelt müde den Kopf. »Diesem Kerl soll ich helfen, ein Vermögen zu verdienen? – Mein Lieber! Eher schütte ich ihm Salzsäure in die Suppe!«

Pohl unterbricht ihn: »Wer spricht denn davon, daß Brandt sein Glück dabei machen muß? Erst kommen wir natürlich! – Zu blöd, daß die schöne Gaby gerade diesen Brandt heiraten mußte! Ich würde sonst gleich zu ihm gehen. Aber wenn die Frau Apotheker mich sieht, brauche ich gar nicht erst den Mund aufzumachen; bei unseren früheren Beziehungen . . . Außerdem weiß sie von meiner Pleite.«

Er bleibt vor Hohenperch stehen.

»Aber du, du kennst die Gaby doch auch gut genug, um mit ihr mal irgendwo in der Stadt ein paar vernünftige Worte zu wechseln. Und ein paar Tausender könntest du sicher gebrauchen.«

Diese Worte klingen dem Grafen noch in den Ohren, als er am übernächsten Tage im Café Bauer in der Kirchgasse zum zweitenmal auf Gabriele wartet. Hier pflegt sie gelegentlich am Nachmittag Kaffee zu trinken.

Er hat sich gerade die zweite Tasse eingeschenkt, als die Tür geht und Gabriele eintritt.

Hohenperch versteckt sich hinter einer Zeitung. Das Café ist halbleer. Gabriele betrachtet die Kuchenauslage und bestellt ein Stück Torte. Dann streift sie mit achtlosem Blick die Gäste, durchquert den Raum und setzt sich an einen Ecktisch am Fenster.

Hohenperch lauscht. Er hört, wie Gabriele Kaffee verlangt, und beobachtet, wie die Kellnerin zum Büfett geht.

Hohenperch betrachtet eine Zeitlang die Zierfische in dem erleuchteten Aquarium und die Porzellanfiguren in den indirekt angestrahlten Nischen; dann wandert sein Blick wie gelangweilt zu Gabriele. Sie blättert in einem Modejournal.

Das ist Graf Egons großer Auftritt. Er klemmt das Monokel ins Auge und erhebt sich. Mit langen lautlosen Schritten ist er an Gabrieles Tisch und verneigt sich formvollendet.

Gabriele sieht erschrocken zu ihm auf. Ein Gefühl der Furcht beschleicht sie. Kehrt die Vergangenheit mit diesem Mann zurück? Er ist der einzige Mensch in Tübingen, den sie aus früheren Zeiten kennt, ein Herr von Habenichts, der damals bei ihr in Stuttgart auf Kosten anderer Sekt zu trinken pflegte und pikante Histörchen erzählte. Nein, sie will nicht an dieses Leben erinnert werden, auch wenn der Graf für sie nicht mehr gewesen ist als eine Randfigur.

Sie hört Hohenperchs klingende Stimme: »Gnädige Frau, welch eine Freude! Darf ich mich einen Augenblick zu Ihnen setzen?«

Soll sie ›nein‹ sagen? Sie möchte es herausschreien! Aber sie bringt kein Wort hervor. Eine flüchtige Röte überläuft ihr Gesicht.

Auf einem freien Stuhl liegen ihre Handtasche und die Handschuhe. Über der Lehne hängt ihr flauschiger Mantel.

»Erlauben Sie!« Der Graf greift schnell nach dem Mantel und trägt ihn zu dem Garderobenständer. Seine Miene und seine Haltung sind ritterlich. Keine Spur von Vertraulichkeit.

Gabriele nimmt zögernd ihre viereckige Tasche und stellt sie auf den Tisch. Er faßt es als Einladung auf, Platz zu nehmen. »Verzeihen Sie meine Aufdringlichkeit, verehrte gnädige Frau«, sagt er mit scharmantem Lächeln, »aber Freunde haben mich versetzt, und die Gelegenheit, mit Ihnen ...«

Seine Gegenwart nimmt ihr die Sicherheit. Er plaudert anregend und amüsant, mit ein paar Giftspritzen gegen Tübinger Bürger.

Wenn es nur jemand anders wäre ... Sie wäre froh, endlich einen Menschen gefunden zu haben, der mit ihr spricht. Aber irgend etwas schwingt bei den Worten des Grafen mit, sie kann es nicht deuten. Vielleicht sieht sie Gespenster ...

Hohenperch legt alle Herzlichkeit, die er aufbringen kann, in seine Worte. »Ich habe mich so sehr gefreut, gnädige Frau, daß Sie in unser kleines Tübingen gezogen sind. Es wird Ihnen sicherlich nicht leicht gefallen sein, den großstädtischen Rahmen aufzugeben.«

Gabriele schließt einen Augenblick die Augen. Sie möchte weit fort sein, sie kann diese halben Andeutungen nicht mehr hören.

Der Graf lehnt sich zurück und läßt sein silbernes Zigarettenetui mit der eingravierten Grafenkrone aufspringen. Galant reicht er es Gabriele und bedient sich nach ihr.

»Wissen Sie eigentlich, daß Sie mit einem berühmten Mann verheiratet sind?« fragt der Graf. »Herr Doktor Brandt hat sich durch die Erfindung eines neuen Herzmittels einen Namen in der Fachwelt gemacht. Die wissenschaftlichen Zeitschriften sind voll des Lobes!«

»Ich habe mit der Arbeit meines Mannes nichts zu tun!« erwidert Gabriele kühl und mit deutlichem Mißtrauen.

»Schade.« Der Graf läßt die Lider sinken. »Schade«, wiederholt er langsam und betrübt. »Ich will ganz offen mit Ihnen reden, gnädige Frau. Ihr Gatte und ich sind grundverschieden, es gibt keine Brücke zwischen uns. Leider. Ich habe einmal einen Zusammenstoß mit ihm gehabt, der sich nicht vergessen läßt – weder von seiner noch von meiner Seite.«

Er scheint sich erheben zu wollen, aber er läßt die Hände noch einmal wie kraftlos auf die Lehne des Sessels fallen. »Ich habe einen ganz nüchternen Grund, mich mit der Erfindung Ihres Gatten zu beschäftigen. Ich möchte sie einer Firma vermitteln. Es ist ein reines

Geschäft, bei dem für mich die übliche Provision abfällt. Sie werden das Zynthia-Werk nicht kennen, aber es ist ein gesunder, reeller Betrieb in Stuttgart. Ich vertrete seine Interessen und habe das Geld bitter nötig!« Er lächelt mit gewinnender Offenheit. »Sie wissen ja, wie das so ist ...«

Gabriele lehnt sich in den Halbschatten der pastellfarbenen Fenstervorhänge zurück. Sie will mit dieser Sache nichts zu tun haben.

Es ist, als hätte Graf Egon ihre Gedanken erraten.

»Gnädige Frau, vergessen Sie bitte unser Gespräch. Ich kann mir schon vorstellen, daß Sie Ihrem Gatten nicht in seine berufliche Sphäre hineinreden wollen. Es war ein Unsinn von mir, Ihnen das zuzumuten.«

Er schweigt überlegend.

»Eine herzliche Bitte: Erwähnen Sie doch meinen Namen ihm gegenüber nicht. Ich werde den Stuttgartern anheimstellen, von sich aus an ihn heranzutreten.«

Gabriele nickt. Was soll sie sagen? Sie gönnt dem Grafen seine Provision, aber so wird es am besten sein. Justus wird mit den Stuttgartern selber verhandeln. Sie blickt auf die Armbanduhr. »Mein Mann erwartet mich.«

Sie reicht ihm die Hand: »Guten Tag, Graf!«

Ohne Hast verbeugt er sich und verläßt das Café.

Gabriele nimmt ihre Zeitschrift wieder auf. Die Tische haben sich gefüllt. Der Ventilator summt, und das Stimmengewirr ist lebhaft und laut.

Es war töricht, sich zu fürchten, denkt sie erleichtert. Dieser Hohenperch ist doch nur ein gestrandeter Mensch, der um ein paar Groschen Provision kämpft. – Aber das Herzmittel? Wenn sich wirklich das Stuttgarter Werk dafür interessiert, welche Aussichten für die Zukunft ...

Auf der Kirchgasse hat es Graf Hohenperch eilig. Er will nicht zu guter Letzt noch mit Brandt zusammentreffen. Erst als er am Lustnauer Tor unter der dichtgedrängten Menge wartet, um über die Straße zu kommen, wird er ruhiger.

Wird Gabriele bei ihrem Mann die Zynthia-Werke unterstützen, wenn es soweit ist? Hoffentlich! – Er träumt schon von seiner Provision.

Graf Egon schlendert die Doblerstraße hinauf.

Nun zu Cäcilie Eckert!

Cäcilies Gartenhaus in der Österbergstraße liegt ganz hinter Hecken und Buschgruppen verborgen.

Graf Egon strafft sich, bevor er auf die Klingel drückt. Das

Monokel im Auge, die Handschuhe lässig in der halboffenen Faust, wartet er wie ein Schauspieler auf das Zeichen zum Auftritt. Ein Geräusch drinnen, eine Sicherheitskette fällt, dann öffnet sich die Tür.

»Graf Hohenperch!« Cäcilie Eckert ist überrascht.

Der Graf verneigt sich. »Verehrtes gnädiges Fräulein!«

Weiter nichts. – Cäcilie gibt zögernd den Eingang frei: »Bitte!«

»Wie schön Sie wohnen!« schwärmt Hohenperch. Er sieht sich im Flur und im Zimmer um. »Die bezaubernden Blumen!«

Cäcilie bietet Zigaretten an. »Was verschafft mir die Ehre?«

»Nur die Absicht, Ihren Besuch bei mir endlich zu erwidern, verehrtes gnädiges Fräulein«, erwidert Hohenperch. »Leider hat mein Gesundheitszustand es nicht früher erlaubt. Mein Herz macht mir Kummer.« Er blickt sich um. »Reizend haben Sie es hier. Voller Harmonie. Ganz die Besitzerin!«

Cäcilie lächelt. Er hat immer noch was Scharmantes.

»Darf ich Ihnen einen Weinbrand anbieten? Der kann doch dem viel beanspruchten Herzen nicht schaden?«

Hohenperch genießt die feine Anspielung mit Behagen.

Während Cäcilie Flasche und Gläser holt und eingießt, sprechen sie über Krankheiten und Heilmittel, die nach Hohenperchs Ansicht allesamt nichts taugen.

»Da soll ja Herr Doktor Brandt ein tolles Herzmittel ausgeklügelt haben«, bemerkt der Graf dann nebenbei.

»Er arbeitet schon seit vielen Jahren daran«, bestätigt Cäcilie.

»Ja, der Herr Doktor!« fährt Hohenperch fort. »Wir mögen uns nicht – leider. Aber ich schätze sein fachliches Können. Ich glaube, wir wissen alle noch nicht, was wirklich in ihm steckt. Und nun diese dumme Rezeptgeschichte und der Ärger im Haus!«

Während Cäcilie an ihrem Glas nippt, macht er eine kleine Pause. »Es gibt Menschen, die in das Leben der anderen einbrechen müssen.« Gedankenvoll sieht er auf die Tischdecke. »Nichts gegen Ihre Kusine.« Er schweigt.

Cäcilie wartet jetzt bestimmt auf ein böses Wort gegen Bettina, er weiß es, aber er darf nicht zu deutlich sein. Hohenperch scheint mit sich selber zu reden. »Ich möchte sagen, ein Dämon beherrscht Bettina.« Seine Stimme klingt leise, nachdenklich und dunkel. »Der arme Doktor Brandt!« schließt er unvermittelt.

Cäcilie redet nicht so drumherum. »Meine Kusine war immer etwas herrisch und selbstherrlich. Das hat sie sich in Mexiko keineswegs abgewöhnt.«

Graf Hohenperch faßt sich plötzlich an die Stirn. »Beinahe hätte ich das Wichtigste vergessen. Man wird alt, jaja«, wehrt er ab, als Cäcilie die Hände hebt. »Haben Sie Lust, an einem Bridge-Kränzchen teilzunehmen? Ein paar Damen bei Butzbachs sprachen darüber. Baten mich, einmal vorzufühlen. Nun, ich bin kein großer Diplomat und falle lieber mit der Tür ins Haus.«

»Es wäre nett.« Cäcilie fragt nach den Namen der Damen. Frau Butzbach selber ist dabei; eine Studienratswitwe und eine Ärztin würden sich auch gern beteiligen, wenn es ihre Zeit erlaubt.

Prinz Kuckuck will dieses Thema offenbar abschließen.

»Die Damen werden entzückt sein«, versichert er. Er nimmt das Gespräch von vorhin wieder auf. »Herr Doktor Brandt wird wohl inzwischen mit der Auswertung seiner Erfindung zu tun haben. Herrgott, hat der Mann eine Chance! Wenn er sich nur nicht an ein größeres Werk verkauft, sondern mit einem kleineren abschließt! Der Start, gnädiges Fräulein, ist alles. Ich habe im Bayerischen einen Bekannten, in einer ganz anderen Branche, der hat sich auf meinen Rat mit einem winzigen Unternehmen zusammengetan und ist heute Fabrikbesitzer mit einer pompösen Villa.«

Er läßt die Worte ausschwingen. Wenn er richtig kalkuliert hat, wird Cäcilie diese Geschichte spätestens morgen dem Apotheker erzählen. Als ihren persönlichen Ratschlag.

Der Graf erhebt sich. »Ich habe Sie schon zu lange aufgehalten.« Er tritt an das Fenster. »Im Sommer muß es hier ein Paradies sein!«

Als er sich verabschiedet, legt er noch einmal theatralisch die Hand an die Brust. »Ich danke Ihnen«, raunt er, »auch dafür, daß Sie – wie ich höre – die arme Doris Brandt in Ihr Haus genommen haben. Ihr Schicksal bewegt mich besonders, seitdem Sie mir selber erzählt haben, wie nahe sie mir steht.« Er räuspert sich und reckt sich dann zu voller Größe auf. »Verehrtes gnädiges Fräulein, es war mir eine Ehre.«

Cäcilie Eckert bleibt in einem Sturm der Gefühle zurück. Sie spürt noch seine Gegenwart. Gewiß, er stammt aus einer Familie, in der man sich nach der Decke strecken mußte, und der ›Graf‹ ist nur aufgepfropft. Doch wie verlockend sind noch immer die Worte ›Frau Gräfin‹! Cäcilie Gräfin Hohenperch! Schnell drängt sie diese Vorstellung beiseite. Sie muß zu Brandt, um mehr von seinem Wundermittel zu hören. Aber zunächst schaut sie noch einmal nach Dorle.

Das Mädchen sitzt über einem französischen Lehrbuch, als die Tante eintritt.

»Weißt du, wer eben hier war?« fragt Cäcilie Eckert.

»Ja«, erwidert Dorle mit bösen Augen. »Dieser Graf. Was will er?«

»Nichts.« Cäcilie ärgert sich über den scharfen Ton des Mädchens. »Es ist einfach, Menschen zu verdammen. Er hat von dir nur liebevoll gesprochen.«

»Ich will ihn nicht sehen – nie!« sagt Dorle trotzig.

Im Café Bauer in der Kirchgasse sitzt Gabriele nachdenklich an ihrem Tisch. Der Vorschlag des Grafen Hohenperch beschäftigt sie.

Sie wird Brandt entgegengehen. Gabriele zahlt und verläßt den Raum. Die frische Luft tut ihr gut.

Der Tag ist kühl. Sie schlendert über den Holzmarkt und durch Nebenstraßen zum Botanischen Garten. Woher kennt sie diesen Grafen? Er ist ein paarmal in Begleitung eines dunklen Ehrenmannes gekommen. Sie schüttelt sich, wenn sie an Willi Pohl denkt, der alles, was Hohenperch einigermaßen mit Eleganz sagte, ins Ordinäre wandelte.

Gabriele hat sich an der Universität mit Brandt verabredet, der im chemisch-pharmakologischen Institut zu tun hat. Sie weiß nicht, was. Ich müßte mich mehr darum kümmern, denkt sie. Dieses Herzmittel geht mich genauso an wie ihn. Manche sind über Nacht durch eine Erfindung reich geworden. Wenn schon eine Firma die Verbindung mit Brandt sucht . . . Ärgerlich beißt sich Gabriele auf die Lippen. Sie kann einfach nicht von diesem Gedanken loskommen. Die Worte des Grafen haben sie förmlich behext.

An einem niedrigen Gartenzaun bleibt sie stehen und blickt auf die kahlen Äste. Es geht auf den Winter zu. Merkwürdig, daß ihr erst dieses Zusammentreffen mit einem Menschen ihres alten Bekanntenkreises so richtig klarmacht, wie still es um sie geworden ist.

Hinter ihr ein langer, schneller Schritt, der plötzlich verhält, und eine männliche Stimme, die sie leise und zärtlich anruft. Sie wendet sich um. Brandt steht vor ihr. Sein Gesicht sieht merkwürdig jung aus. Er nimmt ihre Hand und zieht sie an seine Lippen.

Dann hakt er sie unter. Sie spazieren schweigend ein Stück durch den Botanischen Garten.

»Was arbeitest du eigentlich im Institut?« fragt Gabriele.

Brandt drückt ihren Arm. »Ich wollte es dir schon lange erzählen, aber heute habe ich Grund dazu. Ich habe es von berufener Seite: Mein Herzmittel kann ein Erfolg werden!«

Er spricht unwillkürlich lauter. Gabriele merkt, wie bewegt er ist. »Vor ein paar Tagen hat es ein Arzt in unserer Fachzeitschrift gelobt. Heute hat mich nun der Professor gestellt. Er war geradezu – hm – begeistert. Wenn nur die Hälfte von dem, was er sagte, zutrifft, wird ...«

Brandts Schritt ist schneller geworden. Er zieht Gabriele stürmisch mit sich.

»Man sollte es wagen!« Es klingt wie ein Selbstgespräch. Brandt pfeift und bricht ab. »Möchtest du unbedingt Frau Apotheker bleiben?« fragt er plötzlich. Seine Augen lachen sie an.

»Justus« – Gabriele blickt zu ihm auf. – »Ich kenne dich gar nicht wieder!«

»Wenn der Professor recht hat, wird mir die Industrie Angebote machen«, sprudelt er hervor. »Vielleicht kann ich mir ein kleines Laboratorium einrichten und andere Heilmittel entwickeln. Ich habe da schon seit Jahren ein paar Ideen. Ich bin nur wegen dieser täglichen Kleinarbeit in der Offizin nicht dazu gekommen. Aber wenn ich frei wäre ...«

In den engen Gassen der Stadt ist es still. Man hört nur das Pfeifen des Windes und das auf- und abschwellende Rattern eines Motorrades.

Brandt faßt Gabriele an den Schultern und schüttelt sie leicht.

»Bisher haben wir viel Pech gehabt«, ruft er. »Aber jetzt sieht es so aus, als ob das Glück auf uns zukommt. Wenn die Sache mit meinem ›Cardodyn‹ klappt, sind wir gemachte Leute. Am liebsten würde ich das Mittel ja selber herstellen. Die großen Firmen speisen einen vielleicht mit einem Butterbrot ab und verdienen selber Millionen.« Er überlegt. »Ich müßte irgendeinen gesunden kleinen oder mittleren Betrieb finden, bei dem ich einen Vertrag mit Gewinnbeteiligung abschließen kann.«

Als sie in der Bursagasse ankommen, brennt in der Apotheke und im zweiten Stock schon Licht. Es wird zusehends dunkler. Der Abendnebel senkt sich auf die Stadt.

Jürgen stürmt Gabriele aus der Haustür entgegen.

»Ich mache uns gleich einen Tee«, sagt Gabriele. Brandt nickt ihr zu. Viele Pläne erfüllen ihn. Bei Tisch gibt er ihr zerstreute Antworten. Selbst die üblichen Ermahnungen für Jürgen fallen fort. Immer wieder greift Brandt zu einem Block und beginnt zu rechnen. Was würde ein eigenes kleines Laboratorium kosten?

Brandt steht auf und wandert ruhelos durch sein Zimmer. Er hat noch eine Abfindung von Bettina zu beanspruchen ...

Wenn ein Mensch an seinem baldigen Fortgang Interesse hat, dann Bettina! Sie weiß genau, daß er gehen wird, sobald er eine neue Existenz gefunden hat. Warum nicht mit ihr sprechen?

Er geht auf den Flur und horcht. Die Küchentür ist nur angelehnt. Minna hantiert mit Töpfen und Tellern. Das Abwaschwasser rauscht. Trotz des lauten Geräusches hört ihn Minna eintreten. Sie dreht den Hahn zu und wischt ihre Hände am Handtuch und dann noch einmal an ihrer Schürze ab.

»Ist meine – äh – ist Frau Bettina zu Hause?« fragt er und setzt, als sie nickt, hastig hinzu: »Sie könnten mir einen Gefallen tun, Fräulein Minna, und ihr sagen, daß ich sie sprechen möchte.«

Minna bindet ihre Schürze ab. »Gewiß, Herr Apotheker!«

Wenige Minuten später kehrt sie zurück: »Die gnädige Frau erwartet Sie, Herr Apotheker!«

Brandt sieht sich in Bettinas Reich um. Der Raum ist gar nicht wiederzuerkennen, trotz der alten Möbel und der bekannten Bilder. Er ist schöner geworden; aber er ist auch – eine fremde Welt.

»Entschuldige, daß ich hier eindringe«, sagt er steif und setzt sich in einen der alten Eckertschen Sessel ihr gegenüber.

Sie schiebt den kleinen Rauchtisch näher zu ihm.

»Nein, danke.« Brandt hört selber, wie frostig es klingt. Ihm ist es, als sei seine Kehle zugeschnürt. Er weiß nicht, wie er beginnen soll. Er kommt sich mit einemmal vor wie ein Bettler. Aber, zum Teufel! Hat er nicht Forderungen zu stellen? Wenn sie das alles hier um sich hat, so ist es nur sein Verdienst!

»Ich bin gekommen«, beginnt er stockend, »um in unser beider Interesse klare Verhältnisse zu schaffen. Ich möchte den Umweg über die Rechtsanwälte vermeiden, wenn du damit einverstanden bist.«

»Gewiß.« Bettinas Stimme klingt unpersönlich, fast unbeteiligt. »Sprich nur!«

Brandt faßt mit zwei Fingern in seinen Kragen und lockert ihn. Bettinas Gegenwart verwirrt ihn mehr als das heikle Anliegen, das er vorbringen will. Sie ist nicht mehr das strahlende, temperamentvolle Mädchen von damals, auch nicht die leidenschaftliche junge Frau. Aber sie ist schön und reizvoll geblieben wie einst – nur anders ... reifer ...

Bettina steckt sich eine Zigarette an. Sie neigt wartend den Kopf.

»Ja, was ich sagen wollte«, beginnt Brandt wieder. »Das Problem des Zusammenlebens wird immer schwieriger. Wir haben nur ein Bad im ersten Stockwerk. Selbst wenn du ein Zimmer teilst und umbaust und außerdem eine zweite Küche herrichten läßt.« Er bricht ab und schüttelt den Kopf. »Dieser Zustand führt auf die Dauer zum Wahnsinn. Wir gehen aneinander vorbei wie Hund und

Katze. Die Kinder wissen nicht, zu wem sie gehören. Wie, denkst du, soll es eigentlich weitergehen?«

Bettina mustert ihn lange, seine graumelierten Haare, das kantige Gesicht und die furchtlosen Augen. Eine Figur wie ein Junger. Kein Gramm zuviel, denkt sie sachlich. Er hat sich gehalten, sogar gut gehalten. Aber sonst . . . er ist halt der Herr Apotheker in einer kleinen Stadt . . .

»Wie ich es mir denke?« Sie faltet die Hände. »Dies Haus soll meinen Kindern gehören, keinem Fremden.« Ihr Ton ist hart.

Er beugt sich vor: »Du willst mich so schnell wie möglich aus dem Hause haben!«

Bettina schweigt und zerknüllt ihr Taschentuch in den Händen. Im Aschenbecher verglimmt ihre Zigarette.

Unwillkürlich gleiten ihre Gedanken in die Vergangenheit zurück. War es nicht doch ein Glück gewesen, diesen Mann an ihrer Seite zu haben?

Brandt denkt etwas Ähnliches. Für ihn aber war es die höchste Seligkeit, mit dieser Frau unter einem Dach zu leben!

Seine und Bettinas Blicke treffen sich, gleiten aneinander vorbei, treffen sich erneut – eine merkwürdige Spannung liegt plötzlich über dem Raum.

Brandt wischt sich über die Stirn. Er setzt zweimal an, bevor er weiterspricht: »Du bist hier hereingeschneit wie nach einem Ausflug. Aber es sind achtzehn Jahre vergangen, davon sechs Jahre Krieg und drei Jahre Hunger. Was du hier vorfindest, verdankst du mir. Ich habe die Apotheke erweitert, den Bestand vergrößert. Was sie abgeworfen hat, habe ich in dieses Haus gesteckt und in die Erziehung deiner und meiner Kinder.«

Er greift nervös nach der Zigarrenkiste auf dem Rauchtisch, wählt umständlich eine Brasil, schneidet sie ab und zündet sie an. Bedächtig entfernt er die Bauchbinde und zerknüllt das Stückchen Papier zwischen Daumen und Zeigefinger. Er kann es einfach nicht über die Lippen bringen. Sollen sich die Anwälte einig werden über die Abfindung! Bettina hat ihn schon genug gedemütigt.

Bettina glaubt in ihm zu lesen wie in einem Buch. Sie hat so viele Männer kennengelernt, die ihr wahres Gesicht wie hinter einer Maske verborgen halten. Zum Beispiel Felipe. Wie anders ist Brandt. Offen – und doch ein ganzer Mann!

Cäcilies spöttisches Gesicht steigt vor ihr auf – ›weil du ihn liebst‹, klingt es in ihren Ohren.

Bettinas Lippen werden hart und schmal. »Ich weiß, was du für die Kinder getan hast. Und für unsere Apotheke. Mein Anwalt wird dir Vorschläge über die Abfindung machen. Aber wenn du schon jetzt eine größere Summe brauchst . . .« Als er weiter stumm bleibt, setzt sie hinzu: »Genügen dir – sagen wir – fünfzigtausend?«

Brandt erhebt sich. Er sieht schon ein blitzendes Laboratorium vor sich und ein ruhiges Häuschen am Waldrand. »Wenn das ein Wort ist . . .«, stottert er.

Auch Bettina ist aufgestanden: »Ich habe darüber schon einmal mit Doktor Bäcker gesprochen. Du brauchst ihn nur anzurufen . . .«

Ohne daß beide es wollen, haben sie einander die Hand gegeben. Als Brandt hinausgeht, beißt er sich nervös auf die Lippen – beinahe hätte er ›Danke, Bettina!‹ gesagt.

23

Der riesige Luxusdampfer liegt unter dem grauen Himmel der Hafenstadt Le Havre.

Es ist die Stunde des Aufbruchs zu einem anderen Erdteil. Die Stunde des Abschieds für viele, die nicht wissen, ob sie einander jemals wiedersehen werden. Für alte Globetrotter ist es nur ein Start wie viele.

Auf dem oberen Promenadendeck lehnen Felipe und Pedro in dicken Ulstern an der Reling. Pedros Gesicht ist finster. Blicklos starrt er in das Gewühl unter ihm. Er sieht nicht die Menschen, die über die Gangway fluten; er sieht nur ein Mädchengesicht, das er nach dem Wunsch einer verständnislosen Mutter nicht wiedersehen soll!

»Dorette!« flüstert er vor sich hin. »Dorette!«

Er sieht auch nicht, daß sein Vater ihn besorgt von der Seite mustert.

Felipe legt dem Jungen die Hand auf die Schulter. »Warum nimmst du es denn so tragisch?« sagt er mit ungewohnter Herzlichkeit. »Du mußt doch selber einsehen, daß du noch viel zu jung bist, um dich zu binden. Es ist nicht das erste schöne Mädchen, in das du dich verliebst!«

Pedro schüttelt die Hand ab. »Das ist wohl richtig, Papa. Aber ein Mädchen wie Dorette gibt es für mich nur einmal. Ich werde nie eine andere lieben.«

Felipe nickt vor sich hin. »Das meint man so mit zwanzig! Übrigens gibt es jeden Menschen nur einmal. Komm!« sagt er. »Gehen wir in die Bar! Betäuben wir den Abschiedsschmerz mit einem Cocktail!«

Während sich die beiden durch das Gewühl drängen, gibt die Bordsirene das zweite Abfahrtszeichen. Überall ertönt der Ruf: »Besucher bitte von Bord! Das Schiff legt gleich ab!«

Auch die elegante Bar ist überfüllt. Die einen wollen sich wie Felipe den Abschied mit einem kräftigen Schluck leichter machen; die andern wollen auf das Neue anstoßen, das jetzt beginnt.

Vater und Sohn setzen sich nebeneinander auf zwei Barhocker. Sie heben schweigend ihre Gläser und trinken ...

Felipe hat Pedro noch nie so erregt gesehen. Sollte es diesmal doch anders sein als bei Pedros früheren Liebschaften? Felipe hat die ganze Geschichte bisher gar nicht so ernst genommen; sonst wäre er vielleicht nicht so leichten Herzens auf die Bedingung Bettinas eingegangen, Pedro aus Europa fortzubringen. Sein eigener Verzicht auf Bettina erscheint ihm viel schwerer. Zumal es dabei um seine ganze Zukunft geht.

Noch hat er Pedro kein Wort davon gesagt.

Jetzt wäre vielleicht die richtige Gelegenheit dazu? »Denke doch einmal an mich!« beginnt Felipe vorsichtig.

Pedro läßt ihn nicht weitersprechen. »Ich hätte dich mit zwanzig sehen mögen! Ob du dann auch bereit gewesen wärst, das Mädchen, das du liebst, auf unbestimmte Zeit in einem anderen Erdteil zurückzulassen!«

Nein! Felipe sieht ein, daß es nicht viel Sinn hat, jetzt mit seinen Sorgen zu kommen. Vielleicht ist es auch besser so.

»Aber Bettina hat doch nur von einer zeitweiligen Trennung gesprochen«, sagt er. »Wenn du in ein, zwei Jahren noch genauso denkst ...«

»Ein Jahr! Zwei Jahre!« ruft Pedro bitter. Seine Augen flammen. »Genausogut kann man sagen, Jahrzehnte! Weißt du denn, was in zwei Jahren sein wird! Hast du all die Studenten gesehen, die mit Dorle tanzen wollten? In Deutschland sind sie anders als bei uns. Die holen sich ganz einfach die Mädchen, die ihnen gefallen. Ohne groß um Erlaubnis zu fragen. Wenn ich mich wenigstens mit Dorette verlobt hätte!«

Er bricht ab. Felipe bemerkt etwas, was er seit Jahren nicht bei seinem Sohn bemerkt hat: Pedro hat Tränen in den Augen!

»Ich werde noch einen Brief für sie von Bord geben!« murmelt Pedro erstickt und gleitet von seinem Hocker. Bevor Felipe antworten kann, ist Pedro aus der Bar verschwunden.

Nach einer Weile ertönt dumpf das dritte und letzte Abfahrtssignal. Auf dem Schiff und den Kai-Anlagen bricht ein wildes Durcheinander aus. Hunderte von Menschen hüben und drüben winken und rufen, schwenken kleine Fähnchen und wischen sich die Tränen aus den Augen.

Die Gangways sind zurückgeglitten. Der Schiffskoloß setzt sich, von wendigen kleinen Schleppern gezogen, von der Kai-Anlage ab, um in die Fahrrinne zu gelangen. Die letzte Trosse ist gelöst. Das Festland bleibt zurück.

Felipe wartet eine Weile auf Pedro, dann geht er wieder an Deck. Dorthin, wo sie vor kurzem gestanden haben.

Pedro ist nicht zu sehen. Er wird in der Kabine sein.

Felipe geht hinunter.

Aber unten ist Pedro auch nicht. Sein Mantel fehlt. Er muß sich also doch an Deck aufhalten.

Gerade als Felipe die Kabine wieder verläßt, tritt ein weißgekleideter Steward auf ihn zu. »Senor Gonzales? Ich sollte Ihnen dieses Blatt übergeben!«

Er reicht Felipe einen irgendwo hastig abgerissenen Zettel. Felipe starrt auf die offenbar in großer Eile hingeworfenen Worte:

»Entschuldige! Ich muß noch einmal zu ihr. Ich konnte nicht anders. Ich schreibe dir! Pedro.«

Felipe stürmt wie betäubt an Deck. Schon trennt ein breiter Streifen Wasser das Schiff vom Ufer. Die Kai-Anlagen sind fast passiert; gerade wird die Biegung erreicht, von der es an der kleinen Zollinsel vorbei ins offene Meer geht. Die Menschen an Land drüben sind zu einer kompakten Masse zusammengeschmolzen. Kaum daß sich noch ein Gesicht aus ihr heraushebt, mehr zu ahnen als zu erkennen.

Felipe hebt das Fernglas.

Da . . . in der Menge . . . im gelben Mantel – ist das nicht Pedro?

Felipe strengt seine Augen vergeblich an. In einem Dunstschleier verschwimmt das Land.

24

Später Nachmittag. Gabriele steht am Eckfenster des großen Eßsaals und blickt auf die Bursagasse.

Vor zwei Stunden ist Brandt zu einer Besprechung in den ›Goldenen Widder‹ gegangen.

Wo er nur bleibt? Eine merkwürdige Unruhe erfüllt sie schon den ganzen Tag. Sie will es nicht wahrhaben, daß diese Unruhe durch den Brief der Zynthia-Werke ausgelöst worden ist. Sie hatte den Namen der Firma schon vergessen, als Brandt mit dem Schreiben in die Küche gestürmt kam. »Das erste Angebot!«

In diesem Augenblick sah sie plötzlich das mokante Lächeln des aalglatten Grafen Hohenperch wieder vor sich: »Bitte, vergessen Sie dieses Gespräch!«

Ach was, nur weil dieser unangenehme Mensch dazwischensteckt, macht sie der Firmenname nervös. Hat Brandt nicht ein Loblied auf diese Werke gesungen? Einige ihrer Medikamente sollen einen vorzüglichen Ruf haben und viel verordnet werden. »Ein kleines Werk, aber gut fundiert«, hat Justus gesagt. Und wer wüßte auf diesem Gebiet wohl besser Bescheid als er!

Es ist schon dunkel, seit langem brennt die Straßenbeleuchtung. Schritte klappern über das Pflaster der Bursagasse.

Gabriele schiebt die Gardine beiseite und späht hinaus. Sie hat das Fenster halb geöffnet und horcht. Da ist Brandts fester, federnder Schritt.

Der Apotheker trägt den Hut in der Hand. Sein Gesicht lacht im Schein der Laterne zu ihr herauf. Er winkt fröhlich mit einem Päckchen.

Als Gabriele den Saal verläßt, hört sie schon, wie Brandt zwei Stufen auf einmal die Treppe heraufspringt.

Auf der Diele verhält er einen Augenblick und atmet tief. Dann geht er beinahe feierlich auf Gabriele zu und schließt sie in die Arme.

»Ich glaube, es wird was!« Er legt seinen Arm um ihre Schulter. So betreten sie gemeinsam das kleine Wohnzimmer.

»Wir haben natürlich noch keinen festen Vertrag abgeschlossen, aber ...«

»Mami!« ruft eine ungeduldige Kinderstimme. Jürgen ist aus seiner Spielecke aufgesprungen. Er quetscht sich wie immer eifersüchtig zwischen Brandt und Gabriele. Er kann es nun einmal nicht leiden, wenn ›der Mann‹ seine Mami umarmt.

Gabriele löst sich aus Brandts Arm. »Laß uns mal allein, Jürgen! Du solltest dich doch schon längst waschen!«

Jürgen weicht nicht von ihr. »Ich hab' mich schon gewaschen!« ruft er quengelig.

Gabriele schiebt ihn zur Tür. »Nun sei ein lieber Junge, Jürgen«, sagt sie schnell. »Zieh dich aus und geh zu Bett. Du weißt, du hast heute mittag nicht geschlafen!«

Sie schließt hinter dem Kind die Tür und wendet sich wieder zu Brandt. »Entschuldige, Justus! Dabei bin ich so gespannt!«

»... also nimmt Brandt den Faden wieder auf, »die Sache ist

so gut wie perfekt. Besser kann ich es mir überhaupt nicht wünschen. Sie haben mir angeboten . . .«

»Mami!« Jürgen steht schon wieder in der Tür. »Du hast mir aber versprochen, daß du mir noch eine Geschichte erzählst!«

Gabriele sieht mit einem ängstlichen Blick auf ihren Mann. Brandt dreht sich mit einem Ruck herum und geht auf Jürgen zu.

Aber er tätschelt ihm nur den blonden Kopf und angelt eine Schokoladenpackung aus seiner Tasche. »Das hätte ich beinahe vergessen. Ich habe dir doch was Feines mitgebracht. Lauter lustige Figuren. Damit kannst du spielen, und essen kannst du sie auch.«

Jürgen greift nach dem Karton und klemmt ihn unter den Arm. »Ich soll aber keine Schokolade essen, wenn ich meine Zähne geputzt habe, hast du selber gesagt!«

Brandt bezwingt die aufsteigende Nervosität. »Dann ißt du sie morgen früh! Heute siehst du dir nur die Bilder an. Aber jetzt gehst du 'rüber und tust, was Mami dir gesagt hat.«

Jürgen zieht ab.

Brandt tut so, als habe der Zwischenfall nichts zu bedeuten. Aber die erste Begeisterung ist nicht mehr in seiner Stimme, als er endlich anfangen kann, von der Zusammenkunft zu erzählen. »Wir haben in aller Ruhe jede Einzelheit durchgesprochen. Die Zynthia-Werke wollen mich als leitenden Pharmakologen fest anstellen, mit Wohnung, Wagen und so weiter. Übrigens hatte man mir erst eine Abfindung von dreißigtausend Mark angeboten. Darauf bin ich natürlich nicht eingegangen . . .«

Aus dem Nebenraum kommt ein heftiges Poltern, dann ein Aufschrei, der in lautes Kinderweinen übergeht.

Brandt seufzt unwillkürlich auf. So ein Kind kann einen manchmal zur Verzweiflung bringen.

Gabriele streicht ihm flüchtig über die Stirn. »Entschuldige, Justus. Es ist wohl besser, ich bringe Jürgen erst zu Bett, damit wir Ruhe haben!«

Sie eilt hinaus.

Brandt legt den Karton beiseite und läßt sich in einen Sessel sinken. Er hört Gabrieles Stimme von nebenan voll mütterlicher Wärme. Das rührt wieder an sein Herz. Aber vielleicht sollte sie ein bißchen energischer sein.

»Jürgen ist doch sonst nicht so unruhig«, sagt Gabriele, als sie zurückkommt. »Wenn er nur nicht krank wird! Ich mußte unbedingt die Tür zur Diele offenlassen.« Sie schmiegt sich an ihn. »Nun erzähl bitte, Justus! Alles noch mal von Anfang an!«

Brandt lächelt ihr zu. »Du, ich hab' mir das inzwischen anders überlegt. Was hältst du davon, wenn wir beide heute ein bißchen feiern, irgendwo, wo wir still zusammensitzen können und wo ich dir alles in Ruhe erzählen kann? Geh, mach dich elegant! Ich habe dir dafür auch etwas mitgebracht!«

Brandt drückt ihr das Päckchen in die Hand.

»Du sollst mich doch nicht so verwöhnen!« ruft Gabriele. Aber sie kann es nicht unterlassen, schnell auszupacken.

»Ein Kaschmir-Schal!«

Sie haben ihn gemeinsam vor einiger Zeit in einem Schaufenster bewundert. »Für uns jetzt viel zu teuer«, hatte sie damals gesagt. Und nun hat er ihn doch gekauft!

Sie umarmt Brandt stürmisch und zieht ihn mit zur Tür.

»Ausgehen? Du! – Nach Reutlingen in das schicke Hotel! Oder können wir uns das nicht leisten?«

Brandt strahlt. »Heute ist für uns nichts zu teuer! Komm!« Sie gehen zusammen ins Schlafzimmer. Er sucht einen dunklen Anzug aus.

Gabriele hat sich gerade vor den Frisiertisch gesetzt, da hört sie schon wieder Jürgens weinerliche Stimme. Auch Brandt hat sie gehört; Gabriele spürt es, ihre Hand verkrampft sich in ihrem Haar. Sie legt Kamm und Bürste seufzend auf die Glasplatte und geht zu Jürgen hinüber.

Brandt hat sie nur angeblickt.

Ganz deutlich klingt Jürgens helle Stimme zu ihm herüber: »Gehst du jetzt auch schlafen?«

Dann Gabriele, etwas energischer: »Nein, Papi und ich gehen noch aus! Aber hier ist jetzt Ruhe. Ich will nichts mehr hören.«

Jürgen ist einen Augenblick still, als müsse er überlegen. »Ich hab' solche Bauchschmerzen, Mami«, sagt er dann bockig. »Ich will nicht, daß du mit dem Mann ausgehst. Ich will nicht!«

Darauf wird drüben die Tür geschlossen.

Ein Schatten ist über Brandts Gesicht gefallen.

»Was hat er denn eigentlich?« fragt er, als Gabriele nach einigen Minuten zurückkommt und sich stumm vor den Spiegel setzt.

»Vielleicht ist er wirklich nicht auf dem Posten?«

»Ich weiß nicht«, antwortet sie leise. Er sieht im Spiegel ihr Gesicht. Es ist voller Kummer. »Ach, Justus«, sagt sie tonlos, »manchmal fürchte ich, es war ein großer Fehler, daß ich dir Jürgen ins Haus brachte. Und ich hatte es mir doch so schön gedacht!«

Brandt tritt schnell zu ihr und streicht über ihre Schultern. »Unsinn! Das ist doch dummes Zeug! Es wird schon alles in

Ordnung kommen! Wenn wir erst unser Häuschen haben ... mit einer Spielecke für Jürgen und einem Blumengarten für dich ...«

Er bricht jäh ab. Auch Gabriele fährt zusammen. Aus dem Nebenzimmer dringt von neuem Jürgens Schluchzen!

»Nein! Es ist ja heute zum Verrücktwerden mit dem Kind!« sagt Gabriele ratlos und steht auf. »Just! Bitte, sei nicht böse! Aber wenn er nun wirklich Bauchschmerzen hat? Ich muß noch mal nach ihm sehen.«

Wieder geht sie.

In der Diele steht Wolfgang und zieht sich gerade den Mantel über.

»Guten Abend!« sagt er höflich. »Warum weint denn mein kleiner Freund dauernd?«

»Ich weiß auch nicht, was mit ihm los ist!« sagt Gabriele. Ihre Verzweiflung ist deutlich zu hören. »Dabei wollen dein Vater und ich ausgehen. Und ich kann doch nicht weg, solange der Junge nicht schläft!«

Wolf sieht sie beinahe überrascht an. Als hätte er ihr soviel Besorgtheit gar nicht zugetraut. Er hängt den Mantel wieder auf.

»Moment«, er blickt auf die Armbanduhr. »Ich werde mal schnell mit meinem weißen Bruder sprechen. Darf ich?«

Gabriele weist stumm auf die Tür.

Schon ist Wolfgang an Jürgens Bett. »Mensch, Holzhäuschen! Was ist denn mit dir los?«

Augenblicklich hört Jürgen auf zu weinen.

Leise zieht sich Gabriele draußen von der Tür zurück. »Der große Indianerhäuptling hätte da nur kurz gekichert!« sagt Wolf gerade. »So: Ha!«

Jürgen quietscht unterdrückt. Wolf pfeift und brummt und scheint irgendeine tolle Geschichte zu erzählen. Die beiden unterhalten sich großartig.

Keine fünf Minuten später klopft es an Brandts Schlafzimmertür.

»Er schläft«, ruft Wolfgang durch den Türspalt. »Der Babysitter hat seine Schuldigkeit getan, der Babysitter kann gehen. Macht bitte einsfünfzig.«

»Die hat er sich redlich verdient!« ruft Gabriele erleichtert. »Offenbar muß ich noch viel lernen!«

Brandt faßt in die Tasche und holt ein blankes Zweimarkstück hervor. Er drückt es Wolfgang mit grimmiger Miene in die Hand.

»Mein teurer Sohn!« knurrt er. »Wenn das nur nicht zur Gewohnheit wird!«

Während Wolf leise die Treppe hinuntergeht, wendet sich Brandt an Gabriele. »Zu deiner Beruhigung warten wir noch eine halbe Stunde. Dann ist der Junge wirklich eingeschlafen . . .«

»Du bist so gut!« sagt Gabriele gerührt.

Sie sitzen ausgehfertig im Wohnzimmer, Brandt in seinem dunklen Anzug, Gabriele in einem eleganten nilgrünen Jacquard-Kleid.

Plötzlich klopft es.

»Ja?« ruft Brandt in der Annahme, es sei Minna. Er geht zwei Schritte zur Tür, bleibt verblüfft stehen...

Im Türrahmen dicht vor ihm steht Bettina.

»Verzeih, daß ich dich störe!« sagt sie mit gepreßter Stimme. »Aber ich muß dich dringend sprechen, Justus!«

Brandt verneigt sich. Er läßt Bettina eintreten und schließt die Tür.

Bettina bemerkt jetzt erst Gabriele.

Einen Augenblick beklemmendes Schweigen. Brandt sieht etwas unsicher zu seiner Frau hinüber.

Gabriele erhebt sich.

»Bitte, nein«, sagt Bettina hastig zu Gabriele. »Ich möchte Sie auf keinen Fall vertreiben. Und . . . es ist kein Geheimnis.«

Brandt schiebt einen Sessel zurecht. »Bitte!« sagt er ruhig.

Bettina setzt sich. Sie macht einen verstörten Eindruck. Ihre Finger zittern, als sie jetzt die dünnen blaßblauen Bogen eines Luftpostbriefes auseinanderfaltet. Ihre Unruhe hat etwas Ansteckendes.

»Es geht um Dorle«, beginnt sie.

Sie berichtet in knappen Worten von Pedro, von ihrer Angst, ihren Befürchtungen, daß es Dorle genauso gehen könnte wie jenem anderen Mädchen . . .

»Ich habe alles getan, um Pedro und Dorle auseinanderzubringen«, sagt Bettina. »Aber nun . . .«

Nervös zerknittert sie das Schreiben in ihren Händen; dann streicht sie es wieder glatt und hält es Brandt entgegen.

»Am besten liest du es selber!«

Brandt blickt auf den engbeschriebenen Bogen und schüttelt den Kopf. »Leider kann ich nicht Spanisch.«

»Ach so, natürlich! Verzeih!«

Bettina nimmt die Bogen wieder an sich.

»Da schreibt mir sein Vater von Bord des Schiffes, daß Pedro kurz vor dem Start in Le Havre heimlich an Land gegangen ist!«

Ihre Blicke irren durchs Zimmer, streifen Gabriele, ohne sie zu sehen. Ihre Augen sind dunkel vor Zorn.

»Wo mag der Bursche jetzt sein? Ich vermute, nicht weit von Tübingen!«

Gabriele sitzt im Sessel zurückgelehnt. Sie hat die Hände gefaltet. Sie scheint teilnahmslos zuzuhören, doch der Glanz in ihren halbgeschlossenen Augen beweist, daß sie dem Gespräch mit größtem Interesse folgt.

Ja, auch diese reiche, erfahrene Frau dort hat Sorgen, mit denen sie nicht fertig wird. Das hat fast etwas Tröstliches.

Bettinas Finger spielen nervös mit einer Zigarettenpackung, während sie weiterspricht. Sie wendet sich nur an Brandt.

»Du weißt wohl, daß Dorle zu der Zäzz gezogen ist. Sie will mich nicht sehen, nicht sprechen, weil ich ihren Pedro fortgeschickt habe. Sie glaubt natürlich, ich wollte ihrem Glück entgegenstehen. Deshalb ist sie so halsstarrig. Sie gehorcht mir einfach nicht.«

Endlich entnimmt Bettina der Packung eine Zigarette; Brandt gibt ihr Feuer.

Gabriele und Brandt tauschen einen schnellen Blick. Sie wissen noch nicht, worauf die Geschichte hinaus soll.

Bettina raucht ein paar Züge und spricht ruhiger weiter: »Ich habe vor einer Stunde bei der Zäzz angerufen und verlangt, daß Dorle sofort nach Haus kommt. Cäcilie hat es abgelehnt. Bei ihr sei Dorle besser aufgehoben als in der Bursagasse. Darauf habe ich sogar meinen Anwalt angerufen. Dorle ist immerhin noch minderjährig.« Sie zögert, blickt dann Brandt fest an. »Und nun komme ich zu dir. Du hast das Sorgerecht für die Kinder.«

Sie ist blaß geworden. »Justus, ich bitte dich: Hol Dorle zurück! Dieser Pedro ist zu allem fähig!«

In Brandts Gesicht arbeitet es. Er hat die Hände geballt. Sein Entschluß steht längst fest. Er sucht noch nach den richtigen Worten.

Da kommt schon Gabrieles ruhige Stimme: »Justus, ich denke, du solltest sofort hingehen!«

Bettina sieht die zweite Frau Brandt halb überrascht, halb ungläubig an.

Brandt ist schon aufgestanden. »Gewiß!« sagt er fest. »Selbstverständlich hole ich sie zurück. Du hättest schon früher mit mir sprechen sollen, Bettina!« Er blickt auf die Uhr. »Ich denke, ich bin in einer halben Stunde wieder hier. Mit Dorle!«

Die Tür fällt hinter ihm ins Schloß.

Ein abgedroschenes Wort geht ihm durch den Kopf, als er dann zum Österberg hinübereilt, an dessen Rand Cäcilies Gartenhaus liegt: Kleine Kinder, kleine Sorgen – große Kinder, große Sorgen!

Ein verrückter Tag, wenn man alles überdenkt. Da hat er geglaubt, er könne ausgehen und den kommenden Erfolg feiern, und nun muß er seinem eigenen Kinde nachlaufen!

Seinem Kinde?

Ach, es ist ihm doch ans Herz gewachsen. Fast wie ein eigenes!

Und auf alle Fälle: Bei ihm wird sich Dorle solche Freiheiten nicht erlauben!

Und Cäcilie ebenfalls nicht.

In wenigen Minuten erreicht er Cäcilies Haus.

Er stößt die Pforte auf, geht rasch durch den Vorgarten und läutet Sturm.

Schnell flammt drinnen das Licht auf. »Was ist denn los?« Fräulein Eckerts Stimme klingt unwillig. Dann wird geöffnet.

Cäcilie fährt zurück. »Justus!« Ihre Augen flackern. Sie macht einen schwachen Versuch, ihn aufzuhalten. »Was führt dich denn zu mir?«

Doch Brandt schiebt sie beiseite und tritt in die kleine Diele. »Wo ist Dorle?« fragt er kalt.

»Aber ich bitte dich, Justus ...«

»Wo ist Dorle?« wiederholte Brandt.

Cäcilie hat die gefährlichen Wutausbrüche des Apothekers oft miterlebt. »Ich werde Dorle rufen!« sagt sie hastig und eilt zur Eßzimmertür.

Brandt ist schneller als sie. Er reißt die Tür auf ...

Am gedeckten Tisch eng nebeneinander wie ein verliebtes Brautpaar: Dorle mit einem dunkelhaarigen jungen Mann. Sie fahren schuldbewußt auseinander.

Pedro faßt sich zuerst. Er springt auf und verbeugt sich höflich.

Brandt beachtet ihn nicht. Er sieht nur Dorle an. »Du packst sofort deine Sachen und kommst augenblicklich mit mir zurück!« sagt er hart.

Dorle rührt sich nicht. Sie kann sich gar nicht rühren, so bestürzt ist sie. Ihr Gesicht ist ganz weiß.

Pedro versucht, Brandts Aufmerksamkeit auf sich zu lenken. »Erlauben Sie, mein Herr!«

Der Apotheker blickt flüchtig zur Seite und mustert ihn. »Ich erlaube gar nichts!« sagt er und wendet sich wieder Dorle zu. »Willst du dich jetzt endlich bequemen?« Seine Stimme ist schneidend.

Dorle erhebt sich zitternd und sieht verzweifelt zu ihrer Tante. Aber Cäcilie weicht Dorles Blicken aus.

Pedro nickt ihr ermutigend zu. Dorle hat das Gefühl, nicht ganz allein zu sein. Sie wirft den Kopf zurück und verläßt das Zimmer.

Pedro gibt nicht auf. Nochmals tritt er vor Brandt. »Entschuldigung! Mein Name ist Pedro Gonzales!«

Endlich deutet der Apotheker eine Verbeugung an. »Brandt!« sagt er. »Ich bin Dorles Vater.«

Pedro schluckt. Dieser Mann, sein Aussehen, sein Auftreten imponieren ihm. Wenn er seinen Zorn auch nicht begreift. Sie haben doch nichts verbrochen!

»Entschuldigen Sie«, beginnt er erneut, »ich bin mit Ihrem Fräulein Tochter bekannt und wollte ...«

Brandt unterbricht ihn ablehnend. »Wenn Sie etwas von meiner Tochter wollen, dann dürfte Ihr erster Weg in mein Haus führen!« Er wendet sich an Cäcilie. Sein Ton wird schärfer. »Ich darf dich darauf aufmerksam machen, daß Doris minderjährig ist. Dorle gehört in die Bursagasse. Verstanden?«

Cäcilie Eckert nestelt ein Spitzentaschentuch hervor und drückt es an die Augen. »Aber Justus, ich bitte dich! Dieser Auftritt! Ich bin außer mir! Das kann doch nur ein schreckliches Mißverständnis sein! Weißt du denn überhaupt ...«

»Danke«, sagt Brandt trocken. »Ich bin genau im Bilde.« Er pocht mit dem Knöchel auf die Tischplatte. »Ich bitte mir aus, daß du jeden weiteren Eingriff in die Erziehung meines Kindes unterläßt!«

›Deines Kindes?‹ möchte Cäcilie jetzt am liebsten höhnisch wiederholen. Aber sie sieht die Adern an seiner Schläfe hart hervortreten – und schweigt. Wortlos eilt sie hinaus.

Brandt wartet, ohne von Pedro die geringste Notiz zu nehmen, bis er Dorle von oben herunterkommen hört. Dann grüßt er mit einem Kopfnicken Pedro und geht aus dem Zimmer.

Immerhin duldet er, daß sich Pedro draußen mit Handschlag von Dorle verabschiedet. Und er merkt nicht, daß Dorle bei dieser Gelegenheit Pedro ein winziges Zettelchen in die Hand drückt. Drauf stehen Änne Butzbachs Adresse und die Worte: ›Geh dorthin!‹

Als Brandt aus dem Zimmer stürmte, war Bettina noch einen Augenblick sitzengeblieben. In ihrer Aufregung hatte sie die Umwelt völlig vergessen ...

Sie ist sehr blaß. Gabriele bemerkt es. »Ist Ihnen nicht wohl? Darf ich Ihnen einen Kognak anbieten?«

Bettina schrickt zusammen. Jetzt erst wird ihr die ganze Peinlichkeit der Situation bewußt.

»Ja, das wäre vielleicht ganz gut«, antwortet sie gezwungen freundlich. »Sie sind sehr liebenswürdig. Aber dann möchte ich ...«

Gabriele füllt mit ruhiger Hand zwei Schalen. Ihr Gesicht zeigt nicht, was in ihr vorgeht. Ihre Bewegungen sind sicher. Sie bietet Zigaretten an und beginnt selber zu rauchen.

»Vielen Dank!« Bettina greift nach dem Glas. »Ich bedaure, daß ich Sie mit meinen Sorgen gestört habe. Hoffentlich habe ich Ihnen nicht das ganze Programm verdorben?«

Gabriele schüttelt den Kopf. »Wir gehen dann eine Stunde später.«

Bettina sucht krampfhaft nach ein paar unverbindlichen Worten. »Ich werde in Kürze einige bauliche Veränderungen im Hause durchführen lassen. Sie sollen uns allen das Zusammenleben erleichtern.« Sie merkt, daß sie schon zuviel spricht, aber sie kann nicht bremsen. »In den zweiten Stock kommt auch ein Badezimmer. Ich denke weiter daran, in dem Eckraum hier drüber eine zweite Küche einrichten zu lassen. Gott sei Dank ist Raum genug im Haus. Auch für zwei Familien. Der jetzige Zustand ist ja auf die Dauer unhaltbar!«

Gabriele beugt sich vor und zupft ein paar trockene Blätter aus dem Strauß Winterastern, der auf dem Tisch steht.

»Das stimmt. Anders kann man es nicht nennen«, sagt sie ebenso konventionell. Dann setzt sie etwas schärfer hinzu: »Es war ja nicht vorauszusehen, daß plötzlich zwei Parteien das Haus einander streitig machten!«

Bettina hat schon eine spitze Antwort auf der Zunge, als Gabriele gleichmütig weiterspricht: »Doch das hat wohl die längste Zeit gedauert. Wir werden bald ausziehen.«

»Ach!« ruft Bettina verblüfft. »Wohin denn?«

»Wir werden uns ein Haus in der Nähe von Stuttgar kaufen!« antwortet Gabriele überlegen.

»So!« sagt Bettina gedehnt. Sie denkt an die Abfindung, die sie Brandt zugesichert hat. Er wollte sie zum Aufbau einer neuen Existenz benutzen. Aber vielleicht hat diese Frau ihn veranlaßt, ein Haus dafür zu kaufen?

»Ja«, sagt Gabriele und stößt langsam den Rauch durch die halbgeschlossenen Lippen. »Justus hat einen sehr vorteilhaften Vertrag mit einer bedeutenden pharmazeutischen Firma abgeschlossen, die sein Herzmittel produzieren wird.«

»Das ... das ist ja großartig!« ruft Bettina überrascht.

Gabriele kann nur noch mühsam ihren Triumph verbergen. »Justus wird sich in Zukunft ganz seiner wissenschaftlichen Arbeit widmen können, ohne die tägliche Kleinarbeit in der Apotheke. Ich kann gar nicht sagen, wie froh ich darüber bin. Und auch die finanzielle Verbesserung ...«

»Wie erfreulich«, murmelt Bettina. »Ich meine: für Sie erfreulich.«

Gabriele drückt ihre halbgerauchte Zigarette aus. »Wir freuen uns auch. Besonders, weil es an dem Tag, an dem Sie hier einzogen, sehr wenig erfreulich für uns aussah. Es wäre ja sonst auch nicht zu der schrecklichen Geschichte mit dem Medikament gekommen.«

Bettina fährt auf. »Also bin ich für den Tod des alten Mannes verantwortlich?«

Gabrieles grüne Augen leuchten. »Das nicht. Es hat sich herausgestellt, daß der Mann auch ohne das Mittel gestorben wäre.«

Bettina erhebt sich. »Dann bin ich beruhigt!« sagt sie ironisch. Sie nickt Gabriele hochmütig zu und geht.

25

Es ist kurz vor neun Uhr, als Pedro in einem Taxi vor der Butzbachschen Villa vorfährt. Alles ist etwas geheimnisvoll. Es ist kaum anzunehmen, daß es Dorle so schnell gelingen soll, sich hierherzustehlen. Aber das Zettelchen in seiner Tasche ist wie eine Verheißung.

Die Villa ist hell erleuchtet. Frau Butzbach liebt das Licht. Doch die Gartenpforte ist verschlossen.

Endlich erscheint das Mädchen mit abweisender Miene und bedauert: »Fräulein Butzbach ist nicht da!«

Pedro läßt seinen ganzen Scharm spielen, und eine Minute darauf ist das Mädchen mit seiner Karte bei der Gnädigen.

Änne ist ins Kino gegangen. Franz feiert bei den Ascanen, und der Hausherr Wilhelm Butzbach befindet sich auf einer Geschäftsreise. Jeder Besucher ist deshalb für Frau Butzbach eine willkommene Abwechslung. Selbst um diese späte Abendstunde.

Sie schiebt die Patiencekarten schnell zusammen. »Wer?« fragt sie. »Ein Ausländer? Vielleicht ein Student?«

Sie buchstabiert mit gerunzelter Stirn die Visitenkarte. Die Pariser Adresse und der Name Gonzales beeindrucken sie gewaltig.

»Wer kann denn des sei? Wie sieht er denn aus?«

»Prima!« ruft das Mädchen schwärmerisch. »Schlank und ganz braun, und die Augen ...«

Sie bricht ab. Solche Augen hat sie ja noch nie gesehen!

Frau Butzbach überlegt einen Augenblick. »Holet Sie mir g'schwind mei' Nerzkollier! Und dann führet Sie den Herre hier nei!«

Sie überprüft schnell ihr Make-up und empfängt dann den Besucher in königlicher Haltung im Sessel.

Pedro weiß, wie man mit älteren Damen umzugehen hat. Die Art, wie er Frau Butzbachs fleischige Hand an die Lippen zieht, ist unnachahmlich und gewinnt ihm sofort ihre ganze Sympathie.

»Sie wolle mei Fräulein Tochter spreche, Herr Gonzale? Sie ist leider momentan e bißle aus'gange. Aber wenn Sie einen Augenblick Platz nehme wolle . . .«

Nein, so ein bezaubernder Mann! Und Änne hat ihr kein Wort von ihm erzählt!

»Ich hatte vor kurzem das Vergnügen, mit Ihrem Fräulein Tochter auf einem Studententreffen zu tanzen«, sagt Pedro vorsichtig. Er weiß nicht, wieviel er dieser Frau verraten kann und soll. Er muß unbedingt mit Änne sprechen. Das geht nur über diesen Weg.

»Dann studiere Sie auch hier in Tübingen?« fragt Frau Butzbach überrascht. »Das i des noch net weiß!«

»Ich möchte hier studieren«, verbessert Pedro. »Wissen Sie, ich komme aus Mexiko und war die ersten Semester in Paris.«

Er gibt sich die größte Mühe, mit seinem Deutsch zurechtzukommen. Es geht etwas holprig, doch Frau Butzbach findet das besonders reizvoll.

»Aus Mexiko?« wiederholt sie. Sie hat ihn für einen Spanier oder Italiener gehalten. »Daß Sie ausgerechnet nach Tübingen wollet!«

Pedro nickt. »Ich habe hier Bekannte. Frau Bettina Brandt hat lange auf unserer Ranch gelebt!«

»Nein!«

Frau Butzbach wirbeln die Gedanken durch den Kopf. Endlich jemand, von dem man Genaueres über Bettina Brandts mexikanische Abenteuer erfahren kann! Den darf man nicht weglassen! Sie springt auf und geht an die Hausbar. »Darf ich Ihne was anbiete, Herr Gonzale?«

Dabei hat sie schon den Mixbecher in der Hand. »Warte Sie, ich mach' Ihne mei Spezialität! Ein Mennhettan!«

Sie kommt mit zwei gefüllten Gläsern zurück und stößt vornehm mit ihm an.

»Da habe Sie wohl ein Gut drübe?« fragt sie dann.

»Ja. Wir haben eine Hazienda!«

»Eine Hatzi-enda?« wiederholt sie andächtig.

»Wir treiben hauptsächlich Viehzucht«, erläutert Pedro.

»Ach! Wie interessant. Also was habe Sie denn da für Vieh?«

»Rinder, Schafe, Pferde«, sagt Pedro.

»Und wie groß ist denn so bei Ihne der Bestand?« examiniert sie weiter.

Pedro entblößt lachend seine schneeweißen Zähne. »Das weiß ich nicht genau. Einige zehntausend werden es wohl sein!«

Frau Butzbach weiß aus der Jugend in der Fleischerei ihres Vaters, was ein Rind kostet. Und dieser junge Mann spricht von Zehntausenden! Ihre Hochachtung wächst. Das muß ja ein Millionär sein! Und mit dem hat ihre Änne getanzt?

»Dann wohnet Sie auch in der Apotheke?« fragt sie.

Pedro blickt überrascht auf. »Nein«, sagt er gedehnt. »Das nicht. Wissen Sie, ich hatte ein paar kleine Differenzen mit Tante Bettina!« fügt er offenherzig hinzu.

Frau Butzbach wird der junge Mann immer sympathischer. Es fällt ihr schwer, die Frage ›Warum‹ zu unterdrücken. »Aha!« sagt sie nur. »Habe Sie denn wenigstens ein Zimmer für die Nacht?«

»Gewiß!« sagt Pedro beiläufig. »Ich bin heute mittag von der Bahn gleich ins Hotel gefahren.«

Heute mittag ist er erst angekommen! Und jetzt schon hier, um Änne zu sehen! blitzt es durch Frau Butzbachs Hirn. Sie ahnt Zusammenhänge... Du liebes Hergöttle! Das wäre eine andere Partie als Wolfgang Brandt!

Sie wiegt den ondulierten Kopf. »Mit dene Zimmer ist es sonscht immer schwierig hier im Städtle. Meischt ist alles überfüllt.«

Eine Idee schießt ihr durch den Kopf. »Wisset Sie was, Herr Gonzale?« sprudelt sie temperamentvoll heraus. »Wozu die Umständ? Sie könnet doch bei uns wohne. Mir habe die Fremdezimmer im Anbau. Alles mit luxeriösem Komfort! Da haben Sie Ruhe, grad' wenn Sie studiere wolle. I weiß nämlich Bescheid. Mein Sohn ist auch Akademiker!«

Am liebsten würde sie Pedro gleich den ganzen Anbau zeigen.

Pedro wehrt verlegen ab. »Aber das kann ich doch nicht...«

»Hano«, macht Frau Butzbach gemütlich. »Sie kennet halt uns Schwabe noch net. Bei uns wird die Gastfreundschaft groß geschriebe! Besonders, wenn wir jemand ins Herz geschlosse habe! Lasset Sie sich das durch den Kopf gehe. Sie komme ja morge wieder. Vielleicht zum Esse? Dann is auch die Änne da. Um eins. Abgemacht!«

Pedro steht auf. Ohne Änne kann er Dorle ja doch nicht erreichen. »Vielen herzlichen Dank, gnädige Frau. Ich komme gern. Aber nun darf ich nicht länger stören!«

Kaum hat sich die Haustür hinter ihm geschlossen, da erzählt Frau Butzbach alles ihrem Mädchen: »Zehntausend Rinder! Und so was Vornehmes im Wesen! Noi! Da kann sich unser Herr Graf noch e Scheible von abschneide!«

Nach einer unruhigen Nacht voll ungewohnter Gedanken über die Zukunft fragt sich Pedro am nächsten Vormittag gegen elf mit einem Strauß Nelken zur Bursagasse durch.

Minna öffnet ihm. Für Bettina! denkt sie bei seinem Anblick sofort und ist ganz überrascht, als er nach Herrn Dr. Brandt verlangt.

Minna führt ihn bis zur Wohnzimmertür im ersten Stock und klopft selber an.

Brandt und Gabriele sitzen über einem Haufen Zeitschriften und studieren Häuserpläne. Brandt ist im ersten Augenblick sprachlos, als Pedro eintritt.

»Ich möchte meinen Besuch bei Ihnen nachholen, Herr Doktor Brandt«, sagt der junge Mann ernst.

Brandt erhebt sich. »Darf ich dir Herrn Gonzales vorstellen?« sagt er zu Gabriele. »Du weißt, Bettina hat gestern von ihm gesprochen.«

Für einen Augenblick ist Pedro verwirrt, als er sich über die Hand der jungen Frau beugt. Er weiß nicht recht, ob er ihr die Blumen überreichen soll, die er für Bettina mitgebracht hat. Aber Gabriele macht ihm die Entscheidung leicht: »Sie wollen sicher meinen Mann allein sprechen!«

Dann stehen Pedro und Brandt einander gegenüber. Der Junge aufgereckt mit trotzig vorgerecktem Kinn. Seine Stimme ist fest: »Herr Doktor Brandt! Ich bedaure, daß ich gestern den falschen Weg gewählt habe. Aber man hatte mir hier in der Apotheke am Telefon gesagt, daß ihre Tochter bei Fräulein Eckert wohnt.«

Pedros männliche Sicherheit verfehlt ihren Eindruck auf den Apotheker nicht. Er nickt. Seine Miene bleibt abwartend.

Pedro blickt ihn fest an. »Ich bin gekommen, Herr Doktor Brandt, um Sie um die Hand Ihrer Tochter zu bitten.«

Ein langes lastendes Schweigen. Dann weist Brandt auf einen Stuhl. »Setzen wir uns doch, Herr Gonzales!« sagt er nicht mehr ganz so abweisend. »Über die Zukunft meiner Tochter entscheide ich nicht allein. Ich muß Sie bitten, Ihren Antrag in Gegenwart von ... Frau Bettina zu wiederholen! Bitte, warten Sie einen Augenblick!«

Minna ist nicht in der Küche. Brandt muß selber ins zweite Stockwerk hinauf. Er findet Bettina in ihrem Wohnzimmer zusammen mit Albert.

»Ich muß dich bitten, einen Augenblick mit hinunterzukommen!« sagt er ihr. Und dann auf der Treppe: »Bei uns sitzt Pedro. Er bittet in aller Form um Dorles Hand!«

Bettina greift unwillkürlich nach Brandts Arm. »Justus! Das ist doch nicht möglich!« Sie löst sich verwirrt von ihm und murmelt: »Verzeihung!«

Unten zögern sie nochmals.

»Ich muß sagen, er macht einen ausgezeichneten Eindruck auf mich«, erklärt Brandt halblaut. »Er hat sich auch gestern bei Zäzz tadellos benommen.« Er blickt sie prüfend an. »Entschuldige, Bettina, übertreibst du die Geschichte auch nicht? Schließlich hat jeder von uns einmal Jugendeseleien gemacht!«

Bettina ist sicher, daß es keine Anspielung auf sie selber sein soll. Dennoch bekommt sie einen roten Kopf. Vielleicht klingt ihre Stimme schroffer als beabsichtigt. »Du kennst diesen Gonzales nicht. Laß mich bitte die Sache in die Hand nehmen!«

Damit geht sie ihm voraus ins Zimmer.

»Pedro, welche Überraschung!« ruft sie. Sie duldet seinen Handkuß, nimmt die Blumen, bittet ihn, sich wieder zu setzen – alles mit einer gemessenen Liebenswürdigkeit.

Pedros Gesicht verändert sich nicht. Ein entschlossener Zug liegt um seinen Mund. Seine Stimme ist fest. »Ich bin gekommen, um dich und . . .«

»Ich weiß«, unterbricht ihn Bettina. »Nun sei nur nicht so offiziell!«

Zum erstenmal nach langer Zeit erscheint wieder etwas Herzliches in ihrer Haltung. »Mein Junge, das ist alles sehr schön. Aber möchtest du mir sagen, wovon du leben willst? Du bist mit deinem Studium längst noch nicht fertig. Auch Dorle steckt noch mitten in der Ausbildung, um nur einen Grund zu nennen, weshalb wir nicht einfach ja und amen sagen können.«

Pedro richtet sich auf. Er sitzt nur auf der Sesselkante.

»Ich habe schon an meinen Vater geschrieben«, sagt er kühl. »Ich habe ihn über meinen heutigen Schritt informiert und ihn gebeten, mir mein mütterliches Erbteil so bald wie möglich auszuzahlen. Es ist zwar nicht viel, wenn man deinen Besitz damit vergleicht, aber es reicht für eine kleine Ranch drüben oder für ein Gut hier in Deutschland. Inzwischen will ich in Tübingen zu Ende studieren.«

Brandt sieht, wie Bettina bei diesen Worten zusammenzuckt. Sie streicht sich über die Stirn, über die Haare, läßt dann die Hände in den Schoß fallen.

»Dein mütterliches Erbe, Pedro?« Ihre Stimme klingt plötzlich müde, und eine steile Falte steht zwischen ihren Augenbrauen. »Es tut mir entsetzlich leid, daß ich dir das in dieser Minute sagen muß – aber dein mütterliches Erbteil ist längst in den Schulden der Felipe-Gonzales-Ranch aufgegangen!«

In diesem Augenblick wird Pedro von seinem Temperament überwältigt. Er springt auf und stampft mit dem Fuß auf den Boden.

»Nein!« schreit er. »Das ist ausgeschlossen! Davon glaube ich kein Wort!«

Bettina sieht ihn ruhig an. »Ich kann dir die Auskunft aus Mexiko zeigen. Von deinem Erbe ist kein Dollar mehr da.«

Pedro starrt Bettina mit flackernden Augen an. Er muß sich die Lippen anfeuchten, bevor er sprechen kann.

»Verzeih, Tante Bettina: aber das glaube ich erst, wenn mein Vater es mir bestätigt hat.« Er hebt die vor Erregung zitternde Stimme. »An meiner Absicht, Doris zu heiraten, würde das aber auch nichts ändern. – Wir lieben uns!«

Eine hastige Verbeugung vor Bettina, eine vor Brandt – Pedro ist aus dem Zimmer.

Brandt will ihm fogen, doch Bettina winkt ab.

Als Pedro die Treppe hinuntereilt, trifft er Wolfgang, der gemütlich auf den letzten Stufen vor der Haustür hockt und auf ihn wartet.

Wolf erhebt sich und schlägt Pedro herzlich auf die Schulter.

»Du scheinst ja auf achtzig zu sein! Aber das war nicht anders zu erwarten!« Er zieht ihn vorsichtig zum rückwärtigen Ausgang und öffnet die Tür zum Neckargärtchen. »Ist nicht nötig, daß sie uns zusammen sehen«, flüstert er.

Er zeigt auf die gegenüberliegende Neckarinsel. »Drüben am Ende der Platanenallee steht das Wildermuth-Denkmal!« sagt er. »Wilder Mut – ich glaube, den könnt ihr zwei jetzt brauchen. Da sollst du Dorle heute abend erwarten. Geh jetzt zu Änne. Dorle ruft bei ihr an und sagt, um wieviel Uhr!«

Er grinst und deutet mit dem Daumen über die Schulter nach oben. »Das hängt nämlich davon ab, wann sie hier von der Kette kommt.«

Pedro greift mit beiden Händen Wolfs Rechte und schüttelt sie. Diese freundschaftliche Haltung tut ihm wohl. »Danke«, sagt er mit erstickter Stimme.

Er geht den Weg bis zu Butzbachs zu Fuß. Sein Kopf ist voll von widerstreitenden Gedanken. Sollte sein Vater wirklich so verantwortungslos gehandelt haben? Bettina sagte es mit solcher Bestimmtheit! Und hat ihm nicht auch sein Vater von großen wirtschaftlichen Sorgen gesprochen?

Er fühlt sich in die Enge getrieben wie nie.

Wenn sein Erbteil wirklich verbraucht oder auch nur blockiert ist, verändert sich alles. Er hat zwar noch annähernd zweitausend Dollar auf seinem Europa-Konto. Aber das reicht kaum zur Beendigung seines Studiums.

Bettina könnte alle diese Schwierigkeiten mit einem einzigen Federstrich beseitigen. Durch das unglückliche Testament seines Onkels verfügt sie heute über das Gonzales-Vermögen. Unbegreiflich und unverzeihlich, daß sie gerade einen Gonzales so hartnäckig ablehnt!

Erst als er die Universität erreicht, wird er ruhiger. Der breite, plattenbedeckte Schollplatz vor dem Hauptgebäude ist voll von Studenten. Sie haben ihre Kollegmappen unter dem Arm; sie diskutieren ernsthaft oder plaudern lachend mit Studentinnen. Pedro bleibt stehen und atmet tief auf. Hier wird auch er einziehen. Von diesem Entschluß wird ihn nichts und niemand abbringen.

Und dann werden sich immer Möglichkeiten ergeben, Doris zu sehen!

Einem Impuls folgend, betritt Pedro das klassizistische Gebäude und blickt sich andächtig um. Schon die Vorhalle strömt Ruhe und Würde aus. Und erst die große Halle mit den reliefgeschmückten schwarzen Säulen!

Mit besonderem Interesse betrachtet Pedro die Türen zu den Hörsälen. Hier muß auch er ein und aus gehen. Vielleicht läßt sich hier sogar billiger leben als in Paris! Nein: Keiner soll ihn zwingen, diese Stadt wieder zu verlassen!

Als er Frau Butzbach eine Viertelstunde später einen pompösen Blumenstrauß überreicht, ist er wieder ganz der scharmante große Junge, lebhaft, weltgewandt. Einer, dem man auf den ersten Blick ansieht, daß er sich nicht unterkriegen läßt.

»Gnädige Frau, ich bewundere Ihre Heimatstadt!« sprudelt er los. »Wenn ich nicht in Mexiko geboren wäre, möchte ich Tübinger sein! Diese Stimmung, diese Kultur in den alten Gebäuden! Und erst die Menschen ...«

»Nu übertreibet Sie net, Herr Gonzale«, antwortet Frau Butzbach geschmeichelt. Sie betont den Namen wie Haeberle oder Knaisele. »Wo Sie doch die ganze Welt gesehe habe!«

Sie macht eine theatralische Bewegung zur Seite – ein etwas korpulenter junger Mann schiebt sich heran. »Darf ich Sie mit meinem Herrn Sohn bekanntmache? – Franz, des isch der Herr Rittergutsbesitzer Gonzale!«

Die beiden jungen Männer reichen einander die Hand und wechseln ein paar belanglose Worte.

Doch Frau Butzbach läßt keine Unterhaltung zu. Sie hat ein großes Mittagessen vorbereitet und ist ganz in ihrem Element. »Einen Apertif, Herr Gonzale? Des macht Appetit. Nachher schmeckt's Esse no viel besser!«

Sie rauscht in ihrem viel zu engen Samtkleid hinter die Hausbar und füllt die vier Gläser, die schon auf einem Silbertablett bereitstehen.

Aus dem Wintergarten kommt Änne mit leichten Schritten. »Pedro!« ruft sie lächelnd. »Ich hätte nicht gedacht, dich so bald wiederzusehen!«

Pedro küßt ihr die Hand. »Ich auch nicht! Aber die Sehnsucht nach Tübingen . . .«

Frau Butzbach beobachtet ihre Tochter und den jungen Mann mit versteckter Aufmerksamkeit. Sie sieht mit Vergnügen, wie herzlich die beiden einander zutrinken.

Änne hat ihr neues blaues Kostüm an und trägt den platingefaßten Saphir-Anhänger, den sie sonst nur zum Ausgehen anlegt. Frau Butzbach registriert auch das mit Befriedigung.

»Es ist angerichtet, gnädige Frau«, sagt das Mädchen von der Tür des Speisezimmers her.

Frau Butzbach wendet sich mit breitem Lächeln an Pedro. »Darf ich bitten?«

Pedro verbeugt sich ritterlich und führt sie zum Speisezimmer, als ginge es zu einem Galadiner. Er hat einen sechsten Sinn für das, was von ihm erwartet wird.

»Empfang des mexikanischen Gesandten bei der Königin von Tübingen!« ruft Änne ironisch.

»Die Änne muß halt allweil spotte«, sagt Frau Butzbach zu dem Gast. »Aber sie meint's net bös. Hoffentlich schmeckt's Ihne! Sie müsset ebe mit dere deutsche Küche vorliebnehme!«

Pedro verneigt sich.

»Was habet Sie denn heut scho' angefange?« fragt sie dann bei der Suppe.

Pedro zögert eine Sekunde. »Ich habe meine Aufwartung in der Apotheke gemacht.«

»Oh«, ruft Frau Butzbach gedehnt. »Ich dachte, Sie hätte Differenze mit der Frau Bettina?«

In Pedros Augen blitzt es auf. »Gewiß«, sagt er kurz. »Aber das hindert mich nicht, dort Besuch zu machen.«

»Die Frau Bettina . . . also Ihre Frau Tante hat wohl einen Haufen Geld?«

»Sie ist mehrfache Millionärin«, antwortet Pedro trocken.

Das Mädchen serviert den zweiten Gang, so daß Frau Butzbach sich wieder fassen kann. Mehrfache Millionärin! Soviel hat sie Brandts erster Frau nun doch nicht zugetraut.

Franz benutzt die Gelegenheit, in das Gespräch einzugreifen. »Was studieren Sie denn, Herr Gonzales?« fragt er leicht herablassend.

»Nationalökonomie«, sagt Pedro. »Ich hoffe, daß ich noch in das laufende Semester einspringen kann.«

Frau Butzbach schaltet sich wieder ein: »Werde Sie alsdann in der Apotheke wohne, Herr Gonzale?«

Diese Frage hat sie die ganze Nacht bewegt. Der Gedanke, den vornehmen jungen Ausländer im eigenen Hause unterzubringen, erscheint ihr mehr und mehr verheißungsvoll.

»Nein, bestimmt nicht!« ruft Pedro. Seine Stimme klingt hart.

Frau Butzbach lächelt mütterlich. »Scho recht! Aber wenn Sie nix Besseres finde, kommet Sie nur zu uns!«

Pedro blickt unbewußt zu Änne hinüber. »Ich möchte Ihnen keine Umstände machen«, sagt er zögernd.

»Heidenei! Des sind doch kei' Umständ! Im Gegeteil: Sie könnet unsere Änne im Englische perfekt mache, und Spanisch wollt' sie eh scho lerne.« Sie blitzt ihre Tochter ermunternd an. »Nu sag du doch was, Änne!«

Doch Änne scheint nicht zu verstehen. »Du mußt Herrn Gonzales nicht so drängen, Mama!« meint sie kühl. »Wahrscheinlich sucht er eine sturmfreie Bude!«

Doch als sie Pedros Augen trifft, huscht ein leichtes Rot über ihre Wangen.

»Nein, nein«, sagt Pedro schnell. »Ich wäre sehr froh, wenn ich hier wohnen dürfte.«

Frau Butzbach hebt das Weinglas. »Des isch e Wort! Sie bleibet bei uns!«

Tiefgekühlte Erdbeeren mit Sahne und eine reizend arrangierte Käseplatte schließen das Diner. Dann wird Mokka gereicht.

Frau Butzbach ist in jeder Hinsicht zufrieden. »Änne soll Ihne des Zimmer zeige, Herr Gonzale«, flötet sie. »Jetzetle. I muß nach dem Esse immer e Stündle ruhe.«

Änne führt Pedro über die Diele in den langgestreckten seitlichen Anbau, der mit der Villa einen offenen Hof bildet. Frau Butzbach hat nicht übertrieben. Der Raum birgt alles, was sich ein Gast zu seiner Bequemlichkeit wünschen kann. Und doch hat Pedro für alles nur einen flüchtigen Blick.

»Gibt es hier ein Telefon?« fragt er nervös.

Änne blickt ihn überrascht an. »Ein Anschluß ist da, aber kein Apparat. Erwartest du einen Anruf?«

»Doris will dich anrufen und dir sagen, wann ich sie heute abend treffen kann!«

Änne überlegt kurz. »In Ordnung!« sagt sie. »Das Mädchen holt mich schon. Sie weiß ja, wo ich bin.«

Pedros dunkle Augen suchen beschwörend die ihren. »Ich bin etwas nervös. Jetzt bin ich schon vierundzwanzig Stunden hier und habe mit Doris noch keine zehn Worte allein sprechen können.«

Änne sieht, wie sich seine schmalen dunklen Hände zu Fäusten ballen, als er weiterspricht: »Ich habe heute morgen offiziell um ihre Hand angehalten. Aber Bettina will uns mit aller Gewalt trennen. Jetzt behauptet sie, mein eigenes Vermögen sei in den Schulden meines Vaters draufgegangen!«

Änne lehnt sich in einen der hochmodernen Sessel zurück. Pedro sitzt im Licht des breiten Fensters vor ihr. Eigentlich sieht sie ihn zum erstenmal richtig. Dieser edelgeschnittene Kopf, die schmale Nase, die vollen Lippen, aus denen die schneeweißen Zähne beim Sprechen aufblitzen. Sie sieht das energische, männliche Kinn, das sich jetzt trotzig vorreckt, und sie spürt etwas von dem glühenden Willen, der in ihm steckt.

Änne hat das Verhältnis Pedro–Dorle bisher für eine kleine Liebelei gehalten. Doch es scheint mehr zu sein als ein Flirt. Unwillkürlich seufzt sie auf. »Stimmt denn das mit dem Vermögen?« fragt sie nachdenklich.

Pedro zuckt unwillig die Schultern. »Was weiß ich? Möglich, daß der alte Herr mich im Augenblick nicht auszahlen kann. Aber ein Teil der Ranch gehört mir. Vater und ich haben im Grunde mehr Anrecht auf den Boden als Frau Bettina Brandt. Das ist es, was mich so besonders erbittert, wenn sie versucht, Doris und mich mit Hilfe dieses Geldes auseinanderzubringen.«

Er springt auf. »Als ob wir nach Geld fragten!«

»Nun, ganz unwesentlich ist Geld ja nicht!« sagt Änne trocken. Sie hat einen Sinn für das Praktische. »Und mit dieser Geschichte von deinem Vermögen würde ich an deiner Stelle auch nicht gerade hausieren gehen; am wenigsten bei meiner Mutter!«

In einiger Entfernung hört man das Schrillen des Telefons. Pedro springt wie elektrisiert auf.

Wenig später wird an die Tür geklopft. »Ein Anruf, Fräulein Änne!« ruft das Mädchen draußen.

Änne blickt Pedro ironisch an und geht hinaus.

In der Halle nimmt sie den Telefonhörer hoch und meldet sich.

Dorles Stimme halblaut: »Änne? Ganz schnell, ich bin in der Offizin, Bösinger muß gleich wiederkommen! Sage Pedro, daß es heute leider nichts mehr wird! Er weiß schon!«

»Da wird er aber sehr enttäuscht sein!« ruft Änne schnell. »Kannst du dich denn nicht wenigstens für eine Viertelstunde aus dem Haus stehlen? Er rechnet so damit. Also versuch's! Am Wildermuth-Denkmal! Um halb sieben!« setzt sie resolut hinzu.

»Ich weiß nicht, ich glaube nicht . . .« Dorles Stimme klingt verzweifelt. Plötzlich wird eingehängt.

Änne legt den Hörer erst nach längerer Zeit auf. Zögernd geht sie in Pedros Zimmer zurück.

»Dorle?« ruft Pedro ihr aufgeregt entgegen.

Änne nickt nur.

»Und?«

»Sie weiß noch nicht, ob's klappen wird«, sagt Änne. »Auf jeden Fall sollst du um halb sieben mal am Wildermuth-Denkmal sein!«

Pedro strahlt sie an. Er ist von einem Augenblick zum anderen wie ausgewechselt. »Prima! Tausend Dank!«

Er sieht auf die Uhr, läuft durchs Zimmer, bietet Änne Zigaretten und Feuer an und bedankt sich wieder und wieder. »Wenn wir dich nicht hätten! Ich wüßte nicht, was ich machen sollte! – Und dann soll ich hier auch noch wohnen! Meinst du wirklich, das geht?«

Änne lacht. »Das ist doch schon abgemacht! Du würdest meine Mutter sehr enttäuschen und« – mit kleinem Lächeln – »mich natürlich auch!«

»Dann hole ich am besten gleich meine Sachen!« sagt Pedro entschlossen. Plötzlich starrt er sie besorgt an. »Wildermuth-Denkmal? Wolf hat es mir zwar gezeigt, aber wie soll ich das in der Dunkelheit finden?«

»Augenblick!« sagt Änne. Sie holt einen Stadtplan.

Dann sitzen sie nebeneinander vor dem Klubtisch und beugen sich über die ausgebreitete Karte. Änne weist ihm den Weg.

»Eine reizende Hand!« sagt Pedro auf einmal zu ihrer Verblüffung.

»Ich glaube, du hörst mir gar nicht zu!« ruft Änne halb lachend, halb ärgerlich. »Hier wird gefälligst aufgepaßt, junger Mann! Bis zur Eberhardsbrücke – die kennst du ja. Dann . . .«

Sie blickt halb zur Seite und findet seine Augen mit seltsamem Ausdruck auf ihren Mund gerichtet. Eine rote Welle läuft über ihr Gesicht. »Wenn du nicht zuhören willst . . .«

Er seufzt gemacht auf. »Ich fürchte, das kapiere ich nie. Ich werde mir ein Taxi nehmen!«

Änne schüttelt den Kopf. »Auf der Insel dürfen keine Autos fahren!«

Pedro faßt nach ihrer Hand. »Dann mußt du mich hinbringen!«

Änne macht sich energisch frei und steht auf. »So was von Unbeholfenheit!« ruft sie ironisch, aber sie muß sich räuspern. »Vielleicht soll ich dir Dorle auch noch an deine Männerbrust legen?«

Pedro lacht spitzbübisch. »Danke. Das kann ich allein!«

Als sie von der Neckarbrücke über die Treppe auf die Insel hinuntergehen, ist es schon dunkel. Im ungewissen Licht weniger Laternen dehnt sich die Allee vor ihnen. Die kahlen hohen Bäume recken sich in den diesigen Nachthimmel, und bei jedem Schritt raschelt das modernde Laub unter den Füßen.

Nur wenige Menschen sind unterwegs. Der nahende Winter hat sie um diese Zeit schon in die Häuser getrieben.

Änne ist nicht sicher, ob Dorle kommen wird. Aber sie schweigt, um Pedro die Vorfreude nicht zu nehmen.

Schon vor der Zeit sind sie beim Denkmal. Eine einsame Laterne kämpft gegen die Finsternis. Niemand ist zu sehen.

Eine seltsame Spannung erfaßt die beiden jungen Menschen, eine prickelnde Unruhe, die sie sich nicht erklären können.

»Ich warte, bis sie kommt«, sagt Änne spröde, mehr zu ihrer eigenen Beruhigung. »Vielleicht bringt Wolf sie her.«

»Gehen wir ein wenig auf und ab!« Pedro fröstelt und greift nach ihrem Arm. Er ist offenbar mit seinen Gedanken ganz woanders. Ob er überhaupt merkt, daß ich neben ihm gehe? denkt Änne beinahe ärgerlich.

Von der nahen Stiftskirche schlägt es dreimal.

»Ich glaube fast, Dorle kommt nicht weg.« Sie bemüht sich um einen nüchternen Tonfall. »Sie meinte ja schon am Telefon, es sei nicht sicher.«

Pedro bleibt stehen. »Ich möchte gern noch warten!« sagt er. »Aber wenn du gehen willst? Sicher frierst du. Es ist schon ziemlich kühl.«

»Zu liebenswürdig!« ruft Änne spöttisch. »Bei der Dunkelheit würde ich allerdings lieber in Begleitung gehen.«

Pedro ist ganz bestürzt. Daran hat er nicht gedacht. »Verzeihung! Ich bin ein Dummkopf. Bitte, entschuldige!«

Er streckt die Hand aus, faßt Ännes Arm – doch Änne weicht unter seiner Berührung zurück.

Sie gehen schweigend nebeneinander her.

Es schlägt sieben Uhr.

Pedro bleibt stehen.

»Ich glaube nun auch nicht mehr, daß sie kommt. Wir wollen gehen. Ich kann nicht verantworten, dich noch länger hier zu halten. Ich habe dir schon soviel zu danken. Wenn es nicht so dunkel wäre, würde ich dir direkt einen Kuß geben.«

Änne lacht gepreßt. »Ich dachte, dazu könnte es nicht dunkel genug sein?«

Überhastet geht sie weiter, und vielleicht stolpert sie gerade deshalb auf dem schmalen Fußweg zur Treppe der Alleenbrücke über einen Stein.

Beinahe wäre sie gefallen – doch Pedro fängt sie auf. Hält sie ... fester als unbedingt nötig.

Sie fühlt durch den Mantel den kraftvollen Druck seiner Arme, atmet den feinen Duft nach Lavendel und Zigaretten, der ihn umweht ...

Fast unbewußt gibt sie nach und lehnt sich an ihn. Sekunden stehen sie dicht aneinander.

Dann reißt sich Änne los. Ihre Knie zittern. Doch ihre Energie treibt sie weiter. Zur Treppe.

Pedro folgt schweigend.

Um dieselbe Zeit etwa tritt Albert in Dorles Zimmer in der Bursagasse. »Mama meint, ich sollte mich etwas um dich kümmern!« sagt er ungeschickt und sichtlich verlegen.

»Um mich braucht sich keiner zu kümmern!« gibt Dorle trotzig zurück.

Albert setzt sich. »Aber vielleicht kann ich dir irgendwie helfen, Hühnle!« Das klingt schon bedeutend wärmer.

Seine braunen Augen suchen ihren Blick. Gewiß, er versteht diese Liebelei nicht und hält sie für töricht. Aber er hat sich immer für die Torheiten der kleinen Schwester verantwortlich gefühlt.

Dorle betrachtet ihre Fingernägel. »Danke!«

»Du solltest auf Mama hören! Sie meint es doch nur gut mit dir!« sagt Albert.

Dorle zuckt verächtlich die Schultern.

»Sie macht sich die größten Sorgen um deine Zukunft, und du denkst offenbar gar nicht daran!« fährt Albert eindringlich fort. »Wie kann man sich von einer Verliebtheit so weit treiben lassen?« Er schüttelt den Kopf.

»Nein, ich verstehe weder dich noch diesen Pedro. Es würde mir an seiner Stelle nicht im Traum einfallen, als Student im vierten Semester um die Hand eines Mädchens anzuhalten!«

Dorle fährt auf und blitzt ihren Bruder wütend an. Aber da wird die Tür aufgerissen: Wolfgang. Er blickt von einem zum andern. »Falls hier eine Geheimkonferenz stattfindet, möchte ich nicht stören!«

»Du störst nicht!« sagt Dorle verbissen und betont das Du unmißverständlich. »Albert ist nur als Gefängniswärter hier. Von Mama bestellt!«

Wolfgang pfeift durch die Zähne. »Ausgezeichnete Rolle für einen Archäologen, einen Erforscher uralter Bräuche!« sagt er ironisch.

Alberts Gesicht läuft rot an. »Ich bin weder zum Aufpassen hergeschickt, noch habe ich mit eurem Kram das geringste zu tun. Vor allem habe ich keine Zeit dafür!« sagt er mühsam beherrscht. »Ich kann es nur nicht mehr mit ansehen, wie sich Mama um Dorle aufregt!«

Wolf hockt sich ungeniert auf Dorles mit buntem Chintz bezogenes Bett. »Wie lobenswert! Der Sohn als Kavalier!« stichelt er weiter. »Vielleicht hat Dorle Keuchhusten oder Windpocken, daß sie hier in Quarantäne gehalten wird?« Er angelt tief in den Hosentaschen nach seiner Zigarettenpackung. »Im übrigen: ›mit der Sache nichts zu tun haben‹ ist leicht untertrieben, teurer Bruder! Wer hat uns denn neulich verpetzt, als wir in Bebenhausen waren? Wie?«

Albert krampft die Hände um die Sessellehnen. »Daß ihr nach Bebenhausen gefahren wart, habe ich Mama allerdings erzählt. Aber die Gründe, warum ich es . . .«

Er kommt nicht weiter. »Das hast du ihr erzählt, obwohl du mir versprochen hast, nichts zu verraten?« ruft Dorle empört. »Es konnte auch kein anderer gewesen sein. Ich wußte es gleich. Dann wundere dich auch nicht, wenn ich auf deine weitere Teilnahme verzichte. Meinetwegen kannst du hier noch drei Stunden 'rumsitzen, von mir hörst du kein Wort! Nichts!«

»Leider vergißt du, Bertel, daß Dorle und ich keine Babys mehr sind, auf die du aufpassen mußt!« sagt Wolfgang ruhig. »Du solltest deine Nase überhaupt nicht in Dinge stecken, von denen du nichts verstehst! Denn von jungen Mädchen hast du nun einmal noch weniger Ahnung als ich von deinen Mumien!«

Albert springt gereizt auf. »Darum handelt es sich hier gar nicht! Was ihr beide mir da unterstellt, ist empörend. Es handelt sich darum, daß Dorle nicht in die Hände eines Kerls gerät, der« – er sucht nach einem Vergleich – »der für mich nichts anderes ist als ein Lump!« Das schreit er beinahe. »Das sollte genausogut deine Sorge sein, Wolf, wie meine!«

Dorle erhebt sich. Sie ist blaß geworden. Ihre Augen flammen.

»Lump sagst du? Du kennst ihn ja gar nicht! Ich denke, du bist so verantwortungsbewußt! Wie?« Sie holt tief Luft. »Nun aber 'raus hier! Jetzt will ich dich nicht einmal mehr in meinem Zimmer haben! Gefängniswärter gehören sowieso vor die Tür!«

Sie ist mit zwei Schritten an der Tür, reißt sie auf.

»Bitte! Draußen kannst du meinetwegen warten, bis du schwarz wirst!«

Albert zuckt mit den Schultern und geht langsam hinaus. »Ihr werdet es beide noch einsehen, daß ich recht habe!« sagt er und knallt die Tür hinter sich ins Schloß ...

Gleich nach dem Streit beginnt Wolfs Plattenspieler demonstrativ zu dudeln. Jazz! Hot music! Lärmende Songs!

Es ist, als käme das alte Haus an diesem Tage nicht zur Ruhe. Die Harmonie ist gestört. Die alte Standuhr auf der Diele tickt vergeblich gegen die schrillen Rhythmen an.

In jedem Zimmer kämpft jeder allein mit Sorgen und Leid, mit Erbitterung und Empörung über den anderen. Bettina – Albert – Dorle – Wolf ... Natürlich findet auch Minna keinen Schlaf, solange noch irgendeiner im Hause wach ist.

Im ersten Stock bekommen Brandt und Gabriele ebenfalls ihr Teil ab. Sie haben so viel miteinander zu bereden, daß sie kaum auf die Musik achten. Die Gestaltung der Zukunft – das ist ein unerschöpfliches Thema, das alles andere verdrängt. Sie bemerken es nicht einmal, als das Konzert gegen elf jäh abbricht.

Lange nachdem Gabriele eingeschlafen ist, liegt Brandt im Dunkeln noch wach. Sein überreiztes Hirn träumt von immer kühneren chemischen Kombinationen, von immer größeren Erfolgen ...

Halb zwischen Schlaf und Wachen schreckt er auf, als draußen eine Tür geht. Er wirft einen Blick auf das Leuchtzifferblatt des Weckers.

Halb eins.

Gabriele schläft ruhig.

Brandt erhebt sich lautlos. Er schleicht auf Zehenspitzen zur Tür und tritt in die Diele.

Im selben Augenblick kommt Dorle aus dem Bad. Sie sieht verweint aus.

Brandt schließt seine Tür leise hinter sich. »Was geisterst du denn so spät noch hier herum, Kind?« fragt er halblaut.

Dorle kommt einen Schritt näher. »Ich kann nicht schlafen, Paps!«

Brandt bemerkt, daß sie keine Pantoffeln an hat. »Aber, Dorle, wie unvernünftig! Du mußt dich doch erkälten, wenn du barfuß herumläufst!«

»Das ist doch jetzt alles egal!« sagt Dorle resigniert. Ihre Stimme zittert.

Brandt fühlt wieder die alte herzliche Verbundenheit zu Dorle. Sie sieht so hilflos aus in ihrem Schmerz.

Er legt den Arm um ihre Schulter.

»Ist es denn so schlimm?« fragt er herzlich.

Dorle kämpft mit den Tränen. »O Paps! Kannst du mir denn nicht helfen?« Sie schmiegt sich an ihn und haucht einen Kuß auf seine Wange. »Warum muß jetzt alles nach Mamas Willen gehen? Warum sollen Pedro und ich denn nicht heiraten? Wir lieben uns doch! Ich kann dir gar nicht sagen, wie sehr!«

Brandt streichelt ihr über das Haar. »Ihr seid noch so jung, Kind!« sagt er versöhnlich. »Pedro muß erst etwas lernen, um eine Familie ernähren zu können. Mit seinem Vermögen scheint es schlecht auszusehen. Du selber hast auch noch nichts gelernt, womit du Geld verdienen könntest. Liebe allein – weißt du, das genügt nur für ganz kurze Zeit. Man muß auch die Vernunft sprechen lassen.«

Dorle hört stumm zu. Sie rührt sich nicht. Aber in ihrem Innern regt sich nur Widerspruch. Sie löst sich von ihm.

»Du hast doch jetzt auch geheiratet, gegen . . .«

›Gegen jede Vernunft!‹ hat sie sagen wollen, doch sie kann es gerade noch rechtzeitig verschlucken. ». . . ohne jemanden zu fragen!« schließt sie.

Brandts Augenbrauen ziehen sich ärgerlich zusammen. »Ich bin immerhin erwachsen und weiß schon, was ich tue«, sagt er knapp. »Ich habe heute morgen noch längere Zeit mit deiner Mutter gesprochen. Ich respektiere durchaus, warum sie gegen deine Verbindung mit Pedro ist. Ich will dir auch gleich reinen Wein einschenken über das, was wir vereinbart haben. Wir haben nichts dagegen, daß Pedro gelegentlich hier ins Haus kommt und in unserer Gegenwart mit dir spricht. Wenn du aber versuchst, ohne unser Wissen, also heimlich, mit ihm zusammenzutreffen, müßten wir dich leider für die nächsten Jahre wieder in ein ausländisches Pensionat schicken.«

Dorle hat sich unter seinen festen Worten starr aufgerichtet. Alles Weiche ist aus ihrem Gesicht verschwunden. »Meine Mutter hat sich mein ganzes Leben lang nicht um mich gekümmert!« sagt sie eisig. »Sie hat uns alle im Stich gelassen und beansprucht jetzt Rechte, die ihr nicht zukommen! Und du fügst dich allem! Das begreife ich nicht.« Plötzlich bricht es aus ihr heraus: »Ach, vielleicht wäre alles anders, wenn du mein richtiger Vater wärst!«

Sie eilt die Treppe hinauf. Oben wirft sie ohne jede Rücksicht die Tür ihres Zimmers hinter sich zu, daß es in dem stillen Hause noch lange nachhallt.

26

Für den nächsten Vormittag erwartet Brandt den Vertreter der Zynthia-Werke zu einer neuen Zusammenkunft.

»Wenn alles klappt, unterschreibe ich vielleicht heute schon den Vertrag«, sagt er nach dem Frühstück zu Gabriele.

Gabriele sieht müde aus. Brandts nächtliches Zwiegespräch mit seiner Tochter ist ihr nicht entgangen und hat sie lange beschäftigt. Wenn sie ihn auch nichts davon hat merken lassen.

Sie umarmt Brandt seufzend. »Herrlich wäre es, Just! Endlich einmal aus dem Ungewissen heraus! Ich glaube fast, ich könnte nicht länger hier im Hause bleiben, selbst wenn es nicht klappen sollte.«

»Aber davon kann doch überhaupt nicht die Rede sein!« Brandt streichelt ihr beruhigend über das Haar. »Du wirst sehen, ich komme als gemachter Mann wieder.«

Bei Beginn der Besprechung im Frühstückszimmer des Hotels ist Brandt selber noch dieser Ansicht. Herr Pohl gibt sich von der jovialsten Seite. Kaum aber haben sie die unverbindlich einleitenden Worte hinter sich, da wird Pohls Miene ernst.

»Herr Doktor Brandt«, sagt er langsam. »Ich habe eine ... nun ... eine böse Nachricht! Die Zynthia-Werke wollen nicht mitmachen!«

Brandt kann nicht verhindern, daß er blaß wird. Er krampft die Hände zusammen, um ihr Zittern zu verbergen. »Das verstehe ich nicht!« sagt er. Seine Stimme ist tonlos. »Hat man sich an irgendeinem meiner Vorschläge gestoßen?«

Pohl schüttelt den Kopf. »Nein! Es is einfach ein Rechenexempel. Mein Vetter hatte noch ein anderes Angebot. Neuartige schmerzlindernde Tabletten, oder so was. Ich meine, ich hätte Ihnen davon erzählt. – Nein? – Dann habe ich es vergessen. Ja, und gestern ist die Entscheidung gefallen. Die Herren glauben, es gäbe mehr Menschen, die Schmerzlinderungsmittel nötig haben, als solche, die Herzmittel brauchen. Und um beide Medikamente so herauszubringen, wie das heute nötig ist, dazu reicht das flüssige Kapital leider nicht.«

Brandt schließt für ein paar Sekunden wie benommen die Augen. Das ist ein furchtbarer Schlag. Nicht auszudenken, wie nun alles werden soll! Gestern erst hat er erfahren, daß die halbe Stadt schon über seinen Erfolg spricht. Zu Hause auf dem Schreibtisch liegen Häuserpläne, Werbeschriften der Autowerke ...

Zu Hause wartet Gabriele voller Zuversicht.

Brandt ist blaß geworden.

Willi Pohl mustert ihn aus seinen kleinen, in Fett gepolsterten Augen. »Mir ist inzwischen ein anderer Gedanke gekommen, Herr Doktor«, beginnt er wieder. »Was hielten Sie denn davon, wenn wir, das heißt Sie und ich, das Mittel ganz allein herausbrächten?«

Brandt starrt ihn überrascht an, in der ersten Sekunde schon halb für den Plan gewonnen. Und er weiß nicht, daß sein Gesicht das dem erfahrenen Partner deutlich verrät.

»Von der wissenschaftlichen Seite verstehe ich nichts«, fährt Pohl fort. »Dafür bin ich aber ein ganz guter Geschäftsmann, und den Vertrieb kenne ich von der Pike auf. Ich habe mal quisiquasi überrechnet, wieviel Anfangskapital wir brauchten. Angenommen, jeder von uns machte etwa fünfzig Mille flott; bei so 'ner soliden Unterlage wäre ein anständiger Bankkredit so gut wie sicher. Damit kämen wir das erste Jahr über die Runden. Ihnen als Fachmann brauche ich nicht erst vorzubeten, was wir für Reklame, Ärztemuster, Probepackungen, Inserate ausgeben müssen, um Ihr Mittel zunächst überhaupt mal bekannt zu machen.«

Er lehnt sich zurück und zückt sein wohlbestelltes Zigarren-Etui. »Bitte!«

Brandt nimmt gedankenlos an. Er raucht, starrt ins Weite. Langsam aber fängt er sich wieder. Schließlich ist die Sache nicht so aussichtslos. Im Gegenteil. Man müßte natürlich erst prüfen, wie es mit Pohls Finanzen steht.

Als hätte er Brandts Gedanken erraten, holt Pohl einen umfangreichen Schnellhefter aus seiner Aktentasche und schiebt ihn Brandt zu. »Lesen Sie sich das alles zu Hause in Ruhe durch! Bankreferenzen sind auch dabei sowie für alle Fälle mal der Rohentwurf zu unserem eventuellen Vertrag!«

Brandt nimmt den Schnellhefter. Er ist noch immer unschlüssig. »Glauben Sie denn an einen Erfolg?« fragt er zögernd.

Jetzt wird Pohl lebhaft. »Wollen uns nichts vormachen, Herr Doktor! Leicht wird der Start nicht sein. Aber alle, die was geworden sind, haben unten angefangen. Meinen Sie, es wäre bei der Zynthia anders gewesen? Und was ist der Betrieb heute wert? – Die Gutachten über Ihr Cardodyn könnten nicht besser sein, und preislich drücken wir jede Konkurrenz aus dem Spiel. – Ehrlich gesagt, mich reizt die Sache!«

Er schmaucht an seiner Zigarre und sieht dem blauen Dunst nach. »Schätze ohne allzuviel Optimismus, in zwei, drei Jahren läuft unsere kleine Fabrik schon schön auf Touren. Daß das mehr abwirft als irgendeine Gewinnbeteiligung, versteht sich von selbst.«

Sie sprechen noch eine Weile über die Firmengründung. Zuletzt kann auch Brandt das Bild, das sich abzeichnet, nur als günstig ansehen.

»Die Sache eilt!« sagt Pohl beim Abschied. »Ich möchte mein Geld gern bald arbeiten lassen, und auch ich habe noch ein anderes Eisen im Feuer.« Er zögert. »Und dann, verehrter Herr Doktor Brandt: strengste Diskretion! Das ist die Bedingung! So lange, bis unterschrieben ist, und am besten noch ein bißchen länger, muß die Sache ganz unter uns beiden bleiben!« Er schüttelt Brandt mit kollegialer Herzlichkeit die Hand. »Und nun – toitoitoi!«

Sieben Tage vergehen. Sieben Tage, in denen Brandt ununterbrochen Pläne schmiedet und wieder verwirft, in denen er wieder und wieder mit seinem Rechtsanwalt verhandelt, in denen er einmal ganz oben ist und einmal ganz unten.

Aber dann ist es soweit.

Gabriele ordnet die Blumen und überblickt die kleine Tafel.Drei Gedecke liegen auf. Gleich wird Justus mit seinem neuen Partner kommen. Vor einer Stunde haben sie sich zur Vertragsunterzeichnung beim Anwalt getroffen.

Gabriele weiß selber nicht, wie glücklich sie ist, daß diese schreckliche Zeit nun hinter ihnen liegt.

Brandt hat ihr nur zögernd vom Mißerfolg bei den Zynthia-Werken und dem neuen Vorschlag erzählt.

»Es bedeutet, daß wir uns ein Jahr lang noch etwas einschränken müssen und zunächst noch nicht wegziehen können!« hat er gesagt.

»Was ist ein Jahr?« hat sie geantwortet. »Du sollst nicht soviel an mich denken! Wenn es nur dein Glück bedeutet . . .«

Ja, wenn er sich nachts schlaflos herumwälzte, hat sie ihm zugeredet. »Manchmal muß man alles auf eine Karte setzen. Du wirst selbständig bleiben, und ich glaube, das ist für dich die Hauptsache.«

Aber jetzt ist alles erledigt.

Gabriele hat sich elegant gemacht. Es ist ja der erste richtige Besuch . . . seit der Hochzeit. Wie wird dieser Mann aussehen?

Unten geht die Haustür. Gabriele unterdrückt mühsam eine leichte Nervosität.

Schritte kommen die Treppe herauf. Sie hört Männerstimmen. Dann Brandts sonores Organ. »Legen Sie hier bitte ab!«

Brandt öffnet die Tür. »Wir sind da!« ruft er fröhlich. »Treten Sie ein, mein Lieber!«

Ein kleiner, dicker Mann in dunklem Anzug tritt über die Schwelle, einen Strauß roter Nelken in der Hand.

Gabriele erstarrt.

Willi Pohl! Der Mann aus ihrem früheren Leben, den sie verabscheute, den sie nie wiedersehen wollte!

Die ganze Vergangenheit steht vor ihr auf! Aus weiter, weiter Ferne hört sie Brandts Stimme. »Darf ich dir Herrn Pohl, meinen Partner, vorstellen, Gabriele?«

Während Willi Pohl sich langsam über Gabrieles Hand neigt, überläuft sie ein Frösteln. Es kostet sie Mühe, sich zu beherrschen.

Einen Augenblick ist es ganz still im Raum.

Pohl richtet sich auf und lächelt scheinbar unbefangen.

Aber in Gabriele ist alles in Aufruhr.

›Nein‹, möchte sie Brandt zuschreien, ›mit jedem anderen darfst du arbeiten, nur nicht mit diesem Mann!‹ Statt dessen hört sie sich mit fremder Stimme belanglose Worte sagen: »Oh, diese herrlichen Nelken! Vielen Dank, Herr Pohl! Wollen Sie bitte Platz nehmen!«

Da schimmert im warmen Kerzenlicht das Porzellan auf dem weißen Damasttuch. Mit wieviel Liebe hat sie für ihren ersten Gast in diesem Hause gedeckt! Und nun muß es dieser dunkle Ehrenmann aus ihrer dunkelsten Vergangenheit sein!

Sie blickt scheu zu ihrem Mann, das Lächeln um ihren Mund ist gefroren. Während sie Pohl die Platten zuschiebt, zittern ihre Hände. »Hoffentlich schmeckt es Ihnen!«

Brandt merkt nichts von der untergründigen Spannung. Er hat eine Flasche Kognak aus der Hausbar geholt und drei Gläser gefüllt. »Zur Begrüßung!« sagt er und hebt sein Glas. »Ich möchte nicht viele Worte machen, nur das eine sagen: Herr Pohl, herzlich willkommen! Heute und immer!«

Gabriele erschauert wieder, als sie ihr Glas hinsetzt.

Brandt bemerkt es. »Ist dir nicht wohl?« fragt er. »Du bist so blaß!«

Sie schüttelt den Kopf.

»Einfach köstlich«, sagt Pohl nach den ersten Bissen. »Ein so gutes Ragout habe ich lange nicht mehr bekommen! Wohl eine Spezialität der gnädigen Frau?«

Er wartet keine Antwort ab, sondern blickt sich voll Hochachtung um. »Überhaupt: diese Tafel! Der ganze Raum mit dieser stimmungsvollen Beleuchtung!« Er wendet sich an den Hausherrn. »Herr Doktor, als eingefleischter Junggeselle müßte ich Sie eigentlich beneiden. Aber ich beglückwünsche Sie« – er hebt sein Glas gegen Gabriele – »und auch Sie, gnädige Frau, zu einem solchen Heim!«

Brandt trinkt ihm lachend zu. »Danke für die Komplimente! Soviel Scharm hätte ich Ihnen gar nicht zugetraut!«

Doch Gabriele hört hinter jedem Wort Pohls einen versteckten Doppelsinn.

Wie ist Brandt nur an diesen Mann geraten?

Während sie die Muschelschalen auf den Servierwagen stellt, erhebt sich Brandt. »Zum festlichen Mahl einen festlichen Tropfen! Ich bitte einen Augenblick um Entschuldigung!«

Gabriele will aufspringen. »Aber das kann ich doch ...«

Aber Brandt drückt sie scherzend auf ihren Stuhl zurück. »Getränke sind Männersache.«

Damit nickt er den beiden zu und eilt hinaus.

Gabriele ist mit Pohl allein.

Der kleine Mann lehnt sich im Stuhl zurück und räuspert sich. »Also, Gaby, wenn das keine Überraschung war!« sagt er halblaut. »Keine Ahnung, daß ich dich hier als Frau Apotheker wiedertreffen würde.« Er lacht behäbig. »Aber du machst dich auch als Ehefrau ganz gut.«

Gabriele krampft die Hände im Schoß zusammen, bis sie schmerzen, und sieht starr in die leicht flackernden Kerzen.

Pohl senkt seine Stimme zu einem vertraulichen Ton. »Im Grunde natürlich eine angenehme Überraschung!« Er sieht sich vorsichtig um und deutet auf die Tür zum Nebenraum. »Da hängt doch wohl niemand am Schlüsselloch?«

Gabriele beißt sich auf die Lippen. Nie wieder diese Sprache, die sie demütigt und die sie nicht mehr ertragen kann! Alles Vergessene steigt in ihr auf.

»Herr Pohl, ich bin nicht mehr Gabriele Holthuys, ich bin die Frau des Apothekers Brandt.«

Pohl lacht: »Weiß ich ja, weiß ich ja, Kind, aber das wird uns doch nicht hindern ...«

Gabriele richtet sich auf und unterbricht ihn schroff: »... plumpe und unangebrachte Vertraulichkeiten zu unterlassen – meinten

Sie. Ganz richtig. Das wollen wir. Mein Mann weiß noch nicht, daß wir uns von früher kennen. Ich könnte es ihm sagen, aber ich möchte Ihre jungen geschäftlichen Beziehungen nicht damit belasten.«

Pohl wollte sich gerade einen Kognak eingießen. Er stellt jetzt die Flasche hart auf den Tisch zurück. Seine kleinen Augen ziehen sich noch enger zusammen. Der Ausdruck seines schwammigen Gesichtes verändert sich jäh. Die joviale Maske fällt ab und macht einer stupiden Verblüffung Platz.

»Ach! So 'rum ist das gedacht? – Hm! Küß die Hand und gnädige Frau!« Er lacht hart auf. Gabriele klingt es wie eine Drohung in den Ohren. »Meinetwegen. Ich bin kein Spielverderber. Dem guten Apotheker wird ja auch an so einer Enthüllung nicht viel liegen. Also! Schließen wir das ›Tagebuch der schönen Gaby‹!«

Gabrieles grüne Augen begegnen seinem Blick; sie muß jetzt alle Kraft aufwenden, um ihre Angst zu verbergen.

Pohl scheint es zu fühlen. »Ich glaube, Gaby, wir sollten versuchen, gut miteinander auszukommen.« Plötzlich verstummt er.

Die Tür springt auf.

Brandt steht auf der Schwelle. Mit dem Ellenbogen hat er die Tür geöffnet. Er hält eine Weinflasche in der Hand und eine zweite unter den Arm geklemmt. Gabriele und Pohl sehen ihn schweigend an.

Brandt stutzt. Er blickt befremdet von Gabriele zu Pohl und wieder zu Gabriele. Eine Wolke zieht über seine Stirn – langsam tritt er näher.

Pohl fängt sich als erster.

»Sie treffen uns mitten im Pläneschmieden, lieber Doktor! Wenn unsere Fabrik erst auf Touren läuft, muß für jeden von uns eine Villa mit Garten dabei abfallen. Und Ihre reizende Gattin tut es nicht unter einem Schwimmbassin mit blauen Kacheln.« Und mit einem kurzen Blick auf Gabriele: »Nicht wahr, gnädige Frau?«

Gabriele nickt nur. Ihr Blick flackert unruhig über Brandts Gesicht. Sie ist wie benommen.

Brandt setzt die Flaschen auf der Hausbar ab. Er kehrt beiden für einen Augenblick den Rücken zu. Komisch! Sah es nicht so aus, als seien sie erst bei seinem Eintritt verstummt?

Brandt nimmt den Korkenzieher und öffnet bedachtsam die Flaschen.

Dummes Zeug! Er ist überreizt! Er sieht überall Gespenster! Was soll denn passiert sein? Gabriele hat ihm bisher nicht den geringsten Anlaß zum Mißtrauen gegeben.

Als Brandt sich mit der offenen Flasche in der Hand umwendet, ist seine Miene entspannt. Er schenkt die grünen Römer voll. »Diesen Tropfen hatte ich für eine besondere Gelegenheit aufgespart. Sie ist heute gekommen.«

Er dreht sein Glas und läßt den Mosel im Kerzenlicht aufschimmern. »Stoßen wir an auf eine gute Zusammenarbeit! Auf eine erfolgreiche Zukunft!«

Dann hebt Pohl sein Glas zu Gabriele. »Auf Ihr Glück, gnädige Frau!«

Sie stößt mit ihm an, ohne in seine Augen zu sehen. Die Gläser klingen nicht; ihre Hand ist unsicher.

Nun wendet sie sich Brandt zu. »Auf dein Werk, Justus!« sagt sie leise.

Furcht und Sorge schnüren ihr den Atem ab. Ihr ist, als wollten die Schatten der Vergangenheit alle Helligkeit der Gegenwart, allen Glanz der Zukunft verdunkeln.

Ohne daß sie es hindern kann, treten ihr Tränen in die Augen. Sie lassen die festlich geschmückte Tafel im warmen Kerzenlicht vor ihr zerfließen. Auch Brandts Gesicht verschwimmt . . .

Brandt entgeht Gabrieles Bewegtheit nicht. Er preßt zärtlich ihre Hand. Er ist guter Laune und voll Optimismus. Er hat alle Bedenken und Sorgen über Bord geworfen.

»Wenn wir das erste schwierige Jahr geschafft haben, Herr Pohl, dann wird unser Fabrikchen schnell zur Fabrik wachsen. Ich habe nicht nur dieses Herzmittel in petto. In einem eigenen Labor mit ein paar vernünftigen Kräften werde ich noch ganz andere Sachen auf die Beine stellen!«

Gabriele sitzt still zurückgelehnt in ihrem Sessel. Sie hört, wie Pohl den Brandtschen Zukunftsplänen kräftig zustimmt. Aber sie kann ihm nicht trauen. Immer wieder möchte sie eingreifen und Brandt warnen. Gleichzeitig quält sie sich mit einer Erinnerung: Hat dieser Pohl nicht einmal Konkurs gemacht? Sie hat das damals nur am Rande erfahren und die Zusammenhänge vergessen. Aber daß Willi Pohl Unsummen verjubelt hat und in seinen Methoden nicht wählerisch war, das weiß sie noch genau.

Doch sie bringt es nicht fertig, die Wahrheit herauszuschreien. Sie verstummt vor lauter Grübeln. Wenn einer sich an sie wendet, antwortet sie einsilbig. Sie spürt selber, daß ihr Verhalten die Stimmung wie mit Bleigewichten beschwert.

Schon um halb elf sieht Pohl auf seine Uhr. »Ich glaube, es wird Zeit für mich.«

Brandt protestiert lebhaft, doch Pohl sagt mit entwaffnender

Offenheit: »Nein, nein, Herr Doktor! Wir sind alle müde und haben morgen wieder einen Arbeitstag.«

Gabriele begreift genausogut wie Brandt, daß Pohls Worte auf sie gemünzt sind. »Bitte, lassen Sie sich durch mich nicht stören«, ruft sie hastig und steht auf. »Es stimmt, ich bin heute etwas abgespannt. Entschuldigen Sie, wenn ich mich empfehle. Sie können dann mit meinem Mann allein noch ungestört weiterfeiern.«

Doch Willi Pohl bleibt fest. »Küß die Hand, gnädige Frau«, sagt er im Biedermannston. Wenige Minuten später fällt unten die Haustür hinter ihm ins Schloß.

Gabriele hat sich wieder in ihren Sessel sinken lassen. Als Brandt eintritt, sieht sie nicht auf.

Er beginnt, schweigend im Zimmer auf und ab zu gehen.

»Verzeih, Justus«, sagt Gabriele leise, »wenn ich dir den Abend verdorben habe.«

Brandt winkt unwillig ab. »Davon kann doch nicht die Rede sein!« antwortet er. Doch seine Verstimmung ist deutlich zu hören.

Gabriele blickt unverwandt in die Kerzen. »Doch, doch, ich spüre es. Du warst in so guter Laune, und ich kam nicht mit. Ich weiß selber nicht, warum!«

Sie zögert. Sie möchte es nicht sagen. Und platzt doch damit heraus: »Wie bist du eigentlich an Herrn Pohl geraten?«

Brandt bleibt überrascht stehen. Dann dreht er sich abrupt zu ihr um. »Kennst du ihn etwa?« fragt er.

Die Kerzen flackern.

Gabriele muß den Atem drosseln. Wäre jetzt nicht der richtige Augenblick, Justus alles zu sagen? Sie zittert vor Aufregung, zögert ...

Brandt späht zu ihr hinüber. In dem warmen rötlichen Licht sieht sie so zart und gelöst aus. Aber jetzt will er es nicht bemerken. »Du schläfst wohl schon?« sagt er beinahe gereizt. »Ich meinte, ob du Herrn Pohl vielleicht von früher kennst?«

Sein Ton macht ihr jetzt ein Bekenntnis unmöglich. Sie zündet sich an der Kerzenflamme hastig eine Zigarette an. »Nein!« sagt sie hart. »Nein, nein!«

Es wird ihr heiß.

Hat sie jetzt nicht eine einzigartige Gelegenheit verpaßt? Vielleicht die einzige?

Brandt setzt seinen Rundgang fort. »Auf mich hat er vom ersten Augenblick an einen ausgezeichneten Eindruck gemacht«, sagt er nachdrücklich, wie um etwaigen Einwänden zuvorzukommen. »Er mag keinen sehr weiten Horizont haben, aber schließlich will ich mit ihm nicht über moderne Dichtkunst diskutieren, sondern Geschäfte machen!«

Gabriele hört die Zurechtweisung.

Gott, wenn er ahnte!

Plötzlich erscheint es ihr richtig, daß sie ihm nichts gesagt hat.

27

Am nächsten Morgen ist die Stadt verwandelt. Über Nacht haben sich die Dächer mit einer dicken weißen Schneedecke überzogen. Nun strahlt die Sonne von einem wolkenlosen blauen Firmament, und die Welt zeigt sich in einer märchenhaften Schönheit.

Ein Morgen, der nur gute Stimmung zuläßt. Als Brandt und Gabriele am Frühstückstisch vor dem herrlichen Winterbild sitzen, haben sie den verunglückten Abend schnell vergessen. Brandt ist vergnügt und voller Arbeitseifer. Er will sofort nach Stuttgart fahren.

Jürgen hat nach neuester Gewohnheit schon bei Minna in der Küche gefrühstückt. Die beiden sind, ohne daß es groß aufgefallen ist, gute Freunde geworden. Das Ehepaar ist allein. Brandt sieht die Post durch. Seine Stirn runzelt sich –

Ganz zuoberst liegt ein Brief der Apothekerkammer.

Er reißt ihn auf und überliest ihn einmal, zweimal . . .

Gabriele bemerkt, wie sich seine Miene langsam wieder verändert, wie seine Augen aufleuchten. Plötzlich blickt er sie glücklich an. »Du! Hier teilt die Apothekerkammer mit, sie hätte keine Veranlassung, ein Berufsgerichtsverfahren gegen mich einzuleiten. Die Voruntersuchung hätte meine Unschuld am Tode des Patienten Knaisele einwandfrei erwiesen! – Nun, was sagst du dazu?«

Gabriele nimmt das Blat, um die kurze Mitteilung selber zu lesen.

»Wie schön!« ruft sie dann. »Ich kann dir gar nicht sagen, wie ich mich freue.«

Brandts Gesicht wird ernst und nachdenklich. »Etwas bleibt immer zurück«, sagt er, »der arme alte Mann. Natürlich habe ich damals korrekt gehandelt. Aber die Verantwortung nimmt einem doch keiner ab. Die Verantwortung vor uns selber!« Er streicht sich über die Stirn, als wolle er alle Bedenken verscheuchen. Sein Ton wird wieder klarer. »Jedenfalls könnte ich jetzt sofort wieder in die Offizin hinunter und den weißen Kittel anziehen. Aber ich möchte nicht. Ich muß in den nächsten Tagen mit Bettina sprechen, um bis zum Ablauf der Kündigungsfrist eine neue Regelung zu treffen.«

Gabriele schenkt ihm noch eine Tasse Kaffee ein und macht ihm ein Brötchen zurecht, während er den Brief der Kammer sorgfältig zusammenfaltet.

»Nein! Die Geschichte mit dem armen Knaisele wird dadurch für mich nicht gleichgültig!« sagt Brandt. »Aber sie hat ein anderes Gesicht bekommen. Und« – er greift zu den nächsten Briefen – »wenn man es genau betrachtet: gerade sie hat den Anstoß gegeben, daß wir uns eine bessere Zukunft ...«

Er bricht ab. Seine Blicke hängen wie gebannt an einem Bogen von bestechender Qualität. In dem geschmackvoll dezenten Briefkopf der Name eines führenden Werkes der chemotherapeutischen Industrie.

›Sehr geehrter Herr Dr. Brandt!

Durch Veröffentlichungen in der Fachpresse sind wir auf Ihr Mittel Cardodyn aufmerksam geworden.

Dieses Mittel interessiert uns. Wir würden uns deshalb freuen, wenn Sie uns wissen ließen, ob Sie geneigt wären, sich mit uns in nächster Zeit einmal über die kommerzielle Auswertung Ihres Mittels zu unterhalten.

Mit vorzüglicher Hochachtung ...‹

»Oho!« sagt Brandt und reicht Gabriele das Blatt über den Tisch. »Jetzt sind die sogar wach geworden!«

Gabriele bekommt beim Lesen dieses Briefes Herzklopfen. »Das ist ja phantastisch!« ruft sie. »Du fährst doch hin, Justus, nicht wahr? Das ist doch etwas ganz anderes als die Sache mit diesem Pohl!«

Brandt schüttelt erstaunt den Kopf. »Liebes Kind! Du vergißt, daß ich mit ihm einen festen Vertrag abgeschlossen habe.«

»Aber so was kann man doch rückgängig machen!« ruft Gabriele heftig. »Das hat doch noch gar nicht angefangen!«

Brandt lacht. »Das spielt keine Rolle. Man kann nicht heute hüh sagen und morgen hott. Für die Erfüllung des Vertrages mit Pohl stehe ich gerade. Du darfst nicht vergessen: Wenn ich aus irgendeinem Grunde ausscheide, steht mein ganzes Kapital auf dem Spiel und mein Cardodyn dazu.«

Gabriele ist noch nicht überzeugt. »Willst du es nicht wenigstens mal versuchen und mit Pohl über eine Lösung deines Vertrags sprechen, wenn dir ein solches Werk ein sicheres Angebot macht?«

Sie liest die Antwort schon von Brandts Gesicht ab.

»Kind, von diesen Dingen verstehst du nichts«, sagt er ablehnend. »Und warum sollte ich!« Er pocht mit dem Finger auf den

Brief. »Gerade das Interesse einer Weltfirma für meine Erfindung ist für mich die Bestätigung dafür, daß wir Erfolg haben werden!«

Er trinkt gedankenverloren seinen Kaffee aus und verabschiedet sich in bester Laune.

Den Schatten auf Gabrieles Gesicht bemerkt er nicht ...

Eine Stunde später klopft es an Gabrieles Wohnzimmertür. Herein rauscht Fräulein Cäcilie Eckert. An ihrem Persianermantel leuchtet ein Veilchentuff.

Gabriele erhebt sich verblüfft.

»Ich hatte unten in der Apotheke zu tun, da bin ich auf einen Sprung heraufgekommen, liebe Frau Brandt«, säuselt Cäcilie voll überströmender Liebenswürdigkeit. »Ich wollte doch endlich einmal hören, wie Sie sich so eingelebt haben!«

Ihre Augen huschen durch den Raum und registrieren jede Veränderung, noch bevor sie Gabrieles Einladung folgt und Platz nimmt.

»Ich wäre schon längst gekommen, aber ich wollte Sie und Justus nicht stören«, sagt sie mit feinem Lächeln. »Außerdem hatten Sie wohl Störungen genug im Haus.« Sie blickt andeutungsweise nach oben. »Ich meine, durch Bettinas – nun, sagen wir offen – Geschmacklosigkeit, hier einzuziehen!«

Gabriele erkennt Cäcilies Absicht sofort. Aber sie möchte sich jetzt nicht mit ihr gegen Bettina verbünden und beschränkt sich darauf, die Achseln zu zucken. »Darf ich Ihnen einen Likör anbieten?« fragt sie und berichtigt sich sofort: »Ach nein, Sie nehmen ja lieber etwas Kräftiges!« Sie geht zur Hausbar.

»Daran erinnern Sie sich noch?« ruft Cäcilie geschmeichelt. »Wie reizend!«

Dann hebt sie leicht das Schwenkglas. »Vielleicht darf ich gleich auf den großen Erfolg Ihres Mannes trinken? Die ganze Stadt ist voll von seiner phänomenalen Erfindung. Frau Professor Merklin meinte bei unserem letzten Bridge-Abend, damit könnte Justus Millionär werden. Wenn er nur ein einziges Mal auf seinen Vorteil bedacht wäre!«

Gabriele nimmt ihr Glas. »Soweit sind wir noch lange nicht.«

Cäcilie hat schnell ausgetrunken und läßt sich gern nachfüllen. Sie seufzt gemacht vor sich hin. »Ja, der gute Justus. Daß er alles andere ist als ein Geschäftsmann, werden Sie längst gemerkt haben. Er ist einfach zu anständig.«

Gabriele wiegt nur unbestimmt den Kopf.

»Ich habe jetzt noch mit einem Bekannten darüber gesprochen«, fährt Cäcilie zielbewußt fort, »dem Grafen Hohenperch – vielleicht kennen Sie ihn?« wirft sie nebensächlich ein. »Ja, der meinte, Justus würde doch hoffentlich so umsichtig sein, das Mittel nicht für ein Butterbrot an irgendein so großes Werk zu verkaufen, um dann hinter dem Welterfolg herzuweinen!«

Gabriele fühlt genau, daß der Name Hohenperch nicht ohne Grund gefallen ist. Doch sie bleibt auf der Hut. »Hm! Merkwürdig, daß sich der Graf für die Erfindung meines Mannes interessiert!«

»Oh, da sehen Sie den Grafen falsch!« ruft Cäcilie schnell. Auf diesen Augenblick hat sie lange gewartet. »Nein! Hohenperch ist sich wohl seiner Stellung bewußt, aber alles andere als adelsstolz oder gar anmaßend. Im Gegenteil, er wünscht jedem Menschen nur das Beste. Auch dem lieben Justus, obwohl die beiden schon einmal hart aneinandergeraten sind. Wobei Justus, das muß ich zugeben, wenig Anlaß hat, den Grafen mit Sympathie zu betrachten!«

Eine kleine Pause entsteht.

Endlich läßt Gabriele sich aus der Reserviertheit herauslocken. »Ich begreife Sie nicht!« sagt sie gedehnt. »Was sollte Justus gegen Hohenperch haben?«

Cäcilie reißt die Augen auf. »Sie wollen doch wohl nicht sagen, Sie wüßten nicht, was da vorliegt?«

Gabriele runzelt die Stirn. »Ich habe keine Ahnung.«

Cäcilie schlägt leicht die Hände zusammen. »Sie wissen wirklich nicht, daß Justus Brandt nicht Dorles Vater ist, sondern – Graf Hohenperch?«

Gabriele blickt sie starr vor Staunen an. »Das . . . nein, das . . .«

Cäcilie trinkt schnell das zweite Glas aus. »Das war ja gerade der Skandal! Weshalb sollte Bettina sonst aus dem Hause gelaufen sein!« Sie greift nach den Handschuhen. »Um Gottes willen! Was habe ich denn da angerichtet? Sie sollten sicher nichts davon erfahren. Ich bitte Sie um alles in der Welt, verraten Sie Justus nur nicht, von wem Sie das haben, was übrigens die ganze Stadt weiß. Ich hatte Dorles wegen kürzlich erst einen unangenehmen Auftritt mit ihm.« Sie steht auf und beginnt, den linken Handschuh überzustreifen. »Auf Wiedersehen, meine Liebe. Ich würde mich freuen, Sie einmal auf eine Tasse Kaffee bei mir zu sehen. Vielleicht verabreden wir uns gelegentlich!«

Und mit einem vollendet damenhaften Nicken rauscht sie hochbefriedigt hinaus.

28

»Ich halte das einfach nicht mehr aus!« stöhnt Pedro Gonzales. Er ruht auf einer der modernen Sesselliegen seines neuen Zimmers und hat die Füße auf den Glastisch gelegt.

Änne sieht amüsiert zu ihm hinüber. »Was hältst du nicht mehr aus? Den Spanisch-Unterricht! Stell' ich mich so dumm an, Señor!«

Pedro feuert das spanische Lehrbuch in eine Ecke. »Du weißt genau, was ich meine. Diese Diplomatenempfänge in der Bursagasse!«

Er schwingt die Beine vom Tisch und richtet sich auf. »Du mußt dir das einmal vorstellen! Erst werde ich von dem alten Hausdrachen in den Salon bugsiert. Darauf erscheint die gütige Tante Bettina oder gar, Gott behüte, dieser Albert, aus dem kein Mensch schlau wird. Dann darf Dorle herein. Ich bekomme meine Tasse Tee. Dann wird so lange Konversation gemacht, bis ich einfach zuviel kriege und abhaue. Nicht eine einzige Sekunde lassen sie mich mit Dorle allein!«

Er springt auf und läuft mit großen Schritten durchs Zimmer.

Änne lacht hell auf. »Ich stelle mir das köstlich vor!«

Pedro bleibt dicht hinter ihr stehen. »Du hast eben kein Gefühl dafür, wie mir bei so etwas zumute ist!« sagt er. »Du kannst auch gar nichts davon ahnen, weil ...« Er stockt.

Änne hat den Kopf herumgedreht. Sie blickt ihn von unten herauf mit dem gleichen spöttischen Lächeln an. »Nun, Herr Gonzales, warum?«

»Weil du kalt bist!« stößt Pedro hervor. »Weil du nichts von Liebe verstehst. Weil du überhaupt noch nie geliebt hast!«

Änne wendet den Kopf zurück. Ihre Augen verschleiern sich. Eine Glutwelle steigt ihr in die Stirn und verebbt langsam wieder.

»Ja!« sagt sie nach einer Weile leise. Ihre Stimme ist belegt. »Du hast ganz recht. Ich verstehe nichts von der Liebe.«

Dann wirft sie energisch die Haare zurück und sagt wieder sehr laut: »Wollen wir endlich unsere spanische Lektion fortsetzen?«

Pedro neigt den Kopf und sucht ihren Blick. »Nein! Das ist nicht wahr«, sagt er langsam. »Du kannst nicht kalt sein, nicht ohne Herz sein. Warum spottest du eigentlich immer über mich?«

Hinter ihnen wird die Tür aufgerissen.

Eine kehlige Stimme, etwas unangenehm forsch: »Verzeihung! Ich wollte nicht stören.«

Franz Butzbach steht auf der Schwelle und späht mit deutlichem

Mißtrauen zu seiner Schwester hinüber. »Bist du schon wieder in Pedros Zimmer?«

Änne legt die Arme übereinander und mustert ihren Bruder aggressiv. »Was willst du damit sagen?«

Franz zieht sich sofort zurück. »Ich meine nur«, murmelt er. »Wenn an meiner Stelle eben dein Wolfgang hier hereingekommen wäre, der hätte bestimmt den Eindruck . . .«

»Unsinn!« unterbricht ihn Pedro. Er und Franz haben gerade auf einem Gästeabend der Ascania Brüderschaft getrunken. »Hast du sonst noch was auf dem Herzen?«

Franz grinst. »Du merkst aber auch alles. Ich bin nämlich eben deiner Doris auf der Straße begegnet. Und weißt du, mit wem?« Nach einer kleinen Kunstpause setzt er triumphierend hinzu: »Mit Frau Brandt Nummer zwo! Der berühmten Gabriele!«

»Ach!« ruft Änne überrascht.

»An die solltest du dich mal 'ranschleichen, Pedro!« sagt Franz gönnerhaft. »Die hat bestimmt mehr Verständnis für Verliebte als die kalte Dame Bettina!«

Vor einer Stunde sind Doris und Gabriele einander vor einem Geschäft der Langen Gasse begegnet. Dann haben sie gemeinsam den Heimweg angetreten.

»Es genügt ja eigentlich, daß wir zu Hause wie Fremde aneinander vorbeigehen!« sagt Gabriele freundlich zu dem jungen Mädchen.

Dorle streift die zweite Frau Brandt mit einem schnellen Seitenblick. Sie hat eigentlich gar nichts gegen diese Frau. Die strenge Trennung im Hause ist ja Bettinas Werk. Beim Gedanken an die Mutter steigt in Dorle sofort der Trotz auf. Ihre Antwort klingt deshalb herzlicher als beabsichtigt.

»An mir liegt das bestimmt nicht!« sagt sie. »Ich wäre gern schon mal abends heruntergekommen! Aber ich fürchte zu stören!«

Sie gehen langsam über den Holzmarkt. An Dorles Gesicht sind die letzten Wochen nicht spurlos vorübergegangen. Doch Gabriele sieht blendend aus. In dem raffiniert schlichten Kamelhaarmantel könnte sie Dorles ältere Schwester sein. Ihre Wangen sind gerötet, auch aus Freude über Dorles Entgegenkommen. Sie lacht:

»Du störst bestimmt nicht! Ich bin jetzt viel allein, weil« – sie stockt – »dein Vater mit seinen neuen Plänen so stark beschäftigt ist.«

Dann biegen sie in die Bursagasse ein. Sie gehen mitten auf der Straße, wo die runden Kopfsteine schon abgetaut sind, und unterhalten sich mit einemmal recht angeregt.

Drüben liegt schon breit und behäbig das hohe Patrizierhaus der Apotheke. Im zweiten Stock bewegt sich hinter dem geschlossenen Fenster eine Gardine. Dorle sieht es zufällig. Es ist Alberts Zimmer. Natürlich kann auch Minna hinter der Gardine stehen . . .

Es ist Albert, der mit verbissenem Gesicht, hinter der Gardine verborgen, auf die Bursagasse hinunterstarrt.

Seine Schwester im lebhaften Gespräch mit Gabriele! Das überfällt ihn wie ein Schock.

Vor anderthalb Stunden ist Gabriele allein aus dem Haus gegangen. Er ist ihr mit den Blicken gefolgt, wie schon so oft. Rein zufällig natürlich. Albert tritt immer ans Fenster, wenn es mit der Arbeit nicht vorwärtsgehen will. In den letzten Wochen ist er leider oft von Geräuschen im Haus gestört worden. Von Schritten. Von Stimmen.

Immer war es die Frau seines Vaters, die ihn störte.

Allmählich weiß Albert genau, wann sie weggeht, wann sie zurückzukommen pflegt. Dann steht er am Fenster und starrt finster hinunter.

Nie hat er mit Gabriele gesprochen. Bei den wenigen Begegnungen im Treppenhaus hat er sie stets nur mit kalter Höflichkeit begrüßt. Aber ihre Gegenwart ist ihm immer bewußt.

Jetzt geht Albert zur Tür und öffnet sie einen Spalt. Er hört die beiden Frauen unten in der Diele.

»Komm doch herunter, wann es dir paßt!« das ist Gabrieles dunkle Stimme. »Ich bin heute den ganzen Tag mit Jürgen allein.«

Albert schließt hastig die Tür. Er ist außer sich. – Gabriele lädt Dorle ein! Unglaublich! Man braucht nicht viel Phantasie, um zu erkennen, daß da hinter Bettinas Rücken ein Komplott geschmiedet wird!

Albert geht im Zimmer auf und ab.

Diese Stimme!

Ihren Klang würde er aus tausend anderen Stimmen heraushören.

Und immer hat er ihr Bild vor Augen, wie sie ihm damals in ihrer Stuttgarter Wohnung gegenüberstand. So ein helles enganliegendes Kleid! Als ginge sie zum Ball, nicht auf die Reise.

Er hat es nie vergessen; er wird es nie vergessen! Immer wieder fühlt er die Berührung ihrer Hand, als sie ihm leicht über die Wange strich . . . wie einem kleinen Jungen. Immer wieder hört er die fast zärtlichen Worte: ›Wenn wir zusammenhalten, Albert . . .‹

Verflucht!

Daß er sich überhaupt mit so einer Frau beschäftigen muß. Er haßt sie. Sie vergiftet nicht nur die ganze Atmosphäre des Hauses, nein, sie hält ihn auch von der Arbeit ab, raubt ihm die Konzentration.

Wie erlöst wäre er, wenn er ihre leichten Schritte, den Klang ihrer Stimme nicht mehr zu hören brauchte! Wenn er nicht mehr ans Fenster zu rennen brauchte, um zu sehen, wie sie aufreizend graziös über die Straße geht...

Und nun wagt sie sich auch noch an Dorle heran!

Albert hat sich so in Zorn hineingesteigert, daß er rot sieht. Er reißt die Tür auf und stürmt zum Zimmer seiner Mutter hinüber.

Aber Bettina ist ausgegangen.

Albert gönnt sich keinen Augenblick Zeit zum Überlegen. Was getan werden muß, um diese Verbrüderung zu verhindern, muß sofort getan werden.

Mit zwei, drei Sätzen ist er im ersten Stock.

Er klopft flüchtig an Gabrieles Wohnzimmertür, wartet das ›Herein‹ kaum ab und tritt ein...

Geblendet bleibt er stehen. Die helle Wintersonne strahlt in den Raum und hüllt die Gestalt der jungen Frau ein. Gabriele steht am Tisch und knotet ein Päckchen auf.

»Albert?« ruft sie erstaunt. »Welche Überraschung!«

Sie legt den Karton hin und tritt zwei Schritte auf ihn zu.

»Was verschafft mir dies seltene Vergnügen?«

Albert bringt kein Wort heraus. Wie schon einmal verliert er sich für Sekunden in ihren grünen Augen, die ihn freudig anblicken.

Gabriele freut sich wirklich über diesen Besuch. Eben hat sie Kontakt mit Dorle gewonnen! Jetzt kommt Albert zu ihr! Sollte das Eis endlich tauen? Sollte sich langsam eine Annäherung im Hause vollziehen?

Sie deutet auf einen Sessel. »Bitte! Nett, daß du dich hier sehen läßt. Dein Vater ist allerdings nicht da...«

Albert bleibt stehen. »Ich brauche Vater nicht«, beginnt er und gerät ganz gegen seine Absicht in ein höfliches Fahrwasser. »Was mich hierherführt, läßt sich schnell sagen.«

Gabriele kann ein Lächeln nicht unterdrücken. Sie sieht ihn erwartungsvoll an. »Bitte! Ich bin ganz Ohr!«

Albert irrt mit den Augen ab.

Nun ist sie ihm wieder so nah wie an jenem Tag. Der gleiche Duft umschwebt sie. Was ist das nur, was von dieser Frau ausgeht, was ihn schwindeln läßt?

Albert gibt sich einen Ruck. »Ich habe eben zufällig mit angehört, wie Sie Dorle einluden!« sagt er rauh. »Ich glaube nicht, daß das meiner Mutter recht ist.«

Gabrieles Lächeln erstirbt jäh. »So!« sagt sie gedehnt. »Das glauben Sie nicht!«

Dieses kaum betonte ›Sie‹ trifft ihn wie ein Schlag. Aha! Jetzt ist sie es, die Abstand schafft, Schranken errichtet. Gut, dann braucht man keine Rücksichten mehr zu nehmen.

»Ich vertrete in diesem Augenblick meine Mutter«, sagt Albert mit erhobener Stimme. »Meine Schwester darf aus bestimmten Gründen augenblicklich nur mit uns . . . also mit ihrer Familie verkehren!«

Gabriele tritt an den Tisch und beugt sich über das Päckchen, das sie gerade hingelegt hat. Sie zerrt fahrig an der Schnur herum. Ganz tief beugt sie sich hinunter, daß ihr die Haare ins Gesicht fallen. Sie weiß nicht, was sie tut. Zorn und Erbitterung rauben ihr fast die Besinnung. Erst nach einer Pause kann sie wieder sprechen.

»Ah so!« sagt sie. »Ich gehöre Ihrer Meinung nach nicht zur Familie!«

Albert kann den Blick nicht von ihr losreißen. Er sieht, wie die rotblonden Haare sich wellig von der makellosen Haut des Halses abheben. Ein dumpfes Gefühl der Genugtuung erfüllt ihn. Er hat sie gedemütigt!

»Ich glaube nicht, daß Sie zur Zeit der richtige Umgang für meine Schwester sind!« sagt er grob.

Jäh richtet sich Gabriele auf. Ihre grünen Augen sprühen vor Zorn. »Sie unverschämter Bengel!« sagt sie. »Jetzt ist es aber genug! Ich habe damals über Ihre Frechheiten in meiner Wohnung in Stuttgart geschwiegen. Ich habe geglaubt, Ihr Benehmen sei mit Ihrer Unreife zu entschuldigen und Sie würden schon langsam zur Vernunft kommen. Ich habe gehofft« – sie wirft den Kopf in den Nakken –, »ja, ich habe gehofft, daß Sie sich eines Tages bei mir dafür entschuldigen würden. So hatte ich Sie eingeschätzt. Aber Ihre heutige Beleidugung lasse ich mir nicht bieten! Die behalte ich auch nicht für mich. Sie sind in meinen Augen ein Flegel! Verschwinden Sie hier! Das Weitere wird mein Mann Ihnen sagen, sobald er zurückkommt!«

Für Gabriele dehnen sich die Stunden dieses Nachmittags ins Endlose. Sie läuft ruhelos in ihrer Wohnung hin und her und denkt voll ohnmächtiger Wut an Alberts Worte.

› . . . kein Umgang für Dorle! – Sie darf nur mit uns . . . also mit ihrer Familie verkehren!‹

Dieser unverschämte Lümmel!

Gabriele zerknüllt ihr Taschentuch in den Händen.

Sie hat sich in ihrem Leben so manches anhören müssen, aber dies ist zuviel! Ausgerechnet Albert muß ihr gegenüber diese unversöhnliche Haltung zeigen. Ausgerechnet Albert, der in Wesen und Aussehen am meisten seinem Vater gleicht.

Sie sieht ihn wieder vor sich stehen: groß, schlank, mit trotzig erhobenem Kopf. Sie sieht seine rehbraunen Augen auf sich gerichtet, angriffslustig, voller Feindschaft . . . und doch voll von einem merkwürdigen Interesse . . .

Erst gegen sieben kommt Brandt nach Hause. Gabriele erwartet ihn in der Diele. Sie hilft ihm wie immer beim Ablegen. Dann zieht sie ihn wortlos ins Wohnzimmer.

Sie hat sich vorgenommen, Brandt alles in Ruhe zu berichten. Doch nun reißt die Erregung sie fort; ihre Worte überstürzen sich.

Brandt hört anfangs nur mit halbem Ohr zu. Er hätte selber soviel von den Vorbereitungen der Geschäftsgründung zu erzählen und ist müde von diesem Tag voll schwieriger Verhandlungen.

Doch plötzlich horcht er auf.

»Was?« ruft er mit zusammengezogenen Augenbrauen. »Albert? – Bitte, erzähl mir das noch mal!«

Während sie Alberts Beleidigungen Wort für Wort wiederholt, geht eine erschreckende Veränderung mit Brandt vor. Das Blut weicht aus seinem Gesicht. Sein Blick wird hart und starr, als sähe er durch sie hindurch. Genauso hatte er ausgesehen, als Albert den ersten Auftritt heraufbeschwor. Plötzlich geht er wortlos zur Tür.

»Um Gottes willen, Justus! Was willst du tun?« ruft Gabriele ängstlich und versucht, ihn zurückzuhalten. Aber er schiebt sie einfach beiseite. Sie steht entsetzt und hört ihn die Treppe hinaufgehen. ›Mein Gott – tu ihm nichts an!‹ will sie schreien, aber kein Wort kommt über ihre Lippen.

Brandt ist inzwischen schon im zweiten Stock. Etwas von der Unerbittlichkeit eines Roboters liegt in seinen Bewegungen.

Albert sitzt am Schreibtisch. Als Brandt eintritt, dreht er sich um. Fünf, zehn Sekunden lang sehen die Männer einander stumm in die Augen. Brandt tritt langsam vor.

»Steh auf!« befiehlt er mit heiserer Stimme.

Albert schiebt sich hoch und lehnt sich gegen die Schreibtischkante. Nur die Breite des Stuhls trennt sie noch. Brandts Finger ertasten die Lehne.

»Du niederträchtiger feiger Hund!« beginnt er leise. Noch hält er an sich. »Gabriele in meiner Abwesenheit mit Gemeinheiten zu überfallen und . . .« Die Stimme versagt ihm. Er reißt den Stuhl hoch und stößt ihn wieder auf den Boden, daß es kracht.

Brandt klammert sich jetzt förmlich an der Lehne fest, als fürchte er, ohne sie den Halt zu verlieren. »Los, rede, wenn du was zu sagen hast, du elender Duckmäuser!«

Alberts braune Augen starren den Vater aus einem schneeweißen Gesicht an.

»Was ich gesagt habe, kann ich verantworten!« stößt er heiser hervor.

Plötzlich schleudert Brandt den Stuhl wild zur Seite und packt Albert bei den Schultern. Seine Finger krallen sich in das Jackett. Er reißt ihn vom Tisch los, drückt ihn gegen die Wand und schüttelt ihn, daß sein Kopf immer wieder hart gegen die Mauer schlägt.

»Wenn du es noch einmal wagst, in meiner Abwesenheit Gabriele zu behelligen ...«

Wie jedesmal, wenn er die Schwelle der Beherrschung einmal überschritten hat, gibt es für ihn kein Halten mehr. Er holt mit der geballten Faust aus –

Da wird die Tür aufgerissen.

Bettina steht auf der Schwelle. Hinter ihr Minna.

»Justus!« ruft Bettina schneidend. Sie wirft die Tür vor Minna ins Schloß.

Brandt fährt herum. Der Klang dieser Stimme zerreißt den Nebel des sinnlosen Wutrausches. Seine Arme fallen herab.

»Du?« fragt er leer.

Bettina geht an ihm vorüber. Sie hebt den Schreibtischstuhl auf und stellt ihn an seinen Platz. Albert will ihr helfen; doch sie winkt ihm mit einer Kopfbewegung zu, den Raum zu verlassen.

Alberts Schritte verhallen auf der Treppe.

Bettina sieht Brandt an. Er stützt sich schwer auf die Schreibtischplatte. Seine schmalen, schlanken Hände liegen müde im Lampenlicht.

»Diese Szene kam mir bekannt vor«, bricht Bettina endlich das Schweigen. »Wenn du heute noch keine besseren Argumente hast als deine Fäuste ...«

Sie stockt. Brandt hat sich aufgerichtet. Seine grauen Augen fressen sich in ihren Blick.

»Du kannst dir deine Worte sparen!« ruft er, und seine Stimme ist ätzend vor Bitterkeit. »Ich bin darüber unterrichtet, daß dies dein Haus ist. Du brauchst es mir nicht zu sagen. Ich weiß, daß du die Kinder auf deine Seite gezogen hast, und deine Erziehung trägt bereits die schönsten Früchte!«

Er schlägt klatschend mit der flachen Hand auf die Tischplatte.

»Aber eines merke dir: Weitere Unverschämtheiten von Albert werde ich mir nicht bieten lassen!«

Er will an ihr vorüber zur Tür, doch Bettina hebt die Hand. »Einen Augenblick!« sagt sie. »Ich bin über den Vorfall unterrichtet. Albert mag sich im Ton vergriffen haben, aber in der Sache hat er recht!« Sie senkt die Stimme. »Ich denke, wir waren uns beide darüber einig, daß Dorle im Augenblick unter Aufsicht gehalten werden muß.«

»Und was hat das mit Gabriele zu tun?« fragt Brandt scharf.

Bettina zuckt die Achseln. »Das sollte dir klar sein. Natürlich sucht Dorle Unterstützung bei ihr!«

Brandt ist stocksteif stehengeblieben. Jetzt geht er auf die Tür zu und faßt nach der Klinke. »Das ist ja alles Unsinn!« knurrt er wütend.

Dann setzt er mit messerscharfer Stimme hinzu: »Ich verbitte mir ein für allemal, daß Albert meine Räume betritt, selbst wenn es tausendmal dein Haus ist, verstanden?« Er reißt die Tür auf und knallt sie hinter sich zu. Dabei prallt er auf Minna. Sie fährt entsetzt zurück.

Albert ist durch den Hinterausgang aus dem Hause gestürmt. Nur ins Freie!

Die Luft ist voller Feuchtigkeit, die vom Neckar aufsteigt. Albert atmet in tiefen Zügen. Langsam wird er ruhiger.

Herrgott, das war zu erwarten! Warum in aller Welt hat er sich nur in diese Geschichte eingelassen? Warum mußte er zu dieser Frau hinunterstürmen? Mama hätte die Sache bei ihrer Rückkehr mit ein paar ruhigen Worten erledigt. So aber . . .

Gabriele!

Er sieht wieder ihr Gesicht vor sich. Wie ihre grünen Augen vor Zorn sprühen, ihre Wangen brennen . . .

Nun hat er sie zum zweitenmal tödlich verletzt.

Warum?

Wirklich nur, um der Mutter zu helfen? Oder gibt es da andere Gründe?

Albert steckt sich nervös eine Zigarette an. Er tritt aus dem Gartentor auf den gepflasterten Uferweg mit der Mauerbrüstung und starrt zum Neckar hinunter.

Sie sah schön aus, stolz; aber ein Gesicht kann lügen – er weiß doch, wie sie wirklich ist!

Wird er überhaupt nicht mehr von dieser Frau loskommen? Hastig dreht sich Albert um.

Vom Garten her kommen leichte Schritte. ›Gabriele‹ ist sein erster Gedanke; doch als die schmale Gestalt in den Lampenschein tritt, erkennt er seine Schwester.

Dorle stockt, als sie ihn sieht.

Fünf Schritte trennen sie noch. Aber ist es nicht viel mehr? Sie haben nicht mehr miteinander gesprochen seit jenem Abend ...

»Bertel!« ruft Dorle halblaut. Noch sieht er unschlüssig zu ihr hinüber, da ist sie mit schnellen Schritten heran, faßt ihn bei den Schultern, reckt sich zu ihm empor:

»Bertel, was hast du da bloß wieder angestellt!«

Er blickt noch mit zusammengezogenen Brauen auf Dorle hinunter. Sie ist einen Kopf kleiner als er. Aber als er ihre Augen sieht, die wie früher immer voll Vertrauen zu ihm aufschauen, löst sich der Krampf in ihm.

»Ich habe alles mit angehört«, sagt Dorle überstürzt. »Du bist doch wirklich das größte Rindvieh, das auf Gottes Erdboden herumläuft. Warum mischst du dich bloß dauernd in diese Sachen? Ich hab' wirklich nur ein paar belanglose Worte mit Gabriele gewechselt. Was ist denn dabei?«

»Aber wenn Mama ...«, beginnt Albert zögernd.

»Ach, Unsinn«, unterbricht Dorle ihn heftig. »Versteck dich nicht dauernd hinter ihrem Rücken!«

Sie löst sich plötzlich von ihm und tritt einen Schritt zurück. »Ich glaube, du hast einen ganz anderen Grund, weshalb du in letzter Zeit so abscheulich zu mir bist«, sagt sie leise. Er hört ihrer Stimme an, welche Überwindung es sie kostet, weiterzusprechen.

»Ich glaube, seitdem du weißt, daß dein Vater in Wirklichkeit nicht der meine ist ...«

»Aber Hühnle!« sagt Albert betroffen und zieht sie mit einer Hand näher an sich heran.

Ihre Worte treffen ihn wie ein Schlag. Er hat ja nie richtig darüber nachgedacht, welche Qualen sie seit dieser schrecklichen Eröffnung ausgestanden haben muß.

Der Nachtwind rüttelt an den kahlen Ästen drüben auf der Insel.

Albert drückt Dorle fester an sich.

»Alles Einbildung, Dorle! Zwischen uns hat sich nichts geändert, gar nichts! – Du mußt es mir glauben.«

Dorle hebt langsam den Kopf. Sie wischt sich die Tränen aus den Augen. »Ach, Albert. Ich will doch nicht der Anlaß sein, daß es noch mehr Streit im Hause gibt!«

»Das bist du doch auch gar nicht, Schwesterchen«, – Albert strafft sich plötzlich wieder, »das ist diese Frau!«

Dorle fährt etwas zurück. »Aber warum?« fragt sie verständnislos. »Gabriele hat doch niemandem von uns das geringste getan!«

»Nein, sie tut nichts«, schreit Albert unbeherrscht, »das ist es ja gerade! Aber schon ihre Gegenwart! Daß sie ständig im Hause ist ...« Er bricht ab. »Wir könnten alle friedlich wie eine richtige Familie zusammenleben«, stößt er hervor, »wenn sie nicht wäre! Wie ich diese ... dieses Frauenzimmer hasse!«

29

Vier Wochen vergehen, ohne daß sich im Tageslauf der Bursagasse Veränderungen ergeben. Auch das Weihnachtsfest und der Silvesterabend bringen die feindlichen Gruppen im Hause einander nicht näher.

Mitte Januar erwartet Tübingen ein großes gesellschaftliches Ereignis. Die Verbindung ›Laetitia‹ feiert ihr hundertstes Stiftungsfest. Stöße von Einladungen gehen hinaus, nicht nur an alles, was in der Stadt Rang und Namen hat, sondern auch an zahllose Auswärtige. Der leitende Professor des Pharmakologischen Instituts, selber Mitglied der Korporation, lädt ›Herrn Apotheker Dr. Justus Brandt nebst Frau Gemahlin‹ ein.

Brandt nimmt dankend an. Vielleicht ist das endlich eine Gelegenheit, das Eis zu sprengen, das die Gesellschaft seit seiner Verheiratung mit Gabriele um sein Haus gelegt hat?

Im Festausschuß sitzt Egon Graf Hohenperch. Er repräsentiert die ›Alten Herren‹ der ›Laetitia‹. Eigentlich befindet er sich nicht in festlicher Stimmung. Das Institut für gesellschaftliche Kultur wird wenig frequentiert. Die Provision, die ihm sein alter Freund Willi Pohl für seinen Tip in der Sache mit Dr. Brandt zugesagt hat, scheint sich in nichts aufzulösen. Herr Pohl verschanzt sich einfach hinter dem Umstand, daß die besprochene Verbindung Brandt–Zynthia-Werke nicht zustande gekommen ist. Pohls private Verbindung mit Brandt aber sei ohne fremdes Zutun entstanden und selbstverständlich nicht provisionspflichtig. Das hat Pohl dem Grafen vor zwei Tagen klipp und klar mitgeteilt.

Graf Egon ist wütend. Nicht nur auf Pohl, auch auf Brandt. Und Frau Gabriele hat sich schon einige Male erlaubt, ihn auf der Straße zu übersehen ...

Die Einladung zum Stiftungsfest der ›Laetitia‹ bringt Hohenperch auf einen teuflischen Gedanken.

Er hat von Cäcilie Eckert erfahren, daß auch Dr. Brandt und Frau kommen werden. Sie sollen lange daran denken!

Er läßt sich noch acht Einladungskarten geben und schickt sie nach Stuttgart. Sie tragen alle einen kleinen handschriftlichen Vermerk des Grafen: ›Altes Haus! Du würdest mir eine persönliche Freude machen, wenn du wenigstens am großen Stiftungsball teilnehmen könntest. Ich hätte eine reizende kleine Überraschung für dich in petto!‹

Der ›Grüne Jäger‹ ist ein Waldlokal vor den Toren der Stadt mit einem Saal für dreihundert Personen. So viele erwartet man zum Ball, dem Höhepunkt der dreitägigen Veranstaltung.

Punkt acht Uhr abends sitzt die Kapelle auf dem Podium und wärmt die Stimmung mit schwungvollen Weisen vor.

Draußen rollt Wagen auf Wagen heran. Autobusse bringen Scharen von Studenten. Viele kommen auch die drei Kilometer von der Stadt zu Fuß.

Wolfgang Brandt und Pedro Gonzales haben diese Gelegenheit, unauffällig mit Änne und Dorle einen zünftigen Abend zu verleben, mit Freude ergriffen. Und Bettina hat Dorle die Erlaubnis nicht verweigert. »Aber nur bis elf!« hat sie gesagt.

Pedro hat vor lauter Vorfreude schon an Butzbachs Hausbar einige Champagner-Flips getrunken und steuert in dem noch halbleeren Saal zielbewußt einen etwas versteckten Tisch unter der Galerie an. Er zieht Dorle neben sich auf das kleine Sofa.

»Endlich, ma petite!« raunt er ihr glückstrahlend ins Ohr. »Endlich wieder einmal mit dir allein! Ich kann es kaum glauben!«

Pedro bestellt Wein.

»Noch nicht die Spur von Stimmung!« ruft er. »Das müßte bei uns sein! Oder in Paris! Komm, Doris, wir wollen es ihnen zeigen!«

Er will mit ihr zur Tanzfläche, doch Wolf hält beide fest.

»In unserer gemäßigten Zone wird erst nach der Begrüßungsrede getanzt, Señor!« sagt Wolf.

Pedro setzt sich lachend wieder hin. Er greift zur Weinflasche und schenkt allen nach. »Aber trinken dürfen wir doch schon, was?«

Wolf wirft Änne einen schnellen Blick zu. ›Auf den müssen wir heute aufpassen‹, soll das heißen. Aber Änne läßt Pedro sowieso kaum aus den Augen.

Am Saaleingang herrscht dichtes Gedränge. Munter plaudernd schieben sich Damen und Herren herein. Das bunte Gewoge duftiger Abendkleider läßt den Winter draußen vergessen. Die Vertreter der ›Laetitia‹ begrüßen die Ehrengäste – Professoren der Universität,

Vertreter der Stadt und befreundeter studentischer Verbände – und geleiten sie zu ihren Plätzen.

Nach einem Tusch hält der Vorsitzende der Aktivitas vom Musikpodium her eine kurze Begrüßungsansprache.

Beifall prasselt auf. Dann setzt die Kapelle mit dem ersten Tanz ein. Der Ball beginnt.

Während die Paare zur Tanzfläche gehen, betreten Justus und Gabriele Brandt den Saal. Einige Minuten verharren sie gebannt vor dem fröhlichen, glanzvollen Bild. Gabriele hat sich bei ihrem Mann eingehängt. Ihre Augen leuchten. Insgeheim erwartet sie genausoviel von diesem Abend wie Justus. Allein schon die Einladung hat sie mit Zuversicht erfüllt. Vielleicht läßt sich heute wirklich eine Bresche in die Schweigemauer schlagen, die sie beide umgibt!

Gabriele trägt ein zartviolettes, halblanges Organzakleid. Über dem weiten Ausschnitt eine kognakfarbene Pelzstola, lange Ohrringe aus Onyx, hochhackige Goldpumps. Viele Blicke folgen ihr bewundernd.

Brandt blickt sich suchend um und entdeckt bald in der Mitte der Längswand den Professorentisch. Dort sitzt auch der Pharmakologe, der ihn eingeladen hat. Die lange Tafel ist fast vollständig besetzt.

Als Brandt herantritt, erheben sich einige Herren. Sie schütteln ihm die Hand und lassen sich seiner Frau vorstellen. Es geht etwas förmlich und umständlich zu. Die Damen, zumeist Professorenfrauen reiferen Alters, nehmen von den Ankömmlingen keine Notiz. Nur versteckte Blicke wandern zu Gabriele, die etwas verloren neben Brandt steht, während er sich mit dem Professor unterhält.

»Entschuldigen Sie«, unterbricht Brandt plötzlich das Gespräch. »Warum sollen wir uns nicht gleich setzen? Da sehe ich gerade noch zwei leere Stühle!« Er ist im Begriff, den einen Stuhl für Gabriele zurückzuziehen ...

Einer der sitzenden Herren blickt kurz auf. »Die beiden Plätze sind leider besetzt«, sagt er kühl.

Brandt läßt den Stuhl los. »Entschuldigen Sie!« murmelt er. Dann trennt er sich mit einem oberflächlichen »Bis nachher« etwas unvermittelt von dem Professor. Er ergreift den Arm seiner Frau und geht weiter.

Mit Hilfe eines Kellners finden sie endlich zwei Plätze an einem kleineren Tisch in der Nähe der Kapelle, unmittelbar vor der Tanzfläche. Brandt würde sich nie dorthin gesetzt haben, doch in diesem Augenblick ist ihm alles recht. Er gibt seine Bestellung auf und starrt mit mühsam verborgenem Ärger in das Gewühl der Tanzenden.

An der anderen Seite des Saales hat Pedro schon bei den ersten Takten Dorle mit auf die Tanzfläche gezogen. Er hält sie fest in den Armen, raunt ihr törichte, verliebte Worte ins Ohr und scheint in seiner seligen Stimmung die Umwelt völlig vergessen zu haben.

»Ich muß mit dir allein sprechen«, flüstert er. »Hier sind mir viel zuviel Menschen! Komm mit 'raus!«

»Aber das geht doch nicht!« Dorles Stimme klingt unsicher. »Was sollen denn die andern denken?« Plötzlich wird sie in seinem Arm ganz starr. »Um Himmels willen! Drüben sitzt Papa!«

Pedro hält sich gar nicht damit auf, Brandt mit den Blicken zu suchen. Er steuert Dorle nun mit unwiderstehlichem Elan zu einem Nebenausgang. »Wenn er uns erst gesehen hat, können wir nie mehr hinaus!« sagt er.

Die Winterluft ist zwar nicht kalt, dennoch fröstelt Dorle in ihrem ausgeschnittenen Chiffon-Kleid, als sie ins Freie hinaustreten.

Aber Pedro zieht sie ausgelassen mit sich zu dem weiten Parkplatz, der voll Autos steht. Er geht von Wagen zu Wagen und probiert so lange an den Griffen, bis einer aufspringt.

Er strahlt Dorle an wie ein kleiner Junge. »Hier drinnen wirst du schon nicht frieren!«

Im Wagen sinkt Dorle in seine Arme. Und als sie endlich wieder seine Lippen auf den ihren fühlt, vergißt auch sie Zeit und Umwelt.

Aber nur für eine Weile. Die Unruhe sitzt zu tief in ihr. »Wir müssen zurück, Pedro!«

Pedro hält sie fest. Er streicht selbstvergessen wieder und wieder über ihre Schultern. Er preßt den Mund in ihr Haar. »Nein«, flüstert er, »wir gehen nicht mehr zurück. Jedenfalls nicht so!«

Dorle stemmt sich mit beiden Händen gegen ihn. »Wie meinst du das?«

»Ich mache diesen Unsinn nicht länger mit«, sagt Pedro erregt. »Ich hab' es mir genau überlegt. Wir fliehen! Zusammen! Wir heiraten sofort! In Paris oder in der Schweiz! Sie können das nicht verhindern und werden sich nachher schon damit abfinden.«

Noch während er spricht, schüttelt Dorle den Kopf.

»Es wäre ja herrlich, Pedro!« sagt sie zärtlich und streichelt ihm über die Schläfen. »Aber es ist ganz unmöglich. Es ist doch nicht so schlimm, wenn wir noch etwas warten! Ohne Zustimmung der Eltern werden wir nie getraut. Und wovon sollen wir leben?«

»Du sprichst wie deine Mutter!« sagt Pedro unwillig. »Geld! Immer das Geld! Ich habe ja noch genug. Jedenfalls für die erste Zeit!« Wieder zieht er sie an sich und beschwört sie mit heißen Worten, nachzugeben.

Doch Dorle ist nicht zu überzeugen.

»Nein!« sagt sie und drückt den Türgriff herunter. »Ich kann nicht. Wir müssen warten, Pedro!«

Sie springt aus dem Wagen. »Komm!« sagt sie flehend. »Sonst muß ich allein in den Saal.«

Pedro tastet nach ihrer Hand. »Wenn du jetzt gehst«, sagt er mit völlig veränderter, dunkler Stimme, »wenn du nicht mit nach Paris willst, Dorle, dann . . .« Er holt tief Atem.

Dorle beginnt zu zittern. »Dann?« wiederholt sie atemlos.

»Dann liebst du mich nicht!« stößt Pedro heraus und gibt ihre Hand frei.

Aus dem Saal dringt das Jubeln der Geigen, das Schleifen tanzender Füße herüber.

Dorle steht vorgebeugt und sieht im reflektierten Licht der Saalfenster Pedros Gesicht hart, entschlossen, wie sie es nie gesehen hat. Sie fühlt, wie ihr die Tränen aufsteigen, aber gerade jetzt will sie ihm keine Tränen zeigen.

Sie schüttelt langsam den Kopf. »Dann liebe ich dich eben nicht!« sagt sie mit spröder Stimme. Sie wendet sich um und läuft hastig zwischen den parkenden Wagen hindurch auf den hellen Eingang des Hauses zu.

Pedro bleibt noch lange in dem offenen Auto sitzen. Er steckt sich eine Zigarette an, schleudert sie weg, nimmt eine neue.

Endlich steigt er aus und wirft den Wagenschlag hinter sich zu.

Als er gleich darauf im Saal erscheint, ist seinem Gesicht nichts von der Erregung anzumerken, die ihn durchzittert. Vielleicht ist das Feuer, das den ganzen Abend in seinen Augen gebrannt hat, noch verzehrender geworden. Er zwängt sich zur Bar durch, trinkt ein Glas Sekt und noch eins . . .

Als er endlich an seinen Tisch zurückkehrt, sitzt nur ein Mädchen da: Änne.

Dorle ist nicht zu sehen.

In einer Tanzpause betritt ein neuer Gast, ein hochgewachsener Herr im Smoking, den Saal. Er geht, offenbar auf der Suche nach Bekannten, über die Tanzfläche und mustert die Tische. Dabei fällt sein Blick auf Gabriele.

Er stutzt. Ein Lächeln kommt in sein Gesicht. Er geht einige Schritte näher an ihren Tisch heran, wie um sie zu begrüßen.

Plötzlich bemerkt er Brandt, der seine Hand auf Gabrieles Arm gelegt hat. Der Herr verändert unmerklich die Richtung. Er verneigt sich nur vor Gabriele und geht weiter.

Brandt bemerkt, wie Gabriele reserviert zurückgrüßt. Er sieht hinter dem Herrn her und blickt dann seine Frau an. Er will etwas fragen, doch er unterläßt es. Gerade setzt die Kapelle ein, und die nahe Musik macht eine Unterhaltung sowieso unmöglich.

Auf dem Weg zu ihrem Tisch stößt Dorle auf Wolfgang. Ihre Verstörtheit entgeht ihm nicht. Aber er deutet sie falsch. »Wegen Papa brauchst du dir keine Sorgen zu machen«, sagt er beruhigend. »Er hat dich schon längst gesehen. Er kommt nachher mal zu uns. Oder ist sonst etwas?«

Dorle zuckt die Achseln. Es ist ihr unmöglich, ein Wort über das Gespräch mit Pedro zu äußern. Eigentlich ist ihr die ganze Lust am Tanzen vergangen. Sie zerrt nervös an ihrem Taschentuch, das sie in der Hand trägt.

Wolf entwindet es ihr und stopft es in ihre Handtasche. »Das arme Tuch ist jedenfalls unschuldig. Und den English-Waltz lassen wir uns auch nicht entgehen!« Er zieht Dorle in den Saal.

Wieder hat sich ein älterer Herr vor Gabriele verneigt. Er ist mit einem Siegerlächeln über die Tanzfläche gekommen. Erst vor dem Tisch hat er Brandt bemerkt und sich kurz verbeugt. »Gestatten Sie?«

Brandt hat verbindlich genickt.

Jetzt blickt er mit gerunzelter Stirn zur Tanzfläche, wo Gabriele mit unbewegter Miene vorüberschwebt.

Auch nach diesem Tanz bleiben viele animierte Paare auf dem Tanz-Oval und klatschen nach einer Zugabe.

Dorle aber hat genug. »Laß uns an unseren Tisch zurückgehen!« sagt sie.

Sie zwängen sich durch die Reihen.

Plötzlich bleibt Wolf stehen und hält Dorle fest. Beide starren ungläubig, wie gebannt, zu ihrem Tisch hinüber.

Dort sitzen Pedro und Änne auf dem kleinen Sofa dicht nebeneinander. Pedro hat seinen Arm um Ännes Schultern gelegt und spricht voll Glut auf sie ein. Änne lacht ihn herzlich an. Wie sie den Kopf zurückwirft, wie sie ihm immer noch lachend eine Haarsträhne aus der Stirn streicht – gewiß, das kann harmlos sein . . .

Und doch ballt Wolf unwillkürlich die Hand zur Faust. Irgend etwas an Ännes Bewegung raubt ihm den Atem. Das ist mehr, muß mehr sein als bloße freundschaftliche Vertrautheit. Jetzt stehen die beiden auf. Sie schlendern Arm in Arm zur Tanzfläche, wo die Wiederholung schon eingesetzt hat. Sie gehen kaum fünf Schritte an den Geschwistern vorüber, aber sie haben nur Augen füreinander.

Wolf blickt Dorle an. Sie ist blaß geworden. Die weiche Musik umschmeichelt sie. Sie hören es nicht.

Gabriele ist neben dem Herrn im Smoking an Brandts Tisch zurückgekehrt. Wieder grüßt der Fremde den Apotheker mit vollendeter Höflichkeit. Dann entfernt er sich.

Brandts Stirn ist immer noch umwölkt. »Wer war denn das?« fragt er seine Frau halblaut. Sein Blick fällt auf die Tanzfläche, seine Augen weiten sich ...

Aus verschiedenen Richtungen kommen jetzt gleichzeitig zwei Herren auf Gabriele zu. Sie verhalten wenige Schritte vor ihr und verneigen sich, ebenfalls formvollendet. Aber da ist ein leichtes Lächeln in ihren Mundwinkeln. Es verrät, daß sie Gabriele kennen. Und es gefällt Brandt gar nicht.

Ist es überhaupt üblich, daß Herren – nach der Nadel im Rockaufschlag sind es Alte Herren der Verbindung – eine fremde Dame zum Tanz auffordern?

»Verzeihung! Nach Ihnen!« murmelt der eine und tritt zurück.

»Erlauben Sie?« sagt der andere zu Brandt.

Der Apotheker blickt Gabriele an. Er sieht etwas wie Hilflosigkeit oder Verzweiflung in ihren Augen – oder täuscht er sich?

»Ja, tanz nur, Gabriele«, sagt Brandt schnell. »Ich muß mich sowieso einmal um Dorle kümmern.« Und zu dem Fremden: »Bitte!«

Er will gar nicht sehen, wie seine Frau in den Armen des Mannes davongleitet. Er steht auf, geht über den roten Kokosläufer des Seitenganges zu jener Ecke unter der Galerie, wo er vorhin seine Kinder bemerkt hat. Dabei passiert er in einiger Entfernung die lange Tafel, an der die Professoren mit ihren Damen in fröhlicher Unterhaltung sitzen. Plötzlich gibt es ihm einen Stich:

Die beiden Plätze am unteren Tischende, die er mit Gabriele einnehmen wollte, sind noch immer leer!

»Verzeih, Papa!«

Brandt fährt herum. Hinter ihm steht Albert. »Dürfte ich dich eine Minute sprechen?« fragt Albert leise.

Brandt hat seit dem furchtbaren Auftritt in Alberts Zimmer kein Wort mehr mit seinem Ältesten gesprochen. Aber nun ist er unfähig, neuen Zorn zu empfinden. Er nickt und folgt Albert stumm in die kleine Bar, die durch eine Schwingtür vom Ballsaal getrennt ist. Jetzt, während des Tanzes, ist der Raum fast leer. Brandt weist auf einen der wenigen Tische. Sie setzen sich.

»Papa«, beginnt Albert angestrengt. »Ich weiß, der Zeitpunkt ist schlecht gewählt. Aber ich sah dich eben . . . und da läßt es mir keine Ruhe. Papa, ich möchte dich um Verzeihung bitten. Du weißt schon . . .«

Langsam legt sich ein etwas schmerzliches Lächeln um Brandts Mund. »Mein Junge«, sagt er leise, »Eltern sind wohl dazu da, ihren Kindern immer wieder zu verzeihen!«

Er sieht flüchtig durch den Raum, der von kegelförmigen Leuchten mit schmalem Lichtkreis matt erhellt ist. »Für mich ist die Sache erledigt, Albert. Aber ich glaube, du bist an der falschen Adresse. Meine Frau hätte es verdient, die gleichen Worte von dir zu hören.« Er erhebt sich und klopft dem Sohn auf die Schulter: »Man soll nie auf halbem Wege stehenbleiben!«

Als er weitergeht, atmet er auf. Endlich ist Albert zur Vernunft gekommen. Wenigstens ein Lichtblick an diesem traurigen Abend!

Gleich darauf findet er Dorle und Wolfgang allein an ihrem Tisch und lacht sie an. »Ein hübsches Plätzchen habt ihr euch ausgesucht!«

Da die beiden ihn nur verlegen anblicken, wird Brandt aufmerksam. »Was sitzt ihr da so ernst herum?« Er schmunzelt. »Ach so, die Flasche ist leer. Darf ich mir erlauben, eine neue zu stiften?«

Keiner der beiden antwortet. Brandt spürt plötzlich eine Unruhe. Ob sie denken, er wolle eine Szene machen? Ist Wolf nicht ungewöhnlich blaß? Hat Dorles Gesicht nicht beinahe etwas Verstörtes?

Brandt lächelt gezwungen. »Ich will nicht stören. Die Flasche schicke ich durch den Kellner. Und, Dorle, um elf ist Schluß, nicht wahr?«

»Vielen Dank, Papa!« sagt Wolf steif. »Wir trinken nichts mehr.« Und Dorle, ebenso starr: »Wir werden gleich nach Hause gehen!«

»Ja, was ist denn in euch gefahren?« ruft Brandt erstaunt. Er zieht einen Stuhl heran und setzt sich ans Tischende.

Dadurch aber gerät ein in der Nähe stehender Tisch in sein Blickfeld, der ihm bisher von einer Säule verborgen wurde. Anhaltendes Männerlachen, förmlich ein Gewieher, zieht Brandts Kopf herum.

Ein Tisch mit lauter Herren! Einige Sektkühler verraten den Ursprung der guten Laune. Am Kopfende sitzt – Brandt gibt es einen Schock – Egon Graf Hohenperch. Prinz Kuckuck.

Brandt begegnet seinem Blick, doch der Graf sieht durch ihn hindurch, als sei er nicht vorhanden, und wendet sich an seinen Nachbarn.

Brandts Augen folgen unwillkürlich. Er erstarrt –

Ist das nicht der Fremde, der eben mit Gabriele getanzt hat?

Und daneben, das war doch auch ein Tänzer von ihr? Und der dritte, der sich gerade erhebt und zur Bar geht – könnte das nicht jener sein, der zurücktrat?

Brandt steigt eine glühende Röte ins Gesicht. Zum Glück blickt keiner der Herren zu ihm herüber, dennoch rückt er seinen Stuhl zur Seite.

Alles verschwimmt vor seinen Blicken. Er murmelt etwas zu seinen Kindern hin und steht auf.

Wolf und Dorle nicken nur. Sie sind genug mit ihrem eigenen Kummer beschäftigt.

Brandt geht wie durch wogende Nebel zur Bar. Nur den Fremden auf dem Barhocker sieht er klar und deutlich.

Der Fremde blickt überrascht auf, als Brandt sich neben ihn setzt und ein paar unverbindliche Worte über den Saal, die Menschen und das Fest sagt.

Ohne Vorbereitung kommt dann plötzlich Brandts Frage: »Sie kennen meine Frau von früher, Herr . . .?«

»Legers, Ingenieur Legers«, murmelt der andere. »Ja.« Er hebt wie gedankenverloren sein Glas und überlegt dabei angestrengt. Hohenperch hat um strengste Diskretion gebeten! Und schließlich kann er diesem Mann nichts von den Abenden bei der schönen Gaby erzählen!

»Das ist schon fast nicht mehr wahr«, sagt er mit unbefangenem Lächeln. »Das muß Jahre zurückliegen. Warten Sie! Soweit ich mich erinnere, habe ich Ihre Gattin auf einer Silvesterfeier bei dem Stuttgarter Fabrikanten Willi Pohl kennengelernt!«

Brandt schreckt zusammen, was Legers nicht entgeht.

»Es muß vier Jahre her sein!« sagt er schnell. »Ja, richtig: Es war kurz bevor Pohl Pleite machte!«

Brandt greift mit zitternden Fingern nach seinem Whiskyglas und trinkt es in einem Zug leer. Der scharfe Alkohol brennt ihm wie Feuer in der Kehle.

Er merkt wohl, daß der Mann neben ihm vom Barhocker gleitet und sich mit einer gemurmelten Entschuldigung empfiehlt, aber er beachtet es nicht. Wie benommen sitzt er da und starrt auf die blanke Fläche des Bartisches.

Nur wenige Minuten sind vergangen, seitdem ihm die Worte eines Fremden die grausamste Enttäuschung bereiteten. Und doch ist es, als hätten sie ihn um Jahre älter gemacht.

Brandt zweifelt keinen Augenblick an dem, was der Mann sagt. Gabriele hat ihn belogen! Sie hat behauptet, Pohl nicht zu kennen, und ist bei ihm zu Gast gewesen! Wer weiß, wie oft!

Weshalb hat sie ihm nicht die Wahrheit gesagt? Weshalb nur?

Eine Verwechslung?

Nein. Brandt schüttelt den Kopf. Er möchte auflachen. Deutlich erinnert er sich, wie Gabriele und Pohl an jenem Abend in der Bursagasse plötzlich verstummten, als er ins Zimmer trat.

Die Flügeltür läßt mit einem Schwall heißer Musik neue Gäste herein. Die Barhocker werden wieder besetzt.

Brandt läßt sein Glas abermals füllen. Doch der Alkohol hilft ihm jetzt nicht. Das spürt er genau.

Gabriele hat ihn belogen!

Davor wird selbst die Mitteilung unwesentlich, daß Pohl vor ein paar Jahren Konkurs gemacht hat. Pleite, wie der Mann sagte.

Brandt richtet sich langsam auf. Er muß zurück an seinen Tisch! Er wirft einen Geldschein auf die Bar und schiebt die Münzen, die der Mixer herausgibt, achtlos zurück.

An der Tür des Barraumes stößt Brandt mit mehreren Herren zusammen. Es sind Professoren der Universität, unter ihnen auch der Pharmakologe, dem er die Einladung zu diesem Fest verdankt. Der Pharmakologe ruft gemacht munter: »Warum bleiben Sie nicht noch etwas hier, Herr Brandt?«

Brandts Gesicht ist eisig. »Leider unmöglich!« sagt er. »Aber ich hoffe, das wird Ihr Vergnügen nicht stören!«

Er geht mit steifem Gruß in den Saal.

Der Pharmakologe blickt ihm nach. »Brandt scheint verstimmt zu sein«, sagt er zu einem der Professoren. »Man hätte ihn vorhin nicht so brüskieren dürfen. Im Grunde hat der Mann nur Unglück gehabt.«

Albert ist nach dem Gespräch mit dem Vater an seinen Platz am Tisch der Obotriten zurückgekehrt. Er sitzt neben seinem Freund Erich. Über die Tanzfläche hinweg sieht er direkt auf Gabriele. Sie ist schon länger als eine Viertelstunde allein. Albert hat es auf der Uhr genau verfolgt. Er kann sich gut vorstellen, wie unangenehm ihr das ist. Aber ihr Gesicht zeigt eine gleichbleibende Freundlichkeit.

Während Erich kaum einen Tanz ausläßt, tanzt Albert überhaupt nicht mehr. Um so intensiver widmet er sich seinem Weinglas. Er hört sich zerstreut die witzigen Bosheiten an, die Erich in den Tanzpausen über seine Partnerinnen zum besten gibt. Alberts Blick schweift immer wieder verstohlen zu Gabriele hinüber. Er betrachtet sie mit brennenden Augen. Ihr klares Profil! Die zarten Konturen! Die elegant bestrumpften Beine!

Zuweilen, wenn Gabrieles Pelzstola unter einer Bewegung etwas sinkt, zeigen sich über ihrem ärmellosen Kleid die schimmernden Schultern. Albert ist nicht der einzige, dessen Blicke davon angezogen werden. Jüngere und ältere Semester drehen sich mehr oder minder unauffällig um, wenn sie vorübertanzen.

Erich folgt Alberts Blicken und pfeift durch die Zähne.

»Mensch, so 'ne böse Stiefmutter möchte ich auch mal haben! Nur für drei Tage!«

»Quatsch!« sagt Albert und greift verwirrt nach seinem Glas. Er kämpft schon lange mit dem Entschluß, Gabriele zum Tanz aufzufordern. Gäbe es eine bessere Gelegenheit, sich endlich bei ihr zu entschuldigen? Doch den Arm um diese Schultern legen ... ihm schwindelt allein bei der Vorstellung.

Plötzlich hebt Gabriele wie irritiert den Kopf. Sie dreht sich halb zu Alberts Tisch um, als hätte sie seinen Blick gespürt. Ihre Augen begegnen einander. Albert bekommt einen roten Kopf. Er könnte nicht sagen, was in Gabrieles Blick zu lesen war, aber Ablehnung schien es nicht. Eher etwas Ermutigendes.

Als die Tanzfläche sich wieder füllt, gießt Albert mit einem Zug sein Glas hinunter und steht auf.

Er steuert an den Tanzenden vorbei zu Gabriele. »Darf ich bitten?« sagt er heiser, doch viel lauter als beabsichtigt.

Gabriele hebt langsam den Kopf.

Nein: in ihren grünen Augen ist nichts Freundliches, nichts Ermutigendes. Es ist ein abschätzender, abwägender Blick. Mitten in dem Trubel, dem Lärm der fröhlichen Menge sehen beide einander stumm an. Albert ist der erste, der die Augen senkt.

»Danke!« sagt Gabriele kühl. »Ich möchte nicht mit Ihnen tanzen!«

Dann nimmt sie eine Zigarette, läßt ihr Feuerzeug aufschnappen und beginnt zu rauchen, ohne von dem jungen Mann weiter Notiz zu nehmen.

Albert ist eine Blutwelle in den Kopf geschossen und wieder verebbt. Jetzt ist er blaß. Er setzt nochmals zum Sprechen an; dann erkennt er selber, daß er hier wie ein dummer Junge steht. Er verneigt sich knapp und hastet davon.

Gabriele trinkt einen Schluck. Ihre Lippen sind trocken. Niemand ahnt, was es sie kostet, Haltung zu bewahren. Jede Minute dieses Festes ist eine Marter für sie, seitdem sie weiß, daß sich unter der heiteren Oberfläche etwas gegen sie vorbereitet. Gegen sie und gegen ihren Mann. Irgendein Teufel muß das inszeniert haben: Männer aus ihrer Vergangenheit an ihren Tisch zu schicken. Das kann kein Zufall sein!

Gabriele hat längst entdeckt, daß alle diese Männer mit Graf Hohenperch zusammensitzen. Sie fühlt förmlich, daß sie von seinem Tisch aus unablässig beobachtet wird. Die Kommentare kann sie sich denken.

Wenn nur Justus dieses Komplott nicht durchschaut!

Die kurze Szene am Professorentisch war schon peinlich genug. Das hier wäre für ihn unerträglich.

Und alles nur ihretwegen!

Was nützt da all ihre Liebe? Was helfen da all ihre guten Vorsätze? Dic Schatten der Vergangenheit lassen sie nicht los. Nun drohen sie auch das Schicksal des geliebten Mannes zu verdunkeln.

Sie möchte weit fort sein aus diesem Saal mit seiner lärmenden Fröhlichkeit, möchte sich irgendwo verkriechen, wo niemand sie kennt!

Während sie scheinbar gelassen auf die Tanzfläche blickt, ahnt sie nicht, daß sie auch am Professorentisch Gegenstand der Unterhaltung ist. Als die Herren in der Bar verschwanden, sind die Damen etwas enger zusammengerückt.

»Reichlich offenherzig, dieses Kleid der Frau Brandt«, sagt die etwas griesgrämige Seniorin der Tischrunde. »Nun ja, sie wird es wohl mit in die Ehe gebracht haben.«

»Das Kleid ist bester Stil, meine Liebe. Sie wissen, ich verstehe etwas davon.« Das ist die Frau des Professors Merklin. Ihre Meinung hat in diesem Kreise viel Gewicht. »Aber ich finde, wir sollten keinem eine Vergangenheit vorwerfen, von der wir nichts wissen. Der Krieg hat so viele aus ihrer Bahn geworfen. Und wenn einer mit aufrichtigem Herzen zurück will, sollte man ihm helfen.«

Frau Merklin blickt resolut in die Runde und findet plötzlich mehr zustimmende als ablehnende Mienen.

Nach kleinem Zaudern sagt eine jüngere Dame entschlossen: »Ein leichtes Los dürfte sie mit diesem Mann gewiß nicht gezogen haben. Die Zustände in dem Haus mit den zwei feindlichen Parteien sollen furchtbar sein! Ich muß zugeben, ich weiß auch nicht, ob ich da so ruhig bliebe!«

Nun ist die Zustimmung fast allgemein. Nur die Seniorin zögert. Sie blickt zur Seite und hebt den Finger leicht gegen die Lippen.

Gerade geht Brandt vorbei.

Der Apotheker hat sich wieder gefangen. Er ist entschlossen, sich nichts anmerken zu lassen. Vor niemandem. Auch vor Gabriele nicht.

Er läßt sich an seinem Tisch mit einer leichten Verbeugung nieder. »Entschuldige, bitte!« sagt er oberflächlich. »Es hat bei den Kindern etwas länger gedauert.«

Er sieht Gabriele dabei nicht an, sondern entzündet umständlich eine Zigarette.

»Wenn es dir recht ist, Justus, wollen wir bald gehen«, sagt Gabriele nach einer Weile. Sie streicht sich über die Schläfen. »Ich glaube, ich bekomme wieder meine Kopfschmerzen.«

»Kopfschmerzen?« Brandt muß sich diesmal Mühe geben, es besorgt klingen zu lassen. »Ausgerechnet eine Apothekersfrau! Ich muß im Mantel noch ein paar Tabletten haben. Soll ich sie dir holen? Es wäre doch schade, den schönen Abend deshalb so vorzeitig abzubrechen.« Er sieht auf seine Armbanduhr. »Es ist kaum elf!«

Gabriele verbirgt mit Mühe ihr Erstaunen. Sie ist ganz sicher, daß er schwer verstimmt war, als er vorhin vom Tisch aufstand. Und jetzt findet er den Abend schön?

»Nein, laß!« sagt sie schnell. »Die Kopfschmerzen vergehen schon wieder. Ich freue mich ja, daß du dich wohlfühlst. Natürlich mache ich mit, solange du willst.«

Vom Seitengang her nähert sich wieder einer der Herren aus Hohenperchs Gesellschaft. Er verbeugt sich wie seine Vorgänger lächelnd vor Gabriele und sagt dann zu Brandt: »Gestatten, daß ich mit der Frau Gemahlin tanze?«

Brandts Augen verengen sich. Es sieht aus, als wolle er etwas Scharfes entgegnen, doch sofort glättet sich seine Miene wieder. »Aber bitte sehr!« sagt er verbindlich.

Dann blickt er unbewußt gespannt seine Frau an.

Gabrieles Gesicht ist frostig. Ihre ganze Haltung nur Ablehnung.

»Ich muß leider danken!« sagt sie höflich, doch bestimmt. »Ich möchte nicht mehr tanzen.«

Ein konventionelles Lächeln in Richtung des Herrn, dann wendet sie sich betont wieder an ihren Mann. »Hast du Ärger gehabt, Justus? Vielleicht wegen Dorle?«

Brandt weicht ihrem Blick aus. Er winkt dem Kellner zu, eine neue Flasche zu bringen. »Nein, nein!« sagt er. »Alles in Ordnung. Wie kommst du nur darauf?«

»Du bist auf einmal so . . . ich weiß nicht, so verändert«, sagt Gabriele leise. Sie nimmt sich zusammen. Sie möchte ihm nicht zeigen, wie unruhig seine gekünstelte Freundlichkeit sie macht.

Brandt lacht hart auf. »Du siehst Gespenster! Ich bin selten so guter Stimmung gewesen wie heute!«

Aber seine stahlgrauen Augen wissen nichts von dem Lächeln, das um seine Mundwinkel liegt.

Gabriele erschauert. Sie schließt die Augen. ›Gespenster!‹ denkt sie bitter.

Für Sekunden verrät ihr Gesicht ungewollt die ganze Qual, die sie insgeheim erduldet.

Brandt sieht es und ist vorübergehend betroffen. Vielleicht hat sie wirklich Kopfschmerzen?

Ach was! Alles Theater! Genau wie damals, als sie tat, als ob sie Pohl noch nie zuvor begegnet wäre!

Pedro und Änne haben eine halbe Stunde bei Bekannten gesessen. Jetzt schlendern sie vergnügt zu ihrem Platz zurück.

Doch der kleine Tisch unter der Galerie ist leer. Dorles und Wolfgangs Gläser sind abgeräumt.

»Die Herrschaften sind vor fünf Minuten gegangen«, sagt der Kellner.

Änne will Pedro auf das kleine Sofa ziehen, doch er bleibt stehen. »Begreifst du das? Ist Doris denn so empfindlich? Wir haben uns ein bißchen gezankt. Eine Lappalie! Deshalb läuft man doch nicht gleich weg!«

Änne lacht. »Empfindliche muß man laufen lassen, dann kommen sie von selber wieder. Außerdem wollte Dorle doch früh Schluß machen.«

Aber Pedro hört gar nicht zu. »Gib mir bitte deine Wagenschlüssel!« sagt er drängend. »Wenn sie erst fünf Minuten weg sind, hole ich sie ein. Sie sind doch zu Fuß!«

Als Änne zögert, stampft er unwillig mit dem Fuß auf. »Bitte! Ich komme ja gleich zurück.«

Er stürmt mit den Wagenschlüsseln hinaus.

Wolfgang und Dorle sind noch nicht weg. Sie haben eine Zeitlang von der Tür aus den Tanzenden zugesehen. Dann hat Wolf Dorles Mantel geholt.

Sein Ärger auf Änne ist schon halb verflogen. »Eigentlich Blödsinn, jetzt schon abzuhauen!« sagt er plötzlich. »Wir sollten weiterfeiern. Wir müßten den beiden dauernd was vortanzen. Gerade jetzt! Du hast die ganze ›Laetitia‹ zur Auswahl! Und ich ...«

Er lacht schon wieder.

Auch Dorle muß unwillkürlich lächeln. Sie denkt an die Tänzerinnen, die Wolf bei ›Damenwahl‹ einander förmlich aus den Händen reißen. Dann schüttelt sie den Kopf. »Wenn ich nicht versprochen hätte, um elf zu Hause zu sein ...«

Wolf winkt ab. »Auf ein paar Minuten wird es nicht ankommen.

Warte! Ich werde schnell mal ’rumhören, wer dich mit zur Stadt nehmen kann. Sonst nimmst du ein Taxi.« Er eilt hinaus.

Ein junger Mann, der sich bisher im Hintergrund gehalten hat, tritt mit leicht verlegenem Lächeln an Dorle heran. »Gnädiges Fräulein! Ich will doch nicht hoffen, daß Sie uns schon verlassen?«

Er gehört zu den Unentwegten, die immer wieder an ihren Tisch gestürmt sind, um Pedro zuvorzukommen. Zweimal hat sie auch mit ihm getanzt. Er hat sich als Dr. von Dahlen vorgestellt.

»Ich muß leider weg«, sagt Dorle zurückhaltend.

»Sehr schade! Darf ich Sie dann wenigstens nach Hause fahren?«

»Nein, danke, mein Bruder bringt mich heim«, antwortet Dorle nun kühl. Sie nickt verabschiedend. »Auf Wiedersehn!«

Der Doktor verbeugt sich. »Das nehme ich als ein Versprechen!«

Als Wolf suchend über den Parkplatz geht, will Pedro gerade starten. Mit einem Ruck zieht er den Zündschlüssel wieder heraus. Sie sind noch da! Dorle muß noch in der Halle sein!

Pedro springt aus dem Wagen. Mit ein paar Sätzen ist er in der Garderobe. Vor Dorle. Er faßt ihre beiden Hände. »Aber Dorette!« Seine dunkle Stimme ist voll von zärtlichem Vorwurf. »Was machst du denn? Du kannst doch nicht einfach davonlaufen! Es ist doch alles nur ein Mißverständnis.«

Dorle versucht, ihm die Hände zu entziehen. Sie antwortet nicht.

»Ich lasse dich nicht so gehen«, sagt Pedro leidenschaftlich. »Du mußt mir erst erklären, was das alles bedeutet!«

Dorle kann an ein ernsthaftes Zerwürfnis jetzt selber nicht mehr glauben. Aber sie möchte stolz sein, möchte, daß er sie um Vergebung bittet.

»Das wirst du selbst am besten wissen«, sagt sie kühl.

Pedro hüllt sie in seinen flammenden Blick. »Ich weiß nichts, als daß ich dich liebe!« raunt er ihr zu. »Aber wenn du wirklich nicht mehr bleiben willst, dann bringe ich dich nach Hause. Dann können wir uns auch aussprechen.«

Dauernd gehen Menschen an ihnen vorbei. Dorle bemerkt, daß sie schon neugierig angesehen wird. Sie wehrt sich nicht länger, als Pedro sie hinauszieht und zu Ännes Wagen führt.

Nun geht alles sehr schnell.

Beide steigen ein. Während Pedro schwungvoll vom Platz herunterfährt, bemerkt Dorle ihren Bruder Wolf, der suchend aus der Tür tritt. Sie kurbelt das Fenster herunter und winkt ihm zu.

»Pedro bringt mich nach Hause!« ruft sie. Es klingt beinahe jubelnd.

Sie sieht noch, wie Wolf ärgerlich das Gesicht verzieht. Aber da sind sie auch schon vorbei und auf der Straße.

Etwa einen Kilometer weiter lenkt Pedro den Wagen an den Straßenrand und hält an. Er schaltet mechanisch das Standlicht ein, dann legt er den Arm um Dorles Schulter und rückt ganz nahe an sie heran.

»Mein Engel!« raunt er ihr ins Ohr. »Daß du so hart sein kannst! Glaubst du denn, ich könnte dich jemals aufgeben?«

Er hat französisch gesprochen, und die Worte klingen für Dorle wie Musik. So war es damals in Paris, als er ihr zum erstenmal entgegentrat. Sie, das kleine Mädchen aus Tübingen, und er, der junge Weltmann. Schön. Überlegen. Nie hätte sie geglaubt, daß er einmal ihr gehören werde.

Sie schmiegt sich an ihn. »Du hast so böse zu mir gesprochen, so kalt«, flüstert sie. »Aber das war nicht alles ...«

»Was war denn noch?« fragt er im gleichen zärtlichen Flüsterton.

Dorle reibt ihren Kopf an seiner Schulter. »Wir haben dich und Änne gesehen«, sagt sie leise. »Auf einem Sofa. Dicht nebeneinander.«

Pedro stutzt. »Änne und ich?« fragt er verblüfft. »Wir sind gute Freunde geworden, ja: Wir machen viel Unsinn miteinander ...« Er hält Dorle ein wenig von sich weg. »Aber Dorette! Du bist doch nicht etwa eifersüchtig?«

Dorle schüttelt zwar heftig den Kopf; doch der Seufzer, den sie unwillkürlich ausstößt, verrät ihm alles. Pedro ist betroffen.

Änne? Hat er jemals daran gedacht?

Aber Dorles Nähe löscht jeden Gedanken an die kühle, burschikose Kameradin sofort aus. Er schließt Dorles Mund mit den Lippen und läßt ihr kaum Zeit zum Atemholen.

Der Wagen parkt am Rand der Straße. Ab und zu fällt ein Tropfen von den Bäumen klatschend auf das Verdeck. Vorüberfahrende Wagen blenden mit den Scheinwerfern herein. Jedesmal schreckt Dorle auf und versucht, sich von Pedro zu lösen.

»Pedro, bitte! Sei vernünftig!« stammelt sie immer wieder. Aber es ist, als gäbe er ihr absichtlich keine Zeit, sich zu besinnen.

Wieder läßt der grelle Lichtschein eines Scheinwerfers sie zusammenfahren.

»Warte!« murmelt Pedro heiser. »Einen Moment, ma petite! Ich weiß etwas Besseres!«

Er rückt zur Seite und startet. Immer schneller läßt er den Wagen zur Stadt rollen. Er steuert mit der Linken; mit der Rechten hält er Dorle an sich.

Sie sieht im matten Licht sein kühnes Profil, sieht seine weißen, gleichmäßigen Zähne aufblitzen. »Ich liebe dich, Doris!« sagt er. Sonst nichts.

Sie erreichen die Stadt, passieren die Neckarbrücke. Die Straßen liegen menschenleer im Laternenschein. Die alte Stadt schläft schon.

Am Lustnauer Tor hebt Dorle beunruhigt den Kopf. »Aber wir müssen doch links!« ruft sie. Sie ist überzeugt, daß Pedro sie nach Hause bringen will.

Doch Pedro jagt in steigendem Tempo die Wilhelmstraße hinunter.

»Wohin willst du nur?« fragt Dorle. Ihre Stimme klingt tonlos. »Ich muß doch nach Hause!«

Da schießt der Wagen schon in großen Kehren zur Berghöhe hinauf.

Das Tor zum Garagenhof der Butzbachschen Villa steht offen. Pedro läßt den Wagen mit abgestelltem Motor auf dem betonierten Platz ausrollen. Er schaltet das Licht aus.

»Komm!« sagt er leise. Er öffnet den Wagenschlag und zieht das nur schwach widerstrebende Mädchen mit sanfter Gewalt heraus. »Das Haus ist leer. Butzbachs sind heute nach Stuttgart. Ins Theater. – Wir sind ganz allein, mein Engel.« In seiner Stimme flackert etwas Seltsames. Der Druck seiner muskulösen Arme wird stärker. »Endlich einmal ganz allein! Wenn du nur wüßtest, wie ich mich danach gesehnt habe! Dorette! Komm! Eine halbe Stunde! Nur zehn Minuten!«

Zwei, drei Schritte folgt Dorle überlegungslos, fast taumelnd in den Schatten, den das große Haus über den Hof wirft.

Da ist etwas in ihr, das nachgeben will, das nichts will als seiner Stimme lauschen, als sich ihm ohne Zaudern, ohne Zweifel anvertrauen. Schritt für Schritt läßt sie sich mitziehen.

Da ist schon die überdachte Tür, die in die Halle führt.

Aber als Pedro jetzt eine Hand löst, um die Schlüssel aus der Tasche zu holen, bricht der Bann. Dorle hört eine andere, eine warnende Stimme in ihrem Innern. Sie lehnt sich an die Hauswand. Sie weiß nun wieder, um was es geht. Was auf dem Spiel steht. Ihre Gedanken rasen.

Was hat sie alles für ihn erduldet! Sie hat sich mit der Mutter überworfen. Sie lebt zu Hause fast wie eine Gefangene. Sie traut sich auch zu, Pedros wegen mit noch ganz anderen Schwierigkeiten fertig zu werden, denn sie hat ihre ganze Zukunft auf ihn gebaut. Aber das . . .?

»Nein, Pedro!« ruft Dorle. »Ich bitte dich. Ich verstehe dich nicht. Du glaubst doch nicht, daß ich mit ins Haus . . .« Sie bricht ab, plötzlich entsetzt über solche Zumutung.

»Warum denn nicht, Chérie?« fragt Pedro drängend. »Es sieht uns doch niemand! Auch die Mädchen sind nicht da. Wenn du mich wirklich liebst . . .«

Dorle stößt ihn zurück. »Wenn du mich wirklich liebtest«, wiederholt sie seine Worte in bitterem Ton, »dann hättest du mich gar nicht erst hierhergebracht!«

Pedro ist nicht mehr fähig zu begreifen, daß es ihr Ernst ist. Am liebsten würde er sie auf seinen Armen ins Haus tragen. Schweratmend versucht er, Dorle hochzuheben . . .

Dorle kann gerade noch zurückweichen. Außer sich vor Zorn und Empörung holt sie aus und gibt ihm eine schallende Ohrfeige. Dann jagt sie in bebender Aufregung auf das Tor zu, auf den Platz vor dem Haus. Sie hört nicht, was Pedro hinter ihr her ruft.

Als sie die Straße hinunterläuft, gerät sie in die Lichtkegel eines entgegenkommenden Wagens.

Dorle hebt geblendet die Hände vor die Augen und tritt schnell ins Dunkel.

Der Wagen schwenkt langsam in die Einfahrt und nimmt nun auch Pedro in den gleißenden Lichtkegel.

Frau Butzbach und Sohn Franz kommen aus Stuttgart zurück.

Im Festsaal des ›Grünen Jägers‹ ist die Stimmung inzwischen auf den Höhepunkt gestiegen. Die Tischordnungen haben sich längst aufgelöst. Alte Bekannte sind zusammengerückt. Sie leeren ein Viertele nach dem andern und gedenken längst vergangener froher Tage. Die Aktiven verlassen kaum noch die Tanzfläche.

Nur am Tisch von Brandt und Gabriele ist es still geworden. Die beiden blicken stumm in den Trubel.

Brandt fährt zusammen, als sich plötzlich eine Hand auf seine Schulter legt.

Hinter ihm steht der Professor für Pharmakologie. »Entschuldigen Sie den Überfall!« sagt er und verneigt sich vor Gabriele. »Ich komme als Abgesandter meiner Tischrunde. Würden Sie uns wohl die Freude machen, zu uns überzusiedeln?«

Brandt sieht zunächst ratlos vom Professor auf Gabriele und wieder auf den Professor. Doch dessen Gesicht verrät nur harmlose Freundlichkeit. »Es hat uns allen so leid getan, daß wir Sie beide nicht von Anfang an bei uns haben konnten. Dabei sind die erwarteten Gäste gar nicht eingetroffen!«

Langsam hellen sich Brandts Mienen auf. »Wir wollten eigentlich schon nach Hause gehen. Aber wenn meine Frau noch Lust hat ...«

Auffordernd blickt er Gabriele an.

Sie nickt lächelnd. »Gern!«

Brandt winkt dem Kellner, während Gabriele mit dem Professor schon ein paar Schritte voraufgeht.

Die Vorstellungszeremonien fallen jetzt, zu vorgerückter Stunde, bedeutend weniger steif aus. Die Herren erheben sich mit weinfrohen Gesichtern und verstehen es, eine gewisse Verlegenheit zu verbergen, als sie die junge Frau Brandt begrüßen.

Frau Merklin empfängt Gabriele mit ostentativer Herzlichkeit. Sie erledigt die Vorstellung bei den Damen summarisch und läßt Gabriele neben sich Platz nehmen, während Brandt von dem Pharmakologen beschlagnahmt wird.

Dann geht das Gespräch weiter, als hätten die Brandts den ganzen Abend mit am Tisch gesessen.

»Wir sind gerade beim Thema Hauspersonal«, sagt die Seniorin. »In Geschäftshaushalten kann man immer auf das Bedienungspersonal zurückgreifen; bei uns fällt das leider aus. In dieser Beziehung werden auch Sie es einfacher haben, Frau Brandt?«

Gabriele fühlt, daß jetzt alle Damen mit Spannung auf ihre Antwort warten.

»Leider nein«, sagt sie. »Ich habe nicht die geringste Hilfe vom Personal. Mein Mann ist doch nicht mehr als Apotheker tätig. Außerdem würden sich die Gehilfinnen schön bedanken! Selbst die gute Minna ist nur für Frau Bettina Brandt da!«

Ihre Offenheit hat etwas Entwaffnendes.

Doch das war nur die erste Attacke.

Bald wendet sich das Gespräch der Garderobenfrage zu.

»Ein reizendes Kleid haben Sie an, meine Liebe«, sagt die hagere Seniorin wieder. »Sicherlich sind Sie oft in Stuttgart oder Baden-Baden. In Tübingen hat man leider selten Gelegenheit, so etwas zu tragen.«

Gabriele quittiert die versteckte Spitze mit einem Lächeln.

»Sie ahnen gar nicht, wie froh ich über Ihre Worte bin«, sagt sie mit dankbarem Blick. »Ich hatte den ganzen Abend schon Angst, ich hätte mich mit dem Kleid unmöglich gemacht!«

»Ja, warum denn?« ruft Frau Merklin. »Das Kleid ist doch bezaubernd!«

Gabriele errötet leicht. »Ich habe es selber genäht. Aus einem uralten Kleid.«

»Großartig!« ruft Frau Merklin. Und diesmal sind alle Damen ihrer Meinung.

Brandt, der am unteren Tischende sofort ins Fachsimpeln geraten ist, sieht mit einem schnellen Blick, wie lebhaft und angeregt sich alle mit Gabriele unterhalten.

Das, gerade das hatte er immer erhofft! Mit Gabriele in Tübingens Gesellschaft aufgenommen zu werden! Doch jetzt, da diese Hoffnung sich anscheinend erfüllt, kann er sich nicht darüber freuen. Ein dumpfes Mißtrauen in seinem Innern verdrängt jeden Stolz auf den Erfolg seiner Frau. Nur Bitterkeit ist in ihm.

Wie von selbst ist Gabriele nun plötzlich in diesen Kreis aufgenommen. Und seitdem Frau Merklin ganz nebenher bemerkt hat, Gabriele sei die Tochter eines Generals aus einer alteingesessenen Rendsburger Familie adeligen Ursprungs, wagt niemand mehr, sie abzulehnen.

Am Tisch herrscht schon Aufbruchstimmung, als die Kapelle plötzlich einen Tusch spielt und die Aufmerksamkeit aufs Podium lenkt.

Ein ›Alter Herr‹ mit Mütze und Band steht vorn an der Rampe. Er hebt mit einer herzlichen Geste die Arme und wartet, bis das Stimmengewirr verebbt ist. Seine Augen strahlen mit seinen Rotweinbacken um die Wette.

»Kommilitonen! Junge und Junggebliebene! Verehrte Gäste!« ruft er mit fröhlicher Stimme in den Saal. »Hundert Jahre ›Laetitia‹, das ist ein Anlaß zur Freude. Wir haben unsere verehrungswürdige Verbindung an anderer Stelle geziemend gerühmt. Mich aber drängt es jetzt noch zu einer besonderen Würdigung.

Für uns, die wir alte Herren geworden sind, ist das Fest ja mehr oder minder mit Erinnerungen bekränzt. Einer von uns aber steht noch mittendrin. Einer ist jung geblieben. Und wenn das Wort vom ›ewigen Studenten‹ in seinem besten Sinne einmal gebraucht werden darf, dann bei ihm.«

Der Redner macht eine Wendung zum Tisch des Grafen Hohenperch hinüber. Egon sitzt kerzengerade aufgereckt am Kopfende, das Monokel ins Auge geklemmt.

»Mein lieber Egon Graf Hohenperch. Die Verbindung ist dir für deine Treue und für dein Wirken ewig zu Dank verpflichtet. Und wir Alten sehen mit Freude, vielleicht auch mit einem bißchen Neid und Wehmut, daß du dein Leben hindurch der junge Student geblieben bist! Wenn wir damals von mancher Kneipe nach Hause zogen, hast du immer eine Melodie gepfiffen! Sie ist wie du ein ›Evergreen‹

geworden! Heute soll es für dich und für uns noch einmal aufklingen: Der Student geht vorbei.«

Er winkt dem Kapellmeister zu und springt mit jugendlicher Behendigkeit vom Podium herunter. In das Beifallsrauschen, in das Händeklatschen und Trampeln hinein beginnt die Musik.

Hohenperch ist aufgestanden. Von allen Seiten strömen die jungen und alten Kommilitonen auf ihn zu. Von allen Seiten drängt man heran, um mit ihm anzustoßen. Brausender Jubel erhebt sich, als die Burschen den Grafen zu einer Ehrenrunde auf die Schultern heben.

Brandt und Gabriele haben sich beim Ausbruch der Ovation von den Professoren und ihren Damen verabschiedet. Während der Graf unter taktmäßigem Händeklatschen aller Anwesenden im Saal herumgetragen wird, treten Brandt und Gabriele an die Garderobe. Sie sprechen kein Wort.

Der Apotheker hilft seiner Frau wie immer in den Mantel. Dann gehen sie stumm nebeneinander zum Parkplatz.

Gabriele wartet fröstelnd, bis Brandt die Wagentür von innen öffnet. Sie sieht zum Himmel hinauf. Aber kein Stern leuchtet. Sie setzt sich neben Brandt. Er läßt den Motor warmlaufen.

Immer noch kein Wort!

Gabriele gibt sich einen Ruck. »Die Damen waren reizend. Ich bin zum nächsten Bridge-Abend eingeladen.«

Brandt antwortet nicht.

Gabriele blickt ihn von der Seite an. »Freut dich das nicht, Justus?« fragt sie leise.

»Natürlich!« antwortet Brandt kurz.

Gabriele beißt sich auf die Lippen. Ihre Augen ziehen sich grüblerisch zusammen. Sie starrt in die Nacht hinaus.

Endlich kurven sie vom Parkplatz auf die Straße, die dunkel und feucht vor ihnen liegt.

Brandt fährt so verbissen, als sei es seine erste Fahrstunde. Gabriele seufzt auf. Alles, was sie an diesem Abend hat erdulden müssen, wird wieder wach in ihr. Aber es scheint nichts gegen dieses lastende Schweigen ihres Mannes. Dabei glaubt sie genau zu wissen, was ihn dazu bewegt.

Als sie sich der Neckarbrücke nähern, legt sie die Hand leicht auf seinen Arm.

»Justus«, fragt sie unvermittelt, »ist es wegen der Herren, die mich zum Tanzen aufgefordert haben? Sieh mal, ich hatte doch keine Ahnung . . .«

»Ach bitte, nimm den Arm herunter«, sagt Brandt, »es stört so beim Fahren.«

30

Am Vormittag nach dem großen Ball der ›Laetitia‹ erhält die Bursagasse unerwarteten Besuch. Butzbachs schwere Limousine hält vor der Eckertschen Apotheke. Heraus steigt Frau Barbara Butzbach. Sie schreitet würdevoll zum Privateingang und klingelt.

Sie hat sich sorgfältig zurechtgemacht. Ihre üppige Gestalt steckt in einem Breitschwanzmantel mit großem Kragen und Stulpen aus Saphir-Nerz. Unter der Pelzkappe ringeln sich steif die wasserstoffblonden Haarwogen, wie der Frisör sie vor einer halben Stunde zurechtgelegt hat. Ihre Hände, in zyklamenfarbene Glacés gezwängt, tragen eine krokodillederne Handtasche.

Minna sieht den Besuch schon vom Küchenfenster aus. Als sie Frau Butzbach erkennt, traut sie ihren Augen nicht.

»Hano! Die Frau Butzbach! Des isch aber a seltener Besuch!« ruft sie dann an der Haustür und fällt unwillkürlich ins Schwäbeln. »Jetzt, was isch g'schehe?«

»Gott, Fräulein Minna! Sie leben auch noch?« sagt Frau Butzbach herablassend. »Ich möcht' zu Ihrer Gnädigen. Ich meine zur Frau Bettina! Oder ist sie net daheim?«

»Zu Haus is se scho!« sagt Minna unschlüssig. Sie betrachtet Frau Butzbach von oben bis unten. »Ich weiß nur net, ob sie jetzt empfängt. Ist's was Wichtiges?«

Frau Butzbach runzelt die Stirn und erwidert: »Ja, ich muß sie unbedingt spreche. Eine streng persönliche Angelegenheit!«

»Na, no kommet Sie mit nauf! In de zweite Stock!« sagt Minna ergeben und läßt den Besuch auf der Treppe vorangehen. »Hier werde Sie sich ja noch auskenne. Sie sind ja früher oft genug die Stiege nauf'klettert, mit dene schwere Fleischkörb. Da habe Sie mir oft leid getan, so e schmächtiges Dingle, wie Sie waren!« Sie lacht gemütlich. »Gott, damals hent mir zwei uns au nix von Tausendmarks-Pelzmäntele träume lasse!«

»Fünftausend, wenn's gefällig ischt!« berichtigt Frau Butzbach. »Hano! Der eine kommt weiter, der andere bleibt, was er isch, Fräulein Minna!«

»Augenblick!« sagt Minna oben etwas kühler und tritt nach kurzem Anklopfen in Bettinas Zimmer, während Frau Butzbach heftig atmend auf einen Stuhl sinkt, um sich von dem ungewohnten Treppensteigen zu erholen.

»Frau Butzbach?« fragt Bettina drinnen erstaunt. »Was will sie denn?«

Minna hat die Tür diskret hinter sich geschlossen. »Was streng

Persönliches, hat sie gesagt. Vielleicht wegen Wolf und Änne? Die möchte doch am liebsten einen Prinzen für ihre Tochter haben!«

»Nun, dann 'rein mit ihr!« sagt Bettina leise.

Frau Butzbach rauscht in einer Wolke von Wohlgerüchen theatralisch ins Zimmer. Sie hat den Pelzmantel leicht zurückgeschlagen, gerade weit genug, daß er die auf dem Busen ruhende brillantgefaßte Smaragd-Brosche nicht verdeckt, zu der noch ein Paar Ohrringe gehören. An ihren Handgelenken klirren breite goldene Armbänder; die Finger sind mit Ringen übersät. ›Zirkuspferd‹, denkt Bettina und hat Mühe, ein Lächeln zu verbergen.

»Nehmen Sie Platz!« sagt sie. »Sie haben etwas Privates mit mir zu besprechen?«

»Ja! Ich hätt' Ihne bestimmt net gestört, wenn . . .«

»Zigarette?« unterbricht Bettina.

»Machen Sie sich meinetwegen nur keine Umstände!« ruft Frau Butzbach geziert; dann zündet sie sich aber doch eine Zigarette an.

Ihre Unsicherheit verfliegt bei einem Rundblick durch Bettinas Zimmer mehr und mehr. Du liebs Herrgöttle! Was da so von Bettinas Vermögen erzählt wird, muß maßlos übertrieben sein. Eine Millionärin sollte in diesen alten Möbeln hausen? Das mögen andere glauben! Und als Schmuck nur einen einzigen Ring? Dazu dieses einfache Kleid?

Nein! Innerlich schürzt Frau Butzbach verächtlich die Lippen. Bettinas Nimbus ist dahin.

»Ich hätt' Ihne bestimmt nicht mit meiner Aufwartung derangschiert«, beginnt sie in einer seltsamen Mischung von falschem Hochdeutsch und Dialekt wieder, »wenn es nicht die besonderen Umstände . . .«

»Was sind denn das für Umstände?« fragt Bettina, als Frau Butzbach stockt.

Die Besucherin zuckt die Schultern und schlägt den Mantel weiter zurück. »Wie soll ich's Ihnen nur sagen? Ich komm' zu Ihnen als Mutter. Also ich mein: zu Ihnen als Mutter vom Dorle!«

Bettina horcht auf. Aber sie verzieht keine Miene. »Bitte!« sagt sie nur.

Frau Butzbach nimmt nochmals einen Anlauf. »Also, wir waren im Theater, mein Sohn Franz und ich. In der Oper. Rigoletto. Ach, ich schwärme ja so für die Kunscht! Und als wir nun mit unserem Wage heimkommen, das heißt also auf der Straß' gleich bei unserem Haus . . .«

Frau Butzbach kramt ein hauchdünnes Taschentuch aus der Handtasche und tupft sich damit über die Stirn.

»Also wie mein Schofför den Wagen zum Haus steuert ... es muß so zwanzig vor zwölf gewese sein ...« Sie holt tief Atem und blickt Bettina mit beschwörend aufgerissenen Augen an.

Bettinas Gesicht ist fast gelangweilt. »Ja, und? – Sie machen es spannend, Frau Butzbach!«

Frau Butzbach setzt sich wieder in Positur. »Wisset Sie, ich bin selbscht Mutter von einer erwachsenen Tochter!« sagt sie würdevoll. »Ich habe meine Verpflichtung gleich erkannt. Ich hab' mir gesagt: Morge früh gehst du zur Frau Brandt! Das erfordert net mehr als der sittliche Anstand!«

Bettina drückt ihre Zigarette aus. »Wenn Sie sich weniger rätselhaft ausdrücken wollten, kämen wir schneller weiter!« sagt sie beinahe ärgerlich.

»Na ja. Wie wir in unsern Garagehof neifahre« – Frau Butzbachs Stimme vibriert vor Triumph über die Sensation, die sie nun auslösen wird –, »was glaubet Sie, wer da aus dem Haus gerennt kommt?«

Sie holt tief Atem, ihre ganze junonische Gestalt wogt. »Ihr Dorle!«

Bettina kneift ein wenig die Augen zusammen. Es ist die einzige Bewegung, die sie zeigt.

Frau Butzbach ist nun ganz in ihrem Fahrwasser. »Das Schönste ist: Es war niemand im Haus, außer dem Herrn Gonzale, der bei uns wohnt, und natürlich Ihr Fräulein Tochter. Und das mitten in der Nacht. Wo sie doch auf dem Stiftungsfest sein sollte! Das dulde ich nicht in meinem Haus, hab' ich sofort zu mei'm Sohn Franz gesagt. Und ich muß das unbedingt der Frau Bettina mitteilen, hab' ich gesagt. Des is mei' Pflicht. Eine Mutter muß der andere unter die Arm' greife!«

Frau Butzbach schweigt und wartet auf Bettinas Reaktion.

Aber Bettina reagiert überhaupt nicht. »Das ist sehr dankenswert von Ihnen!« sagt sie völlig gleichmütig. »Aber ich sehe darin keinen Grund, am korrekten Verhalten meiner Tochter zu zweifeln. Dorle war mit meiner Einwilligung auf dem Ball. Herr Gonzales wird sie nach Hause gebracht haben, und warum sollten sie nicht aus irgendeinem Grund bei Ihnen vorbeigefahren sein? Vielleicht haben sie Ihre Tochter nach Hause gebracht!«

»Wenn das der Fall gewese wär, hätt' ich Ihnen bestimmt net aufgesucht!« ruft Frau Butzbach. »Aber mein Fräulein Tochter, die ist erst nach vier heimkomme. Nein: Das Dorle war mit dem Herrn Gonzale ganz allein im Haus! Und wo sollen sie anders gewese sein als auf seiner Stub?«

»Haben Sie das gesehen?« fragt Bettina schnell. Ihre Miene ist eisig.

Frau Butzbach verschlägt es die Stimme. Sie öffnet den Mund wie ein Karpfen, der nach Luft schnappt.

»Aber das braucht man ja net zu sehe! Wenn zwei in der Nacht aus'm alleinige Haus rauskommet . . . und die Händ hat sie auch noch vors G'sicht geschlage, damit man sie net erkenne sollt! Also ich mein, das sagt grad genug!«

Bettina erhebt sich. »Verehrte Frau Butzbach, ich zweifle nicht an Ihren guten Absichten. Aber ich kenne meine Tochter, und ich weiß aus eigener Erfahrung nur zu gut, wie schnell sich in dieser Stadt ein Gerücht verbreitet.«

Sie sieht Frau Butzbach fest an.

»Soweit derartiges Geklatsche mich betrifft . . .« Ihre Miene verrät deutlich, wie sie so etwas bewertet. »Aber bei meiner Tochter ist das anders. Da würde ich jedem üblen Anwurf rücksichtslos begegnen. Auch mit gerichtlicher Hilfe.«

Bettina legt eine Pause ein. »Ich werde nachher mit meiner Tochter sprechen!« Sie lächelt konventionell. »Ich bin überzeugt, daß diese Geschichte völlig harmlos ist, auch wenn Doris wirklich vor Ihrem Haus gewesen sein sollte.«

Frau Butzbach erhebt sich. Sie rafft Handschuhe und Handtasche zusammen. Sie kann nur mühsam verbergen, daß sie vor Wut kocht. Den Verlauf dieses Gesprächs hat sie sich ganz anders vorgestellt. Daß diese Frau es wagt, ihre Angaben zu bezweifeln und sogar unverhüllt zu drohen, statt ihr zu danken! Na ja: eigentlich war das zu erwarten.

»Ich hab' nix gewollt, als Ihne die Auge öffne!« sagt Frau Butzbach mit gekränkter Miene. »Was Sie Ihrer Tochter für Freiheite einräumet, des geht mich nix an. Aber bei uns wird streng auf so was geachtet. Unser Haus muß rein bleibe! Soll der Herr Gonzale mit seine Freundinne gehe, wohin er mag. Das wird mei' Mann ihm scho beibringe!«

Sie grüßt mit der Herablassung einer Königin, so wie sie es vor kurzem im Kino gesehen hat, und rauscht hinaus.

Bettina wartet, bis draußen der Wagen abgefahren ist. Dann geht sie gleich in Dorles Zimmer hinüber.

»Ich muß dich einen Augenblick sprechen!« sagt sie so ruhig wie möglich.

Dorle steht ausgehfertig vor dem Spiegel. Sie wendet sich nicht um, ihr Blick streift nur flüchtig das Spiegelbild der Mutter, aber sie behält den starren Ausdruck bei, mit dem sie Bettina seit Wochen gegenübertritt. »Bitte?« Ihre Stimme klingt frostig. »Ich habe nicht viel Zeit. Ich muß zum Unterricht!«

»Ich möchte nur wissen, wann du gestern abend nach Haus gekommen bist! Du solltest um elf zurück sein!« sagt Bettina.

Dorle zuckt mit den Achseln. »Es ist etwas später geworden. Ich war kurz nach zwölf im Haus!«

Sie wendet sich zum Tisch und packt ihre Hefte zusammen.

Bettina sieht nur den Rücken ihrer Tochter, nicht ihr Gesicht. Bettinas Atem ging heftig. Hier kann sie nicht Gelassenheit und Gleichgültigkeit spielen wie vor Frau Butzbach. Hier bricht die Angst um ihr Kind durch.

»Bitte, dreh dich um und sieh mir in die Augen!« sagt sie heiser.

Erst als Dorle sich mit mürrischem Ausdruck herumgedreht hat, fährt Bettina mit erhobener Stimme fort: »Dorle! Bist du gestern nacht mit Pedro auf seinem Zimmer gewesen?«

Dorle läßt unwillkürlich die Mappe fallen. Sie sieht nun ihre Mutter mit weit aufgerissenen Augen an. Ihre Lippen beben; ihr Gesicht wechselt von Röte zu Blässe. Aber sie zögert nicht mit der Antwort.

»Nein!« Sie schreit es fast.

Bettinas Blicke bohren sich in die ihrer Tochter. Sie sucht und forscht in diesem Gesicht, das noch offen und vertrauenswürdig aussieht wie das eines Kindes.

»Dorle!« sagt sie, und die Qual der Sorgen zittert jetzt in ihrer Stimme mit. »Man hat gesehen, wie du das Haus verlassen hast!«

Dorle kann nur mit äußerster Gewalt an sich halten. Sie will der Mutter nicht zeigen, wie locker ihr die Tränen sitzen. Sie will nichts von ihrem Zerwürfnis mit Pedro erzählen.

»Ich bin nicht im Haus gewesen«, sagt sie mit starrem Blick. »Wer das behauptet, der lügt!«

Bettina atmet auf. Nein, kein Kind – ihre erwachsene Tochter steht vor ihr. Ihre Augen lügen nicht. Man muß glauben, was sie sagt.

Bettina erinnert sich: So starr und trotzig hat sie selber einmal vor ihrer Mutter gestanden. Sie weiß noch wie heute, daß alle Befehle und Drohungen damals nicht den geringsten Eindruck auf sie machten. Hier kann nur viel Liebe helfen.

»Dorle!« Sie zieht ihr Kind mit beiden Händen an sich. »So sprich doch endlich! Irgend etwas ist doch vorgefallen. Glaubst du, ich sähe das nicht? Hab doch endlich wieder Vertrauen zu mir!«

Dorles Augen irren durchs Zimmer. Noch wehrt sie sich verzweifelt gegen den Wunsch, sich endlich einmal alles von der Seele zu reden. Aber plötzlich wirft sie ihren Kopf an Bettinas Schultern. Dann schlingt sie die Arme um ihren Nacken und beginnt haltlos zu weinen.

Bettina läßt ihr Zeit. Auch ihr selber sind die Tränen nahe. Tränen der Freude, daß ihr Kind wieder zu ihr gefunden hat. Aber sie drängt diese Tränen zurück. Ihre Aufgabe ist es jetzt, zu trösten und zu helfen. Wieder und wieder streicht sie zärtlich über Dorles Haar.

»Nein, Mama!« sagt Dorle nach einer Weile. »Ich bin nicht im Haus gewesen; du darfst es mir glauben. Allerdings ... Pedro wollte, daß wir auf sein Zimmer gingen. Da bin ich fortgelaufen. In diesem Augenblick kamen die Butzbachs im Wagen nach Hause. Ich hab' gleich geahnt, daß das Gerede geben würde.«

»Eben war Frau Butzbach hier. Aber ich habe ihr schon unmißverständlich geantwortet.«

Bettina tritt ans Fenster und blickt auf die winterliche Insel hinunter. »Dorle, ich hab' in letzter Zeit oft an meine Mutter denken müssen und an das, was ich ihr angetan habe. Meine Mutter glaubte damals, nur eiserne Härte könne mich zur Vernunft bringen. Dabei ist vieles zerbrochen worden. Ich wollte es besser machen als sie. Aber vielleicht macht man es immer falsch!«

Dorle tritt an den Spiegel, um die Spuren ihrer Tränen zu beseitigen.

»Und was wird nun mit Pedro?« fragt Bettina nach einer Pause.

Sie sieht, wie Dorles Lippen sich zusammenpressen.

»Ich will ihn nicht mehr sehen!« ruft Dorle. Sie nimmt ihre Mappe auf und geht zur Tür. »Nie mehr!«

Die Tür fällt hinter ihr ins Schloß.

Dorle weiß nicht, wie sie den Weg zum Dolmetscher-Institut hinter sich bringt. Sie ist empört und aufgewühlt wie nie. Darf sie die gemeine Verdächtigung der Frau Butzbach stillschweigend hinnehmen?

Plötzlich durchzuckt sie ein Gedanke:

Sie muß zu Pedro!

Augenblicklich!

Pedro muß Frau Butzbach zur Rede stellen! In ihrer Gegenwart!

Ja! Dorle nickt vor sich hin.

Pedro allein weiß, wie es gewesen ist. Er hat sie in diese schreckliche Lage gebracht. Er ist nun auch verpflichtet, sie von jedem Verdacht zu befreien.

Das wird das letzte sein, was sie von ihm verlangt.

Ohne einen Augenblick zu zögern, schlägt Dorle den Weg zur Waldhäuser Höhe ein.

Sie muß an den Universitäts-Seminaren vorbei. Da gerade Kollegpause ist, stehen zahlreiche Studenten vor den Eingängen herum. Manche grüßen zu Dorle hinüber. Wie viele nette, anständige Jungen sind dabei, die sich um sie bemühen und über das kleinste Zeichen von Entgegenkommen glücklich wären! Doch sie hat an keinem von ihnen Interesse. Sie hat nur diese unselige Leidenschaft zu Pedro im Herzen.

Aber das soll jetzt anders werden.

Es hat vorübergehend aufgehört zu schneien. Der Himmel ist voll vom Glanz der tiefstehenden Sonne, die der Schneelandschaft einen rosigen Schimmer leiht. Die glasklare Luft läßt den Blick bis weit in die Schwäbische Alb hinausschweifen.

Dorle sieht nichts von alledem. Der Gedanke an die bevorstehende Auseinandersetzung drängt alles andere zurück. Als sie an Butzbachs Haustür klingelt, sind ihre Augenbrauen finster zusammengezogen, und das Herz klopft ihr bis zum Halse.

Das Hausmädchen öffnet. Dorle sieht ihr gleich an, daß sie schon etwas von den Vorgängen der Nacht erfahren hat.

»Ich möchte Herrn Gonzales sprechen!« sagt Dorle mit Entschiedenheit.

Das Mädchen zögert. »Der Herr Gonzales ist nicht daheim. Ich habe ihn den ganzen Morgen noch nicht gesehen. Soll ich ihm was ausrichten?«

In diesem Augenblick öffnet sich hinter ihr die Glastür zur Halle. Frau Butzbach hat gesehen, wer ins Haus gekommen ist, und hat auch die Auskunft des Mädchens gehört.

»Sie?« sagt sie gedehnt in deutlich herabsetzendem Ton. »Was wollet Sie noch hier? Für Ihne is der Herr Gonzale in meinem Haus net mehr zu spreche, auch wenn er daheim ist!«

Dorle strafft sich. Sie blickt die dicke Frau furchtlos an. »Dann möchte ich Sie sprechen!«

Frau Butzbach beißt sich auf die Lippen. Sie wirft einen blitzschnellen Blick auf das neugierige Gesicht des Mädchens. »Gut!« sagt sie dann. »Warum net? Vielleicht hab' ich auch mit Ihnen noch was zu rede. Also kommet Sie in den Salon!« Sie wendet sich an das Mädchen. »Und Sie verschwinde in die Küch und richte 's Esse!«

Sie geht wuchtig voraus in den Salon und schließt hinter Dorle die Tür. Sie bemüht sich, ihre Aufregung über den unerwarteten Besuch zu verbergen. Doch bevor sie den Mund auftun kann, kommt Dorle ihr zuvor.

»Frau Butzbach!« sagt sie hart. »Sie haben heute morgen meiner Mutter erzählt, ich wäre gestern nacht hier im Haus bei Herrn Gonzales gewesen. Das ist eine infame Lüge!«

Frau Butzbach ringt nach Luft. Das kam ihr zu plötzlich.

»Was fällt Ihne ein?« beginnt sie endlich langsam. »Des isch a stark's Stück! Was schwätzet Sie da? Soll ich mir vielleicht hier in meinem eigene Haus Lüge vorwerfe lasse?«

Ihr Busen wogt. Ihre Stimme wird schriller. »Wo ich des mit meine eigene Auge gesehe habe! Und mein Schofför und der Franz. Oder wollet Sie vielleicht behaupte, Sie wäre des net gewese? Die Händ haben Sie vors G'sicht geworfe, daß mr Sie net kenne soll!«

Dorle stampft unbeherrscht mit dem Fuß auf. »Das tut nichts zur Sache. Jedenfalls war es auf der Straße!«

»Hano!« Frau Butzbach nestelt mit zitternden Fingern am Ausschnitt ihres Kleides. »Das könnet Sie verzähle, wem Sie wollet! Um Mitternacht! Warum sind Sie denn weggelaufe, als der Wagen kam, wenn Sie nix zum Verberge hatte? Glaubet Sie, mir Butzbachs könnet net bis drei zähle?«

Dorle beißt sich auf die Lippen. »Sie haben nicht das geringste Recht, aus dieser Situation so niederträchtige Folgerungen zu ziehen!« sagt sie verzweifelt.

Frau Butzbach fühlt, daß sie Oberwasser bekommt.

»Die Folgerunge werd ich Ihne juristisch beweise!« Sie eilt zur Tür und reißt sie auf ...

Ein erstickter Aufschrei!

Das Mädchen, das mit dem Ohr am Schlüsselloch gelehnt hat, fällt fast ins Zimmer.

»Hano, horche? Des kann i leide! Darüber rede mir noch!« zischt Frau Butzbach dem Mädchen zu. »Im übrigen könnet Sie es ruhig mit anhöre! Des kann die ganz' Stadt höre! Wo isch der Herr Franz? Ach, lasset Sie! Ich hol ihn scho selber!«

Sie läuft in den Wintergarten hinüber, wo Franz behaglich im Korbsessel sitzt, und zerrt ihren Sohn am Rockärmel in den Salon.

»Franz, auf Ehre und Gewisse! War des die Dorle Brandt gestern nacht – hier vorm Haus – ja oder nein!«

Sie zittert vor Erregung.

Franz Butzbach streift Dorle mit einem schiefen Blick.

»Ja, natürlich«, sagt er. »Fräulein Brandt an der Torauffahrt und Herr Gonzales am Nebeneingang!«

»Des genügt!« ruft Frau Butzbach im Befehlston. »Jetzt red i!« Sie stellt sich breit vor Dorle hin. »Soll i noch den Schofför hole? Oder sind Sie bedient? Sind des nu Lüge oder sind es keine?«

Dorle umklammert krampfhaft ihre Kollegmappe. »Daß ich im Haus war, ist eine Lüge!« wiederholt sie nochmals mit blassen Lippen.

Frau Butzbach hört gar nicht mehr hin. »Was hier im Haus in dere Nacht vorgange is, will i au' gar net wisse! Mir reicht, was i g'sehe hab!«

Sie holt tief Luft.

»Aber des will ich Ihne sage: Mei' Haus bleibt rein! Des versteht sich bei meine eigene Kinder von selbst. Aber mit euch Brandt-Kinder muß man ja a andere Sprach spreche! Ihr seid ja erblich belaschtet! Und Sie, Fräulein, glei zweimal! – Wenn Sie auch nix dafür könnet!«

Bis dahin hat Dorle immer noch an sich halten können. Aber jetzt ist es vorbei. Tränen der Wut und der Scham stürzen ihr aus den Augen.

Unbemerkt ist die Tür zur Halle aufgegangen. Änne steht auf der Schwelle.

»Mama!« sagt sie unwillig, »jetzt aber Schluß! Man hört dich mal wieder bis zur Eberhardtshöhe! Du solltest dich schämen, Dorle so zu kränken!«

Sie eilt auf Dorle zu und legt einen Arm um ihre Schulter. »Komm!« sagt sie und führt das weinende Mädchen hinaus.

In ihrem Zimmer drückt sie Dorle in einen Sessel. Dann beugt sie sich über sie und streicht ihr über das Haar. »Beruhige dich erst mal, Dorle!«

Dorle ringt nach Fassung. Sie drückt ihr Taschentuch an die Augen.

Änne läßt ihr Zeit. »Ich hab' ja bei dem Geschrei alles mitbekommen, was meine Mutter dir an den Kopf wirft. Aber ich verstehe gar nicht, warum du dich darüber so aufregst! Und wenn du Entlastungszeugen brauchst – ich bin gern bereit! Ich weiß ja, daß Pedro kaum eine Stunde weggewesen ist. Er war schon kurz nach Mitternacht wieder im Saal. Wir haben noch bis vier zusammen getanzt . . .«

Dorle richtet sich auf. Sie hebt den Blick. Aber sie sagt nichts. Es ist ganz still im Raum.

Bis vier Uhr zusammen getanzt! hallt es in Dorle wider. Demnach ist Pedro unmittelbar nach dem Streit zum ›Grünen Jäger‹ zurückgefahren . . .

Dorles Tränen versiegen. Sie erhebt sich langsam. »Vielen Dank für die gute Absicht«, sagt sie spröde und geht zur Tür. »Aber von dir brauche ich kein Alibi.«

Sie drückt die Klinke nieder und dreht sich in der halboffenen Tür noch einmal um.

»Vielleicht solltest du aufpassen, daß du nicht demnächst selber eines brauchst!«

31

Nach dem großen Stiftungsfest hat es fast ununterbrochen geschneit. Erst am Morgen des vierten Tages klärt es sich auf.

Brandt steht am Wohnzimmerfenster und wartet auf das Frühstück. Seine trübe Stimmung hellt sich nicht auf.

Draußen im Vorgärtchen über dem Neckar tobt Jürgen schon im frischen Schnee herum. Plötzlich reißt Brandt das Fenster auf.

»Jürgen«, schreit er etwas zu laut, »nicht über den Zaun klettern! Da ist Stacheldraht. Du zerreißt dir die Kleider!«

Der Junge starrt feindselig zu Brandt hinauf. Die Freude, die eben noch in seinem Gesicht stand, ist wie weggewischt.

Brandt schließt seufzend das Fenster. Der Junge ist und bleibt unzugänglich und entschwindet regelmäßig zu seiner Mutter, wenn Brandt einmal versucht, sich mit ihm abzugeben.

Gewiß, nur ein kleiner häuslicher Kummer! Man käme leicht darüber hinweg. Aber seitdem jener unselige Ballabend Brandts Vertrauen zu Gabriele zerstört hat, drückt ihn auch das.

In den letzten drei Tagen ist er Gabriele ausgewichen: Er ist frühmorgens nach Stuttgart gefahren und immer erst spät zurückgekehrt, so daß es zu einer Aussprache nicht mehr kommen konnte.

Hinter Brandt wird die Tür geöffnet. Gabriele tritt mit einem Tablett ein. Sie deckt schnell und ruhig den Frühstückstisch und füllt die Kaffeetassen.

»Bitte!« sagt sie freundlich.

Brandt setzt sich.

Während Gabriele die Brötchen aufschneidet, mustert er sie mit versteckten Blicken. Der hochgeschlossene dunkelrote Pulli läßt ihr Gesicht trotz der Blässe rührend jung erscheinen.

Für Brandt ist dieses frostige Nebeneinander schwer erträglich. Seit Tagen hat er kein persönliches Wort mit Gabriele gesprochen. Aber soll er den Anfang machen? – Sie hat ihn bewußt belogen!

Brandt greift hastig zur Kaffeetasse und trinkt. Die starre Höflichkeit, mit der sie einander gelegentlich etwas zureichen, macht alles noch quälender. Sie hören die Stimmen und Geräusche des

Hauses, das Klingeln der Apothekentür. Dann kommen Schritte die Treppe herauf.

Eine Gehilfin aus der Apotheke bringt die Privatpost. Brandt durchblättert sie flüchtig. Ein Brief fällt ihm durch sein Format auf. Er öffnet ihn als ersten.

Da schreibt wieder eines der größten chemisch-pharmazeutischen Werke des Kontinents! Der kaufmännische Direktor sei demnächst in Stuttgart und würde sich freuen, Herrn Dr. Brandt kennenzulernen. Vielleicht könne man sich über eine mögliche Auswertung des jetzt schon mehrfach anerkannten ›Cardodyn‹ unterhalten?

Das ist nun die zweite Weltfirma, die sich für sein Mittel interessiert!

In einem plötzlichen Entschluß reicht Brandt seiner Frau den Brief. »Bitte!«

Gabriele blickt erstaunt auf. Dann liest sie die wenigen Zeilen.

»Das ist das größte deutsche Werk!« ruft sie spontan. »Das wäre ja phantastisch!«

Ihre ganze natürliche Herzlichkeit bricht aus ihr hervor. Ihre grünen Augen strahlen.

»Ja, das ist phantastisch«, sagt Brandt trocken. Er sieht mit geheimer Befriedigung, wie dabei das Lächeln von ihrem Gesicht fällt und der Glanz ihrer Augen erlischt. Dann greift er nach dem nächsten Brief. Umschlag und Papier sind von gelber Farbe. Während er ihn liest, verdüstert sich sein Blick. Der Bogen in seinen Händen beginnt zu zittern. Mühsam faltet er das Papier zusammen und schiebt es in den Umschlag zurück. Dann stützt er den Kopf in die Hände und starrt leer vor sich hin.

Gabriele erschrickt. So hat sie ihn noch nie gesehen. Er sieht auf einmal richtig alt aus, grau und verfallen.

Doch bevor sie etwas sagen kann, wird die Tür aufgerissen. Jürgen stürmt herein. Er hält einen Schneeball in seinen rotgefrorenen Fingern. In seiner neuen Lumberjacke klafft ein großer Riß.

»Mami«, jauchzt der Junge, »jetzt wirst du gewaschen. Das tut Wolf auch immer.«

Er versucht, Gabriele den Schneeball ins Gesicht zu drücken.

Brandt springt auf, reißt den Jungen zurück und schüttelt ihn, daß er am ganzen Leibe fliegt. »Hab' ich dir nicht gerade verboten, über den Zaun zu klettern?« schreit er ihn an. »'raus mit dir! 'raus!«

Er öffnet wütend die Tür und schiebt Jürgen am Rockkragen auf den Flur. Der Junge heult. Sein Geschrei ist im ganzen Haus zu hören.

Gabriele starrt wortlos hinter Brandt her. Sie möchte eingreifen, aber sie hat nicht die Kraft dazu.

»Dich werde ich schon zur Räson bringen, Freundchen!« donnert Brandt. »Und dann noch mit Schneebällen in die Wohnung!«

Da öffnet sich die Küchentür. Minna ist mit schnellen Schritten bei dem tobenden Apotheker, entreißt ihm den Jungen und drückt ihn mit beiden Armen an sich.

»Herr Apotheker!« faucht sie böse. »Das kann ich nicht mehr mitansehn!«

Der Junge preßt sich leidenschaftlich an ihre Schürze. Minnas Hand streicht beruhigend über seinen Kopf. »Laß nur, Büble«, sagt sie mütterlich, »du kommst zu mir in die Küche, und nachher les' ich dir wieder ein Gedicht vor!«

Ohne Brandt noch einen Blick zu gönnen, zieht sie Jürgen mit sich und schließt nachdrücklich die Küchentür.

Brandt beißt sich auf die Lippen und geht ins Wohnzimmer zurück. »Die Unverschämtheiten von diesem alten Drachen habe ich mir auch die längste Zeiten bieten lassen!« ruft er. Aber es klingt schwach.

Wieder geht er auf und ab.

»Entschuldige!« sagt er nach einer Weile in gezwungenem Ton zu Gabriele. »Die Nerven. Kein Wunder nach alledem!«

Gabriele hat wieder ein versöhnliches Wort auf den Lippen. Aber wie vorhin: nach einem Blick in Brandts fahles, verzerrtes Gesicht verliert sie den Mut.

Brandt tritt an den Tisch und reicht ihr den gelben Brief.

»Wenn du den gelesen hast, wirst du verstehen, weshalb ich explodiert bin«, sagt er dumpf.

Schweigend beginnt Gabriele zu lesen. Sie wird leichenblaß. Ihre Halsadern klopfen – Brandt sieht es genau.

»Findest du den auch phantastisch?« fragt er langsam.

Es ist die Information der Wirtschafts-Auskunftei über Willi Pohl. Brandt hat sie am Morgen nach dem Stiftungsfest gleich angefordert. Es sind – in einer kurzen Übersicht – die wichtigsten Daten aus Pohls Geschäftsleben. Darunter: Anfang 1952 einfacher Bankrott, verschuldet durch Verschwendungssucht, Spielleidenschaft und übermäßigen privaten Aufwand. Urteil: drei Monate Gefängnis ohne Bewährungsfrist.

Wie hypnotisiert starrt Gabriele auf das Blatt. Die Buchstaben schwimmen ihr vor den Augen. Sie wagt nicht, Brandt anzusehen.

Nun erst nimmt sie die Überschrift auf: ›Zwischen-Mitteilung! Ausführliche wirtschaftliche und Personen-Auskunft folgt.‹

Gabriele meint, ersticken zu müssen.

»Ja«, sagt Brandt. »Mit diesem Mann habe ich mich auf deinen Rat eingelassen! Diesem Lumpen habe ich alles, was ich besitze, ausgeliefert!« Er reißt den Brief des großen Chemie-Konzerns vom Tisch und schleudert ihn in eine Ecke. »Wegen diesem Schwein muß ich heute solche Angebote ausschlagen!«

Gabriele hört mit steigendem Entsetzen seinen maßlosen Anklagen zu.

»Oder stimmt es vielleicht nicht, daß du mir geraten hast, mit diesem Kerl zu verhandeln? – Weil du in Stuttgart leben wolltest! Weil das stille Tübingen deinen Ansprüchen nicht genügte! Ein grüngekacheltes Schwimmbad sollte es sein! Dafür bin ich heute an diesen Bankrotteur gekoppelt, dem ich vom ersten Augenblick an mißtraut habe!«

Seine Faust schlägt krachend auf den Tisch.

Gabriele ballt die Hände so heftig, daß die Knöchel weiß heraustreten.

»Nein!« ruft sie plötzlich laut und richtet sich auf. »Das ist nicht wahr! Du weißt nicht mehr, was du da sagst! Du bist von allen Verhandlungen mit Pohl begeistert zurückgekommen. Du hast mir erzählt, welch vorzüglichen Eindruck er auf dich gemacht hätte. Und als du ihn ins Haus brachtest, hattest du den Vertrag mit ihm schon unterschrieben. Ich hätte . . .«

Sie bricht jäh ab.

Brandt beobachtet sie aus zusammengekniffenen Augen.

»Was hättest du?« fragt er so bedrohlich leise, daß Gabriele fröstelt.

Brandt hat in diesem Augenblick selber das Gefühl, daß die Wut ihn ungerecht macht. Aber er kann nicht zurück.

»Wenn ich Pohl wirklich gelobt habe«, beginnt er wieder, »dann höchstens, um deine wahre Meinung über ihn kennenzulernen. Aber ich kann mich nicht entsinnen, daß du mir auch nur mit einem einzigen Wort abgeraten hättest. Dagegen erinnere ich mich sehr deutlich an deine hochfahrenden Pläne, meine Liebe!«

Er tut ein paar Schritte durchs Zimmer, kehrt zurück und bleibt hart vor Gabriele stehen.

»Herr Pohl hat sich schnell entblättert. Ein Spesenritter übelster Sorte! Ständig auf sogenannten Geschäftsreisen zu Lasten der Firma. Und die ganze Arbeit bleibt für mich.Ich könnte mich ohrfeigen, daß ich auf dich gehört habe!«

Gabriele steht auf und geht zur Tür. Sie ist immer noch blaß, aber ganz ruhig.

Wie kann ein Mensch die Tatsachen so verdrehen? Jedes Wort, mit dem sie Brandt vor der Zusammenarbeit mit Pohl zurückzuhalten versuchte, klingt noch in ihr nach. Doch er hat sie nicht verstanden oder verstehen wollen. Hätte sie noch deutlicher werden müssen.

Nein! Nein! Das kann alles nicht sein Ernst sein. Er wird es schon einsehen. Nur Wut und Sorge machen ihn so ungerecht.

»Wenn du aufhörst, mich so ungerecht zu beschuldigen, können wir weitersprechen«, sagt sie fest und legt die Hand auf den Türgriff.

»Halt!« ruft Brandt. »Einen Augenblick noch.«

Er deutet auf den gelben Brief. »Ich werde Herrn Pohl in dieser Sache zur Rede stellen – Und damit ich einen Zeugen habe«, fährt Brandt langsam fort, »sollst du bei dieser Unterredung zugegen sein.«

32

Fünf Tage hat Pedro vergeblich auf ein Lebenszeichen von Dorle gewartet. Sollte sie ihm ernstlich böse sein? Was ist denn schon geschehen? Er war beschwipst; sein Temperament ist ein bißchen mit ihm durchgegangen, und Dorette hat darauf mit einer Ohrfeige reagiert. Vielleicht, so hatte er sich erst überlegt, wäre es sogar ganz angebracht, jetzt ein wenig den Gekränkten zu spielen?

Frau Butzbach geht ihm offenbar aus dem Wege. Änne tut, als wüßte sie von nichts, und Wolfgang Brandt hat sich seit dem Ball nicht mehr sehen lassen.

Pedro fühlt sich isoliert.

Als er es schließlich vor Unruhe nicht mehr aushalten kann, entschließt er sich widerwillig zu einem neuen ›Staatsbesuch‹ im Hause Brandt.

Minna läßt ihn mit seinem Blumenstrauß in der Diele des ersten Stocks geraume Zeit warten. Als sie zurückkommt, ist ihr Gesicht voller Ablehnung. »Das Fräulein Doris ist heute leider verhindert!« sagt sie.

»Verhindert?« wiederholt Pedro betroffen. »Wie soll ich das verstehen? Das gibt es doch gar nicht!«

Die alte Frau streift ihn mit einem kühlen Blick und wiederholt monoton: »Das Fräulein Doris ist heute leider verhindert!«

Pedro sieht einen Augenblick verärgert vor sich hin. Er will und kann nicht glauben, daß Dorle sich verleugnen läßt. »Dann möchte ich meine Tante sprechen!« sagt er energisch.

Minna zuckt die Achseln. »Die gnädige Frau empfängt heute nicht.«

Pedro bekommt einen roten Kopf. »Dann melden Sie mich Herrn Wolfgang. Oder Herrn Albert!«

»Ich glaube nicht, daß jemand von den Herrschaften zu sprechen ist«, sagt Minna stereotyp.

Pedros gerötetes Gesicht wird langsam blaß. »Ach! Ich verstehe!« murmelt er und wendet sich zum Gehen.

In diesem Augenblick erscheint Bettina am Treppengeländer über ihm.

»Tante Bettina!« ruft Pedro.

Bettina nickt reserviert. »Da du schon einmal hier bist, komm bitte herauf. Ich möchte dich sprechen!«

Pedro geht schweigend die Treppe weiter hinauf.

Bettinas niedriges Wohnzimmer hat in den Wochen ihres Aufenthalts mehr und mehr persönliche Atmosphäre bekommen. Die eigenartige Porträtstudie von Enrique Gonzales, jenem Mexikaner, dem Bettina ihren Reichtum verdankt, das künstlerische Farbfoto des kleinen Ramón, dazu die sehr konservativen Gemälde der alten Eckerts, von einem Tübinger Künstler gemalt, einige uralte Plastiken aus Mexiko, ein paar ausgesucht schöne Muranogläser, zum Teil mit Blumen gefüllt – all das Gegensätzliche fügt sich mit den Biedermeiermöbeln der Geheimrätin zu einem Bild von Behaglichkeit und Kultur zusammen.

Zu dieser einladenden Wärme des Raumes steht Bettinas Haltung allerdings in schroffem Gegensatz. Sie verharrt steif neben ihrem mit Papieren überhäuften Schreibsekretär und fordert Pedro nicht einmal auf, Platz zu nehmen.

»Ich habe Minna den Auftrag gegeben, dich nicht mehr vorzulassen«, beginnt sie kühl, »obwohl ich das kaum für notwendig hielt.«

Pedro ist vor Verblüffung außer sich. Aber sein bronzefarbenes Gesicht verrät nichts davon. »Darf ich fragen, weshalb, Tante Bettina?«

Bettina beachtet die Frage nicht. »Es gehört schon eine reichliche Portion . . . nun, sagen wir Mut dazu, sich nach den Vorfällen beim Stiftungsfest hier nochmals sehen zu lassen!«

Pedro hebt mit scharfem Ruck den Kopf. »Welche Vorfälle?«

Bettina kann ihren Zorn kaum noch zügeln. Die gleichmütige Ruhe des jungen Mannes erscheint ihr als zynische Gleichgültigkeit. »Bitte kein Theater!« ruft sie empört. »Als ob du nicht wüßtest, daß Frau Butzbach überall herumerzählt, Dorle wäre nachts mit dir zusammen auf deinem Zimmer gewesen!«

Pedro hebt betroffen die Hände. »Aber, Tante Bettina . . .«

»Ich weiß, daß das nicht stimmt!« schneidet Bettina ihm energisch das Wort ab. »Dorle hat mir alles erzählt. Von dir brauche ich also keine Versicherungen. – Sie hat mir aber auch nicht verschwiegen, daß du mit allen Mitteln versucht hast, sie ins Haus zu locken. Und damit ist es dir gründlich gelungen, sie ins Gerede zu bringen!«

Bettinas Stimme ist rauh und heiser geworden.

»Du hast schon einmal ein Mädchen ins Unheil gestürzt!« ruft sie. »Wieviel andere du noch auf dem Gewissen hast, will ich gar nicht wissen. Mir genügt der Fall Maria. Schon in Paris habe ich vom ersten Augenblick an befürchtet, daß du hier genau dasselbe anstellen würdest.«

Pedros dunkles Gesicht ist eine einzige Flamme leidenschaftlicher Empörung. Ein Strom spanischer Worte sprudelt aus ihm hervor, hemmungslos und unüberlegt. Die lang angestaute Erbitterung schafft sich endlich Luft.

»Du hast nicht das Recht, alles auf so niedrige Weise zu verallgemeinern!« schleudert er ihr ins Gesicht. Dann nickt er verbissen. »Maria! Ja! Vielleicht bin ich da nicht ohne Schuld! Aber ich war viel zu jung, das alles richtig beurteilen zu können. Mit Doris ist das nicht zu vergleichen! Das habe ich dir schon einmal gesagt. Wenn du nicht dazwischengetreten wärest, könnten Doris und ich längst verheiratet sein.«

Er tut einen Schritt näher auf Bettina zu.

»Du«, schreit er voller Haß, »du bist schuld! An allem! An unserem ganzen Unglück! Du hast schon meiner Familie nichts als Unglück gebracht! Meinem Vater! Mir! Und ich bin überzeugt, auch Onkel Enrique! Jedem, seit es dir gelungen ist, dich in unsere Familie einzuschleichen!«

Er holt tief Luft, wird aber nicht ruhiger, sondern eher noch erregter.

»Ja, eingeschlichen!« wiederholt er nachdrücklich. »Wenn es ein Recht auf der Welt gäbe, so gehörte dir nicht ein Peso von den Millionen, mit denen du heute die Menschen beherrschst, das heißt, dir anmaßest, sie zu beherrschen.«

Pedro zerrt an seiner Krawatte, als müsse er ersticken.

»Aber was du auch sagst und was du auch tust: Ich pfeife darauf. Ich bin ein Gonzales! So viel Geld, um eine Existenz zu gründen, werde ich schon zusammenbringen, und ewig kannst du Doris nicht vor mir verstecken! Wir lieben uns. Wir werden heiraten – ob du willst oder nicht!«

Blind vor Wut stürmt er zur Tür.

»Halt!« ruft Bettina schneidend. Unter den rücksichtslosen Vorwürfen des jungen Menschen ist sie blaß geworden. Innerlich bebt sie vor Empörung, doch ihr Blick ist kalt und entschlossen.

»Da irrst du dich, mein Lieber. Ich habe die Mittel, Dorle vor dir zu schützen. Bei mir kannst du dir dein Theater schenken.«

Sie weist auf die Schreibtischplatte. »Dort liegt der Vertrag, den der Notar deines Vaters aufgesetzt hat. Wenn ich nicht unterschreibe, seid ihr bankrott!« Sie muß sich freiräuspern. »Das einzige, was ihr dann noch besitzt, sind Schulden!«

Pedro hat die Augen geschlossen. Er steht aufgereckt an der Wand neben der Tür. Wie eine Wachsfigur. Er zuckt ihm in den Fingern, aber er beherrscht sich.

Auch Bettina wird ruhiger. »Damit du dich keiner Täuschung hingibst!« sagt sie und betont jede Silbe: »Ich gebe dir zwei Tage Zeit. Wenn du dann nicht endgültig aus Tübingen verschwunden bist, zerreiße ich diesen Vertrag in zwei Hälften; so wahr ich hier stehe! Den einen Fetzen bekommt dein Vater – mit dem andern kannst du machen, was du willst!«

Sie wendet sich brüsk von ihm ab, wirft sich in einen Sessel, zerrt eine Zigarette aus der Packung, zündet sie an und atmet tief den Rauch ein . . .

Sie blickt nicht einmal auf, als die Tür hinter Pedro ins Schloß fällt.

Draußen im Flur bleibt Pedro regungslos stehen. Er sieht die eichengetäfelten Türen, die ihn feindselig abzuweisen scheinen. Hinter einer von ihnen wohnt Doris.

Einen Augenblick denkt er, Doris müsse alles gehört haben, müsse die Tür aufreißen, zu ihm stürzen . . .

Aber nichts.

Die Türen bleiben geschlossen.

Langsam, mit hölzernen Schritten, geht Pedro zu Wolfgangs Tür hinüber. Er klopft kaum an und tritt gleich ein.

Wolf sitzt an seinem Schreibtisch. Er wendet den Kopf und sieht Pedro verblüfft an. Sein Gesicht verrät keineswegs freundschaftliche Empfindungen.

»Wolfgang, du mußt mir helfen!« stößt Pedro hervor. »Deine Mutter will mich wegjagen. Wie einen Lumpen hat sie mich behandelt!« Erst jetzt spürt er die ganze Erniedrigung. »Sie jagt mich zurück nach Mexiko!«

Wolfgang ist langsam aufgestanden. »Und warum kommen Sie da zu mir, Herr Gonzales!« fragt er gedehnt.

Pedro stutzt. Was soll dieses förmliche Sie? Vom ersten Tag an hat er sich mit Wolfgang geduzt.

Seine Augen ziehen sich zusammen. Noch einmal versucht er es mit dem kameradschaftlichen Ton. »Aber Wolf!« sagt er. Es klingt beschwörend. »Pharmax! Was ist denn mit dir los?«

Wolf bleibt eisig. »Ich war zufällig Zeuge, wie Sie auf dem Stiftungsfest bis gegen vier Uhr ausschließlich mit Fräulein Butzbach getanzt haben. Dann haben Sie sie auch nach Hause gebracht; Sie wohnen ja da!«

Pedro verbirgt nicht, wie betroffen er ist. Er öffnet den Mund, will etwas zu seiner Rechtfertigung äußern, will erklären, daß alles, was der andere da andeutet, sinnlos ist, überspannt und lächerlich – aber nach einem Blick in Wolfgangs Augen schließt er den Mund wieder.

Hat es Zweck, sich hier noch weiter demütigen zu lassen? Nein.

Pedros Gesicht verändert sich schlagartig. Es wird hochmütig. Er verbeugt sich und sagt kühl: »Ich beabsichtige nicht, gegen vorgefaßte Meinungen zu kämpfen. Ich dachte, ich wäre zu einem Freund gekommen. Entschuldigen Sie!«

Mit zwei Schritten hat er das Zimmer verlassen.

Unten in der Diele reißt Pedro den Mantel von der Garderobe. Mit drei Sätzen ist er die Treppe hinunter, aus dem Haus. Ohne sich umzusehen, eilt er über die Bursagasse. Er fühlt die vielen Fenster des alten Hauses wie durchdringende Blicke in seinem Rücken, fühlt sie wie Nadelstiche. Dagegen spürt er nichts von der Januarkälte, die ihm sonst so arg zusetzt. Er eilt durch die enge Altstadt, wandert die lange Wilhelmstraße hinunter, ohne nur einmal nach links oder rechts zu sehen. Die Menschen gleiten wie Schemen an ihm vorüber. Zorn, Empörung und Verzweiflung trüben ihm den Blick für die Umwelt.

Jetzt erst begreift er, warum sein Vater ihm in den letzten Wochen so oft geschrieben hat. Begreift er Felipes unablässige Beschwörungen, er möge um ihrer beider Zukunft willen sich Bettinas Wünschen fügen.

Er sieht sich eingekesselt. Ihm bleibt keine Wahl: Er muß abreisen! Er darf seinen Vater nicht einem Bankrott aussetzen. Bettina meint es ernst!

Wenn er nur ahnte, warum Doris ihn verlassen, ihn bei Bettina verraten hat! Gewiß, er ist an jenem Abend zu weit gegangen. Aber ist das ein Grund zu einer endgültigen Trennung?

Keine vierundzwanzig Stunden – dann wird Doris weinen und alles bereuen! Sie liebt ihn doch, das weiß er bestimmt. Aber dann wird es zu spät sein. Der Gedanke, so schmerzlich er ist, erfüllt ihn auch mit einer kleinen Genugtuung. Er wird ruhiger.

Frau Butzbach also hat geklatscht. Hätte man sich das nicht denken können? Aber warum hat Änne kein Wort davon erwähnt?

In der Butzbachschen Villa läßt sich Pedro unverzüglich bei der Hausfrau melden.

Frau Butzbach ist wieder leicht verwirrt, als Pedro eintritt. Für sie bleibt er der junge Mann aus dem Millionärsmilieu. Ein Götterliebling, dem man nichts übernehmen darf. Nicht einmal so was wie die Geschichte mit Doris Brandt.

»Madame«, sagt Pedro höflich, doch reserviert. »Ich bin gekommen, um mich bei Ihnen zu bedanken und ... um mich zu verabschieden. Ich gehe. Es tut mir leid, daß mein Aufenthalt hier mit einem Mißklang endet.«

»Hano? Wie meinet Sie das?« In Frau Butzbach regt sich das Gewissen.

»Man hat mir erzählt, Sie hätten Fräulein Brandt und mir den Vorwurf gemacht, wir seien in der Nacht des Stiftungsfestes auf meinem Zimmer gewesen! Ich kann Ihnen nicht sagen, wie empört ich darüber war! Wie kommen Sie nur dazu?«

»Jetzetle«, sagt Frau Butzbach hilflos. Dieses Thema paßt ihr gar nicht. »Wenn ich nicht davon überzeugt wär', hätt ich's net gesagt!«

»Madame!« Pedros dunkle Augen lassen die unruhigen wasserblauen seiner dicken Hauswirtin nicht los. »Vielleicht wäre es besser gewesen, Sie hätten erst mit mir darüber gesprochen!« Mit Nachdruck: »Denn es ist nicht wahr! Das kann ich beschwören.«

Frau Butzbach zuckt zusammen.

Anfangs war sie in ihrer Entrüstung ganz sicher gewesen. Sie hatte geglaubt, was sie sagte. Aber dann – nach Bettina, nach Dorle – sind ihr doch Zweifel gekommen. Und jetzt ...

»Hano!« ruft sie mit einem tiefen Seufzer. Ihre sorgfältig kosmetik-gepflegte Stirn legt sich in Kummerfalten. »Wenn Sie des selber sage! Des isch mir natürlich kolossal peinlich!«

Pedro nickt resigniert. Beinahe vergißt er, daß nicht viel daran fehlte, und es wäre wirklich so gekommen, wie die Frau da vor ihm vermutet hat.

»Ich sehe mich leider gezwungen, meinen Aufenthalt in Tübingen sofort abzubrechen. Es ist mir doppelt unangenehm, weil ich mich nun für ihre einzigartige Gastfreundschaft nicht einmal revanchieren kann.«

»Heidenei!« ruft Frau Butzbach. »So was brauchet Sie net erwähne. Sie könnet bei uns jederzeit komme und gehe, wann's Ihne gefällt. Aber warum wolle Sie denn nur weg? Und erst recht, wo nix passiert ist!« fügt sie entwaffnend hinzu. »Des begreif i net.«

Pedro bleibt ernst. »Madame, dieses dumme Gerücht über Doris Brandt und mich läßt mir keine andere Wahl.«

Frau Butzbach kann sich nicht beruhigen. Du lieber Gott, als ob sie so etwas nicht geahnt hätte! Dieser reizende Mensch! »Und was isch mit Änne und dene spanische Studie?« ruft sie spontan. »Des könnet Sie doch au net so einfach abbreche. Es läßt sich vieles wieder gradbiege, Herr Gonzale. Man darf nix überstürze.« Heftig atmend wischt sie sich über das gerötete Gesicht. »I bin ja ganz aus dem Häusle! Was sagt denn mei' Tochter dazu?«

Pedro zuckt die Achseln. »Sie weiß es noch nicht. Aber ein paar Stunden bin ich ja noch hier!«

Während dieser Zeit steht Änne am Seiteneingang des Pharmakologischen Instituts der Universität. Ihre Wangen sind von der scharfen Winterluft gerötet. Sie sieht reizend aus. Ihre Gedanken aber sind trübe. Hier hat sie sich früher immer mit Wolf getroffen. Früher! Das heißt bis unmittelbar vor dem Stiftungsfest. Seitdem war das Warten umsonst. Sie hat nichts mehr von ihm gesehen. Nicht einmal gehört. Die täglichen Anrufe sind ausgeblieben.

Die schwere Tür öffnet sich. Eine ganze Schar Studenten strömt heraus. Änne entdeckt Wolf sofort und geht resolut auf ihn zu. »Ich muß dich sprechen!«

Wolf nimmt höflich den Platz an ihrer linken Seite ein. Wie in schweigender Vereinbarung überqueren sie die Straße und betreten den Botanischen Garten. So haben sie es immer gehalten. Doch heute ist alles anders. Wolf spricht kein Wort. Sein Gesicht ist so hart und kühl, wie Änne es bei ihm noch nie erlebt hat.

Kaum ist der Straßenlärm in der Stille des verschneiten Parks hinter ihnen verklungen, da bricht sie das Schweigen. »Ich möchte endlich wissen, was mit dir los ist!«

Wolf zieht die Augenbrauen hoch. »Mit mir?« fragt er. »Nichts!«

Änne bleibt stehen. Sie scharrt mit der Fußspitze zornig in dem am Wegrand zusammengefegten Schnee. »Herrgott, tu doch nicht so! Seit dem Stiftungsfest bist du völlig verändert. Warum?«

Wolf beschäftigt sich umständlich damit, eine Zigarette anzustecken.

Als er sich wieder zu Änne umdreht, liegt immer noch die Maske gespielter Gleichgültigkeit auf seinem Gesicht. »Warum?« wiederholt er. »Kann dich das interessieren? Nachdem du es auf dem Stiftungsfest für richtig gehalten hast, bis vier Uhr ausschließlich mit diesem mexikanischen Strauchritter zu tanzen!«

»Ach so!« macht Änne wegwerfend. »Du hast es ja geschehen lassen. Hast du mich vielleicht ein einziges Mal zum Tanzen geholt? Bisher ist es üblich, daß die Herren das besorgen. Ich habe dich nur mit anderen Mädchen tanzen sehen. Selbst als ich eine Stunde allein war, weil Pedro Dorle nach Hause gebracht hat, hast du dich nicht um mich gekümmert!«

Eine Gruppe Studenten kommt ihnen entgegen. Wolf und Änne schlagen automatisch einen der vielen Seitenwege ein.

»Das stimmt!« sagt Wolf und blickt geradeaus. »Aber das ist wohl kein Wunder. Ich hatte vorher Gelegenheit, ein zärtliches Tête-à-tête zwichen diesem Knaben und dir zu beobachten. Auch meine Schwester konnte es nicht übersehen. Deshalb wollte ich dich nicht mehr stören!«

»So ein Quatsch!« fährt Änne ihn mit zornblitzenden Augen an. »Willst du vielleicht andeuten, ich hätte was mit Pedro?«

Sie faßt ihn am Ärmel, um ihn zum Stehenbleiben zu zwingen. Wolf dreht sich ihr zu. Sekundenlang glaubt sie in seinen blauen Augen die alte Zuneigung aufblitzen zu sehen. Wenn er sie jetzt in die Arme zöge . . .

Doch der Augenblick geht ungenutzt vorüber. Wolfs Augen sehen wieder mit dieser nüchternen fernen Kälte durch sie hindurch.

»Der gibt dir doch täglich spanischen Unterricht, nicht wahr? Franz erzählte beim letzten Kommers witzigerweise davon. Habt ihr ›amar‹ schon konjugiert?«

Änne wird wütend. »Jawohl!« faucht sie Wolf an. »Lieben! Und Küssen! Und was du sonst noch willst!«

Sie möchte ihm jetzt nicht zeigen, wie tief er sie getroffen hat.

»Also ganz gewöhnliche Eifersucht!« sagt sie. »Worüber du dich bisher nicht genug mokieren konntest! Lachhaft!«

Wolf pfeift ein paar Schlagertakte vor sich hin. »Nenn es, wie du willst«, sagt er dann langsam. »Immerhin besser, es gehen einem die Augen auf, bevor man sich gebunden hat, als hinterher!«

Das ist zuviel. Änne hat nun keine Lust mehr einzulenken. Ihr Gesicht wird hochmütig. »Vielen Dank für die Belehrung!« sagt sie ironisch. »Früher war es meine Mutter. Jetzt bin offenbar ich dran. Aber wie du ganz richtig bemerktest: Noch sind wir nicht verheiratet!«

Jäh verhalten sie an einer Weggabelung und starren einander an. Beide denken insgeheim dasselbe:

›Das ist doch alles Unsinn! Du da drüben wirst doch wohl so vernünftig sein, die Hand auszustrecken ...‹

Doch keiner kann sich entschließen, es zu tun.

»Ach, laß mich in Frieden!« sagt Änne plötzlich. Sie dreht sich auf dem Absatz um, geht auf das Treibhaus zu und ... wartet atemlos, daß Wolf ihr folgt. Das schmutzige Gemisch von Sand und Schnee knirscht unter ihren Füßen. Unmerklich verlangsamt sie ihr Tempo ...

›Er muß doch kommen!‹ denkt sie verzweifelt. Sie bildet sich ein, sie fühle seine Blicke in ihrem Rücken.

Aber kein zweiter Schritt wird hinter ihr hörbar. Kein Ruf erreicht sie.

Endlich kann sie es nicht mehr aushalten. Sie wirft verstohlen einen Blick zur Weggabelung zurück.

Der Platz ist leer. Wolfgang Brandt ist gegangen!

Das trifft Änne wie ein Schlag. Nun möchte sie am liebsten selber hinter ihm herrennen. Aber – da kommen Menschen. Studenten. Vielleicht Bekannte ...

Änne Butzbach wirft den Kopf in den Nacken. Sie beißt sich die Lippen blutig. Aber sie macht sich ohne zu zögern auf den Heimweg.

33

Gabriele hat nach der Auseinandersetzung mit Brandt qualvolle Stunden zugebracht. Sie fühlt fast körperlich das Mißtrauen, das in ihm erwacht ist. Aber was kann sie tun, um sein Vertrauen zurückzugewinnen?

Nachts liegt sie Stunden um Stunden ohne Schlaf. Dabei kommt sie auf die unsinnigsten Einfälle. Wenn sie sich jemandem anvertrauen, jemanden um Rat bitten könnte? Fräulein Eckert zum Beispiel! Frau Bettina? Minna? Oder gar Graf Hohenperch?

Doch sie verwirft jeden dieser Pläne schneller, als er aus der Dunkelheit aufgetaucht ist. Nein, ihr kann jetzt niemand helfen. Die schreckliche Einsamkeit, aus der sie in diese Ehe geflüchtet ist, hat sie erneut gepackt.

Und dann ist der Tag da, an dem Brandts Unterredung mit Willi Pohl stattfinden soll. Vor dieser Begegnung hat Gabriele eine fast panische Angst.

Apathisch trifft sie die notwendigen Vorbereitungen.

Dann sitzt sie in einem Sessel am Wohnzimmerfenster und grübelt darüber nach, wie sie Pohl diesmal gegenübertreten soll.

Draußen nähern sich Kinderschritte. Es ist Jürgen. Er bleibt in der geöffneten Tür stehen und sieht unschlüssig zu seiner Mutter hinüber. Sie ist jetzt immer so traurig, und das macht auch ihn traurig. Manchmal hat er sogar schon richtige Sehnsucht nach der ausgeglichenen Fröhlichkeit des Internats. Er streckt Gabriele ein Märchenbuch entgegen und fragt schüchtern: »Willst du mir nicht ein bißchen vorlesen, Mami?«

Gabriele winkt ihn heran und zieht ihn auf ihren Schoß.

Jürgen setzt sich mit Wohlbehagen zurecht und klappt gleich sein Märchenbuch auf. »Bis dahin hat mir Onkel Albert vorgelesen. Aber dann mußte er in die Uni.«

Gabriele sieht den Jungen überrascht an. »Onkel Albert? – Du meinst wohl Onkel Wolf?«

»Nein, Onkel Albert. Der ist doch jetzt immer so nett zu mir«, sagt Jürgen. »Wolf ist ja mein bester Freund! Und wenn der Mann weg ist, ist es überhaupt ganz schön hier, nicht, Mami?«

Gabriele schüttelt unwillig den Kopf. »Du sollst doch nicht immer ›der Mann‹ sagen!«

Wie oft hat sie diese Ermahnung in den paar Wochen wiederholen müssen! Aber nichts bringt Jürgen dazu, Brandt ›Vater‹ oder ›Papi‹ zu nennen.

»Am schönsten ist es natürlich mit dir allein«, sagt Jürgen plötzlich. »Ich möchte immer mit dir zusammen sein, und wenn ich einmal groß bin, wie Onkel Albert, dann heirate ich dich.«

Gabriele legt die Arme um den Jungen und streicht ihm über das Haar. »Wenn ich dich nicht hätte!« murmelt sie bewegt.

Jürgen blickt sie von unten herauf erstaunt an. »Aber du weinst ja, Mami!«

»Ach was!« Gabriele schüttelt unter Tränen lächelnd den Kopf. »Ich weine doch nicht, wenn du bei mir bist!«

Sie wiegt ihn, wie sie es früher tat, als er noch ganz klein war. Nein, sie ist nicht allein! Sie hat doch ihr Kind bei sich! Dafür muß sie auch dankbar sein.

Brandt kommt gegen drei Uhr aus Stuttgart nach Hause. Er ist abgehetzt und nervös wie immer in den letzten Tagen.

»Pohl dürfte in einer Stunde hiersein«, sagt er bei der kurzen Begrüßung zu Gabriele. Er wirft einen Blick durch das Wohnzimmer auf den schlicht gedeckten Tisch und nickt. »Gut so. – Diesmal werden wir dem Herrn Genüsse anderer Art servieren!« Er sagt es mehr zu sich selber, und ein gefährliches Lächeln liegt dabei auf seinen Lippen.

Gabriele sieht es und fröstelt. Wenn sie auch nicht genau weiß, was Brandt beabsichtigt, so kennt sie doch seinen Jähzorn zur Genüge.

Und sie kennt Pohl.

»Justus«, sagt Gabriele, als er ins Schlafzimmer hinüber will. Sie muß die Lippen anfeuchten. »Kannst du denn nicht versuchen, dich auf andere Weise von Pohl zu trennen?«

Brandt bleibt mit zusammengezogenen Brauen stehen. Aber bevor er antworten kann, bumst es von außen gegen die Tür, daß sie zittert. Brandt reißt sie erschrocken auf.

Draußen steht Jürgen und preßt mit schuldbewußtem Gesicht einen dicken gelben Ball an sich.

Brandt zögert. Irgend etwas veranlaßt ihn zu Gabrieles Überraschung, Jürgen nur mit dem Finger zu drohen. »Dafür hast du den Ball nicht bekommen!« sagt Brandt unerwartet milde. »Die Diele ist kein Fußballplatz!«

Damit macht er die Tür wieder zu.

»Ich habe dir schon einmal erklärt, daß es zu spät ist, aus dem Vertrag auszusteigen«, sagt er zu Gabriele, als seien sie überhaupt nicht unterbrochen worden. »Ich verfluche ja selber den Tag, an dem ich mich mit diesem Kerl eingelassen habe. Manchmal hab' ich sogar das scheußliche Gefühl, das alles sei ein abgekartetes Spiel!« Gabriele fühlt, daß ein mißtrauischer Blick sie bei diesen Worten streift. »Als steckten noch ganz andere dahinter, die ich nicht kenne oder nicht erkenne!«

Gabriele wird blaß. Aber sie tritt mit mutig erhobenem Kopf dicht an ihren Mann heran. »Justus!« sagt sie leise. In ihrer dunklen Stimme vibriert die alte Herzlichkeit. »Warum traust du mir eigentlich nicht mehr?«

Brandt hört ihren echten Schmerz wohl. Er möchte sich mit Kälte dagegen wappnen, aber er kann es nicht. Gequält senkt er den Blick.

»Seit dem Festabend bist du so verändert!« fährt Gabriele fort. »Es ist manchmal unerträglich für mich.«

Brandt steht da mit geschlossenen Augen. Langsam lehnt er seine Stirn an Gabrieles Schläfe. Es ist das erste Zeichen wiederkehrender Vertrautheit. Gabrieles Herz beginnt stürmisch zu klopfen. Sie fühlt, wie er mit sich ringt, wie er nach Worten sucht.

Ach, er brauchte gar nicht zu sprechen! Mit einem einzigen Kuß könnte diese ganze unselige Quälerei zu Ende kommen . . .

Doch wieder wird die Stimmung zerrissen.

Draußen auf der Diele ertönt lautes Klirren, dann Jürgens Aufschrei, der in jämmerliches Geheul übergeht.

Brandt schiebt Gabriele so heftig zur Seite, daß sie taumelt, und stürmt hinaus.

»Habe ich es dir nicht vor zwei Minuten verboten, hier zu spielen?« schreit Brandt. Diesmal kann er seinen Zorn nicht unterdrükken. »Es ist eben völlig sinnlos, gut zu dir zu sein! Jetzt aber 'raus mit dir! Und wenn noch das geringste vorkommt, nehme ich dir den Ball weg!«

Gabriele tritt in die offene Tür.

Sie sieht am Boden die Scherben einer Vase sowie verstreute Gerberablüten, die sie gestern gekauft hat. Das verschüttete Wasser tränkt den Läufer und läßt sein Rot dunkel wie Blut werden.

Aber eigentlich sieht sie nur, wie Brandt den zappelnden Jungen am Rockkragen packt und die Treppe hinunterzerrt.

Gewiß ist es nicht so schlimm, wie es aussieht. Aber Jürgens eigensinniges Geschrei: »Ich will zu meiner Mami!« gellt schrecklich in ihren Ohren.

»Zu der kannst du nachher, wenn du wieder brav bist!« tönt Brandts harte Stimme herauf. »Hier, nimm deinen Mantel! Und nun bleib im Gärtchen, bis du gerufen wirst!«

Gabriele hört, wie die Tür zufällt. Dann verliert sich Jürgens Geheul. Brandt kommt wieder herauf.

Während Gabriele die Blumen aufhebt, ist Minna mit finsterem Gesicht aus der Küchentür getreten und hat sich schweigend darangemacht, die Scherben einzusammeln.

Dann nimmt sie Gabriele die Blumen einfach aus der Hand. »Ich geb' Ihnen eine andere Vase«, knurrt sie halblaut.

Es sind in langen Wochen fast die einzigen Worte, die Minna an die junge Frau Brandt richtet.

Brandt ist längst im Schlafzimmer verschwunden.

Kurze Zeit später schrillt die Hausglocke. Gabriele bleibt im Wohnzimmer sitzen und läßt Minna öffnen, um zu vermeiden, daß sie mit Pohl in Anwesenheit Brandts zusammentrifft.

Diesmal fällt die Begrüßung des Geschäftspartners durch den Apotheker etwas sachlicher aus. Willi Pohl scheint aber nichts davon zu merken. Vielleicht merkt er auch wirklich nichts. Er überreicht Gabriele einen üppigen Strauß gelber Rosen, die ein Vermögen gekostet haben müssen, zieht ihre Hand an die Lippen und spielt den vollendeten Kavalier alter Schule. Äußerlich hat er sich seit dem letzten Besuch sehr verändert. Er sieht wettergebräunt aus; die vollen Wangen strahlen von Gesundheit. Eine bunte amerikanische Krawatte belebt den mattblauen eleganten Zweireiher. Neben dem abgekämpften Apotheker wirkt Pohl, als käme er gerade aus dem Urlaub. Und so spricht er auch.

»Drei Tage Garmisch – da ist man schon ein anderer Kerl! Ski-Urlaub, das ist das Gesündeste, was es gibt. Sollten Sie auch mal machen, gnädige Frau, mitsamt dem Herrn Gemahl! Die ganze Welt ist da zu treffen! Eine Eleganz . . .«

»In Garmisch waren Sie?« unterbricht Brandt ihn gedehnt. »Ich denke, Sie waren in München!«

»War ich, war ich«, nickt Pohl jovial. »Aber einer der wichtigsten Leute hatte sich in die Berge abgesetzt. Da bin ich einfach hinterher. Heute muß man beweglich sein, wenn man Geschäfte machen will!«

Gabriele schenkt Kaffee ein, bedient die Herren mit Zucker und Sahne, reicht eine Schüssel mit Gebäck herum ... alles, ohne ihrem Mann oder Pohl ins Gesicht zu sehen. Jede Sekunde erwartet sie den Ausbruch des Gewitters.

»Interessant«, sagt Brandt. Selbst dieses eine Wort ist voll versteckter Drohung. »Mit welcher Firma haben Sie denn in Garmisch verhandelt?«

Pohl stutzt. »Da ist mein Gedächnis überfragt!« weicht er aus. »Kein Wunder! Wenn Sie mal den gesamten süddeutschen Großhandel durchgekämmt haben! Na, ob Hinz oder Kunz – der Markt ist für unser Cardodyn so gut wie erobert! Doch darüber später mehr. Jetzt wollen wir die gnädige Frau doch nicht mit geschäftlichen Dingen anöden. Wie?«

Brandt überhört den Einwurf. Er nimmt nachdenklich einen Schluck Kaffee, lehnt sich dann zurück und sagt: »Ein merkwürdiger Zufall, Herr Pohl! Während Sie gerade den Süden bereisten, hat mich der Vertreter von Huber und Co. aufgesucht. Daß das eine der wichtigsten süddeutschen Großhandelsfirmen ist, wissen Sie wohl besser als ich. Ja, mit dem habe ich abgeschlossen. Denn zu seinem Erstaunen war er von uns noch nicht besucht worden! Übrigens auch zu meinem Erstaunen.«

Das klingt glatt und liebenswürdig. Brandt hält Pohl dabei die Zigarrenkiste hin. Doch inzwischen ist Willi Pohl hellhörig geworden. Er lacht schallend auf. Sein rundes Gesicht legt sich in lauter vergnügte Falten.

»Da hören Sie es, gnädige Frau – Ihr Herr Gemahl verpaßt mir eine Zigarre!« ruft er gemacht harmlos. Dann wird er ernster.

»Das ist natürlich bei solchen Hetzjagden immer drin, daß man den einen oder anderen mal ausläßt, weil er nicht da ist und man zeitlich nicht umdisponieren kann. Sie ahnen ja gar nicht, wie oft man umsonst laufen muß, in wieviel Vorzimmern man sich herumdrücken muß, wenn man was Neues unter die Leute bringen will. Mit zwölf Stunden am Tag komm' ich längst nicht aus. Vierzehn sind es bestimmt. Wenn nicht sechzehn!«

Brandt nickt, als sei er völlig gleicher Meinung. Er raucht, er hat die Beine übereinandergeschlagen; Gabriele aber fühlt genau, welch ungeheure Anstregung ihn diese gelockerte Haltung kostet. Welche Spannung dahinter lauert.

Nochmals versucht Pohl, das Gespräch zu neutralisieren, indem er Gabriele einbezieht. »Darf ich fragen, gnädige Frau, ob heute etwas Besonderes los ist? Eine Feier? Vielleicht ihr Geburtstag? Ich war schon überrascht, als Ihr Mann mich so dringend zu diesem Kaffee einlud.«

Gabriele schüttelt den Kopf. Sie sieht zu Brandt hinüber, der langsam seine Zigarre auf den Rand des Aschenbechers legt.

»Ein Gedenktag ist es schon, Herr Pohl«, sagt Brandt. Er sieht Pohl hart an. »Ohne Ihr schlechtes Gedächnis wären Sie vielleicht selber darauf gekommen. Oder erinnern Sie sich nicht mehr an den 26. Januar 1950?«

Pohl lehnt sich in seinen Stuhl zurück. Sein dickes braunes Gesicht verfärbt sich.

Falls Sie es vergessen haben:« sagt Brandt, »an diesem Tag wurden Sie in Stuttgart wegen Ihres Konkurses zu drei Monaten Gefängnis verurteilt!«

Brandt nimmt seine Zigarre wieder auf, betrachtet das Deckblatt und wartet.

Das jovial Biedermännische ist aus Pohls Gesicht plötzlich wie fortgewischt. Das brutale Kinn tritt hart hervor, seine kleinen Augen funkeln wie die einer gefangenen Ratte.

»Aha!« sagt er nach einer Pause. »Daher weht der Wind!«

Seine Augen suchen Gabriele. »Der Querschuß kommt wohl von Ihnen, gnädige Frau?«

Gabriele sieht ihren Mann hilfesuchend an. Aber Brandt weicht ihrem Blick aus. Er fixiert Pohl.

Pohl legt die dicken Hände zusammen. »Na schön! Und?« fragt er. »Es stimmt. Ich habe Pech gehabt wie Tausende vor mir und wie Tausende nach mir. Deshalb wollen wir doch hier kein Melodrama inszenieren!«

Seine Stimme ist kalt und frech. Es muß dieser Ton sein, der Brandt verwandelt; denn er schlägt plötzlich mit der geballten Faust auf die Tischplatte, daß das Geschirr klirrt und Gabriele unwillkürlich die Kanne festhält.

»Jetzt aber Schluß, Herr Pohl!« fährt Brandt ihn an. »Sie haben mich betrogen! Und da fragen Sie noch: Na – und? – Sie haben sich als Mitinhaber der Zynthia-Werke bei mir eingeschlichen und unter falschen Vorspiegelungen einen Vertrag mit mir abgeschlossen. Seit Wochen und Monaten treiben Sie sich auf Vergnügungsreisen herum und überlassen mir die gesamte Arbeit. Als Erfolg Ihrer Tätigkeit sehe ich nur Reisespesen. Reisespesen! Maßlos! Ihre Geschäftspartner scheinen Barfrauen oder leichte Mädchen zu sein. Aber ich denke nicht daran, mein Geld weiter in dieser Weise verschleudern zu lassen!«

Pohl schnippt die Zigarrenasche ab. »Unser Geld!« berichtigt er seelenruhig. Es ist offensichtlich nicht die erste solcher Auseinandersetzungen, die er erlebt. »Unser Geld und unser Geschäft, verehrter Herr Doktor. Auf welche Weise ich meine Abschlüsse tätige, ist meine Angelegenheit.«

Seine Augen ziehen sich eng zusammen, seine Stimme wird ätzend vor Ironie.

»Sie haben in Ihrer Kleinstadt-Apotheke leider keine Erfahrungen sammeln können, wie man heute große Abschlüsse tätigt. Die gnädige Frau kann mir sicherlich bestätigen, daß die lukrativsten Geschäfte meist nicht in Büroräumen abgeschlossen werden.«

Brandt zerdrückt die halbe Zigarre so heftig im Aschenbecher, daß die Funken über den Rand stieben. Seine Hände zittern, aber seine Stimme hält er in Gewalt.

»Natürlich! Meine Frau wird Ihnen das am besten bestätigen können. Sie sind doch gute alte Bekannte!« Er blickt Gabriele an.

»Noch kurz vor der glorreichen Pleite hast du doch bei diesem Herrn Silvester gefeiert, nicht wahr?«

Seine Augen fressen sich in Gabrieles Blick, aber . . . seltsam – Gabriele merkt es nicht. Sie ist wohl aufgesprungen, aber ihr Gesicht verrät, daß sie von ganz anderen Dingen bewegt wird.

Sie lauscht zum Treppenhaus. Sie will etwas sagen, will rufen – doch sie bringt keinen Ton über die Lippen . . .

Nun werden auch Brandt und Pohl aufmerksam.

Im Haus werden Türen geschlagen. Man hört laute erregte Stimmen. Schritte poltern die Stiege herauf. Der gellende Aufschrei einer Frauenstimme. Minna!

Gabriele tut zwei hilflose Schritte – da wird die Tür aufgerissen. Minna steht auf der Schwelle. Über ihr altes, verrunzeltes Gesicht laufen die Tränen.

»Um Gottes willen«, stammelt sie, »der Jürgen . . .«

Gabriele schwankt. Eine Sekunde muß sie sich gegen den Türrahmen stützen. Dann stürzt sie an Minna vorbei aus der Tür und bleibt jäh stehen: Die Diele ist erfüllt von Menschen. Leuten aus der Nachbarschaft. Fremden mit verstörten Gesichtern. Auf dem roten Läufer unter der Lampe liegt eine kleine stumme Gestalt.

»Jürgen!« ruft Gabriele mit ganz hoher gequälter Stimme.

Das Gemurmel ringsum erstirbt.

Jürgens Kleider triefen. Das Haar klebt ihm am Kopf. Das Gesicht ist seltsam spitz und fahl. Die Augen sind geschlossen und liegen in tiefen dunklen Höhlen.

Neben ihm kniet ein fremder Mann und fühlt ihm den Puls. »Nichts!« sagt er. »Da muß ein Arzt her.« Er rückt zur Seite, als Gabriele sich nun mühsam heranschleppt.

»Jürgen!« schreit Gabriele nochmals.

Sie kniet neben ihrem Jungen nieder und versucht, ihm den Mantel aufzuknöpfen; doch ihre Finger zittern zu stark. Mit einem Aufschrei reißt sie den kleinen nassen Körper in ihre Arme.

Hinter ihr sind Brandt und Pohl aus dem Salon gestürzt. Albert setzt mit zwei Sprüngen vom zweiten Stock herunter. Von der Haustür drängen Neugierige herauf, Straßenpassanten, Frauen, Kinder, die Gehilfinnen der Apotheke; selbst Herr Bösinger erscheint mit entsetztem Gesicht für ein paar Minuten.

»Wir haben ihn an der Brücke aus dem Neckar geholt«, sagt der fremde Mann.

»Ich hab's gesehen!« ruft eine jüngere Frau aufgeregt immer wieder; aber noch ist keiner fähig, ihr zuzuhören.

Brandt steht wie erstarrt und blickt fassungslos auf das leblose Kind.

Minna lehnt zitternd an der Wand.

Der dicke Pohl aber zeigt sich als Mann der Praxis. »Schnell einen Arzt!« Er wendet sich an Albert. »Rufen Sie an und sagen Sie gleich dazu: Unfall durch Ertrinken!«

Während Albert zum Telefon stürzt, ist Pohl mit zwei Schritten neben Gabriele. Er nimmt ihr das Kind einfach aus den zitternden Händen. »Lassen Sie los! Eine Wolldecke! Schnell!« ruft er im Befehlston.

Bevor Gabriele fähig ist, der Aufforderung zu folgen, ist Minna schon auf der Treppe zum zweiten Stock. »Ich hol' eine herunter.«

Ohne auf Gabrieles Abwehr zu achten, streckt Pohl den Jungen wieder lang auf dem Boden aus. Dann kniet er sich mit erstaunlicher Behendigkeit hinter Jürgens Kopf und beginnt, seine Arme im

Halbkreis nach rückwärts zu bewegen. Er führt sie wieder nach vorn, preßt die angewinkelten Ellenbogen gegen den kleinen Brustkorb und wiederholt die gleichen Bewegungen in langsamem Rhythmus.

Auch der Apotheker überwindet nun den ersten Schock. Er hockt sich neben Jürgen nieder und streift ihm die nasse Kleidung ab.

Minna bringt die Wolldecke und macht den Versuch, Jürgen darin einzuwickeln. »Ich bringe sofort Tee und eine Wärmflasche!« ruft sie. »Er friert so leicht!«

»Lassen Sie das. Das hat keinen Zweck!« herrscht Pohl sie an. »Falten Sie die Decke zusammen und schieben Sie sie dem Jungen unter die Schulter.«

Minna gehorcht.

»Vier-und-zwan-zig!« zählt Pohl langsam immer wieder, um den Rhythmus der Atem-Bewegungen zu fixieren. »Vier-und-zwan-zig! – Vier-und-zwan-zig!«

Gabriele kniet auf der anderen Seite neben dem Kind. Ihre gehetzten Blicke folgen jeder Bewegung Pohls und streichen immer wieder über Jürgens Gesicht, in der verzweifelten Hoffnung auf eine Reaktion. Albert steht dicht neben ihr. Sie sieht ihn nicht. Sie sieht überhaupt niemanden außer Jürgen, der so greifbar nahe vor ihr liegt und doch nie so weit von ihr entfernt war.

»Vier-und-zwan-zig! – Vier-und-zwan-zig!«

Pohl führt die Bewegungen mit der Exaktheit einer Maschine aus. Er scheint in diesen Dingen Erfahrung zu haben. Aber er keucht schon von der ungewohnten Anstrengung. Der Schweiß rinnt ihm über das Gesicht.

»Lassen Sie mich jetzt!« sagt Brandt halblaut und zieht den Rock aus. Wortlos überläßt Pohl ihm die kleinen starren Hände. Brandt setzt die Übungen im gleichen Rhythmus fort.

»Vier-und-zwan-zig!« zählt Pohl weiter.

In den Kreis der Herumstehenden kommt Bewegung.

Der Arzt erscheint. »Machen Sie Platz! Da gibt's doch nichts zu sehen!« ruft er unwillig. Die Menschen weichen nicht. Er nickt Brandt flüchtig zu und beugt sich sofort über den Jungen.

»Wie lange war er im Wasser?« fragt er. Brandt zuckt die Achseln.

»Nur weitermachen!« sagt der Arzt in die Stille. Mit einer schmalen Taschenlampe prüft er die Reaktion von Jürgens Pupillen. Er dreht den blonden Kopf zur Seite, löst die Zunge und überzeugt sich, daß die Atemwege frei sind. Dann öffnet er seine Bereitschaftstasche.

Gabriele schiebt sich an den Arzt heran. »Retten Sie ihn! Um alles in der Welt!«

Der Arzt schenkt ihr einen kurzen Blick. »Ich tue alles, was möglich ist!« sagt er, während er eine Injektionsspritze aufzieht.

»Ein Kreislaufmittel«, beantwortet er ihre stumme Frage.

Schnell und sicher gibt er Jürgen die Injektion. »Es wäre gut, wenn wir eine Heizsonne einschalten könnten!« sagt er.

»Ich hole eine aus der Apotheke! ruft Minna, bevor Gabriele antworten kann.

»Vier-und-zwan-zig!« zählt Pohl wie ein Roboter weiter.

Der Arzt wendet sich jetzt mehr an die Umstehenden als an Gabriele. »Wie lange war er unter Wasser? Hat das jemand gesehen?«

»Ich?« sagt der Mann, der Jürgen ins Haus getragen hat. »Das heißt, ich hab' ihn nur 'rausgezogen. Da war er schon bewußtlos.«

»Ich habe gesehen, wie er unten am Neckar auf einer kleinen Wiese spielte«, sagt eine alte Frau. »Dann war er auf einmal weg; er muß wohl auf dem nassen Schnee ausgerutscht sein.«

»Nein, nein!« sagt eine jüngere Frau energisch. »Er hat Fußball gespielt! Dabei ist ihm der Ball ins Wasser gefallen. So ein gelber Ball; ich hab's vom Küchenfenster aus genau gesehen! Der Bub hat den Ball greifen wollen und dabei . . .«

»Wie lange er im Wasser war, wissen Sie nicht?« fragt der Arzt.

»Ich bin sofort die Treppe 'runter und hab' um Hilfe geschrien«, fährt die jüngere Frau eifrig fort. »Als ich auf die Wiese kam, hab' ich den Kleinen ganz deutlich noch zwei- oder dreimal auftauchen sehen. Von der Brücke aus hatten es auch welche beobachtet. Der Mann da hat ihn dann mit einer langen Stange 'rausgezogen.«

»Wie lange hat das Ganze wohl gedauert?« wiederholt der Arzt seine Frage geduldig zum drittenmal.

Jetzt gehen die Meinungen auseinander. Niemand weiß genau, ob es drei oder fünf oder gar zehn Minuten gewesen sind.

Inzwischen hat Minna die Heizsonne gebracht und angeschlossen. Man hört nun nichts als Pohls monotone Stimme und das asthmatisch rasselnde Ticken der alten Standuhr.

»Vier-und-zwan-zig! Vier-und-zwan-zig!« – Jetzt ist Brandt wieder an der Reihe, während Pohl sich den Schweiß vom Gesicht wischt.

»Ich möchte rasch mein Sauerstoffgerät holen, um nichts unversucht zu lassen«, sagt der Arzt. »Bitte, machen Sie inzwischen weiter, meine Herren!«

Es dauert kaum fünf Minuten, bis er zurück ist. Inzwischen hat sich nichts geändert. Das Gesicht des Jungen zeigt die gleiche bläulich blasse Farbe, trotz der Heizsonne, trotz der unermüdlichen Übungen der beiden Männer.

Gabriele kniet immer noch am Boden. Albert versucht, die Neugierigen zum Fortgehen zu bewegen.

»Es ist wirklich besser, wenn Sie jetzt gehen«, sagt der Arzt auf der Treppe mit Bestimmtheit zu den Leuten. »So schnell entscheidet es sich nicht. Zuschauer stören uns nur.«

Er macht das Sauerstoffgerät mit wenigen Handgriffen betriebsfertig und stülpt Jürgen die Maske aufs Gesicht. Dann schaltet er ein. Mit leichtem Zischen beginnt das Gerät zu arbeiten. Die Luft wird automatisch aus dem Körper gesogen und im Rhythmus der natürlichen Atmung durch Sauerstoff ersetzt.

Jeder künstliche Atemzug wird von einem metallischen Klopfen des vor- und zurückschnellenden Maskenstöpsels angezeigt. Bopf . . .bopf . . . bopf . . .

Brandt und Pohl greifen erschöpft nach ihren Jacken. Dann tritt Brandt neben seine Frau und legt ihr die Hand auf die Schulter. Dabei spürt er, wie sie unter seiner Berührung zusammenzuckt.

Endlich schieben sich die Neugierigen zögernd die Treppe hinunter.

Ein kleines Mädchen, das schon die ganze Zeit im Hintergrund gestanden hat, kommt nach vorn. Es hält mit beiden Händen einen dicken gelben Ball. Plötzlich steht es vor Gabriele.

»Da ist dem Jürgen sein Ball!« sagt es leise.

Gabriele starrt das Mädchen verständnislos an. »Nein«, sagt sie nach einer Weile, »der gehört ihm nicht. Ich weiß nicht, woher dieser Unglücksball kommt!«

Brandt senkt den Kopf. »Ich habe ihm den Ball heute vormittag aus der Stadt mitgebracht. Ich wollte ihm eine Freude . . . damit er draußen etwas zu spielen . . .« Er unterbricht sich. »Mein Gott, wie du zitterst! Willst du dich nicht hinlegen?«

Gabriele schüttelt stumm den Kopf.

»Dann will ich dir wenigstens eine Jacke holen!« sagt Brandt besorgt.

Während er an Minna vorbeigeht, blickt sie ihn an. In ihren müden Augen steht unverkennbar eine schwere Anklage.

Bopf . . . bopf . . . bopf . . .!

Das kleine Mädchen sieht ängstlich von einem zum andern. Es legt den Ball neben den stummen Spielgefährten auf den Boden und hastet die nun leere Treppe hinunter.

So lange hat sich Gabriele gehalten. Aber jetzt verläßt sie die Kraft. Lautlos sinkt sie zu Boden.

Der Arzt und Pohl bemerken es nicht. Albert hebt sie auf.

»Sie ist ohnmächtig geworden«, ruft er Minna zu. »Etwas Eau de Cologne – und ein Glas Wasser!«

Minna eilt ihm mit erstaunlicher Behendigkeit voran und öffnet die Tür zum Wohnzimmer.

Albert trägt Gabriele zur Couch. Er bettet ihren Kopf tiefer und breitet eine Decke über sie.

Nach einer Weile schlägt Gabriele die Augen auf. Sie starrt Albert fassungslos ins Gesicht. »Was wollen Sie?« fragt sie kaum hörbar. »Was ist geschehen?«

Plötzlich überfällt sie die entsetzliche Gewißheit: »Jürgen!« schreit sie erstickt. »Jürgen!«

Sie bäumt sich unter Alberts Armen hoch, sinkt aber wieder zusammen.

»Bleiben Sie nur ruhig liegen!« flüstert Albert mit rauher Stimme. »Es wird alles für ihn getan.«

Gabrieles Augen sind wieder geschlossen. Ihre Lippen sind fahl. Minna hastet herein und bemüht sich um sie. Albert tritt zurück.

»Ihre Frau ist ohnmächtig geworden!« sagt draußen der Arzt, als Brandt mit der Wolljacke kommt.

Im Wohnzimmer legt Brandt die Jacke auf Gabrieles Füße. Dann sinkt er auf einen Stuhl. Sein Blick fällt auf den gedeckten Kaffeetisch.

Wie lange ist es her, daß sie da in der bösen Aussprache mit Pohl gesessen haben! Kaum mehr als eine Stunde.

In der Diele geht der Kampf um das Leben des Jungen weiter. Außer dem Ticken der Uhr, dem Klopfen des Stöpsels und dem leichten Zischen des Sauerstoffgeräts ist kein Laut zu hören.

Minna sitzt auf der Truhe. Sie sieht jetzt uralt und verfallen aus.

Auch Brandt kommt wieder aus dem Zimmer und stellt sich neben den Arzt. Daß Pohl inzwischen gegangen ist, bemerkt er überhaupt nicht.

Nach endlos langer Zeit schaltet der Arzt mit einer resignierenden Bewegung das Sauerstoffgerät ab. Die Geräusche verstummen so unmittelbar, daß den paar Menschen die Stille förmlich in den Ohren dröhnt. Minna und Brandt halten den Atem an.

Der Arzt beugt sich tief über Jürgen. Er horcht noch einmal das Herz ab, nimmt die kleine Hand hoch und legt sie dann vorsichtig wieder hin.

»Unsere Kraft hat versagt, Herr Brandt!« sagt er, indem er sich erhebt. »Es ist mir sehr schmerzlich, Ihnen das sagen zu müssen. Hier kann niemand mehr helfen.«

Im Hause Butzbach hat Pedro seine Koffer gepackt. Unruhig läuft er im Zimmer auf und ab. Sobald er sich von Änne verabschiedet hat, wird er das Haus verlassen.

Und dann ... wohin?

Zunächst wohl am besten nach Paris. Die Schiffspassage! Ein Kabel an den Vater!

Ach, ist es jetzt nicht gleichgültig, wie sich alles entwickelt?

Der Schmerz um Doris läßt ihm keine Ruhe. Um ihretwillen ist er nach Deutschland gekommen! Für sie hat er seine Zukunftspläne geändert! Und nun soll alles sinnlos gewesen sein?

In einem plötzlichen Entschluß holt Pedro einen Schreibblock aus seiner Mappe und schreibt, schreibt ... Es ist, als spreche er zu ihr: leidenschaftlich, glühend in dem Bekenntnis seiner unveränderlichen Liebe.

›Ich muß fort. Deine Mutter wird sonst meinen Vater ruinieren. Sie hat gesagt, Du wolltest mich nicht mehr sehen! Das kann ich nicht glauben, Dorette, mein Engel! Du kannst nicht so grausam sein, weil ich aus Liebe zu Dir ein einziges Mal die Besinnung verlor. Seitdem habe ich jede Stunde an Dich gedacht, nur an Dich! Hast Du es nicht gespürt, ma petite? Fühlst Du nicht, daß wir zusammengehören seit dem Augenblick, als wir uns in Paris zum erstenmal begegnet sind? – Was auch geschieht – mein Herz gehört Dir! Ewig Dir allein!‹

Es klopft. Pedro faltet den Bogen rasch zusammen.

Es ist Änne Butzbach. Noch im Mantel, das Haar windzerzaust, die Wangen vom scharfen Wind gerötet.

»Pedro«, sagt sie atemlos. »Ich höre eben von meiner Mutter, daß du abreisen willst? Das kann doch nicht wahr sein!«

Pedro nickt. »Doch! Ich habe von Frau Bettina den Abschied bekommen und ... Ach«, schließt er gequält, »ich kann nicht mehr darüber sprechen!«

Änne läßt sich in einen der modernen Wannensessel sinken. Sie bemüht sich nicht, ihre große Enttäuschung zu verbergen. »Und es war hier jetzt so schön wie nie!« murmelt sie undeutlich.

Pedro steckt den Brief in einen Umschlag und klebt ihn zu. »Es tut mir ja auch leid!« sagt er herzlich. »Ich bin wirklich gern hier gewesen!«

Änne betrachtet angelegentlich ihre gepflegten Fingernägel. »Dabei habe ich wegen dir gerade eine böse Szene mit Wolf gehabt«, sagt sie, ohne aufzusehen. »Er behauptet, ich sei in dich verliebt. Ein Glück wenigstens, daß du das noch nicht gemerkt hast!«

Pedro muß lachen. »Das hört sich fast so an, als ob es stimmt!«

Änne wirft den Kopf in den Nacken. »Für so dumm werden Señor mich ja nicht halten. Señor waren leider in viel zu festen Händen.«

Pedro gewinnt langsam Vergnügen an dem koketten Spiel. »Leider?« wiederholt er anzüglich.

Änne beißt sich auf die Lippen. Sie deutet auf die geschlossenen Koffer. »Und wann soll es losgehen?«

»Ich habe nur auf dich gewartet. Um mich zu verabschieden. Sonst wäre ich schon halb in Paris!«

»Paris!« Ännes Stimme wird sehnsüchtig. »Weiß Gott, ich hätte auch Lust zu verreisen, statt hier das unvermeidliche Getratsche anzuhören.« Sie überlegt kurz. »Wie willst du denn fahren?«

»Ach, irgendwie«, sagt Pedro. »Am liebsten nähme ich mir bis Stuttgart einen Wagen, um möglichst schnell aus der Gegend zu kommen. Wenn ich nur nicht so rechnen müßte!«

»Weißt du was?« ruft Änne spontan. »Ich fahre dich ein Stück. Wie weit, das können wir unterwegs noch sehen. Ich habe sowieso nichts vor!«

Eine Stunde später starten sie nach einem theatralischen Abschied von Frau Butzbach, den Änne herzlos abschneidet. »Laß das Tor offen!« ruft sie der Mutter zu. »Es wird spät werden, bis ich zurückkomme!«

Tübingen zeigt zum Abschiednehmen das richtige Wetter. Der Nachmittag ist grau verhangen, alles sieht trübe aus. Ein leichter Schneeregen fällt. An den Straßenrändern liegt der schmutzige Schnee in Haufen und verwandelt sich in Matsch.

Während sie den Berg hinunterkurven, sagt Änne beiläufig: »Weißt du, ich bring' dich bis Karlsruhe. Da kriegst du bestimmt einen Nachtzug nach Paris!«

Pedro blickt sie von der Seite dankbar an. »Womit hab' ich das verdient?«

Und dann ist Tübingen für Pedro Gonzales unversehens schon ein Stück Vergangenheit geworden.

Lange fahren sie schweigend. Der nieselnde Regen und der Matsch auf den Straßen lassen sie nur langsam vorwärtskommen. Gegen Abend haben sie die Ausläufer des Schwarzwaldes erreicht.

Änne läßt den Wagen vor dem Gasthof eines kleinen Badeortes ausrollen.

»Halbzeit«, sagt sie resolut. »Ich habe Hunger – wenn du nichts dagegen hast!«

Die freundliche Wirtsstube ist von Einheimischen nur mäßig besetzt. Die Wirtin placiert nach einem taxierenden Blick die eleganten jungen Leute in eine gemütliche Ecknische. Sie bespricht mit Änne das Essen und reicht Pedro, als Änne nochmals zum Wagen gegangen ist, die Weinkarte. Er bestellt aufs Geratewohl einen Wein vom unteren Kartenende.

Bald darauf sieht Änne erstaunt, wie neben dem bestellten Rehbraten ein Bocksbeutel steht.

»Ein ganz besonderes Tröpfle!« sagt die Wirtin wohlwollend.

Änne denkt daran, daß sie noch fahren muß, und will protestieren. Doch Pedro hebt schon mit zwingendem Blick das Glas und trinkt ihr zu: »Bitte! Trink mit mir! Und verzeih meine Trübseligkeit. Du solltest nicht darunter leiden! Wo du mir soviel geholfen hast! Laß uns wenigstens in dieser letzten Stunde lustig sein!«

»Na, dann prost!« sagt Änne burschikos.

Der Wein trinkt sich leicht, und man merkt gar nicht, wie stark er ins Blut geht. Änne weiß ja, was in so einem Frankenwein steckt, und genießt ihn anfangs vorsichtig. Pedro aber trinkt eifrig und wird mit jedem Schluck gelöster.

Nach dem Essen setzt er sich neben Änne auf die buntgepolsterte Eckbank.

»Dein Haar und der Wein«, sagt er, »haben die gleiche Farbe! Vielleicht schmeckt er deshalb so gut!«

Änne wird rot. »Und dein Haar ist so schwarz wie deine Seele«, gibt sie zurück. »Starr mich nicht so an! Sonst halten uns alle gleich für Hochzeitsreisende!«

Die Wirtin tritt mit mütterlichem Lächeln an den Tisch und nimmt die leere Flasche weg. »Noch a Fläschle, die Herrschafte?«

Änne schüttelt abwehrend den Kopf. Plötzlich legt Pedro seine Hand auf die ihre, drückt sie leicht auf den Tisch hinunter und läßt sie darauf liegen.

»Warum eigentlich nicht?« fragt er mit glitzernden Augen. »Eigentlich haben wir doch keine Eile!«

Änne atmet schneller. »Und wer fährt?«

Die Wirtin hat alles mit ländlicher Unbefangenheit beobachtet. »Bei dem Sauwetter sollet Sie überhaupt net weiterfahren!« mischt sie sich ein. »Heut ist heut! Und morge ist auch noch ein Tag. Mir hent schöne geheizte Zimmerle . . .«

35

Die Tübinger Presse hat über Jürgens Tod den üblichen Bericht gebracht, verbunden mit einer ernsten Mahnung an die Eltern, ihre Kinder nicht unbeaufsichtigt am Neckar spielen zu lassen.

Es sind schlimme Tage. Einer trostloser als der andere. In der Bursagasse gehen alle stumm aneinander vorbei. Dem Apotheker aber geht jeder aus dem Wege. Jeder weiß, daß er es war, der das Kind aus dem Hause getrieben und ihm den Unglücksball geschenkt hat.

Bettina hat Blumen geschickt und ist dann mit ihren Kindern in den ersten Stock hinuntergegangen. Gabriele empfängt sie im kleinen Salon; aber sie ist so versunken in ihrem Schmerz, daß sie den Ton echter Anteilnahme weder aus Bettinas Beileid noch aus Dorles und Wolfgangs scheu vorgebrachten Trostworten heraushört.

Sie spürt nur, daß Albert ihr gegenüber plötzlich wie verwandelt ist. Er spricht kaum mit ihr, doch er nimmt ihr und Brandt alle Wege ab. Er hat das Beerdigungsinstitut benachrichtigt, den Geistlichen informiert und nach Rücksprache mit seinem Vater die Todesanzeige für die Zeitung verfaßt.

Bei der Beerdigung gehen die drei Kinder unmittelbar hinter Gabriele und Brandt. Merkwürdig viele Leute sind gekommen. Als einer nach dem andern herantritt, um noch eine letzte Handvoll Erde in das offene Grab zu werfen, gleiten die Menschen wie Schemen an Gabriele vorüber.

Brandt weiß, was in ihr vorgeht. Behutsam nimmt er Gabrieles Arm und führt sie zum Wagen. Nur jetzt nach Hause! Allein sein!

In einem zweiten Wagen folgen die Brandt-Kinder und Tante Cäcilie, die auf dem Friedhof Gabriele zweimal unter Tränen umarmt hatte.

Das Haus in der Bursagasse erscheint ihnen seltsam leer und abweisend, obwohl Minna im Wohnzimmer sorgfältig den Tisch gedeckt hat.

Gabrieles Gesicht sieht spitz und wächsern aus. Sie hat seit Jürgens Tod keine Nacht schlafen können und nur auf Brandts dringende Bitten am letzten Abend ein Schlafmittel genommen.

Sie sitzt neben Cäcilie Eckert in der dunkelsten Ecke des Zimmers. Es ist, als könne sie das Licht nicht ertragen. Brandt steht mit seinen beiden Söhnen am Fenster. Jeder hängt seinen eigenen Gedanken nach. Wolfgang empfindet wieder den brennenden Kummer um Änne. Albert denkt an den fröhlichen kleinen Jungen, den sie eben zu Grabe getragen haben. Brandts Gedanken beschäftigen sich mehr mit Gabriele als mit dem toten Kind. Wenn er wenigstens die Szene mit Pohl ungeschehen machen könnte!

Minna kommt mit Gläsern. Die Tür bleibt halb offen. Man hört Schritte auf der Treppe.

Gabriele blickt fröstelnd auf. Sie kann jetzt keine Fremden ertragen. Sie muß an den Tag denken, an dem sie in dieses Haus eingezogen ist. Wie hat sie damals auf Schritte im Flur gewartet!

Frau Professor Merklin, gefolgt von zwei Damen, tritt ein und geht direkt auf Gabriele zu. Sie ergreift ihre beiden Hände.

»Meine liebe Frau Brandt«, sagt sie herzlich, »verzeihen Sie, daß ich in den Familienkreis eindringe! Aber auf dem Friedhof habe ich Ihnen nicht sagen können, wie nahe mir dieses furchtbare Unglück gegangen ist. Wissen Sie, ich hatte selber ein Kind, das früh gestorben ist . . .«

Tränen ersticken ihre Stimme. Sie zieht Gabriele in ihre Arme.

»Wenn ich Ihnen irgendwie helfen kann, bitte, kommen Sie jederzeit zu mir!« flüstert sie.

Andere Damen, Frauen von Universitätsprofessoren, von Nachbarn, treten heran und drücken Gabrieles Hand. Immer mehr Besucher kommen ins Zimmer, vorwiegend Damen der Tübinger Gesellschaft. Eine Welle von Mitgefühl und Herzlichkeit strömt Gabriele plötzlich entgegen.

Minna in schwarzer Seide und weißer Schürze geht feierlich herum und reicht Erfrischungen. Ab und zu muß sie ihr großes Taschentuch an die Augen führen.

Nach einer Stunde sind Brandt und Gabriele wieder allein. Die Kinder waren schon beim Eintreffen der ersten Besucher in ihren Zimmern verschwunden. Gabriele beschäftigt sich in der Küche, doch Minna nimmt ihr heute alle Arbeit ab. »Der liebe kleine Bub«, sagt die alte Frau ein paarmal wie zum Trost. Gabriele empfindet dankbar die ungeschickt zärtlichen Worte der alten Frau. Aber die lastende Stille danach ist doppelt schwer zu ertragen.

Das Abendbrot wartet zwar auf dem Tisch. Doch Brandt und Gabriele sitzen schweigend davor und bringen keinen Bissen hinunter. Gabriele zieht sich früh ins Schlafzimmer zurück.

Brandt versucht noch, seinen Kummer mit einer Flasche Wein zu betäuben, aber es gelingt nicht. Bedrückt geht auch er schlafen.

In dieser Nacht wird Brandt von einem Geräusch wach. Er lauscht ein paar Atemzüge lang. Dann merkt er, daß der Platz an seiner Seite leer ist.

Er hebt den Kopf. In der ungewissen Helligkeit sieht er Gabriele am Fenster. Sie hat die Gardinen zur Seite geschoben. Das kalte Mondlicht hüllt sie ein.

Brandt steht leise auf. Er wirft den Hausmantel um und tritt neben sie.

»Gabriele!« seine Stimme klingt rauh.

Es ist, als höre sie ihn nicht.

»Gabriele!« wiederholt er und versucht den Arm um ihre Schultern zu legen. »Du wirst dich erkälten!«

Gabriele wehrt mit einem leichten Schulterzucken die Annäherung ab. Sie starrt mit aufgerissenen Augen auf den Neckar hinunter. Kleine, hin und wieder tückisch glitzernde Wellen verraten, mit welcher Geschwindigkeit der Fluß dahintreibt.

»Dort war es!« sagt Gabriele tonlos. »Ich muß immer daran denken. Hätte er mich doch mitgenommen!«

Brandt blickt verstört hinaus. Unheimlich glänzt das Wasser in dem fahlen Licht. Er legt abermals den Arm um Gabrieles Schulter. »Du darfst dich nicht so in diesen Schmerz verrennen!« Er holt tief Atem. »Ich bin doch bei dir. Wir müssen es gemeinsam hinnehmen und überwinden.«

Gabriele steht regungslos. Ihr Gesicht bleibt starr. Ihre Lippen bewegen sich kaum, als sie flüstert: »Jetzt bin ich allein! Ganz allein!«

Ein Zittern überläuft ihren Körper. Plötzlich stöhnt sie auf: »Ich habe doch nur das Beste für ihn gewollt!« Fast unhörbar fügt sie hinzu: »Und auch dir habe ich nichts als Unglück gebracht!«

Erst jetzt scheint sie seine Worte zu begreifen. Sie wendet sich halb zu ihm um! »Du sagst, du bist bei mir? Du hast doch schon längst begonnen, an mir zu zweifeln!«

Brandt ist so erschüttert, daß er geraume Zeit braucht, bis er antworten kann. »Bitte, Gabriele, verzeih mir! Ich wußte ja nicht mehr, was ich tat. Hättest du mir wenigstens erzählt, daß Pohl ein Betrüger ist . . .«

»Aber das alles wußte ich doch auch nicht genau!« ruft Gabriele gequält. »Ich wollte die Vergangenheit vergessen und dich nicht damit behelligen. Ich wollte nichts Störendes zwischen uns treten lassen. Deshalb habe ich den Moment verpaßt, wo ich reden sollte. Und alles war falsch!«

»Liebling«, flüstert Brandt rauh. Er zieht sie sanft an sich, so daß sie einander in die Augen sehen. »Wenn einer etwas falsch gemacht hat, dann war ich es. Ach, Gabriele!« Er küßt sie ganz zart auf die Stirn und streicht über ihr Haar. »Wollen wir beide nicht all das

Häßliche vergessen? Zwischen uns soll alles wieder so werden, wie es im Anfang war.«

Durch die Stille hören sie das leichte Klirren der Eisschollen auf dem Neckar. Der Wind zerrt an den Fensterläden, irgendwo klappert ein Blech. Der Mond hängt gelb und groß hinter einem dünnen Wolkenschleier.

Gabriele lehnt plötzlich ihren Kopf an Brandts Schulter und beginnt lautlos zu weinen.

36

Im Wintergarten der Butzbachschen Villa sitzt Egon Graf Hohenperch der Dame des Hauses gegenüber. Er ist gekommen, um Fräulein Änne den allwöchentlichen gesellschaftlichen Unterricht zu erteilen. – Natürlich ist er sich längst darüber klar, daß Fräulein Änne ihn gar nicht braucht. Daß es in Wirklichkeit nur Frau Butzbach ist, die Wert auf sein Kommen legt und davon profitiert. Frau Butzbach in Heliotrop sieht abgespannt aus. Die Falten ihres fleischigen Gesichts verraten dem gewiegten Beobachter einen geheimen Kummer.

»Es tut mir leid. Aber Sie haben diesmal den weiten Weg umsonst gemacht, Herr Graf«, sagt sie geziert. »Mein Fräulein Tochter ist verreist!«

»Verreist!« Hohenperch läßt das Monokel fallen. »So überraschend? Wohl zum Wintersport!«

Frau Butzbach nickt seufzend. »Jaja, zum Wintersport!«

Hohenperch spürt mit untrüglichem Instinkt, daß hier etwas nicht stimmt. »Wohin ist sie denn?« fragt er harmlos interessiert.

Frau Butzbachs Augen irren über die Blattpflanzen. »So genau bin ich noch nicht instruktiert«, sagt sie ausweichend.

Graf Egon nimmt bedachtsam eine Zigarette aus der bereitstehenden Fünfzigerdose. Er zündet sie an und sagt dabei: »Das gnädige Fräulein hat demnach noch nicht geschrieben?«

»Doch!« platzt Frau Butzbach heraus. »Aber vor fünf Tag!«

Hohenperch überlegt laut. »Vor fünf Tagen? Da hatten wir doch unseren Unterricht. Aber da hat Fräulein Änne nichts von Reiseabsichten erzählt.« Er sieht sie lauernd von der Seite an. »Merkwürdig! Das muß ja recht überstürzt gegangen sein!«

Frau Butzbach fühlt sich schuldbewußt. Sie ist mit ihrem Latein am Ende. Plötzlich kommt sie zu einem Entschluß.

»Herr Graf!« ruft sie. »Wenn Sie mir Ihre vertrauliche Diskretion versprechen? Ich bin in einer schrecklichen Lage? Hier!«

Sie zerrt aus ihrer Handtasche einen Brief und verfällt vor lauter Aufregung in den geliebten Dialekt. »Der Herr Gonzale is au weg! Vor fünf Tag hat die Änne ihn mit ihrem Wage nach Stuttgart zum Zug bringe wolle. ›Laß das Tor auf, i komm spät wieder‹, ruft sie noch. Am nächsten Morge kei Spur von meiner Änne. Mei Aufregung könnet Sie sich denke. Wo doch tagtäglich die tollste Unfälle passiere! Erscht am späte Nachmittag kommt a Briefle. Per Eilbote. Und seither kei einziges Wörtle!«

Sie hat Tränen in den Augen.

Der Graf nimmt den zögernd gereichten Brief mit einer Verbeugung entgegen. Er klemmt das Monokel ins Auge und liest:

›Liebe Mama! Reg Dich bitte nicht auf! Ich bleib noch ein paar Tage hier, weil es so schön ist. Ruf bitte bei der Schneiderin an, daß ich nicht zur Anprobe komme. Die Theaterkarten für Sonnabend liegen in meiner Schreibmappe. Die kannst Du ihr schenken. Herzliche Grüße. Änne.‹

»Nicht einmal einen Absender hat sie geschrieben!« sagt Frau Butzbach kläglich. »Ich weiß gar net, was ich mei'm Mann sage soll, wenn der heut oder morge heimkommt!«

Graf Egon liest mit hochgezogenen Brauen den Poststempel des Briefumschlages ab: Baden-Baden.

»Wenn sie dort ein Zimmer genommen hat, dürfte es nicht schwer sein, ihre Adresse ausfindig zu machen.«

Die Sache beginnt ihn zu interessieren.

»Man braucht bloß die Kurverwaltung anzurufen«, fährt er fort. »Da wird jeder Gast gemeldet!«

Frau Butzbach läßt überrascht den Mund offenstehen.

»Hano! Meinet Sie wirklich, daß die Ihne des sage!«

»Das werden wir gleich haben!« sagt Hohenperch. Es dauert keine fünf Minuten, und die Verbindung mit Baden-Baden ist hergestellt.

»Fräulein Änne Butzbach!« Er buchstabiert den Namen vor.

Nach kurzer Zeit hat er Bescheid.

In Baden-Baden ist in den letzten Tagen kein Fräulein Butzbach abgestiegen.

»Einen Augenblick noch!« ruft Hohenperch. Ein kaum sichtbares Grinsen zuckt über sein Gesicht. »Können Sie mir vielleicht sagen, ob ein Herr Pedro Gonzales dort abgestiegen ist?« fragt er überdeutlich. »Hier spricht Graf Hohenperch, Tübingen.«

Frau Butzbach verfärbt sich. Sie will protestieren, sie sieht ihre geheimsten Befürchtungen durchschaut. Doch dann sinkt sie ergeben in sich zusammen. Hohenperch lauscht aufmerksam.

»Vielen Dank! Ich bin Ihnen sehr verpflichtet!« Er legt den elfenbeinernen Hörer langsam zurück.

Seine Augen glitzern. Aber mit tiefem Ernst wendet er sich an die Dame des Hauses.

»Da ist nur ein Ehepaar Gonzales gemeldet. In Longhauers Parkhotel. Herr Pedro und Frau Änne . . .«

Frau Butzbach springt halb aus ihrem Sessel auf und fällt stöhnend zurück. Ihre Augen sind entsetzt aufgerissen.

»Du liebs Herrgöttle von Biberach! Des kann doch net wahr sei! Des isch net unsere Änne!«

Sie wird blaß und tastet zum Herzen. »Mir wird ganz blümerant!«

Graf Egon erhebt sich schnell. »Gnädigste, ich bitte Sie! Regen Sie sich doch nicht so auf! So was kommt doch in den feinsten . . .«

Er verschluckt den Rest des Satzes und eilt zur Hausbar. Mit sicherer Hand greift er die ihm wohlvertraute Kognakflasche. Dann füllt er zwei Gläser etwas reichlich und hält Frau Butzbach das eine vor die Nase.

»Trinken Sie, Gnädigste! Bei so plötzlichen Gemütswallungen gibt es nichts Besseres.«

Während Frau Butzbach folgsam das Glas ergreift, genehmigt sich auch der Graf einen kräftigen Schluck.

In die fleischigen Wangen der empörten Mutter kommt langsam wieder Farbe. Dabei löst sich ein Strom von Klagen und Verwünschungen.

»Die Blamasch! Und i hab den Kerle in mei Haus g'nomme! Wie mei eigenes Kind han i den gehalte! Und zum Dank verführt er mir mei unschuldig's Mädle!«

Graf Hohenperch nickt mit bekümmerter Miene. »Jaja, die junge Generation ist in dieser Beziehung sehr freizügig«, sagt er salbungsvoll. »Früher in unserer Jugend wäre so etwas . . . äh . . . unmöglich gewesen!«

»Hano!« ruft Frau Butzbach, vorübergehend von ihrem Leid abgelenkt. Als geborene Tübingerin kennt sie den Ruf des Prinzen Kuckuck nur zu genau. »Ihne war ja auch immer ganz schön was zuzutraue!«

Der Graf zuckt nicht mit der Wimper. »Reden wir von heute, Gnädigste! Ich meine, daß man die Sache zu einer ehrenvollen Lösung bringen muß!«

Das Wort ›ehrenvoll‹ bringt Frau Butzbach ihren Wilhelm ins Gedächtnis. Sie schlägt beide Hände vors Gesicht.

»Mei Mann!« stöhnt sie. »Was wird bloß mei Mann dazu sage! Mei Wilhelm hat nie was für den Herrn Gonzale übriggehabt! ›Schaff mir den schwarze Teufel aus'm Haus!‹ hat er immer zu mir gesagt! Lieber Himmel! Wenn mei Wilhelm des hört! Sei Lieblingskind! – Noi, die Schand!« jammert sie wieder los. »Des überleb i net!«

Hohenperch deutet diskret auf die Gläser und trinkt ihr zu. »Aber, Gnädigste, wer wird denn gleich die Flinte ins Korn werfen! Und von Schande zu sprechen ... dazu haben wir doch wirklich noch keine Veranlassung.«

Frau Butzbach hört gar nicht zu. Sie stiert ins Leere, als sehe sie die Blamage mit all ihren Folgen auf sich zukommen. »Und i hab' dem Brandts Dorle 's Haus verbote! I bin zu dere Frau Bettina in die Bursagaß gange, weil i gmeint hab, des Dorle wär mit dem Herrn Gonzale nachts hier im Haus gwese! Jetzet mei Änne, mei eige Fleisch und Blut! Noi, i überleb's net! Wenn des 'rauskommt!«

»Aber wer sagt denn, daß das herauskommen muß?« fragt Graf Egon bedachtsam. »Was meinen Sie, Gnädigste, wie viele derartige ... nun ... Unüberlegtheiten verborgen bleiben?«

Frau Butzbach erblickt einen Rettungsanker. Sie trinkt ihr Glas aus und schiebt es ihm wieder hin. »Gießet Sie noch mal ein!« In ihrer praktischen Art erkennt sie, daß man mit Jammern nicht weiterkommt. »Also! Was machet mer jetzt?«

Hohenperch legt die Stirn in Falten. »Zunächst ist doch noch keineswegs ausgeschlossen, daß der junge Mann ernsthafte Absichten hat! Vielleicht kommen die etwas leichtsinnigen Leutchen als Brautpaar zurück.«

Für Frau Butzbach sind das einstweilen nur Hirngespinste. »Da müßt man direkt glei hinfahre und die beide in Flaggelanti erwische! D' Pischtol müßt man dem auf d' Brust setze! Entweder Standesamt oder ...« Sie zuckt die Achseln. »Nur ... i als Dame kann doch net ...«

Plötzlich richtet sie sich auf.

»Aber Sie, Herr Graf! Sie habet doch allweil Zeit! Könnet denn net Sie hinfahre und dene klarmache, wieviel es g'schlage hat?«

Ihre Stimme wird flehentlich.

»Wenn Sie des für mich mache wollet, Herr Graf? Mir fiel ein Alptraum vom Herze. Bei Ihne wär so was Delikatöses au in beschte Händ! Sie kennet sich aus in dere große Welt. Sie werde auch mit dem Herrn Gonzale fertig!«

Hohenperch zögert nur noch zum Schein. »Zweifellos«, meint er mit gerunzelter Stirn. »Wenn ich den jungen Herrn auf seine Ehre als Kavalier anspreche, wird er bestimmt die Konsequenzen ziehen. Nur: ich habe hier in Tübingen auch meine Verpflichtungen, denen ich nachkommen muß!«

Die Unterstellung, er gehöre zu jenen Leuten, die immer Zeit haben, hat ihn gekränkt.

»Ich kann mein Kultur-Institut nicht von einer Stunde zur anderen schließen!« fährt er vorwurfsvoll fort. »Was meinen Sie, was das finanziell für einen Ausfall bedeutet? Ganz abgesehen davon, daß sich meine Klienten das nicht gefallen ließen.«

Er zieht ein abgegriffenes Notizbuch aus der Tasche und beginnt, eifrig darin herumzublättern.

»Es geht um mein Kind, Herr Graf!« sagt Frau Butzbach würdevoll. »I ersetz Ihne natürlich jeden Ausfall. Sie brauchet mit dene Spese net zu spare. Meinetwege mietet Sie sich a große Wage, damit's schneller geht«

Hohenperch schließt sein Notizbuch. Seine Stirn ist gefurcht. Offensichtlich fällt ihm der Entschluß nicht leicht. »Gut!« sagt er seufzend. »Aus Freundschaft zu Ihrem Hause übernehme ich den Auftrag, gnädige Frau. Sie haben ja leider tatsächlich recht: auch ich wüßte nicht, wer sonst einer so diffizilen Angelegenheit gewachsen wäre.«

Er blickt auf seine Uhr.

»Ich müßte mir dann gleich von meiner Bank einen größeren Betrag ...« Er zögert und gibt Frau Butzbach die Gelegenheit, ihn zu unterbrechen.

»I woher!« sagt sie schon ein wenig entlastet. »I geb Ihne Vorschuß! Werdet fünfhundert Mark reiche? Später könnet mir abrechne.«

Graf Hohenperch winkt unangenehm berührt ab. Geldangelegenheiten sind eigentlich unter seiner Würde. »Fürs erste ja!« sagt er herablassend. »Allerdings kann ich die Reise frühestens morgen mittag antreten.«

»Und mei Mann?« fragt Frau Butzbach. »Was soll ich dem sage?«

Hohenperch klemmt das Monokel ein. »Ich bin stets für vollendete Tatsachen. Dieser Herr Gonzales ist doch, wenn ich recht unterrichtet bin, bestens situiert. Gegen einen solchen Schwiegersohn dürfte auch Herr Direktor Butzbach nichts einzuwenden haben.«

Schwiegersohn! Frau Butzbach seufzt sehnsüchtig auf. »Dene ihr Viehzeug kann keiner zähle. Die hent a Rantsch so groß wie halb Württeberg!« sagt sie ehrfürchtig. Sollte sich so ganz unversehens ihr geheimster Wunschtraum erfüllen? Vielleicht hat Änne das auch berücksichtigt? Dumm ist sie ja nicht.

Ein paar Augenblicke läßt sie ihrer Phantasie die Zügel schießen. »Die Hochzeit könnte mer in d'r Stiftskirch' abhalte!« überlegt sie laut. »Heidenei! Da würd Brandts Dorle Auge mache! D' Frau Bettina auch. Am beschte im Mai! Wenn's net pressiere sollte.« Plötzlich wird sie wieder von Sorgen überwältigt. »Werdet Sie's au bestimmt schaffe, Herr Graf?«

»Es gibt etwas, das heißt ›force majeure‹, also höhere Gewalt!« sagt Hohenperch streng. »Da wäre selbst ich machtlos. Aber sonst wird dieser junge Mann seine leichtfertige Hotelbucheintragung wahr machen! Dafür garantiere ich!«

Frau Butzbach blickt ihn schwärmerisch an. Einen solchen Edelmann zum Freund zu haben!

»Einen Moment!« sagt sie und entschwindet in Richtung ihres Schreibtisches.

Gleich darauf kommt sie mit einem Scheckformular zurück. Aber sie hält auch einen Quittungsblock in der Hand. Geschäft ist Geschäft, hat ihr Vater immer gesagt. »Wenn Sie mir die fünfhundert Mark Vorschuß ebe quittiere wollet!« sagt sie sachlich wie ehedem hinter der Ladenkasse.

Der Graf wirft gelangweilt eine zackige Unterschrift hin, steckt den Scheck gelassen ein und empfiehlt sich mit der leicht übertriebenen Höflichkeit, die er sich bei Frau Butzbach immer gestattet.

Erst auf dem Weg von der Waldhäuser Straße zur Stadt hinunter überkommt ihn die richtige Freude über seinen Auftrag. Reisen auf anderer Leute Kosten! Das ist seine Spezialität! Dazu noch nach seinem geliebten Baden-Baden! Und in so einer pikanten Sache! Graf Egon gibt seinem Gamsbarthut einen Ruck zur Seite, so daß sein Hakennasenprofil besonders verwegen erscheint.

Wen könnte, wen müßte man jetzt als ersten – natürlich unter Wahrung strengster Diskretion – in diese neueste sensationelle Wendung einweihen?

Vor der Universität winkt er ein Taxi herbei. Von jetzt an geht alles auf Spesen.

»Zur Eckertschen Villa auf dem Österberg«, sagt er leutselig.

Der Fahrer nickt. »Jawohl, Herr Graf!« Wie alle Tübinger Schofföre kennt er seine Lokalgrößen.

Graf Hohenperch hat Glück. Cäcilie Eckert ist zu Hause.

Sie führt ihn mit großer Liebenswürdigkeit in den Salon. »Nein, nein, Graf Hohenperch! Wie reizend! Ich wollte zwar gerade zur Stadt. Aber da Sie so selten den Weg zu mir finden . . .«

Der Graf hakt ein. »Oh, mein verehrtes Fräulein! Wenn ich nicht befürchtet hätte, Ihnen lästig zu fallen . . .«

»Hab' ich Ihnen nicht gesagt, Sie seien mir immer sehr willkommen?« beantwortet Cäcilie seinen unvollendet ausschwingenden Satz.

Hohenperch sieht sich wohlgefällig um. Im hellen Licht der Vorfrühlingssonne sieht der Salon bezaubernd aus. Eine Welt voller Behaglichkeit, Wärme und erfreulicher Ordnung. Der solide Reichtum, der sichere, wenn auch altmodische Geschmack der alten Patrizierfamilie!

»Sie erlauben!« sagt der Graf und nimmt Cäcilie die geschliffene Kristallkaraffe mit Kognak aus der Hand. Er weiß, es ist nicht ganz korrekt, aber Damen lieben solche Kühnheit. Dabei streift er Cäcilies Finger und konstatiert mit geheimer Genugtuung, daß der alte Trick immer noch wirkt.

Cäcilie errötet leicht und zieht ihre Hand zurück.

Der Kognak ist ausgezeichnet.

»Gnädiges Fräulein!« Er gibt seiner Stimme etwas Vertrauliches. »Ich darf Ihnen unter dem Siegel der Verschwiegenheit verraten, daß es hier sehr bald eine aufsehenerregende Verlobung geben wird!«

Cäcilie beugt sich neugierig vor.

Hohenperch genießt ein Weilchen die Freude des Eingeweihten. »Ein wohlhabender, ach, was sage ich, ein märchenhaft reicher junger Mann – er war sogar schon einmal Gast bei Ihnen – und ein Mädchen aus einer ... äh ... gutsituierten Tübinger Familie!«

»Pedro Gonzales und Doris Brandt!« ruft Cäcilie beinahe enttäuscht. »Das nennen Sie eine Neuigkeit, lieber Graf?«

Hohenperch lehnt sich überlegen zurück. »Pedro Gonzales, gewiß ...« Er lächelt. »Aber Doris Brandt?«

»Machen Sie keine Sachen!« ruft Cäcilie ungläubig. »Natürlich Doris; wer denn sonst?«

Egons Lächeln bekommt etwas Verschmitztes. »Und was würden Sie sagen, wenn es Änne Butzbach wäre?«

Cäcilie trinkt die Überraschung schnell mit einem Schluck Weinbrand hinunter. »Was ich sagen würde?« wiederholt sie gedehnt. »Beharrlichkeit führt zum Ziel! würde ich sagen. Den heiratet die Mutter, nicht die Tochter.« Sie lächelt gnädig. »Meinen Segen haben sie. Für Wolfgang wäre das sowieso keine Partie gewesen. Wann steigt denn die Verlobung?«

Graf Egon klemmt sich das Monokel ins Auge. Er rückt etwas näher an Cäcilie heran und flüstert geheimnisvoll: »Ganz im Vertrauen, gnädiges Fräulein! Die beiden wissen überhaupt noch nichts von ihrem Glück! Einstweilen stehen sie erst im Fremdenbuch eines Baden-Badener Hotels als ... hm ... als Ehepaar.«

Das schlägt endlich ein. Cäcilie verbirgt nun nicht mehr, wie hingerissen sie ist. und lauscht begierig allen Einzelheiten dieser pikanten Geschichte.

Zum Glück ist heute Bridge-Kränzchen: man wird wenig zum Kartenspiel kommen.

Nein, dieser Graf! Immer wieder serviert er einem die tollsten Neuigkeiten! Er hat Verbindungen, die einem nie offenstehen werden. Und . . . wie gut er aussieht!

Die zahlreichen Kognaks haben Hohenperchs Wangen in ein jugendliches Rot getaucht.

Seltsamerweise ist der Graf genau auf demselben Punkt der Betrachtungen angelangt. »Gnädiges Fräulein sehen heute wieder scharmant aus!« beteuert er. Er beugt sich vor, greift Cäcilies Hand und führt sie an die Lippen. »Ich bin glücklich, mich zu Ihren Freunden rechnen zu dürfen!« sagt er und legt jenes besondere Timbre in seine Stimme, das ihn früher unwiderstehlich machte.

»Ach! Wie oft am Tag werden Sie das sagen?« ruft Cäcilie kokett. Auch sie kann ein leichtes Beben der Stimme nicht unterdrücken.

»Aber gnädiges Fräulein!« Graf Egon seufzt. »Sollten Sie wirklich nicht wissen, daß ich nur Ihretwegen Junggeselle geblieben bin und das traurige Los der Einsamkeit auf mich genommen habe? So bedeutet mir Ihre Freundschaft das Höchste. Nachdem ich nie auf mehr zu hoffen wagte.«

Bisher ist Graf Egon mit solchen Phrasen immer gut davongekommen. Aus der dankbaren Rolle des tragischen Liebhabers hat er sich stets geschickt ins Unverbindliche retten können. Um so überraschender trifft ihn jetzt Cäcilies Antwort.

»Das ist ein sehr bedauerlicher Irrtum, lieber Graf«, antwortet Cäcilie leise, doch sehr deutlich.

Diesmal fällt das Monokel nicht aus Berechnung, sondern einfach nach den Gesetzen der Schwerkraft herunter. Hohenperch öffnet den Mund, schließt ihn wieder, schluckt – hat er richtig gehört? Er sieht unsicher zu Cäcilie hinüber.

Sie hat die Augenlider gesenkt. Ihre Haltung ist eine einzige unausgesprochene Erwartung.

Hohenperch schluckt mehrmals. »Ich dürfte wirklich hoffen?« Er muß sich räuspern.

Cäcilie nickt, ganz holde Verwirrung.

Hohenperch flimmert es vor den Augen. Wie oft hat er mit dem Gedanken gespielt, nach den Stürmen des Lebens in ein gepflegtes, ruhiges Heim zu flüchten! Aber so plötzlich? Sein Blick streift über die gediegenen Möbel, die kostbaren Teppiche. Blitzschnell schiebt sich für einen Augenblick ein anderes Bild davor: seine trostlose Bude in der gräflichen Villa, die jämmerliche Kochecke, das Spülen des Geschirrs und das Säubern des Zimmers ...

Er steht auf, etwas weich in den Knien, und schließt Cäcilie mit der alten Routine in die Arme. »Ist das wirklich wahr, Cäcilie? Du könntest ...?« flüstert er. Und gibt ihr einen Kuß.

Erst eine gute Stunde später verläßt der Graf nach zärtlichem Abschied Cäcilies Villa ...

Verlobt! Unwiderruflich verlobt!

Cäcilie möchte allerdings aus verschiedenen wichtigen Gründen, auch mit Rücksicht auf den Trauerfall im Hause der Verwandten, die Verlobung noch einige Zeit geheimhalten.

Hohenperch bleibt auf dem Heimweg mehrfach stehen. Er nimmt trotz der Kälte den Hut ab und fährt sich durch die schütteren Haare. Ihm ist nicht allein vom reichlich genossenen Kognak heiß. – Daß dieser harmlose Besuch so enden sollte!

Aber wenn man es genau überlegt, ist die Sache gar nicht so schlecht.

Er ist im Laufe der Jahre schon dreimal verlobt gewesen und hat es im letzten Augenblick immer verstanden, den Kopf aus der Schlinge zu ziehen.

Diesmal liegt die Sache anders. Er sieht die Lage ganz nüchtern: Man wäre versorgt, wäre ein für allemal aus den Geldnöten heraus. Schließlich könnte er das Institut oben in der gräflichen Villa beibehalten, sogar noch erweitern. Außerdem wäre das in jedem Fall eine unverfängliche Ausweichmöglichkeit.

Der Graf beginnt vor sich hin zu pfeifen. Seine alte Lieblingsmelodie: ›Der Student geht vorbei!‹ Seine Augen zwinkern fröhlich. Da würde er ja in die Apothekerfamilie hineinheiraten! Gewissermaßen der angeheiratete Onkel seiner leiblichen Tochter werden!

Wenn das Brandt erfährt!

Und erst Bettina! Ihr Gesicht möchte er sehen, wenn er sich ihr als Cäcilies Verlobter präsentiert!

Das muß er noch erleben, bevor er dem Liebespaar nachreist! Er überlegt. Um diese Zeit wird Herr Dr. Brandt noch in seiner Fabrik sein.

Also hin!

Vergnügt biegt der Graf in die Bursagasse ein. Er klingelt am Privateingang des Apothekerhauses neben dem funkelnagelneu glänzenden Messingschild ›Bettina Brandt‹.

»Melden Sie mich bitte der gnädigen Frau«, schnarrt er, als Minna öffnet. »Graf Hohenperch!«

Minna traut ihren Augen nicht. Aber sie hat in diesem Haus so viel erlebt, daß ihr bald auch das Unmögliche normal erscheint. Sie führt den Grafen in die Diele im ersten Stock und steigt schweratmend zum zweiten Stock empor. Nach kurzer Zeit kommt sie zurück.

»Die gnädige Frau bedauert! Die gnädige Frau kann den Herrn Grafen leider nicht empfangen!«

Hohenperch lächelt die alte Haushälterin gewinnend an. »Leider muß ich Sie bitten, sich noch einmal zu bemühen, Fräulein Minna. Sagen Sie der gnädigen Frau, ich wäre bestimmt nicht gekommen, wenn es sich nicht um eine Angelegenheit von höchster Wichtigkeit handelte.«

Diesmal empfängt ihn Bettina. Die geheimnisvolle Ankündigung hat sie neugierig gemacht.

Bettina erwidert seinen höflichen Gruß mit kühlem Kopfnicken. »Was gibt es?« fragt sie kurz.

Wie sie ihn so vor sich sieht, im etwas blankgewetzten dunklen Anzug, mit einem leicht verschossenen silbergrauen Binder, kann sie nicht begreifen, daß sie einmal bereit war, für diesen Mann alles aufzugeben.

Das Gesicht des Grafen ist ernst. Nur um die Augen spielen ein paar lustige Fältchen. Er ist jetzt in seinem Element. Mit fester Stimme sagt er:

»Ich möchte die gnädige Frau nicht über Gebühr behelligen. Seit Jahren bin ich nicht in der Bursagasse gewesen. Aber nach diesem Ereignis . . .«

Ein Lächeln gleitet über seine Züge. Er macht eine Pause, in der sich sein Ausdruck seltsam verändert.

Plötzlich beugt er sich vor und setzt halblaut mit seiner klingenden Stimme hinzu: »Erschrecken Sie bitte nicht, Bettina! Ich bin Ihr neuestes Familienmitglied. Ich habe mich soeben mit Ihrer Kusine verlobt.«

Er blickt sie triumphierend an. Doch seine strahlende Siegermiene erlischt, als Bettina zuerst ungläubig zwei Schritte zurücktritt, dann aber das Gesicht verzieht, als fürchte sie, jeden Augenblick herauszuplatzen: »Die Zäzz? – Sie und die Zäzz?«

Es dauert eine Weile, bis sie sich gefaßt hat. Dann deutet sie auf einen Sessel. »Verzeihung!« Sie hat noch immer mit dem Lachreiz zu kämpfen. »Die Nerven.« Ihre schlechte Laune ist weggeweht. »Nichts für ungut und – herzlichen Glückwunsch, Egon Gudde!«

Zum drittenmal an diesem Tage wird dem Grafen Kognak serviert. »Wann wird denn geheiratet?« fragt Bettina. »Ich habe mit meiner Kusine seit Wochen nicht mehr gesprochen.«

»Ich weiß«, nickt Graf Egon. »Wegen dieses Pedro Gonzales.«

Jetzt muß er auch seine zweite Neuigkeit anbringen.

»Aber diese Affäre hat sich von selbst erledigt«, fügt er bedeutsam hinzu. »Der junge Mann hat sich anderweitig versorgt. Er heiratet . . .«

Graf Egon läßt den Satz unvollendet. Es ist ihm gelungen, Bettina für einen Augenblick aus der Fassung zu bringen.

Und nun noch der Haupttrumpf:

»Er heiratet . . . Änne Butzbach!«

Aber was auch immer der Graf sich von dieser Enthüllung versprochen hat – er wird enttäuscht. Bettinas Gesicht hat sich entspannt. Sie lächelt unbestimmt und zeigt nicht, wie diese Nachricht sie überrascht. Doch gerade ihr scheinbar gleichgültiges Gesicht verlockt Hohenperch, mit allen Einzelheiten herauszurücken.

»Soso, als Ehepaar in Longhauers Parkhotel«, wiederholt Bettina zum Schluß. »Das paßt zu meinem Pedro! Immerhin . . . diese Änne sollte sich mit der Hochzeit beeilen!«

»Dafür werde ich sorgen!« erwidert Hohenperch mit Nachdruck.

Er lehnt sich genußvoll in den Sessel zurück.

»Noch eins«, beginnt er, während er heiter das elfte Glas Kognak an diesem Tage schlürft, »noch einen Rat als zukünftiges Mitglied der Familie. Man munkelt, daß Frau Bettina Brandt sich mit einer beträchtlichen Summe an der Cardodyn-Fabrik beteiligt hat?« Er hebt den Finger. »Vorsicht! Vorsicht! Dieser Herr Willi Pohl versteht sich aufs Konkursmachen. Der letzte vor ein paar Jahren hat ihm drei Monate eingebracht.« In verärgertem Ton fährt er fort: »Mich hat der saubere Herr jetzt auch um fünftausend Mark betrogen!«

Hohenperch wartet auf eine Stellungnahme Bettinas. Doch sie zeigt sich weiterhin unbeteiligt. So klemmt er das Monokel fester und erhebt sich.

»Ich wollte auf alle Fälle gewarnt haben!« Dann verabschiedet er sich mit gemessener Herzlichkeit.

Im Vollgefühl des Triumphes steigt er die Treppen hinunter und drückt unten der verblüfften Minna ein Zweimarkstück in die Hand.

Endlich hat er auch dieses Haus erobert, das sich ihm bisher so hartnäckig verschlossen hielt.

Wie sehr sein Bericht über Pohl Bettina beunruhigt hat, ahnt er allerdings nicht. Kaum ist Hohenperch aus dem Zimmer, ruft sie ihren Anwalt an.

»Herr Doktor, Sie wissen doch, daß mein ehemaliger Mann sich zur Auswertung seines neuen Herzmittels mit einem Stuttgarter Geschäftsmann assoziiert hat? Nun erfahre ich eben, daß dieser Partner geschäftlich einen recht zweifelhaften Ruf genießt. Er heißt Willi Pohl. Kennen Sie den Mann?«

»Willi Pohl?« wiederholt Dr. Bäcker nachdenklich. »Wenn das der von den Santox-Werken ist? Ich müßte mich genauer informieren. – Weshalb?« setzt er, aufmerksam geworden, hinzu. »Sind Sie persönlich an der Auswertung des Mittels interessiert?«

»Wie kommen Sie denn darauf?«

»Hm«, antwortet der Anwalt zögernd. »Wir haben doch schon früher darüber gesprochen. Herr Doktor Brandt hat ja nie ein Geheimnis daraus gemacht, daß er sich bei der Herstellung dieses Mittels auf die Vorarbeiten Ihres Herrn Vaters und sogar Ihres Herrn Großvaters gestützt hat. Ferner ist das Medikament in den Räumen und mit den technischen Möglichkeiten der Eckertschen Apotheke hergestellt worden. Wir hätten das schon bei der finanziellen Auseinandersetzung geltend machen können.«

Bettina stutzt. »Um Himmels willen! Das würde bei mir wohl eine . . . kommerzielle Robustheit voraussetzen, über die ich nicht verfüge!«

Dr. Bäcker lacht. »Entschuldigen Sie, aber Sie sollten die Sache mal anders herum betrachten! Gesetzt den Fall, Herr Doktor Brandt geriete in Schwierigkeiten. Das könnte unter bestimmten Voraussetzungen so weit gehen, daß er dabei sein Mittel mit allen Rechten los wird. Stellen Sie sich vor, Sie würden dann mit berechtigten Prioritätsansprüchen auf das Mittel hervortreten! – Ich brauche wohl nicht auszuführen, welche Folgerungen sich daraus ergeben könnten!«

Bettina hat aus den vorsichtigen Worten des Rechtsanwalts auch das herausgehört, was er nicht ausgesprochen hat. Was interessiert sie persönlich das Cardodyn? Sie weiß nur, daß Brandts Herz an seiner Erfindung hängt. Soll sie das Mittel auf diesem Umweg für ihn sichern?

»Ich werde es mir überlegen«, sagt sie nach kurzem Zögern.

»Jedenfalls müßte man schon jetzt klarstellen, wieweit sich Herr Doktor Brandt auf Vorarbeiten gestützt hat«, schließt Dr. Bäcker.

Bettina legt gedankenvoll auf. Die Warnung des Grafen und die Worte des Anwalts beschäftigen sie noch den ganzen Abend.

Am nächsten Vormittag entschließt sie sich, Herrn Bösinger für halb zwölf heraufzubitten.

Es ist gegen elf. Nervös geht Bettina im Zimmer auf und ab. Wenn alles stimmt, was Hohenperch gesagt hat, wird es höchste Zeit zu handeln. Sie will reinen Tisch haben, vor allem in der Sache mit Pedro. Dieser Bursche! Hat sie es nicht gewußt, hat sie Dorle das nicht alles vorausgesagt? Nun versteht sie auch, weshalb Wolfgang seit Tagen so verstört herumläuft.

Wenn sie daran denkt, steigt ihr das Blut zu Kopf. Sie will sich von ihrem Temperament nicht fortreißen lassen, aber ihre Empörung ist stärker als jede Überlegung. Wenn Dorle und Wolfgang mit eigenen Augen sehen, was sie nicht glauben wollen, dann – dann wird es für sie ein Schock sein. Aber besser ein heilsamer Schock als eine endlose Quälerei.

Bis Baden-Baden ist es ja nur ein Katzensprung.

Bettina hält sich nicht damit auf, das Experiment nach allen Seiten zu durchdenken. Sie eilt in Wolfs Zimmer und trifft ihren jüngsten Sohn mit ernstem Gesicht über seinen Büchern. Es entgeht ihr nicht, daß Ännes Bild von seinem Schreibtisch verschwunden ist.

»Hast du Lust zu einer kleinen Spritztour nach Baden-Baden?« ruft sie. »Wie lange, meinst du, brauchen wir, wenn du fährst?«

Wolfgangs Miene hellt sich auf. Bettina hat seine schwache Seite getroffen. Das Sportcabriolet mit seinen technischen Raffinessen reizt ihn.

»Über die Autobahn zweieinviertel Stunden, wenn du mich den Wagen ausfahren läßt!« antwortet er sachlich.

Bettina nickt. »Ausgezeichnet! Wenn wir in einer halben Stunde starten, können wir in Baden-Baden zu Mittag essen.«

Sie wendet sich an der Tür noch einmal um. »Sei doch so gut, mein Junge, und sag auch Dorle Bescheid!«

Als bald darauf Herr Bösinger nach kurzem Klopfen Bettinas Zimmer betritt, steht sie schon ausgehfertig. Sie hat ein Tweedkostüm mit farbigem Schal gewählt. Eine Saphirbrosche funkelt auf dem Revers des Jacketts.

»Ich bin Ihnen dankbar, daß Sie gekommen sind, Herr Bösinger«, beginnt Bettina. »Bitte nehmen Sie Platz. Ich halte Sie nicht lange auf. Ich wollte nur wissen, ob Herr Doktor Brandt sein Cardodyn hier in der Apotheke entwickelt hat.«

Bösinger setzt sich. Sein Blick wird mißtrauisch. »Allerdings!« sagt er.

»Ich entsinne mich nämlich«, fährt Bettina schnell fort, »daß schon mein Vater sich mit dem Plan eines Herzmittels auf einer ganz neuen Basis beschäftigt hat. Es müssen doch Aufzeichnungen darüber vorhanden sein. Ebenfalls über die berühmte Kräutersammlung meines Großvaters.«

Sie legt eine Pause ein. Bösingers Gesicht zeigt weder Zustimmung noch Verneinung.

Bettina trommelt leicht auf die Tischplatte. »Ich wäre Ihnen sehr verbunden, Herr Bösinger, wenn Sie mir diese Unterlagen zusammenstellen könnten. Zumindest diejenigen, die sich auf die Entwicklung des Cardodyn beziehen.«

Neue Pause. Dann strafft der kleine Herr Bösinger den Rücken. »Gnädige Frau, warum wenden Sie sich nicht direkt an Herrn Doktor Brandt?« fragt er trocken.

Bettina verzieht unwillig das Gesicht. Mit dieser Frage hat sie nicht gerechnet. »Es handelt sich zunächst nur um eine Information. Ich möchte Herrn Doktor Brandt nach all den Aufregungen jetzt nicht behelligen.«

Herr Bösinger gibt sich damit nicht zufrieden. Er rückt an seiner randlosen Brille und sagt bedächtig: »Wenn ich Sie recht verstanden habe, gnädige Frau, handelt es sich um die Frage des Urheberrechtes am Cardodyn.« Ein entschlossener Zug legt sich um seinen Mund. »Ich will die Unterlagen heraussuchen. Ich bitte aber um Ihr Verständnis, wenn ich mich verpflichtet fühle, Herrn Doktor Brandt über Ihren Auftrag zu informieren!«

»Bitte«, sagt Bettina kurz. »Hauptsache, ich bekomme die Unterlagen möglichst rasch!«

Sie ist von seiner charakterfesten Haltung innerlich angenehm berührt und will ihm die Hand reichen, doch Herr Bösinger verneigt sich zu ihrem Befremden nur steif und verläßt das Zimmer.

Gleich hinter ihm geht Bettina die Treppe hinunter.

Vor der Apotheke warten die Geschwister. Wolf hat den Wagen geholt. Es regnet ein wenig, aber die Luft ist weich und voll Ahnung des nahenden Frühlings. Dorle hat ihren getupften Schirm geöffnet. Wolf hält ihn ihr fürsorglich über den Kopf und reicht ihr gerade Feuer. Sie lachen.

Bettina bleibt in der Haustür stehen. Wie herrlich! Trotz allen Kummers können diese Kinder schon wieder lachen! Ihre Kinder! Ihr Herz schlägt ihnen entgegen. Bald wird nichts Trennendes mehr zwischen ihnen stehen.

Die Stimmung ist auch während der Fahrt vorzüglich. Wolf pfeift und trällert und spielt seine Überlegenheit als Fahrer am Steuer aus. Der schnittige Wagen zischt mühelos an allen Fahrzeugen auf der Autobahn vorüber. »Dem Schlitten tut das bißchen Tempo richtig wohl!« sagt Wolf aufgekratzt. »Du fährst ihn viel zu lahm!«

Dorle beugt sich vom Rücksitz her zu den beiden hinüber. »Für einen Wagen verkauft Wolf nämlich seine Seele!« spöttelt sie.

Bettina lacht. »Ich weiß nicht, ob Wolfs Seele einen Wagen wert ist! Aber sobald er sein Staatsexamen gemacht hat, ließe sich darüber reden!«

»Wenn das dein Ernst ist?« ruft Wolf und streift die Mutter mit einem herzlichen Blick. »Zu schön, um wahr zu sein!«

»Und wo bleibe ich?« ruft Dorle vergnügt.

Bettina dreht sich halb zurück und streicht ihrer Tochter eine Locke aus der Stirn. »Ich dachte, dir würde im Sommer eine Amerikareise gut zu Gesicht stehen«, sagt sie zärtlich.

Dorle strahlt. Bettina ahnt nicht, daß Dorle weniger über die in Aussicht gestellte Reise strahlt als über einen Brief Pedros, der seit gestern in ihrer Handtasche steckt. Ab und zu streichelt sie ihn. »Fahren wir auch nach Mexiko?« fragt Dorle schnell.

»Das kommt darauf an«, antwortet Bettina ausweichend.

Kurz vor zwei parken sie auf dem Ludwig-Wilhelm-Platz vor der evangelischen Kirche. Wolf hat die Fahrzeit eingehalten. »Ich hab' einen Mordshunger«, sagt er und deutet auf eine prunkvolle Hotelfassade. »Gehen wir gleich in diesen Schuppen, Mama? Was Teureres werden wir kaum finden!«

Bettina hakt sich bei den Geschwistern ein und zieht sie mit. »Wir essen in Longhauers Hotel«, sagt sie und steuert auf die Luisenstraße zu.

Im Gedanken an den bevorstehenden Schock ist ihr schwer ums Herz.

Zu Wolfs und Dorles Überraschung geht Bettina in der Hotelhalle nicht auf den Speisesaal zu, sondern tritt an den Empfang. Beide folgen zögernd.

Bettina wendet sich an den Empfangschef. »Bei Ihnen wohnt ein Herr Pedro Gonzales mit seiner Frau, nicht wahr?« fragt sie deutlich. »Sind die Herrschaften im Hotel?«

Der schwarzgekleidete Empfangschef wirft einen Blick über seine Gästeliste und dreht sich dann zur Schlüsselwand um. »Zimmer zweihundertdreiundfünfzig, gnädige Frau. Der Schlüssel ist hier. Die Herrschaften werden noch beim Essen sein.«

»Vielen Dank!«

Bettina geht nun auf die Speisesaaltür zu. Sie hat Wolf und Dorle nicht angesehen. Aber sie merkt, daß beide ihr folgen.

Die Tür öffnet sich lautlos vor ihnen. Der Oberkellner eilt geschmeidig herbei. »Einen Tisch für drei Personen? – Wenn ich bitten darf!«

Pedro und Änne an ihrem kleinen Fenstertisch sind sofort zu bemerken. Beide sind so in ihr Gespräch vertieft, daß sie gar nicht aufblicken.

Bettina wählt einen Tisch unweit der Tür.

Ledergebundene Speisen- und Weinkarten werden ihnen vorgelegt. Wolf blättert darin, aber er liest nichts. Dorle hat sich rasch gesetzt. Als hätten die Füße sie nicht mehr getragen. Sie rührt die Karten nicht einmal an.

Bettina blickt von einem zum andern. Sie fragt nach besonderen Wünschen. Da sie keine Antwort bekommt, übernimmt sie selber die Auswahl und tut, als sei nichts geschehen.

Die Geschwister starren schweigend vor sich hin. Nur Wolf wirft ab und zu einen Blick zu dem Tisch hinüber, an dem Herr Gonzales und Frau Änne die Welt um sich herum vergessen haben.

Dann – an Bettinas Tisch ist gerade die Suppe serviert worden – erheben sich Pedro und Änne. Nebeneinander kommen sie über den lautdämpfenden Velours durch den Mittelgang geradewegs auf die Brandts zu.

Fünf Schritte vor ihnen erkennt Pedro sie – und stockt. Dadurch wird Änne aufmerksam. Sie fährt leicht zusammen und starrt die drei aus großen Augen an.

Pedro zwingt sich zu einem steifen Gruß. Für den Bruchteil einer Sekunde trifft er Dorles fassungslosen Blick.

Dann schließt sich die schwere Glastür hinter dem Paar.

Die Spannung an Bettinas Tisch ist fast unerträglich. Jeder müht sich mit der Suppe ab. Nach drei, vier Löffeln schiebt Wolf den Teller zurück.

»Mir ist der Appetit vergangen«, sagt er bitter. »Besten Dank übrigens, Mama, für die Show, die du hier aufgezogen hast.«

Er legt seine Hand auf Dorles Arm. »Verzeih, wenn ich es sagen muß, aber ich finde das abscheulich von dir. Besonders für Dorle!«

Über Dorles starres Gesicht fliegt ein helles Rot. Eben noch standen Tränen in ihren Augen, jetzt sprühen sie die Mutter zornig an. »Das ist dein Werk!« stößt sie außer sich hervor. »Du hast Pedro in ihre Arme getrieben! Du hast ihn mir genommen. Ich werde dir das nie vergessen. – Bitte, bring mich hinaus!« sagt sie erstickt zu Wolf.

Er erhebt sich sofort. Beide gehen wortlos aus dem Saal.

Lange sitzt Bettina allein. Sie hat das Essen wegbringen lassen und eine Zigarette angesteckt. Sie wußte ja, daß es schwer sein würde für die Kinder. Aber sie werden die Lehre daraus ziehen! Sie werden zurückkommen und sich entschuldigen. Sie müssen es einsehen ...

Nach einer Weile tritt der Kellner an Bettinas Tisch und reicht ihr einen weißen Briefumschlag des Hotels.

Bettina spürt plötzlich, wie ihr Herz klopft. Sie reißt aus dem Umschlag einen Zettel, auf dem nur ein Satz in Wolfgangs steilen Schriftzügen steht:

»Entschuldige – aber wir fahren mit der Bahn zurück.«

Änne und Pedro gehen sofort in den zweiten Stock hinauf auf ihr Zimmer.

Beide haben denselben Gedanken: Wie zwei ertappte Diebe stehen sie nun da!

Änne tritt an das breite Fenster und blickt hinunter. »Das ist bestimmt kein Zufall! – Bitte, schließ die Tür ab!« setzt sie nervös hinzu.

»Schon geschehen!« sagt Pedro. Er wirft sich in einen Sessel und greift gedankenlos zur Zigarette. »Diese Frau hat etwas Teufliches.« Er flucht halblaut. »Die kreuzt nicht ohne Absicht meinen Weg!«

»Wenn Frau Brandt schon weiß, wo wir sind, dann werden es meine Eltern auch bald wissen!« sagt Änne verstört. »Stell dir nur vor, sie erkundigt sich beim Empfang ...«

»Du siehst Gespenster«, sagt Pedro geistesabwesend. Ihm ist es in diesem Augenblick gleichgültig, ob ihr Geheimnis entdeckt ist. Etwas anderes hat ihm einen viel größeren Schock versetzt: Dorles Gesicht! Er hat sie nur flüchtig angesehen; aber er kann das Bild nicht loswerden, wie sie blaß und zusammengesunken am Tisch saß, als er vorüberging. – Am liebsten möchte er zu ihr hinunterlaufen.

»Wie soll es nun weitergehen?« fragt Änne ratlos. »Wenn meine Mutter hier aufkreuzt – die macht einen Wirbel, daß wir uns überhaupt nicht mehr sehen lassen können.«

»Am besten, wir reisen ab«, sagt Pedro. »In einer Stunde sind wir über die Grenze. Dann können sie lange suchen!«

Änne steht plötzlich ganz starr und krampft die Finger in die Tüllgardine. Unten überqueren Dorle und Wolfgang den Fahrdamm. Wolf hat den Arm wie tröstend um die Schultern seiner Schwester gelegt. Sein blonder Haarschopf leuchtet auf, als sie in die Nachmittagssonne treten. Ein schneidender Schmerz läßt Änne hastiger atmen, ein seltsames Gefühl aus Trotz und Verlorenheit. So hat sie noch vor ein paar Tagen hinter ihm hergesehen – und er hat sich nicht umgedreht. Nie mehr wird Wolf sich nach ihr umdrehen.

Änne fühlt Pedros Hand auf der Schulter. Sie wendet sich heftig zu ihm um und wirft die Arme um seinen Hals. Dabei drängt sie ihn vom Fenster weg. Er soll die beiden da unten nicht sehen.

»Liebst du mich, Pedro? Liebst du mich wirklich?«

Pedro zieht sie fester an sich. »Daß du noch fragst!« murmelt er und verschließt ihre Lippen.

Endlich löst sie sich wieder. »Ja, laß uns abreisen!« sagt sie entschlossen. »So schnell wie möglich. Ich habe hier keine ruhige Minute mehr.«

Als er sie wieder an sich ziehen will, weicht sie ihm aus. »Eigentlich müßte ich ja nach Hause!«

Pedro zieht die Wagenschlüssel aus der Tasche und läßt sie gegeneinanderklirren. »Ach, du hast Angst? Hier! Das ist unser Zauberstab. Wir können in einer Stunde in Straßburg sein, in sechs Stunden in Paris!«

»Paris?« Ännes Gesicht hellt sich auf. »Ja, laß uns nach Paris fahren! Dort wird uns keiner finden.«

Pedro breitet die Autokarte auf den Tisch. Änne tritt neben ihn. Gemeinsam verfolgen sie die Strecke und überlegen, wo sie am besten übernachten könnten.

»Und wenn wir gleich durchfahren?« fragt Pedro. »Dann wären wir am späten Abend in Paris, und da weiß ich schon, wo wir bleiben. Pack deine Sachen! Ich lasse inzwischen die Rechnung fertigmachen.«

Änne hält ihn fest. »Und Frau Brandt? Wenn wir ihr nun unten begegnen?«

Pedro schiebt ihre Hand schroff zurück. »Sie wird uns nicht hindern, abzureisen«, sagt er trotzig.

Aber Änne schüttelt den Kopf. »Bitte, Pedro, mir zuliebe! Laß uns noch ein wenig warten! Vielleicht geht sie inzwischen. Ich möchte dieser Frau nicht noch mal begegnen!«

Pedro gibt schweigend nach.

Eine Viertelstunde später schrillt plötzlich das Telefon; zum erstenmal, seitdem sie das Zimmer bewohnen.

Änne fährt zusammen. »Das ist sie!«

»Wenn schon«, erwidert Pedro ruhig. Er nimmt gelassen den Hörer ab. »Hier Gonzales!« Er lauscht. »Wer?« fragt er. Sein Gesicht drückt Verblüffung aus. »Graf Hohenperch? – Einen Augenblick bitte.« Er deckt die Hand über die Sprechmuschel und sagt leise zu Änne: »Ein Graf Hohenperch! Ist das nicht der Mann, den sie beim Stiftungsfest herumgetragen haben?«

Änne läuft nervös durchs Zimmer. »Natürlich! Den schickt meine Mutter. Bitte nicht! – Ich will ihn nicht sehen.«

Pedro hebt nachdenklich den Hörer: »Ich komme«, sagt er entschlossen und legt wieder auf.

Änne tritt dicht an Pedro heran. »Ich weiß nicht ... vielleicht solltest du auch nicht hinuntergehen.«

Pedro steht schon vor dem Spiegel und prüft die Frisur und den Sitz der Krawatte.

»Warum nicht? Was er will, kann genausogut wichtig sein wie belanglos. Ich werde mit ihm sprechen.«

Prinz Kuckuck sitzt in einer Nische der komfortablen Halle. Er hat seinen ersten großen Auftritt hinter sich. Mit funkelndem Einglas im Auge ist er in nonchalanter Haltung an die Rezeption getreten. »Ich hatte von Tübingen aus ein Appartement bestellt. – Graf Hohenperch mein Name.«

Als der Empfangschef dienernd nach einem Schlüssel greift, hat Hohenperch mit Nachdruck bemerkt: »Ich hoffe, die Räume sind garantiert ruhig!«

Der Empfangschef erlaubt sich ein begütigendes Lächeln. »Wir sind ein Kurhotel, Herr Graf. Es ist eines unserer ruhigsten Appartements. Zum Park hin gelegen. Herr Graf werden zufrieden sein! Und wie lange werden Herr Graf bleiben?«

Hohenperch hat sich entschlossen, die Mission ihrer Wichtigkeit entsprechend auf mehrere Tage auszudehnen. »Das hängt davon ab, wie es mir gefällt!« sagt er. »Zunächst bis übermorgen.«

Dann hat er sich mit Pedro Gonzales verbinden lassen.

Jetzt beobachtet der Graf, in den pompösen Ohrensessel zurückgelehnt, voll Zufriedenheit die eleganten Gäste, die durch die Halle schreiten, besonders die jungen Damen. Ja, das ist seine Welt! Der Rahmen, in den er gehört ...

»Graf Hohenperch?« fragt eine dunkle, sympathische Stimme neben ihm. »Sie wünschten mich zu sprechen.«

Hohenperch erhebt sich würdevoll und betrachtet den jungen Mann von oben bis unten. – Sieht gut aus, der Millionärssohn! Hat das, was man nicht erlernen kann.

»Ja, hm. Ich hätte gern ein Gespräch unter vier Augen mit Ihnen geführt. Aber ich glaube« – Hohenperchs Blicke streifen über die Umgebung –, »hier ist es zu lebhaft!«

Er hebt leicht die Hand. Sofort ist ein junger Kellner da.

»Ich möchte in einer wichtigen Unterredung nicht gestört werden. Haben Sie ein kleines Verhandlungszimmer?«

»Jawohl, Herr Graf!« Der Kellner ist schon über den adligen Gast informiert. »Wenn die Herren mitkommen wollen?«

Er führt sie in einen holzgetäfelten Raum. Indirekte Beleuchtung, Klubtische mit bequemen Ohrensesseln, schmiedeeiserne Lampen, wertvolle Teppiche schaffen eine Atmosphäre von Ruhe und Gediegenheit.

Der Kellner deutet auf einen Wandknopf. »Wenn Sie Bedienung wünschen, Herr Graf!«

Hohenperch nicht herablassend und weist auf einen Sessel. »Bitte, Herr Gonzales!«

Pedro ist von Hohenperchs Art beeindruckt. Hohenperch läßt sein schweres silbernes Zigarettenetui mit der Grafenkrone vor ihm aufspringen. Pedro bedient sich. Mit dem Vertreter eines zweifellos alten Aristokratengeschlechts zusammenzusitzen, das hat selbst für diesen weltgewandten Jungen etwas Verwirrendes.

Hohenperch klemmt das goldgeränderte Monokel langsam ins Auge und läßt seinen Blick eine Weile durchdringend auf Pedro ruhen.

»Was mich zu Ihnen führt, ist eine sehr delikate Mission!« beginnt er etwas frostig und reibt die gerade auf Spesen frisch manikürten Hände. »Ich sitze hier als Freund und als Beauftragter des Hauses Butzbach!«

Pedro zieht nervös an seiner Zigarette. Das hat er geahnt. Er ist auf schweres Geschütz vorbereitet und deshalb äußerst überrascht, als der Graf plötzlich den Ton wechselt. »Ich hörte, Sie waren eine Zeitlang Gast der Ascania?«

Pedro nicht. »Ich war auch auf dem Stiftungsfest! fügt er mechanisch hinzu.

Hohenperch rückt das Monokel zurecht. »So? Komisch, daß wir uns da nicht gesehen haben! Na ja, ich war sehr in Anspruch genommen an dem Abend. Aber wie dem auch sei. Ich möchte sagen« – er nickt Pedro leutselig zu –, »Sie stellen in Mexiko das dar, was bei uns der Adel bedeutet. Das erleichtert unsere Angelegenheit. Wir sprechen gewissermaßen auf derselben Ebene. Für uns sind dieselben Ehrbegriffe maßgebend, wie Herkunft und Überlieferung sie wohl in allen zivilisierten Ländern prägen. Schon der Umstand, daß Sie jetzt allein gekommen sind, verrät mir Ihre Entschlossenheit, sich als Mann und Kavalier zu verantworten.«

Pedro kann nicht mehr recht mitkommen. »Gewiß«, sagt er aufs Geratewohl.

Der Graf räuspert sich bedeutsam. »Ich brauche wohl kaum zu erwähnen, daß die Familie Butzbach, besonders die Dame des Hauses, über das Vorgefallene schockiert ist«, wiederholt er düster. »Der Bruder Ihres Fräulein Braut – als solche darf ich sie wohl bezeichnen – ahnt übrigens noch nichts. Und das ist gut. Als Verbindungsstudent würde er vielleicht etwas übereilte Folgerungen . . . Ich persönlich sehe die Dinge von einer höheren Warte. Die jungen Menschen unserer Tage, besonders die aus heißeren Zonen, ordnen die Entscheidungen oft ihrem Temperament unter.«

Hohenperch beschleunigt sein schleppendes Tempo. »Aber auch dafür wird man Verständnis aufbringen, sobald« – er läßt das Monokel fallen und blitzt Pedro scharf an – »die jungen Leute ihre lediglich auf dem Fremdenzettel geschlossene Ehe vom Standesbeamten sanktionieren lassen. Sie verstehen mich, Herr Gonzales!«

Pedro zerdrückt seine Zigarette im Aschenbecher. Er weicht Hohenperchs Blick nicht aus. »Durchaus. Dafür werden Sie wiederum verstehen, daß ich meinen Vater nicht vor vollendete Tatsachen stellen kann. Er erwartet mich. Ich müßte schon längst nach Mexiko abgeflogen sein . . .«

»Sprechen Sie nicht weiter!« ruft Hohenperch. »Was Sie aufgehalten hat, war die Liebe. Auch Ihr hochzuverehrender Herr Vater wird sich dem nicht verschließen. Ich hatte zwar von Ihnen als Ehrenmann keine andere Haltung erwartet, aber trotzdem fühle ich mich als Freund der Familie Butzbach jetzt sehr entlastet!«

Er schüttelt Pedro fast die Hand aus dem Gelenk und läßt ihm gar nicht die Zeit, zu überlegen, welche verbindlichen Worte er eigentlich gesprochen hat. »Und nun zum angenehmeren Teil . . .«

Er hat flüchtig in die Weinkarte gesehen und gleich auf den Wandknopf gedrückt.

»Mein lieber Herr Gonzales. Ich möchte der erste sein, der auf das Glück und die Zukunft des jungen Paares . . .« Er unterbricht sich. Der Kellner ist eingetreten.

Hohenperch deutet auf die Weinkarte. »Eine Vierundsechzig!« sagt er. »Und möglichst schnell!«

Er wendet sich wieder an Pedro. »Ein ganz trockener Champagner. Nach meinen Erfahrungen das einzige Getränk für den frühen Nachmittag.«

Pedro hat zwar das Gefühl, als sei er mattgesetzt worden, bevor er zum Zuge kam. Aber da ist auch schon der Champagner serviert, und Hohenperch hebt ihm den Kelch entgegen: »Auf das, was wir lieben!« Dann verbessert er sich lächelnd: »Auf die, die wir lieben!«

Der Graf trinkt im Verlauf der nächsten Viertelstunde den weitaus größten Teil. Er plaudert von Weltreisen, die er nie unternommen, von Metropolen, die er nie gesehen hat, und leitet endlich zu seinen unvermeidlichen pikanten Histörchen über.

Doch davon will Pedro nichts hören. Er steht auf und entschuldigt sich. »Ich kann meine . . .« Er zögert und sucht ein Wort –

»Braut«, fällt Hohenperch ein, »nicht so lange warten lassen, wollten Sie sagen! Verstehe. Bitte empfehlen Sie mich!«

Er schüttelt Pedro wieder wie ein alter Freund die Hand. »Übrigens, ich habe hier im Hotel ein Appartement genommen und darf hoffen, Sie beide zum Abendbrot als meine Gäste zu sehen?«

Pedro hält es für das richtigste, sich auf eine stumme Verbeugung zu beschränken.

Dann geht er hinauf.

Änne sitzt reisefertig im Zimmer. Das Gepäck ist schon weg. Änne ist ungewöhnlich blaß und blickt Pedro unruhig entgegen.

»Er soll mich natürlich nach Tübingen zurückbringen, nicht wahr?« fragt sie.

Pedro zuckt die Achseln. »Davon hat er eigentlich nichts gesagt. Kein Wort des Vorwurfs.«

»Aber er muß doch etwas gewollt haben!« ruft Änne drängend. »Oder willst du es mir nicht sagen?«

Pedro steigt eine leichte Röte ins Gesicht. »Er verlangtte im Namen deiner Familie, ich müßte als Ehrenmann die Konsequenzen ziehen.«

Änne blickt ihn prüfend an. »Weiter nichts?« Sie tritt näher und lehnt sich leicht an ihn. »Und das willst du doch auch ohne den Herrn Grafen, nicht wahr?« fragt sie zärtlich.

Keine fünf Minuten später fahren sie in die anbrechende Dämmerung des milden Februartages Richtung Straßburg. Nach einer Stunde überqueren sie die Grenze bei Kehl.

37

Einige Tage sind seit der Beisetzung Jürgens vergangen. Eine dumpfe Stille liegt über dem Haus in der Bursagasse. Bettina bekommt die Kinder kaum zu sehen. Wolf nimmt die Mahlzeiten in der Mensa ein, Dorle verbringt die Tagesstunden im Sprachinstitut. Abends ißt sie außerhalb oder auf ihrem Zimmer. Beide vermeiden es, mit der Mutter zusammenzutreffen.

Der Apotheker fährt täglich nach Stuttgart. Gabriele ist fast immer allein. Ihr kleiner Haushalt ist schnell in Ordnung gebracht. Außerdem hilft Minna jetzt wortlos, wo sie nur kann, und nähme ihr am liebsten jede Handreichung ab.

So sitzt Gabriele oft stundenlang und grübelt.

Eines Vormittags bekommt sie überraschend Besuch. Albert klopft bei ihr an.

Albert hat sich seit Tagen auf diese Begegnung vorbereitet. Schon zweimal hat er einen Anlauf genommen, und jedesmal ist er vor ihrer Tür umgekehrt.

Will er sich für alles entschuldigen? Will er sie trösten? Er weiß selber nicht genau, was ihn zu ihr treibt.

Er hat sich die Worte gründlich zurechtgelegt. Aber als er auf ihr »Herein!« eintritt, bringt er nicht mehr über die Lippen als »Guten Morgen!«

Gabriele sitzt am Fenster, die Hände müßig im Schoß. Sie wendet sich um, blickt ihm entgegen – ihr hochgeschlossenes schwarzes Kleid läßt sie besonders zart und schlank erscheinen. Albert starrt sie stumm an. Vor ihren unergründlichen grünen Augen irren seine Blicke ab. Ihre Nähe verwirrt ihn mehr und mehr. Er spürt das unsinnige Verlangen, ihre Hände zu ergreifen, zu streicheln . . .

»Ja bitte?« fragt Gabriele müde.

Albert nimmt sich zusammen. Er tritt näher. »Ich bin gekommen, um mich wegen meines bisherigen Verhaltens zu entschuldigen«, sagt er wie auswendig gelernt. »Meine vorgefaßte Meinung hat mir eine richtige Beurteilung der Dinge unmöglich gemacht. Das tut mir heute aufrichtig leid. Ich möchte das endlich einmal aussprechen!« fügt er schnell hinzu. Dabei steigt ihm das Blut bis in die Stirn.

Gabriele deutet auf den Sessel ihr gegenüber. Sie wartet, bis er sich gesetzt hat. Dann sagt sie langsam: »Es war nicht mehr nötig, Albert. Deine Hilfe in diesen Tagen hat mir schon alles klargemacht. Aber – du weißt gar nicht, was es für mich bedeutet, daß du zu mir gekommen bist.«

Sie reicht ihm die Hand. Ein seltsames Gefühl lähmt ihn, als er die schmalen kühlen Finger spürt. Dann beugt er sich plötzlich vor und zieht ihre Hand für einen Augenblick an seine Lippen.

Zarter Parfümduft weht ihn an. Die Haut, die er berührt, ist seidenweich.

Alberts Gesicht wird wieder blutrot.

Eine Pause tritt ein.

»Du hast schwer zu arbeiten, nicht wahr?« versucht Gabriele, ihm über die Verlegenheit hinwegzuhelfen. »Gehst kaum aus dem Haus und arbeitest bis in die späte Nacht. Gestern war es zwei.«

»Woher wissen Sie . . .«, fragt Albert. Er stockt, als sie ihn groß anblickt, und verbessert hastig: »Woher weißt du das? Ich sitze doch ganz ruhig an meinem Schreibtisch!«

Gabriele muß ein wenig lächeln. »Oh, manchmal gehst du auf

und ab!« sagt sie. »Ich höre auch deine Schritte auf der Diele. Oder auf der Treppe zum Bad. Natürlich liegt es nicht an dir«, wirft sie schnell ein. »Du bist unwahrscheinlich leise. Ich merke das nur, weil ich nicht schlafen kann. Und weil das Haus jetzt so unheimlich still ist.«

Ihre melodische dunkle Stimme verzaubert Albert. Er sieht, wie sich ihre Lippen beim Sprechen bewegen, wie sich beim Atemholen ihre Schultern leicht heben und senken.

Ob sie auch weiß, daß er gestern nacht eine ganze Zeit bewegungslos im Flur stand, bevor er sich auf sein Zimmer schlich? Ob sie gefühlt hat, daß er an sie dachte?

»Nimm doch ein Schafmittel«, sagt er hölzern. »Wozu haben wir die Apotheke?«

Gabriele lehnt sich zurück und faltet die Hände. »Ach. Ich habe schon alles versucht. Aber es nützt nichts. Es sind nicht nur Sorgen, nicht nur Kummer und Enttäuschungen . . .«

Albert sieht, wie ihre Finger sich ineinander verkrampfen.

»Ich habe Angst – Angst vor einem Verhängnis, das mich verfolgt, seitdem ich dieses Haus betreten habe.«

Albert muß an das fröhliche Lachen des Jungen denken, an die helle Kinderstimme im Haus, die nun verstummt ist.

»Wenn wir alle zusammenhalten«, beginnt er – und weiß genau, daß es ihre Worte sind, die sie ihm damals in Stuttgart gesagt hat.

Doch Gabriele läßt ihn nicht ausreden. »Zusammenhalten?« erwidert sie heftiger, als sie wollte. »Vielleicht würdet ihr alle zusammenhalten, dein Vater und deine Mutter und ihr drei, wenn ich nicht wäre. Aber durch mich hat dein Vater die Apotheke verloren, und meinetwegen wird ihm jetzt auch noch das letzte genommen, seine Erfindung!«

Albert sieht sie betroffen an. »Das Cardodyn? Wer kann ihm das schon nehmen?«

»Wenn du es wissen willst – es ist ja kein Geheimnis mehr: Deine Mutter ist dabei, Ansprüche auf das Cardodyn geltend zu machen! Angeblich haben ihr Vater und Großvater hier in der Apotheke die Vorarbeit für diese Erfindung geleistet. Als ob nicht in jeder Apotheke experimentiert würde! Aber dann kommt einer mit einem genialen Einfall, und nun soll es nicht sein Werk sein?«

»Nein«, ruft Albert ehrlich überzeugt und lehnt sich zurück. »So was tut meine Mutter nicht!«

»Du brauchst nur Herrn Bösinger zu fragen!« sagt Gabriele erbittert. »Von dem, was sie sonst noch tut, wollen wir gar nicht reden. Dieser Angriff aber trifft deinen Vater an der empfindlichsten

Stelle. Und gerade jetzt, wo er verzweifelt um seine Existenz kämpft!«

Die Erregung ist mit ihr durchgegangen. Sie holt tief Atem. »Ich habe Verständnis dafür, daß ihr euch alle gegen mich gestellt habt«, schließt sie ruhig. »Aber daß ihr euren Vater vernichten wollt ...«

»Das mit dem Cardodyn muß ein Irrtum sein!« sagt Albert finster. »Ich werde mit meiner Mutter sprechen!« Er steht auf und blickt Gabriele zaudernd an. »Ich werde feststellen, wie es sich wirklich verhält, und ... darf ich dann wiederkommen?«

»Wann du willst!« Ein Lächeln liegt um ihren Mund. »Wir haben ja Frieden geschlossen.«

Abermals ruht ihre kühle Hand in der seinen. Albert spürt noch den schwachen Druck, als er wieder auf seinem Zimmer ist. Lange sitzt er regungslos mit geschlossenen Augen an seinem Schreibtisch. Die Worte, die da unten gewechselt wurden, schwirren ihm durch den Kopf. Das Bild der zarten Frau steht vor seinen Augen. Ihre leise, bedeckte Stimme klingt in seinen Ohren. Die Worte: ›Wann du willst.‹

Um halb eins klopft Minna an seine Tür, um ihn zum Essen zu holen. In Bettinas Zimmer ist schon die Suppe aufgetragen.

»Wie lange hast du eigentlich mit deiner Doktorarbeit zu tun?« fragt Bettina herzlich.

»Ich werde die schriftliche Arbeit vor dem Semesterschluß abgeben«, antwortet Albert unpersönlich. »Die Ferien beginnen Anfang März. Deshalb bin ich augenblicklich schwer im Druck.«

»Anfang März?« überlegt Bettina. »Das würde gut passen. So lange kann ich noch warten.«

Sie schiebt den Teller zurück. Ihr Blick streift liebevoll über das klare männliche Gesicht ihres Sohnes.

»Ich habe mir nämlich eine kleine Überraschung für dich ausgedacht. Ich muß in Kürze für ein paar Wochen nach Mexiko. Geschäftliche Besprechungen. Ich dachte, du könntest mich begleiten. Das würde dir nach der Schufterei in der letzten Zeit guttun, und – ich hätte dich gern bei mir!«

Albert legt pedantisch den Löffel auf den leeren Teller und richtet sich dann steif auf. Seine Bewegungen erinnern Bettina plötzlich an Gewohnheiten seines Vaters, die sie lange vergessen hatte.

»Ich fürchte, das wird nicht gehen!« sagt Albert ausdruckslos.

»Aber warum denn nicht?« ruft Bettina lebhaft. »Wenn du mich nicht auf die Hazienda begleiten willst, könntest du in Mexiko-City bleiben. Du kannst tun und lassen, was du willst. Du kannst die Azteken-Ausgrabungen studieren oder eine Exkursion ins Gebirge mitmachen. Du würdest den Urwald genauso kennenlernen wie die Pampas. Gerade jetzt ist es dort besonders reizvoll.«

Albert kaut nervös auf seiner Oberlippe. Bettina merkt enttäuscht, daß er nicht die geringste Begeisterung zeigt.

»Das wäre ja sehr schön.« Albert räuspert sich. »Aber leider muß ich die Semesterferien ausnutzen, um mich auf das Mündliche vorzubereiten. Zu Vergnügungsreisen habe ich wirklich keine Zeit.«

Erst jetzt fällt Bettina sein verändertes Wesen auf. Sie sieht ihn prüfend an.

»Sag mal, Albert, hast du irgend etwas?«

Die Tür hat sich leise geöffnet. Minna trägt Fleisch und Gemüse auf.

Albert wartet unmutig, bis sie den Raum wieder verlassen hat. Dann sieht er seiner Mutter offen ins Gesicht. »Stimmt es, Mama, daß du Papas Erfindung für dich beanspruchst?«

Bettina fährt verblüfft auf. »Wer hat dir denn das erzählt?«

»Ich möchte nur wissen, ob es stimmt!« antwortet Albert kühl.

Die methodische Art seiner Fragerei gefällt Bettina nicht.

»Könntest du nicht einen etwas anderen Ton anschlagen?« fragt sie beherrscht.

Albert legt sein Besteck auf den Teller zurück. Seine Backenmuskeln arbeiten heftig. »Falls du Papa tatsächlich mit irgendwelchen juristischen – Verzeihung – Spitzfindigkeiten seine Erfindung streitig machen willst, so würde ich das einfach empörend finden!«

Bettina lehnt sich zurück. Ihre Finger zittern, als sie mit einem wütenden Ruck ein Zigarettenpäckchen aufreißt und zu rauchen beginnt. Nach ein paar Zügen legt sie die Zigarette in die Aschenschale.

»Darf ich nun erfahren, woher deine Weisheit stammt?« fragt sie.

Albert erträgt störrisch ihren zornigen Blick.

»Ich habe es heute morgen von Gabriele erfahren«, sagt er, »und habe es nicht glauben wollen.«

Bettinas Augen forschen aufmerksam im Gesicht ihres Sohnes.

»Aha! Daher weht der Wind! Frau Gabriele Brandt! Sieh an! Ich hätte es mir denken können!«

Albert springt mit einem Ruck auf und feuert seine Serviette zerknüllt auf den Tisch. »Jawohl, von Gabriele«, wiederholt er heftig. »Sie hat unter deiner Behandlung genug gelitten. Daß du ihr jetzt, ein paar Tage nach dem Tod ihres Kindes, auch noch das antust!«

Bettina bleibt immer noch ruhig.

»Erstens tue ich niemandem etwas an«, sagt sie, »und zweitens möchte ich wissen, warum ausgerechnet du dich plötzlich zum Ritter dieser . . . Dame aufspielst!«

»Weil es nichts gibt, nichts, nichts, was man ihr vorwerfen kann!« schreit Albert.

»Wenn man von ihrem Vorleben absieht – gewiß«, sagt Bettina trocken. Und nach einer Pause: »Ich warne dich, Junge! Du weißt warum!«

Ein Anflug von Blässe läßt Alberts Gesicht viel strenger erscheinen als sonst und macht die Ähnlichkeit mit Brandt noch deutlicher. Der Blick, den er Bettina zuwirft, verrät den Aufruhr in seinem Innern. »Ich glaube, gerade du solltest mit einem Urteil über Gabriele vorsichtiger sein!« preßt er mühsam hervor. »Du brauchst doch nur an Dorle zu denken!«

Mit zwei Schritten ist er aus dem Zimmer gestürmt.

Bettina läßt achtlos die brennende Zigarette im Aschenbecher verqualmen. Sie hat die Ellenbogen auf den Tisch gestützt und das Gesicht halb in den Händen geborgen. Ohne daß sie es hindern kann, füllen sich ihre Augen mit Tränen.

So bleibt sie sitzen, bis Minna abräumen will. Die alte Frau erfaßt mit einem Blick die Situation. Alberts zurückgeschobener Stuhl, die zerknüllte Serviette, das so gut wie unberührte Essen –

Und Bettina?

Langsam tritt Minna näher. Die vielen Aufregungen der letzten Zeit bekommen ihr gar nicht. Das Herz klopft ihr im Halse. »Aber Betti?« sagt sie mit zitternden Lippen. Tiefes Mitgefühl steht in ihrem zerknitterten Gesicht. »Was ist denn nun wieder geschehen? Betti, so sprich doch! Warum weinst du denn?«

Minna legt behutsam den Arm um sie, als sei Bettina noch das junge Mädchen, das sie einst mit soviel Liebe betreut hat.

Bettina duldet die tröstende Hand. Wenigstens ein Mensch, auf den man sich verlassen kann.

Sie lehnt den Kopf gegen Minnas Schulter. Es dauert lange, bis sie wieder sprechen kann. »Ich habe verloren, Minna!« sagt sie mit erloschener Stimme. »Ich habe den Kampf um meine Kinder verloren. Das ist alles. Jetzt bleibt mir nichts mehr zu tun, als meine Zelte abzubrechen!«

38

An einem Nachmittag trifft Graf Hohenperch in seinem schweren Leihwagen nach der mißglückten Mission vor der Butzbachschen Villa ein. Er hat fast eine Woche für die Reise benötigt. Es wird gar nicht so einfach sein, der resoluten Frau Butzbach zu erklären, warum er gescheitert ist.

Dieser verdammte Windhund! Dieser mexikanische Abenteurer! Er hat ihn, den Grafen Hohenperch, doch tatsächlich hinters Licht geführt. Erst zur Souper-Zeit, einige Stunden nach der Unterredung, hat der Graf erfahren, daß das junge Paar mit unbekanntem Ziel abgereist sei.

Alle seine Nachfragen, beim Hotelportier, bei der Kurverwaltung, an Tankstellen, sind erfolglos geblieben. Niemand wußte etwas von den beiden. Es hat infolgedessen einer gehörigen Menge edelster Getränke bedurft, ihn im Laufe des Abends einigermaßen ins Gleichgewicht zu bringen.

Am nächsten Mittag hat er seiner Braut Cäcilie einen großen Strauß kostbarer Rosen geschickt. Dann hat er, um das Terrain zu sondieren, bei Frau Butzbach angerufen.

»Die erste Unterredung ist bereits erfolgt, aber die jungen Leute sind äußerst unzugänglich.«

Frau Butzbach hat wie berechnet reagiert: »Dann bleibet Sie nur ja noch da! Rom isch au net beim erschte Streich gebaut worde!«

Als der Graf am dritten Morgen von dem Verschwinden des Paares berichtet und die völlig verwirrte Mutter mit einem hastigen ›Aber ich bin ihnen auf der Spur‹ beruhigen will, hat sie ihn flehentlich gebeten, doch noch ein paar Tage für sie zu opfern.

Er hat es gern getan.

Wie schön sind die Nachmittagsstunden in den eleganten Cafés gewesen! Und wie köstlich die Abende bei einigen Flaschen Sekt mit schnell gefundenen Freunden, dankbaren Zuhörern seiner prikkelnden Geschichten!

Und das alles auf Spesen!

Doch jetzt muß er hinein in die Höhle des Löwen.

Er überdenkt noch einmal, was er vortragen wird: zermürbende Diskussionen mit Pedro und dann die langwierigen und leider ergebnislosen Nachforschungen in der Umgebung. Trotz einiger französischer Kognaks ist ihm beim Gedanken an die bevorstehende Szene nicht ganz wohl. Auch der hingebungsvolle Blick des jungen Hausmädchens tröstet ihn nicht. Er sieht sich vorsichtig um und tätschelt ihm zärtlich die Wange. Dann strafft er sich.

Aufrecht, das Gesicht in gräfliche Falten gelegt, betritt Hohenperch den Wintergarten. Eine steife Verbeugung. »Gnädigste . . .« Aber weiter kommt er nicht. Mit ausgebreiteten Armen, das dicke Gesicht strahlend vor Glück, so eilt Frau Butzbach auf ihn zu.

»Daß Sie des g'schafft habe, Herr Graf, die beide aufzutreibe! Noi, ich könnt Sie vor Freud schier verdrucke! Grad vor a Stund isch des Telegramm komme!«

Dem verblüfften Hohenperch gelingt es nur mit Mühe, das Monokel im Auge zu halten. Er nickt, als sei seine Erwartung voll bestätigt worden. »So, so! Das Telegramm!«

»Hano!« Frau Butzbach winkt mit dem Papier. »Da, hier steht's, sie kommet heut! Nur die Stund hat die Änne net angebe! Aber i han alles vorbereitet. Mir werdet also glei Verlobung feiere! Im engschte Kreis! Mei Willem weiß es au scho!«

Hohenperch vermag sich einer veränderten Lage blitzschnell anzupassen. »Darf ich?« fragt er oberflächlich und nimmt Frau Butzbach das Formular aus den brillantsprühenden Händen.

Aufgabeort Paris.

›Ankunft Donnerstag abend. Änne.‹

Er nickt befriedigt.

»Jaja, aus Paris! Ich kann Ihnen nur sagen, Gnädigste, das war ein schwieriges Unternehmen! Aber nachdem ich ihn bei der Kavaliersehre gepackt hatte . . .«

Der Graf hat sich tief aufatmend in dem modernen blaßblauen Wannensessel niedergelassen. Er beginnt sich wieder wohl zu fühlen.

»Es waren die diffizilsten Verhandlungen, die ich bisher in einer delikaten Angelegenheit geführt habe. Schließlich geht es ja auch um die Millionen, über die der junge Herr eines Tages verfügen wird. Anfangs hat er natürlich Einwände gemacht: seine Jugend, die fehlende Zustimmung seines Vaters. Na ja, wir haben Stunden miteinander gerungen. Bis ich ihn vor die Wahl gestellt hatte: Entweder – oder! Entweder Verlobung oder ein Duell mit schweren Säbeln.«

Frau Butzbach erschauert.

Graf Egon hält es indessen für angebracht, bevor sie auf Ännes und Pedros Flucht zu sprechen kommt, auf die mehr praktische Seite des Unternehmens umzuschalten.

Er räuspert sich. »Es war unbedingt notwendig, diesem Ranchbesitzer auf gleicher Ebene gegenüberzutreten. Ich habe den Auslagen-Etat infolgedessen überschreiten müssen!«

»Aber des isch doch ganz selbstverständlich«, wischt Frau Butzbach jede Befürchtung beiseite. Sie nimmt das dicke Paket Quittungen gleichgültig entgegen. Auch die Fleurop-Rechnung für Cäcilies Rosen steckt darin. »Des wird scho stimme. Wieviel krieget Sie im ganze?«

»Ich würde mich, weil Sie es sind, gnädige Frau, inklusive Verdienstausfall mit tausendfünfhundert Mark begnügen. Da ist kein Pfennig zuviel. Ich will ja an einem Freundschaftsdienst nicht profitieren!«

Frau Butzbach hält es für angebracht, keine Überraschung zu zeigen. Sie müßte nicht die Tochter ihres biederen Vaters sein, um nicht vor so schnell verausgabten anderthalbtausend Mark den gehörigen Respekt zu empfinden. Aber was bedeutet der Betrag im Vergleich zu dem Erfolg? Außerdem wird man ihn wohl – bei einigem Geschick – von der Steuer absetzen können. Als Dienstreise oder so.

Sie wuchtet sich aus ihrem Sessel hoch, geht in den Nebenraum und kommt mit dem ausgefüllten Scheckformular nebst Quittung zurück. »So! Noch tausend! Damit sind wir quitt.« Sie hält ihm die Hand hin. »Übrigens – mei Willem denkt, die Änne isch mit ihrer Freundin zum Skilaufe gefahre, und am beschte bleibet mir au dabei.«

Der Graf nimmt die Hand. »Mein Ehrenwort, Gnädigste! Die Sache ist vergessen.«

Dann steckt er den Scheck in die Rocktasche.

»Und wie haben Sie sich die Gestaltung der offiziellen Verlobung gedacht? Ich meine, man müßte wohl im Hinblick auf Ihre Position und auf die Ihres zukünftigen Herrn Schwiegersohnes einen entsprechend großen Rahmen wählen!«

Frau Butzbach nickt etwas unsicher. »Wenn ich dabei mit Ihrer werten Hilfe rechnen könnt ...«

Das ist das Stichwort für Hohenperch. Er sieht goldene Berge. »Aber selbstverständlich. Das schlägt ja in mein Fach. Wenn ich das als Auftrag nehmen darf? Wir mieten den Saal im ›Goldenen Widder‹. Ich werde mich schon in den nächsten Tagen bei Ihnen melden, um gemeinsam mit Ihnen die Liste der Gäste zusammenzustellen. Es muß ein Fest werden, von dem ganz Tübingen spricht!«

Frau Butzbach nickt hingerissen.

»Ich nehme an, ich werde auch die Anzeige und die Verlobungskarten entwerfen ...«

»Gewiß!« sagt Frau Butzbach zögernd. »Aber ich will da erscht mit der Änne schwätze!«

»Die Verlobung der Tochter ist in erster Linie Angelegenheit der Eltern. Das junge Mädchen hat höchstens ein Mitspracherecht! Jedenfalls ist das in gehobenen Kreisen so üblich«, führt Hohenperch dozierend aus. (Bei der Gelegenheit könnte er ja die eigenen Verlobungskarten auch auf Butzbachs Kosten mitdrucken lassen.)

Frau Butzbach hat seine letzten Worte nicht mehr gehört. Sie lauscht nach draußen. Ein Wagen ist in den Garagenhof gefahren.

»Des wird doch net scho ...« Sie springt auf und läuft mit erstaunlicher Schnelligkeit in die Halle hinaus.

Hohenperch kommt gerade noch zurecht, um die Wiedersehensszene mitzuerleben.

»Änne!« schreit Frau Butzbach ahnungsvoll auf. »Wo ist Pedro?«

Änne Butzbach ist leichenblaß. Sie schiebt die erhobenen Arme ihrer Mutter beiseite.

»Es ist aus! Er ist nach Mexiko zurückgeflogen!«

39

Nach Ännes wortkarger Rückkehr ins Elternhaus scheint der Winter sich noch einmal mit Nebel und Schneeregen austoben zu wollen. Doch zwei Tage später lacht die schönste Februarsonne über Tübingen. Plötzlich ist es frühlingshaft warm geworden. Minna hat alle Fenster in Bettinas Wohnzimmer weit geöffnet. Wenn das Wetter so bleibt, wird sie bald mit dem großen Frühjahrsputz beginnen können.

Als sie die Tür zu Bettinas Schlafzimmer öffnet, bleibt sie allerdings betroffen stehen. Sämtliche Schubladen sind weit herausgezogen, auf zwei Stühlen liegt der Luftkoffer, auf dem Bett sind Kleider und Wäsche ausgebreitet, auf dem Boden stehen ein paar Dutzend Schuhe. Bettina sitzt am Tisch und liest die Post.

»Ich reise heute mittag ab, Minchen«, sagt sie beiläufig und ohne aufzusehen.

»Wie bitte?« Minna tritt überrascht näher.

»Ich fliege nach Mexiko zurück«, sagt Bettina in einem Ton, als handele es sich um einen Ausflug nach Stuttgart.

Die alte Frau schlägt die Hände vor der Brust zusammen. »Betti! – Das ist doch nicht dein Ernst?«

Bettina nickt. »Doch. Meine Maschine startet am Spätnachmittag von Frankfurt. Ich habe den Flug gestern abend telefonisch gebucht.«

Minna läßt sich erschöpft mitten zwischen den Sachen auf dem Bett nieder. Die Aufregung schlägt ihr jetzt immer auf die Beine.

»Hast du dir das auch wirklich überlegt?« fragt sie bekümmert. »Vor einem halben Jahr bist du auf einmal wieder hier aufgetaucht, und jetzt willst du ebenso plötzlich verschwinden?«

Bettina antwortet nicht. Sie steht auf, tritt vor den Spiegel und beginnt ihr Make-up zu erneuern.

»Wie soll es hier denn weitergehen?« ruft Minna. »Und die Kinder – was werden sie dazu sagen?«

»Ich habe niemanden zu fragen!« antwortet Bettina kühl. »Die Kinder brauchen mich nicht. Das haben sie mir auf ihre Weise zu verstehn gegeben.«

»Aber das ist doch alles Unsinn!« ruft Minna. »Nur weil sie nicht so wollen, wie du dir das denkst! – Die Jungen –, gut, die werden es auch ohne dich schaffen. Aber Dorle? An Dorle denkst du wohl gar nicht? Du hast ihr doch versprochen, sie mit nach Mexiko zu nehmen?«

Bettinas Miene bleibt abweisend. »Das geht jetzt nicht. Sie muß nun sehen, wie sie mit ihrer ersten Enttäuschung fertig wird. Vielleicht kommt sie jetzt von selber dahinter, daß ich nur das Beste gewollt habe.«

Minna schüttelt stumm den Kopf und wischt sich verstohlen eine Träne aus den Augen.

Bettina scheint nur für ihr Spiegelbild Interesse zu haben. Sie hat die Augenbrauen geschickt nachgezogen und die blassen Wangen mit einem zarten Rosa überhaucht.

Minna faltet ergeben die Hände im Schoß. »Das wird wieder ein Gerede geben! Du kennst doch Tübingen. Ich darf gar nicht daran denken!«

Bettina muß bei all ihrer Nervosität unwillkürlich lächeln. »Liebes Minchen, wenn du wüßest, wie gleichgültig mir das ist! – Vielleicht passe ich auch wirklich nicht mehr hierher. In Mexiko habe ich mir meine Heimkehr ganz anders vorgestellt. Und bist nicht gerade du es gewesen, die mich damals mit aller Gewalt überreden wollte, wieder abzureisen?«

»Das hatte andere Gründe«, sagt Minna schnell. »Das weißt du genau.«

Bettina wendet sich zu ihr um. »Ja. – Also lassen wir das. Ich muß in anderthalb Stunden fahren; das steht unwiderruflich fest. Bitte, sei so lieb und hilf mir beim Packen!«

Die alte Frau wiegt nur stumm den Kopf. »Du bist schon einmal aus diesem Hause fortgelaufen!« sagt sie bitter. »Damals hab' ich es zur Not verstehen können. Heute kann ich's nicht.«

In diesem Augenblick ist es mit der ruhigen Überlegenheit vorbei, die Bettina zur Schau getragen hat. »So hör doch endlich auf!« fährt sie Minna an. »Ich kann das nicht mehr hören. Glaubst du denn im Ernst, mir fiele dieser Abschied von den Kindern leicht? Ich habe eine Nacht voller Sorgen und Tränen hinter mir; aber ich kann nicht anders. Sie lehnen mich doch ab. Was ich für sie tue, halten sie für falsch. Soll ich hinter ihnen herlaufen? – Nein!«

Sie holt Atem. Ihre Stimme wird leiser.

»Ich will ja nicht für immer weg, Minchen! Ich lass' doch alles hier. Das Zimmer soll bleiben, wie es ist. – Vielleicht sehen die Kinder manches anders, wenn ich einmal wiederkomme. Das ist meine einzige Hoffnung.«

Ihr Blick fällt auf einen Brief, der neben den Blumen liegt. »Außerdem habe ich drüben auch noch ein Kind zu versorgen!« sagt sie in verändertem Ton. »Meinen kleinen Ramón. Hier« – sie greift den Brief und zeigt ihn Minna. – »Wenn du nur sehen könntest, mit wieviel Zärtlichkeit er an mir hängt! Er hat mir gerade geschrieben, daß er schrecklich Sehnsucht nach mir hätte. – Minna, du weißt, daß es nicht mein Junge ist, aber ich bin überzeugt, daß ich von ihm nie solche Enttäuschungen erleben würde.«

Minna sitzt da, als hätte sie gar nicht zugehört. »Dann muß ich eben wieder allein für alle sorgen«, murmelt sie nach einer Weile vor sich hin. »Es fällt mir nicht mehr so leicht wie früher, Betti. Ich bin doch schon recht wackelig.«

Bettina blickt in das vertraute runzelige Gesicht und ist gerührt. Wieviel Liebe und Treue wird ihr hier entgegengebracht! Heute wie vor zwanzig und dreißig Jahren!

»Red doch nicht so!« sagt sie und umarmt die alte Frau. »Du hast doch gar keine Zeit, alt zu werden!«

Minna schiebt sie mit gespielter Rauheit zurück. »Ich denke, ich soll dir packen helfen?«

Nachdem alles fertig ist, setzt sich Bettina nochmals hin, um jedem ihrer Kinder einen kurzen Brief zu schreiben. Sie will sich und ihnen den Abschied ersparen. Schon eine Stunde später rollt das Taxi durch die menschenleere Bursagasse.

Bettina hat ihr Vaterhaus zum zweitenmal verlassen . . .

Wolf bemerkt beim Heimkommen gleich, daß etwas nicht stimmt. Zum erstenmal seit Monaten hat Minna den Abendbrottisch für alle in dem kleinen Speisezimmer gedeckt, das die Familie früher immer benutzte.

»Nanu, was ist denn los?« fragt er verblüfft. »Steigt vielleicht ein allgemeines Friedensfest?«

Sein Blick überfliegt prüfend den rechteckigen Eichentisch. »Nur sechs Gedecke? Was bedeutet das?«

Minna läßt sich im Ordnen der Bestecke nicht stören. »Glaubst du, ich klettere jetzt noch in den zweiten Stock 'rauf – nur für euch Kinder? Nein, nein, ihr kommt jetzt schön zum Essen herunter. Ich habe genug von der doppelten Arbeit.«

Wolf kräuselt die Stirn. Er wird ernst. »Was soll das heißen, Minna?«

Er merkt, wie erregt die alte Frau ist. Ihre Hände gleiten fahrig über die Tischdecke und glätten Falten, die gar nicht da sind.

»Eure Mutter ist fort!« sagt sie mürrisch. »Nach Mexiko!«

Das trifft Wolf nun doch wie ein Keulenschlag. Aber er will es nicht zeigen. Er pfeift durch die Zähne und dreht Minna zu sich herum. »Ach – und da soll ich wohl auch Tränen vergießen wie unser gutes Minchen? Was?«

»Das mußt du selber wissen!« sagt Minna. Sie ist nun böse. »Du und Dorle und Albert, ihr habt sie ja aus dem Hause getrieben! Dabei hat sie alles für euch getan. Sie hat Dorle mit nach Paris genommen! Sie wollte Albert mit nach Mexiko nehmen, und dir wollte sie ein Auto kaufen! Ihr aber schleicht euch zum Dank schon vor dem Frühstück aus dem Hause, um ihr ja nicht einen guten Morgen wünschen zu müssen. Statt Dank und Liebe habt ihr nichts als Hohn und Spott für sie gehabt.«

Sie schüttelt den Kopf und will den Raum verlassen. Doch Wolfgang vertritt ihr den Weg. Es fällt ihm nicht leicht, jetzt seinen schnodderigen Jungenton wiederzufinden. »Aber Minchen, schon wieder ein Ehekrach, bevor wir verheiratet sind?« Minna stößt seine Hände mit ungewohnter Heftigkeit zurück. Sie will den Ärger, der sich lange in ihr angestaut hat, einmal loswerden. »Du solltest dich schämen! Ihr alle solltet euch schämen, weil jeder von euch nur an sich denkt! An seine Vergnügungen. Und an seine Poussagen!«

»Erlaube mal!« wirft Wolf betroffen ein.

Doch Minna ist nicht aufzuhalten. »Gerade du! Bloß weil dir ein anderer die Änne weggeschnappt hat! Pah, die! Laß sie doch laufen! Wer in den Butzbachschen Schrotthaufen faßt, macht sich die Finger dreckig.«

Minna bricht plötzlich ab. Das hat sie nicht sagen wollen. Sie sieht, wie die Hände des Jungen heruntersinken, und schluckt ein paarmal. »Laß sie doch laufen, Wölfi!« wiederholt sie mit ganz veränderter Stimme. Am liebsten würde sie ihn jetzt an den Ohren pakken und tüchtig zurechtschütteln wie früher, wenn er etwas ausgefressen hatte.

»Ich glaube, ich höre schon den Herrn Apotheker«, brummelt sie und geht schnell hinaus.

Wolfgang starrt finster auf den gedeckten Tisch. Natürlich, auch das hat sie wieder spitzgekriegt! Etwas, das Minna entgeht, müßte wohl erst noch erfunden werden. Als ob er sich überhaupt noch was aus der Änne machte! Was wollen sie jetzt denn eigentlich alle von ihm?

Er schiebt die Hände in die Taschen. »Pfeif auf die Weiber!« sagt er laut, bevor er hinauf in sein Zimmer geht.

Kurz darauf kommen Dorle und Albert. Sie sind schon auf der Treppe zum zweiten Stock, als Minna hinter ihnen herruft: »Bitte, gleich herunterkommen! Jetzt wird wieder im kleinen Speisezimmer gegessen.« Und etwas leiser fügt sie hinzu: »Eure Mutter ist abgereist!«

Dorle tauscht einen erschreckten Blick mit Albert. Sie beißt sich auf die Lippen und verschwindet schnell hinter ihre Tür. Als sie kurz darauf bei Tisch erscheint, verraten ihre Augen, daß sie geweint hat. Sie begrüßt Gabriele und Albert mit einer gewissen Verlegenheit und beteiligt sich nur wenig an der Unterhaltung.

Der Apotheker äußert sich zu Bettinas überraschender Abreise am wenigsten. Die schweren Sorgen um seinen Stuttgarter Betrieb drücken ihn. »Sehr vernünftig, den doppelten Haushalt wieder zu vereinfachen, Minna!« sagt er. Das ist alles.

Gabriele sitzt zu seiner Rechten. Ihr Gesicht ist leicht gerötet. So hat sie sich damals das Zusammenleben in diesem Hause erträumt. Soll jetzt, nach soviel Unglück, endlich Frieden in die Familie einkehren?

Während sie Brandt die Platten reicht, fühlt sie plötzlich, daß sie beobachtet wird. Sie hebt den Blick –

Es ist Albert. Er sitzt ihr gegenüber und verfolgt jede ihrer Bewegungen. Als sie zu ihm hinübersieht, senkt er die Augen. Eine seltsame Unruhe geht von ihm aus.

Wolfgang begrüßt Gabriele und den Vater völlig unbefangen. Den Schmerz um Änne hat er gewaltsam eingekapselt; niemand soll ihm etwas anmerken. Im Gegenteil: Nach alter Gewohnheit trägt er wieder den größten Teil der Tischunterhaltung.

»Vielleicht interessiert es dich, Papa, daß bei uns im Seminar vor kurzem dein neues Mittel erwähnt worden ist. Muß ja 'ne tolle Sache sein! Rauschebold war ganz enthusiastisch. Wenn's nach dem ginge, kriegtest du noch den Nobelpreis!«

Brandt seufzt. »Das Geld könnte ich jetzt brauchen.«

Gabriele streichelt flüchtig über seine Hand. Dabei fühlt sie wieder Alberts Blicke und zieht die Hand unwillkürlich zurück.

Ein Schatten fliegt über ihre Stirn. Was Albert nur hat? Paßt es ihm immer noch nicht, mit ihr an einem Tisch zu sitzen? Seine Blicke machen sie langsam nervös.

»Kann man in der Archäologie eigentlich auch den Nobelpreis gewinnen, Albert?« fragt sie ihn mit dem Anflug eines Lächelns über den Tisch.

Albert schrickt zusammen. »Ich weiß nicht ... ich glaube nicht ...«, stottert er, »das heißt, unter bestimmten Voraussetzungen kann natürlich jeder Wissenschaftler ...«

Bevor er sich völlig verrannt hat, greift Wolf ein. »Albert spricht nicht gern über seine geheimen Ziele. Aber warum hockte er sonst wohl Tag und Nacht hinter seinem Schreibtisch? Bruderherz, ich glaube, seitdem du an deiner Doktorarbeit herumknobelst, bist du nicht mal im Kino gewesen. Ganz zu schweigen von anderen Vergnügungsstätten.«

»Natürlich nicht«, sagt Albert mit verlegenem Gesicht. »Was soll ich da?« Alle lachen.

Wolf wendet sich an Gabriele. »Da haben wir's! Lebende Zeitgenossen interessieren ihn nur im Hinblick auf ihren etwaigen zukünftigen Ausgrabungswert. Deshalb fixiert er dich auch schon die ganze Zeit so finster. Vielleicht rangierst du bei ihm gleich hinter Nofretete.«

Albert wird blaß. Diesmal kann er Wolfs ironischen Ton nicht vertragen.

Gabriele sieht, wie seine Hände die Serviette zu einem Knäuel zusammendrücken und seine Lippen sich hart aufeinanderpressen.

»Ich finde es großartig, wenn jemand so unbeirrbar auf sein Ziel lossteuert«, sagt sie ruhig.

»Der erste Orden!« ruft Wolf trocken.

Gabriele sieht einen Herzschlag lang in Alberts Augen. Als ihr Blick dann verwirrt weiterwandert, findet sie Minnas Blick scharf auf sich gerichtet. Mit einer kleinen Handbewegung läßt sie die Serviette auf den Boden fallen und beugt sich zur Seite. Aber Brandt kommt ihr ritterlich zuvor. Als er ihr das Tuch zurückreicht, drückt er ihr die Hand. Niemand bemerkt, daß Alberts Mienen sich beim Beobachten dieser Bewegung verdüstern.

»Du darfst das alles nicht ernst nehmen!« sagt Brandt. »Diesen Ton bevorzugen meine Söhne seit Jahr und Tag. Es ist eine besondere Art, Harmonie zu erzeugen. Und«, fügt er ehrlich hinzu, »ich gestehe, ich hab's lange vermißt.«

Danach wird es für kurze Zeit still. Alle denken an die Frau, ohne deren überstürzte Abreise sie vielleicht nie zusammengekommen wären.

»Weiß eigentlich jemand etwas Genaueres darüber, weshalb eure Mutter so plötzlich abgereist ist und wie lange sie fortbleibt?« fragt Brandt plötzlich.

Die Kinder tauschen einen Blick miteinander. »Sie liebt nun einmal die Überraschungen!« sagt Wolf mit einem Anflug von Bitterkeit. »Sowohl im Kommen wie im Gehen.«

»Die gnädige Frau hat dringende Geschäfte in Mexiko zu erledigen«, erklärt Minna mit einem gewissen Stolz vom Tischende her. »Wann sie zurückkommt, wußte sie noch nicht. Jedenfalls bleiben ihre Sachen unberührt; die Zimmer habe ich schon abgeschlossen.«

Das bringt sie so widerborstig vor, daß Brandt beinahe lachen muß. »Aber Minna, niemand denkt doch daran, in ihre Räume zu gehen!«

»Hoffentlich!« antwortet Minna spitz. »Damals ist die Küche ja auch plötzlich umgeräumt worden, ohne daß ich gefragt wurde.«

Endlich schaltet sich auch Dorle in das Gespräch ein. »Minchen, sei bloß friedlich!« meint sie. »Wir sind dir doch alle dankbar, daß du uns wieder zusammengebracht hast.«

»Ganz bestimmt!« bestätigt Brandt. »Und deshalb schlage ich vor, daß wir uns wie früher noch etwas nach drüben, in den Salon setzen. Ich werde einen guten Tropfen stiften . . .«

Bevor man aber soweit ist, klingelt die Hausglocke. Minna schlurft aus dem Zimmer.

Gleich darauf meldet sie: »Fräulein Eckert möchte Sie sprechen, Herr Apotheker. Sie allein! hat sie gesagt. Ich habe sie in den Salon geführt.«

»Die Zäzz? Mich allein?« sagt Brandt und steht auf. »Nanu, was ist denn da im Busch? Ich bitte um Entschuldigung!« Er geht hinüber.

Cäcilie ist ganz auf jugendlich zurechtgemacht. Sie hat den Persianer nicht abgelegt. Ein künstliches Veilchensträußchen ist kokett an den Aufschlag geheftet und strömt etwas zu starke Parfümwellen aus. Sie hat Brandt bei Jürgens Begräbnis zuletzt gesehen und legt eine gewisse Zurückhaltung in ihren Gruß.

»Hört uns hier auch niemand?« fragt sie halblaut.

»Aber ich bitte dich, Cäcilie«, sagt Brandt zwischen Belustigung und Befremden. Cäcilie Eckert setzt sich. Brandt läßt sich ihr gegenüber nieder.

»Ja, nun«, lächelt sie gezwungen, »in diesem Hause haben die Türen Ohren. Was ich dir mitzuteilen habe, hätte ich im Augenblick noch gern diskret behandelt!«

»Minna ist in der Küche!« sagt Brandt ruhig.

»Im Hinblick auf gewisse Geschehnisse der letzten Zeit fällt es mir nicht leicht, Justus, dich zu informieren«, beginnt Cäcilie umständlich und geziert. »Aber da du schon so lange zur Familie gehörst, halte ich es doch für nötig . . .«

Brandt hört mit steigender Verblüffung zu. »Du bist ja ganz aufgeregt!« sagt er . »Ich glaube, wir trinken erst mal einen Kognak!« Er kennt ihre kleine Schwäche.

Cäcilie nickt schweigend, während Brandt aufsteht, um Gläser und Flasche zu holen. Erst als sie einen Schluck genippt hat, spricht sie weiter. »Ich hörte, Bettina sei abgereist. Das dürfte die Generallösung für euch alle sein. Auch das ist ein Grund, daß ich zu dir komme . . .«

Brandt ist schon kribbelig. So ein Drumherumgerede kann er auf den Tod nicht ausstehen.

Endlich kommt Cäcilie zum Kern der Dinge. »Justus, ich – ich habe mich verlobt!« platzt sie heraus.

Brandt zieht seine Lesebrille aus der Brusttasche und setzt sie auf, um Cäcilies Gesicht besser beobachten zu können. Er lächelt freundlich und zugleich entlastet. Er hatte schon mit irgendeiner Hiobsbotschaft gerechnet.

»Herzlichen Glückwunsch, Cäcilie! Freut mich, daß du dich zu diesem Schritt entschlossen hast.« Er beugt sich vor. »Wer ist denn der Glückliche?«

Cäcilie richtet sich in ihrem Sessel auf. Sie trinkt den Rest des Kognaks aus, setzt das Glas hart auf den Tisch und sagt: »Ich habe mich mit Graf Egon von Hohenperch verlobt.«

Schweigen. Brandt ist zurückgefahren. Er kneift die Augen zusammen und reißt die Brille herunter. Doch bevor er etwas entgegnen kann, fährt Cäcilie schnell und beschwörend fort: »Ich weiß, Justus, daß es zwischen euch einige Zwistigkeiten gegeben hat. Und gerade deshalb bin ich hier. Ich möchte das aus der Welt schaffen, denn es wäre doch . . .«

Weiter kommt sie nicht.

Brandt springt auf, krebsrot im Gesicht. »Mit diesem Subjekt hast du dich verlobt? Dann bist du reif fürs Irrenhaus!«

»Justus!« schreit Cäcilie auf. »Überlege dir, was du sprichst!«

»Da gibt es nichts zu überlegen!« Brandt wird ruhiger, aber seine Stimme behält ihre ätzende Schärfe. »Dieser Talmigraf kommt mir nicht ins Haus! Und wenn du deine Absicht wirklich ausführen solltest, dann mußt auch du uns gegenüber die Konsequenzen ziehen . . . So leid es mir tut.«

Cäcilie rafft mit bebenden Händen ihren Pelz zusammen. Dann springt sie auf und rauscht zur Tür. Als sie den Griff in der Hand hat, wendet sie sich noch einmal um. »Du hast kein Recht zu solchen Beleidigungen. Du am wenigsten. Ich kann nur wiederholen, was Bettinas Mutter damals von dir sagte, als du Bettina zur Schloßmauer getrieben hattest: Ein Mann ohne Selbstdisziplin richtet eher eine ganze Familie zugrunde, als daß er zur Einsicht kommt.« Sie schöpft Atem. »Im übrigen hast du auch kein Recht zu Hausverboten. Meine Kusine Bettina hat meinen Verlobten schon vor Tagen hier in diesem ihrem Hause empfangen. Adieu!«

40

Am Vormittag nach der Heimkehr der verlorenen Tochter sitzt Frau Butzbach mit gefurchter Stirn vor ihrem Schreibtisch. Sie blättert das Bündel Quittungen durch, das Hohenperch ihr als Beleg für die Spesenabrechnung zugeschoben hat.

Finster addiert sie die Quittungsbeträge. »Hano«, murmelt sie erbost, »zwei Flaschen Sekt, sechs Cocktails, zwei Whisky in der Allabrama-Bar für eine einzige Person! Das nennt man Spese!«

Einhundertacht Mark fünfundsiebzig trägt sie auf dem Zettel ein.

Und erst die nächste Quittung! Dreißig Rosen zu je drei Mark, Vermittlungsgebühren neun Mark! Sie wendet das Blatt um und entziffert: ›Gesandt an Fräulein Cäcilie Eckert, Tübingen, Östergbergstraße.‹

Frau Butzbach schlägt mit der Hand auf die Teakholzplatte. »Noi! Also des isch z'viel! Des isch Lumperei!«

Sie wuchtet hoch und reißt die Tür zur Halle auf. »Änne!« schreit sie mit voller Stimmkraft. Und noch einmal: »Änne!!«

Gesunder Zorn hat endlich ihre Leidensbereitschaft überwunden.

Änne Butzbach kommt langsam aus dem Seitenflügel herbei. Ihr Gesicht ist blaß und verschlossen. Sie hat bisher kaum mit der Mutter gesprochen. Frau Butzbach erwartet sie am Schreibtisch.

»Sieh dir des an!« beginnt sie. »Anderthalbtausend Mark hat der saubere Graf Spese g'macht. Aufgerundet hat er au! Die Quittunge reichet grad bis elfhundertachtefufzig! Aber des hier, des« – sie fuchtelt ihrer Tochter mit der Blumen-Quittung vor der Nase herum – »des schlägt dem Faß de Bode aus!«

Änne wirft einen flüchtigen Blick auf die Quittung und läßt sie gleichmütig auf den Schreibtisch zurückflattern. »Du hättest eben diesen Menschen nicht hinter uns herschicken sollen!« sagt sie kühl.

Frau Butzbach faßt nach der Hand ihrer Tochter und zieht sie näher. »Hätt i net! Hätt i net! Kannscht dir gar net vorstelle, wie mir zumut gewese isch? Du fährscht weg un läscht nichts von dir höre! Und die Angst und die Sorg, die i gehabt hab? Bis heut hascht kei Sterbenswörtle verzählt, wie des alles zustand komme und ausgange isch. Dei Vater tät ganz anders mit dir schwätze, wenn er wüßt, was passiert isch!«

Sie streichelt fast scheu mit ihrer warmen, fleischigen Hand über Ännes Arm. »Hascht ihn denn so arg gern gehabt?« fragt sie mitfühlend.

Änne nickt. Sie ist gar nicht aus so hartem Holz geschnitzt, wie sie gern tut; sie kann nur nicht ertragen, bemitleidet zu werden.

»Natürlich, Mama!« sagt sie. »Sonst wäre das alles doch nicht passiert. Wir waren erst so glücklich. Aber dann in Paris ...«

Sie bricht ab, und Frau Butzbach läßt ihr in ganz ungewohnter Feinfühligkeit Zeit.

»In Paris«, fährt Änne fort, »lag zunächst ein Telegramm von seinem Vater. Er sollte sofort zurückkommen. Da gibt es irgendwelche Schwierigkeiten mit einem wichtigen Vertrag. Aber das war nicht alles. In seinem Zimmer stand mindestens ein Dutzend Mädchenbilder herum. Mit Widmungen, die an Deutlichkeit nichts zu wünschen übrigließen. Und dann diese dauernden Anrufe seiner Anbeterinnen ...«

»Ja, es war a schöner Bursch«, sagt Frau Butzbach verständnisvoll.

»Schließlich hab' ich ihn gestellt. Ich möchte wissen, woran ich wäre, hab' ich gesagt. Und ich hätte nicht den Ehrgeiz, in seiner Porträtsammlung das zweite Dutzend zu beginnen.«

Änne schweigt einen Augenblick und starrt auf ihre Fingernägel.

»Ja, und dann mußte er Farbe bekennen. Es wäre wie ein Rausch über ihn gekommen, sagte er. Er hätte mich furchtbar gern, aber ans Heiraten könnte er jetzt nicht denken. Es wäre wohl besser, wenn wir einander vergäßen. Da habe ich meinen Koffer gepackt und ...«

Frau Butzbach tätschelt Ännes Schulter. Ihr Herz zerschmilzt vor Mitgefühl. Sie hört es genau, wie ihre Tochter leidet. Und – du lieber Gott! – wer weiß, wie sie selber in ihrer Jugend gehandelt hätte, wenn ihr ein so gefährlich schöner Bursche über den Weg gelaufen wäre!

»Daß alles meine eigene Schuld ist, weiß ich«, fährt Änne trotzig fort. »Das brauchst du mir also nicht erst zu sagen. Aber bereuen tu' ich trotzdem nichts.«

Frau Butzbach tupft sich schnell ein Tränlein aus den Augen. Dabei fällt ihr Blick wieder auf die Quittungen. »Bloß wenn i jetzt an den Kerle denk, könnt i schier vor Zorn platze!«

Änne zuckt die Achseln. »Dem würde ich das Geld abnehmen, Mama. Er hat ein einziges Mal mit Pedro gesprochen. Gleich am Nachmittag seiner Ankunft. Anschließend sind wir sofort nach Paris gefahren!«

»Jetzetle! Recht hascht!« ruft Frau Butzbach erlöst. »Den kauf i mir. Und zwar sofort!«

Rasch entschlossen greift sie zum Telefon. Ihre Ausführungen genügen, um den edlen Grafen Hohenperch aus seiner Höhle zu locken.

Eine Stunde später steht er auf der Schwelle des Butzbachschen Salons und verbeugt sich. Seine Miene ist überlegen und verbindlich wie immer, als ahne er nichts von dem drohenden Sturm. Bei Ännes Rückkehr hat er sich damals gut verdrücken können. Jetzt aber . . .

Frau Butzbach läßt jede Rücksicht auf den Adel ihres Besuchers fallen.

»Daß Sie des noch wage und trete mir unter die Auge!« blitzt sie ihn an. »Ihne hab i vertraut. Die Ohre hent Sie mir vollg'schwätzt, das Sie des Malör in Ordnung bringet. Angerufe habet Sie mich e dutzendmal, Sie müsset rescherschiere! I möcht bloß wisse, wo Sie des gmacht haben, nachdem nix mehr zu rescherschiere war!«

Das rieselt an Graf Egon herunter wie ein Regenschauer an einer Ölhaut. Er strafft sich nur ganz leicht, hebt aggressiv die Hakennase und mustert Frau Butzbach.

»Darf ich Sie vielleicht bitten, Ihre beleidigenden Anwürfe zu präzisieren?« fragt er scharf.

Frau Butzbach schnappt nach Luft. »Anwürfe? – Beweise han i! Schwarz auf weiß!«

Mit einer Vehemenz, die man ihr gar nicht zugetraut hätte, jagt die dicke Frau zum Schreibtisch. »Werdet Sie net schamviolett, wenn Sie des hier sehet? Verschludert habet Sie mei Geld! Es sind überhaupt nur für elfhundert Mark Quittunge da! Und anderthalbtausend han i Ihne gebe! Aber das Geld, wo fehlt, krieg i retour! Daß Sie's wisset!«

In ihrer Rage sieht Frau Butzbach gefährlich aus. Ihr Wilhelm weiß das genauso gut wie Änne und Franz und wie das Personal. Nie wagt jemand, ihr in solchen Augenblicken zu widersprechen.

Doch Graf Hohenperch ist nicht so leicht zu erschüttern. Er tritt einen halben Schritt zurück und streift mit drei gespreizten Fingern nachlässig an dem Revers seines dunkelgrünen Jagdsakkos herunter, als wollte er ein Stäubchen wegfegen.

»Pardon, Gnädigste«, sagt er eisig. »Ich bin nicht gewillt, auf der Basis von Insultationen mit Ihnen zu konferieren.«

Frau Butzbach beginnt vor Ärger und Ratlosigkeit zu zittern. Sie zerrt die Blumenquittung aus dem Bündel und hält sie dem Grafen dicht vor die Nase.

»Sie mit Ihre Insuptatione! Jetzt redet mir deutsch! Was isch des hier? Dreißig Rose fürs Fräulein Eckert! Und die waget Sie mir aufzukreide?«

Der Graf hält die Quittung wie ein Weitsichtiger um Armeslänge von den Augen weg, schon um zwischen sich und Frau Butzbach einige Distanz zu legen. Daß diese blöde Verkäuferin Cäcilies Adresse auf die Rückseite der Quittung kritzeln mußte! Das hat er übersehen. Aber ein solches Mißgeschick wirft ihn nicht um.

»Gewiß«, näselt er. »Rosen für Fräulein Eckert.« Er wiederholt mit erhobener Stimme: »Fräulein Eckert – meine Braut! Das ist wohl das mindeste, was ich in Rechnung stellen muß. Sie werden bei Ihrem armseligen Nachkontrollieren auch noch ein Dutzend Ferngespräche mit dieser Dame entdecken! Haben Sie denn erwartet, ich ließe meine Braut in qualvoller Ungewißheit sitzen, nur weil ich mich herabgelassen habe, mich mit der schmutzigen Wäsche der Familie Butzbach zu befassen?«

Frau Butzbach ist so verblüfft, daß ihr Mund offenbleibt.

Graf Hohenperch schnaubt empört durch die Nase. »Aus reiner Hilfsbereitschaft lasse ich mich von Ihnen mit Bitten und Beschwörungen breitschlagen, diese Stadt am Tage meiner Verlobung zu verlassen. Und Sie erlauben sich noch, mir derartige Vorwürfe zu machen?«

Sein Ausdruck verrät tief gekränkte Unschuld. Seine Stimme wird schneidend.

»Sie erniedrigen sich, mir wegen anderthalb Mille eine solche Szene zu machen? Einen Betrag, der knapp den Lebensunterhalt dieser Tage deckt und in keinem Verhältnis zu meinen veritablen Aufwendungen steht!«

Er tritt näher an die sprachlose Frau heran. »Meinen Verdienstausfall habe ich überhaupt kaum berechnet! Fast sieben Tage lang mußte ich mein Institut im Stich lassen. Ich habe wichtige Vereinbarungen nicht einhalten können. Ein Geschäft, das mir zweitausend Mark Provision eingebracht hätte, zerschlug sich.« Er hebt die Hand: »Nachweisbar, verehrte Frau Butzbach! – Tag und Nacht bin ich unterwegs gewesen, bei Wind und Wetter! Soll ich Ihnen die Tankstellen namhaft machen, die Bahnhofshallen, die Nachtlokale, die ich aufsuchte, weil man das flüchtige Liebespaar dort gesehen haben wollte? Wo ich mit Trinkgeldern nur so um mich schmeißen mußte, um die Diskretion der Menge zu erkaufen?«

Graf Egon berauscht sich mehr und mehr an seinen eigenen Worten. Es fällt ihm direkt schwer, den wirkungsvollen Auftritt abzubrechen. Aber er weiß, der Scheitelpunkt ist erreicht. Noch ist Frau Butzbach mundtot; doch es ist riskant, abzuwarten, bis sie aus ihrer Lähmung erwacht.

»Ich würde Ihnen das lächerliche Geld vor die Füße werfen, wenn ich es bei mir hätte!« ruft er verächtlich. »Sie haben mit diesem würdelosen Auftritt einen Edelmann beleidigt und einen Freund verloren! Ob ich diese Stunde je vergessen kann, das weiß ich nicht!«

Eine kühle Verneigung – und er geht aus dem Zimmer, wobei er beinahe das am Schlüsselloch lauschende Mädchen umstößt.

»Meine Garderobe! Aber etwas plötzlich bitte!« schnauzt er sie an.

Gewichtigen Schrittes folgt er dem Mädchen in die marmorgetäfelte Garderobennische. Beide bemerken nicht, daß die Wintergartentür vorsichtig geöffnet wird. Franz Butzbach steht auf der Schwelle, um zu sehen, wer sich diesen Stimmenaufwand erlaubt.

Beim Anblick Hohenperchs verzieht er mißmutig das Gesicht. Er kann diesen Grafen nicht riechen.

Hohenperch schlüpft in den bereitgehaltenen Mantel. »Nächsten Mittwoch erst um neun, Roselein«, flüstert er. »Und bitte wieder dreimal klopfen.«

Das Mädchen nickt errötend und öffnet die Haustür.

Franz zieht sich unbemerkt zurück.

Mittwoch um neun und dreimal klopfen? Ein böses Lächeln huscht über sein Gesicht.

41

Der Erfolg bei Frau Butzbach hat Hohenperchs Selbstzufriedenheit bedeutend gesteigert. In seiner Brieftasche knistern die Hundertmarkscheine, die von der großen Spesenrechnung übriggeblieben sind. Sie werden dringend benötigt.

Nicht nur die Blumen und die Konfektpackungen, mit denen er seiner Braut Cäcilie täglich seine ›unwandelbare Zuneigung und Treue‹ versichert, kosten Geld. Noch viel mehr wird seine standesgemäße Equipierung verschlingen: Er braucht dringend einen neuen Frack und mindestens drei moderne Anzüge; er braucht Hemden, Schuhe – kurz und gut, ein paar blanke Tausender. Von dem standesgemäßen Hochzeitsgeschenk ganz zu schweigen.

Der Graf hat zwar noch eine Weile überlegt, ob das, was ihn zu Cäcilie hinzieht, auch wohl stark genug sei, ihn ›bürgerlich‹ werden zu lassen. Aber nachdem die Auskünfte, die er über Cäcilies wirtschaftliche Lage eingezogen hat, so glänzend ausgefallen sind, ist Egon von der Unwandelbarkeit seiner Zuneigung überzeugt. Hier kann, hier muß er etwas investieren. Doch . . . woher nehmen?

Immer wieder und immer stärker drängt sich ihm bei diesen Überlegungen der Gedanke an die Provision auf, die ihm Willi Pohl versprochen und nicht gezahlt hat.

Kurz entschlossen fährt er eines Tages nach Stuttgart. Pohl wohnt in einem Appartementhaus im besten Wohnviertel der Stadt.

Pohl öffnet selber. Er ist in Hemdsärmeln. Wenn er von diesem Besuch überrascht ist, so zeigt er es jedenfalls nicht. Er schlägt Hohenperch jovial wie immer auf die Schulter und führt ihn in sein modernistisch eingerichtetes Wohnzimmer. »Entschuldige – ich ziehe mich gerade um.«

Hohenperch bleibt bewundernd vor einem riesigen Blumenfenster stehen und blickt lange schweigend auf das tief unter ihm liegende Panorama der Stadt. Dann klemmt er das Monokel ins Auge und sieht sich um. Moderne Möbel. In Flächen aufgeteilte Wände. Leuchtende Farben.

»Toll!« ruft er bewundernd. »Das muß eine schöne Stange Geld gekostet haben!«

Willi Pohl läßt sich beim Anziehen nicht stören. Er bindet sorgfältig seine Krawatte und zieht eine zartfarbene Weste über sein blütenweißes Hemd. Dann schiebt er die Hausbar in Hohenperchs Nähe. »Bediene dich! Whisky, Gin, alles da. – Schade, daß du dich nicht angemeldet hast. Ich muß leider in zehn Minuten zu einer Konferenz!«

Hohenperch mischt sich einen Gin mit Zitrone und Soda und blickt dann vielsagend auf Pohls modisch gemusterte Krawatte. »Konferenz ist gut; früher nannten wir das anders!«

Pohl zieht mit dem Fuß einen Sessel heran und läßt sich aufatmend hineinfallen. »Leider ein Irrtum.« Er sieht ostentativ auf seine Armbanduhr. »Also was führt dich her?«

Hohenperch rückt an seinem Glas. »Das ist mit wenigen Worten gesagt, mein Lieber!« beginnt er und zieht die Silben in die Länge. »Die versprochene Provision führt mich her!« Als Pohl auffahren will, hebt er energisch die Hand: »Nein – bitte, höre mich erst an! Du hast mich seinerzeit mit der Ausrede abgewimmelt, du hättest das Cardodyn nicht an deinen Vetter verkauft, sondern wärst selber in die Sache eingestiegen. Immerhin habe ich in deinem Auftrag mehrere Verbindungen geschaffen, und so stehen mir ohne jeden Zweifel die Erstattung meiner Auslagen und die Vermittlungsgebühr zu; gleichgültig, ob die Sache später geklappt hat oder nicht.«

Pohl wendet sein Gesicht ab und wühlt nervös in einer Zigarrenkiste. Er braucht lange, bis er seine Wahl getroffen hat.

»Wenn ich mich hier so umsehe«, fährt Hohenperch gemütlich fort, »so scheint es dir mit Brandts Wundermittel ja auch nicht gerade schlecht zu gehen.«

Pohls Zigarre brennt nun. Er pafft zwei, drei dicke Rauchwolken in die Luft, schweigt eine Weile und sagt dann mit einem tiefen Seufzer: »Der Schein trügt leider. Ich stehe mal wieder kurz vor der Pleite!«

Hohenperch nimmt einen kräftigen Schluck aus seinem Glas und schnalzt anerkennend mit der Zunge. »Hm! Klasse! Ziemlich teuer, diese Importware. – Ja, was ich sagen wollte, Verehrter, da hilft nun nichts: ich brauche das Geld. Ich habe mich mit einer Dame aus den ersten Patrizierfamilien Tübingens verlobt.«

»Ach!«

»Sie ist nicht mehr ganz jung, dafür aber um so wohlhabender: Villa, Mietshäuser, Landbesitz, Bankkonto. Du wirst verstehen, daß ich da entsprechend auftreten muß. Schließlich kann ich mir von meiner Braut ja nicht gut das Geld für den Hochzeitsfrack pumpen.«

Pohl legt sich mit gekreuzten Armen zurück und betrachtet den Freund aus großen Augen. »Egon, Egon«, sagt er kopfschüttelnd, »das würd' ich mir an deiner Stelle noch reiflich überlegen. Eine Hochzeit dauert einen Tag, eine Ehe gewöhnlich etwas länger. Aber mit dem Geld . . .« Er zieht die Taschen seiner offenbar nagelneuen Hose nach außen und sagt treuherzig: »Mich kannst du auf den Kopf stellen!«

Hohenperch füllt abermals sein Glas. Er kocht bereits vor Wut, doch er zeigt nur ein leichtes Lächeln. »Schade«, murmelt er, als sinniere er vor sich hin. »Sehr schade! Dann muß ich eben eine Haustür weitergehen.«

»Ja – es tut mir leid«, sagt Pohl und atmet schon erleichtert auf. »Ich wünsche dir jedenfalls viel Glück.«

Um Hohenperchs Lippen zuckt jetzt ein ironisches Lächeln. »Als du mich seinerzeit um die Vermittlung bei Brandt batest, kamst du als Vertreter der Zynthiawerke zu mir. Dann müßten die doch zahlen. Soviel verstehe ich immerhin von der Rechtslage. Ganz wirkungslos sind die fünfzehn Semester Jura selbst bei mir nicht geblieben. Dein Vetter wird das schon in Ordnung bringen!«

Pohl kneift die Augen zusammen. Sein Biedermannsgesicht wird plötzlich hart. Er steht auf und geht im Zimmer auf und ab. Hohenperch betrachtet ihn lauernd.

Schließlich bleibt Pohl stehen. »Du magst es glauben oder nicht, Egon, die Sache mit dem Cardodyn ist schiefgelaufen! Das Zeug taugt nichts. Die Grossisten beißen nicht an. Ich hab' selber zig Tausende 'reingebuttert. Völlig umsonst. Der Ofen ist aus!«

Er tritt näher und legt Hohenperch die Hand auf die Schulter. »Trotzdem! Deine Sorgen gehen mir zu Herzen!« sagt er im Ton ehrlichen Mitgefühls. »Du bist mein Freund, und es geht um deine Zukunft. Also gut! Und wenn ich meine letzte Reserve anreißen muß – ich werde dir helfen!«

Er verschwindet im Nebenraum. Man hört Schlüssel klappern, eine Kassette wird aufgeschlossen und schnappt blechern wieder zu. Der Graf spitzt die Ohren.

Als Pohl wieder eintritt, strahlt sein Gesicht vor biedermännischem Wohlwollen. Er legt einen Haufen Geldscheine neben Hohenperchs Whiskyglas. »Da! Tausend Piepen! Nimm es als Provision oder als Freundschaftsbeweis, ganz wie du willst! Wir wollen nicht mehr darüber sprechen.

Graf Egon zählt die Scheine sorgfältig nach, schiebt sie bedächtig in das innere Fach seiner Brieftasche, sieht dann zu Pohl auf und sagt überraschend trocken: »Danke.«

Pohl blickt ungeduldig auf seine Armbanduhr. Hohenperch versteht. »Na, dann will ich dich nicht länger aufhalten!« Er leert sein Glas in einem Zuge und erhebt sich.

Im Flur, den Türgriff schon in der Hand, dreht er sich noch einmal um. Ein treuherziges Lächeln liegt um seinen Mund. »Übrigens: zu deinem Vetter wäre ich nicht gegangen! Das hätte ich dir nun doch nicht angetan!«

Damit ist er hinaus.

Der Weg zum Bahnhof ist weit. Und doch geht Hohenperch zu Fuß. Seltsam: er hat jetzt tausend Mark in der Tasche; das ist eine Menge Geld. Aber trotzdem wird er das Gefühl nicht los, schon wieder übers Ohr gehauen worden zu sein. Die tausend Mark sind plötzlich überraschend schnell locker gewesen. An Pohls Großzügigkeit oder Hilfsbereitschaft glaubt Hohenperch nicht einen Augenblick. Dazu kennt er ihn zu gut. Nein, erst als er die Zynthiawerke und seinen Vetter erwähnt hatte, war Pohl weich geworden.

In Hohenperchs Erinnerung taucht jäh ein anderes Gespräch auf. Wie war das noch, damals, im ›Goldenen Widder‹?

›Wer spricht denn davon, daß Brandt sein Glück machen soll?‹ hatte Pohl gesagt. ›Erst kommen wir natürlich!‹

Der Graf bleibt stehen und greift sich an die Stirn. Pohls Plan liegt klar vor seinen Augen. Er hat die Firma mit Brandt nur aufgezogen, um seinem Teilhaber bei dem Konkurs die Rechte an dem Herzmittel abzujagen. Ein Mittel, an dem eine Firma zusammengebrochen ist, kann man dann durch einen Strohmann für ein Butterbrot kaufen lassen.

Hohenperch zweifelt keinen Augenblick daran, daß Brandt die Rechte an seinem Cardodyn vertragsgemäß als Einlage mit in die Firma gebracht hat. »Das sähe dem Trottel ähnlich!« murmelt er kopfschüttelnd vor sich hin.

Hohenperch ist ein Mann der schnellen Entschlüsse. Vom Bahnhof in Tübingen, wo er kurz nach acht eintrifft, schlägt er sofort den Weg zur Bursagasse ein.

Minna staunt nicht schlecht, als sie ihm nach wenigen Tagen zum zweitenmal die Tür öffnen muß. Diesmal verlangt er, Doktor Brandt zu sprechen.

Der Apotheker sitzt noch mit Gabriele und den Kindern im kleinen Salon, als Minna den Besucher meldet.

»Der Kerl ist wohl nicht bei Trost!« fährt Brandt auf. »Ich denke nicht daran, ihn zu empfangen.«

Minna legt den Zeigefinger an die Lippen und deutet mit einem Kopfnicken zur Flurtür. »Er ist schon auf dem Flur«, wispert sie. »Der Graf sagt, es wäre eine« – sie überlegt – »eine lebenswichtige Angelegenheit für Sie! Er müßte Sie unbedingt unter vier Augen sprechen!«

Brandt trifft Gabrieles fragenden Blick. Er nickt ihr beruhigend zu. »Die Sache ist in einer Minute erledigt«, sagt er. »Einen Augenblick bitte!«

In der Diele erwidert er Hohenperchs Gruß mit einer knapp angedeuteten Verneigung, ohne die ausgestreckte Hand des anderen auch nur zu sehen.

»Sie wünschen?« fragt er kalt.

Hohenperch empfindet wohl die Kränkung, die in diesem Empfang auf der Diele liegt. Doch er will nun einmal in diese Familie einheiraten ...

»Herr Doktor Brandt«, sagt er ebenso steif. »Ich sehe mich gezwungen, Ihnen schwerwiegende Informationen über Ihren Geschäftspartner Willi Pohl zu geben. In diesem Durchgang mit seinen vielen Türen wäre ich dazu allerdings nicht in der Lage.«

Bei dem Wort ›Pohl‹ horcht Brandt auf. Er hat seinen Partner schon wieder eine Woche lang nicht gesehen. Die Angst um die Zukunft der Firma läßt ihm Tag und Nacht keine Ruhe mehr.

Er blickt mit gerunzelter Stirn vor sich hin, dann stößt er entschlossen die Tür zum großen Eßsaal auf. »Bitte! Hier sind wir allein!«

Hohenperch hat flüchtig die Vision von bequemen Sesseln und einem Männergespräch bei einer guten Flasche. Statt dessen starren ihn hochlehnige, steife Speisezimmerstühle vor der langgezogenen Tafel an. Das Licht im Kristall-Lüster brennt unangenehm hell, und die Gesichter auf den alten Ölgemälden an den Wänden scheinen den neuen Besucher mißtrauisch und abweisend zu betrachten. Dennoch empfindet der Graf die Würde des Raumes. Er strafft den Rücken und sieht Brandt fest in die Augen.

»Herr Brandt, es gibt schwere, vielleicht nicht zu beseitigende Differenzen zwischen uns. Ich weiß, daß ich in Ihrer Schuld stehe, und möchte deshalb versuchen, wenigstens etwas gutzumachen.«

Wenn er bisher mit gedämpfter Eindringlichkeit gesprochen hat, so steigert er jetzt Kraft und Ausdruck seiner Stimme. »Ich bin durch einen Zufall darüber unterrichtet, daß Ihr Partner Willi Pohl vom ersten Tage an darauf ausgegangen ist, Ihnen Ihre Erfindung abzujagen!«

Brandt ist blaß geworden.

Hohenperch registriert zufrieden die Wirkung seiner Worte und holt zum entscheidenden Schlag aus: »Ihre Firma steht kurz vor dem Bankrott.«

Brandt starrt seinen Besucher an wie einen Geist. Was er seit langem ahnt und fürchtet, aber in der nüchternen Konsequenz nie hat zu Ende denken wollen, steht nun hart und unerbittlich vor ihm.

»Ich nehme an, Sie haben Ihre Erfindung als Einlage mit in die Firma gebracht«, fährt Hohenperch sachlich fort. »Heute nachmittag habe ich erfahren, daß dies der Punkt ist, an dem Pohl ansetzen will, um Sie geschäftlich zu ruinieren! Als er nun aber merkte, daß ich ihm auf die Schliche kam, suchte er mich zu bestechen!« Graf Egons Stimme bebt vor künstlicher Entrüstung. »Er hat versucht, mein Schweigen zu erkaufen!«

Brandt sucht immer noch in Hohenperchs Gesicht. Soll er diesem Kerl trauen, der ihn schon einmal in der fürchterlichsten Weise betrogen hat?

Hohenperch spielt die große Szene mit allem Raffinement weiter. »Natürlich habe ich ihm das Geld vor die Füße geschmissen. Ich weiß, was jetzt meine Pflicht ist, deshalb stehe ich hier, Herr Doktor Brandt. Als Mensch, der etwas gutzumachen hat und« – er räuspert sich – »als zukünftiges Mitglied der Familie!«

Brandt rührt sich nicht. Er sagt auch nichts. Sein Gesicht sieht verfallen aus, seine Hände fingern verloren an einer Stuhllehne herum. Seine Blicke gleiten vom Gesicht des Besuchers zur Seite. Aber sie verraten nicht, was er von ihm denkt.

»Wenn Sie etwas unternehmen wollen, es ist eine Minute vor zwölf!« sagt Hohenperch, indem er sich erhebt. »Ich empfehle mich.«

Er geht zur Tür.

Brandt murmelt etwas Unverständliches, aber er beantwortet Hohenperchs Gruß diesmal mit einer richtigen Verbeugung.

Als er nach einer Weile ergebnislosen Grübelns in den Salon zurückgehen will, kommen ihm die Kinder schon entgegen. Beim Anblick ihres Vaters schweigen sie betreten. Selbst Wolf verschluckt die Frage, die sich ihm auf die Lippen drängte. »Gute Nacht, Papa!« ruft er beklommen und ist mit zwei Sätzen die Treppe hinauf.

Auch die andern wollen mit einem Gruß vorbei, doch Brandt streckt die Hand aus und hält Albert zurück. »Augenblick, Junge!«

Er zieht seinen Ältesten in die Nische, in der die alte Truhe steht. Seine Hand liegt schwer auf Alberts Arm, fast als müsse er sich stützen.

»Ich muß dich um einen Gefallen bitten!« sagt Brandt leise. Er sucht mühsam nach Worten. »In meinem Betrieb sind gewisse Schwierigkeiten aufgetreten. Ich muß diese Dinge sofort bereinigen und zu diesem Zweck vielleicht ein paar Tage in Stuttgart bleiben. Ich weiß nämlich nicht, ob es abends immer noch mit dem letzten Zug klappt.«

Albert nickt abwartend.

Brandt holt tief Luft. »Ich wäre dir deshalb dankbar, wenn du dich dann ein wenig um Gabriele kümmern wolltest. Es tut mir sehr leid, daß ich sie gerade jetzt nach dem Tod ihres Jungen soviel allein lassen muß. Und wenn du sie ein wenig unterhältst . . . Ich glaube, sie schätzt dich von euch allen am meisten. Sie hat vor kurzem so etwas gesagt.«

Alberts angespanntes Gesicht leuchtet flüchtig auf. »Ja, Papa, gern«, sagt er. »Natürlich werde ich helfen, wo ich kann. Ich sitze zwar dick in meiner Arbeit, aber abends . . .« Er überlegt kurz. »Bleibst du übermorgen schon in Stuttgart?«

Brandt nickt. »Höchstwahrscheinlich.«

»Da ist nämlich ein Tschaikowsky-Konzert«, sagt Albert eifrig. »Ich habe zwar schon eine Karte, könnte aber wohl noch eine zweite dazu besorgen. Das wäre vielleicht das Richtige für sie.«

Brandt nickt. »Das glaube ich auch«, sagt er zerstreut. Offenbar ist er mit den Gedanken schon wieder woanders. »Ich verlasse mich da ganz auf dich, Junge.«

Gabriele hat anfangs abgelehnt, ein Konzert zu besuchen und unter fremde Menschen zu gehen. Erst als Albert ihr das Programm vorlegte, hat sie zugesagt.

Es ist ein milder Märzabend. Die Luft ist feucht und von einer seltsamen prickelnden Süße.

Gabriele trägt einen dunklen Mantel. Über ihr Haar hat sie einen Schal gelegt.

Albert fühlt bei ihrem Anblick, wie sein Herz schneller schlägt. Er ist noch stiller als sonst. Die Sätze erstarren ihm förmlich auf den Lippen. Das Bewußtsein, wieder unbeholfen und linkisch zu wirken, macht ihn erst recht verlegen.

Gabriele hat mehrmals vergeblich versucht, eine Unterhaltung in Gang zu bringen. Dann hat sie es aufgegeben. Schweigend erreichen sie den Konzertsaal.

Während Albert ihr vor der Garderobe aus dem Mantel hilft, berührt er flüchtig ihre Schultern. Gabriele merkt es kaum, aber sie sieht im Wandspiegel, daß ein flammendes Rot seine Wangen überzieht.

Endlich sitzen sie nebeneinander im Saal. Hier, im Museumsgebäude, treffen sich die Kunstverständigen der Stadt. Gabriele sieht vor sich hin, still und in sich gekehrt, als bedaure sie, mitgegangen zu sein. Erst als das Stimmen der Instrumente jene eigenartige erwartungsvolle Atmosphäre schafft, die zu jedem Konzert gehört, löst Gabriele sich langsam aus ihrer Erstarrung. Sie blickt scheu hinauf zum Orchester, blickt sich dann auch im Saal um und erwidert dankbar Frau Merklins herzlichen Gruß.

Gleich darauf beginnt zart und dunkel das Adagio zu Tschaikowskys Pathétique.

Gabriele sitzt ganz still.

Der Saal und die Menschen versinken für sie. Sie schließt die Augen und lehnt sich tief in den Sessel zurück.

Schwermütig setzt das Fagott als einzige Stimme des Orchesters ein. Ihr ist, als ob es ihre eigene Stimme sei. Und dann die anderen Instrumente, die wie die vielen Stimmen in ihrem Leben jetzt im Allegro bald jauchzend, bald drohend und verzagt aufklingen. Ein Echo ihrer eigenen schmerzlichen Gegenwart. – Diese Musik reißt die Vergangenheit in ihr auf, überschüttet sie mit Bildern. Mit ihr kommt die weiche Stimme der Mutter zu ihr, dann der harte Befehlston des Vaters, dann das zärtliche Schmeicheln jener Stimme – und all das Leid, das die Folge war.

Gabriele verkrampft die Hände im Schoß. Sie sucht sich mit aller Kraft gegen den Ansturm dieser Musik zu wehren.

Vergebens.

Was ist nur mit ihr los? – Dieser Rausch von Tönen! Er fegt wie ein Sturmwind durch die kleine Welt, in die sie sich geflüchtet hat.

Sie merkt nicht, daß Albert sie ein paarmal verstohlen von der Seite betrachtet hat. Er sitzt da, ein wenig nach vorn gebeugt, steif und mit einem harten Zug um den Mund. Zu Hause hat er mit der für ihn charakteristischen Gründlichkeit alles, was er über Tschaikowskys letztes Werk auftreiben konnte, nachgelesen und ein wenig über das erschütternde Schicksal dieses Menschen.

Ist es nicht, als bestätige diese Musik, was wie ein dunkles Gerücht immer wieder um die letzten Stunden dieses großen Meisters kreist: daß er absichtlich choleraverseuchtes Wasser aus der Newa getrunken habe? Newa-Wasser, das auch schon seiner Mutter den schwarzen Tod gebracht . . .

Im Saal erstirbt jetzt auch das leiseste Hüsteln. Wie Todesahnung klingt es durch den Raum. Albert sieht, daß Gabriele ihr Taschentuch gegen die Augen preßt. Er spürt, daß sie weint.

Auch in ihm ist alles Aufruhr. Er möchte seine Hand tröstend auf ihre schmalen Finger legen, aber er wagt es nicht. Er denkt nur: Wie schön sie ist! Und erschrickt dabei über sich selber . . .

Während des leichten, bewegten Satzes fängt sich Gabriele wieder. Sie tupft heimlich die Tränen ab und sieht Albert prüfend von der Seite an. Ob er gemerkt hat, was in ihr vorgegangen ist? Sein herbes Profil erscheint ihr jetzt ungewohnt weich. Hat diese Musik auch ihn so ergriffen?

Gabriele findet keine Zeit mehr, darüber nachzugrübeln. Mit der erschütternden Klage im letzten Satz der Sinfonie, mit dem Aufschrei des endgültig Verzichtenden, überläuft sie ein Frösteln. Ist dieses Hohelied der Entsagung auch das Motiv ihres eigenen Lebens?

Sie scheint nicht wahrzunehmen, daß die Sinfonie beendet ist. Sie beteiligt sich nicht an dem stürmischen Beifall. Neben ihr stehen Menschen auf und applaudieren weiter. Gabriele bleibt noch eine Weile mit gesenktem Kopf an ihrem Platz, die Hände im Schoß gefaltet. Sie ist blaß und erschöpft.

Erst als die Zuhörer sich zum Ausgang drängen, erhebt sie sich zögernd. »Ich möchte nach Hause«, sagt sie leise zu Albert. »Ich kann jetzt nichts anderes mehr hören.«

Als sich Albert an der Garderobe auch seinen Mantel geben läßt, legt ihm Gabriele die Hand auf den Arm. »Ich finde den Weg schon allein«, sagt sie mit einem verlorenen Lächeln.

Albert schüttelt den Kopf. »Ich komme mit«, erwidert er rauh.

Es ist kühl. Durch die unbelaubten Zweige weht ein frischer Wind. Albert zögert, Gabriele seinen Arm anzubieten. Doch sie hängt sich wie selbstverständlich bei ihm ein. Albert beißt die Zähne aufeinander, um das Zittern zu unterdrücken, das ihn plötzlich befallen hat.

»Es tut mir leid«, sagt Gabriele nach längerem Schweigen, »daß ich dich um den zweiten Teil des Konzerts gebracht habe. Aber vielleicht kommst du noch zurecht, wenn du gleich zurückläufst.«

»Nein«, stößt Albert hervor. Er blickt auf Gabriele hinunter und fügt stockend hinzu: »Allein würde mir das jetzt gar keine Freude mehr machen.«

Ein Handwagen wird ratternd an ihnen vorübergezogen. Das Geräusch verliert sich in einer Nebenstraße. Ein paar Studenten gehen singend und pfeifend über den Bürgersteig auf der anderen Seite.

»Tschaikowsky ist sechs Tage nach der Uraufführung seiner Pathétique gestorben«, sagt Gabriele unvermittelt. »Vielleicht war ihm sein Leben von dieser Stunde an nicht mehr so wichtig – ich könnte es ihm nachfühlen.«

»So solltest du nicht sprechen«, murmelt Albert.

Schweigend erreichen sie das Haus in der Bursagasse. Nur die Apotheke ist hell erleuchtet, alles andere liegt im Dunkel.

Die alte Treppe knarrt unter ihren Tritten. Daneben ein leises Geräusch von oben. Ist es Minnas Tür gewesen?

Gabriele gibt Albert die Hand. »Ich danke dir«, sagt sie und sieht ihm in die Augen. »Es war ein unvergeßlicher Abend.«

»Gute Nacht.« Alberts Stimme flattert. Er hält noch ein paar Sekunden ihre Hand und spürt den sanften Druck. Dann wendet er sich schnell um und läuft nach oben.

Gabriele geht langsam durch das Wohnzimmer zum Fenster und öffnet es.

Der kühle Nachtwind fächelt ihre Stirn. Sie schließt die Augen . . .

42

Es ist, als sollte Frau Butzbach nicht zur Ruhe kommen. Kaum hat sie die schmerzliche Enttäuschung über Änne etwas verwunden, da gibt es schon wieder häuslichen Verdruß.

Am frühen Vormittag stellt sich Rosele, das Dienstmädchen, mit trotzig vorgeschobener Unterlippe vor der gnädigen Frau auf und sagt: »Also, des mach i net länger mit! Wenn des net aufhört, muß i kündige!«

Frau Butzbach erschrickt. Rosele ist seit drei Jahren bei ihr, sie ist anstellig und geschickt, sie sieht nett aus und ist von fast übertriebener Sauberkeit. Wenn sie geht – nicht auszudenken!

»Ja, Rosele, was hent Sie denn? Bisher sent mr doch alleweil gut miteinand auskomme, gell?«

»Freilich! I bin au z'friede gewese. Aber wenn der Herr Franz . . .«

Frau Butzbachs Blick bekommt etwas Unruhiges. »Was isch des mit mei'm Herrn Sohn?«

Das Mädchen wischt eifrig die Tränen weg, die gar nicht da sind, und zuckt die hübschen Schultern. »Also, gnä Frau . . . Also, seit vorgeschtern oder den Tag davor, da schleicht er mir nach un probiert, mi abzuschmatze. Un in der letschte Nacht gar . . . vor meiner Tür! Wenn einer des höre tät, der möcht sonscht was denke. I han mein feschte aaschtändige Freund. Un mit dem Herrn Franz hätt i sowieso nix im Sinn! Noi, un was er mir so an de Kopf schmeißt – noi, des mach i net länger mit.«

Frau Butzbach braucht nicht Theater zu spielen. Ihr Zorn ist echt. Und daß sie zwei Stunden warten muß, bis der Herr Franz aus dem Kolleg nach Hause kommt, steigert ihn bis zur Weißglut.

»Franz! Hier kommst rein! Auf der Stell! I han mit dir zu schwätze!«

Sie zerrt ihn ins Zimmer und zieht die Tür energisch ins Schloß. »Sag amal, bischt du eigentlich no z'rette? Was hascht du auf amal mit dem Rosele z'schaffe? In der Küch rumpoussiere und nachts sogar an ihrer Zimmertür? Ja, des sollt ma net für möglich halte! Des werd ich dir austreibe! Heute abend sag i's deinem Vater, der wird dir die Mohre lehre. 's Haus muß sauber bleibe, han i immer g'sagt. Abgesehe davon: Des Rosele isch a aaschtändigs Mädle. Die macht des net mit!«

Franz hat erst den dicken Kopf geduckt wie früher als Junge, wenn das Barometer bei Butzbachs auf Sturm stand. Aber jetzt erinnert er sich an seine akademische Würde.

»Hat des Rosele dir des aufgeschwätzt? Die hat's nötig. Die und aaschtändig!«

Frau Butzbach schnappt nach Luft. »Was willscht damit sage? Willscht dem Mädle jetzt au no sei Ehr abschneide?«

Franz ist nicht zu erschüttern. »So? Meinscht? Hano, da muß i dir verrate, was dei vornehmer Freund, der Prinz Kuckuck, vorgeschtern zu ihr g'sagt hat, bevor er aus'm Haus isch. ›Am nächste Mittwoch erscht um neun‹, hat er g'sagt, ›und dreimal klopfe, wie immer!‹ Wennst net glaubst, hol sie rein!«

Er liest seiner Mutter vom Gesicht ab, daß er schon gesiegt hat. »Wenn die mit einem Kuckuck ein Techtelmechtel hat, wird unsereiner sich wohl mal'n Scherz erlaube dürfe!« trumpft er auf. »Des werd i dem Vatter gern selber klarmache.«

Frau Butzbach sitzt vernichtet in ihrem Sessel. »Halt nur ja dei Gosch, Franz!« sagt sie schwach. »Wenn der Vatter des hört, der isch imstand und schmeißt sie naus. Nachher sitz i da mit der ganze Arbeit. Noi, noi, lieber drücket mir beide Auge zu, wenn's mir au gar net leicht fällt. Derlei Schand hat's in meiner Jugend net gebe.«

Langsam findet ihre Stimme die gewohnte Energie zurück. »Aber du läscht deine ungewaschene Finger vom Rosele! Das andere isch mei Sach.«

Nachdem Franz sich entfernt hat, brütet Frau Butzbach lange über finsteren Plänen. Wieder dieser Graf! Wie er sie mit der Spesenrechnung fertiggemacht hat, das liegt ihr noch schwer im Magen. Und nun das! Aber ihn kann sie nicht zur Rede stellen. Und Rosele muß wie ein rohes Ei behandelt werden, damit sie nicht kündigt!

Dieser Lump gibt Anstandsunterricht und lockt unschuldige Mädchen in sein Haus!

Cäcilie Eckert mit ihrer spitzen Zunge gehört zwar nicht zu Frau

Butzbachs Freundinnen, aber eigentlich sollte man ihr doch die Augen öffnen. Wenn nicht persönlich, dann vielleicht . . .

Nach zwei Stunden angestrengten Grübelns hat Frau Butzbach den Weg gefunden. Sie spannt einen Bogen in ihre kleine Reiseschreibmaschine und beginnt mit zwei Fingern zu tippen:

»Wehrte Dame!

Wenn Sie das schändliche Treiben von dem Herrn, mit dem Sie sich verlobt haben, wissen wollen, dann müsset Sie ihn am Mittwoch abend um neun aufsuchen. Indem es eine Schand ist, wie es dieser Graf mit dere Unschuld von denen Mädchen betreibt. Und diesmal ist es noch die Hausangestellte aus dem Hause B. Alle ehrbaren Bürger der Stadt sind schon seit Längerem empört. Ich schreibe Ihnen dies, damit Sie wisset, wo Sie dran sind.

Eine wohl meinende Freundin.«

Frau Butzbach fährt eigenhändig zum Postamt, um den Brief einzuwerfen.

43

Am nächsten Vormittag hat Cäcilie gerade den zweiten Teil der insgesamt 150 Verlobungsanzeigen zur Post getragen. Langwierige Beratungen mit Graf Egon sind vorhergegangen. Er hat die Anzeige entworfen, Bütten mit gestochener Schrift, und zu Cäcilies stiller Freude auf der rechten Seite der Klappkarte das gräfliche Wappen blind geprägt.

Schlicht und vornehm!

Aber welch einen Sturm werden diese wenigen Worte entfesseln! Wie werden die Freundinnen und Bekannten die Köpfe zusammenstecken und das Brautpaar durchhecheln!

Den Spitznamen ›Prinz Kuckuck‹ wird sie in Tübingen ausrotten; dazu ist Cäcilie fest entschlossen. Ebenso fest ist allerdings auch ihr Entschluß, ihn hart an die Kandare zu nehmen. Sein lächerliches Institut, über das sicher nicht mit Unrecht geklatscht wird, muß aufgelöst werden. Das und manches andere wird sie als kluge Frau in den Ehe-Vertrag aufnehmen.

Bei ihrer Heimkehr von der Post findet Cäcilie drei Briefe im Kasten. In den nächsten Tagen wird der Kasten kaum ausreichen, denkt sie glücklich. Sie legt Hut und Mantel ab, setzt sich im Wohnzimmer auf das Empire-Sofa und öffnet die Post.

Der letzte Brief beginnt in ihrer Hand zu zittern.

›Wehrte Dame!‹ und als Unterschrift ›Eine wohl meinende Freundin‹.

Cäcilie liest einmal, zweimal – dann zerknüllt sie den Briefbogen und wirft ihn in den Papierkorb.

Lächerlich! Daß sie keinen Heiligen erwählt hat, ist ihr bekannt.

Was – was hat diese Person da geschrieben? Mittwoch abend um neun? Eine Hausangestellte?

Cäcilie nimmt den zerknitterten Bogen wieder aus dem Papierkorb, glättet ihn und studiert ihn immer wieder. Aus dem Hause B.! – Wer das wohl sein mag? Mittwoch abend! Das wäre ja heute!

Natürlich wird sie nicht hingehen. Das versteht sich von selbst!

Zweifellos ist das Ganze eine üble Verleumdung. Aber wer kann vorzeitig etwas von ihrer Verlobung gehört haben?

Während sie noch grübelt, klingelt es. Ein Bote bringt einen in Papier gehüllten Strauß. Ein Mandelblütenzweig! Sonst hätte er Cäcilies ganzes Entzücken hervorgerufen. Aber heute stellt sie ihn einfach in die Ecke. Die Karte mit Graf Egons zärtlichen Grüßen wirft sie achtlos auf den Tisch.

Was tun?

Den ganzen Tag über bleibt Cäcilie in dieser zerrissenen Stimmung. Ein Glück, daß Egon heute nicht erscheint! Gewiß, ihm ist allerhand zuzutrauen – aber das? Nachdem er sich eben verlobt hat?

Bis acht ist Cäcilie fest entschlossen, die Sache zu negieren und nichts zu unternehmen. Zwanzig Minuten später aber schlüpft sie doch in ihren dunkelsten Mantel und setzt das schwarze Hütchen mit dem Halbschleier auf, das sie zuletzt bei Jürgens Beerdigung getragen hat. So macht sie sich hastig auf den Weg zur Schloßbergstraße. Lieber eine schlimme Erkenntnis als diese zermürbende Ungewißheit!

Als sie von der Haaggasse über den Hang zur Schloßbergstraße hinaufsteigt, klopft ihr Herz nicht nur von dem steilen Weg. Muß ihr nicht jeder ansehen, was sie vorhat? Dabei sind die Gassen an diesem feuchten Märzabend fast verlassen. Die Schloßbergstraße ist menschenleer.

Schräg gegenüber der gräflichen Villa findet Cäcilie hinter einem Mauervorsprung einen vorzüglichen Beobachtungsplatz. Eine Straßenlaterne erhellt das windschiefe Portal von Hohenperchs Palast genügend, so daß man jeden Besucher erkennen kann.

In der Ferne beginnen die Uhren der Kirchen gerade neun zu schlagen, da kommt ein Mädchen mit schnellen Schritten die Straße herauf. Als es in den Laternenschein tritt, sieht Cäcilie unter einer

Plastikkapuze ein reizendes junges Gesicht. – Mein Gott, ist das nicht die Kleine, die schon drei Jahre bei dem Zirkuspferd aushält?

Natürlich: Im Hause B.!

Schlagartig weiß Cäcilie nun, wer diesen anonymen Brief geschrieben hat.

Das Mädchen scheint sich hier auszukennen. Ohne Zögern steuert es den Nebeneingang der Villa an.

Cäcilie sieht, wie sich fast automatisch die Haustür zur nur schwach erhellten Halle öffnet. Dann ist alles vom Dunkel verschluckt. Nur oben, in Graf Egons Wohnung, brennt Licht. Cäcilie späht hinauf. Sie fiebert vor ohnmächtiger Wut. Daß sie jetzt nicht dort eindringen kann, um Egon zur Rede zu stellen!

Wenige Minuten später erstarrt ihr Blick: Das Licht in Egons Zimmer, das eben noch hell durch die Vorhänge schimmerte, verlöscht bis auf einen matten rötlichen Schein.

Cäcilie steigt eine heiße Glutwelle ins Gesicht. Sie beißt sich fast die Lippen blutig.

Nein, sie wird hier nicht länger warten! Das genügt!

Und doch bleibt sie wie festgenagelt stehen. Sie bringt es nicht fertig, den Blick von dem verräterischen Lichtschimmer zu lösen.

Einmal zwingt sie ein Passant, der eilig seinem Heim zustrebt, den Platz für einige Minuten zu verlassen. Aber dann steht sie wieder und starrt und kann es nicht begreifen, daß sie Höllenqualen der Eifersucht erleidet.

Immer wieder blickt sie auf ihre Armbanduhr. Immer wieder entschließt sie sich, innerhalb der nächsten fünf Minuten zu gehen . . .

Und immer wieder bleibt sie stehen.

Genau eine Stunde und zehn Minuten sind vergangen, als es oben wieder hell wird. Weitere zehn Minuten später knarrt die Haustür, und das Mädchen aus dem Hause B. huscht wie ein Schatten davon . . . Nie wird Cäcilie vergessen, wie sich das Klappern ihrer hohen Absätze in der Dunkelheit verliert.

Dann löst sie sich aus ihrem Winkel, überquert entschlossen den Fahrdamm, geht ohne Zögern auf den Seiteneingang zu und hämmert gegen die Tür.

Sofort wird oben ein Fenster geöffnet. Die vollklingende Stimme des Grafen, laut und unbekümmert: »Rosele? Hast du was vergessen?«

Cäcilie reckt sich: »Hier ist kein Rosele«, ruft sie laut, »hier ist Cäcilie Eckert!«

»Cäcilie?« Die Stimme des Grafen verrät Schreck und Überraschung. »Moment, bitte!«

Cäcilie hört, wie oben geräuschvoll das Fenster zugeworfen wird; dann bleibt es lange Zeit still.

Cäcilie tritt ungeduldig von einem Fuß auf den andern. Als sich endlich die schwereichene Tür mit leichtem Knarren öffnet, ist ihre Empörung auf dem Höhepunkt.

Egon von Hohenperch hat sich einen dunklen Hausmantel übergeworfen. Er ist tadellos frisiert und verströmt – wie immer – diskreten Lavendelduft. Sein Gesicht strahlt. Das nervöse Flackern seiner Augen ist bei der spärlichen Beleuchtung nicht zu erkennen.

»Cäcilie! Welche unerwartete Freude! Da kann man wirklich sagen: Je später der Abend ...«

Er bricht noch rechtzeitig ab und macht eine einladende Geste zur Halle hin.

»Daß ich noch so spät mit deinem Besuch rechnen dürfte, hätte ich nie zu hoffen gewagt!« flüstert er ihr zu.

»Ob mein Besuch eine Freude für dich ist, muß sich erst herausstellen!« erwidert Cäcilie reserviert.

Sie überschreitet in kerzengerader Haltung die Schwelle und bleibt dann mitten in der Halle stehen.

Hohenperch deutet etwas unsicher zur Treppe hin: »Darf ich bitten?«

»Glaubst du im Ernst, ich wollte die Nachfolgerin deiner Rosele werden?« ruft Cäcilie schrill; der angesammelte Ärger bricht sich Bahn. »Ich soll den Raum betreten, den diese ... diese Person vor knapp vier Minuten verlassen hat? Also das ... das finde ich empörend!«

Hohenperch sieht sich hilfesuchend um. Die weite Halle wird nur von dem antiken Kandelaber erhellt. Ein Lichtkegel fällt scharf auf die gekreuzten Schläger und das Wappen der Hohenperchs über dem Kamin – ein Effekt, den der Graf mit viel Mühe hervorgezaubert hat.

»Aber ich bitte dich!« ruft er mit salbungsvollem Vorwurf in der Stimme. »Du scheinst das Opfer einer Mystifikation zu sein ... eines bedauerlichen Irrtums ...«

Weiter kommt er nicht.

»Irrtum?« Cäcilie tritt so jäh auf ihn zu, daß er zurückweicht. »Eine Stunde und zwölf Minuten hast du mit dieser Person in deinem Zimmer zugebracht! Bei rotem Licht. Hältst du mich für so weltfremd, daß ich nicht wüßte, was das zu bedeuten hat?«

Das verzerrte Gesicht der vor Wut bebenden Frau würde jeden anderen veranlaßt haben, die Segel zu streichen. Doch Graf Egon hat vor Barbara Butzbach standgehalten, er bleibt auch hier unerschütterlich. Und genau wie dort versucht er es auch hier mit der bewährten Methode der gekränkten Unschuld.

»Liebe Cäcilie«, sagt er etwas von oben herab. »Die Büroräume hier unten sind zwar leer, aber meine Ohren sind gegen solche Töne allergisch. Wenn du mit deinen unqualifizierbaren Vorwürfen und Verdächtigungen das brave junge Mädchen meinst, das gerade nach Hause gegangen ist – das war eine meiner Schülerinnen. Eine Angestellte. Sie will demnächst in eine bessere Familie heiraten und kann aus Berufsgründen nur einen Abendkursus absolvieren. Ich erteile ihr Anstandsunterricht!«

Cäcilie lacht so hart auf, daß Hohenperch indigniert den Kopf schüttelt.

»Anstandsunterricht! Bei rotem Licht! – Nein. Dieses Märchen kannst du anderen erzählen. Da wird man von dritter Seite schon besser informiert!« Sie holt den anonymen Brief aus ihrer Handtasche und wirft ihn auf den großen runden Tisch. »Hier! Die Quelle ist unschwer zu erraten.«

Der Graf nimmt das Blatt mit spitzen Fingern auf. Er liest die paar Zeilen und weiß sofort, woher dieser Schuß aus dem Dunkel kommt. Seine Lippen verziehen sich zu einem hoheitsvollen Ausdruck der Verachtung; dann knüllt er den Bogen zusammen, trägt ihn hinüber zu dem kalten Kamin und läßt ihn stumm in den Korb mit dem Anmachholz fallen.

Als er zurückkommt, ist sein Gesicht eisig. »Verzeih, Cäcilie, aber dahin gehören solche Schmierereien doch wohl auch deiner Ansicht nach!«

Er wischt sich mit seinem gräflichen Taschentuch angewidert die Finger ab.

»Deine Ausführungen werden mir immer rätselhafter!« fährt er fort. Dabei dehnt er die Worte, um zu verbergen, daß er immer noch ›schwimmt‹. »Liebe Cäcilie, du scheinst zu vergessen, daß dies Institut für gesellschaftliche Kultur meinen einzigen Broterwerb darstellt. Leider bin ich nur allzuoft gezwungen, hier bis in die späte Nacht zu arbeiten. Und weshalb sollte man dabei große Festbeleuchtung veranstalten?«

Er wird sicherer.

»Diese Tätigkeit ist schon deshalb für mich unerläßlich, weil ich auf keinen Fall in finanzielle Abhängigkeit von der Frau meiner Wahl geraten möchte. Es ist für mich schon hart genug, daß ich dich nicht mit all den schönen Dingen überschütten kann, die zu deinem Lebensstil gehören: Preziosen, Perlen, Pelzen. Die Verlobung kostet mich schon Geld genug.«

»Ich wüßte nicht wieso!« kontert Cäcilie schnell. »Die Anzeigen, die Karten, das Porto und so weiter habe ich doch erledigt!«

Hohenperch atmet insgeheim ein wenig auf. Wenn er Cäcilie dazu bringt, das gefährliche Thema von Roseles Besuch fallenzulassen, besteht immerhin Aussicht, aus der verdammten Zwickmühle herauszukommen.

Sein Blick verrät die ganze Bereitschaft des Verliebten, ungerechte Vorwürfe zu ertragen und zu verzeihen.

»Gewiß! Leider! Das ist mir peinlich genug! sagt er mit umflorter Stimme. »Nur zur Klarstellung darf ich aber wohl erwähnen, daß jene kleinen Aufmerksamkeiten auch Geld kosten.« Er hebt die Hand. »Wenn du nur einmal überlegen wolltest, was man beispielsweise in Baden-Baden für dreißig Rosen zahlen muß!« Er bricht ab, als bedauere er, zuviel gesagt zu haben. »Entschuldige! Mein Grundsatz ist nun einmal: Adel verpflichtet. Wieviel Opfer man dafür bringen muß, wird selbst von überdurchschnittlichen Menschen leider gern vergessen.«

Hohenperch eilt bei den letzten Worten, wie um seine Bewegtheit zu verbergen, in die dunkle Ecke der Halle. Er kommt mit einem rohrgeflochtenen Bauernstuhl zurück und stellt ihn neben Cäcilie. »Bitte! Willst du nicht doch Platz nehmen?«

Cäcilie Eckert blickt zaudernd vor sich hin. Es ist dem Grafen tatsächlich gelungen, ihre Empfindungen in andere Bahnen zu lenken. Beinahe hat er sie vor sich selber ins Unrecht gesetzt.

Langsam nimmt sie Platz. Sie ist sowieso müde von dem langen Stehen vor dem Hause.

Graf Egon angelt sich einen Stuhl heran. »Wie gesagt, du bist einem bedauerlichen Mißverständnis zum Opfer gefallen!« sagt er behutsam. »Das Ganze riecht verdächtig nach einer üblen Intrige. Ich habe mir hier durch meine unbeirrbare Haltung in gesellschaftlichen Fragen leider auch Feinde gemacht. Du siehst es an dem Schmutzbrief. Nach all dem, was in der letzten Zeit auf mich niedergeprasselt ist, wirkt dein heutiger Auftritt wie das Tüpfelchen auf dem I!«

Er stützt bekümmert den Kopf in die Hand.

Cäcilie ist nun doch betroffen. Ihre Blicke verraten es. Sie kann zwar nicht bezweifeln, was sie selber gesehen hat; aber – lieber Himmel – wie oft sind die Dinge anders, als sie scheinen!

»Wenn du mich vielleicht etwas genauer informieren wolltest?« sagt sie immer noch zurückhaltend.

»Es ist mir mehr als peinlich, das gerade in diesem Augenblick tun zu müssen«, sagt Hohenperch müde. »Die Sache ist ebenso einfach wie deprimierend. Gewisse Schuldner haben mich unerwartet aufsitzen lassen, und ich bin in der schrecklichsten Geldverlegenheit. Deshalb muß ich die Nacht zum Tage machen, statt die glücklichste Zeit meines Lebens voll an deiner Seite genießen zu können. Ich hatte zwar von einem bekannten Geschäftsmann tausend Mark Provision zu beanspruchen, aber – was soll ich dir erzählen? – der Schuft hat sie selber verbraucht! Das hab' ich nun von meiner Gutmütigkeit!«

Cäcilie streicht eine vorwitzige Haarsträhne unter ihren Hut zurück. Soviel Mühe sie sich auch gibt – sie findet kaum noch etwas von der Empörung wieder, die sie beim Betreten des Hauses erfüllt hatte.

Doch sie nimmt sich zusammen, um ihn das nicht fühlen zu lassen. »Ich bin kein Kind mehr«, sagt sie gewaltsam kühl. »Ich habe Verständnis dafür, daß du . . . also daß gewisse Bindungen deines früheren Lebens vor unserer Hochzeit abzuwickeln sind. Aber damit muß es dann ein Ende haben!«

Ihre Stimme hebt sich. »Ob Schülerin oder nicht – diese Person kommt nicht wieder in dein Haus! Weder sie noch irgendeine andere. Du mußt dir darüber klarwerden, wer wichtiger für dich ist, solche . . . eh, Schülerinnen – oder ich. Ich lasse mich nicht zum Gespött der Leute machen!«

Sie schöpft Atem und fährt mit der gleichen Energie fort: »Du hast doch deine Leibrente! Wenn du mir versprechen kannst, nach der Hochzeit dein Institut ein für allemal zu schließen, bin ich bereit, dir die tausend Mark zu leihen.«

»Was heißt versprechen?« ruft Hohenperch blitzschnell gefaßt. »Ich werde natürlich alles, was du wünschst, in die Wege leiten. Vor allem aber werde ich dir jetzt ein Taxi bestellen!«

Er geht zum Nebenapparat in einer Ecke der Halle und hat dabei Gelegenheit, den Schreck zu verwinden, den ihre kategorische Forderung ihm eingejagt hat.

»Ein Jammer, daß wir diese Stunde bei mir nicht besser zu nutzen wußten!« flüstert er ihr zu, als er sie kurz darauf zum Taxi begleitet.

Cäcilie errötet und schlägt ihm mit den Handschuhen auf die Schulter. »Egon! Ich muß doch sehr bitten!«

Während der Wagen anfährt, winkt ihr Hohenperch mit chevaleresker Handbewegung zu. Langsam schließt er die Tür.

Dann aber ist er mit ein paar langen Schritten vor dem Kamin und fischt das anonyme Schreiben aus dem Korb. Er streicht es auf der Tischplatte glatt und liest es noch einmal.

Das ist zweifellos die Rache der dicken Butzbach! Hohenperch kaut nachdenklich an seiner Unterlippe. Wie hat das Zirkuspferd die Sache mit dem Rosele nur herausgekriegt? Verflucht? Das hätte leicht schiefgehen können!

Er faltet das Papier sorgfältig zusammen und birgt es in seiner Brieftasche. Wenn man es richtig anfängt, kann sich dieser Fetzen Papier noch in Gold verwandeln ...

44

Brandt bleibt drei Tage hintereinander in Stuttgart. Er ruft Gabriele mehrmals an, kann aber immer nur dasselbe berichten: die Verhandlungen seien äußerst schwierig und zeitraubend.

Als er am späten Abend des dritten Tages zurückkehrt, ist Gabriele bei seinem Anblick entsetzt. Brandts Gesicht ist eingefallen, die Augen sind rot umrändert. Er ist übernervös, fingert ständig mit seiner Lesebrille herum oder klimpert in unerträglicher Weise mit seinem Schlüsselbund.

Während Brandt erschöpft in den Sessel sinkt, geht Gabriele leise in die Küche.

Als sie kurz darauf mit einem kalten Imbiß wiederkommt, hat Brandt die Hausbar an seinen Sessel gezogen und ist dabei, ein Cocktailglas langsam auszutrinken. Die Flasche Gin ist schon zu einem Viertel geleert. Eine ungesunde Röte ist ihm in die Wangen gestiegen.

Als er das Essen sieht, hebt er die Hand. »Danke sehr. Das kannst du gleich wieder hinausbringen. Ich habe keinen Appetit.«

Ohne eine Miene zu verziehen, trägt Gabriele das Tablett in die Küche zurück. Dann setzt sie sich zu ihm und nimmt eine Näharbeit zur Hand, um ihn nicht durch untätiges Dasitzen nervös zu machen.

Wie alt er mit einemmal aussieht!

Und mit welcher Gier er immer wieder das Glas füllt! Wie ein Verschmachtender.

Plötzlich hebt Brandt den Blick und fixiert seine Frau mit rätselhaftem Ausdruck. »Du solltest auch etwas trinken«, sagt er. »Alkohol hilft einem noch am besten über den ganzen Mist hinweg.«

Gabriele schüttelt den Kopf. »Ich halte das nicht für einen Ausweg!« sagt sie ruhig.

Brandt nimmt einen tiefen Zug und schließt halb die Augen. »Für mich gibt es wahrscheinlich überhaupt keinen Ausweg mehr. Der Kerl hat mich belogen und betrogen.«

Gabriele antwortet nicht. Sie wartet, daß er weiterspricht. Wenn er sich die Sorgen doch nur einmal von der Seele reden wollte!

Brandt stellt das Glas mit übertriebener Vorsicht auf die polierte Fläche zurück und hebt die leeren Hände. »Ich habe vor drei Tagen einen Wirtschaftsprüfer geholt. Wir haben so eine Art von Bilanz versucht. Aber es wird Wochen dauern, bis wir uns halbwegs durch den Wust der schlampigen, völlig undurchsichtigen Pohlschen Buchführung hindurchgefunden haben. Was sich dabei ergeben wird, ist wohl der völlige Ruin der Firma! – Ja . . . und das ist auch eine Art Erfolg!« schließt er sarkastisch.

Gabriele legt das Nähzeug hin und zündet sich eine Zigarette an. Der apathische Ton seiner Stimme regt sie auf.

»Das begreife ich einfach nicht!« sagt sie gepreßt. »Bei all der Anerkennung, die dein Cardodyn gefunden hat . . .«

Brandt nickt. »Gewiß! Mein Cardodyn ist gut. Das hat Pohl erkannt. Sicher hat er sich nur an mich herangemacht, um mir das Zeug abzujagen. Aber wie soll ich das beweisen? Für den bin ich nicht gerissen genug.«

Er trinkt das Glas in einem Zuge leer. Die Flasche ist nur noch knapp halbvoll.

»Ich bin mein ganzes Leben Apotheker gewesen«, sagt er vor sich hin. »Ich war glücklich in meinem Beruf. Ich hab' mir gar nichts Besseres gewünscht. Daß ich nach unserer Hochzeit die Apotheke aufgeben mußte, war das erste Unglück! Nein, nein!« ruft er schnell und sieht Gabriele flüchtig an. »Ich mache dir deshalb keinen Vorwurf; es hat eben alles so sein sollen. Ich habe selber geglaubt, meine Erfindung würde mir was einbringen. Aber wenn wir wirklich Pleite machen, geht auch mein Cardodyn mit drauf. Und dann . . . wer weiß, ob es mir noch einmal gelingt, etwas Gleichwertiges zu schaffen. Ich bin leider kein junger Mann mehr!«

Er füllt das Glas und starrt grübelnd in die wasserklare Flüssigkeit.

»Nein, kein junger Mann mehr«, wiederholt er ächzend. »Als du mir bei dieser Firmengründung zugeredet hast, da hast du es bestimmt nur gut gemeint. Aber vielleicht hättest du mich von Anfang an vor diesem Pohl warnen sollen. Damals hatte ich immer noch die Chance, bei einem der großen chemischen Werke einzusteigen. Weißt du noch, wie die Briefe kamen? Da wäre ich aus allen Sorgen heraus gewesen . . .«

Gabriele hört mit steigender Beklemmung zu. Diese Stimme! Dieses Gesicht! Nein, plötzlich kommt er ihr vor wie ein Fremder.

Während sie ihn unsicher anblickt, schiebt sich ein anderes Gesicht vor ihre Augen.

Albert!

Albert, der in allem seinem Vater so stark ähnelt! Nur daß aus seinem männlichen Gesicht, aus dem eckigen Kinn, dem gutgeschnittenen Mund, der Lebenswille der Jugend spricht.

Gabriele fröstelt. So etwas sollte man gar nicht denken. Sie sieht, wie Brandt schon wieder zur Flasche greift, und will sie ihm wegnehmen. »Du solltest nicht soviel trinken, Justus!«

Brandt stößt ihre Hand heftig zurück und umklammert die Flasche mit beiden Händen. »Bitte nicht!« lallt er böse. »Keine Bevormundung der sorgenden Ehefrau! Ich habe schon zu oft auf deinen Rat gehört, und es war falsch ... alles falsch ...«

Der Rest geht in einem undeutlichen Murmeln unter.

Gabriele atmet schneller. Sie will etwas entgegnen; aber dann sieht sie, wie Brandt mit den ruckhaften Bewegungen des Trunkenen schon wieder das Glas füllt. Wortlos steht sie auf und verläßt das Zimmer. Sie weiß nicht, ob Brandt es überhaupt bemerkt.

Auf dem Flur bleibt sie stehen. Sie lehnt das Gesicht an den Türrahmen und preßt die Hände gegen die geschlossenen Augen. Eine ganze Weile bleibt sie so.

Dann zwingt ein Geräusch auf der Treppe sie in die Gegenwart zurück. Sie blickt auf ...

... in Alberts Augen.

Sie hat das Gefühl, daß er schon länger dasteht.

»Kann ich dir helfen?« fragt Albert leise.

Zum erstenmal fühlt Gabriele, wie ihr unter seinem brennenden Blick das Blut in die Wangen schießt.

»Nein!« Sie schüttelt abwehrend den Kopf und gerät unwillkürlich ins Flüstern. »Ich brauche keine Hilfe. Ich brauche nichts. Bitte, laß mich; geh!«

Albert liegt hellwach in seinem Bett. Es ist noch dunkel, aber der neue Tag kündigt sich schon an. Durch das geöffnete Fenster dringen mit der Morgenkühle die ersten Vogelstimmen herein.

Albert hat kaum geschlafen.

Um Mitternacht hat er den offenbar schwer betrunkenen Vater in sein Schlafzimmer torkeln hören, und um halb fünf hat er gehört, wie der Vater aufstand und nach einiger Zeit das Haus verließ.

Albert verabscheut Brandts gelegentliche Trinkereien genauso wie seinen Jähzorn.

Wie muß Gabriele darunter leiden! War das der Anlaß, daß sie gestern mit geschlossenen Augen am Türrahmen lehnte?

Gabriele! –

Seit dem Konzertabend hat sich Alberts Verhältnis zu ihr geändert. Eine zarte Vertrautheit ist aufgekommen. Gabrieles Augen leuchten auf, wenn Albert ins Eßzimmer tritt, und immer richtet sie das Wort an ihn, wenn er bei der heiteren Unterhaltung seiner Geschwister stumm bleibt.

Daß er ihr unbeholfen und linkisch erscheinen muß, das ist ihm schon zum Komplex geworden. Hätte er doch nur ein bißchen von der leichten Art Wolfgangs, der es mühelos versteht, die ganze Tischrunde zu fesseln und immer wieder zum Lachen zu bringen! Albert fühlt – so grundlos das auch ist – etwas wie Eifersucht auf Wolf.

Aber ist er nicht auf jeden eifersüchtig, der mit Gabriele in Berührung kommt, ja, auf jeden, der sich nur mit ihr beschäftigt?

Als er gestern wieder durch die Gardine hinter ihr hergesehen hatte, wie sie so unvergleichlich graziös davonging, waren ihm zwei Studenten aufgefallen, die Gabriele ebenfalls mit interessierten Blikken folgten. Dabei hatte ihn plötzlich eine solche Wut übermannt, daß seine Hände sich in die leichte Gardine verkrampften und sie mit einem Ruck herunterrissen . . .

Kurz nach sieben an diesem Morgen hört er Gabriele unten ins Bad gehen. Ihren schwerelosen Schritt würde er unter Tausenden herauskennen. Er horcht mit angehaltenem Atem, wie sie das Wasser in die Wanne einläßt. Hört später, wie sie über den Flur huscht und wie sich die Tür zu ihrem Schlafzimmer wieder schließt.

Als er sich endlich erhebt, ist er völlig zerschlagen.

So geht das Tag für Tag und Nacht für Nacht. Er hat jede Konzentration verloren. Er sucht Gabrieles Nähe und möchte zugleich meilenweit von ihr entfernt sein. Sitzt er ihr einmal gegenüber, so weiß er nichts zu sagen. Dazu quält ihn das schreckliche Gefühl, mit jedem Gedanken an die Frau seines Vaters schweres Unrecht zu tun.

Gegen zehn Uhr kommt ein forscher Schritt die Treppe herauf. Es ist Erich, sein Freund von den Obotriten.

»Drei Wochen lang nichts von sich sehen und hören lassen!« ruft Erich bei der Begrüßung. »Das ist auch ein Rekord. Da kann man wohl bald zum Doktor gratulieren?«

Er beugt sich neugierig über die Manuskriptseiten auf dem Schreibtisch und stößt Albert, der die Blätter wegziehen will, energisch zurück. Über dem Lesen pfeift er durch die Zähne.

»Oho, mein Bester, soweit waren wir doch schon beim letzten Mal?«

Albert gelingt es endlich, ihm das Manuskript wegzuziehen. »Werkspionage schätze ich sehr vorbei!« sagt er und bemüht sich, es ironisch klingen zu lassen. »Vielleicht hast du mal was von zeitraubendem Quellenstudium gehört?«

Erich fühlt Alberts Verlegenheit und wechselt schnell das Thema. »Und was macht die verehrte Familie?« fragt er, indem er sich rittlings auf einem Stuhl niederläßt. »Man erzählt im Dorf, die schöne Mexikanerin sei inzwischen zu ihren Gauchos und Pumas zurückgeflogen!«

»Stimmt!« sagt Albert trocken.

Erich grinst. »Mensch, du bist heute so munter wie ein Bergquell! Läßt du dir beim Frühstück mit der schönen Stiefmutter auch jedes Wort aus den Zähnen ziehen?«

Albert fährt mit rotem Kopf auf. »Was willst du damit sagen?«

Erich tut, als sei er furchtbar erschrocken. »Huch! Nichts, Liebling. Man wird ja wohl mal fragen dürfen. Ich bin ihr eben auf der Treppe begegnet. Eine rasante Erscheinung. Daß du bei der nichts zu melden hast, brauchst du mir gar nicht erst zu versichern!«

Erich hätte kein besseres Thema wählen können, um Albert völlig zum Verstummen zu bringen. Er betrachtet ihn noch eine Weile belustigt, unterbricht dann seine Reitübungen auf dem Stuhl und steht auf. »Leider muß ich die sprudelnde Unterhaltung abhacken!« sagt er. »Na, dann weiterhin viel Vergnügen beim zeitraubenden Quellenstudium!«

»Moment noch!« Auch Albert springt auf. »Sag mal, du hast doch in Köln studiert? Hast du 'ne Ahnung, wie's dort mit dem archäologischen Seminar aussieht?«

Erich läßt seinen Stuhl krachend auf die vier Beine fallen. »Nanu! Du willst doch nicht etwa jetzt noch die Tapeten wechseln?«

»Weshalb nicht?« antwortet Albert vorschnell. Doch dann hat er für Erichs neugierige Fragen nur noch ein unbestimmtes Achselzucken.

Bis Erich ihm lachend auf die Schulter haut. »Ich komme mal wieder, wenn du weniger Lust zum Reden hast«, sagt er und öffnet die Tür. Albert begleitet den Freund nach unten. Dann steigt er grübelnd die Treppe wieder empor. Merkwürdig, mit Erich hat er sich sonst doch immer glänzend verstanden! Aber heute war er ihm ausgesprochen lästig.

Auf der Diele im ersten Stock bleibt Albert stehen. Er hört Gabrieles Stimme. Sie summt das schwermütige Motiv aus dem ersten

Satz von Tschaikowskys Pathétique. Wie unter einem Zwang nähert sich Albert der Tür und klinkt sie leise auf.

Gabriele steht am Fenster und dreht sich erschrocken um. »Albert?« sagt sie leise.

Alberts Gesicht verrät Verlegenheit. »Ich wollte dich nicht stören. Aber ich hörte die Melodie und . . .«

Jetzt erst merkt er, wie bewegt Gabriele ist. Ihr Atem geht heftig, als sei sie einem Tränenausbruch nahe.

»Mein Gott, was ist dir?« fragt er und tritt einen Schritt näher.

Gabriele hebt abwehrend die Hände.

Und wieder meint Albert, sie noch nie so schön, so anbetungswürdig gesehen zu haben wie jetzt. Nie hat er sich ihr so nah gefühlt. Auch nicht, als er neben ihr im Konzertsaal saß. Mit fast übermenschlicher Anstrengung bezwingt er den Wunsch, sie in die Arme zu nehmen und zu trösten.

»Ich weiß, ich sollte nicht hier stehen und immer wieder hinüber auf den Neckar starren«, murmelt sie. »Aber ich kann nicht anders. Da drüben ist es geschehen!«

Sie schaudert zusammen.

»Und diese Melodie bringt mir alles noch viel näher: das treibende Wasser, die Wirbel, die Klagen – das ist alles drin. – Verstehst du das!«

Albert nickt. Die Kehle ist ihm wie zugeschnürt.

»Ich weiß nicht, ob ich das alles hier noch lange ertragen kann«, sagt Gabriele in demselben leise klagenden Ton weiter. »Vielleicht sollte ich von hier fort. Ich glaube, Albert, du hast recht behalten. Weißt du noch, wie du mir in Stuttgart gesagt hast, ich würde nur Unglück über deine Familie bringen?«

Albert schreckt zusammen. Daß sie noch an diesen häßlichen Auftritt denkt! Was gäbe er darum, wenn er ihn ungeschehen machen könnte!

»Das solltest du endlich vergessen«, murmelt er. »Ich war ja wie von Sinnen!«

»Ich weiß jedes deiner Worte«, sagt Gabriele, als habe sie ihn nicht verstanden. »Und gestern hat dein Vater fast genau dasselbe ausgesprochen: Ich allein sei schuld an seinem Ruin.«

Albert sieht, wie sich ihre grünen Augen von Tränen verdunkeln.

»Er hat mir keinen Vorwurf gemacht« – immer der gleiche ausdruckslose Tonfall –, »es war nur eine Feststellung von ihm. Aber das ist ja im Grunde noch viel schlimmer.«

Sie wischt sich übers Gesicht. »Er ist völlig verändert«, fährt sie fort, »völlig mutlos, ich habe ihn noch nie so verzweifelt gesehen.

Selbst damals nicht bei der Geschichte mit dem Knaisele. Er war mir gestern ganz fremd!«

Albert legt seine Hand leicht auf ihre Schulter. Es ist keine Absicht in dieser zärtlichen Geste, höchstens der Wunsch, sie ihren verzweifelten Gedanken zu entreißen. Seine Hand streicht über ihre Schulter und fühlt die kühle Haut unter der matten Seide ihrer Bluse.

Aber Gabriele findet aus ihrem Grübeln nicht heraus. »Nichts als Unglück! Für jeden, mit dem ich in Berührung komme!«

Albert hat die Augen geschlossen. Immer noch streichelt er sie. Seine Hand gleitet wie von selbst über ihren Rücken; er zieht sie unmerklich näher an sich heran . . .

»Unsinn!« murmelt er heiser. Er fühlt, wie sie seiner Hand nachgibt. Sekunden noch, und sie könnte in seinen Armen liegen! Und dann? –

Plötzlich läßt er sie los. Er taumelt zurück, seine Hände fallen schlaff herab. Die immer wieder zurückgedrängte Erkenntnis überfällt ihn mit unaufhaltsamer Gewalt:

Er liebt Gabriele!

Ihre Augen liegen ineinander. Vielleicht brauchen sie beide jetzt nur noch einen Schritt zu tun, jenen einen Schritt, der sie bisher voneinander getrennt hat . . .

Doch noch ist Albert fähig, sich zu beherrschen. Er weiß selber nicht, wie es geschieht, daß er mit einemmal das kühle Metall des Türgriffs in seiner Hand fühlt.

»Verzeih! Ich muß gehen«, murmelt er. Doch die gehauchten Worte dröhnen in seinen Ohren.

In seinem Zimmer wirft er sich aufs Bett. Er ist bis ins Innerste aufgewühlt.

Sollen alle Dämme zusammenstürzen, hinter denen er sich bisher so sicher glaubte? Hilflos dem Ansturm der Gefühle ausgeliefert, kann er nur eines erkennen: Er liebt Gabriele!

Da gibt es keine Ausflucht, kein Bemänteln mehr!

Albert krampft die Hände in die Kissen.

Was soll daraus nur werden?

Gabriele ist die Frau seines Vaters! Mit jedem anderen könnte und würde er den Kampf um die Geliebte aufnehmen.

Eine Zeitlang liegt er wie zerschmettert.

Dann reißt es ihn wieder hoch. Tausend Pläne jagen ihm durchs Hirn, einer sinnloser als der andere. Er möchte hinunter, möchte Gabriele an sich reißen und mit ihr fliehen. Er zweifelt nicht, daß sie ihm folgen würde. Die Kraft seiner Liebe würde bestimmt alle Widerstände in ihr hinwegfegen.

Albert springt auf und läuft zur Tür. Dann stockt er. Wie ein Irrer blickt er durch sein Zimmer. Was hält ihn plötzlich zurück? Hier kann er doch nicht länger bleiben! Keine Sekunde! Unten sitzt Gabriele und wartet ...

Doch bevor er die Tür aufreißen kann, ertönt in der Diele des ersten Stocks wie warnend ein Gongschlag.

Minna ruft die Familie zum Essen.

Albert kommt langsam zu sich. Er ist ja verrückt! Fliehen? Wohin? Und als ob Gabriele sich mitreißen ließe!

Nein. Albert stützt sich schwer gegen die Wand. Alles ist verloren, bevor es begonnen hat. Er kann jetzt nicht zum Essen hinuntergehen und Gabriele gegenübertreten.

Er dreht den Schlüssel im Türschloß herum und wankt zurück. Ausgebrannt, tödlich erschöpft sinkt er aufs Bett.

Als Minna ein paar Minuten später an die Tür klopft, hält Albert den Atem an und rührt sich nicht. Sie soll denken, er sei fortgegangen.

Die Stunden schleichen dahin, ohne daß Albert zu einem Entschluß kommt. Warum soll er eigentlich verzichten?

Wenn er nun mit Gabriele ins Ausland ginge?

Natürlich, das Ansehen der Familie in Tübingen wäre dann endgültig dahin. Doch auch der Beruf, die erträumte Zukunft ... Die Arbeit, die drüben auf dem Schreibtisch liegt, würde nie vollendet werden.

Herrgott, wenn schon! Er ist jung, er kann sich in einer anderen Welt ein anderes Leben aufbauen.

Aber wieder und immer wieder: der Vater!

Albert könnte gar nicht anders als dem Vater die Wahrheit bekennen, wenn er auch nicht weiß, was daraus werden soll. Nur eines ist sicher:

Neue Qualen für Gabriele wären unvermeidlich.

Als er sich zu einem Entschluß durchgerungen hat, ist es schon Nacht.

Er muß weg! Aus dem Haus! Weg aus Gabrieles Nähe, weg aus Tübingen! Es gibt keine andere Rettung.

Sofort beginnt Albert mit den Vorbereitungen. Er packt das Manuskript der Doktorarbeit zusammen und ordnet das herumliegende Material. Das wird er mitnehmen, diese Bücher den Bibliotheken zurückbringen ...

Er schreibt alles, was vor dem Aufbruch zu erledigen ist, auf eine

Liste. Er muß zu den Professoren zum Abtestieren. – Was wird Merklin sagen?

Um gar nicht wankend werden zu können, setzt Albert ein Schreiben an die Universität Köln auf und meldet sich für das nächste Semester an. Nun muß er noch – und das wird das Schwerste sein – mit dem Vater über die Finanzierung sprechen.

Alles in allem, mit Abmelden, Packen und so weiter, wird er wohl zwei Tage brauchen.

Dabei brennt ihm der Boden unter den Füßen ...

Albert ist nicht der einzige, der in dieser Nacht keine Ruhe findet. Zwei Türen weiter sitzt Dorle aufrecht in ihrem Bett und wird nicht müde, die eng beschriebenen Seiten eines Briefes wieder und wieder zu lesen.

Eines Briefes von Pedro. Er ist mit der Nachmittagspost gekommen. Erst hat sie ihn gar nicht öffnen wollen. Sie ist mit ihm auf ihr Zimmer gegangen und hat sich eingeschlossen. Dann hat sie es sich anders überlegt. Nein, was der Verräter da noch zu schreiben wagt, muß sie lesen. Dann erst wird sie den Brief zerreißen.

Aber dann hat Dorle überhaupt nicht mehr ans Zerreißen gedacht. Pedros Worte schmelzen auch den Rest jeder Erbitterung in ihr hinweg. Von allem Leid, allem Trotz der letzten Wochen bleibt nichts übrig. Bald weiß sie auswendig, was Pedro da schreibt:

Mein Engel!

Nein, Du wirst diese Zeilen nicht ungelesen ins Feuer werfen, wie Du es Dir sicher vorgenommen hattest. Wenn ich es auch verdient habe, daß Du mir zürnst. Aber glaube mir, die Selbstvorwürfe dieser ganzen Zeit, die Angst, ich könnte Dich verloren haben, das war die härteste Strafe für mich.

Was ich getan habe, Dorette, geschah nur, weil Du mir weh getan hattest. Denn ich liebe nur Dich allein, Dich werde ich ewig lieben! Dein Bild steht immer vor meinem Auge, ich atme Deinen Duft, ich höre Tag und Nacht in mir den Klang Deiner bezaubernden Stimme.

Ja, ich wollte Dir ebenfalls wehe tun. Verzeih! Du hattest gesagt, Du wolltest mich nie mehr sehen, und hattest mich fortgeschickt. Deine Mutter, Deine Brüder hatten mich wie einen Aussätzigen behandelt. Ich war verzweifelt. Und gerade das hat mich der anderen in die Arme getrieben. Das hatte mit Liebe nichts zu tun, Du mußt das einsehen, und dann mußt und wirst Du mir verzeihen!

Mein Herz! Jetzt, während dieser furchtbaren Trennung, weiß ich erst so recht, daß uns beide eigentlich nichts trennen kann. Wir gehören einander, seit wir uns in Paris zum erstenmal sahen. Weißt Du noch?

Es ist Abend. Ich sitze bei gedämpftem Licht auf der weißen Terrasse der Hazienda. Die Beete sind eben gesprengt worden, starker Blumenduft umhüllt mich, und ein leichter Nachtwind läßt die Wipfel der Palmen rauschen.

Ach, wenn Du jetzt bei mir wärest!

Drüben am Tisch sind Tante Bettina und mein Vater im trauten Gespräch. Sie hat wohl plötzlich ihre Freundschaft für ihn entdeckt, und es sieht fast so aus, als könne eine feste Bindung daraus werden. Aber das sollte uns beide nicht stören.

Dorette, ich habe dieses Papier mit tausend Küssen bedeckt. Wenn Du es entfaltest, wirst Du sie fühlen. Auf Deinen Händen, auf Deinen Lippen, Deinen Augen, Dorette, Du mein Leben und mein Schicksal! Ich kann nicht an Dich denken, ohne zu zittern! Ich könnte mich umbringen, weil ich Dir Anlaß gegeben habe, zu weinen. Aber ich bringe mich nicht um; denn ich will, ich muß ja leben, um Dich wiederzusehen! Ich will wieder mit Dir zusammensein, um Dich nie mehr zu verlassen!

Ich zähle die Stunden bis zu Deiner Antwort! Dorette, ich liebe Dich in alle Ewigkeit!

Dein Pedro

Dorle kann das nicht oft genug lesen. Sie hat ja auch nicht glauben können, daß er Änne liebte. Sie hat tief im Innern immer gewußt, daß alles nur aus Trotz geschah.

Dorle gibt sich eine ganze Weile ihren seligen Träumen hin. Dann auf einmal scheint es ihr nötig, keine Sekunde mit der Antwort zu zögern. Wenn sie den Brief jetzt schreibt, kann er morgen früh um sieben schon unterwegs sein.

Dorle huscht aus dem Bett. Als sie vor ihrem Schreibsekretär sitzt, hört sie auf der Diele ein Geräusch.

Es muß Wolfgang sein; er war heute abend auf einem Kommers. Ihm muß sie es sagen.

Aber es ist Albert, der völlig angekleidet den Flur überquert.

Dorle starrt ihn erschrocken an. »Albert! Ist dir etwas?«

Alberts Gesicht ist fahl, schwere Schatten liegen um seine Augen, seine Stimme klingt erloschen. »Mir ist nichts«, sagt er schleppend. »Aber du solltest schon längst schlafen, Hühnle.«

Albert zieht seine Schwester flüchtig an sich. »Ich will noch ein wenig frische Luft schnappen. Ich bin überarbeitet!« setzt er hinzu.

Er wartet, bis Dorle ihre Tür hinter sich geschlossen hat. Dann geht er behutsam zum ersten Stock hinunter.

Auf dem Treppenabsatz brennt die Notbeleuchtung. Als Albert seinen Mantel vom Haken genommen hat, fällt ihm der Schlüsselbund klirrend auf die Platte des kleinen Glastischchens.

Im selben Augenblick öffnet sich die Tür von Brandts Wohnzimmer. Heller Lichtschein fällt heraus.

»Justus? Endlich!«

Gabriele tritt in den Türrahmen und erkennt Albert. Ein sinnloser Schreck läßt sie erzittern. »Albert!« ruft sie erstickt. »Du willst fort? Jetzt um Mitternacht?«

Albert wendet sich um und starrt mit flammenden Augen zu Gabriele hinüber. Im Schein des aus dem Zimmer fallenden Lichtes leuchtet ihr Haar wie Gold.

»Mein Gott! Was hast du?« fragt sie und weicht zurück. Albert folgt ihr wie gebannt.

Dann fällt die Tür hinter ihnen ins Schloß.

Sie sind allein.

Das Fenster zum Neckar hin steht angelehnt. Ein leichter Lufthauch bewegt die Vorhänge. Von draußen dringt das Geräusch des Flusses herein, dessen Wasser wie ein Symbol der Vergänglichkeit unaufhaltsam vorüberströmen.

»Weißt du das nicht?« antwortet Albert heiser. Seine Stimme vibriert.

Gabriele schlägt eine Weile die Augen zu Boden; dann blickt sie ihn voll an.

Ja, sie weiß ... Er liebt sie!

Und sie?

Wie hat sie bei der ersten Begegnung hier in der Bursagasse und dann damals in Stuttgart dieses Gesicht gehaßt, diesen Mund, der so bittere Worte gegen sie fand, diese rehbraunen Augen, die sie feindselig anblitzten!

Und doch – hatte sie nicht damals trotzdem eine merkwürdige Sympathie für ihn empfunden?

Jetzt nur irgend etwas Vernünftiges sagen oder tun, ihm kühl erklären, alles sei Unsinn, sich umdrehen und hinausgehen!

Sie wendet sich zur Tür ...

Sie hört das kurze metallene Klicken des Uhrwerks, das jedesmal dem Stundenschlag vorangeht. Es erinnert sie an die vielen schlaflosen Stunden, in denen sie sich den Entschluß abrang, Albert ihre Gefühle niemals zu offenbaren.

Doch da schließt Albert schon seine starken Arme um sie.

Noch einmal rafft sie sich auf, versucht, sich zu lösen – ihn zurückzustoßen; aber ihr Widerstand erlahmt.

Draußen schieben sich zerflatternde Wolken vor das Mondlicht und hüllen die Frühlingsnacht in rasch wechselnde Schatten.

Die beiden sehen es nicht, und sie hören auch nicht das Rauschen des Neckars.

Erst als auf der Diele die Standuhr zum Schlage ausholt und ihr Ton nachzitternd durch das stille Haus dringt, reißt sich Gabriele los.

Nicht mehr als eine einzige Minute ist vergangen, und sie hat geglaubt, es sei eine Ewigkeit gewesen.

»Nein«, stöhnt sie, »nicht! Um Gottes willen, ich bitte dich . . .«

Alberts Gesicht ist so zerrissen von Qual und Sehnsucht, daß Gabriele ihn am liebsten an sich ziehen möchte. Doch ihre Arme sinken schlaff herunter.

Albert preßt die Fäuste gegen die Stirn. »Ich muß fort«, sagt er dumpf. »Ich muß fort!« Sein Gesicht wird hart. »Ich werde abreisen. Für immer!«

Gabriele hat sich halb abgewendet. »Weil ich in dieses Haus gekommen bin«, flüstert sie mit geschlossenen Augen.

»Nein!« sagt Albert fest. »Des Vaters wegen. Ich kann aber auch nicht unter einem Dach mit dir leben, ohne Tag und Nacht an dich zu denken. Ich höre jeden deiner Schritte. Ich lausche auf deine Worte. Ich bin keine Sekunde ohne dich. Ich kann nicht mehr arbeiten. Ich bin seit Wochen an dich verloren.« Er macht eine Pause, dann schreit er fast: »Ich muß gehen! – Für immer!«

Gabriele weicht ein paar Schritte von ihm zurück. »Ja, du mußt gehen«, wiederholt sie und fügt fast unhörbar hinzu: ». . . weil auch ich dich liebe!«

Albert macht eine Bewegung, als wolle er noch einmal zu ihr stürzen. Dann dreht er sich jäh um und läuft hinaus.

45

Im Gartenhaus auf dem Österberg treffen Cäcilie Eckert und Egon Graf Hohenperch die letzten Vorbereitungen zum Empfang der Gäste. Sie haben aus Anlaß der Verlobung zu einer Cocktail-Party gebeten.

Graf Egon hat die Getränke besorgt. Er entkorkt die Flaschen, füllt die Kristallschale mit Eisstückchen und mischt sich so nebenbei den dritten Gin-Fizz.

»Egon, trink nicht schon vorher so viel! Sonst sagen ein paar Klatschtanten, du hättest dir wohl Mut antrinken müssen!« ruft Cäcilie nicht ganz scherzhaft. Sie ist dabei, das ohnehin makellos reine Silber und Kristall noch einmal nachzupolieren.

Hohenperch stellt das Glas wie ein ertappter Schuljunge zurück. Er klemmt das Monokel ins Auge, dreht sich zu Cäcilie um und erwidert näselnd: »Meine Liebe! Es gehört nun einmal zu den Pflichten eines Gastgebers, die Getränke zu probieren.«

Cäcilie lächelt gezwungen. »Schön. Aber in deinem Alter sollte man überhaupt nicht mehr als alles in allem einen Liter Flüssigkeit pro Tag zu sich nehmen. Mehr schadet der Gesundheit. Wenn wir erst verheiratet sind, werde ich auch in dieser Hinsicht für dein Wohlergehen sorgen.«

Sie stellt den spiegelblanken silbernen Shaker auf den Tisch und blickt auf die Rokoko-Uhr unter dem Glassturz.

Egon ist ihrem Blick gefolgt. Ein Schatten überfliegt sein Gesicht. »Soll das auch in unserem schon mehrfach erwähnten Ehevertrag stehen?« fragt er. »Es wäre vielleicht ganz gut, wir unterhielten uns einmal darüber, bevor . . .«

Cäcilie blickt auf. »Bevor . . . was?«

Hohenperch lächelt sein harmlosestes Lächeln. »Bevor unsere Gäste kommen. Wir haben gerade noch eine halbe Stunde Zeit.«

Cäcilie beißt sich auf die Unterlippe. »Hm. Eigentlich hast du recht. Vielleicht sollten wir eben in mein Arbeitszimmer gehen!«

Nebenan setzt sie sich hinter ihren Schreibtisch. Sie zieht die Schublade heraus und holt ein Schriftstück hervor.

»Bitte!« sagt sie zuckersüß. »Wenn du es mal überfliegen willst?«

Hohenperch, der in seinem neuen dunkelblauen Zweireiher eine sehr gute Figur macht, hat sich im Besuchersessel niedergelassen. Er klemmt das Monokel ins Auge und studiert das Dokument aufmerksam. Dabei nickt er ab und zu leicht vor sich hin. Was er wirklich von dem Ganzen hält, ist von seinem Gesicht nicht abzulesen.

Cäcilie gibt sich große Mühe, ihre Nervosität zu verbergen.

»Es ist das Übliche, lieber Egon!« meint sie. »Wie mir mein Notar gesagt hat, setzt er einen solchen Vertrag heute für jedes zweite Ehepaar auf. Gütertrennung ist ja sicher auch in deinem Sinne. Weil die Regelung meines Besitzes dir allerhand Arbeit machen wird, habe ich es für angebracht gehalten, dir eine Art Apanage auszusetzen. Die tausend Mark, die ich dir vor kurzem geliehen habe, werden in Monatsraten von je fünfzig Mark einbehalten, während die Einnahmen aus der Leibrente deines Hauses auch weiterhin ganz zu deiner alleinigen Verfügung stehen. Als einzige Bedingung von meiner Seite bleibt nur die Schließung deines Instituts. Aber« – sie lächelt ihn schmelzend an – »nach den letzten Vorkommnissen hältst du das ja selber für unumgänglich!«

»Freilich, freilich!« murmelt der Graf. Er hat die Beine übereinandergeschlagen und sich bequem zurückgelehnt.

Innerlich ist ihm dagegen alles andere als behaglich zumute. Cäcilie ist nicht auf halbem Wege stehengeblieben. Der Traum vom wohligen Leben des gut versorgten Edelmannes, den er sich in den letzten Wochen so oft in den schönsten Farben ausgemalt hat, zerplatzt schon auf der ersten Vertragsseite wie eine Seifenblase. Nein, diese Paragraphen lassen keine gelegentlichen Eskapaden nach Nizza oder Paris zu! Keine Ausflüge am Steuer eines eleganten Cabrios nach Baden-Baden, nicht einmal nach Schloß Lichtenstein! Wenn er dieses Dokument unterzeichnet hat, wird er als gezähmter Falke mit gestutzten Schwingen auf ewig in Cäcilies goldenem Käfig sitzen!

Gewiß, für sein leibliches Wohl ist gesorgt; aber die sogenannte Apanage ist kaum mehr als ein Taschengeld.

Und der Verzicht auf das Institut wäre – daran besteht kein Zweifel – gleichzeitig der Verzicht auf alle Ausreden, die er nun einmal braucht, um sich trotz der Heirat ein gewisses Maß an junggeselliger Freiheit zu sichern. Angefangen vom Schöpple Roten im ›Poststüble‹ bis zum Sektfrühstück im ›Widder‹. Von anderen Gelegenheitsfreuden ganz zu schweigen . . .

Nein, der Graf muß sich gestehen, daß er sich unter einem Ehekontrakt etwas anderes vorgestellt hat.

Das alles geht ihm durch den Kopf, während er mit unbewegtem Gesicht Zeile um Zeile liest.

»Das Ganze ist selbstverständlich nur ein Entwurf«, sagt Cäcilie nervös. Ihr ist bei all den Sicherungen auf einmal selber nicht ganz wohl. Doch ihr alter Notar hat gesagt: ›Wenn Sie sich nicht sichern, hat ein leichtsinniger Mann Sie unter Umständen in zwei Jahren ruiniert!‹ –

»Einzelheiten sind durchaus noch zu ändern«, fährt sie fort. »Heute kommt es nur auf dein grundsätzliches Einverständnis an!«

Hohenperch läßt das Monokel fallen. Er faltet die beiden Bogen sorgfältig zusammen und reicht sie seiner Braut mit spitzen Fingern zurück. »Dieses Dokument«, sagt er näselnd, »ist von A bis Z das Zeugnis einer bürgerlichen, um nicht zu sagen – entschuldige bitte – kleinbürgerlichen Lebensauffassung! In den Adelskreisen, in denen du dich künftig bewegen möchtest, wäre das Bekanntwerden solcher Bedingungen gleichbedeutend mit gesellschaftlichem Boykott. Es liegt demnach in deinem eigenen Interesse, das Schriftstück niemandem zugänglich zu machen.«

Cäcilies Augenlider flattern. Insgeheim aber atmet sie auf: Er scheint also einverstanden! Sie hatte mit stärkerem Widerstand gerechnet.

»Laß uns darauf anstoßen, Egon, solange wir allein sind!« ruft sie erleichtert und springt auf. »Die Gäste müssen gleich kommen!«

Sie rauscht in ihrem Goldlamékleid, von Hohenperch gefolgt, in den Salon zurück. Der Graf wählt mit sicherem Griff die teuerste Flasche Kognak und füllt zwei Schalen. Sie trinken einander stehend zu. Den Kuß freilich, den Cäcilie mit schiefgelegtem Kopf von ihm erwartet, versteht er meisterhaft zu umgehen, indem er ihr das leere Glas aus der Hand nimmt und es hinausträgt.

Es klingelt an der Haustür.

Die ersten Gäste.

Die Aushilfe, die bisher in der Küche gewirtschaftet hat, öffnet und hilft in der Diele beim Ablegen der Garderobe.

Die Räume füllen sich schnell.

Cäcilies reicher Anhang an guten Freundinnen und intimen Feindinnen in der Tübinger Gesellschaft, ihre vielen, zum Teil verwandtschaftlichen Beziehungen zu den Patrizierfamilien, nicht zuletzt die Sensation, daß eine Dame ihres Ranges es wagt, einen Prinz Kuckuck zu heiraten – das alles macht diesen Empfang zu einem aufsehenerregenden Ereignis. Außerdem möchte niemand durch Fernbleiben den Eindruck erwecken, er mißbillige die Verlobung.

Cäcilie steht in der geöffneten Flügeltür zum Salon und schüttelt jedem ihrer Gäste die Hand. Drinnen brennen die Kerzen in den silbernen Leuchtern und lassen die geschliffenen Gläser aufschimmern.

Eine verschwenderische, ständig wachsende Blumenfülle verwandelt die Wohnung in ein Treibhaus und legt einen betäubend süßen Duft über alles. Auf einem Tisch häufen sich die Geschenke.

Cäcilie sieht sich ab und zu nervös um. Es war abgesprochen, daß Egon den Gästen den Begrüßungstrunk reichen und dann mit ihr gemeinsam die Gratulationscour erledigen sollte.

Aber die Batterie Gläser und Flaschen steht noch unberührt.

Du lieber Gott, Graf Egon wird doch nicht etwa in der Küche trinken?

Noch lassen ihr die Gäste keine Zeit zum Nachdenken: Für jeden der meist übertrieben herzlichen Glückwünsche muß sie eine Erwiderung bereit haben, und sie muß auch die einzelnen unausbleiblichen Giftspritzer geschickt parieren . . .

Da ist der Brauerei-Direktor, ein ziemlich unmöglicher Mann – Cäcilie hat ihn nicht übergehen können, weil sie ein Stück Gartenland an ihn verpachtet hat. Er pflegt stets auszusprechen, was andere nur denken. »Gut, daß Sie ihn nicht vor zwanzig Jahren genommen haben. Heute kriegen Sie ihn wenigstens ungeteilt und um die Hälfte billiger!« lacht er dröhnend.

Im Salon und dem anstoßenden Speisezimmer stehen die Gäste in Gruppen herum. Eine gespannte Erwartung ist unverkennbar. Von der Hauptperson, dem Verlobten, ist noch nichts zu sehen. Und noch nicht ein einziges Glas ist ausgeschenkt worden.

Cäcilie will gerade ihren Platz an der Tür verlassen, da schießt Wolfgang Brandt von draußen herein. Er hat seinen Mantel schon im Vorgarten ausgezogen und feuert ihn der Garderobiere zu. Dann umarmt er seine Tante flüchtig. »Herzlichste Glückwünsche von der Bursagasse, erster bis dritter Stock!«

Cäcilie hält ihn fest. »Wolfgang, ich bitte dich«, wispert sie ihm zu, »lauf und such Graf Egon! Er muß irgendwo im Hause stecken. Er soll sofort kommen. Die Gäste sind schon ungeduldig. Sieh in der Küche nach und im Weinkeller!«

Wolfgang zwinkert der Tante zu und verschwindet, während Cäcilie mit gefrorenem Lächeln in den Salon tritt.

Überall macht man ihr bereitwillig Platz. Sie gibt unentwegt Antworten; aber sie weiß überhaupt nicht, was sie spricht. Sie steht auf glühenden Kohlen. Ihre Blicke gleiten immer wieder zum großen Rokoko-Spiegel hinüber, in dem die Tür zur Diele genau zu übersehen ist. Es kommen wohl noch einzelne verspätete Gäste, Cäcilie begrüßt sie schnell mit krampfhaftem Lächeln, aber Egon . . . um Gottes willen, wo bleibt er nur?

Dann sieht sie Wolfgang an der Tür erscheinen und eilt auf ihn zu. Sie liest schon von seiner Miene ab, daß er nichts Gutes zu berichten hat.

»Tut mir schrecklich leid, Tante Zäzz«, flüstert er. »Ich hab' alles genau durchwühlt, einschließlich Keller, Bad, Klo und Garten. Keine Spur vom Grafen! Wenn er nicht unter einer Tarnkappe steckt, dann . . . dann ist er weg!«

Cäcilie ist einer Ohnmacht nahe. »Bitte! Füll du die Gläser und biete Drinks an!« wispert sie. »Ich muß telefonieren!«

Während sich Wolfgang mit angeborenem Geschick als Barmixer produziert, stellt Cäcilie in ihrem kleinen Arbeitszimmer mit zitternden Fingern eine Verbindung nach der anderen her. Sie ruft erst in Hohenperchs Villa an – dort meldet sich niemand. Dann in seiner Korporation. Dort hat man den Grafen seit Tagen nicht gesehen.

Die Zahl der Lokale, die Graf Egon in einem Anfall plötzlicher Geistestrübung aufgesucht haben könnte, ist schier unendlich. Cäcilie wählt drei. Sie beginnt beim ›Goldenen Widder‹ und endet in Wakkerles Weinstuben, Egons Stammlokal. Die Antwort, die sie dort bekommt, raubt ihr den Mut zu weiteren Versuchen.

»Wen wollet Sie spreche?« dringt eine krächzende Stimme aus dem Hörer. »Den Lumpesäckel, den Spitzbub, den Prinze Kuckuck? Den möcht i au spreche! Seit acht Woche! Hundertdreieneunzig Mark Schulde hat er bei mir! Vertröst hat er mi. Er wollt so a saudumms Frauezimmer heirate, die genug Kohle hätt! Dann würd er alls zahle! Da wart i heut no drauf!«

Cäcilie legt schnell auf. Ihr zittern die Knie.

Im Salon herrscht allgemeines Befremden über diese merkwürdige Verlobungsparty.

Als Cäcilie hereinkommt, dreht sich alles erwartungsvoll zu ihr um, und in die allgemeine Stille platzt die robuste Stimme des Brauereidirektors: »Isch der Herr Graf ze fein, mit uns aazestoße? Oder hätt er kei Kurage?«

Cäcilie macht ein besorgtes Gesicht. Sie ist unter dem Rosépuder so blaß, daß man ihr die Besorgtheit durchaus glauben kann. »Ich muß meinen Verlobten leider entschuldigen. Er hat . . . wohl infolge der freudigen Aufregung … vor ein paar Minuten wieder eine seiner Herzattacken erlitten. Vielleicht kann er etwas später kommen!«

Sie hebt beschwörend die Hände. »Bitte, lassen Sie sich deshalb nicht stören! – Wolfgang! Wenn du mir auch ein Glas geben willst?«

Sofort erhebt sich das Stimmengewirr wieder. Noch lebhafter als vorhin. Zahlreiche Damen bezeugen der armen Braut ihr Bedauern und wollen Einzelheiten über diesen bedauerlichen Zwischenfall erfahren.

Doch es gibt auch eine ganze Reihe, die im Hintergrund bleiben und skeptische Blicke miteinander tauschen.

Ein Herzanfall des Prinzen Kuckuck – eine Minute vor der Verlobung? Wenn das nicht ein merkwürdiger Zufall ist!

Selbst Wolfgangs Gewandtheit im Servieren von Getränken und Bonmots kann nicht verhindern, daß die Stimmung plötzlich etwas Gezwungenes bekommt.

Als Wolf dem Professor Merklin und seiner Frau die gefüllten Gläser anbietet, zwinkert Merklin ihm verschmitzt zu. »Eure Familie hält Tübingen wenigstens in Atem!« sagt er halblaut. »Das muß euch der Neid lassen. Übrigens wäre es nett, wenn du dich nach deiner Runde mal einen Augenblick zu mir setzen wolltest. I hätt' mit dir ebbs ze schwätze!«

Inoffiziell redet er den Sohn seines alten Freundes immer noch mit ›du‹ an.

Dann bringt jemand einen Toast auf das nur halb anwesende Brautpaar aus. Der Beifall ist lärmend und gekünstelt. Cäcilie muß ihre ganze Kraft aufbieten, um Haltung zu bewahren.

Wolf hat sich zu Merklins gesetzt. Der Professor wirft ihm einen scharfen Blick zu. »Weißt du, was in deinen Bruder gefahren ist? Läßt sich exmatrikulieren und will im nächsten Semester nach Köln! ›Warum denn diesen hanebüchenen Blödsinn?‹ hab' ich ihn gefragt. Doch es war kein Wort aus ihm herauszukriegen!«

Wolfgang nickt. »Gegen Albert war Moltke eine Plaudertasche. Aber daß er fort will, hör' ich jetzt zum erstenmal!«

»Na, dann behalt es auch bei dir!« sagt Merklin. »Ich werde also weiterhin versuchen, deinen Vater am Telefon zu erwischen.«

Im Salon herrscht schon Aufbruchsstimmung. Man trinkt anstandshalber noch ein Gläschen, doch Cäcilies unverkennbare Nervosität und Verstimmtheit vertreiben auch die Unentwegten. Einer nach dem andern empfiehlt sich, von Cäcilies stereotypem Lächeln begleitet.

Nachdem alle Gäste weg sind, findet Wolfgang seine Tante im Salon. Sie sitzt völlig zusammengebrochen auf dem Sofa. Schweigend holt er einen Armagnac und füllt ein nicht zu kleines Glas. Wortlos stellt er es auf den kleinen Tisch neben Cäcilie. Dann mischt er sich selber einen wohlverdienten Cocktail und wartet.

Wie vorausgesehen, greift Cäcilie nach einer Weile nach dem aromatischen Trost und nimmt den ersten Schluck. Wolfgang zieht mit dem Fuß einen niedrigen Sessel heran und hockt sich neben seine Tante.

»Ziemlich schauderös!« sagt er, ohne jeden Versuch, die Sache zu beschönigen. »Das Ei ist geplatzt! Aber es war ein Windei!«

Er legt tröstend seine Hand auf Cäcilies Arm. Sie tut ihm in diesem Augenblick leid, trotz ihrer giftigen Schrulligkeit und ihrer ständigen Nörgeleien.

»Muß wohl in der Familie liegen! – Ich hab' vor kurzem genau dasselbe erlebt. Und Dorle ebenfalls!«

Cäcilie leert ihr Glas und flüstert mit tränenumflorter Stimme: »Die Schande, Wolfgang, die Schande! Nein, das überlebe ich nicht! Alle haben es gemerkt!«

»Es nicht zu merken, wäre schwerer gewesen«, sagt Wolf ernst. Er schenkt nach, ohne sich dabei zu vergessen.

»Er muß weggelaufen sein, bevor die ersten Gäste kamen«, spricht Cäcilie weiter vor sich hin. »Wir hatten gerade noch zusammen angestoßen, da klingelte es, und ja, dann war er verschwunden.« Sie hebt die Stimme. »Meinst du vielleicht, weil ich ihm kurz vorher den Ehekontrakt gezeigt habe?«

Wolf zieht die Augenbrauen hoch. »Ich kenn' den Schrieb ja nicht. Aber wenn er auf deinem ... Verzeihung! ich meine, wenn du ihn entworfen hast, hättest du vielleicht bis nach dem Standesamt damit warten sollen.«

Cäcilie schüttelt verzweifelt den Kopf. »Ich kann mich in dieser Stadt nicht mehr sehen lassen. Ich muß auswandern! Wie deine Mutter!«

Wolfgang steckt sich seelenruhig eine Zigarette an. »Das würde ich mir erst noch mal überlegen!« sagt er. »Falls das der Erfolg aller geplatzten Verlobungen wäre, gäbe es bald keine einsame Insel mehr! Nein, wenn einer hier auswandern muß, dann der edle Ritter Hohenperch!«

»Sprich den Namen nicht mehr aus!« ruft Cäcilie hysterisch. »Ich verbiete dir, ihn in meiner Gegenwart noch ein einziges Mal zu nennen.« Sie nimmt sich zusammen. »Entschuldige, Wolf, aber ... du verstehst!«

»Bitte, bitte!« sagt Wolfgang unempfindlich. »Im Hause Brandt ist dieser Name schon längst tabu!« Er merkt mit Befriedigung, wie mit dem dritten Kognak die Farbe langsam in Cäcilies Gesicht zurückkehrt.

»Was mich angeht«, sagt er nachdenklich und hält sein Glas gegen das Licht, »ich bin wirklich froh, daß es so gekommen ist. Du bist viel zu schade für diesen Kerl ohne Namen. Du kannst doch ganz andere Partien machen, wenn du nur willst. So wie du heute ausgesehen hast, in dem raffinierten Kleid ... Ich war einfach weg! Du gehst glatt für Mitte Dreißig!«

Cäcilie zupft an ihrem Kleid herum, schüttelt aber müde den Kopf. »Ach, red doch nicht!«

»Ehrenwort! – Weißt du übrigens, was die alte Dekanin von dir gesagt hat? ›Wie man in dem Alter so jugendlich aussehen kann, ist mir ein Rätsel!‹ – Ich hab's selber gehört!«

Wolf ahmt den Tonfall der spitzzüngigen Dame vortrefflich nach. Die Geschichte ist zwar trotz Ehrenwort erfunden, aber sie bleibt nicht ohne Wirkung.

»So ein Schandmaul!« sagt Cäcilie nun doch etwas abgelenkt. »Dabei hab' ich überhaupt nicht aufgelegt. Na ja, so eine Frau aus Hinterposemuckel wird nie etwas aus sich machen können.«

Als Wolfgang anderthalb Stunden später das Haus verläßt, ist er beruhigt: Tante Zäzz wird sich bestimmt nichts antun, und sie wird auch nicht auswandern. Sie wird verreisen, bis Gras über die Sache gewachsen ist. Sie hat zusammen mit ihm ein delikates Abendbrot verspeist, und die genossenen Kognaks garantieren einen guten Schlaf.

46

Es ist Vormittag. Das Haus ist leer. Wolfgang ist in der Uni, Dorle in ihrem Institut. Gabriele ist vor einer Viertelstunde zum Einkaufen gegangen. Nur Minna steht in der Küche. Sie bügelt, hat aber wie gewöhnlich die Küchentür einen Spalt offenstehen lassen, um alles im Haus überwachen zu können.

Als oben im zweiten Stockwerk Alberts Tür vorsichtig geöffnet wird, merkt sie das natürlich gleich. Sie hört, wie Albert die Treppe herunterkommt und daß er auf jeder Stufe mit etwas Schwerem anstößt.

Koffer!

Als Albert die Koffer in der Diele absetzt, erscheint Minna in der Tür.

Alberts Gesicht ist blaß. Ein neuer harter Zug macht es fremd.

»Minna! Ich komme heute nicht zum Essen!« sagt er. »Und auch die nächsten Tage nicht. Ich gehe fort!«

Minna muß schlucken. »Hast du dir das auch überlegt?«

Albert nickt. Und wie er sich das alles überlegt hat! Aber nun gibt es kein Zurück. Er hat nur noch abgewartet, bis Gabriele das Haus verließ. Oben an seinem Fenster hat er gestanden, wie so oft in den letzten Monaten, und hat ihr nachgeblickt – zum letztenmal!

»Wo willst du denn hin?« fragt Minna. Sie kennt diese Eckertschen Dickschädel – das alles hat sie ja schon einmal erlebt.

Albert zögert. Dann blickt er sie entschlossen an. »Ich werde in Köln zu Ende studieren.«

Minna schüttelt den weißen Kopf. »Köln!« wiederholt sie. »So weit! Ach Junge, dann werde ich dich wohl nie mehr sehen!«

Sie wischt sich mit dem Schürzenzipfel über die Augen.

»Aber jetzt sind doch Semesterferien!« ruft sie plötzlich erstaunt. »Was willst du da in Köln? Das kostet doch unnötig Geld!«

Albert nickt. »Ich werde arbeiten. Ich habe mich schon erkundigt. Ich weiß, wo ich jeden Tag mein Geld verdienen kann.«

Minna gibt es auf. »Schrecklich«, sagt sie leise. »Aber ich ahne schon, was dich hinaustreibt.« Sie duldet schweigend, daß er beim Abschied flüchtig den Arm um ihre Schulter legt.

Albert stellt die Koffer zunächst in Erichs Bude unter und erledigt dann, was auf seiner langen Liste noch nicht durchgestrichen ist.

Nachmittags sitzt er im Zuge nach Stuttgart. Er hat den Kopf gegen die Fensterscheibe gepreßt und starrt in die Landschaft.

Gewiß, er hat sich entschieden. Aber wird es überhaupt möglich sein, sich eine solche Liebe aus dem Herzen zu reißen?

Gabriele ist die erste Frau in seinem Leben. Weil er seinem Herzen bisher keine Gewalt über sich eingeräumt hat, unterliegt er dieser ersten Leidenschaft um so stärker. Ohne Gabriele wird es nie mehr eine glückliche Stunde für ihn geben.

Mühsam versucht er, sich auf das Kommende zu konzentrieren. Denn jetzt steht ihm noch eine schwere Begegnung bevor.

Er muß mit dem Vater sprechen!

Soviel Konzessionen Albert sich zu machen bereit ist, soviel er sich von seiner Arbeit als Werkstudent verspricht – er ist zu der Einsicht gekommen, daß er diesen bedeutsamen Schritt ohne Einwilligung des Vaters nicht tun darf und nicht tun kann.

Brandts neues Unternehmen liegt im Industrieviertel Stuttgarts an der Peripherie der Stadt. Albert geht eine endlose Straße hinunter, die von Fabrikmauern, von überfüllten Lagerhöfen, von morschen Ruinenfassaden und neuen nüchternen Verwaltungsgebäuden gesäumt wird.

Es ist gegen fünf. Aus den Torausfahrten ergießen sich Ströme von Arbeitern, quellen Autos und Motorräder.

Als er die kunststoffbelegte Treppe in dem großen Bürohaus hinaufsteigt, das auch Brandts Firma beherbergt, kommt ihm eine Schar Angestellter entgegen. Ein paar Mädchen mustern den gutaussehenden jungen Mann neugierig und drücken sich lachend zur Seite, als er vorübergeht.

Albert bemerkt sie nicht einmal.

Das Empfangszimmer ist schlicht und dennoch repräsentativ gehalten. Moderne farbige Plastiksessel, ein Kacheltisch mit verchromten Aschenbechern, ein paar echte Kupferstiche an den glatten Wänden. – Es muß nach Gediegenheit riechen! hat Pohl gesagt.

Albert bittet einen jungen Mann in weißem Kittel, ihn bei Herrn Dr. Brandt anzumelden. Dann wartet er. Es dauert endlos. Man hört Schreibmaschinengeklapper, ab und zu werden Türen bewegt, sonst herrscht Ruhe.

Albert zieht nervös an einer Zigarette. Er hat bisher nur selten geraucht. Heute hat er schon eine ganze Packung in die Luft gepafft.

Endlich kommt der junge Mann zurück. »Herr Doktor Brandt läßt bitten!«

Albert drückt seine Zigarette aus und folgt ihm.

Brandts Büroraum ist groß und hell. Vor dem breiten Fenster stehen zwei mit Papieren und Material überhäufte Schreibtische aneinander. Eine Leuchtstoffröhre brennt an der Decke und verbreitet bläuliches Licht.

An seinem Schreibtisch sitzt Dr. Brandt über endlosen Zahlenreihen. Ihm gegenüber ein dunkelgekleideter Herr. Er studiert in Ordnern und Kontobüchern.

Dann sieht Brandt auf und streckt mühsam den gebeugten Rükken. »Ach ja, Albert!« Er wendet sich an sein Gegenüber: »Das ist mein ältester Sohn!« Und zu Albert: »Herr Doktor Schmidt, unser Wirtschaftsprüfer!«

Dr. Schmidt steht auf und geht zur Tür. »Widmen Sie sich ruhig Ihrem Sohn, Herr Brandt«, sagt er. »Ich möchte sowieso mal eine halbe Stunde an die Luft.«

Brandt deutet auf einen Stahlrohrsessel. »Ich bin überrascht, dich hier zu sehen!« beginnt er langsam, und Albert hört sofort das Rügende in seinem Ton. »Wir stecken hier mitten in einer Art von Inventur, und du weißt wohl aus der Apotheke, was das bedeutet.«

Er reibt sich mit den Zeigefingern über die Augenlider hinter den Brillengläsern und fährt dann fort: »Im übrigen bin ich oberflächlich unterrichtet, warum du kommst. Merklin hat mich angerufen. Du wolltest die Universität wechseln. Aber das ist doch wohl nicht dein Ernst?«

Albert gibt sich Mühe, den erregten Atem zu drosseln. »Doch!« sagt er so fest wie möglich und fährt, seinem Programm gemäß, ohne Pause fort: »Ich will so schnell wie möglich nach Köln. Das heißt also, schon morgen. Ich bin nur hergekommen, um dich um eine kleine Erhöhung meines Monatswechsels zu bitten, Papa! Ich will zwar Werkarbeit übernehmen, aber für die erste Zeit brauche ich monatlich etwa zweihundert Mark mehr.«

Brandt nimmt die Brille ab, klappt ihre Bügel ein und legt sie auf den Schreibblock. Seine Hände zittern.

»Sieh mal an!« sagt er in gefährlicher Ruhe. »Du hast die Liebenswürdigkeit, mir deinen zweifellos seit langem geplanten Universitätswechsel fünf Minuten vor Abfahrt des Zuges mitzuteilen! Und dein Vater hat den Monatswechsel prompt zu verdoppeln! Großartig!«

Er wartet Alberts Antwort gar nicht ab, sondern spricht weiter: »Merklin hat mir zwar gesagt, du hättest nicht einen einzigen plausiblen Grund für diesen Wechsel. Aber ich möchte das doch noch einmal von dir selber hören!« Er sieht seinen Sohn mit zusammengekniffenen Augen gespannt an.

»Ich habe einen Grund«, antwortet Albert gepreßt. »Aber bitte, frag mich nicht weiter, Papa. Glaub mir, daß es für mich ungeheuer wichtig ist!«

Brandt läßt seinen Sohn nicht aus den Augen. »Hat es irgendeinen Krach in der Uni gegeben?«

Albert schüttelt den Kopf. »Es hat nichts mit der Uni zu tun!«

»Hast du dich mit deinen Geschwistern in der Wolle gehabt?«

Als Albert nur weiter den Kopf schüttelt, lacht Brandt hart auf. Man merkt, daß er alle Kraft gebraucht, um nicht aufzubrausen. »Das wäre ja wohl auch für dich kein triftiger Grund, wie?«

Alberts Blick bekommt etwas Gequältes. »Papa, ich kann verstehen, daß du die Sache nicht ernst nimmst ...«

»Nicht ernst nimmst?« unterbricht ihn Brandt erregt. »Wenn ich sie nicht ernst nähme, hätte ich nicht meine knappe Zeit dafür geopfert.«

Es gelingt ihm noch einmal, sich zu beherrschen. »Wenn es sich um Wolf handelte, würde ich irgendeine Weibergeschichte dahinter vermuten, aber bei dir?«

Er greift nervös nach dem Stahllineal auf seinem Schreibtisch und läßt es in den Händen hin und her schnellen.

»Selbst wenn ich wollte, könnte ich dir nicht helfen, Albert. Nicht einen einzigen Pfennig hätte ich übrig. Ich müßte mich erst mit deiner Mutter in Verbindung setzen. Aber: ich will gar nicht! Ich sehe für diesen blödsinnigen Tapetenwechsel nicht den kleinsten Grund. Was du da vorhast, ist nicht nur kindisch« – Brandt hebt die Stimme –, »sondern in höchstem Maße rücksichtslos und taktlos. Daß du mir in meiner gegenwärtigen Situation überhaupt zumutest, mich mit so was zu beschäftigen!«

Albert ist unter den letzten Worten bleich geworden. Die Stirnadern treten wie bei Brandt dick hervor. Nachdem sein Entschluß ihn schon soviel gekostet hat, kann er diese Art von Widerstand nur als Hohn empfinden. Er hält mühsam an sich. »Nenne es, wie du willst, Papa!« Es klingt härter als beabsichtigt. »Ich bin kein Kind mehr. Wenn ich sage, ich muß fort, so mußt du es eben glauben.«

Brandt haut mit dem Lineal auf die Tischplatte, daß es klatscht.

»Schluß jetzt!« schreit er. »Ich habe genug von diesem Gefasel! Daß du nicht soviel Verständnis aufbringst, deinen Vater in seiner schwierigsten Lage mit derartigem Blödsinn zu verschonen! Bevor du nicht deine Doktorarbeit abgeliefert hast, werde ich nicht mehr mit dir über diese Angelegenheit reden! Du bleibst zu Hause und setzt dich hinter deine Bücher. Sonst siehst du überhaupt keinen Pfennig mehr von mir! – So, das ist mein letztes Wort!«

Albert geht schweigend zur Tür. Erst als er die Klinke in der Hand hat, sieht er noch einmal zu Brandt hinüber, der mit zitternden Händen an seiner Brille herumfingert. Für eine Sekunde begegnen ihre Blicke einander.

Albert öffnet den Mund. Fast ist es, als wolle die Verzweiflung sein Geheimnis aus ihm herauspressen ...

Doch dann wendet er sich hart um und stürzt aus dem Zimmer ...

47

In der Tübinger Gesellschaft gibt es für die nächste Zeit nur ein Thema: die geplatzte Verlobung Cäcilie Eckert – Prinz Kuckuck.

Sosehr man im allgemeinen die Braut bedauert – es fehlt auch nicht an Stimmen, die der ›alten Jungfer die wohlverdiente Blamage‹ von Herzen gönnen ...

Cäcilie selber ist, wie man hört, zu einer dringend notwendig gewordenen Behandlung ihrer strapazierten Galle nach Bad Mergentheim gereist.

Der einzige, der Genaueres weiß, ist Wolfgang Brandt; doch er schweigt. Er war Cäcilie vorher schon der liebste aus der Bursagasse; jetzt ist er zu ihrem Vertrauten avanciert. Seine burschikose, aber trotzdem taktvolle Hilfe am Tage des Betriebsunfalls hat sie sehr gerührt. So hat sie ihn auch gebeten, die notwendige geschäftliche Schlußbesprechung mit Hohenperch zu führen; dabei geht es ihr vor allem um die tausend Mark.

Aber Graf Hohenperch ist unsichtbar. Er hält seine Haustür versperrt und die Fenster zur Straße geschlossen. Er reagiert weder auf Klopfen noch Klingeln und stiehlt sich erst bei Dunkelheit aus dem Hause. Es gibt da drei Kilometer vor Tübingen eine gemütliche Dorfkneipe mit hervorragender Hausschlachtung und einem Wirt, der dem Herrn Grafen noch Kredit einräumt ...

Doch Wolf braucht nur zwei Tage, bis er den Namen jenes dörflichen Refugiums herausgefunden hat. Tübingen ist klein.

Er betritt die Wirtsstube schon am frühen Abend und findet den Grafen bei der gewohnten Zwiesprache mit seinem Schöpple Roten.

An einem Nebentisch wird Skat gedroschen. Ein paar Burschen lümmeln sich vor den Spielautomaten herum. Kaum daß einer aufblickt.

Hohenperchs Augen verraten schon eine vorgeschrittene Weinseligkeit. Als Wolf herantritt, deutet er großartig auf die freien Plätze am Tisch. »Willkommen, mein düsterer Feuerkopf!«

Wolfgang ist von soviel unverschämtem Gleichmut zunächst überrascht.

»Ich komme nicht, um mit Ihnen zu zechen, Graf Hohenperch«, sagt er eisig und bleibt stehen. »Ich komme als Verwandter einer Dame, die Sie aufs schimpflichste beleidigt und geschädigt haben!«

Hohenperch wirft das Monokel schwungvoll ins Auge, stützt sich dann mit der einen Hand auf die Tischkante und stößt sich mit der anderen etwas von der Tischplatte zurück – eine echte Heldenvaterpose!

»Beleidigt?« wiederholt er grollend. »Das würde ich bedauern; ich bin ein gütiger Mensch. Aber geschädigt? Darüber laßt mich Näheres hören!«

Überraschend schlägt er mit der flachen Hand auf den Tisch, so daß alle im Raum erstaunt herüberblicken. »Wirt! Noch zwei Viertele!« Dann zu Wolf: »Ob Freund, ob Feind – seien Sie zunächst nichts als Gast. Und glauben Sie mir, mein so seltsam Verwandter: unangenehme Dinge lassen sich auch im Sitzen erledigen!«

Wolf kann sein Schmunzeln kaum verbergen. Diesem Scharlatan beizukommen wird fast unmöglich sein. Er setzt sich.

»Eins zu null für Sie, Graf Hohenperch!«

Sie warten schweigend, bis die Schöpple gebracht sind. Dann nimmt Hohenperch sein Glas und hält es gegen das Licht, daß der Wein wie Purpur funkelt.

»Sehen Sie: so etwas jemandem vorenthalten, das hieße ihn schädigen! Ihm diesen Genuß zu vergällen – das wäre beleidigend! Können Sie mir solche Untaten nachweisen?« Und als Wolfgang verblüfft die Schultern zuckt, ruft der Graf: »Also trinken wir, auf daß sich alle Mißverständnisse leichter klären lassen!«

Er nimmt einen tiefen Schluck, rollt genießerisch die Lippen und fährt fort: »Junger Mann, ich weiß alles, was Sie mir hier auftischen wollen. Das können Sie sich also sparen. Ihre Familie – so glaube ich – sollte mir dankbar sein! Habe ich Ihre verehrungswürdige Tante durch meinen – ja, ich möchte sagen: selbstlosen und heroischen – Entschluß nicht vor einer unglücklichen Ehe bewahrt? Glauben Sie vielleicht, es wäre mir – auch seelisch – leicht gefallen, aus dem Salon zu fliehen, während durchs Portal schon die Gäste hereinströmten? Nötigt es Ihnen nicht Hochachtung ab, daß ich um meiner armseligen Freiheit willen ein Vermögen aufgegeben habe? Ein Haus und Sicherheit für die Tage des Alters? Nicht zu reden von meinem guten Ruf!« Er senkt die Stimme. »Der ist zum Glück elastisch wie ein altmodischer Hosenträger! – Nein, ich habe als Mann die Konsequenzen gezogen! Und darauf bin ich stolz!«

Wolfgang schwindelt es von all dem Pathos. »Vielleicht hätte es die Größe Ihres heroischen Entschlusses nicht beeinträchtigt, wenn Sie stillschweigend die entliehenen tausend Mark zurückgegeben hätten!« sagt er ähnlich schwungvoll.

Hohenperch hebt anklagend die Hände. »Tausend Mark! Ich erinnere mich. Sie drängte sie mir als Darlehen auf. Ich werde es mein Leben lang als meine heiligste Pflicht ansehen, es ihr zurückzugeben! Aber ach – sie haben sich verwandelt! In einen Frack! In Garderobe, die mich auch äußerlich würdig macht, neben einer solchen Dame zu bestehen! Der Schneider wird das Zeug kaum zurücknehmen. Denn es ist alles bezahlt!« Er sinnt ein paar Sekunden nach und setzt einschränkend hinzu: »Oder wenigstens zum Teil bezahlt. Der Schuft wollte ja sonst nicht liefern.«

Er trinkt einen kräftigen Schluck. Nun wird seine Stimme gallenbitter. »Doch wenn Ihre Tante Cäcilie in Tübingen den traurigen Ruhm für sich beanspruchen will, sie hätte einem Grafen Hohenperch die Kleider vom Leibe gerissen, dann soll sie alles bei mir abholen lassen! Ich sträube mich nicht. Ich bin es nicht, der dadurch bloßgestellt wird. Sondern sie. Und das würde ich schmerzlich bedauern!« Stehen nicht ein paar Tränen der Rührung in seinen Augen!

Wolf weiß nicht mehr, was er entgegnen soll.

Zwei neue Viertele werden aufgefahren. Hohenperchs Wangen haben nun die Farbe des Weins angenommen. Er beugt sich vertraulich zu dem jungen Mann hinüber. »Tut mir ja alles selber sehr leid«, sagt er. »Ich habe mich geirrt. Vor allem in mir. – Sehen Sie« – er hebt wieder das Glas –, »wer so viele edle Tropfen schätzt wie ich, kann sich schwer an eine einzige Sorte gewöhnen. Gar nicht zu reden von den vielen bezaubernden Mädels in Tübingen und anderswo . . .«

Ein vielsagendes Zwinkern überläßt es Wolf, den Satz zu Ende zu denken.

»Nein!« ruft Hohenperch dann aus. »Ein wahrer Glückszufall hat mich rechtzeitig erkennen lassen, daß ich noch zu jung bin, mich zu binden. Und darauf laßt uns anstoßen!«

Die Gläser klingen zusammen. Dann bemüht sich Hohenperch,

ein würdiges Gesicht zu machen. »Damit Sie aber nicht umsonst gekommen sind: Sagen Sie Ihrer Frau Tante, sie möge sich ruhig weiterhin als meine Verlobte betrachten! Wenn ich erst ihre sittliche Reife erreicht hätte, würde es mir eine Ehre sein, sie zur Gräfin Hohenperch zu machen. Vorher sei ich dessen nicht würdig.«

Sie trinken zusammen, bis die letzten Gäste längst gegangen sind und der Wirt schon hinter seiner Theke nachdrücklich gähnt.

»Schreiben Sie alles aufs Konto!« ruft Hohenperch herablassend zum Büfett hinüber und klemmt sein Einglas ins Auge, um seinen Worten mehr Nachdruck zu verleihen.

Draußen stützt er sich schwer auf Wolfgangs Arm. »Der Kerl hat heut bestimmt zum letztenmal angeschrieben. Das seh' ich dem an! Dabei bin ich blank wie ein Kinderpopo.« Er lacht auf. »Aber der himmlische Vater hat schon wieder großzügig für Nachschub gesorgt!«

Er pfeift ein paar Takte seiner Lieblingsmelodie ›Der Student geht vorbei‹. Wolfgang sekundiert.

Hohenperch bleibt wieder stehen. »Sehen Sie, der Student, der da vorbeigeht . . . vorbei an den Blumen –, nicht, ohne vorher ihren Duft genossen zu haben – vorbei vielleicht auch an dem Glück, wenigstens an dem, was der Philister sich darunter vorstellt – dieser Student bin ich. Und, glaub mir, mein Junge: ich fühl' mich ganz wohl dabei! Das ist nun mal mein Stil!«

Schon am vierten Tage nach der geplatzten Verlobung wandert Graf Hohenperch wieder offen und ungeniert durch Tübingens Straßen zur Butzbachschen Villa.

Er hat seine Stunde ganz nach den Lebensgewohnheiten der Dame des Hauses gewählt. Es ist vier Uhr nachmittags, genau die Zeit, zu der Barbara Butzbach ihren Nachmittagsschlaf beendet hat und alle anderen außer Haus sind. Der Graf hat kein großes Verlangen, dem alten Butzbach oder dessen Sohn zu begegnen. Änne, das hat er in Erfahrung gebracht, ist zu einem zweiten Ski-Urlaub in die Berge gereist.

Rosele öffnet die Tür und bekommt prompt einen roten Kopf.

»Melden Sie mich der gnädigen Frau!« sagt Hohenperch laut. Er überzeugt sich, daß niemand in der Halle ist; dann erlaubt er sich ein Augenzwinkern.

Rosele kommt kurz darauf zurück. Ihr Kopf ist noch röter geworden. »Die Gnädigste empfangt net!« sagt sie halblaut.

Nun kneift Hohenperch sie zärtlich in die Wangen. »Schon gut. Rosele. Wo ist sie? Im Salon? Im Wintergarten?« Und da Rosele hilflos den Kopf schüttelt: »Also in der Bibliothek! Sehr gut. Lesen bildet!«

Er zieht das etwas verrutschte Kavalierstaschentuch genau einen halben Zentimeter weit aus der Brusttasche, steuert die Tür der Bibliothek an, klopft und öffnet sie.

»Des isch doch a starks Stück!« kreischt Frau Butzbach auf. »I han Ihne doch bestelle lasse, daß i Sie net empfang . . .«

Hohenperch schließt die Tür hinter sich und tritt zwei Schritte näher. »Leider kann ich darauf keine Rücksicht nehmen!«

»Des isch Hausfriedensbruch!« unterbricht ihn Frau Butzbach in höchstem Diskant. »I werd glei mein Mann hertelefoniere!«

Dabei segelt sie zornbebend auf das weiße Telefon zu, das geschickt in eine Nische der pompösen, meterweise gefüllten Bücherwand eingebaut ist.

Hohenperch bleibt die Ruhe selbst. »Das kommt mir sehr gelegen, gnädige Frau!« schnarrt er. »Im Anschluß daran werde ich die Polizei verständigen. Sie können das natürlich auch selber tun. – Eins-eins-null ist die Nummer!«

Frau Butzbach läßt die Hand von der Drehscheibe sinken und wendet sich betroffen um. »Hano?« fragt sie. »Wie meinet Sie des?«

»Wählen Sie!« donnert Hohenperch. »Erst den Herrn Direktor, dann eins-eins-null. Denn nicht nur Herr Butzbach, sondern auch Polizei und Staatsanwalt dürften daran interessiert sein, wer diesen anonymen Wisch hier verfaßt hat!«

Mit einer dramatischen Geste holt er Frau Butzbachs Schreiben an Cäcilie Eckert aus der Tasche und schwingt es drohend in der Luft.

Frau Butzbach erkennt ihr Machwerk sofort. Wie oft schon hat sie bedauert, es abgeschickt zu haben! Aber daß es auf diesem Wege zu ihr zurückkehren sollte, darauf war sie nicht vorbereitet. Sie sinkt in den pompösen neoantiken Sessel zurück, preßt die Hand auf das heftig arbeitende Herz und starrt mit verlöschendem Blick zu Hohenperch hinüber.

»I war des net!« sind die ersten Worte, die sie herausbringt. Ein tollkühner Gedanke reißt sie nochmals hoch. Sie streckt die Hände aus und nähert sich dem Grafen. »Zeiget Sie doch einmal her!«

Hohenperch deutet gebieterisch auf den Sessel.

»Drei Schritt vom Leibe!« herrscht er sie an. »Gewaltanwendung wäre nutzlos. Die Fingerspuren auf diesem Schreiben sind bereits gesichert. Der Herr Staatsanwalt wird mit Leichtigkeit feststellen, wer der Urheber oder, besser gesagt, die Urheberin dieser niederträchtigen Verleumdung aus dem Hause B. ist!«

Das ist zuviel. Frau Butzbach läßt ihre massige Gestalt wieder in den Sessel sinken und schlägt die Hände vor ihre blaß gewordenen Lippen. »O du liebs Herrgöttle!« Es klingt wie ein Ächzen.

Hohenperch faltet das kostbare Schreiben sorgfältig wieder zusammen und birgt es in seiner Brieftasche. Er tut wie in Gedanken verloren ein paar Schritte gegen die Bücherwand, wendet sich dann aber plötzlich mit hartem Ruck um.

»Dieses Machwerk hat drei Menschen unglücklich gemacht«, sagt er. Seine Blicke bohren sich in Frau Butzbachs Augen. »Und die Folgen sind noch nicht abzusehen. Meine aussichtsreiche Verlobung mit Fräulein Eckert ist deshalb in die Brüche gegangen. Fräulein Rose Haeberle, Ihre Angestellte, die in diesem Schreiben so infam verdächtigt wird, hat ihren Anstandsunterricht bei mir abbrechen müssen. Sobald ihr Bräutigam zurück sein wird – er ist, wenn ich nicht irre, bei der Polizei und zur Zeit auf einer Übung – ja, dann wird sie kündigen und auf Wiederherstellung ihrer Ehre Klage gegen Unbekannt erheben. Gleichzeitig wird der Staatsanwalt eine strenge Untersuchung einleiten. Übrigens verraten allein die Schreibmaschinentypen den Täter sofort. Natürlich wird man mich auch über die Vorgeschichte vernehmen, und dann werde ich leider an einer Schilderung der Baden-Badener Affäre mit Pedro und Änne Gonzales nicht vorbeikommen!«

Wie Keulenschläge prasselt das auf Frau Butzbach nieder. Sie ist gar nicht fähig, ihre Augen aus den unbarmherzig drohenden Blikken des Grafen zu lösen. Wohlüberlegt macht er eine kleine Pause, bevor er ihr den letzten Hieb versetzt.

»Sie werden sich erinnern, Gnädigste, daß in dieser Stadt vor zwei Jahren eine Mitbürgerin wegen Versendens anonymer Briefe zu Zuchthaus verurteilt worden ist. Wenn mein Gedächtnis mich nicht täuscht, waren es zwei Jahre.«

Frau Butzbachs Gesicht verliert den Rest von Farbe. »Setzet Sie sich doch um Himmels wille!« flüstert sie, »i bitt Ihne!«

Der Graf setzt sich wie widerstrebend, ohne sich anzulehnen. Eine Pause tritt ein. Dann hält Hohenperch es an der Zeit, zum zweiten Teil des Programms überzugehen.

»Jaja, der Mensch macht hin und wieder Torheiten, die er sich später selber nicht erklären kann«, sagt er salbungsvoll. »Auch ich bin unbeherrschter Handlungen fähig, wenn meine Ehre angegriffen wird. Als mir dieses Schreiben in die Finger geriet, bin ich blind vor Zorn zum Rathaus gestürzt und wollte es der Polizei übergeben. Erst auf den letzten Treppenstufen hemmte mich die Einsicht, daß ein Edelmann nicht die Staatsgewalt entfesseln soll, solange es noch andere Wege gibt. Ich habe mir gesagt, daß Sie, Gnädigste, diesen Brief in einem Augenblick tiefster Verblendung . . .«

»I war's net!« versucht es Frau Butzbach zum allerletztenmal.

»Gut!« Hohenperch macht Anstalten aufzustehen. »Wenn Sie es nicht waren, die ich um unserer alten und bewährten Freundschaft willen vor Gefängnis und Zuchthaus schützen wollte, dann brauche ich auch keine Rücksicht mehr zu nehmen. Jeder andere soll seine Strafe haben. Ich gehe sofort aufs Rathaus!«

»Noi, noi«, wimmert Frau Butzbach. »So bleibet Sie doch, Herr Graf! Es könnt scho sei, daß i a Stückle davo gschriebe hätt . . .«

Hohenperch setzt sich wieder. Seine Miene bleibt streng. »Sie werden begreifen, gnädige Frau«, sagt er steif, »daß ich auf voller Wiedergutmachung bestehen muß, wenn ich aus Freundschaft zu Ihrem Hause auf eine Anzeige verzichte!«

Frau Butzbach sieht Land. »Aber das versteht sich doch von selbscht, lieber Herr Graf«, ruft sie aufatmend. »Alles, was Sie wollet, nur machet Sie koin Wirbel um des Papierle da! I ersetz Ihne allen Schade, wo Sie ghabt habet. Sie könntet die Änne wieder unterrichte! Sie gehet wieder bei uns ein und aus. Nur redet Sie net!«

Nach einer halben Stunde wird Graf Egon von Frau Butzbach persönlich in die Diele geleitet. In seiner Brieftasche steckt ein Barscheck über zweitausend Mark. Als er sich mit dem unnachahmlichen gräflichen Handkuß verabschieden will, hält Frau Butzbach ihn noch einmal zurück und wispert: »Des mit der Kündigung von dem Rosele, des war doch net Ihr Ernscht?«

Der Graf zieht die Augenbrauen hoch. »Ich werde versuchen, die Sache auszubügeln«, sagt er gedehnt. »Aber wahrscheinlich müssen Sie da auch mit einer gewissen Geldbuße nachhelfen. Sie wissen ja, wie berechnend die Menschen heutzutage sind. Ich werde einmal vorsichtig sondieren und Ihnen dann wieder näherkommen. Ich empfehle mich, meine Gnädigste!«

48

Als Brandt nach drei Tagen wieder einmal in der Bursagasse auftaucht, sitzt die Familie beim Abendessen. Die Familie, das sind an diesem Abend Wolfgang und Dorle, Gabriele und Minna.

Während er Gabriele und die Kinder begrüßt, deckt Minna eilig für ihn nach.

»Wo ist Albert?« fragt Brandt nach wenigen Augenblicken.

»Bertl hat sich ausquartiert«, antwortet Wolf lakonisch. »Er ist zu seinem Freund Erich gezogen!«

Brandt faltet mit einem ärgerlichen Ruck seine Serviette auseinander. »Das ist doch die Höhe! Ich habe ihm befohlen, hier zu bleiben und hier zu arbeiten. Ich wünsche ihn morgen wieder hier zu sehen!«

Er betrachtet alle der Reihe nach, doch aller Blicke weichen aus. Gabriele stochert mit gesenkten Lidern in ihrem Essen. Nur Minna fängt Brandts Blick kühl auf. Sie hat sich gerade wieder gesetzt. »Es ist viel besser, Albert nicht ins Haus zurückzuzwingen!« sagt sie ruhig. Brandt stutzt. »Wie meinen Sie das?« fragt er knapp.

»Wie ich es gesagt habe!« entgegnet Minna ebenso kurz.

Brandt hat eine heftige Antwort auf der Zunge, doch er unterdrückt sie. Er blickt ratlos abermals durch die Runde. Doch da alle sich nur mit ihren Tellern beschäftigen, weicht seine Erregung wieder einer fatalen Resignation. Hat er schon alle Autorität in diesem Kreis verloren? Mechanisch beginnt er zu essen. Seine geschäftlichen Sorgen, die nur für kurze Zeit zurückgedrängt waren, überfallen ihn von neuem. Dagegen muß Alberts Unfolgsamkeit als Bagatelle erscheinen.

Er hat nur ein geistesabwesendes Nicken, als Wolf und Dorle sich frühzeitig empfehlen, weil sie ins Kino gehen wollen. Er merkt auch kaum, daß Minna abräumt und in der Küche verschwindet. Als er endlich in die Gegenwart zurückkehrt, sieht er sich mit Gabriele allein am Tisch.

»Was sagst du eigentlich zu Alberts Verhalten?« fragt er gereizt. »Statt auf meine bis zum Zerreißen angespannte Situation Rücksicht zu nehmen, kommt er mit verrückten Sonderwünschen. In Köln studieren! Und einen höheren Monatswechsel! Wenn das nicht der Gipfel an Unverschämtheit ist! Da sieht man wieder einmal, daß Kinder für die Sorgen ihrer Eltern überhaupt kein Gefühl aufbringen. Und statt nun klein beizugeben, setzt er seinen Dickkopf durch und zieht aus!«

Gabriele sitzt ganz still. Sie sieht Brandt nicht an, sondern blickt unverwandt zum Fenster hinüber, hinter dessen Scheiben langsam das letzte Tageslicht verdämmert.

»Hast du ihm das Geld denn zugesagt?« fragt sie langsam.

Brandt fährt wütend auf. »Hältst du mich für wahnsinnig?« Er schlägt bei jedem Wort mit dem Knöchel seiner Faust auf den Tisch. »Ich habe ihm unmißverständlich gesagt, daß er sich hier oben in seinem Zimmer hinter seine Arbeit setzen soll, sonst seien wir geschiedene Leute.«

Gabriele blickt ihren Mann fest an. »Du tust Albert unrecht«, sagt sie. »Er ist doch kein Kind mehr. Er wird schon wissen, weshalb er weggehen will.«

Brandts Augen bekommen etwas Mißtrauisches. »Hat er mit dir darüber gesprochen? Weißt du vielleicht, warum? Dann sag es doch!«

Gabriele hält seinem Blick ruhig stand. Ein schwermütiger Zug liegt über ihrem Gesicht.

»Ich könnte mir denken, was ihn zu seiner Bitte veranlaßt hat«, sagt sie. »Aber ich möchte nicht darüber sprechen!«

Brandt starrt sie schweratmend an. Wieder so eine mysteriöse Antwort! Verflucht! Was wird hier gespielt? Soll sich ein Mensch mit diesen Weibern auskennen!

»Ganz wie du denkst!« sagt er hitzig. »Von meiner Frau hätte ich allerdings mehr Verständnis und auch mehr Offenheit er–erwartet!«

Er springt auf, stürmt zur Tür und knallt sie hinter sich zu.

Gabriele bleibt noch eine ganze Zeit regungslos sitzen. Erst als Minna hereinkommt, um das restliche Geschirr zu holen, schreckt sie auf.

Sie zaudert noch sekundenlang. Dann fragt sie entschlossen: »Was wollten Sie vorhin damit sagen, daß es vielleicht besser ist, wenn Albert nicht mehr hier wohnt?«

Minna bleibt vor ihr stehen. »Sollten Sie das nicht am besten wissen, Frau Brandt?« sagt sie ruhig.

Gabriele steht mit einem Ruck auf und geht wortlos aus dem Zimmer. Sie hat Tränen in den Augen, aber die alte Frau soll das nicht sehen.

Draußen auf der Diele zögert sie. Durch die Türritze des kleinen Wohnzimmers sickert ein Lichtschimmer. Dort sitzt ihr Mann.

Jetzt hineingehen? Sich zu ihm setzen, seine Launen ertragen, vielleicht wieder dieser sinnlosen Trinkerei zusehen? – Nein, sie kann es nicht. Nicht mehr!

Brandt ist ihr in den letzten Wochen so fremd geworden, als hätte es die glücklichen Zeiten der nahen Bindung zu ihm nie gegeben. Sie empfindet es selber als furchtbar, kann aber nichts dagegen tun.

Sie nimmt still ihren Mantel vom Haken und verläßt das Haus.

Die milde Luft der Frühjahrsnacht tut ihr wohl. Aber sie erweckt Wünsche und Sehnsüchte, für die es eine Erfüllung nicht gibt und niemals geben darf!

Natürlich kann Brandt nicht verstehen, daß Albert aus dem

Hause will. Er mußte ihm das zusätzliche Geld verweigern. Er hat es ja auch nicht! Aber wie wird Albert unter all dem leiden!

Gabriele hat wie von selbst den Weg über die Eberhardsbrücke zur stillen Flußinsel eingeschlagen. Es ist ein Rundgang, den sie liebt. Meist ist sie dort um diese Zeit allein. Heute aber hat die zarte Vorfrühlingsluft auch andere ins Freie gelockt. Paare schlendern eingehakt auf der Platanenallee, einige sitzen sogar eng umschlungen auf den Bänken.

Drüben irgendwo unter den roten Giebeldächern der alten Stadt, die sich im Fluß spiegelt, sitzt Albert jetzt allein. Allein mit seiner Verzweiflung. Wenn sie daran denkt, steigen Tränen in ihr auf.

Kann sie denn nichts tun, um ihm zu helfen?

Plötzlich durchzuckt sie ein Einfall. Ja, das ist ein Weg.

Spät am Abend, als Wolfgang und Dorle aus dem Kino kommen, tritt Gabriele den beiden in der Diele entgegen.

»Einen Augenblick, Wolf!« sagt sie halblaut. »Würdest du mir den Gefallen tun, Albert morgen einmal aufzusuchen?«

Wolf zeigt sich nicht erstaunt. »Gar keine Schwierigkeit!« sagt er. »Ich wollte sowieso hin.«

Dorle ist weitergegangen.

Gabriele nagt an ihrer Unterlippe. »Ich muß unbedingt noch einmal mit ihm sprechen. Vaters wegen! – Ich wäre dir sehr dankbar, Wolf, wenn du ihm sagtest, er müßte morgen auf jeden Fall noch einmal herkommen. Wann, ist gleichgültig. Ich bin den ganzen Tag zu Hause. Sag nur: es wäre äußerst wichtig für ihn, sonst kommt er nicht.«

»O. k., Stiefmütterchen. Ich werde ihn schon beknien!« ruft Wolf. »Der kommt! – Gute Nacht!«

Leise vor sich hin pfeifend geht er in sein Zimmer.

Am nächsten Morgen verläßt Brandt wieder sehr früh das Haus. Gabriele findet auf dem Frühstückstisch einen Zettel: ›Ich weiß nicht, ob ich zurückkomme. Wenn, dann sehr spät. Gruß! J.‹

Lange sitzt sie und zerfasert das Papierchen in kleinste Schnitzel.

Der Tag vergeht.

Albert kommt nicht. Gabriele muß sich gestehen, daß sie es fast erwartet hat.

An diesem Abend fällt das gemeinsame Essen aus. Wolfgang und Dorle sind zu einem Frühjahrsball eingeladen.

Minna klettert heute früher als sonst in ihr Dachstübchen hinauf. Und Gabriele sitzt wieder in trostloser Einsamkeit.

Draußen regnet es. Die Tropfen schlagen gegen die Scheiben. Das

Wasser schießt scheppernd und gurgelnd durch die Dachrinnen. Der Frühjahrswind rüttelt an den Fensterläden und weht durch das geöffnete Fenster eine erregende feuchte Wärme ins Zimmer, die Gabrieles innere Unruhe nur noch vergrößert.

Sie stellt den Rundfunkempfänger an. Ein Hörspiel. Vielleicht bringt es sie auf andere Gedanken? Sie setzt sich hin und lauscht ... bis sie plötzlich merkt, daß sie kein Wort verstanden hat, weil sie mit allen Sinnen nach draußen horcht.

Und mit einemmal hört sie, was sie hören wollte: ein kurzes, verhaltenes Klopfen an der Tür zur Diele!

Albert!

Gabriele stellt das Radio ab. Sie springt auf. Das Herz klopft ihr bis in die Schläfen. »Bitte!«

Albert tritt ein. Er bleibt neben der Tür stehen. Er trägt eine Aktenmappe unterm Arm. Die Haare hängen ihm feucht in die Stirn; offenbar hat er seinen nassen Mantel draußen aufgehängt. Sein Gesicht zeigt keinerlei Ausdruck.

»Ich wäre nicht gekommen, wenn Wolfgang es nicht so dringend gemacht hätte!« sagt er tonlos. Es klingt fast unfreundlich.

Gabriele deutet auf einen Sessel und sieht Albert erst an, als er ihr im Lichtschein der Lampe gegenübersitzt. Sie erschrickt.

Er ist sehr blaß. Seine düster brennenden Augen liegen in tiefen bräunlichen Höhlen.

Gabriele zittert. Sie zündet sich fahrig eine Zigarette an. »Dein Vater hat gestern abend erzählt, daß du bei ihm gewesen wärst, weil du Geld brauchst, um in Köln weiterstudieren zu können!« beginnt sie angestrengt. »Aber er kann dir nichts geben.«

Albert antwortet nicht.

Gabriele muß schlucken, bevor sie weitersprechen kann. »Albert, niemand außer mir weiß, wie dringend du das Geld brauchst.« Sie holt tief Atem. »Darf ich dir helfen? Ich ... ich könnte dir tausend Mark geben.«

Sie sieht, wie er den Rücken strafft und sein Gesicht in Ablehnung erstarrt. Sie hebt die Hände. »Bitte, Albert! Es ist Geld aus meinem mütterlichen Erbteil. Es soll nur geliehen sein. Du zahlst es mir später zurück.«

Ihre grünen Augen sind fast flehend auf ihn gerichtet, ein scheues Lächeln spielt um ihren Mund. »Im Grunde ist das alles doch meine Schuld ...«

Albert starrt vor sich hin auf die Platte des Mosaiktisches. Eine Locke ist ihm in die Stirn gefallen. Er streicht sie mechanisch zurück. Gabriele fühlt, wie er nach Worten ringt.

Plötzlich richtet er sich auf. »Von dir nehme ich das Geld an, aber nur, weil ich sonst nicht wegkomme – nicht weil ich glaube, daß du dazu auch nur die geringste Veranlassung hättest. Und ... ich bin dir sehr dankbar!«

Seine rauhe Stimme vibriert vor Erregung.

Gabriele erhebt sich. Sie holt ihre Handtasche und kramt einen Scheck heraus. »Ich hatte ihn vorhin schon ausgestellt«, sagt sie wie entschuldigend. Sie weiß nicht, daß die Freude sie betörend jung erscheinen läßt und daß Alberts Augen sich nicht von ihr losreißen können.

Dagegen merkt sie genau, welche Überwindung Albert es immer noch kostet, den Scheck anzunehmen.

»Danke«, murmelt er. Er steht auf, geht zur Dielentür und tastet wie blind nach dem Griff.

»Das wäre dann wohl alles«, sagt er mit abgewandtem Gesicht.

»Ja, das ist alles«, antwortet Gabriele erstickt. »Leb wohl, Albert!«

Ihre dunkle Stimme klingt wie geborsten. Albert dreht sich um, blickt sie an ...

Das ist also das letzte Mal?

Sie wissen nicht, wie lange sie so stehen, gleichsam erstarrt, einer vom Blick des anderen gebannt. Sie wissen nicht, was sie plötzlich aufeinander zutaumeln läßt. Sie wissen nur, daß sie einander in den Armen halten, als ob sie sich nie mehr loslassen wollten. Ihre Lippen treffen sich ...

Dann ist niemand mehr auf der Welt als sie beide.

Das milde Licht der Stehlampe füllt das Zimmer. Langsam verglimmt eine halbgerauchte Zigarette im Aschenbecher. Auf einem Stuhl liegt Alberts Kollegmappe, wie er sie hingeworfen hat.

Der Regen treibt gegen die Scheibe. Es plätschert in der Dachrinne.

Das Zimmer ist leer.

Eine Ewigkeit vergeht.

Der Nebenraum ist dunkel.

In der Stille flüsternde, zärtliche Stimmen. Albert und Gabriele. Plötzlich fährt Albert auf.

»Was ist?« fragt Gabriele atemlos. Dann hört auch sie es:

Unten wird die Haustür abgeschlossen.

Schritte.

Brandt.

Tödlich langsam, aber unausweichlich nähern sie sich. Jetzt ist Brandt auf der Diele. Die Glasplatte der Garderobe klirrt, als er seinen Schlüsselbund niederlegt.

Albert flüstert etwas, doch die entsetzliche Angst macht es unverständlich.

Nun hören sie beide einen zweiten Schritt, der aus dem oberen Stockwerk kommt. Minna!

»Wir haben gar nicht mehr mit Ihnen gerechnet, Herr Apotheker!« sagt Minna laut. »Ich mache Ihnen schnell noch etwas zu essen!«

Die Küchentür wird geöffnet.

Brandt hat wohl abgelegt. Er überquert die Diele und betritt das kleine Wohnzimmer nebenan.

Man hört das Knipsen des Schalters.

Durch den Spalt zwischen dem Fußboden und der Tür fällt Licht.

Albert drückt den Griff der Dielentür nach unten. Er öffnet die Tür einen Spalt und . . . schließt sie wieder: Die Küchentür steht weit offen!

Von nebenan ist jede Bewegung Brandts zu hören. Er wandert durch den Raum. Hin, her. Jedesmal, wenn er kehrt macht, knarrt ein Dielenbrett unter seinem Fuß. Dann trennen ihn vielleicht dreiviertel Meter von den beiden.

Gabriele steht mit dem Rücken an die Wand gelehnt, dicht neben der Wohnzimmertür. Sie hat die Augen geschlossen. Sie rührt sich nicht. Ihr Herz klopft in harten, unregelmäßigen Schlägen.

Aber es ist nicht nur die Angst vor der Entdeckung, die sie so schmerzhaft durchpulst. Es ist etwas anderes, Neues, das sie lähmt.

Albert!

In seinen Armen hat sie ein Glück gefunden, das sie bisher noch nicht kannte.

Sie weiß, daß sie durch eine Laune des Schicksals erst jetzt den Mann gefunden hat, der zu ihr gehört und zu dem sie gehört. Und doch ist sie in derselben Stunde gezwungen, sich von ihm für immer zu trennen.

Die Schritte drüben hören plötzlich auf.

Stille. Eine Stille, aus der tödliche Gefahr zu wachsen scheint.

Endlich knarrt ein Sessel. Brandt hat sich gesetzt. Gleich darauf ein ärgerlicher Ausruf; etwas wird klatschend beiseite geworfen –

Den beiden stockt das Herz: das war Alberts Mappe.

Jetzt kommt Minna. Das Geschirr auf ihrem Tablett klirrt, als sie es im Nebenzimmer absetzt.

Dann Brandts apathische Stimme: »Wem gehört eigentlich die Mappe hier?«

Gabrieles eiskalte Hand umkrampft Alberts Finger.

»Die muß eins von den Kindern liegen gelassen haben«, hören sie die gleichmütig klingende Stimme der alten Haushälterin. »Ich nehm' sie mit 'raus!«

Gabrieles Hand entspannt sich.

»Meine Frau schläft wohl schon?« fragt Brandt nebenan.

»Wahrscheinlich!« murmelt Minna. Sie tritt wieder in die Diele hinaus, ihr Rock streicht an der Schlafzimmertür vorbei. Albert zieht Gabriele dicht zu sich heran. »Ich gehe jetzt einfach 'raus«, flüstert er an ihrem Ohr. »Es ist mir alles gleich! Ich halte das nicht mehr aus!«

»Nein! Warte!« wispert Gabriele und hält ihn fest.

Die alte Standuhr drüben holt schnarrend zum Schlagen aus. Elfmal schlägt die Stundenglocke an. Nacheinander fallen in einiger Entfernung die Kirchturmuhren ein. Immer noch rauscht der Regen.

Sie stehen dicht aneinandergepreßt und haben den Begriff für Raum und Zeit verloren. Plötzlich schrecken sie zusammen.

Nebenan ist Brandt aufgestanden, als wolle er seine ruhelose Wanderung wieder beginnen. Doch diesmal kehrt er nicht vor der Schlafzimmertür um, sondern bleibt stehen.

Gabriele fliegt am ganzen Körper. Der Türgriff wird langsam heruntergedrückt. Die Tür öffnet sich. Ein Lichtschein fällt in den Raum. Der verzerrte Schatten des Apothekers klettert an der Wand empor.

Albert und Gabriele – eine Handbreit von Brandt entfernt hinter der Tür – wagen nicht zu atmen. Wenn Brandt nur noch einen einzigen Schritt tut . . .

»Gabriele?« fragt Brandt leise.

Keine Antwort.

Es sind nur Sekunden –

Nun gleitet die Tür langsam zurück. Leise schnappt das Schloß zu.

Den beiden steht der Schweiß auf der Stirn.

Albert löst sich von Gabriele. Dann geht er unhörbar zur Flurtür und lauscht . . .

Gerade kommt Minna wieder aus der Küche. Gleich wird sie zum Apotheker hineingehen . . .

Albert hat den Türgriff in der Hand. Plötzlich spürt er zu seinem Entsetzen, wie der Griff von außen niedergedrückt wird. Lautlos gleitet die Tür zurück. Minnas Hand tastet in den Raum und erfaßt mit unheimlicher Sicherheit Alberts Ärmel . . .

»Komm, Junge!« sagt sie spröde – sie gibt sich nicht einmal Mühe, zu flüstern – »es ist jetzt Zeit für dich!«

Gabriele schließt die Augen.

Als sie sie wieder öffnet, ist sie allein. Sie steht unverändert starr an die Wand gelehnt. Nur ihr Kopf ist vornübergesunken, die Haare fallen ihr in die Stirn.

Hat sie Schritte auf der Treppe vernommen? Hat sie gemerkt, wie er, den sie mehr liebt als ihr Leben, von ihr ging?

Sie weiß es nicht. Sie hört nur, wie Minna abermals zu Brandt ins Zimmer tritt. Sie hört sie sprechen, aber sie kann kein Wort verstehen.

Ist es jetzt soweit! Erzählt Minna dem Apotheker alles?

In Gabrieles Ohren dröhnt das Blut.

Drüben wird der Sessel zurückgeschoben. ›Jetzt!‹ denkt Gabriele. ›Jetzt wird Brandt kommen!‹

Ihre Stirn ist glühend heiß, sie fliegt vor Angst am ganzen Körper.

Plötzlich klirrt im Nebenraum ein Glas. Brandt ist also nur an die Hausbar gegangen. Er murmelt etwas Unverständliches vor sich hin. Dann wird es ganz still. Gabriele hört nichts mehr als das dumpfe Klopfen des eigenen Herzens. Sie ahnt nicht, daß Brandts Verzweiflung nur dem Zusammenbruch seiner Firma gilt, daß Minna nur völlig belanglose Worte mit ihm gewechselt hat.

Der Wind jagt draußen eine neue Regenbö heran. Die Tropfen prasseln hart gegen die Scheiben; in der Dachrinne an der Hauswand gurgelt das Wasser.

Es ist stickig im Raum; Föhnluft drängt sich beklemmend in die geheizten Zimmer. Gabriele ringt nach Atem. Sie möchte die Fenster aufreißen und sich dem Sturm und Regen stellen. Statt dessen horcht sie regungslos zum Nebenraum hinüber.

Warum kommt er nur nicht?

Wie eine Verurteilte wartet sie auf das Ende. Sie sieht Brandts entstelltes Gesicht, wie er im Jähzorn die Faust erhoben hatte, um Albert ins Gesicht zu schlagen. Damals – vor vielen Monaten, als sie zum erstenmal dies Haus betrat.

Sie sieht seinen Schatten, wie er sich drohend an der Wand hochschob, als Brandt vorhin die Tür aufstieß.

Abenteuerliche Wahnideen jagen ihr durchs Hirn. ›Er wird mich totschlagen‹, denkt sie. Fliehen, weglaufen, irgendwohin, nur weg von hier, von dieser unheimlichen Drohung. Fort aus diesem düsteren Haus, in dem sie nur Unglück erfahren hat.

Aber es ist, als müßte sie wie eine Gelähmte stehen und auf das Unabänderliche warten.

Drüben ein unterdrücktes Fluchen. Gabriele fährt zusammen. Ein Glas ist umgefallen.

Wieder das gleiche verhaßte Spiel: Er trinkt; trinkt, bis jeder klare Gedanke im trüben Nebel des Rausches untergeht.

Und dann?

Erschöpft sinkt Gabriele auf der Bettkante zusammen. Sie preßt die Fäuste gegen die Schläfen und schließt die Augen. Sie will nichts mehr sehen und hören. Aber da drängt sich unwiderstehlich die Erinnerung an den Augenblick hervor, als Minna Albert aus dem Zimmer zog.

Gabriele zieht fröstelnd die Schultern hoch. Wie soll sie je wieder dem Blick dieser alten Frau begegnen?

Das ist ja wie ein verzweifeltes Herumirren in einem Labyrinth. Drüben der Mann, vor dem sie zittert, und nirgendwo Ruhe und Halt. Wie lange hockt sie hier nun schon? Fünf Minuten – eine Stunde?

Der Dachreiter knarrt und wimmert unter den Stößen des warmen Windes. Ziegel klappern. Wenn der launische Frühjahrssturm für Augenblicke Atem holt, kommt das gleichmäßige Ticken der alten Uhr von der Diele herein.

Schlafen – man müßte schlafen können!

Gabriele richtet sich auf und tastet nach dem Röhrchen mit den Schlaftabletten, das auf dem Nachttisch liegt. Sie wird die Dosis verdoppeln. Nur schlafen, um aus dem Irrsinn dieser Gedankenmühle herauszukommen!

Mit zitternden Fingern schüttet sie mehrere Tabletten in die Handfläche, würgt sie herunter und trinkt das Wasserglas leer.

Dann liegt sie ausgestreckt auf dem Rücken und wartet auf den Schlaf.

Die Standuhr in der Diele schlägt eins, das hört sie noch. Schließlich gleitet sie in einen unruhigen Dämmerschlaf hinüber.

Eine Stunde später schreckt sie hoch. Sie richtet sich benommen auf und lauscht.

Was war das?

Nebenan ist ein schwerer Stuhl umgefallen. Brandt hat ihn mit einem wütenden Tritt in den Raum geschleudert. Bei dem Versuch, ihn aufzuheben, stößt er eine Flasche um.

»Verdammter Dreck!« schreit er unbeherrscht.

Gabriele hört das alles wie durch eine Nebelwand. Ihre Angst ist verflogen und hat einem seltsamen Zustand zwischen Traum und Wachsein Platz gemacht. Nur schlafen, schlafen, weiterschlafen!

Sie fährt in die Hausschuhe, greift nach dem Röhrchen mit den Schlaftabletten und stolpert wankend zum Waschbecken.

Sie schüttet die restlichen Tabletten ins Wasserglas. Sind es zwei oder vier oder sechs? Sie füllt das Glas zur Hälfte mit Wasser und rührt mit der Zahnbürste um. Wie eine Verschmachtende trinkt sie die milchweiße Flüssigkeit und gleich noch ein Glas klares Wasser hinterher.

Der Wind heult mit unveränderter Gewalt. Die Gardine bauscht sich, obwohl die Fenster geschlossen sind.

Sie preßt den Kopf an das kühle Glas; so hat sie oft gestanden in den letzten Wochen.

Da unten ist es geschehen.

Sie sieht es. Aus Dunst und Nebel und Regenfetzen taucht das Bild auf, wie Jürgen verzweifelt die Ärmchen nach ihr reckt.

›Mami!‹

Sie dreht sich hastig um. Durch eine Türritze zum Wohnzimmer sickert dünner Lichtschein. Sie schleppt sich benommen zur Tür und horcht. Drüben ist es still.

Ihre panische Angst ist fort, sie erinnert sich nur undeutlich an das Vergangene.

Schlaftrunken drückt sie die Klinke nieder und starrt in den Raum.

Das Licht blendet ihre geweiteten Pupillen. Sie kann erst überhaupt nichts erkennen. Nur langsam gewinnt das Bild vor ihren Augen schärfere Konturen.

Dort sitzt ihr Mann. Sein Kopf liegt auf der Tischplatte, er schläft. Ein halb geleertes Glas, ein gefüllter Aschenbecher auf dem Tisch – schwere Schwaden von Alkoholdunst und Zigarrenrauch.

Gabriele tritt nicht ein. Sie lehnt wie eine Bewußtlose am Türrahmen und sieht auf das Bild, als ginge es sie nichts mehr an.

Sie schließt die Augen und horcht. In ihren Ohren rauscht gleichmäßig ein Summen und formt sich zu Tönen, zu einer schweren, getragenen Melodie.

Gabriele taumelt ins Schlafzimmer zurück und zieht die Tür hinter sich zu.

Sie sinkt auf den Bettrand. Hier in der Dunkelheit kann sie diese Musik deutlicher hören: Geigen – ein Fagott ...

Plötzlich fährt sie wieder auf und stürzt zum Fenster.

»Jürgen! Ja?«

Gabriele zerrt mit kalten Fingern an dem kühlen Metallriegel. Der schwere Flügel schlägt knallend auf.

Der Sturm hat an Gewalt zugenommen. Er peitscht die kahlen

Bäume. Die Weiden hängen ihre Zweige wie Schnüre in den Wind. Vor der Ampel am Ufer treiben zerstäubte Regenfetzen, das Licht flackert gespenstisch und formt bizarre Fratzen, aber der Sturm zerreißt sie ...

Gabriele beugt sich weit hinaus und späht mit aufgerissenen Augen in die Dunkelheit. Die Tropfen schlagen ihr ins Gesicht und laufen wie Tränen an ihren Wangen herunter; sie spürt es nicht.

»Jürgen!« ruft sie, doch der Klang ihrer Stimme verweht. Ein neuer Schauer prescht heran, zerrt die Büsche am Ufer, faucht aufheulend um die Hausecke.

Hat sich dort etwas bewegt? Dicht an der Mauer?

»Jürgen! Mein Kind!«

Er muß es sein!

Sie läßt das Fenster weit offen. Der Wind schlägt die Zimmertür hinter ihr zu, sie spürt es nicht. Mit fliegendem Atem läuft sie hinunter.

Die Tür zum Gartenausgang ist mit zwei Riegeln versperrt.

Gabriele müht sich lange, bis sie beide geöffnet hat. Als sie endlich draußen steht, taumelt sie. Der Regen durchnäßt sie bis auf die Haut.

Hinter ihr schwingt die Gartenpforte leer in den Angeln ...

»Mami!« – Die Stimme vor ihr wird immer lauter. Die Sturmnacht greift mit tausend Händen nach ihr. Der Tanz der Wolken spiegelt sich in den Wellen, die Schatten ballen sich wie eine Nebelwand zusammen und zerflattern beinah im selben Augenblick.

Aber durch Nebelfetzen hindurch, hinter dem wogenden Schleier – das Gesicht ihres Kindes.

»Jürgen!«

Das Geröll gibt unter ihr nach. Wasser schlägt an ihr hoch bis zum Mund.

Mit ausgebreiteten Armen läßt sie sich fallen. Mitten in den Nebel hinein, der ihr Jürgens Gesicht verbergen will ...

Unweit der Stelle, wo man ihren Jungen fand, wird Gabriele am nächsten Tag aus dem Wasser gezogen.

49

Ein großes schwarzes Taxi rollt vor der Apotheke aus.

Straßenpassanten bleiben stehen und sehen neugierig zu, wie der Fahrer eilig aus dem Wagen steigt, um den Schlag zu öffnen. Brandt schiebt sich schwerfällig heraus; er merkt nicht, daß er von allen

Fenstern heimlich beobachtet wird. Er trägt einen schwarzen Mantel. Der Frühlingswind zerrt an seinen Haaren. Brandt wischt sich mit abwesender Miene die herabfallenden Strähnen aus dem Gesicht und wartet teilnahmslos, bis Dorle, Albert, Wolfgang und Minna aus dem Auto geklettert sind.

Dann nickt er dem Taxischofför zu und geht mit steifen Schritten ins Haus. Minna zieht ihre Geldtasche, drückt dem Fahrer ein paar Münzen in die Hand und hastet hinter den anderen her. Als sie keuchend in der Diele steht, haben sich Dorle und Wolfgang schon stumm von ihrem Vater verabschiedet. Albert zögert noch, doch Minna schiebt ihn fast grob weiter.

»Ich mache uns rasch einen Kaffee, Herr Apotheker«, sagt sie mit rauher Stimme.

Sie wartet, bis er im Wohnzimmer verschwunden ist und bis Alberts Tür im zweiten Stock zuklappt. Dann hängt sie ihr schwarzes Häubchen achtlos neben die Küchentür, setzt Wasser auf und legt sich ihre Schürze um.

Während das siedende Wasser durch das Filterpapier tropft, kramt Minna aus einer Küchenschublade das Heft mit den alten Sprüchen hervor, das die selige Frau Geheimrat einst der zwölfjährigen Bettina geschenkt hat. Es ist jetzt Minnas letzter Trost, wenn sie nicht mehr weiter weiß.

Mit feuchten Fingern blättert sie die Seiten um. Sie bewegt die Lippen beim Lesen und schüttelt ein paarmal den Kopf.

Ihre Gedanken wandern zurück zu dem Tag, an dem sie den kleinen Jürgen zu Grabe getragen haben. Die vielen herzlichen Worte damals für die junge Frau Brandt, die vielen Damen, die nach der Feier noch in die Bursagasse gekommen waren. Der Salon war richtig überfüllt!

Und heute? Nur ein paar Menschen in der Friedhofskapelle zwischen vielen Blumen. Sie weiß, daß Brandt die meisten Blumen selber gekauft hat. Als ob er vortäuschen wollte, ganz Tübingen nähme Abschied von der Toten.

Minna stellt ihre Untertasse auf das geöffnete Heft. Sie braucht für das Entfernen des Filterpapiers heute doppelt so lange wie sonst. Noch eine winzige Prise Salz auf den Kaffee – dann gießt sie die erste Tasse für sich selber ab und trägt die Kanne auf einem kleinen Tablett hinüber.

Brandt sitzt bewegungslos am Tisch und starrt immer noch mit dem gleichgültigen Blick vor sich hin, mit dem er die paar Trauergäste in der Kapelle überflogen und die wenigen Kondolenzen entgegengenommen hat.

»Sie sollten was essen, Herr Apotheker«, sagt Minna.

Sie weiß schon vorher, daß er wieder ›Nein, danke‹ antworten wird. Er sieht dabei nicht einmal auf, sondern zieht nur mechanisch die Tasse heran und beginnt in dem Kaffee herumzurühren.

Wie verfallen er plötzlich aussieht; in der Kapelle ist es Minna zum erstenmal so richtig zum Bewußtsein gekommen. Wie einer, der am Ende aller Hoffnungen steht...

Minna geht leise wieder in die Küche. Dort sitzt sie lange mutlos vor ihrer Tasse Kaffee.

Plötzlich schreckt sie zusammen. Von oben kommen Schritte.

Albert?

Seit sie ihn vor drei Tagen nach dem Unglück zurückgeholt hat, geistert er wie ein Gespenst durchs Haus. Sie ahnt, daß er drauf und dran ist, sein furchtbares Geheimnis herauszuschreien.

Bei den Mahlzeiten legt er das Besteck jedesmal schon nach wenigen Bissen sorgfältig zurück, als ob er sich zu einer Rede sammeln wolle.

Nein, er darf nicht zum Vater! Minna jagt auf die Diele.

Aber diesmal ist es Wolf, der auf Katzensohlen herunterkommt.

»Schläft der Alte?« fragt er leise. »Ich muß eben mal telefonieren.«

Minna zuckt die Achseln und schließt nachdrücklich die Küchentür hinter sich. Sie weiß schon, was jetzt kommt.

Richtig.

Die Wählerscheibe schnurrt, dann Wolfs gedämpfte Stimme:

»Nein, bitte, erst übermorgen – same time – same place, morgen geht's nicht.« Und dann nach einer Weile: »Familienkram. Tut mir schrecklich leid, kannst du dir ja denken!« Und zärtlich: »Auf Wiedersehen!«

Kaum ist das Gespräch beendet, wählt Wolf schon wieder.

»Ich bin's, der Wolf der Wölfe, gnädiges Fräulein! Wollte nur mal fragen, ob das morgen abend mit uns zwei auch klappt.« Eine längere Pause. Dann Wolf wieder: »Am besten beim Uhland. Der olle Knabe freut sich bestimmt, wenn er mal so was Scharmantes wie uns zu sehen kriegt. Steht doch verdammt einsam auf seiner Insel!«

Leises Lachen.

»Abgemacht!«

Minna nimmt kopfschüttelnd ihre leere Kaffeetasse auf und spült sie unter dem Wasserhahn.

So geht das mit Wolf schon seit Wochen. Seit die Sache mit Änne auseinandergegangen ist, hat er ständig neue Freundinnen.

Minna seufzt. Das ganze Haus ist aus den Fugen geraten. »Es ist zuviel für mich, es ist einfach zuviel«, murmelt sie, während sie müde die Treppe zu ihrem Stübchen emporsteigt.

Dort zieht sie die oberste Kommodenschublade auf und holt den liniierten Briefblock hervor:

»Liebe gnädige Frau Bettina!« schreiben die verarbeiteten gichtigen Hände mühsam. »Seit Du fort bist, hat sich hier ein Unglück nach dem anderen ereignet. Heute mittag haben wir ...«

Die Feder eilt stetig über das Papier. »Am meisten Angst mache ich mir um Albert«, schreibt Minna. Bis zu diesem Satz kommt sie, dann legt sie die Feder hin und grübelt:

Albert? Wie soll sie Bettina klarmachen, weshalb sie sich ängstigt?

Sie schließt den angefangenen Brief ein und geht hinunter, um das Abendbrot herzurichten.

Es wird eine stumme Mahlzeit, und eine knappe Stunde später liegt das Haus schon wieder im selben tiefen Schweigen. Jeder ist still auf sein Zimmer zurückgegangen.

Ab und zu knarrt irgendwo der Fußboden unter einem leichten Schritt; die Uhr auf der Diele tickt.

Als gegen zehn auch die Geräusche auf der Gasse mehr und mehr ersterben, wird die Ruhe noch aufdringlicher.

Das ist kein gesunder Schlaf der Erschöpfung, in den dieses Haus gefallen ist. Das ist eine unheimliche Ruhe. So, als kröchen die dumpfen Gedanken seiner Menschen durch Ritzen und Mauern.

Minna fröstelt.

Sie hat ihre Tür einen Spaltbreit offengelassen, wie immer in den letzten Tagen. Sie schläft nie richtig; es ist ein Halbschlaf, aus dem jedes neue Geräusch sie weckt.

Die Dielenuhr schnarrt, die Glocke schlägt zwei. Der Ton schwingt aus wie ein Hammerschlag des Schicksals.

Da richtet sich die alte Frau in ihrem Bett auf. Sie hat noch etwas anderes gehört. Eine Tür im zweiten Stock ist geöffnet worden. Minna tastet nach ihrem Hausmantel, der jetzt stets über ihrem Bettpfosten liegt. Sie zieht die Hausschuhe über. Das kann nur Alberts Tür gewesen sein!

Plötzlich beginnt sie zu zittern.

Sie hört seinen Schritt auf der Treppe. Nun überquert er die Diele. Dann Stille. Er horcht offenbar, ob jemand sich rührt.

Nun knarrt die Treppe zum Erdgeschoß. Jetzt klirrt ein Riegel. Ihr Atem stockt. Nein, das war nicht die Haustür. Albert will in den Keller oder ... in die Apotheke.

Mit fliegenden Händen tastet die alte Frau sich die Treppe hinab. Sie weiß – wie unter einer plötzlichen Eingebung –, was Albert in der Offizin sucht. Als sie auf den letzten Stufen der Treppe ist, hört sie den Anschlag der Registrierkasse. Dort wird im hintersten Fach der Schlüssel zum Giftschrank aufbewahrt!

Die kleinen, behutsamen modernisierten Schaufenster der Apotheke sind kaum erleuchtet. Ein winziger Motor betreibt eine kleine Werbefigur: Ein Mann aus Sperrholz hebt alle paar Sekunden den Arm und klopft auf die grüne Schachtel mit einer Nervenmedizin. Sie ist das Spezialerzeugnis des Hauses, mit dem Werbespruch in grüner Leuchtschrift:

Bei nervösem Herzens-Klopfen
Helfen Eckerts grüne Tropfen.

Jedesmal, wenn der Mann den Arm hebt, geistert ein Schatten über die Decke der Offizin und streicht flüchtig durch den Raum.

Minna sieht von der Tür her, wie Albert den Giftschrank öffnet. Er ist sehr blaß, aber seine Hände sind ruhig, sein Gesicht ist hart; etwas wie ein Leuchten steht in seinen Augen.

Mit zwei Schritten ist Minna neben ihm.

Alberts Gesicht verzerrt sich, seine Augen flackern, seine Lippen sind weiß vor Erregung.

Er hebt die Hand, als ob er Minna zurückstoßen wolle. Aber dann besinnt er sich.

Minna hält Alberts Hand umklammert. Das Blut klopft schmerzhaft in ihren Schläfen. Sie wagt kaum zu atmen. Aber es ist zuviel für sie. Sie faßt plötzlich zu ihrem Herzen und stöhnt auf.

Da geht es wie ein Erschrecken durch Albert. Er fängt die alte Frau auf. Während er sie wie ein Kind zu der ledergepolsterten Wartebank führt, streichen ihre welken Hände immer wieder zitternd über sein Haar.

»Jaja, mein Junge, ich weiß schon«, murmelt sie dabei mit erstickter Stimme. »Davonlaufen und alles liegenlassen; – aber das ist kein Weg!«

Eine Zeitlang ist nur das gleichmäßig schnurrende Geräusch des sich drehenden Mannes und das Klopfen seines Stabes zu hören. Minna weiß nicht, was sie Albert jetzt sagen soll. Was geht überhaupt in ihm vor? Er hält die Augen halb geschlossen, seine Finger sind ineinander verkrampft, und sein Kopf ist vorgeneigt.

»Auch das wird zwischen uns beiden bleiben«, sagt sie nach einer Weile und wiederholt die Worte: »Zwischen uns beiden.«

Alberts Haltung verändert sich nicht. Minna will ihm tröstend die Hände auf den Kopf legen, aber sie spürt, der Junge braucht kein Mitleid, sondern vielleicht etwas ganz anderes. Sie fährt ihn plötzlich fast barsch an.

»Das nicht! Das ist ganz einfach feige!«

Bevor er etwas antworten kann, fährt sie rasch fort:

»Du willst also gehen, einfach fortgehen! Weil das so bequem ist, wenn man etwas, was einem zu schwer wird, einfach wegwirft. Wahrscheinlich redest du dir auch noch ein, es sei deine Pflicht.« Minna stockt.

»Was wirklich deine Pflicht ist, will ich dir sagen: Jetzt darfst du deinem Vater bei all seinen Sorgen nicht auch noch den Glauben an dich nehmen ...« – sie zögert noch einmal und fügt etwas leiser hinzu: »– und an sie. Denk dran, was dein Vater durchgemacht hat und was jetzt noch vor ihm liegt! Ihr seid alle so stolz und verschlossen, aber das – das andere ...« Ihre Stimme geht in ein undeutliches Murmeln über »– das wäre für deinen Vater der Todesstoß!«

Als Albert nicht antwortet, legt sie ihre welken Finger auf seine Hand.

»Sie hat ihre Ruhe gefunden. Ihr Gesicht sah so friedlich aus wie noch nie, seit sie in die Bursagasse eingezogen ist. Fast glücklich.«

Alberts Gesicht verändert sich, während sie von Gabriele spricht. Wie ähnlich er Brandt sieht! schießt es Minna durch den Kopf.

Plötzlich steht Albert mit einem Ruck auf. Er geht bis zum Fenster und zurück. Dann bleibt er vor Minna stehen. Er zwingt sich, ihr in die Augen zu sehen. Seine Backenknochen treten scharf hervor, nur seine heisere Stimme verrät, wie es in ihm aussieht.

»Es ist Zeit, schlafen zu gehen«, sagt er und zieht die alte Frau sanft von der Bank hoch. Dann drückt er ihr heftig die Hand und geht nach oben, während Minna den Schlüssel vom Giftschrank abzieht und in die Tasche ihres Hausmantels steckt.

Minna verharrt noch einen Augenblick vor Alberts Tür. Wird nun alles wieder wie früher werden?

In ihrem Zimmer läßt sie sich müde nieder. Sie möchte schlafen, aber sie kann es nicht. Sie zieht den Brief an Bettina hervor und liest noch einmal, was sie geschrieben hat. Dann setzt sie mit zitternder Hand darunter:

»Du mußt sofort kommen, Betti. Ich flehe Dich an. Ich ... ich kann nicht mehr.«

50

Sieben Wochen später steht Justus Brandt in seinem Arbeitszimmer und blickt hinaus auf die Neckarinsel.

Wie grün alles ist! Und wie blau der Himmel darüber! Die Wipfel der Bäume wiegen sich im sanften Wind, Schmetterlinge taumeln wie berauscht durch die weiche Luft, und ganz in der Ferne ziehen Schönwetterwolken dahin.

An der Neckarmauer lehnen lachende Studenten mit ihren Mädchen und sonnen sich.

Brandt wendet sich mit einer heftigen Gebärde vom Fenster weg und läßt sich schwer in seinen Schreibtischsessel fallen.

Er blättert mit abwesender Miene in einem Bündel Akten. Es ist der Abschlußbericht seines Wirtschaftsprüfers. Dann schiebt er ihn beiseite. Ein Berg Papier – das ist alles, was von seiner Stuttgarter Firma übriggeblieben ist. Er hat in ein paar Monaten ein Vermögen verloren. Wie konnte das nur geschehen?

Gewiß: seinen ehrlichen Namen hat er gerettet; die meisten Rechnungen sind voll bezahlt worden, und die übrigen Gläubiger haben sich mit monatlichen Raten zufriedengegeben. Brandt klatscht wütend mit der flachen Hand auf die Schreibtischplatte.

Wenn Bettina nicht das Cardodyn für sich beansprucht hätte, würde er es jetzt zwar auch los sein – aber zugleich damit alle seine Schulden. Pohls Vetter hatte das Mittel noch in letzter Minute kaufen und die Gläubiger befriedigen wollen, aber da lagen schon Bettinas Rechtsansprüche vor.

»Ich Esel!« Brandt schlägt sich gegen die Stirn. Er hat noch nie in seinem Leben Schulden gemacht; nun zahlt er für Willi Pohls verschwenderischen Lebenswandel mit. Wie hat er diesem Kerl nur trauen können!

Ja, auch Pohl hat draufzahlen müssen; er läuft jetzt wieder als Außenvertreter seines Vetters von Vorzimmer zu Vorzimmer. Brandt empfindet einen Augenblick so etwas wie Genugtuung darüber.

Wahrscheinlich hätte er ihn wegen seiner maßlosen Spesenwirtschaft belangen können. Doch sein Rechtsanwalt hatte ihm davon abgeraten: »Wozu? Da ist ja doch nichts zu holen. Und zum Schluß würden Sie nur noch die weiteren Gerichtskosten zu tragen haben.«

Brandt seufzt auf. In einem Vierteljahr wird die Kündigung Bettinas wirksam. Dann steht er auf der Straße, ohne Geld und obendrein noch mit einem Haufen Schulden! Er legt den Schnellhefter zur Seite und greift nach der neuesten Ausgabe der Deutschen Apothekerzeitung. Er blättert die Fachaufsätze flüchtig durch und verhält bei den Stellenanzeigen. Doch es werden mehr Stellen gesucht als angeboten; vielleicht sollte er selber eine Anzeige aufgeben:

Apotheker, selbständig, mit langjähriger Praxis in Universitätsstadt, besten Zeugnissen und erstklassigen Referenzen . . .

Brandt legt den Bleistift ärgerlich fort. Das steht fast wörtlich in allen Anzeigen, die er eben gelesen hat. Nein, er müßte die Sache anders anpacken. Es müßte heißen . . . Ja, wie müßte es heißen? Er müßte schreiben, was ihn aus der Reihe der anderen abhebt: von seiner Erfindung.

Brandt schiebt nun auch noch die Apothekerzeitung weg. Ja, vor einem halben Jahr, als das Cardodyn in der Fachpresse hervorgehoben wurde, da hätte das gewirkt! Er nimmt die Brille ab und reibt sich die Augen. Nichts sehen und nichts hören!

Brandt erhebt sich und wandert auf und ab, bis ihm das Zimmer zu eng wird. Dann geht er ziellos über die Diele zum Eßzimmer, in dem Minna mit Tellern und Bestecken hantiert. Brandt bemerkt sie nicht. Sein Blick streift über gelbe Kerzen und Blumen auf dem langen Eßtisch, aber er achtet nicht darauf.

Wie lange ist es eigentlich her, seit er mit Gabriele zum erstenmal an diesem Tisch gesessen hat? Mein Gott, erst ein dreiviertel Jahr!

»Herr Apotheker!«

Minnas Stimme reißt ihn aus seinen Träumen.

»Ja?«

»Herr Apotheker, ich wollte Ihnen nur sagen, daß ich heute für ein paar Stunden weg muß. Ich fahr mit dem Bus nach Reutlingen. Meine Schwester ist da mit den Kindern auf der Durchreise.«

Brandt nickt.

»Aber zum Abendessen bin ich rechtzeitig wieder da«, fährt Minna hastig fort. »Ich hab's den Kindern schon gesagt.«

Erst jetzt bemerkt Brandt die festliche Dekoration auf dem Eßtisch.

»Haben wir heute Geburtstag oder so was?« fragt er und weist auf die Kerzen. Seine Stimme ist ärgerlich. Er hat in den letzten Wochen die Ausgaben des Haushalts rigoros eingeschränkt. »Der Alte ist plötzlich knickrig geworden!« sagt Wolfgang respektlos hinter seinem Rücken.

Auf Minnas Wangen erscheint ein feines Rot. Wolfgang würde ihr jetzt sofort ansehen, daß sie etwas verheimlicht. Sie hat sich diese Ausrede schon seit gestern überlegt. Seit das Telegramm von Bettina gekommen ist mit den lakonischen Worten: »Ankomme morgen,

Flugplatz Stuttgart. Bitte erwarte mich dort sechzehn Uhr in der Halle. Bettina.«

Sie hat das Telegramm doch schon ein dutzendmal gelesen. Irgendwas stimmt da nicht. Weshalb bestellt Bettina sie zum Flughafen? Will sie nicht in die Bursagasse kommen?

»Na, ist heute was Besonderes los?«

Minna ist am Büfett beschäftigt. Sie sieht an Brandt vorbei und antwortet beinahe böse: »Nein, eigentlich nicht.« Und nach einer Pause: »Ich dachte nur, weil ich heute vor fünfzig Jahren hier angefangen habe ...«

Sie unterbricht sich unwillig. »Es gibt heute abend Forellen, ich habe es den Kindern schon gesagt, damit sie pünktlich sind.«

Brandt tastet nach seiner Brille und setzt sie umständlich auf. »Aber nein«, murmelt er. »Daß ich das vergessen konnte! Aber es ist ja auch zuviel gewesen. Heute sind Sie fünfzig Jahre in diesem Hause, Fräulein Minna? Ja, da muß doch was Besonderes geschehen! Wir müssen das feiern!«

Minna hat es plötzlich eilig. »Nein, nein, Herr Apotheker«, sagt sie aufgeschreckt. »Das will ich auf keinen Fall? Wenn wir nur beim Abendessen alle gemütlich beisammensitzen ...«

Sie dreht sich hastig um. »Mein Bus!« ruft sie und läuft schnell nach oben. Ihr ist nicht ganz wohl bei der Vorstellung, daß sie heute nun schon die zweite Unwahrheit gesagt hat. »Heimlichkeiten – Schlechtigkeiten«, hat die selige Frau Geheimrat immer gesagt. Und dabei liebt Minna doch nichts so sehr wie Heimlichkeiten.

›Das sieht Bettina wieder ähnlich‹, denkt sie, während sie zum Bahnhof hastet, ›einen zum Flugplatz hetzen, als sei das nur so über die Straße.‹

Es hat sie Mühe genug gekostet, herauszufinden, daß das Rollfeld in Echterdingen liegt. Natürlich ist sie über eine Stunde zu früh da.

Sie betritt zögernd die große Halle und sieht sich hilflos um. Menschen strömen an ihr vorbei, Reisende hasten zu den Glastüren, Lautsprecher schreien halbverständliches Zeug; die alte Frau steht völlig verwirrt in dem rastlosen Getriebe.

Wenn sie sich doch wenigstens Wolfgang hätte anvertrauen können! Aber sie ahnt, daß er dann die Bursagasse gemeinsam mit Albert und Dorle unter irgendeinem Vorwand verlassen hätte.

Nein, sie muß das allein machen, wenn die Familie wieder zusammengeführt werden soll.

Langsam tritt sie schließlich an einen der Schalter der Fluggesellschaften. Sie kramt das Telegramm hervor, schiebt es dem uniformierten jungen Mann zu und fragt:

»Können Sie mir bitte sagen, wo ich die Dame erwarten muß?«

Der junge Mann wirft einen Blick hinter sich auf die Tafeln mit den An- und Abflugzeiten. »Die Dame kommt aus Paris?« »Aus Mexiko«, antwortet Minna stolz.

»Dann dürfte sie in Paris umgestiegen sein. Am besten warten Sie dann dort drüben bei der Zollabfertigung, gnädige Frau! Die Ankunft der Maschine wird ausgerufen. Sie haben noch fünfundfünfzig Minuten Zeit.«

Minna wirft ihm einen mißtrauischen Blick zu. Ob er sie mit der Anrede ›gnädige Frau‹ verulken will? Aber der junge Mann in der blauen Uniform bleibt ernst. Minna entfernt sich kopfschüttelnd und setzt sich seufzend hin.

Maschinen starten und landen, das Gebrüll der Motoren übertönt zeitweilig den Lärm der Halle. Draußen auf dem Flugplatz rollen kleine Elektrokarren und Tankwagen umher, aber für all das hat Minna weder Auge noch Ohr.

Die letzten Wochen und Monate haben ihr schwer zugesetzt. Das Herz will plötzlich nicht mehr so recht mit. Der Atem wird ihr oft so knapp. Sie fiebert der Heimkehr Bettinas entgegen, denn sie ist fest entschlossen, die Sorgen um die Kinder in ihre Hände zu legen.

Sie schafft es nicht mehr. Das Haus in der Bursagasse ist ein Haus ohne Freude geworden. Die Familie zerfällt zusehends. Brandt und Albert schließen sich völlig ab. Selbst Wolfgang spricht davon, daß er fort will. »In der alten Muffbude halte ich es nicht mehr länger aus«, hat er vor ein paar Tagen gesagt. »Ich glaube, ich suche mir im nächsten Semester ein neues Quartier. Sturmfrei und ohne Wanzen.«

Wanzen; als ob es in ihrem Arbeitsbereich jemals Ungeziefer gegeben hätte! Wenn Wölfi sich nur nicht immer so gewöhnlich ausdrücken wollte! Aber die jungen Leute von heute ...

Minna schüttelt unwillkürlich den Kopf.

Sie überhört die Ankunft der Pariser Maschine und schreckt erst auf, als Bettina vor ihr steht. »Du träumst wohl, Minchen; ich beobachte dich jetzt schon fünf Minuten!«

Bestürzt springt Minna auf. Bettina zieht sie flüchtig in die Arme. »Mach nicht so ein saures Gesicht«, sagt sie zärtlich. »Das Wetter ist himmlisch. Wir hatten einen prächtigen Flug! Komm, laß uns ein stilles Plätzchen im Restaurant suchen, dann kannst du mir alles erzählen.«

Erst ins Restaurant? Was soll das? Minna folgt Bettina nur zögernd.

»Nun, wo brennt's denn, Minchen?« drängt Bettina, nachdem

sie Kaffee und Kuchen bestellt hat. »Dein Brief klang beängstigend. Aber warum hast du mir nicht per Luftpost geschrieben? So ist er erst in der vergangenen Woche angekommen.«

»Luftpost?« sagt Minna verärgert, »wo so viele Flugzeuge abstürzen.«

Auf dem Rollfeld werden die Propeller einer Maschine angeworfen, der Lärm macht für einige Minuten jede Unterhaltung unmöglich. Der Kellner kommt und serviert. Erst nach einiger Zeit nimmt Bettina das Gespräch wieder auf.

»Wir haben nur noch vierzig Minuten, Minchen! – Also was ist los?«

Minna sieht sie bestürzt an: »Nur vierzig Minuten . . .«

»Ich bin nur auf der Durchreise. Ich fliege von hier über Genf nach Mailand weiter!«

Minnas Gesicht wird grau. Sie sinkt plötzlich in ihrem Stuhl zusammen.

»Dann hat alles keinen Zweck«, flüstert sie.

»Aber Minna«, sagt Bettina, »nun mach doch nicht so ein Gesicht, als ob die Welt unterginge. Was hast du dir denn eigentlich gedacht? Glaubst du, daß ich wegen so ein paar momentanen Schwierigkeiten in die Apotheke zurückkehren würde?«

»Ja!« sagt Minna schlicht.

»Ach!« Bettina sucht einen Augenblick nach Worten. »Ich . . . ich habe diesen Abstecher nach Stuttgart überhaupt nur wegen deines Briefes gemacht. Aber auf dem Rückflug kann ich ja noch mal vorbeikommen.«

»Und die Kinder?« fragt Minna verzweifelt.

»Hör mir mit den Kindern auf«, sagt Bettina unwillig. »Mich braucht nur noch ein Kind: Ramón . . . Den müßtest du sehen, ein richtiger kleiner schwarzer Teufel. Und wie der an mir hängt! Wie an seiner leiblichen Mutter.«

Minna nickt still vor sich hin. In der Bursagasse wartet das Essen. Sie hat die Familie schon an der Tafel vereint gesehen, und jetzt will Bettina nicht einmal nach Tübingen kommen.

»Also was gibt es denn so Schreckliches?« fragt Bettina. »Was sollten die finsteren Andeutungen in deinem Brief?«

Die alte Frau strafft sich.

»Ach, nichts«, sagt sie schleppend. »Es ist ja auch nur wegen Albert. Nacht für Nacht habe ich auf dem Flur gehockt und auf jeden seiner Schritte gelauscht.«

Bettinas Augen verengen sich. »Albert? Was ist mit ihm?«

Der Lautsprecher knackt. Dann kommt die Stimme des Ansagers: »Frau Bettina Brandt wird gebeten, sich zum Abflug nach Genf am Ausgang B einzufinden!« Gleich darauf sagt er dasselbe auf Englisch und Französisch. Als die Stimme verklungen ist, wiederholt Bettina ihre Frage.

Minna sieht nur steinern vor sich hin.

Bettina zerrt nervös an ihren wildledernen Handschuhen. Sie winkt schon dem Kellner.

»Hat das was mit Gabrieles Tod zu tun?« fragt sie leise und beugt sich über den Tisch vor. Sie sucht Minnas Blick. Aber die alte Frau weicht beharrlich ihren Augen aus. Da weiß Bettina Bescheid.

Ja, sie hat schon damals geahnt, was Albert für Brandts zweite Frau empfand.

Bettina zahlt hastig. »Albert wird darüber hinwegkommen«, sagt sie, als der Kellner gegangen ist. »So eine erste Liebe wird immer viel tragischer genommen, als sie ist.«

Bettina rafft ihre Sachen zusammen und steht auf.

»Komm schon«, sagt sie ungeduldig.

Minna hat sich vorgebeugt und kramt in ihrer Handtasche. Jetzt richtet sie sich auf.

»Das habe ich Albert in der Nacht abgenommen, in der ich dir den Brief schrieb!«

Die alte Hand öffnet sich. Bettina starrt auf ein Röllchen Gift.

»Minna!« schreit sie entsetzt auf. »Und davon schreibst du mir kein Wort!«

Wieder kommt die Stimme aus dem Lautsprecher. Aber jetzt hören sie es beide nicht.

Da stehen auf dem Rollfeld Maschinen aus aller Welt. Da gehen Menschen aus allen Erdteilen, Fluggäste nach Stockholm – London – Paris. Und dort drüben hinter den laubbewaldeten Hängen liegt Tübingen. Fast zum Greifen nahe.

»So etwas kann man doch nicht in einem Brief schreiben«, sagt Minna hölzern, »wo die beim Zoll doch alles aufmachen. Wenn das nun ein anderer liest . . .«

Bettina springt auf. »Ich werde den Flug umbuchen«, sagt sie hastig und läuft in die Halle.

Knapp zehn Minuten später rollen sie im Taxi auf die Waldhänge des Schönbuch zu, in dessen zartes Grün die Nachmittagssonne gelbe Tupfen malt. Bettina sieht seitlich zum Fenster hinaus, Minna sitzt mit verschlossener Miene aufrecht in dem Polster.

»Weiß eigentlich jemand zu Hause, daß ich komme?« fragt Bettina. »Sonst steige ich besser im Hotel ab. Ich habe wenig Lust, einen ähnlichen Empfang wie bei meiner ersten Heimkehr zu erleben!«

»Alle erwarten dich«, lügt Minna resolut. »Der Herr Apotheker hat extra ein großes Abendessen für dich bestellt! Forellen und . . .«

Sie fängt an, zu beschreiben, was es alles zum Abendbrot geben wird. Sie muß ihre Unruhe betäuben.

Schon taucht die Schloßkirche von Bebenhausen auf, dann fällt die Straße nach Tübingen ab.

Minna rutscht unbehaglich hin und her. »Wollen wir nicht schon am Lustnauer Tor aussteigen?« fragt sie halblaut. »Es gibt so viel Aufsehen, wenn man mit einem Mietwagen vor dem Hause vorfährt.«

Aber der Wagen biegt schon in die Bursagasse ein. Während Bettina den Fahrer entlohnt, tritt Minna ungeduldig von einem Fuß auf den anderen. Sie schielt zu den Fenstern empor. Gott sei Dank, daß niemand diese Ankunft bemerkt hat!

Auf der Treppe spricht sie ein heimliches Stoßgebet. Die Diele ist leer. »Nein, nein«, wispert sie unwirsch, als Bettina Anstalten macht, in den zweiten Stock emporzusteigen. »Leg hier ab. Ich muß oben erst noch Ordnung machen.« Mit zwei Schritten ist sie an Brandts Arbeitszimmer. Sie klopft und reißt gleich die Tür auf.

»Herr Apotheker, die gnädige Frau!«

Brandt springt verblüfft auf. Bettina tritt zögernd über die Schwelle.

»Ich danke dir für die Einladung, Justus!« sagt sie warm, während er sich völlig verwirrt über ihre Hand beugt. »Ich wollte ursprünglich gleich nach Genf weiterfliegen.«

Brandt stutzt. Er will sie mit gewohnter Ehrlichkeit berichtigen, aber Bettina spricht schon weiter.

»Zunächst möchte ich dir auch persönlich mein herzliches Beileid zu all den Schicksalsschlägen sagen, die dich in der letzten Zeit getroffen haben!«

Er sieht sie an. Bettina wirkt in dem sportlichen Reisekostüm jung und frisch. Wie braun ihre Haut ist! Und wie ihre tiefblauen Augen leuchten!

»Vielen Dank«, sagt er. »Aber – verzeih bitte – ich ahnte überhaupt nichts von deinem Kommen. Minna hat mir nur gesagt, daß sie heute ihr fünfzigjähriges Jubiläum feiert. Ich habe die Kinder weggeschickt, um schnell noch was zu besorgen!«

Bettina starrt ihn an. »Ach – so ist das«, sagt sie unvermittelt. Und das mit dem Jubiläum stimmt doch auch nicht! Sie lächelt. »Justus, Minna ist im Oktober gekommen. Erinnerst du dich nicht, daß wir kurz nach unserer Hochzeit ihr fünfundzwanzigstes groß feierten?«

Brandt furcht ärgerlich die Stirn.

»Also, das ist doch ein starkes Stück. Ich sitze hier und mache mir Vorwürfe, daß ich dieses Jubiläum vergessen hätte; ich wirble das ganze Haus durcheinander und ...«

Bettina legt besänftigend ihre Hand auf seinen Arm.

»Minna hat in der letzten Zeit sehr viel durchgemacht. Und wenn sie nun heute feiern möchte, weil ihr das eine willkommene Gelegenheit ist, uns an eine gemeinsame feierliche Tafel zu bringen ...«

Sie lächelt, und auch Brandts Gesicht entspannt sich.

»Bei dieser Gelegenheit können wir wenigstens gleich alles andere besprechen«, setzt Bettina hinzu.

Brandt schiebt ihr einen Sessel hin. Der Hauch ihres herben Parfüms schwebt durch den Raum.

»Daß nun auch deine Firma zusammengebrochen ist«, fährt Bettina fort, »macht mir großen Kummer. Dr. Bäcker schrieb es mir. Hoffentlich verstehst du jetzt, warum ich seinerzeit die Rechtsansprüche an deinem Mittel zugunsten der Apotheke geltend machte: Ich wußte nur zu gut, wie schlecht der Ruf deines Geschäftspartners war. Auf diese Weise konnte ich wenigstens das Cardodyn retten. Ich will es nicht für mich. Das Mittel ist deine Erfindung, und du kannst es jetzt für dich allein auswerten.«

Ein helles Rot steigt in Brandts Wangen und verebbt langsam. Er ist so überrascht und bewegt, daß er keine Worte findet.

»Ich weiß, Justus«, fährt Bettina fort, und ihre Stimme klingt hell in seinen Ohren, »daß du dir jetzt eine der großen Firmen aussuchen kannst. Und doch –«, sie zögert und sieht auf ihre Hände, »der Gedanke, daß du künftig in einem dieser Mammutwerke arbeiten sollst, stört mich.« Sie seufzt auf. »Willst du nicht wieder die Apotheke übernehmen? Oder ist dir diese Welt jetzt zu klein?«

Draußen klingen Stimmen auf. Wolf trällert einen Schlager. »Was ist denn das hier für eine Jacke, Minna?« fragt er plötzlich. »Haben Brandts etwa Besuch?«

Minna antwortet ärgerlich aus der Küche. »Rühr gefälligst nicht immer fremde Sachen an! Hilf mir lieber beim Auftragen! Du und Dorle!«

Minuten später klopft sie an. »Es ist angerichtet«, meldet sie und stößt die Tür zum Eßzimmer ganz auf.

Der rund Tisch ist mit dem alten Familiensilber und Porzellan feierlich gedeckt. Die Kerzen in den Leuchtern brennen. Als der Apotheker und Bettina eintreten, stehen die Brandt-Kinder hinter ihren Stühlen. Um Minnas Gedeck hat Dorle noch schnell eine Girlande gelegt.

Einen Augenblick herrscht beklommenes Schweigen. Weder Albert noch Wolfgang noch Dorle wußten etwas von Bettinas Kommen. Dann schwirren plötzlich alle Stimmen durcheinander. Jeder versucht, die Spannungen zu überspielen, denn jeder erinnert sich nur zu gut der Auseinandersetzungen mit der Mutter vor ihrer Abreise.

Und doch – wieviel ist inzwischen geschehen! Vieles hat während der Trennung ein neues Aussehen bekommen. Wolf hat oft daran gedacht, wie richtig Bettina Pedro Gonzales beurteilt hat. Und Dorle fühlt, daß der Weg zu Pedro nur über Bettina führen kann.

»Ich soll dich grüßen«, sagt Bettina leise zu ihr. »Du weißt schon von wem!« Sie zieht ihre Tochter an sich. »Ich habe mich mit Pedro kurz vor meiner Reise ausgesprochen. In zwei Jahren ist er mit seinem Studium fertig. Wenn ihr glaubt, daß ihr ohne einander nicht leben könnt ...«

Bevor Dorle antworten kann, wendet sich Bettina Albert zu. Er verbeugt sich schweigend; sein Gesicht sieht eckig und hart aus. Bettina erschrickt darüber, wie sehr die wenigen Wochen ihn verändert haben.

Während des Essens überkommt Bettina ein seltsames Gefühl der Verzauberung. Dieser feierliche Raum, die dunklen Bilder an den Wänden, der große alte Eßtisch, an dem sie schon als Kind gesessen hat, dies altmodische schwere silberne Tischbesteck ... es ist, als wäre sie nie weggewesen. Sie fühlt, wie die Kinder immer wieder verstohlen zu ihr herüberblicken. Als sie flüchtig aufsieht, denkt sie: Alle sind da. Minna, Brandt, die Kinder! So sollte es sein ...

Brandt gibt Wolfgang einen Wink. Wenig später schenkt er aus einer bauchigen Flasche einen würzigen Bocksbeutel aus, eine 47er Trockenbeerenauslese aus der ›heiligen‹ Ecke seines Weinkellers. Er klopft an sein Glas und steht auf.

»Liebe Bettina«, sagt er und sieht zu der eleganten Frau hinunter, die mit gesenktem Kopf an seiner Seite sitzt. »Dies soll ein Willkommen und ein Dank an dich sein. Du weißt, wir alle hassen feierliches Gehabe. Und wenn ich jetzt als Tischredner auftrete, so nur, um zu sagen, wie mir ums Herz ist. Ich weiß nun, warum du seinerzeit das Cardodyn für die Apotheke beansprucht hast. Du hast weiter gesehen als ich und hast es damit für mich gerettet.«

Brandt macht eine Pause und rückt sein Weinglas hin und her. Alle fühlen, wie bewegt er ist.

»Ich muß zugeben«, fährt Brandt fort, »daß ich deine Maßnahmen damals nicht verstanden habe. Ich glaube überhaupt, daß wir dir vieles abzubitten haben. Ja«, er sieht Bettina fest an, »du hast mich vorhin gefragt, ob ich nicht in der Apotheke bleiben wolle. Du hast es sehr fein gesagt, so als wenn mir auch heute noch die ganze Welt offenstünde. Nun, du weißt, was mir dieses Geschenk bedeutet.«

Unmerklich streichelt Brandt Bettinas Hand, die auf dem damastenen Tischtuch ruht.

»Ich danke dir!«

Bettina sieht auf und begegnet seinen Augen.

Brandt hebt sein Glas. »Aber wir säßen heute hier nicht beisammen, wenn Minna das alles nicht heimlich eingefädelt hätte. Es stimmt zwar nicht mit dem fünfzigjährigen Arbeitsjubiläum – das werden wir im Oktober wirklich und richtig feiern –, aber den kleinen Kranz hat sie doch schon heute verdient. Für ihre Treue und ihre Sorge um uns alle.«

Stühle scharren, die Gläser klingen hell, als Brandt erst mit Bettina, dann mit den anderen anstößt. Die Kinder kommen nacheinander zu Bettina; als letzter Albert. Er will etwas sagen, aber Bettina hat schon ihr Weinglas auf den Tisch gestellt. Sie zieht seinen Kopf zu sich herunter und küßt ihn auf beide Wangen.

»Und wo bleibt unsereiner?« Das ist Wolfs Stimme dicht neben ihr. Bettinas Augen verschwimmen. Davon hat sie Jahrzehnte geträumt. Wolfgang hat endlich auch zu ihr gefunden! Alle stehen jetzt lachend um ihren Stuhl, und sie fühlt, wie Brandts Augen sie nicht loslassen. Wie fern wird plötzlich Mexiko!

»Nicht wahr, du bleibst jetzt immer bei uns«, sagt Dorle und schmiegt sich an sie.

Bettina weicht Brandts Blicken aus, die sie mehr und mehr verwirren. Aber sie nickt dann doch, als auch Wolfgang sie stürmisch bedrängt.

Ich werde Ramón herholen, denkt sie. Was hält mich sonst da drüben?

»Wo ist Minna?« lenkt sie schnell ab. »Wir müssen doch noch mit ihr anstoßen.«

Aber für Minna ist es zuviel geworden. Als der Herr Apotheker ihre Flunkerei mit dem Jubiläum enthüllte, hat sie noch verlegen gelächelt; als er aber von ihrer Liebe und Treue sprach, da sind ihr plötzlich Tränen in die Augen gestiegen.

Während sich alles um Bettina drängte, hat sich die alte Frau schnell hinausgestohlen. Sie ist mit zitternden Knien in die Speisekammer gehastet und hat sich dort in ihren heimlichen Winkel verkrochen. Mit aufgestützten Armen hockt sie auf dem umgestülpten Eimer, auf dem eine alte ausrangierte Bügeldecke liegt.

Über ihre welken Wangen laufen Tränen des Glücks.
»Minna!«
Abwehrend schüttelt sie den Kopf.
»Minna!« Der Ruf wird lauter.
Vieltausendmal hat man sie hier in diesem Hause so gerufen. Kinderstimmen, bittend, drängend, der weiche Klang, wenn die Frau Apotheker rief, die herrische Stimme Brandts ...
Tausendmal ist sie aufgesprungen und diesem Ruf gefolgt. Von ihrem fünfzehnten Lebensjahr an, als noch ein schwarzer Zopf auf ihrem Rücken baumelte. Inzwischen ist sie alt und grau und müde geworden. Die vielen kleinen und großen Wünsche, von denen sie in ihrer Jugend träumte, sind verflogen; kein einziger hat sich erfüllt. Nur dieser Ruf ist immer gleich geblieben.
Minna!
Minna!
Minna!
Die Stimmen kommen näher.
Seufzend erhebt sich die alte Frau. Sie trocknet die Tränen mit dem Schürzenzipfel, glättet ihr Kleid und fährt noch einmal prüfend über die Träger der weißen Schürze.
»Ich komm' ja schon! – Ich komme ja schon!«